Histoire de la France religieuse

sous la direction de
Jacques Le Goff et René Rémond

3

Du roi Très Chrétien à la laïcité républicaine
XVIIIe-XIXe siècle

Histoire de la France religieuse

sous la direction de
Jacques Le Goff et René Rémond

3

Du roi Très Chrétien à la laïcité républicaine
XVIIIe-XIXe siècle

par
Philippe Boutry
Philippe Joutard
Dominique Julia
Claude Langlois
Freddy Raphaël
Michel Vovelle

Volume dirigé par Philippe Joutard

Éditions du Seuil

COLLECTION « POINTS HISTOIRE »
FONDÉE PAR MICHEL WINOCK
DIRIGÉE PAR RICHARD FIGUIER

La première édition de cet ouvrage constitue
le tome 3 de l'*Histoire de la France religieuse,*
œuvre en quatre volumes publiée avec des illustrations
dans la collection « L'Univers historique »
sous la direction de Jacques Le Goff et René Rémond

ISBN 2-02-051040-5
(ISBN 2-02-010369-9, 1re publication)

© Éditions du Seuil, novembre 1991, septembre 2001

Le Code de la propriété intellectuelle interdit les copies ou reproductions destinées à une utilisation collective. Toute représentation ou reproduction intégrale ou partielle faite par quelque procédé que ce soit, sans le consentement de l'auteur ou de ses ayants cause, est illicite et constitue une contrefaçon sanctionnée par les articles L. 335-2 et suivants du Code de la propriété intellectuelle.

www.seuil.com

Introduction
par Philippe Joutard

Vers 1720, le catholicisme, religion d'État, est solidement installé en France, présent à chaque acte important des individus comme des collectivités et influençant toute la vie du royaume ; au-delà des manifestations extérieures, il semble avoir conquis les cœurs avec la réussite inconstestable de la réforme catholique. Vers 1880, il est sur la défensive : après avoir dû accepter le pluralisme religieux avec la reconnaissance du protestantisme et du judaïsme, il affronte un processus de laïcisation largement entamé, même si celui-ci trouve son achèvement au-delà de la période envisagée ici, avec la séparation de l'Église et de l'État en 1905. Plus gravement peut-être, nombre de Français adultes baptisés ne fréquentent plus régulièrement les églises, sinon pour leur mariage ou leur enterrement. C'est ce que les historiens et les sociologues appellent la déchristianisation. Ce troisième volume fait l'histoire de ce renversement de situation, s'interroge sur l'ampleur du phénomène et en recherche les origines.

La laïcisation se confond-elle avec la déchristianisation ? L'abandon des pratiques signifie-t-elle l'incroyance ? Le mouvement est-il continu et uniforme, sans retour, et également répandu dans l'espace et les groupes sociaux ? Voilà quelques-unes des interrogations auxquelles nous chercherons à répondre tout au long des chapitres.

Le plan surprendra certainement et choquera peut-être : nous avons, en effet, délibérément renoncé à la division chronologique traditionnelle, le XVIIIe siècle, la période révolutionnaire et le XIXe siècle. Non par goût du paradoxe : mais le respect de la chronologie impliquait déjà la réponse à l'une des questions fondamentales de l'ouvrage : quel est le rôle de l'événement révolutionnaire dans le renversement de situation, décisif ou poursuite d'un mouvement de longue durée ? En faire la charnière pouvait donner le sentiment qu'*a priori* nous avions « notre siège fait » avant même de commencer. Le souci de mettre en valeur la problématique centrale de cette période, et qui en fait l'intérêt, nous a donc conduits à proposer une autre architecture. Dans une première partie, nous décrivons le processus de laïcisation qui prépare la séparation de l'Église et de l'État et entraîne un affaiblissement institutionnel et politique du catholicisme français. Nous pourrons alors, ensuite, nous demander quels sont les rapports entre ce déclin, le recul des pratiques et l'abandon des croyances : en d'autres termes nous nous interrogerons sur la réalité, l'ampleur et les causes éventuelles de la déchristianisation. Une chose est sûre cependant, à côté des progrès de l'indifférence, il existe une vitalité religieuse réelle. Cette vitalité se manifeste d'abord à travers les religions jusqu'alors interdites, protestantisme et judaïsme, mais elle trouve aussi de multiples expressions à travers le catholicisme aussi bien dans les institutions que dans la spiritualité. Cette dernière partie n'oubliera pas non plus les formes traditionnelles de religiosité en marge des Églises ni les nouvelles croyances qui, pour être engendrées par les événements politiques, n'en sont pas moins des transferts de sacralité.

Nous espérons avoir ainsi, chemin faisant, illustré ce qu'est l'histoire, d'une part « un incessant va-et-vient entre nos interrogations et nos investigations, entre une recherche de traces et une quête de sens » (Langlois), d'autre part une réflexion sur les continuités et les changements. l'interaction entre temps court et temps long, l'événement et les structures.

1

Le déclin institutionnel et politique du catholicisme français

Le catholicisme, religion du royaume
(1715-1789)

L'affaiblissement de l'Église gallicane
par Dominique Julia

La réception de la constitution Unigenitus :
enjeux et protagonistes

Nous avons du mal aujourd'hui à comprendre l'ampleur du séisme politico-religieux qu'a suscité la réception de la bulle *Unigenitus* en France. Si, depuis la bulle *Vineam Domini* (1705), le pape Clément XI et le roi Louis XIV sont entièrement d'accord pour aboutir à l'anéantissement d'un jansénisme qu'ils croient également funestes pour l'Église et pour l'État, leurs intentions sont radicalement différentes. Pour le pape, il s'agit bien de détruire le gallicanisme, principalement épiscopal, et d'amener le clergé de France à reconnaître son autorité doctrinale suprême et son infaillibilité personnelle : l'épiscopat français aurait dû accepter la bulle « purement et simplement ». Or, lors de l'acceptation de la bulle *Vineam Domini*, l'assemblée du clergé avait réaffirmé trois principes fondamentaux : par institution divine, les évêques ont droit de juger des matières de doctrine ; les constitutions des papes obligent toute l'Église lorsqu'elles ont été acceptées par le corps des pasteurs ; l'acceptation des évêques se fait toujours par voie de *jugement*. Pour obtenir la promulgation de la constitution *Unigenitus* de la part de Clément XI qui hésite à le faire, sachant pertinemment que le jansénisme est devenu un phénomène très largement répandu, le roi a dû promettre d'obtenir de l'épiscopat une acceptation pure et simple de la manière « uniforme » dont les deux puissances seraient tombées d'accord. C'est que le roi a de tout autres visées : à aucun moment, il n'envisage de renoncer aux maximes du royaume définies dans les concordats, ni aux *Quatre Articles* de l'assemblée de 1682, mais il veut en même temps briser toute dissidence et affirmer son autorité sur une Église gallicane divisée ; grâce à la publication d'une décision dogmatique canoniquement approuvée, Louis XIV, poussé en cela par son confesseur jésuite, fonde l'espoir de restaurer l'unité et la paix en procurant l'unanimité des membres de l'épiscopat avec leur chef.

On sait ce qu'il est advenu de ces espoirs, tout comme des illusions des promoteurs jésuites de la bulle. L'assemblée des évêques, pourtant triée sur le volet (elle est « de rencontre », c'est-à-dire formée des prélats se trouvant à la suite de la cour ou choisis par le confesseur), qui devait accepter purement et simplement la bulle, ne parvient point, au cours de ses séances qui durent d'octobre 1713 à février 1714, à l'unanimité puisqu'une minorité irréductible de 8 évêques ose réclamer des explications au Saint-Père. L'adhésion de 113 évêques à l'acte d'acceptation de cette assemblée a loin d'avoir été uniforme. Enfin, le roi meurt avant le lit de justice où il devait faire enregistrer par le parlement de Paris une déclaration ordonnant à tous les évêques de publier et recevoir la Constitution dans les termes mêmes de l'acceptation de l'assemblée, prélude à un concile national qui aurait été chargé de déposer le cardinal Louis-Antoine de Noailles, archevêque de Paris et opposant notoire.

Une démocratisation de la querelle religieuse

La bulle condamne l'un des plus grands succès de librairie de l'époque, le *Nouveau Testament en français avec des réflexions morales sur chaque verset pour en rendre la lecture et la méditation plus faciles à ceux qui commencent à s'y appliquer,* texte que Pasquier Quesnel n'avait cessé de retravailler depuis sa première version parue en 1672, et qui avait été chaudement recommandé et offert par les évêques successifs de Châlons-sur-Marne, Félix Vialart et Louis-Antoine de Noailles, à leurs curés : « lait des âmes faibles et aliment solide pour les plus forts », les *Réflexions morales* devaient tenir lieu aux yeux de ce dernier, « d'une bibliothèque entière ». Or, voici que quarante ans après la première édition de cet ouvrage (qui avait même reçu l'approbation de Bossuet), le pape en extrayait 101 propositions « hérétiques », et constituait avec elles une somme organique des thèses jansénistes sur la grâce et la prédestination, la charité et la foi, l'Église, la connaissance de l'Écriture, la morale et la pénitence. La violence de la réaction à la bulle *Unigenitus* est le résultat de tout l'effort intellectuel et spirituel qui l'a précédée, rendant les questions théologiques non seulement accessibles à des clercs mieux formés – clergé de second ordre, ordres et congrégations religieuses –, mais aussi à toute une élite laïque, aussi bien noble qu'officière sans oublier le rôle essentiel qu'a joué la prédication des curés auprès des milieux de la boutique et de l'échoppe. L'histoire de l'Église du XVIIIe siècle pourrait bien s'écrire comme celle d'une *démocratisation* de la querelle religieuse : la publicité du débat y a connu un développement spectaculaire du fait de la diffusion par les colporteurs et les libraires, mais aussi tout simplement par les agents dévoués de la cause de chacun des deux partis, de libelles, de brochures de vulgarisation, mandements et lettres pastorales, consultations d'avocats, avis de théologiens, gravures ; pour la seule année 1714, on ne compte pas moins de 180 ouvrages consacrés à la constitution *Unigenitus* et, de 1713 à 1760, plus de 70 % des personnes arrêtées pour jansénisme ont été surprises en flagrant délit de librairie. En fait, la bataille pénétrera bien l'entier corps social.

Tentons toutefois de comprendre les enjeux qui séparent les combattants. Dès le départ, les théologiens jansénistes ont opté pour une stratégie de vulgarisation, en publiant les instruments de travail qui serviront aux défenseurs de la cause. C'est ainsi que le groupe actif qui se réunit régulièrement au séminaire oratorien de Saint-Magloire autour des abbés Duguet et d'Étemare, élabore, dès novembre 1713, les *Tétraples* qui allaient devenir, l'année suivante, les *Hexaples ou les six colonnes de la constitution Unigenitus* et compter jusqu'à sept volumes in-quarto en 1721 : ce texte rédigé en français vise, par une mise en parallèle des textes des Pères de l'Église et des propositions tirées du livre de Quesnel, à démontrer la parfaite orthodoxie de l'ouvrage, sa conformité à la plus pure tradition de l'Église, et, par là même, l'erreur factuelle de la condamnation romaine. Ensuite, l'argumentation anticonstitutionnaire va se développer suivant une double perspective. En premier lieu – et c'est le sens d'un livre comme celui de Nicolas Le Gros, chanoine de la cathédrale et docteur en théologie de Reims, *Du renversement des libertés de l'Église gallicane,* paru en juin 1716 –, elle affirme une ecclésiologie qui reconnaît le ministère d'enseigner la vérité aux pasteurs, ce terme ne désignant pas seulement les évêques mais aussi le clergé du second ordre. De même que le pape doit s'entourer de l'avis du concile, les évêques doivent prendre celui de leur chapitre et de leurs curés réunis en synode. Rétablir la liberté, c'est obéir à l'esprit de l'Église en confrontant la bulle *Unigenitus* promulguée et imposée au mépris de toutes ces règles, avec la foi des Églises particulières : d'où l'idée d'un appel au concile œcuménique. En second lieu se définit progressivement une théologie *figuriste,* sensible dès le *Témoignage de la Vérité* rédigé par l'oratorien Vivien de La Borde, directeur au séminaire de Saint-Magloire, et paru en août 1714. La loi de la foi pour l'auteur dépend de la « profession publique » et du « témoignage unanime » que lui rend tout le corps des fidèles. Les évêques représentent bien dans l'Église l'autorité de la chaire, mais c'est de l'aveu des fidèles. Un concile œcuménique ne l'est jamais totalement, puisqu'il y a des évêques absents qui possèdent aussi parfaitement que les autres l'autorité du témoignage. En cas de partage, le grand nombre est, en lui-même, une « règle équivoque », même si, « dans un temps de liberté, c'est-à-dire, lorsque toutes choses se traitent avec un esprit de paix et dans l'ordre », il est un « signe visible de l'autorité de la chaire ». Mais dans les temps où les maux s'appesantissent sur l'Église, un accord du pape, des souverains et de la majorité des évêques ne saurait imposer une croyance nouvelle : la perpétuité de la foi appartient alors au témoignage que rendent à la vérité une petite phalange de prêtres et de laïcs ardents, « le petit nombre est, par lui-même, à moins d'un miracle, le signe naturel et visible de la chaire ». Une vision eschatologique de l'histoire sous-tend cette position qui repose sur la valeur prophétique des Saintes Écritures. De la lecture d'un Nouveau Testament,

« figure » de l'Ancien, qui appartient à toute la tradition patristique et médiévale, les « figuristes » – et à leur tête l'abbé d'Étemare – passent à la liaison, non moins assurée, entre les deux Testaments et l'histoire la plus contemporaine, reposant sur une interprétation particulière de l'Apocalypse : le second avènement du Christ sera annoncé par la conversion des juifs, bien avant la fin du monde, et ouvrira un temps de bénédiction. De même qu'après l'Incarnation, les nations converties au christianisme ont été substituées au peuple juif désormais réprouvé parce qu'il n'a pas su reconnaître le Messie, de même les juifs sont appelés à prendre la place de gentils qui apostasient aujourd'hui la vérité. Les temps « intermédiaires » sont venus, et les persécutions menées contre les jansénistes sont annonciatrices de grands changements. Au moment où le nombre des fidèles aveuglés et séduits par le serpent ne cesse d'augmenter, il importe de bien distinguer le petit troupeau des dépositaires de la vérité, ces *pauci electi* qui forment le corps *intérieur* de l'Église, de la multitude des méchants qui ne font qu'*extérieurement* partie de la communion, même si les jansénistes n'ont pas reçu de Dieu vocation à reconstituer l'Église en excluant prêtres et fidèles constitutionnaires. Mais la résistance aux décisions romaines est légitime pour ceux qui s'estiment être les témoins de la vraie foi, dans les temps où le mystère d'iniquité progresse : on ne doit jamais sacrifier sa raison à l'autorité, il s'agit de choisir entre une servitude aveugle vis-à-vis du pape, du roi et des évêques, et une obéissance réfléchie au vrai Dieu.

On saisit ici tout le fossé qui sépare gallicans et jansénistes. Pour les gallicans, une entente avec Rome est possible dès lors que, par la voie d'explications de la bulle (ou même par la voie conciliaire), le droit de jugement maintenu aux églises particulières respecterait les libertés de l'Église gallicane. Pour les jansénistes, l'enjeu est plus décisif : il en va de la vérité même de l'Évangile, et tout fidèle se trouve concerné. Gallicans et jansénistes se rejoignent pour faire appel au plus large public : pour les premiers, c'est d'abord le clergé du second ordre qui est visé, puis, lorsque le jansénisme « épiscopal » vient à fléchir, parlementaires et avocats ; pour les seconds, c'est l'ensemble des fidèles, clercs et laïcs, qui est pris à témoin : la leçon sera entendue, au-delà des espérances théologiques, par les miraculés et convulsionnaires de Saint-Médard.

Les grandes phases de la querelle

Sans pouvoir faire ici une histoire détaillée de la querelle, on en rappellera seulement les grandes phases. Dans une première période qui va *grosso modo* de la mort de Louis XIV aux années 1730, le pouvoir, qu'il s'agisse du Régent ou du cardinal de Fleury, tente de résoudre la crise par l'unanimité retrouvée du corps épiscopal et sa réconciliation avec la cour de Rome. Le monarque, garant de l'unité de foi, ne peut tolérer que des ferments de schisme se développent à l'intérieur du royaume. Sans céder aux pressions ultramontaines, il doit être possible de trouver un compromis acceptable, préservant les libertés gallicanes. Par cette méthode, le pouvoir garde en même temps l'espoir qu'en limitant le débat à un nombre limité de protagonistes, il sera possible d'en contenir les effets et d'en restreindre l'extension : l'unanimité retrouvée des évêques doit ramener le calme dans le second ordre du clergé, comme dans les ordres et congrégations touchés par l'hérésie. C'est que le jansénisme est devenu un problème *d'ordre public* qui suscite troubles et divisions inacceptables dans l'opinion. Pour ne prendre qu'un exemple, l'évêque janséniste de Boulogne, Pierre de Langle, n'a-t-il pas été accueilli, au cours de sa tournée de visites de 1720, dans la paroisse de Pernes, par une centaine de femmes et de jeunes filles armées de pierres, de bâtons et de fourches pour lui barrer le passage, et n'a-t-il pas dû donner lui-même le signal de la retraite ? Le pouvoir joue donc, en fait, sur deux séries de mesures. D'une part, pour imposer une politique du silence qui calmerait le jeu, et qui n'est en réalité jamais respectée – déclarations royales des 7 octobre 1717, 5mai 1719, 4 août 1720 –, il s'agit bien d'exercer une police par des arrêts du Conseil qui cassent les décisions contestées dans différents corps (y compris les arrêts du Parlement), par des lettres de cachet qui exilent les récalcitrants les plus obstinés, par une surveillance et une infiltration de tous les maillons de la chaîne de composition et de diffusion des textes jansénistes, sous l'autorité du lieutenant de police

Hérault. Les écrits des évêques les plus ardents dans les deux camps sont eux-mêmes soumis à la censure du cardinal de Fleury parce qu'ils alimentent le feu.

D'autre part, la politique qui vise à prouver l'unanimité épiscopale est poursuivie selon deux méthodes successivement utilisées. La première consiste à penser qu'une entente est possible avec la cour romaine sur la base d'un texte explicatif qui aurait recueilli l'assentiment des opposants à la bulle. Elle est menée de 1716 à 1718, avec l'élaboration difficile d'un corps de doctrine rédigé en 1716. L'illusion toutefois était grande de croire que Clément XI allait accepter de mettre en question, par des « explications », un texte dogmatique qui lui avait été demandé avec tant d'insistance. L'espoir d'un « corps de doctrine » purement gallican se révèle lui aussi tout aussi vain. A la suite de multiples conférences entre évêques, 38 prélats présents à Paris, dont le cardinal de Noailles, signent, le 13 mars 1720, des « explications » sur la bulle *Unigenitus,* texte qui aura en mai suivant l'adhésion de 98 prélats, dont cinq opposants à la bulle. L'unanimité serait-elle enfin obtenue ? Non, puisque ni Charles-Joachim Colbert, évêque de Montpellier, ni Jean Soanen, évêque de Senez, ni Pierre de Langle, évêque de Boulogne, ni Charles de Caylus, évêque d'Auxerre, ne l'ont signé. Non aussi puisque ce texte qui affirme avec netteté la prééminence du magistère épiscopal relance toute la polémique dans les facultés de théologie, le clergé du second ordre, les ordres et congrégations religieuses.

Il ne reste plus au pouvoir qu'à appliquer la seconde méthode, celle qui vise à isoler les évêques opposants, à les réduire ou à les forcer à une acceptation pure et simple. Le cardinal de Fleury concentre son action sur deux adversaires principaux, Jean Soanen, évêque de Senez, le cardinal de Noailles, archevêque de Paris. A la suite d'une instruction pastorale (datée du 28 août 1726, mais rendue publique seulement en janvier 1727), Jean Soanen est traduit, le 16 août 1727, devant un concile provincial présidé par l'archevêque d'Embrun, qui, le 20 septembre suivant, non seulement condamne l'instruction pastorale, mais déclare « suspens et interdit de toutes fonctions épiscopales et sacerdotales » l'évêque de Senez jusqu'à résipiscence, et désigne pour exercer ses fonctions un vicaire général, chargé de faire publier et recevoir la bulle, et de réunir un synode pour imposer aux prêtres du diocèse la signature du formulaire d'Alexandre VII. Jean Soanen est alors exilé à l'abbaye bénédictine de La Chaise-Dieu, en Auvergne, d'où il continuera à entretenir avec l'ensemble du réseau janséniste une abondante correspondance, signant toutes ses lettres « Jean, évêque de Senez, prisonnier de Jésus-Christ », jusqu'à sa mort en 1740. Ni l'adversaire ni les modalités de son exclusion n'ont été laissés au hasard. A la différence de Charles-Joachim Colbert, évêque de Montpellier, ou de Charles de Caylus, évêque d'Auxerre, Jean Soanen n'appartient pas à une famille qui dispose de puissants appuis à la cour, et il est en même temps le symbole de la résistance la plus intransigeante à la Constitution. Quant à la solution d'un concile provincial, elle est d'une extrême habileté puisqu'elle permet de satisfaire tout à la fois les demandes traditionnelles du clergé de France (qui étaient jusqu'alors systématiquement refusées, la monarchie redoutant l'indépendance des conciles et les empiétements que la puissance ecclésiastique serait éventuellement tentée d'opérer sur sa juridiction), le gallicanisme sourcilleux des parlements (le concile est purement français et n'est pas « d'autorité apostolique ») et les exigences romaines (non seulement un janséniste est condamné, mais le concile provincial n'a pas outrepassé ses pouvoirs en se limitant à une mesure de discipline : l'évêque n'est pas déposé mais seulement suspendu, ce n'est « donc » pas une « cause majeure »). La mesure, qui présentait l'avantage d'être tout ecclésiastique, avait un but évident d'intimidation : de ce point de vue, elle a partiellement réussi puisque douze évêques seulement osent, vivement poussés par Charles-Joachim Colbert, écrire une lettre commune de protestation à Louis XV, et qu'ils ne donnent d'ailleurs pas tous le même sens à celle-ci (l'évêque de Rodez, Jean-Armand de la Vove de Tourouvre, n'entend pas se départir de son acceptation de la bulle ni de l'exigence pour ses clercs de la signature pure et simple du formulaire...). Mais en même temps, les polémiques renaissent immédiatement sur la validité formelle des actes du « conciliabule », ou pour mieux dire du « brigandage » d'Embrun : la cause janséniste a trouvé son martyr. Quant au cardinal de Noailles, il s'agit d'arriver à la reddition pure et simple d'un prélat qui, par la position qu'il occupe dans l'Église de France, jouit d'une influence qui dépasse très largement son seul diocèse. Après des négociations sans cesse arrêtées et reprises, l'archevêque de Paris se rend : le 19 juillet 1728, il adresse une lettre de soumission sans restriction au pape, révoquant tous les actes qu'il a pu faire contre la bulle, et signe, le 11 octobre suivant, un mandement confirmant cette soumission « très sincère ». La défection, puis la mort du prélat en mai 1729, à l'âge de 78 ans, sonnent le glas du jansénisme épiscopal.

Il convient justement de revenir sur les actes qui ont, entre 1717 et 1730, embrasé l'ensemble du corps ecclésiastique, mais plus largement l'ensemble de l'opinion publique : les appels au concile général. Ceux-ci ont constitué une action mobilisatrice tout à fait décisive, qui a coagulé en « parti » les forces jansénistes et gallicanes, donné une lisibilité publique à des réseaux qui s'exprimaient surtout sous la forme de correspondances privées, obligé, du fait de la répression organisée par le pouvoir royal, les membres les plus actifs à entrer dans des structures de résistance clandestine. Une première vague d'appels se développe dans les années 1717-1718, due à deux événements successifs : le 5 mars 1717, lecture publique est faite à la Faculté de théologie de Paris, en présence des signataires, de l'appel au concile général que viennent de lancer quatre évêques (Boulogne, Mirepoix, Montpellier, Senez). Les évêques appelants entendent y prouver que la censure des propositions de Quesnel « donne atteinte aux fondements de la hiérarchie ecclésiastique, aux droits sacrés des évêques, aux libertés du royaume, au sentiment unanime des Saints Pères qui enseignent que c'est l'Église qui a reçu les clefs du royaume des Cieux ». Ils sont bientôt rejoints par onze autres collègues dans l'épiscopat, dont le cardinal de Noailles. Le réappel des quatre premiers évêques appelants de 1717 (8 septembre 1720), qui refusent le corps de doctrine accepté par leurs confrères et bravent la déclaration royale du 4 août précédent interdisant tout nouvel appel, ne regroupe que les plus convaincus, et les abandons l'emportent déjà sur les fidélités. Enfin, la phalange prête à défendre le vénérable exilé de La Chaise-Dieu et à protester contre les actes du concile d'Embrun est encore plus réduite : il est vrai que la répression qui s'abat sur les rebelles est de plus en plus pesante et efficace.

Peut-on prendre mesure de l'ampleur réelle atteinte par le mouvement des appels ? De l'étude récente de Dominique et Marie-Claude Dinet qui ont tenté une pesée globale de ceux-ci entre 1717 et 1728, à partir du recueil constitué, dès 1757, par Gabriel-Nicolas Nivelle, trois résultats principaux se dégagent. Tout d'abord le caractère minoritaire du jansénisme au sein de l'ensemble du clergé français, régulier ou séculier, est confirmé : avec 6 500, au mieux 7 000 appelants, ceux-ci ne représentent guère que 5 % des effectifs, et la diversité doctrinale n'est sans doute pas moindre chez ceux-ci que parmi les évêques. Ensuite, ce mouvement est géographiquement localisé : s'il atteint 45 diocèses à l'automne 1718, c'est de manière extrêmement inégale. Le diocèse de Paris vient ici très largement en tête avec le tiers de tous les appels et plus de 2 000 signataires pour les seuls appels de 1717-1718 (dont 30 % de réguliers et de membres des congrégations séculières); le Bassin parisien, du Vexin au Beauvaisis et à la Champagne, en totalise près de 3 000, et l'appel est même majoritaire dans les diocèses de Châlons-sur-Marne et de Tours, vraisemblablement aussi dans celui de Laon. Dans le diocèse d'Auxerre que gouverne pourtant l'un des chefs du parti, Caylus, 30 % seulement des paroisses ont appelé en 1717-1720. Au-delà de cet épicentre, l'implantation janséniste reste beaucoup plus faible, de la basse Normandie et la Bretagne au Poitou et au Berry : la forte présence oratorienne à Angers et à Saumur explique en partie des signatures relativement nombreuses en Anjou. C'est en fait dans la France du Midi que le jansénisme connaît son plus grand échec, ne regroupant que 700 signataires. Si Jean Soanen rassemble autour de lui les deux tiers de son clergé (mais son diocèse est minuscule avec seulement 33 paroisses et 29 annexes), Charles-Joachim Colbert n'en a entraîné dans le sien, celui de Montpellier, qu'un cinquième ; nombre de diocèses (en particulier pyrénéens) sont sans aucun appelant et, dans d'autres, les rares appelants recensés appartiennent à des chapitres. A l'Est, l'Alsace et la Franche-Comté sont parfaitement imperméables au mouvement des appels. Enfin, la qualité même des appelants n'est pas indifférente. D'une part, les facultés de théologie – au premier chef celle de Paris, de loin la plus importante, mais aussi celles de Nantes et de Reims – ont été au cœur du mouvement : la surreprésentation des gradués en théologie, due surtout au rôle moteur de la capitale, mais aussi au poids des chapitres et des curés des paroisses urbaines, n'est donc pas pour surprendre. D'autre part, plus du tiers (35 %) des appelants appartiennent à des ordres et congrégations religieuses ; les signatures les plus nombreuses se regroupent dans les ordres qui ont une forte tradition intellectuelle (à l'exception évidente des jésuites) : bénédictins de Saint-Maur ou de Saint-Vanne, oratoriens – 40 % d'entre eux signent les appels en 1717-1718, mais 22 % seulement protestent contre le concile d'Embrun – chanoines de la congrégation des chanoines réguliers de Sainte-Geneviève. A l'inverse, les ordres mendiants – en particulier récollets et capucins qui s'adonnent aux missions et comptent parmi eux nombre de boutefeux anti-jansénistes – sont quasiment absents. Au total, le mouvement janséniste du premier tiers du XVIIIe siècle apparaît bien comme celui d'une élite réduite du clergé, qui garde cependant, de par sa résidence parisienne et/ou par les liens d'échange qu'elle entretient tant avec la capitale qu'avec les Pays-Bas, une position centrale dans le champ des disputes théologiques. Cette élite dispose, de par son poids intellectuel, de puissants atouts politiques dans la noblesse robine comme dans le monde de la basoche, et sa prédication dans les paroisses a atteint les milieux populaires urbains.

*Retour à l'ordre :
la constitution* Unigenitus *loi du royaume*

Après la mort du cardinal de Noailles, le jansénisme fait l'objet d'une répression sans défaillance qui s'abat sur les forces vives du parti : la Faculté de théologie de Paris, les collèges, les ordres et congrégations religieuses, le clergé du second ordre. Dès octobre 1729, une lettre de cachet exclut des assemblées de la Faculté de théologie et prive de toutes fonctions et prérogatives les docteurs qui ont soit « réappelé », soit adhéré à la cause de Jean Soanen, soit rétracté la signature du formulaire : 48 docteurs se voient ainsi écartés d'un coup. Le 15 décembre suivant, la Faculté révoque son appel et tous les actes contraires à la constitution *Unigenitus,* ratifie à nouveau son décret d'acceptation de 1714 et reçoit la bulle comme un « jugement dogmatique de l'Église universelle » : envoyée en province, cette décision est finalement approuvée par 707 docteurs et 39 évêques. C'est un bastion essentiel du jansénisme qui fait désormais défaut. En cette même année, la mise au pas des ordres et congrégations est poursuivie de manière systématique : doivent être exclus des assemblées et chapitres généraux, où est envoyé chaque fois un commissaire du roi (souvent le lieutenant de police de Paris, Hérault), tous ceux qui n'auraient pas souscrit purement et simplement le formulaire et la bulle, et les « réappelants » ne peuvent accéder aux supériorités. Devant l'opposition très vive de certains ordres, le pouvoir doit renoncer à faire appliquer immédiatement toutes ces décisions, mais le travail de sape produit à la longue ses effets : la congrégation des bénédictins de Saint-Vanne reçoit la bulle au chapitre de Saint-Mansuy-lès-Toul en 1730, celle de Saint-Maur au chapitre général de 1733 ; il faudra attendre 1745 pour obtenir l'adhésion des chanoines réguliers de Sainte-Geneviève, 1746 pour les oratoriens. A ces dates tardives, la minorité des opposants irréductibles est un groupe en voie de vieillissement qui reste fidèle à ses engagements antérieurs, mais ne recrute plus parmi les jeunes générations.

A l'égard du clergé du second ordre, les évêques orthodoxes disposent désormais des moyens de la loi pour accentuer leur contrôle. S'il est vrai que la rigidité du système bénéficial – bénéfice vaut en effet possession – ne permet qu'un remplacement progressif des curés « hérétiques », la déclaration royale du 24 mars 1730 est venue appuyer fermement leur action. Celle-ci stipule, en effet, que désormais la constitution *Unigenitus* est aussi une loi du royaume. Les archevêques et évêques ont tout pouvoir pour faire observer cette loi : ils sont fondés à exiger de tout candidat à des fonctions canoniques, ou à un bénéfice, la signature sans restriction du formulaire et l'acceptation pure et simple de la constitution *Unigenitus*. Tout ecclésiastique récalcitrant qui intenterait un « appel comme d'abus » auprès du Parlement contre la décision de son évêque se verrait renvoyé devant lui : il est, en effet, interdit au Parlement d'intervenir dans des causes ayant pour origine la signature du formulaire ou l'acceptation de la bulle. Les prêtres jansénistes se voient donc théoriquement privés de tout appui extérieur. Forts du soutien royal, les évêques peuvent donc retirer aux ecclésiastiques appelants les pouvoirs de prêcher et de confesser, refuser les vicaires jansénistes proposés par les curés ou envoyer des vicaires constitutionnaires contre l'avis de ces derniers, interdire la fonction de catéchistes aux prêtres « habitués » suspects « d'hérésie », limiter enfin les pouvoirs sacramentels des curés à leurs seuls paroissiens, en proscrivant toute tentative de constituer des refuges accueillants aux fidèles d'autres paroisses. La chronologie de cette répression s'étale au moins sur une trentaine d'années : le dernier évêque janséniste, Charles de Caylus, qui ne meurt qu'en 1754, à 86 ans, après cinquante années d'épiscopat, avait fait de son diocèse d'Auxerre une terre d'accueil à tous les ecclésiastiques pourchassés pour leur fidélité à leurs convictions. L'action la plus précoce, la plus chargée de sens aussi, est l'extirpation du jansénisme menée par Charles-Guillaume de Vintimille du Luc, successeur du cardinal de Noailles sur le siège de Paris, auquel le cardinal de Fleury apporte un indéfectible soutien. Après avoir un moment tenté une politique d'apaisement – il avait renouvelé, à son arrivée en septembre 1729, les pouvoirs de 1 080 confesseurs, n'en interdisant qu'une trentaine –, il fait révoquer en 1730, par le supérieur des génovéfains, trois religieux de sa congrégation, curés dans la capitale (Saint-Étienne-du-Mont, Saint-Médard, La Villette), qui dépeignaient le troupeau « livré désormais à des guides aveugles et relâchés ». Dès avril 1730, ce sont près de 300 prêtres jansénistes du diocèse qui sont interdits. En même temps, les foyers d'éducation jansénistes sont systématiquement fermés et leurs élèves dispersés à la suite de descentes du lieutenant de police Hérault : collège de Sainte-Barbe (octobre 1730), séminaire des Trente-Trois (novembre 1731), communauté de Saint-Hilaire (avril 1734), communauté des prêtres de Saint-Josse (avril 1736). Le tableau qu'adresse à Rome l'internonce Nicolo Maria Lercari, en février-mars 1739, montre que la bataille menée par l'archevêque est en voie d'être gagnée. Même si le jansénisme dispose encore de quelques solides bastions (paroisses ou collèges « mauvais », ou simplement « suspects »), il n'est plus, semble-t-il, majoritaire dans le clergé (sauf peut-être dans le clergé régulier). Mais à quel prix s'est réalisée cette lente et difficile victoire ?

L'une des illusions de la politique de Fleury a été sans doute de méconnaître l'emprise des débats religieux dans les cœurs et les corps mêmes des fidèles : la rumeur les amplifie et les déforme dans le temps même où l'attachement des populations à leurs pasteurs s'exacerbe.

Miracles et convulsions

Une conjoncture miraculaire se développe à partir de 1725. Dès le 31 mai 1725, Anne Lafosse, épouse d'un ébéniste du faubourg Saint-Antoine, qui souffrait depuis vingt années d'une paralysie partielle et d'une perte de sang, était subitement guérie au cours d'une procession de la Fête-Dieu conduite par l'abbé Jean-Baptiste Goy, curé appelant de Sainte-Marguerite, qui portait l'ostensoir où était enchâssée l'hostie qu'il venait de consacrer. Si le cardinal de Noailles, en confirmant après enquête, au mois d'août suivant le miracle, se contentait d'affirmer qu'il était destiné à confondre « libertins » et « protestants », tous ennemis de la présence réelle, Charles-Joachim Colbert, évêque de Montpellier, l'instrumentalise aussitôt en faveur de la cause janséniste : face aux paroissiens qui refusaient les sacrements des mains de leur curé, l'intervention divine vient justifier celui-ci contre les calomnies qui le discréditent ; le miracle est l'un des moyens dont Dieu se sert pour discerner la vérité de l'erreur.

En juillet 1727, à la suite d'une guérison intervenue sur la tombe de Gérard Rousse, chanoine appelant à Avenay, un culte populaire se développe : dès le mois suivant, les vicaires généraux de Mgr de Rohan, archevêque de Reims, interdisent, dans un mandement, neuvaines et pèlerinages, menaçant même d'excommunication les pèlerins. L'année suivante, sur ordre du garde des Sceaux, l'intendant de Champagne fait placer des archers devant la chapelle où repose le corps. Le culte naissant paraît bien avoir été stoppé, mais les relations des deux guérisons miraculeuses intervenues – tout comme celle d'Anne Lafosse, nouvelle hémorroïsse – ont très largement circulé. C'est en fait autour du corps du diacre Pâris que la piété janséniste va se fixer. Fils d'un conseiller au parlement de Paris, François de Pâris est mort le 1er mai 1727 dans la cabane où il logeait au coin d'un jardin situé sur la paroisse Saint-Médard. Ce diacre – il a refusé par humilité le sacerdoce –, formé au séminaire oratorien de Saint-Magloire (où il a entendu les conférences de l'abbé Duguet), exerçait les fonctions de catéchiste en développant une pédagogie appropriée aux capacités de son auditoire « afin d'annoncer aux pauvres qu'ils sont les plus proches du royaume de Dieu et sont les plus négligés ». Non seulement il a assisté les pauvres en leur distribuant sa fortune, mais s'est identifié à eux en apprenant le métier de tisseur de bas ; pénitent vivant dans une ascèse continuelle, Pâris persiste jusqu'à sa mort dans son hostilité à la constitution *Unigenitus*, et demande à être enterré « comme un pauvre de la manière la plus simple sans tenture, sonnerie, ni luminaire, par la charité, dans le cimetière ». Il fait aussitôt l'objet d'une canonisation populaire : non seulement les objets lui ayant appartenu – bois de lit, matelas, armoire, bas qu'il tissait – deviennent autant de reliques appliquées sur les corps malades, mais des neuvaines de prières sont effectuées sur sa tombe pour obtenir des guérisons.

Le nombre de celles-ci reste au début modeste – une dizaine seulement en 1728 –, mais elles sont très rapidement diffusées : les *Nouvelles ecclésiastiques*, journal janséniste clandestin né lui aussi en 1728, s'en font immédiatement l'écho. Les malades viennent se coucher sur la pierre tombale et récoltent de la terre prise soit « de dessous » la tombe, soit « auprès » de la tombe. Un flux continu de pèlerins (mais aussi de spectateurs) se dirige désormais vers le charnier Saint-Médard, entraînant avec lui tout un commerce dévot de gravures, de prières écrites à la main par des maîtres écrivains se tenant à l'entrée, mais aussi de demandes de messes et de neuvaines. Dès 1729, le mouvement est suffisamment important pour que les mouches de police surveillent attentivement le cimetière et rendent compte de ce qui s'y passe. On ne peut qu'être frappé du lien étroit qui unit le phénomène miraculeux à la persécution qui s'abat sur lui. Paroissienne de Saint-Barthélemy, Anne Le Franc, paralysée, est bouleversée lorsqu'elle apprend le remplacement de son « vrai » pasteur, l'abbé Lair, curé appelant, par un desservant orthodoxe : elle éprouve une telle répugnance à user de son ministère que, dit-elle, « j'aurais mieux aimé mourir que de m'y résoudre ». Elle entreprend donc une neuvaine à Saint-Médard pour recouvrer sa motricité et est guérie le 6 novembre 1730 : la relation de sa maladie et de sa guérison authentifiée par le témoignage de 120 personnes, déposée chez un notaire parisien, est aussitôt publiée dans une *Dissertation sur les miracles et en particulier sur ceux qui ont été opérés au tombeau de M. de Pâris*. C'est à cet ouvrage que répond le mandement de Mgr de Vintimille, le 15 juillet 1731. Alors que le cardinal de Noailles avait fait entreprendre discrètement, en 1728, des informations sur les miracles intervenus par l'intercession du diacre, son successeur sur le siège de Paris déclare le miracle d'Anne Le Franc « faux et supposé », interdit la publication de nouveaux miracles sans son autorisation et un examen canonique préalable, il proscrit tout culte rendu au diacre, soit en révérant sa tombe, soit en faisant dire des messes célébrées en son honneur. Par sa violence, le mandement de l'archevêque déclenche dans tout le tissu social de la capitale des effets insoupçonnés, d'où sourd une inquiétante étrangeté. Non seulement la propagande janséniste s'en trouve aiguillonnée : trois *Vie de M. de Pâris diacre* sont imprimées en 1731, et de multiples estampes représentant le « véritable portrait » du « bienheureux Pâris » vendues à la criée ; plus d'une trentaine de colporteurs ou marchands d'images qui les diffusent sont ainsi conduits à la Bastille au cours des six derniers mois de 1731, et reprennent leur pieuse activité dès leur libération. Mais surtout l'affluence au cimetière de Saint-Médard ne cesse de croître tout au long des mois qui suivent le mandement.

Les miracles ne cessent de se multiplier : 17 de janvier à juin 1731, mais 38 de juillet à décembre de la même année, d'après les *Recueils de miracles* étudiés par Catherine Maire. Une fièvre miraculaire s'empare des corps souffrants, et le phénomène tend désormais à s'accompagner systématiquement de crises de « convulsions » sur le tombeau ou à l'intérieur des charniers, mouvements violents qui frappent d'effroi les spectateurs (qui doivent parfois retenir les malades), mais sont en même temps reconnus comme les symptômes d'une guérison prochaine : d'août 1731 à janvier 1732, le nombre des convulsionnaires aurait été d'environ 200, sept sur dix étant des femmes, principalement filles d'artisans ou de gens exerçant des petits métiers. L'ordre public est, cette fois, en cause : puisqu'au témoignage des médecins et chirurgiens que le roi a commis, les « mouvements et agitations prétendus involontaires » n'ont « rien de convulsif et de surnaturel », mais sont « entièrement volontaires de la part desdits particuliers » qui s'y livrent, c'est donc qu'on a manifestement cherché « à faire illusion et à surprendre la crédulité du peuple ». Il convient de faire cesser ce « scandale et le concours du peuple qui est devenu une occasion continuelle de discours licencieux, de vols et de libertinage ». Le 29 janvier 1732, le petit cimetière de Saint-Médard est donc fermé et les corps de garde du faubourg Saint-Marcel militairement occupés dès quatre heures du matin. Le lendemain, l'archevêque de Paris interdit de venir célébrer des messes à Saint-Médard sans son autorisation, pour les prêtres extérieurs du diocèse, ou celle du curé, pour les ecclésiastiques diocésains ; en même temps, il interdit aux fidèles, sous peine d'excommunication, de lire ou de posséder l'une ou l'autre des trois *Vie* du diacre parues l'année précédente, contenant des propositions « fausses, scandaleuses, injurieuses à l'autorité du Saint-Siège et de l'Église, téméraires, impies, favorisant les hérétiques, erronées, schismatiques ». Un triple espace est ainsi retiré au recours orant, l'espace du cimetière où repose le corps du saint thaumaturge – sur la porte close du cimetière, une affiche placardée ce même 30 janvier, le formule de manière plaisante : « de par le roi, défense à Dieu de faire miracle en ce lieu » –, espace de l'église elle-même puisque les demandes de messe ne sont plus exaucées (mais les fidèles allument des cierges et épinglent les billets qui exposent leur malheur dans la chapelle la plus proche du tombeau), espace de la lecture pieuse qui apporte réconfort spirituel. La foule se ruant dans le cimetière lorsque la porte vient à s'ouvrir pour une inhumation, le cimetière est désormais fermé aux enterrements le 3 décembre suivant.

Les transformations du processus convulsif

La violence de cette clôture induit une transformation du processus convulsif lui-même dont on retiendra seulement trois aspects. Tout d'abord, chassé des lieux publics, le phénomène se dissémine à travers la ville dans une multitude d'assemblées particulières, qui se tiennent à l'intérieur de lieux clos que l'on veut opaques à l'investigation policière. Une sociabilité de la « convulsion » se développe où « frères » et « sœurs », abandonnent les distinctions sociales qui les séparent, s'imaginent reconstituer les communautés persécutées de la primitive Église, petite cohorte des « élus » s'opposant par leur témoignage à l'aveuglement des gentils. L'ampleur sociale de l'événement – en 1734, selon l'avocat Barbier, plus de 5 000 personnes seraient « engagées dans toutes ces cabales et l'argent ne leur manque pas », 2 000 encore en 1750 d'après le marquis d'Argenson – est perçue comme une inquiétante menace par la royauté : dès février 1733, Louis XV a publié une nouvelle ordonnance faisant défense à « toutes personnes se prétendant attaquées de convulsions de se donner en spectacle en public, ni même de souffrir dans leurs maisons, dans leurs chambres ou autres lieux, aucun concours ou assemblée » et à tous ses sujets « d'aller voir ni visiter les dites personnes sous prétexte d'être témoins de leurs convulsions » ; sous l'impulsion du lieutenant de police, les assemblées découvertes sont dispersées et les convulsionnaires conduits à la Bastille pour des séjours relativement courts (quelque 250 au total entre 1732 et 1760). Des indications sociales laissées par ces poursuites, et patiemment reconstituées par Catherine Maire, se dégage un double enseignement : d'une part, tout comme les femmes étaient majoritaires chez les miraculés du cimetière Saint-Médard (70 %), elles le sont aussi parmi les convulsionnaires qui tiennent des discours et participent activement aux cérémonies figuristes (65 %), et appartiennent plutôt à des couches populaires ; d'autre part, les assemblées convulsionnaires brassent un public extrêmement mêlé où figurent en bonne place, parmi les hommes, les religieux (30 % des hommes identifiés) et les gens de qualité (nobles, robins et bourgeois représentent 40 % du public masculin identifié). La dissidence ne se produit donc pas aux marges du tissu social, mais au cœur même du dispositif institutionnel de la monarchie.

En second lieu, les convulsions changent de nature, comme si le resserrement progressif de l'étreinte policière s'inscrivait sur les corps eux-mêmes : ceux-ci se crispent et se rétractent sur eux-mêmes. Le spasme n'est plus le signe avant-coureur de la guérison, mais l'expression d'un corps souffrant que seuls des « secours extérieurs » infligés par des assistants peuvent détendre et apaiser. La convulsion organise autour d'elle toute une économie sociale du mal ; d'où cet étonnant arsenal d'instruments de plus en plus meurtriers : barres de fer, bûches, pierres, fouets, ciseaux, stylets, épées, et cet étrange lexique du corps, pressions, tiraillements dont la violence s'exacerbe jusqu'au sang, au fur et à mesure que tout appui politique est retiré aux convulsionnaires. Ces scénographies de corps en transe qui se laissent littéralement supplicier nous demeurent incompréhensibles si l'on se refuse d'y lire – et c'est le dernier aspect que nous voudrions souligner – un langage. Puisque toute expression publique a été retirée aux jansénistes, puisque le miracle n'a pas suffi pour ouvrir les yeux des gentils, les convulsions se surchargent d'un sens symbolique qui déborde l'acte lui-même. Les convulsionnaires *figurent,* en effet, les martyrs de la vérité et les coups qui leur sont assenés la persécution qui s'abat sur les justes, signe de leur élection. Au moment où les prêtres et les corps religieux tels que l'Oratoire, qui étaient autrefois la « lumière et l'édification de l'Église », se sont « asservis à des princes étrangers », les « forts » d'entre eux étant dispersés (comme le dit, en 1733, la sœur de la Croix, Marie-Anne Gaut, blanchisseuse), les femmes convulsionnaires poursuivent la démonstration de la cause de Dieu. S'appropriant en leurs corps mêmes les sermons de théologie figuriste qu'elles ont entendus, elles se veulent pure projection de la volonté de Dieu, annonce des temps derniers ; d'où ces figurations qui déroulent devant les yeux des spectateurs tant des morceaux de l'Écriture que des événements contemporains : passion du diacre Pâris, douleur de l'Église ensevelie dans l'amertume. Après 1745, au fur et à mesure que les cercles convulsionnaires, sous l'effet de la répression, se fragmentent en groupes sectaires, l'escalade démonstrative s'achève dans ces corps crucifiés, attestant par l'acte seul, qui doit les identifier au Rédempteur, la vérité de la cause.

L'épisode miraculaire et convulsionnaire qui se propage à partir de Saint-Médard ne saurait être minimisé. Il dit d'abord la profondeur de la blessure qu'a introduite la répression du jansénisme au sein de tout un petit peuple d'artisans, de boutiquiers, de domestiques. L'arrachement qui leur est fait de leurs pasteurs les a saisis dans leur chair même : la privation se retraduit en expérience du désert. En même temps, pour le petit groupe des « élus », les repères religieux traditionnels se brouillent, la vérité défendue est toujours au-delà de la figure qui prétend le représenter et l'enclore, et les convulsionnaires n'ont jamais « l'assurance positive » de parler au nom du Saint-Esprit. Dans cette surenchère d'images et de représentations, où se lit une rage de convaincre, Dieu s'éloigne et se voile ; comme le dit la sœur Louise l'aboyeuse (Louise Lopin, femme d'un marchand de vin de Chablis) : « Mon Dieu, qu'est devenue votre image ? Que sont devenus les yeux que vous nous avez donnés pour votre lumière ? Où sont les oreilles qui doivent entendre votre voix ? Où est la bouche qui ne devait s'ouvrir que pour chanter vos louanges et invoquer votre nom ? Mon Dieu, nous sommes tous défigurés. » Sur ce fond d'incertitude qui traverse les convulsionnaires eux-mêmes, la querelle des interprétations vient redoubler le désarroi. Les convulsions divisent, en effet, profondément les théologiens jansénistes, dès les années 1732-1735. L'un des plus grands exégètes figuristes du parti, l'abbé Jacques-Vincent Bidal d'Asfeld, qui avait pourtant pris fait et cause pour les miracles du cimetière Saint-Médard, dénonce systématiquement les « convulsionnistes » ; les convulsions sont l'œuvre du délire de fous qui se croient inspirés.

Face à ces attaques frontales, les figuristes les plus conséquents sont amenés à développer une argumentation rationnelle et positive. Louis-Basile Carré de Montgeron, conseiller au parlement de Paris et généreux protecteur de nombreux convulsionnaires – qui pourrait bien être emblématique de ces nobles et robins qui participent aux assemblées –, entend démontrer la *Vérité des miracles opérés à l'intercession du diacre Pâris* par un raisonnement rigoureux, assorti d'un appareil impressionnant de certificats et de procès-verbaux. La somme apologétique qu'il fait éditer à Utrecht et ose présenter en 1737 au roi – geste qui lui vaudra d'être embastillé, puis de passer le reste de sa vie en forteresse – vise à apporter des preuves irréfutables. Contre Mgr de Vintimille, qui affirme que « les suffrages d'une populace ignorante et crédule ne peuvent jamais avoir une grande autorité », Carré de Montgeron affirme, au contraire, que le témoignage de la multitude n'est pas trompeur : l'enquête historique fondée sur le rapprochement des témoignages démontre que les miracles sont des faits certains. Du même coup, les autorités ecclésiastiques, en refusant de reconnaître des miracles prouvés par la raison, ouvrent une faille critique au sein même de la pensée religieuse : comment accepter désormais, au nom de la foi, les miracles de Jésus-Christ si des miracles plus probables sont niés ?

Désacralisation de la monarchie

La force du jansénisme populaire est encore perceptible à la mi-XVIIIe siècle. C'est lors des refus de sacrements qui agitent la capitale, dans les années 1749-1756, que se lit le mieux cette fidélité. Nommé en 1746, Christophe de Beaumont, archevêque de Paris, entend restaurer l'orthodoxie doctrinale dans son diocèse avec une poigne de fer. Il donne l'ordre à son clergé de refuser les derniers sacrements à toute personne qui ne présenterait pas un billet de confession délivré par un prêtre approuvé, c'est-à-dire « constitutionnaire ». La pratique des billets de confession qui n'était pas, à proprement parler, nouvelle, avait suscité déjà bien des conflits, et d'autres prélats (tel Languet de Gercy à Sens depuis 1739) avaient donné des ordres similaires. Mais, dans la caisse de résonance très particulière qu'est Paris, cette intransigeance vis-à-vis de vieillards *in articulo mortis* a suscité une intense émotion : en juin 1749, 4 000 personnes assistent aux obsèques de l'ancien recteur de l'Université, Coffin ; en mars 1752, en pleine semaine sainte, ce sont plus de 10 000 personnes qui se pressent aux obsèques de l'oratorien Ignace Le Mère, traducteur des Pères de l'Église, âgé de 85 ans. Dans les deux cas, l'inflexible curé de Saint-Étienne-du-Mont leur a refusé les derniers sacrements, faute pour les mourants de produire l'indispensable « billet ». Au passage de son carrosse sur le Pont-Neuf, les poissardes n'hésitent pas à insulter l'archevêque en criant « qu'il fallait noyer un b... qui leur refusait les derniers sacrements ». Un témoin aussi peu janséniste que l'avocat Barbier est lui-même choqué par un usage qui pourrait se transformer en « inquisition ».

Mais le même lucide témoin note aussi, à propos des libelles qui circulent à cette occasion, un changement de climat : « On commence à tourner en dérision les choses spirituelles et les plus saintes de la religion ; mais il faut avouer qu'elles le méritent un peu. » Pour comprendre ces transformations, il faut bien saisir que le théâtre de la dispute s'est alors largement déplacé. La politique de répression du jansénisme menée par le cardinal de Fleury n'a pas eu le seul effet, inattendu, de faire surgir l'inquiétante étrangeté du miracle. En interdisant de publier tout ouvrage qui, d'une manière ou d'une autre, pourrait attaquer la bulle *Unigenitus*, « soutenir, renouveler ou favoriser » les propositions qui y sont condamnées, en édictant des peines extrêmement lourdes contre les auteurs, imprimeurs, dépositaires et diffuseurs des livres et brochures jansénistes, la déclaration royale du 24 mars 1730 ne pouvait que renforcer l'entrée dans la clandestinité du mouvement et le développement de réseaux de résistance. Les *Nouvelles ecclésiastiques* qui ont paru pour la première fois le 23 février 1728, avec le sous-titre *Mémoire pour servir à l'histoire de la constitution Unigenitus,* pourraient bien être emblématiques de cette réussite éditoriale. Publié chaque semaine sur un format de quatre, puis bientôt huit pages in-quarto, avec un tirage de 6 000 exemplaires, cet organe, qui recueille des informations extrêmement sûres, prises jusque dans les cercles les plus proches du pouvoir, a été l'un des leviers essentiels de « parti » et remplit le programme qu'il se proposait dès l'origine : sous la forme « d'un récit des faits simples, court et exact », il veut réussir à ramener vers ces « innocents persécutés » que sont les appelants « quantité de personnes prévenues de bonne foi, à exciter la multitude plongée dans l'insensibilité sur les grands maux de l'Église, et à rendre tout le monde attentif à des événements qui doivent intéresser tout le monde ». L'organe a atteint très largement les couches urbaines. Jusqu'à la Révolution, la police sera impuissante à arrêter la publication du journal, en dépit de l'arrestation de nombreux imprimeurs et colporteurs clandestins. Cette impunité en dit naturellement long sur la puissance et l'efficacité des réseaux de soutien dont disposait le parti janséniste. Mais la structure même de rédaction, de production et de diffusion du journal en segments extrêmement cloisonnés, interdit aux argousins de remonter très haut les filières. Des « maisons de refuge » – châteaux, abbayes – sont affectées aux collaborateurs des *Nouvelles* – imprimeurs, correspondants – dès qu'un danger se manifeste, et chaque maillon de la chaîne sait les tâches de camouflage qu'il doit accomplir, lorsque l'horaire de la distribution n'a pas été respecté. Par leur impact, les *Nouvelles ecclésiastiques* ont largement contribué à façonner l'opinion publique : elles ne sont certainement pas étrangères au développement d'un anticléricalisme qui s'élève contre le despotisme exercé sur les consciences, ni non plus à la généralisation d'une hostilité vis-à-vis des jésuites.

Mais surtout, en voulant à tout prix faire de la constitution *Unigenitus* une loi du royaume, le cardinal de Fleury a commis l'erreur de réveiller malencontreusement les susceptibilités gallicanes de la magistrature et de la basoche. Dès les années 1730, une minorité très active de parlementaires et d'avocats, qui se concertent régulièrement avant les séances des chambres, a su développer une tactique extrêmement habile pour faire jouer tous les ressorts de la solidarité des corps et entraîner le Parlement, comme la corporation des avocats, dans des luttes qui se placent davantage sur le terrain de la compétence juridictionnelle que sur celui des questions doctrinales. La lutte contre la bulle *Unigenitus* se transforme, de par la technique même adoptée par les acteurs, en une défense des prérogatives du Parlement en matière d'appel comme d'abus (ce que justement lui niait la déclaration du 24 mars 1730). Cette mutation entraîne au moins deux conséquences fondamentales. D'une part, elle conduit à la théorie de la monarchie contractuelle : les parlements dépositaires des lois sont l'organe de la nation auprès du roi. D'autre part, en insistant sur la nécessité de séparer pouvoir temporel et pouvoir spirituel, Église gallicane et papauté, les querelles parlementaires débouchaient sur une désacralisation de la monarchie : dans l'affaire des refus de viatique et d'extrême-onction, le Parlement justifie son intervention par le *for extérieur,* c'est-à-dire le scandale public, le nécessaire rétablissement d'un ordre troublé par les indélicates exigences de curés constitutionnaires qui diffament gratuitement la réputation des personnes et des familles. Le « schisme » des prélats constitutionnaires pourrait les conduire, selon les représentations énoncées en mars 1752, à « mettre à l'admission aux sacrements telles conditions qu'il leur plairait, et se rendre les arbitres de l'état et de la fortune des citoyens ». En interdisant aux curés constitutionnaires tout refus de sacrement, les parlementaires défendent l'idée d'une fonction sociale de la religion : le service public qu'assure le clergé doit être normalement assuré en vue du bien commun, et le Parlement est habilité à rétablir sa marche régulière en cas de désordre. Le sacrement n'est pas loin d'être considéré comme un droit, dont les cours protectrices des canons ont le devoir de rétablir le correct exercice contre l'arbitraire épiscopal.

C'est dans ce contexte que Louis XV abandonne l'un des gestes qui caractérisent, depuis le Moyen Age, la fonction sacrale du monarque : le toucher des écrouelles que le roi ne pouvait accomplir sans préalablement s'être confessé et avoir communié – le pouvoir thaumaturgique est, en effet, lié à un état de grâce. L'abandon de ce geste, qui avait été accompli assez régulièrement depuis son sacre en 1722 (en général la veille de cinq grandes fêtes de l'année), se situe à Pâques 1739, au moment où le roi affiche son adultère avec Mme de Mailly et refuse de se confesser et de communier. Le retour du monarque à la pratique sacramentelle, en août 1744 à la suite d'une violente maladie, n'entraîna pas, en revanche, le retour à l'ancien rite guérisseur : le simple épisode biographique conduit, ici aussi, à une désacralisation de la fonction monarchique.

*L'expulsion des jésuites
ou la fin de l'union des deux puissances*

Dans la complexe histoire des rapports entre l'Église et la monarchie, les années 1750-1770 sont tout à fait décisives parce qu'elles constituent le moment où se défait insensiblement l'accord entre les deux puissances : l'appui royal est désormais compté au clergé. Dans l'affaire des refus de sacrements, la prétention du Parlement à intervenir au nom de l'ordre public est, aux yeux des prélats, tout à fait exorbitante, parce qu'elle légitime par avance toute intrusion des tribunaux séculiers dans les matières spirituelles. Quelle est l'affaire spirituelle, note l'évêque du Puy, Jean-Georges Lefranc de Pompignan, « qui soit entièrement étrangère à la société ? » Aux yeux du clergé, les parlementaires n'ont aucun droit à se porter juges des raisons qui ont occasionné un refus de sacrements : celui-ci n'est pas une possession de droit.

En dépit de succès ponctuels, les évêques ne voient cependant pas le roi appuyer leurs thèses, comme la théorie des deux puissances le lui imposait : ne doit-il pas procurer par le concours de l'autorité temporelle une plus prompte exécution des lois de l'Église ? Mais surtout la faiblesse du clergé provient de sa division même : à l'assemblée du clergé de 1755, les prélats se sont divisés entre « feuillants » qui ne voient dans la désobéissance à la bulle qu'une faute grave mais *vénielle,* et limitent les refus de sacrements aux seuls cas de révolte opiniâtre, et les « théatins », constitutionnaires intransigeants qui considèrent le refus d'obéissance à la bulle comme un péché *mortel,* dont la conséquence est l'impossibilité de recevoir les derniers sacrements sauf à avoir confessé le péché et reçu une absolution. Le recours au pape pour trancher le débat était, de la part de l'assemblée, un aveu explicite de son impuissance à trouver une solution « gallicane » à ce problème. Or, l'encyclique de Benoît XIV, en date du 16 octobre 1756, apporte, en fait, un appui aux modérés : s'il renouvelle la valeur de la constitution *Unigenitus,* il évite soigneusement de la désigner sous le terme de règle de foi, et vise d'abord à une pacification des esprits en substituant à l'obligation du billet de confession le simple devoir pour le clergé de s'éclairer sur les véritables sentiments des mourants. La modération du texte papal a pu pousser le roi – surtout après le long conflit politique qui l'a opposé au Parlement pendant près de neuf mois (décembre 1756 – septembre 1757) – à faire enregistrer le 1er septembre la déclaration du 10 décembre précédent, qui entérine l'encyclique, selon des formes qui reconnaissent le bien-fondé de l'intervention parlementaire : la voie de l'appel comme d'abus reste ouverte, la déclaration sera exécutée « conformément aux canons reçus dans le royaume, aux lois et aux ordonnances ». N'était-ce justement au nom de ces mêmes principes que le Parlement avait interdit aux prêtres de refuser les sacrements ? Les assemblées du clergé ne se trompent pas sur la reculade royale et ne cessent d'adresser, entre 1758 et 1765, des remontrances sur la manière dont le Parlement, interprétant la déclaration du 10 décembre 1756, continue à intervenir en matière de refus de sacrements. A ces plaintes, le roi répond par des promesses dilatoires qui indiquent bien que la politique royale a désormais changé.

Bien plus décisive à cet égard est la crise qui, dans les années 1761-1764, supprime dans le royaume la Compagnie de Jésus. Elle intervient dans un climat politico-religieux qui a largement contribué à dégrader l'image de celle-ci dans l'opinion publique. Les jansénistes français, qui ont renoncé, depuis la mort de Benoît XIV (1758), à tout espoir de voir paraître une bulle qui mettrait fin aux persécutions contre les appelants, ont décidé, bien conseillés par des amis romains, de changer radicalement le terrain de la lutte : abandonnant celui de l'*Unigenitus,* ils concentrent désormais tous leurs efforts dans une attaque systématique des jésuites. Ceux-ci n'ont-ils pas réimprimé à Toulouse, en 1757 – l'année même de l'attentat de Damiens ! – la *Theologia Moralis* du père jésuite allemand Hermann Busembaum, parue pour la première fois en 1645, où l'auteur affirmait l'indépendance absolue du clergé à l'égard des puissances séculières, l'autorité souveraine du pape sur le temporel des princes, et, dans le cas où le roi viendrait à contester cette autorité, le droit pour les sujets de se révolter et de l'assassiner ? Suivant une tactique éprouvée, les parlements se chargent, en condamnant le livre, de donner un retentissement sonore à cette affaire mineure. Mais surtout, la minorité janséniste des parlements a trouvé un allié inattendu dans le duc de Choiseul qui joue le rôle de principal ministre. Celui-ci, qui a besoin de l'aval des magistrats pour soutenir la guerre au moyen d'impôts alourdis, semble bien en retour, dès décembre 1759, avoir abandonné à leur vindicte la Compagnie de Jésus pour laquelle il n'éprouve aucune sympathie. Les folles spéculations engagées par le père La Valette à la Martinique – en 1762, les dettes qu'il a contractées s'élèvent à la somme de 6 200 000 livres – sont ici un simple point de départ : elles donnent lieu à un procès civil devant la Grand-Chambre du Parlement, de mars à mai 1761, dont la sentence finale déclare les jésuites solidaires de la dette de leur confrère sur tous les biens de l'ordre (sauf ceux de la fondation des collèges, missions et résidences) et les condamne à verser à une maison marseillaise créancière 1 552 276 livres. Mais, dès ce moment, l'attaque contre les jésuites s'est transformée en affaire d'intérêt public. Sous la pression du parti janséniste, l'assemblée des chambres a, en effet, décidé, le 17 avril, de se saisir de l'examen des constitutions de la Compagnie : ce jour-là, l'abbé Chauvelin, dont le discours a été largement inspiré par des ecclésiastiques jansénistes parisiens, s'était déclaré contraint « comme chrétien, comme citoyen, comme Français, comme sujet du roi et comme magistrat » de dénoncer à ses collègues le caractère « despotique » de celles-ci. Les membres ne doivent-ils pas à leur général une obéissance absolue ? Les jésuites qui dirigent l'éducation et les consciences des sujets du royaume ne peuvent être par leur état, par leurs vœux, par leurs constitutions que les instruments aveugles et passifs de la volonté arbitraire et despotique d'un général étranger qui réside à Rome. L'existence même de l'ordre se trouvait en cause.

La rapidité de la manœuvre, la stratégie de concertation systématique avec les autres parlements, la détermination sans failles du parti janséniste ont visiblement pris de court des autorités jésuites divisées sur la marche à suivre, persuadées peut-être que l'appui de la cour ne leur ferait jamais défaut. Dès le 6 août 1761, le parlement de Paris a rendu deux arrêts menaçants : par le premier, le procureur général est admis à appeler comme d'abus de tous les actes fondant, depuis l'origine, la Société de Jésus, et donc à assigner le général de la Compagnie devant le Parlement ; par le second, il paralyse le recrutement de l'institut en interdisant aux jésuites de recevoir des novices et de prononcer des vœux, il dissout leurs congrégations et associations et ferme leurs collèges. Pour éviter un nouveau conflit frontal avec le Parlement, le roi se contente, le 29 août, de suspendre pour un an l'exécution de cet arrêt, et obtient qu'aucun collège jésuite du ressort ne soit fermé avant le 1er avril 1762. Le roi comptait bien mettre à profit le délai obtenu pour obtenir une solution « gallicane » qui permettrait aux jésuites de rester dans le royaume. C'était s'illusionner sur les marges de négociations possibles avec les autorités romaines. Si, à l'automne 1761, les jésuites parisiens (et plus généralement ceux de la province de France) semblent s'être enfin rendu compte de la gravité de leur situation, et ont alors multiplié, de manière un peu brouillonne, les déclarations de loyalisme affirmant le caractère inadmissible du tyrannicide, l'indépendance des princes en matière temporelle, le caractère limité de l'autorité des supérieurs et du général, dont les ordres ne peuvent contrevenir aux lois du royaume, ils suscitent par leur hâte la suspicion du général de la Compagnie et du Saint-Siège, et ne semblent pas avoir acquis pour autant la confiance de la commission du Conseil du roi par leur retard à signer une acceptation formelle des *Quatre Articles* de 1682. Lorsque, sous la pression des évêques, ils s'y décident solennellement, en décembre 1761, et lorsque le général, en janvier 1762, signe lui-même un décret condamnant le tyrannicide, ces actes de bonne volonté ne suffisent plus. Au reste, l'hostilité des supérieurs et procureurs des différentes provinces françaises de l'ordre, comme l'intransigeance du général vis-à-vis de l'établissement d'un vicaire général chargé de gouverner, conformément aux coutumes et aux lois du royaume, la partie française de la Compagnie, scellait son destin. L'échec complet des négociations interdit, en fait, à Louis XV d'imposer l'enregistrement de l'édit que le chancelier Lamoignon avait préparé, en mars 1762, pour sauver les jésuites : transformant les cinq provinciaux en autant de « vicaires généraux » obligés de prêter serment, de se conformer aux maximes et ordonnances du royaume, celui-ci soumettait étroitement les jésuites à la juridiction des évêques et à la surveillance des magistrats, tout acte émanant du général devant être soumis à l'examen préalable des parlements. C'est qu'entre-temps, l'opposition janséniste n'a pas désarmé. Dès le 12 février 1762, le parlement de Rouen – où le « parti » est conduit par Thomas du Fossé, petit-fils d'un disciple des solitaires de Port-Royal et correspondant régulier de l'avocat parisien Louis-Adrien Le Paige, stratège de toute l'opération – a rendu un arrêt définitif qui déclare nuls les vœux des jésuites, ordonne leur dispersion et la mise sous séquestre de leurs maisons, et exige d'eux un serment spécial de fidélité au roi et aux maximes du royaume pour tout accès à une charge, à un bénéfice, ou à une chaire d'enseignement. Le 1er avril 1762, tous les collèges jésuites sont fermés dans le ressort du parlement de Paris et, d'avril à septembre, quatre parlements – Bordeaux, Rennes, Paris (le 6 août, un an jour pour jour après ses précédents arrêts), Metz – et le Conseil souverain du Roussillon prononcent des arrêts rigoureusement similaires à celui de Rouen. Les autres cours suivront avec plus ou moins de retard et d'empressement, si bien que, par l'édit de novembre 1764, le roi donne son aval aux arrêts parlementaires, en proscrivant la Société dans toute l'étendue de la domination du roi (mais en permettant aux anciens jésuites de rester ou de revenir dans le royaume sans prêter aucun serment, en vivant en simples particuliers, soumis à l'autorité spirituelle des évêques).

Revanche ultime des jansénistes sur leur séculaire adversaire, l'expulsion des jésuites marque, en fait, le moment où les querelles religieuses du siècle se muent définitivement en débats politiques, et où s'effondrent la théorie de l'union des deux puissances et la théologie des rapports du spirituel et du temporel, telles que les avait élaborées la *Déclaration des quatre articles* de 1682.

L'examen des constitutions des jésuites ne pourrait-il être le prélude à un examen systématique, par la puissance temporelle, des règles de tous les ordres religieux ? Devant ce danger d'une Église inféodée à l'État, les évêques entendent transformer l'assemblée de 1765 en un véritable concile national dont les textes auraient valeur pour l'ensemble de l'Église de France. Les *Actes de l'Assemblée sur la religion*, publiés le 22 août, constituent, en effet, une déclaration flamboyante des droits imprescriptibles de la puissance spirituelle : ouverts par une condamnation solennelle de plusieurs livres (dont *De l'esprit*, *Émile*, l'*Encyclopédie*, le *Contrat social*, les *Lettres de la Montagne*), ils réaffirment l'infaillibilité de l'Église universelle, tant sur les règles des mœurs que sur les principes de la croyance :

> Quelques talents, quelques connaissances qu'ait un laïc, quelque élevé qu'il soit en dignité, il ne peut connaître des choses spirituelles […] Elle [l'Église] enseigne avec une égale autorité ce qu'il faut croire et ce qu'il faut pratiquer, et le jugement qu'elle porte sur les vérités morales est aussi indépendant des princes que celui qu'elle porte sur les objets de la croyance. Les instituts religieux appartenant à la règle des mœurs et à la discipline sont donc assujettis au pouvoir de l'Église : la puissance civile peut les examiner dans le domaine temporel ; elle peut même, par des consi-

dérations politiques, ou les admettre, ou ne pas les recevoir dans ses États ; mais dans l'ordre de la religion, ils ne peuvent être jugés que par l'autorité ecclésiastique.

Envoyés immédiatement dans tous les sièges d'évêchés, ces *Actes* sont finalement souscrits par 135 évêques, signe d'une unanimité de l'épiscopat. A la suppression des jésuites, l'assemblée du clergé de 1765 répondait donc par une double exigence : la possibilité de réunir désormais des conciles nationaux, seuls capables de terminer disputes et dissensions ; affirmer, à défaut, la fonction conciliaire des assemblées et des décrets qui en sont issus. Cette volonté soulignait la défiance dans laquelle était tenu le pouvoir royal. Celui-ci ne pouvait laisser se développer un mouvement relayé dans les diocèses par des mandements épiscopaux et des adhésions des curés aux *Actes sur la religion,* et n'était certainement pas prêt à laisser se réunir un concile national dont il aurait dû entériner les décrets. Le 24 mai 1766, le roi peut bien, dans sa réponse aux mémoires de l'assemblée, affirmer qu'il applaudit « au zèle qui anime le clergé pour le rétablissement des conciles nationaux et provinciaux » et qu'il sent « l'utilité de ces saintes assemblées » ; le même jour, il renouvelle, par un arrêt du Conseil, l'obligation d'un « silence général et absolu sur tout ce qui pourrait exciter dans son royaume du trouble et des divisions » à propos de la « nature, l'étendue et les bornes de l'autorité spirituelle et de la puissance séculière ». On ne peut rencontrer plus claire fin de non-recevoir.

Cet échec flagrant entraîne une double conséquence. D'abord à long terme : il semble bien que, face aux constitutionnalismes de leurs adversaires gallicans et jansénistes, certains évêques aient été amenés à redéfinir leur définition du monarque dans le sens le plus absolutiste, tout en défendant les droits de l'Église contre les empiétements du pouvoir temporel. La suppression des jésuites aurait donc, paradoxalement, contribué à développer l'ultramontanisme, dès avant la Révolution. A tout le moins, la *Déclaration des quatre articles* de 1682 n'est plus considérée que comme une opinion discutable qui n'appartient pas au royaume du dogme. A court terme cependant, le clergé en est de plus en plus réduit soit à affirmer solennellement des principes, sans pouvoir infléchir la politique royale, soit à se faire tout simplement l'agent du roi. On en donnera seulement trois exemples.

Le clergé, agent du roi

Un premier exemple est fourni par la vanité des mémoires ou remontrances adressés par le clergé à propos de la publication et de la diffusion des mauvais livres. Régulièrement remis au roi lors de chaque session de l'assemblée, ces mémoires ne font l'objet que de réponses dilatoires (en 1765, le roi « partage les alarmes du clergé sur la licence de penser et d'écrire qui s'est introduite depuis quelque temps », mais regarde comme « inutile de faire de nouvelles lois »). Lassé par la désinvolture royale, et inquiet du flot montant des productions licencieuses « qui couvre ouvertement la face du royaume » et fait retentir les leçons de la philosophie « jusque dans les ateliers de l'artisan et l'humble toit du cultivateur », le clergé prépare même un projet d'ordonnance (présentée en 1780, 1782 et 1785) qui réformerait le système de la censure, réglementerait sévèrement la profession de colporteur et multiplierait les visites inopinées dans les imprimeries, boutiques, magasins et cabinets de lecture, permettant aux inspecteurs d'enlever les livres qui leur paraîtraient blesser « la religion, les mœurs ou le gouvernement ». En fait, l'attitude du monarque est aux antipodes de la position du clergé ; au terme de l'Ancien Régime, les autorités elles-mêmes doutent de l'efficacité de leur action : dès que les jugements des censeurs s'écartent de l'opinion, leurs décisions restent sans effet, et un régime de tolérance accrue dans la police du livre caractérise justement, à l'encontre des souhaits du clergé, la décennie 1780-1789. D'une certaine façon, la position du roi a rejoint celle des Lumières, les conclusions que développe à cette date l'abbé de Véri dans son *Journal* vont bien au-delà de l'arbitrage royal.

La politique scolaire de la monarchie constitue un second exemple de l'échec des remontrances du clergé. Lors de l'expulsion des jésuites en 1762, les évêques ont immédiatement affirmé leur droit éminent à être les premiers agents de la réforme des collèges. D'où l'hostilité constamment manifestée à l'édit royal de février 1763 qui, à la suite du départ des jésuites, procède à une vaste réforme de l'administration des collèges séculiers non dépendants des universités ; celle-ci est confiée à des « bureaux » composés de notables locaux : sans doute l'évêque siège-t-il dans celui de sa ville épiscopale – il y préside même de droit –, mais sa prépondérance est toute formelle puisque sa voix égale celle des autres membres du bureau. Deux conceptions de l'éducation s'affrontent ici avec vigueur ; l'une qui a rendu la police des collèges séculière et qui considère que la juridiction des évêques n'a aucun rapport à la discipline des collèges non plus qu'au gouvernement du temporel : « Un collège, ayant pour principal objet les études des humanités et de philosophie ne pouvait être comparé à un hôpital ni être considéré comme un pur établissement de piété… mais seulement une espèce d'académie purement attachée au temporel. » C'est la position majoritaire des parlementaires qui – quelles que puissent être par ailleurs leurs divergences sur la manière de réformer les établissements – sont d'accord sur ce point précis : le président au parlement de Paris, Rolland d'Erceville, partisan d'un monopole strict de l'université sur les collèges, tout comme Malesherbes, ferme partisan, au contraire, de la liberté des établissements, réservent l'inspection des évêques aux seules matières de religion. A l'inverse, les évêques rappellent à chaque assemblée du clergé leurs titres à réclamer l'abrogation de l'édit de 1763.

Face à la « sécularisation » de l'éducation, se dessine donc déjà une intransigeance épiscopale. Mais dans le même moment, l'archevêque de Reims et l'évêque d'Orléans acceptent de faire partie de la commission du Conseil du roi, composée pour moitié de maîtres de requêtes, chargée de préparer les textes des lettres patentes qui doivent régir la tenue des collèges ex-jésuites, en conformité avec l'édit de février 1763. Les deux prélats commissaires participent donc activement à une commission qui met en œuvre des principes opposés à ceux que les assemblées du clergé énoncent. La seule satisfaction que les prélats puissent y recueillir est la préférence que la commission du Conseil a accordée aux congrégations régulières ou séculières dans la tenue des collèges, à partir de l'expérience ministérielle de Maupeou : la condition première que mettent les congrégations à leur prise en charge des collèges est justement la suppression des bureaux d'administration tant abhorrés. Divisés sur les moyens à mettre en œuvre pour assurer la direction des collèges, comme le relève l'enquête lancée par l'assemblée du clergé en 1780 (faut-il des maîtres isolés; faut-il, au contraire, s'en remettre à des corps et, en ce cas, faut-il choisir des ordres réguliers ou des congrégations séculières; faut-il fonder une compagnie nouvelle uniquement destinée aux fonctions « utiles » de l'enseignement?), les évêques en sont réduits à appliquer une politique scolaire qu'ils n'approuvent pas, et à espérer jouer de leur ascendant sur les bureaux : les voilà ramenés à un simple ministère d'influence.

Avec la réforme des réguliers, nous touchons sans doute l'exemple le plus flagrant de cette démission du clergé entre les mains du roi. L'accord est général pour reconnaître la décadence des ordres monastiques et la nécessité d'y remédier; les divergences portent sur les moyens à mettre en œuvre pour y parvenir. Les évêques entendent surtout lutter contre les « exemptions » des réguliers qui dépendent directement du Saint-Siège, et obtenir un contrôle accru de l'ordinaire des lieux sur les religieux. Mais il leur apparaît en même temps nécessaire et naturel de recourir au souverain pontife pour réformer les ordres monastiques : d'où la demande faite au roi par l'assemblée de 1765 d'une commission composée de cardinaux et d'archevêques nommés par le pape. Or, la réponse royale, qui revient aux évêques par l'arrêt du 23 mai 1766, est tout autre : à la commission pontificale proposée, elle substitue une commission mi-partie composée de cinq archevêques et de cinq conseillers d'État. En dépit des clameurs du parti des *zelanti*, conduit par l'archevêque de Paris, Christophe de Beaumont, Loménie de Brienne, archevêque de Toulouse, qui a largement prêté les mains à l'établissement de la commission royale, l'emporte : l'urgence d'une réforme, la crainte de voir les parlements s'arroger le droit de régler les conflits spirituels, l'impatience de faire disparaître les privilèges des réguliers ont fait litière des grands principes affirmant l'indépendance de la juridiction spirituelle; l'Église est bien étroitement subordonnée au pouvoir royal, moyennant une allégeance de pure forme au Saint-Siège. Est-on si éloigné du joséphisme ?

L'archevêque de Vienne, Jean-Georges Lefranc de Pompignan peut à juste titre souligner que les évêques qui siègent dans les commissions mi-parties n'y agissent pas « comme successeurs des apôtres, comme chefs de la religion établis par Jésus-Christ, ils n'y exercent que le pouvoir qui leur est attribué par le roi ». Ils se contentent donc, comme conseillers du roi, de concourir par leur avis à la rédaction des règlements publiés par la puissance souveraine : « triste fonction » pour les évêques dont les décrets devraient, selon les termes eux-mêmes de Bossuet, n'attendre « des rois qu'une entière soumission et une protection extérieure ». Rapporteur actif de la commission des réguliers, Loménie de Brienne s'aperçoit d'ailleurs bientôt que ses confrères en l'épiscopat ne le considèrent nullement comme leur « organe » ou leur « représentant ». L'édit de mars 1768 dont il est l'artisan, et qui porte l'âge des vœux monastiques dans les ordres masculins de 16 à 21 ans (pour les ordres féminins de 16 à 18 ans), intervient dans une période de crise aiguë de recrutement de ceux-ci. Il était tentant pour les évêques d'attribuer cette crise aux effets de l'édit : dès 1775, par une majorité courte il est vrai, l'assemblée du clergé supplie le roi de retirer l'édit de 1768 ; en 1780, elle réitère ses plaintes pour faire rétablir l'âge des vœux à 16 ans et demander la suppression de la commission. Cette fois, elle rencontre une oreille plus complaisante de la part du ministre Maurepas : le ministère cesse de soutenir les opérations qui, de l'aveu même du président de la commission, ont rencontré de multiples obstacles. L'âge des vœux n'est pas modifié, mais la commission des réguliers est, dès lors, condamnée : il est vrai qu'elle a déjà accompli l'essentiel de son travail, qu'il s'agisse de la rédaction de nouvelles constitutions monastiques (dont le refus a entraîné pour certains ordres leur extinction, tels les grandmontains, les célestins ou les chanoines de Sainte-Croix) ou du rétablissement de la conventualité (9 religieux au moins pour les couvents et monastères dépendant d'une congrégation ; 16 religieux au moins pour les autres), qui débouche sur la suppression d'une poussière de toutes petites maisons.

Deux raisons au moins rendent compte de cette démission du clergé entre les mains du roi. D'une part, au-delà des péripéties politiques, les évêques participent de l'utilitarisme du siècle : pour un Loménie de Brienne, les ordres monastiques ne peuvent être conservés que s'ils présentent une utilité sociale ou intellectuelle, rénovée grâce à la loi observée par tous. D'autre part, la procédure de la commission des réguliers, qui est une émanation directe du Conseil du roi, présente aux yeux des évêques d'immenses avantages : elle retire aux parlements la connaissance des causes régulières (contrairement à ce qui s'est passé à propos de l'expulsion des jésuites) ; puisqu'elle agit encore dans l'espace théorique du « concert » des deux puissances, elle peut justifier par la protection de « l'évêque du dehors » ses empiétements sur la liberté des religieux et les droits du Saint-Siège, et obtenir par là la subordination des réguliers aux évêques. Mais à quel prix ? Étrangère à l'ordre monastique, la commission pouvait-elle réellement prétendre régler le problème de l'autorité et de la subordination à l'intérieur des cloîtres, sans toucher à la régularité elle-même et au fondement de l'obéissance ? Les commissaires, prélats ou conseillers d'État, honnissent le « despotisme » des supérieurs et sont enclins à considérer les religieux davantage comme des citoyens qui, par leur libre vote, délèguent une autorité limitée par leurs propres droits, et temporaire. Par ailleurs, les évêques commissaires ne sont ici que les ministres zélés du pouvoir séculier : d'une certaine façon, leur action préfigure et anticipe déjà la subordination à laquelle l'État révolutionnaire soumettra l'Église constitutionnelle, à la différence, capitale il est vrai, que le clergé ne participe plus à la législation.

Pour les protestants, gérer la longue durée de la clandestinité
par Philippe Joutard

Au début du règne de Louis XV, les protestants français pouvaient se montrer raisonnablement optimistes. Grâce à Antoine Court, leur Église avait déjà commencé sa réorganisation, au moins régionale, avec la tenue d'une première réunion dans les Cévennes, en 1715, une seconde en Dauphiné (avec le concours du prédicant Jacques Roger), l'année suivante, et une troisième dans le Vivarais, en 1721 (avec le jeune Pierre Durand) : le but était de rétablir l'ancienne discipline et le système presbytéro-synodal ; la consécration d'un premier pasteur du Désert, en 1718, à Zurich, Pierre Corteiz de Vialas, qui, à son retour, intronisa Antoine Court, marquait la volonté d'un retour aux ministères réguliers après la parenthèse du prophétisme camisard. Mieux encore, les réformés pouvaient espérer voir le nouveau règne changer de politique religieuse. Et, de fait, le Régent y songea un moment, en 1716, si l'on en croit Saint-Simon qui l'en dissuada ; tout au moins quelques libérations de galériens, dont celle du baron de Salgas, donnèrent le sentiment d'une certaine tolérance. Il fallut vite déchanter ; déjà, en 1717, un jeune prédicant, Étienne Arnaud, avait été exécuté ; mais la déception fut totale, lorsque, après la mort du Régent, le duc de Bourbon reprit, en 1724, dans une seule déclaration, l'ensemble de la législation contre les « nouveaux convertis ». Les protestants devaient gérer la longue durée d'une clandestinité qui n'allait cesser officiellement que deux ans avant la Révolution.

« Faire des exemples »

Soyons justes, dans les faits, la politique royale n'est pas comparable à celle menée dans les premières années de la Révocation. La guerre des Camisards est passée par là, et les autorités redoutent, plus que tout, de rallumer une nouvelle insurrection ; aussi ne poussent-elles jamais à bout les populations, et elles s'arrêtent dès qu'elles ont le sentiment d'un risque de ce genre ; une lettre d'un secrétaire d'État au commandant des troupes en Cévennes, en 1752, lors d'une des crises les plus sérieuses, est très explicite à cet égard : « Le roi appréhende d'en venir à des rigueurs qui sembleraient être une espèce de guerre ouverte contre ses propres sujets. » Mais le gouvernement ne revient pas pour autant sur les principes de l'édit de Fontainebleau et sur l'idée de l'unité religieuse du royaume, comme le dit aussi clairement la suite de cette lettre : « Cependant, l'intention de S. M. est d'écarter toujours toute idée de tolérance. Et par cet effet, elle désire que vous continuiez à faire des exemples. » La législation royale reste donc totalement en vigueur et ne tombe véritablement en désuétude que tardivement et progressivement : deux hommes sont encore condamnés aux galères en 1762, un pasteur est pendu la même année et trois fidèles décapités pour avoir cherché à délivrer celui-ci. Elle reste donc comme une menace permanente, avec des applications limitées, ponctuelles, mais réelles, relativement fréquentes jusqu'en 1756, plus rares ensuite. Les risques ne deviennent faibles qu'une vingtaine d'années avant la Révolution. Encore, en certains endroits, la tolérance est plus tardive : ainsi, dans le Poitou, l'intendant Blossac recommande à ses subdélégués des « petits moyens de sévérité, pour détruire chez les religionnaires l'idée où ils sont de la tolérance », et les pasteurs poitevins attendent leur synode de 1781, pour décider d'annoncer publiquement la prochaine assemblée à la fin du culte ; auparavant, ils utilisaient un code secret.

Les protestants ont à redouter deux types de répression ; la plus ordinaire est celle, locale, de subordonnés laïcs ou clercs qui font du zèle ; ceux-ci sont d'autant plus actifs qu'ils ne risquent pas de représailles, c'est-à-dire dans les lieux où les protestants sont minoritaires ou n'ont pas de surface sociale. Voilà pourquoi la persécution la plus tardive intervient dans les Églises « tard réveillées » de la France du nord, faisant des prosélytes : le pasteur Charmusy, de Meaux, arrêté en chaire le jour de Pâques 1771, est roué de coups et meurt en prison, huit jours plus tard. En Picardie, des religionnaires sont emprisonnés en 1775. En Normandie, une répression se déclenche, en 1783, avec un enlèvement d'enfant, et le pasteur Mordant, qui a béni un mariage mixte, est décrété de prise de corps, en mars 1789, et doit s'enfuir à Paris pour obtenir l'appui du garde des Sceaux, ce qui montre parfaitement le décalage entre le gouvernement et une partie de l'opinion publique, exprimée ici par des autorités locales encore très hostiles.

Périodiquement, le pouvoir royal lance de grandes opérations, en 1717, 1726, 1745. La dernière, et peut-être la plus sévère, se situe au lendemain de la paix d'Aix-la-Chapelle, après 1748, lorsque les troupes sont libérées, elle se prolonge jusqu'aux débuts de la guerre de Sept Ans en 1756 ; pendant ces huit années, au moins soixante et une assemblées sont surprises, contre cinq à six dans les trente années qui suivent. Le point culminant est atteint en 1752. A partir de 1750, les autorités veulent forcer les « nouveaux convertis » à rebaptiser leurs enfants baptisés au Désert, sous la menace de logements de troupes (système des dragonnades) : en février 1752, l'intendant du Languedoc, Saint-Priest, lance une opération de rebaptisation systématique dans la région nîmoise, ce qui suscite une grande émotion et même un début d'émigration encouragée par les chefs de l'Église du Désert, Paul Rabaut, sur place, et Antoine Court, de Lausanne. L'agitation se développe ; en juillet, des cavaliers n'osent pas intervenir devant un attroupement où figurent quelques hommes armés ; ils les prennent pour des camisards ; quelques semaines plus tard, des « religionnaires » tirent sur trois curés et en tuent un. Saint-Priest arrête immédiatement l'opération.

Le bilan est beaucoup moins dramatique qu'au début de la clandestinité. 200 fidèles entrent au bagne sous le règne de Louis XV contre 1 500 galériens répertoriés sous le règne précédent (dans les deux cas, estimation minimum). Mais, chaque arrestation et, plus encore, chaque exécution sont de plus en plus mal acceptées : comment d'ailleurs les réformés ne s'indigneraient-ils pas de voir, en 1745, le vieux pasteur Roger pendu à quatre-vingts ans et son corps jeté dans l'Isère ? Certains responsables ne comprennent d'ailleurs pas toujours eux-mêmes la politique de rigueur qu'ils doivent appliquer : ainsi Saint-Priest, dont on vient d'évoquer le zèle à propos des rebaptisations, écrit en 1751 : « Je ne dois pas vous laisser ignorer, Monseigneur, que c'est avec une répugnance extrême qu'il m'arrive de condamner des particuliers pour faits de religion. Je vois qu'en tout autre matière, les non-catholiques ne le cèdent pas aux autres sujets du roi pour la fidélité et l'obéissance. » Les pasteurs qui mettent leur point d'honneur à pratiquer une résistance pacifique ont de plus en plus de difficultés à empêcher leurs fidèles d'intervenir violemment pour délivrer les prisonniers : ainsi, en 1745, lors de l'arrestation de Mathieu Majal dit Désubas. Autour des principaux prédicants martyrs, se développe toute une littérature de complaintes qui se transmettent à la fois oralement et par écrit, sans que l'on puisse en connaître l'origine. Aujourd'hui encore, on trouve dans les archives familiales quelques recueils de complaintes, datant de la deuxième moitié du XVIIIe siècle ou du début du XIXe siècle.

Diversité des formes de résistance

L'historiographie, suivant en cela la tradition orale, n'a retenu de la résistance des réformés que les phénomènes les plus spectaculaires, les grandes assemblées du Désert, avec leurs baptêmes et leurs mariages qui affirment le refus des sacrements catholiques, comme celle des Lecques immortalisée par l'iconographie, ou le travail persévérant des prédicants devenus pasteurs pour reconstituer et faire vivre une Église clandestine. Ils ne suffisent pas à expliquer le maintien d'une population protestante, même s'ils ont nourri la mémoire collective des générations qui ont suivi. Une grande partie des protestants du XVIIIe siècle, la majorité avant 1760, n'ont jamais assisté à une assemblée ; ils n'ont pas pu, pas osé ou pas voulu. La plupart d'entre eux, avant 1740, ont même été baptisés et mariés à l'église catholique. Certaines familles, durant les quatre générations qui constituent le Désert, n'ont pas posé un seul acte de résistance ouverte et pourtant, elles sont restées de culture et de foi protestante, et elles se retrouvent dans les Églises réformées qui apparaissent au grand jour. En Poitou, par exemple, 17 000 protestants viennent régulariser leur mariage du Désert, en 1787, alors qu'en 1803, les églises réformées déclarent 33 000 fidèles.

Le problème posé par cette forme de résistance « passive » (mais le terme est-il satisfaisant ?), que les contemporains qualifiaient avec mépris de nicodémisme, fascine d'autant plus l'historien qu'il a peu de moyens de le résoudre, faute de documents ; il faut bien pourtant proposer des hypothèses pour expliquer le maintien d'une communauté qui a diminué mais n'a pas disparu, y compris là où les premières formes de manifestations ouvertes de protestantisme n'apparaissent qu'après 1770, comme à Marseille. La stratégie de défense est matrimoniale, l'endogamie est d'autant plus facile à respecter qu'elle coïncide avec un maintien et un développement des patrimoines. La culture religieuse réformée s'entretient ensuite par la lecture et la piété individuelle, ce qui se détecte indirectement par les bibliothèques de notables où se multiplient les ouvrages édités à Genève, Amsterdam ou Londres. Parfois, les messieurs du haut négoce écoutent à la fin d'un repas une méditation.

Dans les lieux où les « nouveaux convertis » occupent une place significative, ils savent investir les professions stratégiques, le notaire d'abord, qui leur fait les contrats de mariage tenant lieu de cérémonies, ou les testaments simplifiés éliminant les formulaires catholiques, mais aussi la sage-femme ou le régent. A partir de là, ils ne font que le strict nécessaire pour sauvegarder les biens et éviter l'emprisonnement. Quand la troupe s'approche ou que le subdélégué menace de donner des amendes, ils vont à la messe et envoient leurs enfants au catéchisme, quitte à défaire, le soir, ce qui a été dit dans la matinée. Dès que la menace s'éloigne, les églises sont désertées. Ils trouvent parmi leurs compatriotes catholiques plus de complicité passive qu'on ne le croirait : la solidarité locale l'emporte souvent sur la solidarité religieuse. Comment expliquer sinon, que la communauté mixte de Mauvezin, étudiée par Élisabeth Labrousse, ait fait fonctionner, dès le début du XVIIIe siècle, une école réformée clandestine ?

Les plus audacieux dans ces communautés fréquentent les assemblées du Désert, qui constituent la forme ouverte de la résistance. La reconstitution des Églises du Désert s'est faite à la fois à la base et au sommet. Au départ, un prédicant arrive dans un lieu, des personnes de confiance choisissent l'emplacement, une bergerie, un creux de rocher, un vallon d'où il est facile de s'enfuir. On se prévient ensuite de bouche à oreille, plus tard on donne aux participants un signe de reconnaissance, le méreau, qui permet d'éviter les « mouches ». Le prédicant célèbre ensuite le culte selon l'ancienne liturgie : passages de l'Écriture entremêlés de chants de psaumes, puis confession de péchés et commentaires de la Bible dans le sermon. Au cours du premier culte, l'assemblée élit des anciens. Le prédicant, puis le pasteur, recommande de tenir dans l'intervalle des cultes de famille et de quartier et, pour cela, il distribue des psautiers et des catéchismes. Bientôt on célèbre des baptêmes et des mariages au Désert.

Parallèlement, se développe une structure fédérative, première forme, les colloques et les synodes provinciaux : le Sud-Est (Cévennes, bas Languedoc, Dauphiné et Vivarais) est organisé à la fin de la Régence ; viennent ensuite, dans les années 1740, le Sud-Ouest et l'Ouest, en particulier le haut Languedoc et le Poitou, plus tard la Normandie, et, après 1770, la Brie et la Picardie. Dans les villes, quand les notables protestants acceptent de s'organiser, ils répugnent à s'intégrer au système synodal et préfèrent, comme à La Rochelle ou à Rouen, des comités de Messieurs. Mais inversement, les paroisses rurales se méfient de l'emprise possible des notables. La clandestinité a renforcé considérablement le « congrégationalisme » (c'est-à-dire la prééminence de la communauté locale) et le poids des laïcs, même si le nombre des pasteurs augmente tout au long du siècle, une centaine en 1770, 180 à la veille de la Révolution : d'itinérants qu'ils étaient, ils sont alors devenus sédentaires.

La coordination nationale fut toujours difficile, paradoxalement plus encore lorsque le réseau des églises dépassa les limites des bastions huguenots du Sud-Est. Tout paraît bien débuter ; dès 1725, est nommé un délégué général auprès des puissances protestantes, le gentilhomme alésien Benjamin Duplan, et, l'année suivante, se tient dans le Vivarais un premier synode national : réunion modeste encore puisqu'elle ne regroupe que 3 pasteurs, 9 proposants (futurs pasteurs) et 36 anciens ; deux autres suivent rapidement, en 1727 et 1730. Le chef incontesté de cette Église du Désert est alors Antoine Court. Mais celui-ci se retire à Lausanne, en 1729, où il s'occupe d'un séminaire qui forme les pasteurs du

Désert, tout en assurant les relations publiques des Églises françaises avec le Refuge et les puissances protestantes. Il faut attendre son retour bref en France, en 1744, pour voir se tenir un quatrième synode qui marque l'élargissement spatial du protestantisme et l'apparition d'une nouvelle génération animée par Paul Rabaut. Celui-ci ne réussit pas à développer ces structures nationales, puisque trois synodes seulement furent réunis ensuite, le dernier se tenant en 1763. Il ne put pas non plus obtenir la création d'un comité permanent : ce n'est donc pas la persécution qui empêche une organisation nationale, mais les dissensions internes, entre notables urbains et représentants des consistoires ruraux, entre partisans d'une autonomie complète des paroisses et pasteurs fascinés par le modèle luthérien de direction épiscopale.

Problème parmi d'autres posé par cette reconstitution des Églises du Désert. Il y eut aussi les séquelles du prophétisme : deux des premiers compagnons d'Antoine Court, Huc et Vesson, furent exclus pour croire à « l'inspiration », et constamment, les pasteurs luttent contre les tendances aux effusions mystiques, au risque d'un dessèchement de la piété, laissant certains fidèles insatisfaits. Plus grave encore la difficulté à maintenir la ligne non violente dont les résultats paraissent longtemps peu efficaces : cette politique n'empêche pas la persécution, ni les accusations de sédition, elle ne désarme pas le courant du Refuge qui était hostile à toute manifestation publique du culte, qualifiée de « redoublement de fureur ». L'enclavement de la communauté réformée française, même atténuée par les liens avec le Refuge, et la nécessité de lutter d'abord pour sa survie, expliquent l'absence d'une réflexion théologique vivante.

Le signe d'une réussite : l'édit de tolérance de 1787

Dans l'immédiat, les protestants de la fin du XVIIIe siècle ne pouvaient que se réjouir de la réussite d'un siècle de résistance. Certes, à la suite de la forte émigration au temps de Louis XIV, comme des conversions chez les notables ou dans les marges des bastions, ils avaient vu leur importance relative diminuer de moitié (2 % de la population contre 4 %

un siècle plus tôt), mais c'était déjà un succès face à un pouvoir qui avait espéré faire disparaître leur confession : les forteresses huguenotes des Cévennes et du Languedoc étaient presque restées intactes, l'hémorragie ayant surtout touché le protestantisme du Nord déjà très minoritaire. Un peu partout, les réformés avaient même ouvert des maisons d'oraison avec des bancs et une chaire. Le signe le plus visible de la réussite est le problème administratif très sérieux posé par la multiplication des personnes sans état civil, et que l'édit de tolérance de 1787 est d'abord destiné à régler.

Avant d'être une expression de l'évolution des esprits, le but de l'édit est de faciliter la tâche des juges et des administrateurs, incapables de trancher des questions d'héritage avec la multiplication des mariages au Désert, que les pasteurs imposent comme condition d'accès à la Cène depuis les années 1760. Voilà pourquoi cet édit, ardemment réclamé par des juristes, aménage l'existence civile des protestants tout en leur refusant l'existence religieuse : s'ils peuvent faire inscrire, y compris rétroactivement, leurs naissances et leurs mariages dans des registres tenus par des cures ou des juges, ils n'obtiennent même pas « le culte obscur », c'est-à-dire le culte autorisé, mais sans décoration extérieure des édifices ni toute autre forme de publicité auprès des non-protestants, formule proposée par Rabaut Saint-Étienne, et ils restent exclus des offices et des diverses charges d'État. Si donc 1787 marque un début juridique dans la laïcisation de l'État, c'est par la création d'une première forme de mariage civil et non par la reconnaissance du pluralisme religieux. Pourtant l'édit suscita bien des oppositions : « De toute part, on entend des propos qui rappellent la Ligue », écrivait en janvier 1788, dans son journal, le publiciste genevois Mallet du Pan. L'année suivante, les partisans de la liberté religieuse ont beaucoup de mal à la faire accepter dans la Déclaration des droits de l'homme qui, dans la rédaction de l'article X, traduit bien les hésitations du temps avec la célèbre adjonction du mot même devant l'adjectif religieux : « Nul ne peut être inquiété pour ses opinions, même religieuses, pourvu que leur manifestation ne trouble pas l'ordre public établi par la loi. » C'est dire combien l'opinion française avait du mal à « tolérer » la diversité religieuse.

Les Alsaciens, des protestants privilégiés ?

Par comparaison, les protestants alsaciens, luthériens ou calvinistes, qui, ne tombant pas sous le coup de l'édit de Fontainebleau, sont officiellement reconnus, sont privilégiés (au sens même de l'Ancien Régime, comme tous les groupes, dont l'existence est garantie par les lois fondamentales du royaume). Certes, des vexations et des brimades ne sont pas rares, au moins dans le premier tiers du siècle ; les pasteurs sont surveillés et l'ardeur missionnaire de certains curés ne se dément pas. Les avantages, politiques pour les notables, financiers pour les plus pauvres, entraînent un flux réduit mais permanent de conversions aux deux extrémités de la société, sans vraiment toucher les classes moyennes.

Dans ce contexte, le luthéranisme alsacien manifeste sa vitalité ; le corps pastoral jusqu'alors composé d'Allemands, devient alsacien et s'intègre mieux dans les paroisses. D'origine citadine, après avoir fréquenté le gymnase et l'université de Strasbourg, il complète cependant souvent sa formation outre-Rhin et reste donc dans la mouvance spirituelle et intellectuelle de l'aire germanique, ce qui lui évite l'enfermement et donc la sclérose. Il n'est donc pas surprenant qu'il soit sensible aux nouvelles tendances théologiques, en particulier piétistes. Mais, en même temps, les luthériens s'intègrent mieux au royaume au XVIIIe siècle. Leur mémoire collective a érigé l'enterrement du maréchal de Saxe à Strasbourg (1751), prolongé par l'inauguration du mausolée de l'église Saint-Thomas, en événement fondateur de cette intégration.

La situation des églises réformées est moins brillante, elles sont isolées, sans synode fédérateur, ni faculté de théologie. Le pouvoir royal s'en méfie, car il craint qu'elles ne servent d'appui et de refuge aux « nouveaux convertis » du royaume et elles se heurtent aussi à l'hostilité des luthériens qui réussissent à éliminer pratiquement les calvinistes de Strasbourg. Ceux-ci se maintiennent bien à Bischwiller et Sainte-Marie-aux-Mines, grâce à la protection du prince palatin et des cantons suisses voisins, à plus forte raison à Mulhouse, alors indépendante du royaume et alliée des Suisses : l'existence d'un patriciat réformé qui, à partir de 1750, devient l'artisan de l'industrialisation de la ville, renforce le poids du calvinisme en haute Alsace.

Les descendants des anabaptistes, les mennonites, méritent d'être signalés, non pas par leur nombre, quelques centaines, venus de Berne et installés en Alsace, en Lorraine et aux marges du royaume dans le comté de Montbéliard, mais à cause de la singularité de leurs positions, puisqu'ils sont en dehors de l'ordre monarchique, sans subir pour autant de persécutions comparables à celles des réformés. Mais, excellents agriculteurs et éleveurs, ils sont très demandés par les grands propriétaires nobles et même ecclésiastiques qui leur afferment leurs terres et les protègent, au grand scandale de leurs concurrents directs, les paysans luthériens ou catholiques. Bien plus, l'autorité royale ferme les yeux sur leur refus de porter les armes, en ne cherchant pas à les enrôler. Les dix-sept assemblées de mennonites recensées au milieu du XVIIIe siècle ne possèdent évidemment ni temple ni lieu de culte fixe, mais se réunissent tous les quinze jours dans les fermes des membres, sous la direction d'anciens ; les prédicateurs y font de très longs sermons, et les diacres aident les pauvres et visitent les malades. La cène a lieu deux fois par an, précédée d'une journée de jeûne et de pénitence. Les candidats au baptême reçoivent une instruction portant sur la confession de foi de Dordrecht adoptée par les assemblées mennonites, et subissent une période de probation.

Les juifs de l'Ancien Régime
par Freddy Raphaël

La « nation juive », une et plurielle

La force des préjugés à l'encontre des juifs et de la conviction du bien-fondé de leur asservissement était telle, à la fin de l'Ancien Régime, que l'idée de leur émancipation n'apparut que dans des cercles très restreints. Un tel projet allait à l'encontre de l'enseignement du mépris que dispensait une partie notable du clergé, et de l'hostilité à base économique de certains paysans et bourgeois. Dans aucun pays d'Europe les juifs ne jouissaient de l'égalité des droits. En Grande-Bretagne et dans les Provinces-Unies, on faisait preuve à leur égard d'une très large tolérance ; ils disposaient d'une grande liberté et d'une certaine égalité de fait, mais non pas de l'égalité juridique.

Ce n'est qu'aux yeux de ceux qui la vilipendent et en dénoncent le danger que la « nation juive » de France constitue une entité homogène, un corps uniforme. En fait, cette communauté forte d'environ 40 000 personnes dans les frontières actuelles de la France, est unie par sa condition objective de minorité et son existence stéréotypée dans le regard de l'autre ; elle est divisée selon des critères d'implantation géographique, de statut juridique, des divergences sociales et culturelles. Les juifs avaient en commun d'être soumis à un régime discriminatoire, leur conférant un statut qui les disqualifiait essentiellement.

Un itinéraire historique, singulier, ayant entraîné une certaine diversité culturelle, avait séparé les juifs en deux grands groupes, les Ashkenazim dans le Nord, en Alsace, en Lorraine et à Paris, les Sephardim dans le Midi, à Bordeaux, à Bayonne, en Avignon et dans le comtat Venaissin.

Près de la moitié des juifs de France, environ 20 000, résidaient en Alsace, dans 187 communes. Ils étaient exclus des grandes villes, et perpétuaient une culture essentiellement rurale. Un statut discriminatoire les astreignait à payer des taxes spéciales, dont certaines les assimilaient à du bétail. L'interdiction de la possession et du travail de la terre, et leur mise à l'écart des métiers manuels les maintenaient dans des activités marginales, ou du moins déconsidérées, telles que le colportage et le commerce des bestiaux. Seule une très mince couche de juifs enrichis par la « remonte » des troupes royales, avait accédé à une certaine aisance, et, usant de leurs privilèges de « juifs de cour », affirmaient leur prééminence sur leurs coreligionnaires.

Les juifs des Trois-Évêchés de Metz, Toul et Verdun, étaient des citadins. Plus de 3 000 d'entre eux s'entassaient dans les habitations misérables du ghetto de Metz. Confinés dans les mêmes tâches « viles » que leurs coreligionnaires d'Alsace, ils étaient de plus soumis à une taxe spéciale au profit du duc de Brancas. « Dans le duché de Lorraine, 180 familles seulement, nominativement désignées, étaient tolérées. Elles se partageaient entre les villes, Nancy et Lunéville notamment, et les villages. Elles possédaient des droits très limités et ne pouvaient pratiquer que quelques commerces. Certains juifs pourtant, comme en Alsace, avaient réussi à se distinguer de la masse, surtout grâce à leur fortune, et à jouer un rôle assez important ; c'était le cas de Berr Isaac Berr à Nancy. » (J. Godechot.)

Les Sephardim participaient davantage à la vie de la société qui les avait accueillis. Fuyant le Portugal et se faisant passer pour catholiques, les « Marranes » s'étaient installés dans le Sud-Ouest au XVIᵉ siècle : une centaine de familles, plus fortunées, s'étaient établies à Bordeaux, où elles purent accéder à tous les métiers ; les juifs moins aisés résidèrent, au nombre de 3 500 environ, à Saint-Esprit, où ils furent en butte à l'animosité des commerçants, qui craignaient la concurrence. Quant à ceux qui s'étaient réfugiés dans les États pontificaux, avant que d'essaimer dans toute la Provence, ils s'étaient ralliés, davantage que leurs coreligionnaires de l'Est, au mode de vie de leur environnement.

Malgré les interdictions royales, sans cesse réaffirmées, une petite colonie juive, d'environ cinq cents âmes, avait réussi à s'implanter à Paris. Originaires pour la plus grande partie d'entre eux des provinces de l'Est, d'Allemagne et de

Pologne, ils ne constituaient pas une communauté structurée et, de ce fait, échappèrent au contrôle des responsables et des rabbins.

Le rapport à la tradition juive, et par là même la teneur de la religiosité ainsi que la structure de la vie communautaire et les relations avec le monde environnant qui en résultaient, distinguaient les juifs d'Alsace et de Lorraine de leur coreligionnaires sépharades.

Leur respect de la loi juive, qui réglementait les moindres aspects de la vie quotidienne, les amenait à se soumettre à la double autorité du rabbin et du président de la communauté. Un contrôle social rigoureux s'exerçait sur chacun, et quiconque enfreignait la norme collective se marginalisait. L'application des dispositions alimentaires et vestimentaires les isolait partiellement de leur entourage. De plus, la langue de l'intimité, de la chaleur affective, mais aussi de la connivence, était le yiddish ou judéo-allemand. Ce n'est qu'hors de la maison familiale que les juifs avaient recours à la langue vernaculaire, le français, l'allemand ou l'alsacien.

Dans l'ensemble, les Sephardim étaient davantage intégrés à la population d'accueil que leurs coreligionnaires. Le masque qu'avaient dû porter les « juifs portugais » du Sud-Ouest, arborant extérieurement les signes obligés d'appartenance au christianisme, avait probablement laissé des traces. Les juifs d'Avignon et du comtat Venaissin étaient, eux aussi, plus « assimilés » à leur entourage que ceux de l'Est. Ceux qui résidaient à Paris ne formaient pas une communauté homogène, efficacement contrôlée par le président et le rabbin.

La philosophie des Lumières et la régénération des juifs

Force est de reconnaître qu'en cette seconde partie du XVIIIe siècle, malgré une réelle amélioration, les juifs étaient soumis partout – à l'exception des Portugais de Bordeaux – à un régime discriminatoire. Chaque communauté défendait ses propres intérêts, et toute transformation significative et globale de leur condition paraissait exclue. Et pourtant, des idées nouvelles étaient à l'œuvre, qui devaient susciter progressivement une autre vision des juifs. Quelques esprits éclairés prônaient une attitude plus équitable et plus tolérante, mais ils se heurtaient à une forte résistance. Celle-ci avait pour fondements soit l'enseignement du mépris et un antijudaïsme théologique, soit des causes d'ordre économique. Mais en fait, ces préventions se confortaient, pour s'affirmer en une hostilité sans fard.

L'Église de France restait fidèle au vieil antijudaïsme théologique, hérité des Pères, et renforcé par la Contre-Réforme, selon lequel Israël était un peuple maudit, qui avait forfait à son salut et méritait pleinement le châtiment divin. De sorte que la dispersion des juifs et la précarité de leur condition attestaient de la vérité éclatante du christianisme. Certes, les accusations de meurtre rituel avaient perdu de leur virulence. « Mais l'affirmation du rejet d'Israël, écrit F. Delpech, de la rupture de l'ancienne alliance, de la substitution pure et simple de l'Église, nouveau peuple de Dieu, à la nation autrefois élue, la critique du judaïsme post-biblique, la notion de peuple-témoin, constituaient encore autant d'évidences pour les chrétiens. » La doctrine de la déchéance de ce peuple, témoin de la grandeur de Dieu mais aussi de sa juste colère, avait été reformulée, avec force, par Bossuet. Durant tout le XVIIIe siècle, son enseignement, repris par l'abbé Fleury, exerça une grande influence sur la formation du clergé : les juifs endurcis et rejetés survivront dans l'opprobre « jusqu'à ce que tous ceux que Dieu a résolu de sauver soient entrés dans l'Église ». Telle était la doctrine que répétaient inlassablement les manuels de théologie, les catéchismes, et les ouvrages qui abordaient la question juive.

L'antijudaïsme était renforcé par une hostilité bourgeoise et populiste, qui dénonçait la rapacité des juifs et leur esprit d'entreprise dénué de tout scrupule. « L'opposition résolue des corps de métiers à toute extension des activités juives entraîna un véritable réveil de la polémique anti-juive. » (F. Delpech.)

Et cependant, contre ces forces liguées, l'esprit de tolérance s'affirmait progressivement dans les milieux « éclairés ». C'est l'influence des Lumières qui, la première, remit en cause l'intolérance du système traditionnel. Cependant, les partisans des idées de l'*Encyclopédie* avaient des opinions divergentes sur la question juive. Si les protestants, victimes eux aussi de persécutions, réclamaient la liberté pour toutes les croyances, l'aristocratie éclairée dénonçait d'un même élan le fanatisme religieux du peuple juif – en partie responsable de sa dégradation – et la persécution qui s'exerçait sur lui.

> Mais la force des préjugés était telle, que nombre de philosophes hésitaient entre la pitié due aux victimes de l'oppression et l'aversion insurmontable que leur inspirait le judaïsme. Alors que les précurseurs et les déistes modérés s'étaient généralement prononcés en faveur des juifs, une nouvelle forme d'antijudaïsme, et même d'antisémitisme, avait fait son apparition à la seconde génération. Les progrès de l'incrédulité et de l'irréligion militante engendraient, en effet, de nouveaux griefs contre la religion-mère, considérée non plus comme l'adversaire mais comme la racine du christianisme (F. Delpech).

Pour Voltaire, il n'y a pas « une seule page de la Bible qui ne soit une faute, ou contre la géographie, ou contre la chronologie... contre le sens commun, contre l'honneur, la pudeur et la probité ». Il s'en prend, avec la même ardeur, aux aberrations passées du peuple « le plus abominable de la terre », et aux errements présents. Et, si l'on trouve dans l'*Encyclopédie* quelques articles faisant preuve d'une réelle ouverture d'esprit à l'égard des juifs, la plupart, cependant, pourfendaient le judaïsme afin de mieux combattre le christianisme. Si Rousseau rejetait l'arbitraire de la loi juive, il demandait cependant, dans la *Profession de foi du vicaire savoyard,* justice pour ce peuple honni, qui ne saurait se risquer à argumenter les divergences qui l'opposent à son entourage. « La tyrannie qu'on exerce contre eux les rend craintifs ! Ils savent combien peu l'injustice et la cruauté coûtent à la charité chrétienne : qu'oseront-ils dire sans s'exposer à nous faire crier au blasphème ?... Je ne croirais jamais avoir bien entendu les raisons des juifs, qu'ils n'aient un État libre, des écoles, des universités où ils puissent parler et discuter sans risque. Alors seulement nous pourrons savoir ce qu'ils ont à dire. »

L'attitude des Lumières à l'encontre des juifs, à la veille de la Révolution, constitue un révélateur significatif de l'ambiguïté de l'esprit nouveau : hostile à toute oppression et à toute entrave à la liberté humaine, il est incapable, cependant, de se départir d'une vision réductrice du judaïsme, de remettre en cause ses préjugés, et de comprendre qu'un particularisme qui ne refuse pas l'ouverture peut être également une voie pour atteindre l'universel.

L'Allemagne avait contribué, au XVIIe et au XVIIIe siècle, à la promotion sociale d'une caste de juifs de cour, qui n'avaient pas échappé à l'influence assimilatrice du milieu qu'ils fréquentaient. L'esprit des Lumières leur faisait sentir d'autant plus douloureusement leur condition de parias. La figure la plus prestigieuse de l'époque fut assurément le philosophe berlinois, Moses Mendelssohn, dont les idées furent vulgarisées par son ami, l'historien Christian Wilhelm Dohm, qui publia, en 1783 à Berlin, un ouvrage *Sur l'amélioration civique des juifs*. Le comte de Mirabeau en reprit les principaux thèmes dans l'ouvrage qu'il fit paraître, en 1787, et qui s'intitulait *Sur Moses Mendelssohn et sur la réforme politique des juifs*. Il y affirmait :

> Les juifs au contraire sont contraints depuis tant et tant de siècles à vivre uniquement du commerce que cette occupation a dû communiquer à leur caractère ses impressions désavantageuses dans toute leur force. Telle est donc la véritable, ou plutôt l'unique cause de la corruption des juifs. Leur état continuel d'oppression, et les limites de leurs occupations bornées à un seul objet moralement défavorable. Là est le mal, et là aussi se trouvent les moyens de le guérir. Voulez-vous que les juifs deviennent des hommes meilleurs, des citoyens utiles ? Bannissez de la société toute distinction avilissante pour eux ; ouvrez-leur toutes les voies de subsistance et d'acquisitions. Loin de leur interdire l'agriculture, les métiers, les arts mécaniques, encouragez-les à s'y adonner. Veillez à ce que sans négliger la doctrine sacrée de leurs pères, les juifs apprennent à connaître mieux la nature et son auteur, la morale et la raison, les principes de l'ordre, les intérêts du genre humain, de la grande société dont ils font partie ; mettez les écoles juives sur le pied des écoles chrétiennes dans tout ce qui ne tient pas à la religion ; que cette nation ait comme toute autre le plus libre exercice de son culte...

Est-il possible de régénérer les juifs ?

C'est dans le dernier quart du siècle que furent prises les premières mesures en faveur des juifs, inspirées en partie de l'esprit des Lumières, mais non dénuées d'ambiguïté. En 1781, l'empereur Joseph II promulgua « un édit de tolérance », qui dispensait les juifs d'Autriche et des possessions autrichiennes du péage corporel, et leur ouvrait des professions agricoles et industrielles qui leur étaient jusque-là interdites. Mais il renforça l'interdiction de résidence dans certaines villes, limita le nombre de mariages, et augmenta les impôts spéciaux.

En France, Cerf-Berr avait, dès 1780, demandé à Mendelssohn de défendre la cause des juifs d'Alsace, puis fait traduire par le mathématicien Bernoulli l'essai de Christian Wilhelm Dohm. L'exigence d'équité et d'une plus grande liberté ne demeura pas sans influence sur le gouvernement royal. A l'image de la politique « éclairée » de Joseph II, il abolit, au début de 1784, le péage corporel auquel étaient soumis les juifs, mais les lettres patentes du 10 juillet limitèrent le nombre de mariages et décrétèrent l'expulsion des étrangers.

La publication de l'ouvrage de Mirabeau fut l'un des facteurs qui amena, en 1787, la Société royale des Sciences de Metz à mettre au concours la question suivante : « Est-il possible de régénérer les juifs ? » Trois dissertations furent primées, qui prônaient toutes l'émancipation des juifs : celle de l'abbé Grégoire, curé d'Emberménil, en Lorraine française, celle de Zalkind Hourwitz, juif polonais, qui était bibliothécaire à la Bibliothèque royale de Paris, et celle de l'avocat nancéien, Thiery. L'émancipation, telle est la solution que prône chacun des mémoires primés par la Société royale des Sciences de Metz. Ils considèrent que les caractères particuliers des juifs, qui les différencient tellement des Français, « tiennent aux lois restrictives qui les touchent, les empêchent d'exercer la plupart des professions, limitent leurs possibilités d'établissement et les placent nécessairement à l'écart de leurs compatriotes chrétiens. Qu'on supprime ces lois, et les juifs abandonneront leurs coutumes, vivront comme les autres. » Les trois auteurs mettent en cause la religion des juifs elle-même, qui réglemente tous les aspects de leur vie quotidienne. Il faut, selon Zalkind Hourwitz, supprimer les rabbins, puisque ce sont eux qui, par leur enseignement néfaste, propagent une tradition et des coutumes rétrogrades. En fait, ce qu'il semble souhaiter, c'est la disparition de la religion elle-même, et la fusion totale des juifs dans la société française. Pour l'abbé Grégoire, l'émancipation ne peut pas ne pas conduire à la conversion. « L'entière liberté religieuse, écrit-il, sera un grand pas en avant pour les réformer, et j'ose le dire, pour les convertir. » L'avocat Thiery fait moins confiance aux vertus régénératrices de l'émancipation, car les juifs s'obstineront dans leur croyance et leurs pratiques. Aussi ne faut-il leur accorder qu'avec beaucoup de circonspection et sans hâte aucune, l'égalité des droits et l'accès aux différentes professions.

Le jury, dans son ensemble, partageait ces préventions et craignait que l'émancipation ne permette aux juifs d'accroître leurs fortunes et d'accaparer les terres dans l'est de la France. Cependant, celui qui avait été le principal artisan du concours, le conseiller Roederer, reconnaissait que c'étaient les préjugés de la société qui avaient réduit les juifs à la pratique de l'usure, et en appelait à la raison pour qu'on fasse preuve d'équité à leur égard.

En 1787, Louis XVI, acquis au principe d'une réforme libérale, confia à Malesherbes le soin d'entreprendre une étude préalable. Celui-ci, qui avait fait preuve d'un grand libéralisme à l'égard des protestants, s'acquitta de sa tâche avec un extrême scrupule. Les représentants des communautés juives consultés ne firent pas front commun ; les divergences précédemment mentionnées reparurent avec plus d'acuité : les « Portugais » souhaitaient l'extension de leurs privilèges, et s'opposaient à tout statut particulier pour les juifs du royaume. Cerf-Berr, par contre, réclamait pour ces derniers « la possibilité de s'établir partout, d'acquérir des terres et d'embrasser tous les métiers, tout en gardant leurs coutumes et leur organisation traditionnelles. » Malesherbes transmit son rapport au roi, en juin 1788 ; il semble s'être rallié aux vues de Cerf-Berr, et avoir envisagé des mesures générales destinées à promouvoir une amélioration de la condition des juifs, tout en favorisant leur assimilation. Mais la convocation des États Généraux l'empêcha de mener à bien son projet.

La fin de l'alliance du trône et de l'autel
(1789-1880)

La politique religieuse de la Révolution française
par Michel Vovelle

Peut-on parler d'une politique religieuse de la Révolution française ? L'histoire religieuse de ces années laisse plutôt l'impression d'enchaînements, où d'autres facteurs ont joué leur rôle – le problème financier dans la nationalisation des biens du clergé, la Contre-Révolution et la guerre dans la montée de l'anticléricalisme –, que du déroulement d'une politique suivie. Au paroxysme même de la crise, en l'an II, plusieurs stratégies se combattent, quand le gouvernement révolutionnaire désavoue la déchristianisation, qui n'en suit pas moins son chemin. Et y a-t-il rien de plus hésitant que la politique du Directoire, oscillant entre répression et libéralisation ?

Un conflit inévitable

Et pourtant, qui pourrait nier dans cette aventure une continuité réelle, la réalisation d'un projet global qui plonge ses racines dans l'esprit même des Lumières, et qui va aboutir non seulement à la destruction du clergé comme ordre, et à la remise en cause de l'Église-institution, mais à une contestation profonde de la religion révélée et de sa place dans une France jusqu'alors considérée comme une chrétienté sans faille ? Le conflit était inévitable, non que les révolutionnaires, dans leur grande majorité, fussent antireligieux – anticléricaux plus d'un l'était et beaucoup le sont devenus : cela ne suffit pas pour faire un schisme, pis, une déchirure qui prit allure d'apocalypse. Plus profondément, ne masquons pas le choc de deux visions du monde. Le pape Pie VI, dans son bref *Quod aliquantum,* a clairement posé les données du problème non point en condamnant la Constitution civile du clergé, pointe extrême et brutale d'un gallicanisme qui en avait vu d'autres sous la monarchie, mais en désignant la faute inexpiable, la Révolution, elle-même bouleversement des valeurs établies sur la terre comme au ciel, affirmation d'un principe de Liberté, fondé sur la confiance en l'homme et en son progrès. En dépit de tous les courants de l'*Aufklärung* catholique en ce siècle, l'Église n'était pas prête à admettre cette vision du monde, il lui faudra plus d'un siècle et demi pour s'y rallier officiellement. La faute au pape donc, et au conservatisme clérical ? L'argument – produit dès l'époque, repris ensuite – serait trop facile. Plutôt l'expression d'un moment historique dont les acteurs sont enfermés dans des structures mentales à la fois antagonistes et copartagées. Porteurs de leurs intimes convictions, les acteurs de la Révolution n'imaginent pas, ne sauraient imaginer, de leur côté, que la sphère du religieux échappe à leur entreprise de rebâtir et de régénérer le monde. La liberté s'impose avec une évidence indiscutable. Choc de deux totalitarismes ? N'abusons pas des termes. Disons de deux humanismes, en ce temps inconciliables. La solution de la séparation, non point simplement de l'Église et de l'État, mais de la sphère du politique et du spirituel, sera imposée par l'expérience, même après Thermidor, mais comme un pis-aller, un expédient : et ce serait là encore pécher par anachronisme que de reprocher aux hommes de la Révolution de ne l'avoir découverte que si tard.

Même si le heurt était inévitable, on peut se demander, sans tomber dans de stériles exercices de simulation, s'il aurait pu être géré autrement, apprécier la responsabilité des hommes et des circonstances. En s'engageant très tôt dans la voie d'atteintes profondes, comme la nationalisation des biens du clergé, ou la refonte complète de l'Église, les révolutionnaires ont-ils joué les incendiaires irresponsables ? Ont-ils eu conscience des conséquences de la dynamique qu'ils mettaient en branle ?

Les curés, acteurs de la Révolution

« Ce sont ces foutus curés qui ont fait la Révolution » : l'aristocrate déçu et anonyme qui a lancé ce trait n'a pas parlé dans le vide, car on le cite partout. La formule est pourtant bien exagérée ; même si elle exprime une certaine vérité de l'instant, l'étonnement des tenants de ce qu'on va sous peu qualifier d'Ancien Régime à constater le ralliement massif d'une grande partie du clergé « du second ordre » au bouleversement révolutionnaire qui s'opère du printemps à l'été 1789. Les cahiers de doléances le laissaient peu prévoir, même s'il est naturel que le problème religieux y ait tenu une place modeste (un dixième). Trois discours s'y reflètent, en simplifiant un peu : les cahiers du clergé défendent les privilèges de l'ordre, le monopole religieux, hostiles aux édits de tolérance, soucieux de conforter séminaires, collèges et maisons religieuses, comme de préserver les exemptions fiscales. Mais parfois les curés y font entendre leur voix, pour demander une revalorisation de leur statut social. A la base, les cahiers villageois du Tiers s'associent à cette demande, défendant leurs pasteurs, mais ils dénoncent aussi la lourdeur des dîmes parmi les exactions dont ils souffrent. Cahiers des villes et surtout des bailliages et sénéchaussées vont plus loin, sans complaisance pour les tares du haut clergé, le parasitisme des grands bénéficiers, se risquant parfois à dénoncer l'inutilité des ordres religieux. Ils se font ainsi l'écho de ce grand brassage d'idées qui s'exprime alors sous forme de libelles, de pamphlets auxquels des ecclésiastiques mettent parfois la main. Mais nulle part – s'en étonnera-t-on ? – de remise en cause de la religion en tant que telle.

Sans se faire tous l'écho du combat politique mené dès lors par le tiers état dont l'un des leurs, l'abbé Sieyès, devient le porte-parole dans une proclamation célèbre, les curés du second ordre ont su défendre leur place, et marquer la différence lors de la désignation des 301 députés du clergé au cours d'élections où le conflit fut parfois vif avec les prélats : 74 évêques seulement et 35 abbés, contre 205 curés. Dans cette remise en cause implicite de la hiérarchie, on mesure le chemin parcouru (mais dans un cadre différent) par rapport à la dernière assemblée du clergé en 1788, associée encore aux combats en retraite des privilégiés aux côtés des parlements. Non que tous les prélats soient rétrogrades, il s'en faut : un Lefranc de Pompignan, archevêque de Vienne, un Boisgelin d'Aix, ou Lubersac, évêque de Chartres, manifestent une réelle ouverture d'esprit. Mais c'est bien des curés que vont venir les initiatives dans le combat politique qui s'engage de mai à juin 1789, entre le tiers état d'un côté, les privilégiés et la monarchie de l'autre. Dans la discussion essentielle sur la vérification séparée ou en commun des pouvoirs des députés, le clergé offrait ses bons offices, ce qui était encore dans sa vocation traditionnelle. Mais lorsque le tiers état invite les autres ordres à se joindre à lui, trois curés poitevins n'hésitent pas à le faire, et l'un d'eux, le curé Jallet, s'enhardit à répondre aux prélats qui lui en font le reproche : « Nous sommes vos égaux, nous sommes des citoyens comme vous... » Avant-coureurs d'un mouvement qui se gonfle de jour en jour d'adhésions nouvelles, des curés participent au serment du Jeu de Paume, même si David, dans sa célèbre composition, triche avec la vérité historique en associant au premier plan à l'abbé Grégoire qui y était, Dom Gerle qui n'y était pas encore. Des curés, aussi déterminés que leurs collègues, participent à la réunion du 22 juin dans l'église Saint-Louis, comme à la séance royale du 23. C'est à cette date que quelques prélats « libéraux », à la suite de Lefranc de Pompignan, convainquent une majorité à vrai dire faible – 149 voix contre 136 – des députés de l'ordre du clergé, de se réunir au tiers état, une décision qui pèse fortement sur la décision royale du 27 juin d'ordonner aux ordres de délibérer désormais en commun. Au fil de ces étapes, au jour le jour, les députés du clergé ont-ils eu pleine conscience de signer l'arrêt de mort de leur ordre privilégié ? Ils ne l'ont pas ignoré sans doute, émettant des réserves sur la possibilité de tenir des réunions séparées : mais dès le 2 juillet, le cardinal de La Rochefoucauld, évoquant ce point, sera rappelé à l'ordre par Mirabeau, au nom de l'Assemblée souveraine.

L'importance du rôle joué par le clergé dans ces premiers épisodes ne doit pas masquer, en fait, les tensions qui le traversent : nombre de prélats restent attachés à la défense des prérogatives monarchiques et de leurs privilèges. Dans le pays, à l'inverse, des mouvements se font jour depuis le printemps dans le cadre de la poussée populaire liée à la crise, contre des évêques impopulaires (Sisteron), contre les riches abbayes pillées en Cambrésis. Anticléricalisme à l'ancienne, mais qui peut se politiser, comme l'archevêque de Paris, Mgr de Juigné, en fait l'expérience. Pour l'heure, c'est cependant sur le sentiment d'effusion et d'unanimité de la nuit du 4 août que va se clore cette première phase. Les membres du clergé n'ont pas été à l'initiative de la « merveilleuse surprise » : ils n'ont pas été les derniers à y participer, curés et prélats faisant abandon de ce qui avait constitué leurs privilèges. On a souri, et parfois jaune, de la surenchère de générosité et des chassés-croisés auxquels elle s'est prêtée : Mgr de Lubersac, évêque de Chartres, proposant la suppression du droit de chasse, lorsque la noblesse venait l'idée d'abolir la dîme... Ne sous-estimons pas la part de générosité vraie, même si l'on sait les repentirs du lendemain, et les révisions auxquelles donna lieu l'élaboration des décrets du 5 et 11 août. Les conséquences restent immenses, pour le clergé comme pour les autres privilégiés. Certaines, sans le viser particulièrement, n'en sont pas moins lourdes : l'abolition des redevances féodales ampute chapitres et abbayes d'un revenu important, et surtout, l'abolition des privilèges faisant de tous les Français des citoyens égaux devant la loi et le fisc sanctionne l'abolition de l'ordre du clergé, avec ses assemblées et ses privilèges fiscaux. Plus précisément encore, le corps clérical a été touché en tant que tel : la suppression des annates, que les prélats devaient verser au Saint-Père, ne touche que lui, mais les curés emportés par leur élan ont fait le sacrifice du casuel, rétribution par les fidèles des actes religieux, et plus encore, on a décidé d'abolir la dîme dont la vocation était de subvenir aux besoins du culte et de ses desservants. L'une des plus lourdes par ses conséquences, car elle suppose que l'État subvienne désormais à l'entretien du clergé, elle fut aussi l'une des plus controversées lors de l'élaboration des décrets d'application : des voix s'élevèrent pour défendre la dîme, et parmi elles, inattendue, celle de Sieyès dont on n'attendait pas cela.

Reste qu'en ce mois d'août 1789, où la Révolution constituante prend son cours, l'union peut paraître sans nuages dans la majeure partie d'une opinion qui vit cette aventure, suivant l'heureuse expression de Georges Lefebvre, comme une « bonne nouvelle ». Les cérémonies du culte accompagnent les célébrations révolutionnaires. Célébrant à Notre-Dame de Paris l'office à la mémoire des morts de la Bastille, l'abbé Fauchet a eu cette formule : « Frères, dans ce vaisseau consacré à l'Éternel... jurons, jurons que nous serons heureux. » Illusion lyrique qui trouve son écho dans la reconnaissance que l'on manifeste, en province comme à Paris, à ces membres du clergé qui ont uni leurs destinées à celles du peuple. Dans l'iconographie, précieux reflet, le thème de l'union des trois ordres exprime la confiance que l'on fait à ces bons prêtres patriotes dont on attend beaucoup, plus certes que des nobles dont on se méfie. Et ces prêtres, présents et actifs dans les nouvelles structures municipales, comme bientôt dans les clubs, ne semblent pas se dérober à ce que l'on attend d'eux. Jusqu'à quand durera cette lune de miel ? On serait tenté de prolonger le trait jusqu'au cœur de 1790, où certains historiens ont voulu voir « l'année heureuse », au moins jusqu'à la célébration de ces fêtes de la Fédération dont la cérémonie parisienne du 14 juillet 1790 a été l'expression la plus ample, associant autour de l'autel de la Patrie cérémonials civique et religieux. Mais à ce titre on pourrait pousser plus loin encore, jusqu'en 1791, voire au-delà...

Mise en place des éléments d'un conflit

Sans qu'il y ait véritable contradiction, on fait toutefois remarquer aussi la précocité d'un malaise visible dès octobre 1789, quand des Parisiens manifestent contre les « calotins », quand leur archevêque, Mgr de Juigné, prend la route de l'émigration, quand certains députés ecclésiastiques à l'Assemblée reprennent le chemin de leur province... Il ne fera que se préciser : derrière les illusions de l'année heureuse, douze mois suffisent pour que les éléments du conflit religieux, qui va dominer l'histoire révolutionnaire, soient mis en place : 26 août 1789, adoption du texte de la Déclaration des droits de l'homme ; 24 août 1790, promulgation officielle de la Constitution civile du clergé. Entre ces deux dates, toute une série de mesures : le 28 octobre 1789, la

Appel des laïcs : catholicisme, religion d'État

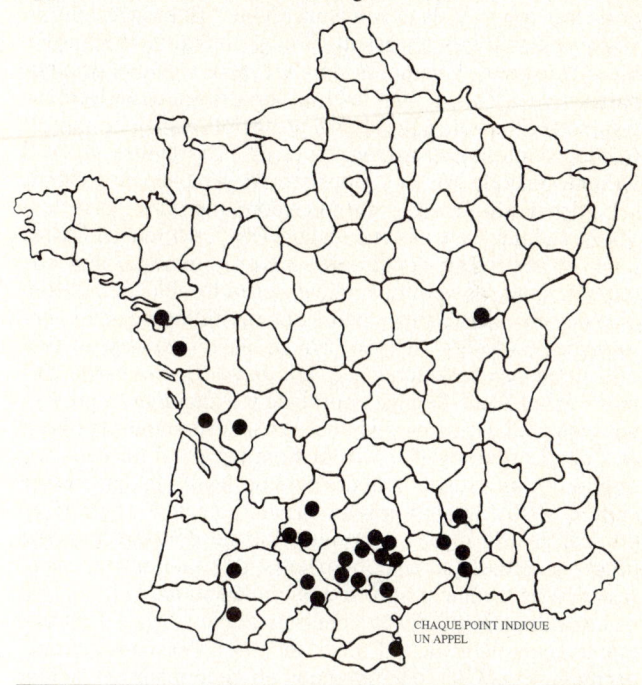

CHAQUE POINT INDIQUE
UN APPEL

Dom Gerle, député à la Constituante et par ailleurs bon patriote, eut l'imprudence, en avril 1790, de proposer à l'Assemblée une motion déclarant le catholicisme religion d'État. Sa proposition y fut éludée, mais reçut dans une partie de la France un soutien significatif sous forme d'adresses : on le note, c'est le Midi du contact confessionnel, de Montauban à Nîmes qui se mobilise. Une vieille fracture a rejoué. (Extrait de Timothy Tackett, *La Révolution, l'Église, la France*, Paris, 1986, p. 239.)

suspension provisoire d'émission des vœux de religion ; le 2 novembre, la mise à la disposition de la Nation des biens du clergé ; de décembre à janvier, les discussions et décisions sur la citoyenneté des non-catholiques, protestants ou juifs...

Dans ses audaces comme dans ses prudences, la Déclaration des droits de l'homme du 26 août 1789 reste l'une des remises en cause fondamentales d'où découleront nombre de conséquences. On pourra s'en étonner : son préambule ne se place-t-il pas sous l'invocation de l'Être suprême – désignation classique déjà de la personne divine ? Et dans les discussions préparatoires les grands prélats libéraux de l'Assemblée, Boisgelin, Champion de Cicé, n'ont-ils pas pris une part active ? Mais, à bien les lire, les articles de la Déclaration se réfèrent non point aux prescriptions d'une morale transcendante, mais aux principes du droit naturel et de la volonté générale. Ce que, somme toute, personne ne contesta.

Le débat, qui fut vif, porta en ce domaine sur le point de la liberté religieuse, les 22 et 23 août 1789. Le comte de Castellane, en proposant la formule : « Nul homme ne doit être inquiété pour ses opinions religieuses ni troublé dans l'exercice de son culte », s'en tenait à une définition négative, une tolérance renforcée, et c'est bien ce qui lui est objecté avec une éloquence passionnée par Mirabeau comme par le pasteur Rabaut Saint-Étienne pourfendant l'intolérance, proscrivant même le terme de tolérance, pour revendiquer la liberté et l'égalité des droits : « Tout homme est libre dans ses opinions, tout citoyen a le droit de professer également son culte… » L'Assemblée arbitre dans le vote de l'article 10 en un sens restrictif, décidant que « nul ne doit être inquiété pour ses opinions, même religieuses, pourvu que leur manifestation ne trouble pas l'ordre public établi par la loi ». Que de circonlocutions pour le lecteur moderne… Mais il est vrai que le texte même de la Constitution de 1791, dans son titre premier, tranchera positivement en reconnaissant à tout homme la « liberté… d'exercer le culte religieux auquel il est attaché ».

La Déclaration des droits posait ainsi les bases de la conquête de la liberté religieuse : pour que l'égalité devant la loi des protestants puis des juifs, soit effective, il faudra encore batailler jusqu'à la fin de la Constituante.

La liberté doit-elle s'arrêter aux portes des couvents ? La majorité des constituants ne l'ont pas pensé. Dans les élites des Lumières, l'hostilité était forte à l'égard de la condition monastique : oisiveté et stérilité, parasitisme et richesses indûment accumulées aux dépens de la crédulité des fidèles, tels étaient les arguments courants. Et même si *la Religieuse* de Diderot n'est publiée qu'en 1795, l'image du cloître-prison, où les filles sont séquestrées à vie sur la base de vœux imposés et de vocation forcée, était au rang des idées reçues. Le déclin des maisons religieuses, surtout masculines, dans le dernier demi-siècle, témoignait de cette sensibilité nouvelle, étrangère à toute spiritualité contemplative, tolérante au plus aux ordres « utiles », charitables ou hospitaliers. On comprend que dans ce contexte, l'idée d'une liberté aliénée à vie, dans des conditions de spontanéité éventuellement discutables, scandalise les auteurs de la Déclaration des droits : ils suspendent à titre provisoire, dès le 28 octobre 1789, l'émission des vœux solennels. Au nom du Comité ecclésiastique créé le 12 août au sein de l'Assemblée, Treilhard présente le 17 décembre un rapport discuté le 11 février, tendant à autoriser les religieux à sortir du couvent sans que l'autorité s'y oppose. « La loi ne reconnaît plus de vœux monastiques solennels de personnes de l'un et l'autre sexe. » Les ordres et congrégations réguliers dans lesquels on fait de pareils vœux, sont et demeurent supprimés en France sans qu'on puisse en établir de semblables à l'avenir. Dans un débat où s'illustra Barnave, face à Mgr de La Fare et aux défenseurs ecclésiastiques de la profession religieuse, il ne fut fait d'exception que pour les congrégations hospitalières et enseignantes. Tel qu'il fut voté, le projet Treilhard accordait une pension aux religieux sortis du cloître, et regroupait dans certains couvents les moines des divers ordres religieux désireux de persévérer. En avril 1790, les municipalités furent chargées de procéder à l'inventaire des maisons religieuses et de recevoir les déclarations d'intention des uns et des autres, ce qui n'alla pas toujours sans incidents. Très inégales selon les ordres, les défections furent souvent massives dans les ordres masculins. L'obligation de cohabiter avec d'autres accéléra sans doute le mouvement, sans rendre compte de son ampleur : dans l'immense et antique abbaye de Cluny, deux moines sur 40 déclarèrent vouloir persévérer. A l'inverse, les religieuses optèrent beaucoup plus massivement pour le maintien de la vie communautaire.

Les compagnies de prêtres, les congrégations enseignantes telles que oratoriens, doctrinaires, Frères des écoles chrétiennes avaient été épargnées même si d'autres mesures les ont touchées, on le verra (la confiscation des biens du clergé). C'est le 18 août 1792, au lendemain de la chute de la monarchie, qu'un décret de l'Assemblée législative déclare

« éteintes et supprimées toutes les corporations religieuses et congrégations séculières d'hommes et de femmes », mettant un point final au mouvement initié par le décret de février 1790.

On s'interroge : où passe la frontière entre la défense de ces libertés nouvellement conquises et l'indiscrète intervention dans l'exercice de la liberté religieuse, qui mène à la fermeture des couvents ? Il faut, pour comprendre, avoir conscience de la difficulté des hommes de ce temps à séparer les domaines, en évitant le mélange des genres. Ils n'ont toutefois pu éviter d'aborder le problème de front, s'agissant de la place à donner au culte catholique dans la société qui prend alors naissance. Dès le 28 août 1789, au lendemain des discussions sur la Déclaration des droits, une proposition de l'abbé d'Eymar de consacrer l'article de la Constitution à venir, à proclamer religion d'État la religion catholique, apostolique et romaine, avait été écartée, l'idée que cela allait de soi recouvrant sans doute une multiplicité d'arrière-pensées. De même, le 13 février 1790, la proposition réitérée par Mgr de la Fare de faire du catholicisme la religion nationale a-t-elle été éludée. Quand, le 12 avril 1790, un clerc, bon jacobin par ailleurs, Dom Gerle, revient à la charge en proposant que le culte catholique soit seul public – refoulant les autres religions dans la sphère de la simple tolérance –, ce faux pas suscite un vif débat, où l'affirmation finale de respect à l'égard du catholicisme ne masque ni les ambiguïtés ni les antagonismes désormais vivement ressentis. De tout un Midi languedocien où la guerre religieuse était en train de renaître, montèrent des adresses de soutien à la motion de Dom Gerle. Mais c'est aussi qu'à cette date, le problème est en voie de prendre une tout autre ampleur.

Le problème des biens de l'Église

La mainmise du nouvel État né de la Révolution sur les biens de l'Église procède d'autres principes que ceux dont nous avons vu le développement à partir de la Déclaration des droits de l'homme. On peut y voir le fruit d'une démarche essentiellement pragmatique, la solution trouvée au besoin urgent de faire face au problème financier légué par la monarchie. Mais le choix lui-même procède d'idées générales qui renvoient à un autre héritage idéologique, pour une part de longue durée. La royauté avait toujours considéré comme de son droit éminent d'empiéter sur le patrimoine d'une Église nationale dont elle ne se distinguait pas, elle avait ainsi procédé dans le passé. Chez des constituants pour lesquels le droit de propriété est une valeur absolue – sacrée, dira-t-on –, cette tradition gallicane jouera certes, mais ravivée et comme repensée à travers le discours des Lumières sur l'Église et sa richesse temporelle. On sait l'Église riche, même si les contemporains n'ont pas les moyens d'apprécier précisément ce dixième à peu près du terroir national qu'elle détient. Mais Talleyrand, orfèvre en la matière, pour avoir eu à gérer les revenus du clergé, pouvait estimer à plus de deux milliards en capital la richesse de l'ordre, pour un revenu annuel de 70 millions de livres. Tout un courant d'anticléricalisme éclairé rêvait du recyclage de ce pactole que l'on disait mal géré. Au vrai, s'agissait-il d'une propriété véritable ou de la contrepartie de l'exercice des tâches religieuses, caritatives, pédagogiques, dont les clercs étaient investis, et, dans ce cas, n'était-il pas légitime de remettre la main sur ce dépôt séculaire, en prenant désormais en charge l'entretien des pasteurs, devenus salariés de l'État : moyen, de surcroît de remédier aux abus évidents de la ventilation de ces richesses, en réhabilitant le curé chargé d'ouailles au détriment des éléments « parasitaires », haut clergé ou ordres religieux improductifs ? En élaborant ce discours, les hommes de la Révolution ne peuvent avoir qu'une conscience imparfaite des contradictions dans lesquelles ils s'enferment. Alors qu'au nom de la Liberté ils œuvrent au relâchement des liens de l'Église et de l'État, ils admettent ici la non-dissociation des deux réalités, le principe d'une Église étatisée dont les prêtres seront les fonctionnaires : la Constitution civile du clergé en découlera pour une part. Mais pouvaient-ils faire autrement, et ce qui apparaîtra comme une spoliation véritable n'était-elle pas une des conditions nécessaires de la mise à bas de l'ancien régime social, représenté par l'ordre du clergé ?

Ces considérations, ils les ont agitées très tôt : dès le 4 août, Buzot suggère que les biens du clergé appartiennent à la Nation, ce que réitère, le 6, le marquis de Lacoste dans une motion qui n'eut pas de suite. Mais, le 24 septembre, Dupont de Nemours, fort écouté en matière économique, revenait à la charge. Talleyrand, évêque d'Autun, développe, le 10 octobre, en technicien dirait-on, les avantages financiers, en insistant sur l'ampleur du capital et du revenu annuel ainsi libéré, et Mirabeau, le 13 octobre, met en forme la proposition finale : « Les biens du clergé sont à la disposition de la Nation sauf à pourvoir d'une manière convenable à la décence du culte et à l'entretien des autels. » Dans le débat fort vif qui s'ensuivit, les adversaires de la motion, l'abbé Maury, Sieyès, Bonal, évêque de Clermont, insistant sur la distinction Nation-Église, se heurtèrent à l'objection de Talleyrand, dans la pure tradition gallicane : « L'assemblée des fidèles, dans quel pays catholique est-elle autre chose que la Nation ? » Mgr de Boisgelin, l'homme des compromis, offre en vain, au nom de l'ordre, une somme de 400 millions gagée et hypothéquée sur les avoirs du clergé. Le 2 novembre 1789, par 568 voix contre 346, l'Assemblée adopte, dans une forme presque identique, la proposition de Mirabeau.

Dans la pratique, on a commencé par tirer pour 400 millions de bons portant intérêt de 5 % gagés sur les biens du clergé, puis, le 17 mars, le principe de l'aliénation de ces biens sous forme de biens nationaux a été adopté, ces propriétés étant cédées aux municipalités chargées d'en assurer la vente, puis placées sous l'administration des districts. Le décret voté le 14 avril, puis complété le 20, règle les modalités de la vente des biens du clergé, à la diligence des districts. Le paiement de la dîme cessera le 1er janvier 1791, les curés étant désormais rétribués par un salaire.

Un tournant majeur, la Constitution civile du clergé

Cependant, le tournant majeur de la politique religieuse de la Révolution s'inscrit dans ces deux années où tout bascule, du printemps 1790 (21 avril : rapport Martineau proposant la trame d'une réforme de l'organisation ecclésiastique) au printemps 1792 (27 mai : décret sur la déportation des prêtres réfractaires), quand le climat encore consensuel des débats fait place au conflit sur la Constitution civile du clergé.

L'Assemblée avait, très tôt, dès le mois d'août 1789, établi un comité ecclésiastique, doublé six mois plus tard dans ses effectifs, vite déserté par les prélats qui y avaient figuré au début, laissant la place à des juristes et des clercs recrutés dans le parti patriote. C'est au nom de ce comité que Martineau présente, le 21 avril, un rapport en termes de plan d'organisation générale du clergé. Il était attendu, conséquence naturelle de la nationalisation des biens de l'ordre, qui impliquait de salarier désormais les clercs chargés d'un service public. Par ailleurs, la restructuration globale de toutes les institutions administratives et judiciaires sur un plan uniforme ne pouvait épargner le domaine religieux. Le rapport du comité pose les bases de ce qui va devenir la trame de la Constitution civile : une table rase des anciennes institutions, puisque les chapitres cathédraux ou collégiaux, comme les bénéfices sans charge d'âmes, sont supprimés, les diocèses et paroisses sinon supprimés du moins profondément remaniés, sur la base d'un diocèse par département, et d'une restructuration projetée des paroisses. Les curés, comme les évêques, seront désormais élus par les corps électoraux locaux, à charge pour les premiers de recevoir de l'évêque l'institution ecclésiastique, pour les seconds, qui ne la recevront plus du pape, de la solliciter de 10 évêques métropolitains. Les évêques s'entourent de vicaires épiscopaux, qu'ils choisissent, mais qui sont inamovibles. La Nation se charge de la rétribution du clergé : 1 200 livres par an pour les curés, sensible promotion pour nombre d'entre eux, les évêques, beaucoup moins bien lotis, recevant au moins 12 000 livres, et jusqu'à 50 000 pour le métropolitain de Paris ; dans ce système, un absent ou presque, le souverain pontife auquel un évêque nouvellement institué se contente d'adresser une lettre, en gage d'unité de foi et de communion dans le sein de l'Église catholique.

Triomphe du gallicisme, voire du « richérisme » des curés du XVIIIe siècle ? Un peu plus même, car lorsqu'on proposera (Jacquemont) que l'évêque soit élu par les curés, la réponse viendra de Camus et de Robespierre : il ne s'agit pas de reconstituer une corporation. Le seul référent est la Nation, et Treilhard tranche : « Quand le souverain croit une réforme nécessaire, nul ne peut s'y opposer. » Sur ces bases, le conflit est inévitable au niveau des principes que rappelle Mgr de

Boisgelin, le 29 mai 1790 : reconnaissant la nécessité des réformes, mais plaidant l'incompétence de l'Assemblée sur des points qui ne sauraient être que du ressort d'un concile, ou du pape. Sur le fond, Boisgelin dit son hostilité à la suppression des chapitres, comme au principe électoral pour le recrutement des desservants. A quoi les représentants de la tendance gallicane répondent qu'évitant de toucher au dogme, le souverain n'a de comptes à rendre à personne. Les jeux sont faits : le 12 juillet 1790, l'ensemble du projet est voté sans difficulté. Il n'y a pas eu spectaculaire bataille parlementaire, dirions-nous, et la crise va prendre toute son ampleur sur plus d'un an : cela tient aux conditions mêmes d'un « suspense » entretenu longuement par la papauté. Non que la situation religieuse, à l'été 1790, soit encore sereine sur le terrain. Des conflits ont éclaté, fort graves, dans un Midi où rejouent les anciennes fractures de l'antagonisme confessionnel. A Montauban, en mai, à Nîmes, d'avril à l'explosion meurtrière de la « bagarre de Nîmes », le 13 juin, sur des scénarios comparables, se sont affrontés bourgeois protestants et patriotes, détenteurs du pouvoir économique, et la coalition de notables et d'un petit peuple catholiques « fanatisés », comme on dit déjà, pour la cause du roi et de la religion. On ne saurait sous-estimer l'impact local, voire national, de ces événements du Midi qui trouvent en d'autres points chauds – Arles, Avignon – leur écho répercuté. Mais, ce ne sont point là réactions immédiates à la Constitution civile, et l'on peut rappeler l'atmosphère d'euphorie unanimiste qui semble encore régner du printemps à l'été 1790, de la Fête-Dieu à la fête de la Fédération du 14 juillet.

Le débat, sur fond de protestations au début modestes et individuelles, va être coordonné alors par la protestation des évêques, sur des motivations à la fois religieuses et politiques. On cite l'interrogation bien postérieure de Dillon, évêque de Narbonne, se demandant s'il avait alors réagi en évêque ou en gentilhomme… Les deux réflexes ont dû jouer dans un corps épiscopal si intimement lié à l'Ancien Régime. Mais les éléments modérés, qui s'efforçaient depuis le début de jouer les sages, ont tenté d'abord une conciliation que le silence du Saint-Père semblait autoriser : le 30 octobre 1790, une « Exposition des principes sur la Constitution civile du clergé » est présentée par Mgr de Boisgelin, au nom de tous les prélats de l'Assemblée, hormis Talleyrand et Gobel, elle reçoit l'assentiment d'une centaine d'évêques. Ce document reprend la querelle de compétence. Pour ses auteurs, on a indûment touché au spirituel, tant en ce qui concerne le principe de l'élection, que les atteintes portées aux ordres réguliers. Il s'impose de recourir au souverain pontife, ou à tout le moins, à un concile national. Attachés à l'Église universelle, ils refusent la soumission de l'Église à l'État. Le ton, on l'a remarqué, reste courtois, la volonté de conciliation semble réelle. Est-ce en écho de cette tendance que Champion de Cicé et Lefranc de Pompignan, conseillers de Louis XVI en ces matières, ont infléchi la décision du roi qui sanctionne, le 22 juillet, la Constitution civile promulguée le 24 août ?

Sans rien changer au fond, la précision des dates a son importance : c'est le 23 juillet que l'on prend connaissance de la première réaction officielle du souverain pontife, alertant le roi sur le danger de schisme que recèlent ces nouveautés. On sait toutefois que Pie VI, quatre mois plus tôt, avait émis secrètement en consistoire une condamnation. On peut s'interroger sur son silence, peut-être lié comme le pensait Mathiez, à sa politique vis-à-vis d'Avignon, où le mouvement pour le rattachement à la France prend alors de l'ampleur.

Quoi qu'il en soit, l'incertitude n'est pas prête d'être levée, puisque, après ce premier avertissement, le pape, qui a annoncé la réunion en août d'une commission de cardinaux, fera attendre jusqu'en mars 1791 sa réponse définitive. Prudence ou machiavélisme romain qui vont rendre le conflit inextricable, laissant dans l'expectative le clergé français. Entre-temps, en effet, on est passé au stade d'application de la loi, proclamée dans le pays en septembre-octobre 1790. Se heurtant au refus collectif des évêques et à leur résistance passive, elle pose, avant même l'élection générale, des problèmes à l'occasion de vacances épiscopales. Le durcissement des positions conduit l'Assemblée à une nouvelle étape dans l'escalade, en adoptant la proposition de Voidel d'imposer aux desservants fonctionnaires publics un serment de fidélité à la Nation, à la Loi et au Roi, doublé d'une promesse de fidélité à la Constitution. L'âpreté du débat, par référence à la relative sérénité des affrontements antérieurs, témoigne de la dégradation de la situation. Boutefeu du parti aristocratique, l'abbé Maury monta au créneau pour conclure : « Prenez garde, il n'est pas bon de faire des martyrs. » Rarement avait-il été aussi perspicace. Votée le 27 novembre 1790, la loi reçut, le 26 décembre 1791, la sanction royale – attentisme ou, déjà, duplicité ? – pour d'autres, en tout cas commençait une redoutable épreuve de vérité. L'Assemblée avait pris un pari sur la docilité du clergé. Le succès fut pour le moins mitigé – en son sein même où Grégoire donnait cependant l'exemple, seuls 81 ecclésiastiques sur 263 prêtèrent le serment. Bilan prévisible : l'était moins le partage du corps ecclésial des prêtres soumis au serment comme fonctionnaires publics, ces 52 % en bilan global suivant la dernière mise au point de T. Tackett – plus chez les curés, moins chez les vicaires, comme on le verra. Ni succès franc et massif ni refus généralisé, pis encore un clergé coupé en deux, suivant un clivage que les rétractations de l'année suivante – 6 % suivant le même auteur – ne modifièrent pas significativement.

Émis le 10 mars, le bref *Quod aliquantum* fut connu en mai, un autre bref *Caritas* l'avait précisé en avril, élargissant à l'usage du clergé tout entier la réponse que le premier texte adressait aux auteurs de l'« Exposition des principes ». Le jugement global est sans appel, et plus encore que par la condamnation formelle des empiétements impardonnables sur les attributions du Saint-Père à l'issue d'une procédure unilatérale, par la désignation du mal absolu, somme toute la Révolution elle-même, subversion de toute autorité, liberté absolue, « effrénée », débouchant sur la licence, sur la fausse idée de l'égalité, application d'une doctrine du droit naturel et du contrat social incompatible avec la religion.

Le divorce entre l'Église et la Révolution

Sur la base d'une contradiction aussi radicale, à quoi bon chercher un compromis ? Dans une lettre collective, le 3 mai, les évêques français tentent de justifier leur position, en expliquant ce qu'ils ont cru voir de positif dans la liberté publique et une égalité politique non attentatoire à l'ordre divin. Ils offrent leur démission. Plus d'un reviendra plus tard sur les termes de cette ultime tentative de concilier Religion et Révolution. Dans le pays, les conséquences d'une décision, qui place en situation de schisme l'Église de France, sont d'entrée dramatiques. Une flambée d'anticléricalisme d'une violence nouvelle secoue Paris : au Palais-Royal, le 4 mai, un mannequin du pape est brûlé en effigie. Une iconographie, des pamphlets qui vont bien au-delà de l'agressivité bien réelle, mais encore bon enfant parfois, des mois précédents, révèlent une intensité de haine insoupçonnée. La papauté a rompu ses relations diplomatiques.

La mise en place du nouveau clergé ne se trouve pas, on s'en doute, facilitée. Pour reconstituer un corps pastoral qui se trouve complètement à renouveler au sommet, ou presque, par le refus quasi collectif des anciens évêques, il n'y reste que quelques prélats « jureurs », Loménie de Brienne, Jarente, Lafont de Savine ; il ne se trouvera qu'un évêque, Talleyrand (lui-même démissionnaire), pour accepter de sacrer les premiers évêques constitutionnels (Expilly à Quimper, Marolles à Amiens) qui se chargeront de la suite. Pénible mise en route, même si le corps pastoral, ainsi consacré à la suite des élections locales, ne présente pas le caractère d'indignité qu'une tradition historiographique du siècle dernier a voulu lui prêter. Ce sont des curés instruits, cultivés et patriotes qui sont ainsi promus, et point tous des intrigants carriéristes. Des personnalités émergent : Le Coz à Rennes, Lamourette à Lyon, Sermet à Toulouse, Grégoire à Blois, futures têtes du clergé constitutionnel. Leur installation ne va pas sans mal, devant le mauvais gré des anciens évêques qui se considèrent comme légitimes, et les réticences souvent marquées des populations. Mais ces batailles d'évêques au chef-lieu sont moins âpres peut-être que ce qui se déroule sur le terrain, dans le tissu des paroisses d'une France désormais divisée entre un clergé constitutionnel et un clergé réfractaire. S'il y eut peu de troubles dans les régions du serment massivement prêté, ailleurs, le recrutement et l'installation des curés constitutionnels déchaînèrent toute une série de conflits, du mauvais gré au refus caractérisé des populations. Ici le curé ne peut s'établir qu'avec l'appui parfois réticent des autorités locales, ailleurs, il lui faut celui de la garde nationale de la ville voisine. Dans les villes au contraire, où les patriotes sont organisés, ce sont les réfractaires et leurs ouailles qui sont malmenés : à Paris, en avril 1791, les dévotes – religieuses ou simples fidèles – qui vont à la messe des réfractaires sont sauvagement fouettées par les femmes patriotes, sous l'œil goguenard de leurs maris.

Pour écarter ce genre de guerre civile, pouvait-on parvenir sinon à un accord, du moins à un *modus vivendi,* par une cohabitation, si peu que ce soit, pacifique ? On l'a cru un temps. Un arrêté du département de Paris, le 11 avril 1791, autorisait les réfractaires et leurs fidèles à louer des locaux pour y célébrer librement leur culte, en s'abstenant de toutes attaques contre l'ordre établi. A l'Assemblée, Talleyrand ou Sieyès ont plaidé la cause d'une liberté religieuse complète : ils ont semblé avoir gain de cause par la loi du 7 mai 1791, autorisant les réfractaires, sous certaines conditions, à dire la messe dans les églises paroissiales. Ce compromis se heurte à une forte opposition dans une situation qui est peut-être parvenue déjà à un point de non-retour : à l'Assemblée, même Treilhard a objecté que « la nation ne peut être schismatique ». Dans le pays même, et surtout dans la capitale, l'explosion d'anticléricalisme s'accentue : Paris qui transférera, le 11 juillet 1791, les cendres de Voltaire au Panthéon, vit à l'heure du conflit ouvert, dans un contexte politique où la religion tient une place croissante. Le 18 avril, le roi Louis XVI, qui souhaitait se rendre à Saint-Cloud pour y faire ses Pâques des mains d'un prêtre réfractaire, se voit retenu de force par les patriotes et gardes nationaux parisiens. Ce n'est point encore la guerre civile, même si on signale des rassemblements hostiles dans l'Ouest, déjà : mais après la fuite à Varennes et les conflits qui marquent les derniers mois de la Constituante, la Législative hérite d'une situation irrémédiablement dégradée. De la crise de Varennes ou même de la fin de la Constituante à l'explosion déchristianisatrice de la fin de 1793, plus de deux années chargées d'événements essentiels au plan politique : le domaine religieux en est d'autant plus directement affecté qu'il est l'objet d'une politisation croissante ruinant tous les espoirs de compromis, rendant même prématurément caduc l'édifice de la Constitution civile du clergé.

Le prêtre réfractaire « ennemi de la nation »

Sur fond de guerre, menaçante puis déclarée, la Législative déjà révèle un nouveau climat fortement dégradé. A l'Assemblée, comme dans les administrations, la participation des clercs s'efface. Le nouveau corps politique où les Brissotins, futurs Girondins, tiendront une place décisive jusqu'au printemps 1793, compte plus d'un représentant des Lumières de sensibilité anticléricale, voire irréligieuse, même s'il y a quelque facilité simplificatrice à leur faire porter la responsabilité du durcissement des attitudes. Un anticléricalisme populaire, déjà latent on l'a vu, se développe de son côté, dans la sans-culotterie ; relayé par le mouvement cordelier, et plus tard hébertiste, très vif à Paris, il a ses relais en province. L'image du prêtre réfractaire s'identifie de plus en plus à celle de l'aristocrate et de l'ennemi de la nation. Malgré le ralliement de curés patriotes au mouvement populaire le plus avancé, dont la personnalité de Jacques Roux, porte-parole des Enragés, représente la pointe extrême, le clergé constitutionnel lui-même sera progressivement touché par une suspicion qui se généralise, surtout à partir de 1793.

A l'opposé, le pourrissement sur le terrain du conflit des deux Églises s'accompagne de sa politisation, dans des campagnes qui basculent dans le camp de la Contre-Révolution. Dès octobre 1792, Gensonné et Gallois, retour de Vendée, avaient dénoncé l'ampleur du clivage entre patriotes et aristocrates, entretenu par l'agitation religieuse. Le 29 novembre, un premier décret voté contre les prêtres réfractaires les plaçait en position de suspects : le veto royal confirmait cette présomption de collusion, de même que celui qui fut émis contre la loi du 7 mai 1792, les frappant de déportation ou de réclusion. Le tournant de l'été 1792, avec la chute de la monarchie et ce que l'on a dénommé la première Terreur, s'inscrit ainsi en continuité d'une évolution dont, par ailleurs, l'explosion des foyers de guerre civile, en Vendée en mars 1793, mais aussi en Lozère en mai, ailleurs sporadiquement dans les mois suivants, contribueront à accentuer le cours. Les massacres de septembre 1792 ont touché plusieurs centaines de prêtres, peut-être 300 dans les prisons parisiennes : de la Normandie à la Provence, ils ont eu leurs échos

L'émigration des prêtres du Sud-Est dans les États pontificaux

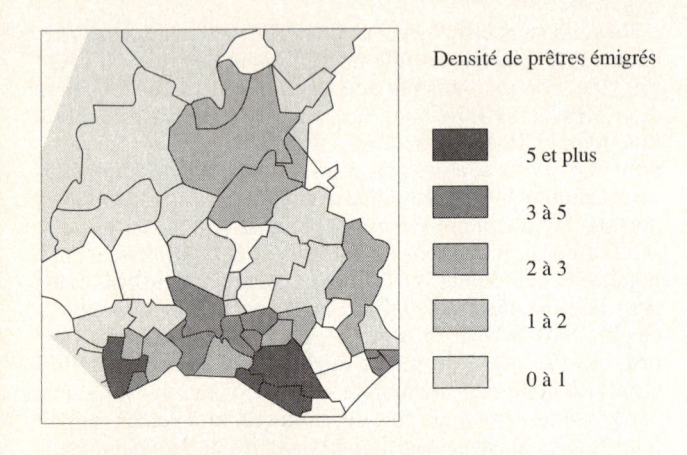

Densité de prêtres émigrés

- 5 et plus
- 3 à 5
- 2 à 3
- 1 à 2
- 0 à 1

La diaspora des prêtres émigrés hors de France s'est faite pour bonne part en fonction de la proximité : ceux que l'on a recensés (R. Picheloup) dans les États du pape viennent pour la plupart du littoral languedocien et provençal, mais les Alpes et la région lyonnaise ont fourni leur contingent. (Adapté de M. Vovelle, *Religion et Révolution*, Paris, 1976.)

provinciaux. Pour la première fois, des martyrs de la foi donnent au conflit la dimension d'une persécution ouverte, amplement répercutée en France comme à l'étranger. On comprend sans peine qu'à cette phase corresponde le grand départ des prêtres pour l'étranger. La première émigration, aristocratique, avait surtout touché les prélats et le haut clergé. Le schisme constitutionnel avait apporté un premier contingent de prêtres réfractaires, surtout après Varennes, mais le flux majeur s'inscrit bien du printemps à l'automne 1792. Émigrés ou « déportés » ? Les deux en fait, sans qu'il soit toujours aisé de faire le départ suivant les circonstances locales. Une des premières décisions qui eussent pu s'apparenter à une tentative de compromis avait été prise le 14 août 1792, imposant à tous ecclésiastiques, fonctionnaires publics ou non, la prestation d'un serment dit à « la Liberté et l'Égalité », moins astreignant en apparence que le serment civique puisqu'il ne comportait pas acceptation de la Constitution civile, ce qui explique que certains conseillers écoutés du clergé, comme l'abbé Eymery, aient considéré qu'il pouvait être prêté. Si certains ont saisi l'occasion, pour beaucoup d'autres ce nouvel obstacle fut l'occasion du départ.

Les premières mesures générales prévoyant la « déportation » des prêtres conduits à la frontière, ou la réclusion des plus âgés, ont été prises le 26 août 1792, mais déjà nombre de départements avaient pris des arrêtés en ce sens. Au printemps 1793, ces lois seront renforcées, assimilant leur sort à celui des émigrés. L'exode massif qui culmine alors a touché une proportion importante du clergé, une bonne part des quelque 30 000 prêtres et religieux auxquels on estime le bilan global pour la Révolution. Une longue et pénible aventure commence pour la population de cette diaspora répartie à travers toute l'Europe, en fonction des lieux de départ et des étapes successives de leurs pérégrinations : Angleterre, Empire, cantons suisses, Espagne, Savoie, puis États italiens, ceux du moins qui acceptaient de les recevoir, quitte à leur accorder, comme les États du pape, une hospitalité parfois soupçonneuse. Paradoxe : à part la Suisse et certains États allemands, c'est dans l'Angleterre antipapiste que les structures d'accueil semblent avoir été les plus généreuses.

Si difficile qu'ait été le sort des émigrés, il les soustrait aux aléas du clergé demeuré sur place : réfractaires passés dans la clandestinité – ils sont nombreux dans certaines régions –, mais aussi clergé constitutionnel en position peu enviable. Soutiens encombrants, devenus parfois réticents, d'un régime qui se détache d'eux à mesure qu'il se laïcise, et englobe dans la même suspicion toute la caste sacerdotale, ils sont touchés directement par l'entrée en vigueur, en septembre 1792, de l'état civil laïc, étape importante dans la mise en place de la nouvelle société. On s'était interrogé, dès la fin de 1791, sur l'opportunité d'une séparation de l'Église et de l'État. Hypothèse rejetée alors, mais les interventions du pouvoir révolutionnaire se font plus indiscrètes – ainsi celles qui concernent le mariage des prêtres, pratique isolée encore et spontanée de curés patriotes qui se libèrent ainsi des contraintes de leur état, au scandale de la plupart des évêques constitutionnels. Ces derniers se voient sanctionnés en février, puis en juillet 1793, pour ces rappels à la discipline, devenus inopportuns. Un tournant majeur dans la politique à l'égard du clergé constitutionnel est marqué par la crise fédéraliste, à l'été 1793. Plus d'un de ses membres était de sensibilité girondine, et certains évêques – Fauchet à Caen, Lamourette à Lyon, d'autres à un moindre degré comme Roux à Marseille – ont été directement compromis dans un épisode qu'ils ont payé de leur vie. Cela n'a pu que renforcer un sentiment de défiance généralisé, qui va placer désormais les membres du clergé au rang des suspects par excellence, et partant des victimes de la Terreur, quand le régime se met en place à l'automne 1793. Combien de victimes en estimation globale ? Le décompte proposé par l'historien américain Donald Greer, référence classique, dénombre un peu plus d'un millier de membres du clergé exécutés par les tribunaux révolutionnaires (920 prêtres et 126 religieuses) soit 6 % du total, une proportion bien supérieure à leur place dans la population globale (1 %). Ce chiffre est évidemment incomplet, n'incluant pas les exécutions sommaires, sur les théâtres de la guerre civile. On estime à 3 000 peut-être le tribut global pour la décennie révolutionnaire tout entière. Lourd bilan réunissant dans la mort ceux qui avaient cru à la Révolution, et ceux qui l'avaient refusée.

La déchristianisation

Le 10 août 1793, pour la proclamation du nouvel acte constitutionnel se déploient les fastes de la fête de la Régénération ou de l'Unité et de l'Indivisibilité des Français : dans son cérémonial païen, complètement laïcisé, elle annonce l'entrée dans une nouvelle phase, celle de la déchristianisation. L'offensive ouverte, qui débute à l'hiver 1793, n'est ni un mouvement imposé par le gouvernement révolutionnaire, qui l'a très tôt désavoué, ni un mouvement spontané, même s'il prend naissance autour de quelques épicentres (région parisienne, centre de la France) pour se propager à l'ensemble de l'espace français. C'est une impulsion collective venue d'un certain nombre de milieux politisés, inégalement accueillie suivant les lieux. A la fin de vendémiaire, quelques communautés rurales proches de Paris (Ris et Mennecy) prennent l'initiative de renoncer au culte et d'en apporter les dépouilles en cortège burlesque à la Convention. Dans le centre de la France, simultanément, certains départements, sous l'impulsion de représentants en mission – Laplanche dans le Cher, Fouché dans l'Allier et la Nièvre–, sont le lieu de manifestations antireligieuses, autodafés et mascarades. On y marie les prêtres, et Fouché laïcise le cérémonial de la mort. Qui a commencé : Paris et sa région, ou la province ? Question un peu vaine, car, très vite, d'autres sites se dévoilent : ainsi la Charente-Maritime, avec Lequinio. Dans une première phase, en brumaire et en frimaire, la déchristianisation associe un ensemble de manifestations, qui vont de la fermeture des églises transformées en temples de la Raison, à la descente des cloches et la livraison de l'argenterie sacrée, à l'abdication et au mariage des prêtres, et aux mascarades et autodafés.

L'épisode le plus spectaculaire prend place à Paris, lorsque, poussé par Cloots et Chaumette, l'évêque constitutionnel Gobel présente son abdication à la barre de la Convention. Puis, le 20 brumaire (10 novembre 1793), Notre-Dame de Paris, transformée en Temple de la Raison, est le cadre de la célébration de cette fête « de la Liberté et de la Raison », où une actrice tient le rôle de la divinité. La Convention réagit, au début, avec faveur à ces manifestations, dont les propagandistes se recrutent à la Commune de Paris, dans les milieux hébertistes, bien accueillies d'une partie du mouvement sans-culotte. Une réaction se dessine très vite, aussi bien par la voix de Danton que de Robespierre, alarmés de l'effet de ces mascarades antireligieuses sur la population, portés aussi à voir dans ce phénomène la manifestation machiavélique et provocatrice d'un complot contre-révolutionnaire. Le 16 frimaire an II, sur une motion de Robespierre, la Convention proscrit « toutes violences et toutes mesures contraires à la religion ». Mais ce décret sur la liberté des cultes ne met aucunement fin au mouvement, dont l'onde se répand dans tout le pays : autour de Paris, dans le Centre et sur l'axe Paris-Lyon, en passant par la Bourgogne, de brumaire à frimaire. Puis en nivôse et pluviôse, les départements du Nord et du Nord-Est d'une part, l'Auvergne de l'autre et le Centre-ouest, du Poitou au Limousin, sont touchés par la vague, qui, de pluviôse à ventôse, se propage tous azimuts, à l'Ouest, de la Normandie au bocage manchois, au Sud-Ouest dans la moyenne Garonne, au Sud-Est, des Alpes au Languedoc. La Provence, les Pyrénées, le Finistère ou la Franche-Comté – disons les Frances périphériques – ressentent le choc entre ventôse et germinal. A la veille de Thermidor, le mouvement s'épuise et s'éteint, dans l'Ariège, les Pyrénées-Orientales et les Alpes-Maritimes. Diffusion en tache d'huile, nuancée par l'explosion précoce polynucléaire, de foyers urbains (Montpellier…). On peut légitimement clore le mouvement déchristianisateur à la date du 18 floréal an II (7 mai 1794), lorsque Robespierre, à la suite de son célèbre rapport sur les idées religieuses et morales, amène la Convention à proclamer que « le peuple français reconnaît l'Être suprême et l'immortalité de l'âme ». Désaveu, reprise en main, tournant majeur que sanctionne la célébration, le 20 prairial an II, de la fête de l'Être suprême, à Paris sur l'ample scénario réglé par David, mais aussi dans la France entière, d'où affluent par milliers, jusqu'à Thermidor, des adresses d'adhésion.

Dans ce cadre spatial et temporel, on peut distinguer une déchristianisation destructrice visant à la table rase du « fanatisme et de la superstition », des tentatives de mise en place d'un nouveau culte civique. La religion est prise à partie, dans ses édifices et son culte comme dans la personne de ses prêtres. Les unes spontanées, la plupart contraintes (les neuf dixièmes), les abdications de prêtrise en ont été l'un des aspects les plus spectaculaires, touchant sans doute quelque 20 000 prêtres, près du cinquième des effectifs cléricaux d'Ancien Régime, beaucoup plus en proportion du clergé constitutionnel – 50 à 70 % peut-être dans les zones les plus sensibles. Pasteurs réformés et, localement, rabbins n'ont pas été épargnés. Le mariage des prêtres, souvent forcé, a touché pour sa part 4 à 5000 clercs, là aussi, on le verra, suivant une géographie très contrastée. La fermeture des églises, transformées souvent en temples de la Raison, affecte à la fin de l'hiver 1793-1794 la grande majorité des paroisses. Certains représentants – Albitte ou Chanteauneuf-Randon – ont fait raser les clochers, pour les mettre au « niveau de l'Égalité ». La livraison des cloches pour la fonte, et celle de l'argenterie pour alimenter le Trésor national, conjuguent spontanéité et application de prescriptions officielles. Mais, c'est de façon purement gratuite que l'iconoclasme prolonge ces manifestations, affectant le mobilier d'église – tableaux, statues et confessionnaux – objets de mascarades qui se terminent en autodafés. La promenade dérisoire de l'âne mitré chargé des ornements sacerdotaux s'est faite à Paris, mais se retrouve dans toute la France, principalement méridionale, faisant resurgir les langages d'inversion carnavalesque de la culture populaire. Les temples de la Raison accueillent les nouvelles liturgies. Une tradition hostile a vu dans les « déesses Raison » de ces cortèges et cérémonies, vivantes figurations de la nouvelle déité, des filles de mauvaise vie, là où l'on rencontre plus souvent les épouses des notables jacobins. Les fêtes déchristianisatrices, en un syncrétisme complexe, s'associent souvent à la célébration des victoires, ainsi pour la reprise de Toulon, mais souvent aussi au culte plus spontané des martyrs de la Liberté (la triade Marat, Lepeletier, Chalier, auxquels viendront s'adjoindre tardivement Bara et Viala, les héros enfants). Si la fête est le haut moment de ces activités culturelles, elle s'insère dans toute une activité pédagogique, dont les célébrations décadaires, ou les missions des apôtres civiques dans les campagnes, sont le complément.

Si composite que soit ce système, constitué d'apports disparates, son évocation ne serait pas complète si l'on n'y adjoignait les tentatives de restructuration du temps et de l'espace. Le calendrier révolutionnaire, adoptant les dénominations proposées par Fabre d'Églantine, a pris effet à l'hiver 1793 et s'impose, non sans difficulté, en l'an II. La toponymie révolutionnaire, également mesure officielle destinée à éliminer tout ce qui pouvait rappeler non seulement la royauté, mais le « fanatisme et la superstition », a touché des milliers de communes reflétant le zèle inégal de municipalités qui ont parfois simplement laïcisé les noms et, parfois de façon plus significative, fait appel à des références civiques morales ou antiquisantes.

Ce cadre général, dans sa complexité, n'est point sans laisser ouverts un certain nombre de problèmes d'interprétation, dont une partie seront abordés ultérieurement ; on s'attache à l'étude du discours déchristianisateur, à la dialectique de la Raison et de l'Être suprême ; somme toute, au contenu même d'un *corpus* de croyances élaboré à chaud, défiant toute formulation réductrice, comme celle d'Aulard qui y voyait l'expression de la mobilisation civique et surtout patriotique, commandée par les circonstances. Entre un déisme qui n'est point la seule invention de Robespierre et ses amis, et un naturalisme athée qui demeure minoritaire, l'élite révolutionnaire se partage, elle doit faire un temps une place à une religiosité populaire, tantôt d'ancien héritage, et tantôt expression de la sensibilité de l'instant (culte de Marat). Les victimes, prêtres abdicataires ou mariés, commencent à être bien connus, mais les déchristianisateurs eux-mêmes sont plus difficiles à cerner, même si l'on peut proposer un profil type du « persécuteur » ou de l'activiste, bourgeois ou populaire. A l'inverse, on s'attache à l'étude d'un refus qui prend au fil des mois une ampleur croissante, tant dans les sites les plus brutalement agressés que dans certaines régions rétives du Massif central aux Alpes et aux Pyrénées, où les manifestations de femmes et de paysans sont nombreuses. La religiosité panique de « chrétiens sans église » s'exprime aussi bien par une résistance passive que par des flambées de résistance, dans un monde où circulent rumeurs et missives écrites « en lettres d'or de la main de Dieu », voire par certaines formes de prophétisme féminin.

Même si la séquence paroxystique de la déchristianisation reste brève et, sous ses formes extrêmes, sans lendemain, on ne saurait aujourd'hui s'en tenir aux explications traditionnelles de l'historiographie conservatrice en termes de délire terroriste antireligieux, pas plus qu'à une certaine tradition jacobine qui n'y voyait qu'une diversion ou une manifestation de masses manipulées par les hébertistes. Une « Révolution culturelle » ? Oui, si l'on veut bien éviter toute complaisance verbale et tout anachronisme.

*Libéralisation ou répression,
les hésitations d'une politique*

Les clichés ont la vie dure, alors même qu'ils se contredisent. Au sortir de la période déchristianisatrice de l'an II, durant les cinq années qui couvrent la période de la Convention thermidorienne et du Directoire, on oscille entre deux images : une libération qui ne fait que refléter le retour massif des populations au culte persécuté, ou la continuité d'une politique répressive poursuivant le projet d'une éradication en cours, appuyée sur un culte et des fêtes civiques. Au vrai, si l'on s'en tient à la ligne politique des dirigeants, reflet des avancées et des reculs d'une opinion partagée entre consolidation républicaine et retour au passé, des séquences contrastées se dessinent, faisant alterner libéralisation et répression. Les textes se multiplient, contradictoires, et s'annulent, même si une idée chemine, semble-t-il, imposée par les circonstances : celle de la séparation de l'Église et d'un État qui, renonçant à salarier les cultes, leur laisse la liberté. Cette anticipation trouve une expression remarquable dans le discours que prononcera l'abbé Grégoire à la Convention, le 1er nivôse an III (21 déc. 1794), associant formules et pensées simples et fortes : « Une opinion cède à l'éclat de la lumière, jamais à la violence... vouloir commander à la pensée, c'est une entreprise chimérique... c'est une entreprise tyrannique, car nul n'a le droit d'assigner les bornes de ma raison. » Reconnaissons-le toutefois : ce n'est point cette idée qui prévaudra dans une période où la reconquête missionnaire catholique s'opère sur la base d'une intransigeance combative, où la défense d'une république bourgeoise consolidée passe encore par la lutte contre une religion ennemie, considérée comme complice du royalisme. Quatre ou cinq séquences s'enchaînent, si l'on veut simplifier : l'après-Thermidor, dont les études les plus récentes (F. Brunel) rappellent qu'il n'est pas la rupture brusque que l'on a dite, et qui voit localement se poursuivre les initiatives déchristianisatrices, dans un cadre législatif inchangé. Une seconde phase dans les derniers mois de la Convention, jusqu'à la veille du soulèvement royaliste manqué de vendémiaire, fait assister, mais dans les conditions les plus défavorables de la réaction thermidorienne et de la première Terreur blanche, à la tentative de séparation de l'Église et de l'État. Le décret voté le 18 septembre 1794 (2e sans-culottide an II) sur proposition de Cambon, stipule que la Nation ne salarie plus aucun culte. A la limite, simple *Requiem* pour une Église constitutionnelle considérée comme défunte. Mais, le 3 ventôse an III, sur rapport de Boissy d'Anglas, l'ébauche d'un système cohérent se met en place : la suppression du salaire des prêtres s'accompagne du libre exercice des cultes, même si des précautions sont prises, prohibant les cérémonies publiques et les sonneries de cloches, plaçant sous surveillance policière les fidèles auxquels toute association est interdite.

Mais en ces mois où, clandestinement, les prêtres réfractaires rentrent en France, où les églises se rouvrent dans un climat de réaction généralisée, la Convention lâche encore du lest par la loi du 11 prairial an III (30 mai 1795), qui laisse aux fidèles le libre usage des lieux de culte non aliénés, quitte à imposer le partage entre réfractaires (on dira bientôt orthodoxes) et constitutionnels, sous réserve d'une simple promesse de soumission aux lois. Dans l'Ouest en voie de pacification, Hoche a traité avec les Vendéens à La Jaunaye (février 1795), en leur reconnaissant le libre exercice de leur religion. Mais la poussée royaliste, généralisée dans le pays, conduit, à la veille même de la tentative parisienne de contre-révolution armée, à un retour de balancier par la loi du 7 vendémiaire an IV, qui, tout en codifiant la séparation de l'Église et de l'État, renforce les contraintes, interdisant tout culte public, toute publication d'écrits susceptibles de troubler la paix publique (singulièrement de ministres « hors du territoire de la République » – entendons le pape), et impose aux desservants éventuels la prestation d'un nouveau serment de « soumission et obéissance aux lois de la République ». L'abbé Eymery, consulté, conseilla la soumission à un texte qui n'engageait pas le dogme, alors que les évêques en exil en rejetaient le principe : sur le terrain, le clergé se partagea entre irréductibles (la plupart des réfractaires) et ceux, anciens constitutionnels surtout, pour lesquels la reprise du culte faisait prime. Mais ce texte était alourdi par le rappel de la législation contre les réfractaires exclus de l'amnistie après vendémiaire, par la loi du 3 brumaire an IV qui reprenait tout l'arsenal des peines élaboré entre 1792 et 1793. De l'an IV à l'an V, s'est imposé une attitude de tolérance à des politiques qui voient le péril à gauche, au lendemain de la conspiration babouviste, dans une France où l'offensive royaliste pense avoir les coudées franches à la veille et au lendemain des élections de l'an V. Pour les prêtres réfractaires qui rentrent en masse, Portalis réclame aux Cinq-Cents, le 9 fructidor an IV, la totale liberté du culte. Les lois de 1792 et 1793 qui les frappent sont abolies en deux étapes, le 16 brumaire, puis le 7 fructidor an V. Représentatif du courant royaliste constitutionnel, un député, Camille Jordan, a fait sensation dans un discours du 29 prairial an V en demandant non seulement la suppression des serments, mais le retour au culte public avec ses sonneries (qui lui vaudront son surnom de Jordan les Cloches).

Le coup d'État du 18 fructidor an V mettant un coup d'arrêt à cette évolution, inaugure la reprise d'une politique anticléricale qui se poursuivra, en gros, jusqu'à brumaire. Dès le lendemain, la loi du 19 fructidor (5 sept. 1797) réactivait les mesures contre les prêtres réfractaires considérés comme émigrés rentrés. Un nouveau serment était imposé aux prêtres, le quatrième depuis le début de la Révolution, leur imposant de jurer « haine à la royauté et à l'anarchie », attachement à la République et à la Constitution. Médiocrement prêté – on s'y perdait et une législation restrictive en restreignait le bénéfice aux anciens constitutionnels –, il renforçait l'arsenal répressif qui alimenta, en 1798, un retour de la persécution active, accompagnée de visites domiciliaires et de fermeture des édifices du culte. Les prêtres réfractaires se cachaient mieux, dans un milieu plus accueillant, travaillé par les missions clandestines que les évêques en exil avaient mises sur pied, à l'imitation de ce qui se pratiquait dans le diocèse de Lyon. 24 exécutions paraîtraient un bilan modeste, s'il ne fallait y ajouter les morts en déportation, victimes de la « guillotine sèche » : déportation à la Guyane qui frappa 240 prêtres, dont la moitié seulement survécurent, mais aussi entassement mortel de 3 000 prêtres sur les pontons de Rochefort, des îles de Ré et d'Oléron. Cette répression brutale demeure largement inefficace dans une France où le rétablissement du culte clandestin ou toléré suit son cours, facilité par la difficile reprise du culte constitutionnel, et la victoire sur le terrain d'un clergé réfractaire renforcé non seulement des retours d'émigration, mais des rétractations des anciens prêtres jureurs. Les efforts méritoires des évêques constitutionnels restés fidèles à leur option – Le Coz, et surtout Grégoire, âme de cette héroïque résistance d'une cause désespérée – n'ont eu que des résultats modestes, malgré la tenue d'un concile national, le 28 thermidor an V, et la publication des *Annales de la Religion,* organe de ce qui s'intitule désormais l'Église gallicane. Dans l'autre camp – entendons celui des réfractaires –, l'unanimité est loin de régner, opposant le réalisme de l'Église de l'intérieur, confrontée aux nécessités du terrain, à l'intransigeance ultramontaine de la hiérarchie en exil, raidie sur ses positions dogmatiques et politiques. C'est cette option dure qui l'emportera, avec de lourdes conséquences pour l'avenir : mais pouvait-on s'en douter, alors même que l'Église de Rome semblait à la veille de sombrer quand le pape Pie VI, détrôné, puis ballotté d'exil en captivité, mourait à Valence, le 12 fructidor an VII (29 août 1797) ?

A cette date toutefois, il ne pouvait être question de culte de substitution, ou de religion civique. Les efforts thermidoriens, puis directoriaux, pour donner vie à une telle religion se soldaient par un échec patent : il y manquait cette conviction, et cette flamme qui avait brillé en l'an II. La Convention, avant de se séparer, avait organisé, par la loi du 3 brumaire an IV, un cycle de fêtes « nationales morales, civiques et commémoratives » qui ne furent point, si l'on en juge sur pièces, les cérémonies mornes et désertées dont une tradition hostile a laissé le souvenir, trouvant, en l'an IV, mais encore en l'an VI et VII du réveil néo-jacobin, des conditions favorables. Le culte décadaire, prôné en l'an III par Marie-Joseph Chénier, organisé en l'an VI par une loi, a connu, par la protection du ministre François de Neufchâteau, quelque succès à Paris et dans certains départements. La théophilanthropie, religion civique et humanitaire (dont on traitera plus loin), a connu quelques succès après sa création en l'an V (26 nivôse – 15 janvier 1797), soutenue de son côté par le Directeur La Révellière-Lépeaux. Mais ce nouveau sacré révolutionnaire n'a point su trouver de racines populaires.

En brumaire an VIII, quand Bonaparte entraîne le pays dans une nouvelle aventure, il semble que la Révolution ait cessé, en ce domaine où elle a épuisé ses forces, d'imaginer de nouvelles solutions, ou de créer de nouveaux rêves.

Politique et religion
par Claude Langlois

Notre-Dame de Paris, 2 décembre 1804, Pie VII préside au sacre de Napoléon. Notre-Dame de Paris, 10 novembre 1793, la célébration de la fête de la Raison marquait les débuts officiels de la déchristianisation révolutionnaire. A dix années d'intervalle, à chaque fois l'inouï, l'impensable. Le catholicisme perdu et retrouvé ? Si l'on veut. Mais aussi, dans l'un et l'autre cas, un surprenant mélange de rupture spectaculaire, de nouveauté indéniable, d'éphémère fondation. Rupture, le congé donné par la Révolution qui se radicalise à « la religion », celui aussi signifié par l'Empire couronné à la royauté. Nouveauté, la théâtralisation des choix marquée par l'emphase des décors et la singularité des acteurs exhibés, « déesse Raison » ou chef de la catholicité. Fragilité, la déchristianisation forcée ne tiendra que quelques mois, l'Empire, seulement quelques années.

Ces mises en scène contrastées ponctuent les saccades de la politique religieuse du XIXe siècle, mais elles ne manifestent qu'un aspect d'une réalité plus complexe. Il est, en quatre-vingts ans, des changements plus profonds qui se manifestent à la comparaison de deux formules également célèbres : la première, transactionnelle, est cosignée en 1801 par Bonaparte et Pie VII : « La religion catholique, apostolique et romaine est la religion de la grande majorité des citoyens français » ; la seconde, polémique, est empruntée en 1877 par Gambetta à son ami Peyrat pour mobiliser les républicains lors d'un scrutin décisif : « Le cléricalisme voilà l'ennemi ! » La première rend compte de la réalité sur laquelle se fonde le système concordataire qui définit les nouveaux rapports entre les confessions religieuses et l'État ; la seconde témoigne, de manière abrupte, de la réintroduction du catholicisme dans le nouveau combat politique, dorénavant arbitré par le suffrage universel. Changement de registre, de ton, de locuteurs : d'une assertion à l'autre, toute une histoire !

Le système concordataire

La géopolitique invite Pie VII et Bonaparte à prendre conscience de leurs communs intérêts et donc à trouver un terrain d'entente pour sortir de la crise révolutionnaire. Le pape ne souhaite pas s'appuyer sur l'Autriche, toujours joséphiste, et refuse toute aide des nations schismatiques, Russie et Grande-Bretagne. Reste la France, paradoxalement plus « catholique » que jamais, avec ses « républiques » sœurs italiennes et ses propres frontières de l'est portées jusqu'au Rhin. Bonaparte, pour sa part, fort de ses expériences transalpines, sait qu'il doit composer avec la vigueur du catholicisme populaire, en Vendée et en Bretagne, mais aussi en Flandre et en Rhénanie. La pacification intérieure passe impérativement par la restauration religieuse : mais il faut l'imposer à l'administration, à l'armée, à la classe politique.

Les bases de la pacification religieuse
Les deux principaux protagonistes ont par ailleurs leurs propres priorités. Bonaparte veut consolider la paix des propriétaires, qui passe par une acceptation sans retour de la vente des biens d'Église, et apporter celle des clochers et des chapelles, ce qui suppose la liberté religieuse, l'abolition de toute religion exclusive ou dominante et la fin des luttes religieuses. Rome demande avant tout la disparition du « schisme » constitutionnel et le libre exercice du culte catholique. Les points de vue diffèrent sensiblement, mais ne s'opposent pas sur l'essentiel. D'où finalement, le compromis laborieusement conclu.

Chacun des deux signataires tire bénéfice du nouveau Concordat, mais inégalement. Pie VII, rétabli dans ses États, obtient ce qu'il demande, mais paye le prix fort : en contrepartie de l'élimination de l'Église constitutionnelle, il doit accepter l'incorporation, au moins partielle, de ses membres dans la nouvelle organisation religieuse et surtout, il lui faut imposer une démission collective à l'épiscopat qui lui était resté fidèle : pour éteindre un schisme, il est contraint à prendre le risque d'en susciter un autre, celui de la *Petite Église,* heureusement composé en Angleterre, d'évêques sans troupes, et en France, de fidèles quasiment sans clergé.

Bonaparte, de son côté, conforte ses positions : en plus de ses exigences essentielles, il obtient, comme feu le roi, de nommer les évêques. Les chancelleries savent maintenant que, pour Rome, l'avenir du catholicisme n'est plus entre les mains des Bourbons.

Le caractère transactionnel du Concordat n'en demeure pas moins fondamental. Il s'inscrit, dès le préambule, dans la formule invoquée plus haut : le « gouvernement de la République » reconnaît le catholicisme *romain* comme la religion de « la grande majorité » des Français – la « très grande majorité » (*longe maxima pars*) précisera même la version latine. Or, cette formulation, âprement négociée, fait apparaître les concessions majeures des deux signataires. Elle signifie, certes, que Rome renonce, la mort dans l'âme, à réclamer pour le catholicisme le statut antérieur de religion d'État, et accepte de se contenter d'une reconnaissance *de facto* ; mais elle fait savoir aussi que le nouveau gouvernement français admet l'échec – ce qui constitue un désaveu implicite – de la politique religieuse révolutionnaire en ces deux initiatives essentielles, la Constitution civile et la déchristianisation de l'an II, puisqu'il prend acte de la position largement majoritaire du catholicisme, et, qui plus est, du catholicisme « romain » en France.

Le compromis ne se limite pas aux questions de principe ; il s'inscrit tout autant dans la pratique. On en a la démonstration si l'on compare le Concordat à la Constitution civile. Par rapport à l'œuvre des constituants, le Concordat a fait des tris. Le changement est dans la manière : la négociation avec Rome remplace la délibération de la seule Assemblée ; elle porte aussi, au fond, sur le point le plus controversé de 1790, l'élection des évêques et des curés dont, en 1801, ni Pie VII ni Bonaparte ne veulent entendre parler. Le serment, cause de tous les maux, demeure : il est prêté, il est vrai, au gouvernement, non plus à la Constitution. La nuance nous paraît mince, non aux contemporains. Mais, sur deux autres points essentiels, le gouvernement consulaire met ses pas dans ceux des constituants, en aggravant même leurs précédentes mesures : la rémunération du clergé par l'État s'opère sur des bases nettement moins généreuses qu'en 1790 ; la nouvelle carte des diocèses, qui s'effectue toujours à partir du nouveau cadre départemental, ne repose plus sur le principe de l'homologie du civil et du religieux : en dehors des régions les plus peuplées ou les plus sensibles politiquement, comme l'Ouest, un évêché maintenant s'étend communément sur deux départements, voire sur trois comme ceux de Metz, Besançon et Limoges.

Le Concordat une fois signé, il fallait, pour qu'il entre en application, réunir trois conditions spécifiques. D'abord, l'apurement du lourd contentieux lié à la Révolution : celui-ci portait notamment, pour le clergé, sur les modalités de la réconciliation des prêtres mariés et de l'épiscopat constitutionnel, et pour les fidèles, sur la régularisation des mariages civils et sur l'achat des biens nationaux non ecclésiastiques. Sur presque tous ces points, l'envoyé pontifical à Paris, le nonce Caprara, dut céder aux pressions consulaires. En second lieu, le choix des hommes : Bonaparte avait su s'entourer de collaborateurs compétents, tout particulièrement le conseiller d'État, Portalis, chargé de mettre en œuvre la politique concordataire ; celui-ci, prenant conseil de son entourage aixois, mais aussi du sulpicien Émery, la conscience du clergé parisien, reconstitua le nouvel épiscopat gallican, en amalgamant avec pragmatisme prélats d'Ancien Régime ralliés, évêques constitutionnels réconciliés, même du bout des lèvres, et nouveaux venus, méritants, tels Bernier et Pancemont, artisans de la reconstruction concordataire, ou imposés, comme Cambacérès, frère du Second consul, à Rouen et Fesch, oncle du premier, à Lyon.

Restait un ultime préalable, obtenir la ratification du traité par les assemblées. Ce ne fut point chose aisée. Il fallut attendre l'épuration du Tribunat et du Corps législatif, au début de 1802, pour écarter les opposants notoires et le traité d'Amiens qui ouvrait la perspective d'une pacification généralisée, pour convaincre les réticences, encore nombreuses. Mais la classe politique ne pouvait longtemps se tenir à contre-courant de l'opinion publique qui voulait la paix religieuse. Le 18 avril – le jour de Pâques – le Concordat était solennellement promulgué.

Mais pour que le Concordat puisse s'épanouir en un « système concordataire » susceptible de prendre en charge l'ensemble du champ religieux, il fallait encore plusieurs « ajustements » substantiels, immédiats, grâce aux articles organiques, ultérieurs, avec les initiatives du nouveau ministre des Cultes. Les articles organiques, présentés aux assemblée comme le complément normal du Concordat – ce qu'ils sont effectivement pour les Églises protestantes – en constituent plutôt, pour le catholicisme, des contrepoids, unilatéralement fixés par le gouvernement français, et à ce titre, immédiatement dénoncés par Rome qui ne les acceptera jamais.

En fait, ces articles organiques représentent tout à la fois l'héritage du gallicanisme parlementaire et régalien, dans la mesure où ils permettent à l'État de contrôler la religion dominante, et de la Révolution émancipatrice, puisque, en donnant un statut aux confessions minoritaires, ils fixent les conditions concrètes de l'exercice de la liberté religieuse. Présentés comme des sortes de « décrets d'application » du Concordat, les Organiques apportent d'abord les précisions indispensables sur des questions pratiques demeurées en suspens, comme les modalités de traitement du clergé ou la distinction entre cures, pour les chefs-lieux de cantons, et succursales pour les autres paroisses, ce qui renforce, sur le terrain, la prééminence du nouveau modèle administratif, et pour le clergé, la structure hiérarchique de l'organisation concordataire. Mais les articles organiques montrent aussi les tendances évidentes du nouveau pouvoir à céder aux tentations joséphistes. Bonaparte, empereur « sacristain » ? Sans aucun doute : il fait rédiger bientôt un nouveau catéchisme, il veut unifier la liturgie, il réduit les fêtes chômées, il impose la théologie gallicane dans les séminaires. Mais par-dessus tout, les Organiques donnent à l'État toute latitude pour assurer « la police des cultes », en déterminant les points sensibles (correspondance avec Rome, « concert épiscopal » par synodes et conciles, pouvoir des évêques dans leur diocèse) et les modalités de contrôle (par voie administrative, grâce au ministère des Cultes, ou par voie judiciaire, grâce au Conseil d'État).

Le système concordataire, au-delà des Organiques, concerne encore les juifs et les congrégations féminines. Rapprochement incongru ? Moins qu'il n'y paraît, quand on place côte à côte deux initiatives insolites de 1807, la convocation d'un « Grand sanhédrin » en février-mars et celle d'un « chapitre » des supérieures de congrégations hospitalières en décembre. Les problèmes posés, dans l'un et l'autre cas, différaient évidemment, même si l'on envisageait d'abord d'élargir le domaine de l'autorisation et du contrôle de l'État sur deux problèmes également sensibles.

L'établissement d'un statut propre aux congrégations de femmes faisait resurgir un problème ancien : quelle place accorder aux « corporations religieuses » ? Personne ne souhaitait revenir sur la suppression de l'« ordre monastique ». Mais fallait-il ratifier celle des congrégations séculières, de femmes notamment, votée en 1792 ? Portalis ne le pensait pas ; il estimait que la vie consacrée, qui faisait partie intégrante du christianisme, était compatible avec la nouvelle organisation sociale : en conséquence, il mena immédiatement une politique de « petit pas », encouragé sur le terrain par les notables et les préfets autant que par les évêques, afin de permettre la reconstitution des congrégations actives qui tenaient des petites écoles et des pensionnats, et surtout, qui fournissaient le personnel indispensable aux hôpitaux et hospices.

En 1808, le ministre des Cultes décidait même d'accorder annuellement des bourses aux principales congrégations pour leur faciliter le recrutement de nouveaux membres ; en 1809, le successeur de Portalis publia un décret qui permit d'autoriser l'ensemble des grandes congrégations fondées avant la Révolution, voire quelques nouvelles. Les congrégations de femmes – et elles seules – se trouvaient ainsi intégrées dans le nouveau « système concordataire ». La législation ultérieure ratifia cette orientation initiale : complétant le décret de 1809, la loi de 1825, unique texte législatif du XIXe siècle sur les congrégations, s'appliquait aux femmes seulement, ainsi que le décret de 1852, qui permettait une nouvelle vague d'autorisations de fondations récentes.

En fait, les vues de Portalis dépassaient le strict plan de l'organisation des cultes. Il ambitionnait de mettre en place un véritable concordat idéologique et social entre des notables qui auraient gardé l'esprit des Lumières, mais auraient abandonné tout préjugé antireligieux, et une religion catholique épurée autant de l'ultramontanisme envahissant que d'un esprit de domination révolu. Tel est le sens de la formule qui résume un idéal personnel qu'il parvint difficilement à imposer au catholicisme et à la société comme consensus idéologique : « Philosophe sans impiété et religieux sans fanatisme. »

La pratique concordataire

A défaut de promouvoir une hypothétique réconciliation des esprits, Portalis légua au moins une institution concordataire durable qui sut résister à la crise napoléonienne du sacerdoce et de l'Empire, à la politique de réaction de la Restauration, et enfin, aux bourrasques de l'après-1830. Sous la Restauration, ni la décision d'accorder au catholicisme le statut de religion d'État ni la volonté de renégocier le Concordat – qui n'aboutit pas, moins du fait des réticences romaines que de l'opposition des Chambres – ne modifièrent vraiment les rapports de forces : après l'échec du nouveau Concordat de 1817, on chercha, pour satisfaire les catholiques désemparés, des compensations tangibles dans l'augmentation du nombre de diocèses dont la carte maintenant coïncidait, à quelques exceptions près, avec celle des départements et dans l'accroissement du budget au bénéfice des desservants et des vicaires de paroisses. Après la révolution de 1830, le catholicisme cessa d'être religion d'État, le budget des cultes se dégonfla pendant quelques années, mais il ne fut pas question d'abandonner le Concordat. Au contraire, pour trente, voire pour cinquante ans, le système concordataire va pouvoir fonctionner pleinement, sans entrave majeure et sans contestation importante.

Les « Cultes » maintenant disposent d'un ministre, d'une administration, d'un budget. A dire vrai, seul l'Empire, pour Portalis, puis pour Bigot de Préameneu, son successeur, estima ce secteur suffisamment sensible pour nécessiter un ministère spécifique ; la Restauration, après diverses tentatives qui tournèrent court, inaugura en 1824, pour Mgr Frayssinous, une pratique qui – sauf interruption de 1828 à 1830 – dura jusqu'en 1905 : le jumelage des Cultes avec un autre ministère. La monarchie de Juillet ratifia cette nouvelle pratique, mais introduisit deux changements majeurs : les ecclésiastiques disparaissaient définitivement de l'administration, et ce ministère, malgré tout de second plan, était, selon l'humeur politique du moment, confié au titulaire de l'Instruction publique, de la Justice ou de l'Intérieur. En compensation, notamment après la création, en 1839, d'une direction des Cultes, cette administration va jouir d'une large autonomie.

De quoi est-elle chargée ? D'abord, de l'organisation même

des cultes : si l'essentiel a été fait dans les années qui suivent la signature du Concordat, il faut ultérieurement mettre en œuvre les orientations successives des régimes en matière de politique religieuse, veiller, par exemple, à la répartition équitable des nouvelles paroisses créées par l'augmentation du budget, ou fixer les procédures concrètes de reconnaissance des congrégations. L'essentiel du travail ministériel est cependant constitué par la gestion financière liée au budget, dont les deux postes principaux sont l'entretien des édifices du culte, et surtout, la rémunération des clergés ; par la police habituelle des cultes, qui va de la surveillance des évêques à celle des fabriques paroissiales ; et enfin par les actes de tutelle : en effet, les établissements ecclésiastiques – et tout particulièrement les congrégations féminines reconnues – ne peuvent recevoir des dons et legs, acquérir ou vendre des immeubles sans une autorisation, bienveillante souvent, mais aussi pesante et tatillonne.

En fait, l'existence d'un ministère des Cultes met le clergé dans une position ambiguë. En dehors de l'armée, les Cultes apparaissent comme l'administration la plus abondante, si l'on regarde le nombre de curés, desservants et vicaires, de pasteurs et de rabbins – environ 50 000 à la fin du Second Empire – qui émargent à son budget ; mais c'est à ce seul titre que le ministère a prise sur un personnel dont la gestion lui échappe totalement. En effet, le gouvernement choisit seulement les évêques, il accorde ou refuse – rarement – son agrément à la nomination des curés, pasteurs et rabbins, il n'est en rien concerné par la masse des desservants et des vicaires. D'où le débat, en rien académique, qui surgit périodiquement parmi les spécialistes de droit administratif : le curé de paroisse est-il, comme s'interroge encore Léopold Galpin, en 1881, « à un certain point de vue un fonctionnaire » ? est-ce qu'« il ne remplit pas un véritable service public en recevant à cet effet un traitement de l'État » ? Cette interrogation en suscite une autre : en quoi, en effet, consisterait ce « service public » ? Les réponses gallicanes à cette seconde question ne manquent pas de logique : « L'État veille, écrit en 1859 le conseiller d'État Vivien, dans ses *Études administratives*, à ce qu'aucune partie du territoire ne soit privée de la nourriture spirituelle. » Resterait à déterminer en quoi consiste cette « nourriture » et plus encore comment peut se manifester concrètement l'obligation morale que l'État se donne.

Le budget des Cultes

On en trouve la mesure concrète dans le budget consacré aux Cultes. L'augmentation nominale de ce budget, pour une France aux limites fixes (celles de 1815), est impressionnante. 10 millions de francs en l'an XII, au lendemain du Concordat, près de 22 millions en 1817, au début de la Restauration, et environ 36 millions en 1829. En fait, l'augmentation réelle est moins forte qu'il n'y paraît, dans la mesure où une partie importante des rémunérations du clergé provenait, sous l'Empire, de pensions, inscrites sur un autre poste budgétaire. En prenant en compte ces dernières, le budget des Cultes, de 1805 à 1829, n'est plus multiplié par 3,5, mais seulement par 1,8 : une augmentation, malgré tout régulière et substantielle, qui traduit une volonté réelle de mettre en œuvre la reconstruction concordataire.

Première urgence, le traitement des ministres des Cultes. Le principe figurait dans le Concordat, l'application se fit progressivement : les curés de canton immédiatement, les desservants ensuite, en l'an XIII et en 1807, les vicaires enfin en 1816 ; l'Empire décida aussi de faciliter, par des bourses, le recrutement des congrégations hospitalières et du clergé séculier. L'effort principal de la Restauration porta, outre des indemnités ponctuelles, d'abord sur l'amélioration du traitement des desservants et des vicaires, ensuite sur l'aide à la reconstruction des édifices du culte et des presbytères. En fait, pour une partie des dépenses, l'aide de l'État était incitative : le ministère des Cultes rémunérait les vicaires ruraux pour moitié de leur traitement fixe ; il prenait à sa charge une partie minime – 10 % dans le Morbihan sous la Restauration – des dépenses de reconstruction matérielle. Les fabriques, et à leur défaut les communes, devaient financer l'essentiel des ressources : le budget que ces dernières y consacrent en 1828, représentait environ 45 % de celui de l'État. Ce n'est pas rien.

Après la révolution de Juillet, le budget est en baisse pour cinq ans, puis ensuite il connaît jusqu'à l'apogée de 1871-1880 (55 millions de francs) une croissance régulière. Mais cette augmentation de 50 % en un demi-siècle ne doit pas faire illusion. Le budget des Cultes est en diminution constante par rapport aux dépenses de la Nation : 4 % sous la Restauration (1820-1824), 3 % sous le Second Empire (1860-1864), 2 % au début de la IIIe République. On aura sans doute une meilleure évaluation du coût réel des Cultes en les rapportant aux dépenses de l'ensemble des administrations (armées non comprises). Durant la monarchie constitutionnelle, les Cultes excèdent 15 % ; sous le Second Empire et au début de la IIIe République, ils se maintiennent aux environs de 13 %. Il faut attendre 1880 pour qu'ils chutent à moins de 10 %.

Un dernier élément d'appréciation est fourni par la comparaison entre les budgets des quatre ministères, de la Justice, de la Police, de l'Instruction publique et des Cultes : celle-ci fait apparaître que, de 1815 à 1880, le coût des juges et des policiers est sensiblement égal à celui des prêtres et des professeurs. La part des Cultes, prépondérante jusqu'en 1848, régresse ensuite par paliers : elle représente sous la monarchie constitutionnelle environ 43 % des budgets de ces quatre ministères réunis ; elle tombe à 34 % sous le Second Empire, à 29 % dans les premières années de la IIIe République, elle chute à 19 % après 1880. Entre la Restauration et la République opportuniste, les priorités se sont inversées : de ces quatre budgets, les Cultes représentaient 45 % avant 1830, l'Instruction publique compte après 1880, pour 43 %.

Par contre, l'affectation globale des dépenses, de 1817 à 1883 – avec les années 1829, 1847 et 1856 comme repères intermédiaires –, ne varie guère : part écrasante accordée au catholicisme (98 à 96 % du budget) ; prépondérance des rémunérations des clergés (75 à 80 %) ; prééminence des desservants (plus de 50 % du budget total). On peut toutefois déceler quelques rééquilibrages significatifs sur le long terme : d'abord une augmentation sensible du budget des cultes non catholiques qui passent, entre 1817 et 1883, de 1,5 à 4 % des dépenses totales : la perte de l'Alsace-Lorraine, où se trouvaient d'importantes minorités juives et luthériennes, a été pour partie compensée – de manière toute comptable – par l'introduction de l'Algérie, et donc des musulmans qui disposent d'un modeste budget ; ensuite une progression nette des dépenses affectées aux bâtiments, de 7,5 % à 15 % ; enfin, et c'est le point le plus spectaculaire, le budget des

Cultes, de 1829 à 1883, n'a cessé de se démocratiser : la part consacrée aux traitements des vicaires et desservants représentait 56 % à la veille de 1830, et plus de 72 % en 1883, sous la République opportuniste. Le renforcement des postes budgétaires concernant les édifices culturels et les traitements du « bas-clergé » est la conséquence de l'augmentation du budget des Cultes. Celui-ci, au moment où la IIIe République se met en place, sert avant tout à financer le culte catholique dans les paroisses rurales.

Concordat : la régulation des conflits
La capacité de contrôle – voire de régulation – politique s'opère, dans le cadre concordataire, à plusieurs niveaux. Le plus visible consiste dans les nominations – et les promotions – épiscopales. Pouvoir exorbitant en apparence, important sans doute, limité de fait. Après les perturbations des trente premières années du Concordat – nominations « politiques » de l'Empire, refus par le pape emprisonné de l'investiture canonique, « décrassage » inconsidéré de l'épiscopat aux débuts de la Restauration –, la nomination des évêques se régularise et le profond renouvellement de l'épiscopat, amorcé sous la Restauration, mené à bien par la monarchie de Juillet, s'opère sans heurt véritable. Les choix individuels peuvent être discutés ; certains postes sensibles, comme l'archevêché de Paris, font l'objet d'une vigilante attention des ministres. Les responsables politiques ne disposent pas d'un épiscopat à leur dévotion. En réalité, celui-ci reflète – dans une tonalité plus modérée – la diversité, voire la division du catholicisme français.

Le système concordataire, en fait, fixe à la vie des Églises des bornes qu'il ne leur est pas toujours aisé de franchir. On le voit dans l'incapacité des chefs de diocèses à reconstituer un véritable « concert épiscopal » sur les problèmes de l'heure ; il en va de même de la régulation des conflits. Les articles organiques confient au Conseil d'État le pouvoir des anciens parlements de juger les recours d'abus. Le fonctionnement de cette haute juridiction, qui peut être saisie aussi bien par un laïc que par un clerc, par un particulier que par l'administration, permet à la fois d'éviter la reconstitution d'un tribunal ecclésiastique (officialité) dans les matières mixtes et le recours systématique aux tribunaux civils pour les conflits mettant en cause des ecclésiastiques dans l'exercice de leurs fonctions. Les plaignants – quelques centaines, en fait, de 1820 à 1880 – sont peu nombreux, mais ils présentent un échantillon significatif des conflits les plus habituels qui se répartissent en trois groupes d'inégale importance : les pouvoirs publics et l'administration contre le clergé (19 %) ; les prêtres du second ordre contre leurs évêques (23 %), et surtout les fidèles contre leurs évêques, et plus encore leurs desservants et leurs curés (58 %). Dans ce curieux « ménage à trois » (Jacques Lafon) – les prêtres, les fidèles et l'État –, le système mis en place par les Organiques tend jusqu'en 1860, voire 1880, à maintenir le *statu quo* en confortant les pouvoirs constitués, mais selon des priorités inégales : les évêques sont intouchables face à leurs curés (100 % de rejets des demandes de poursuite) ; les pouvoirs publics obtiennent dans trois cas sur quatre (77 % d'autorisations) de pouvoir sanctionner évêques et curés ; les prêtres de paroisse et les évêques enfin, opposés aux laïcs, bénéficient d'une habituelle protection de principe (70 % de rejets des demandes de poursuite).

Telle est la règle jusqu'en 1880. Reste le conflit lui-même. Dans deux cas sur trois, il oppose, presque toujours au village, le paroissien à son curé. De quoi celui-là se plaint-il ? Autant de sa pratique, principalement de son refus d'accorder au fidèle une prestation religieuse, que de ses paroles, le plus souvent des injures personnelles proférées en chaire. Que veut-il ? Pour lui, l'appel comme d'abus n'est que le préalable nécessaire à la poursuite de son curé devant le tribunal correctionnel, où il entend le faire condamner pour violence ou diffamation, et recouvrer ainsi son honneur perdu et surtout celui de sa famille. Dans cette discrète mise en scène d'un anticléricalisme rural, à son apogée sous le Second Empire, deux changements notables sont survenus au cours des décennies. Le premier concerne les litiges, le second les plaignants. Passé 1840, les paroissiens ont admis que le curé est maître chez lui ; ils lui contestent de moins en moins le droit de refuser les sacrements, voire l'enterrement, à ceux qu'ils jugent indignes ; mais de plus en plus, celui de mettre en cause les individus et plus encore d'interpeller publiquement les nouveaux représentants de la « politique au village ». Les plaignants changent aussi : passé 1860, les châtelains et les notables, ainsi que les pharmaciens et les instituteurs qui les ont relayés, cèdent le pas aux maires et aux élus locaux. La querelle, de religieuse est devenue profane; d'individuelle, collective. La politique maintenant coiffe les anciennes solidarités villageoises; les griefs faits aux curés montrent ce qui a changé au village: on ne se bat plus contre l'injuste exclusion d'une famille de la communauté paroissiale unanime, mais contre l'intrusion de la religion dans un nouvel espace social, puis politique, en voie d'autonomisation. La paroisse petit à petit le cède à la commune. Le Concordat a perdu à terme la partie.

La politique religieuse

Le système concordataire reposait sur une gestion administrative, pacifique, neutre en quelque sorte, des problèmes religieux. Mais, dans l'Europe du XIXe siècle, il n'est question que de guerres et de révolutions, et plus encore en France. Le catholicisme ne peut rester à l'abri de ces perturbations, surtout quand elles mettent directement en cause l'État pontifical.

Rome
Et dans cette perspective, la famille Bonaparte est au premier rang. C'est en effet à l'initiative de Napoléon Ier, puis de Napoléon III que la question romaine est posée et résolue, temporairement ici, définitivement là. Napoléon Ier, à partir de 1808, trouve Pie VII sur sa route et use contre lui de la manière forte: il envahit les États pontificaux, maintient captif le pape à Savone, suscite la réunion du concile de 1811, impose le Concordat forcé de 1813. Dans ce combat inégal où Napoléon s'irrite de l'entêtement d'un vieillard qui refuse d'entrer dans sa politique européenne, et où Pie VII voit resurgir dans l'empereur qu'il a couronné le révolutionnaire persécuteur de l'Église, le pape se trouve réduit à utiliser les seules armes à sa disposition: le refus de l'institution canonique aux évêques français, puis bientôt l'excommunication de l'empereur.

Les catholiques français se sentirent peu concernés par ce conflit au sommet. D'abord, parce qu'ils ne savaient pas.

La presse exsangue, réduite à un journal d'annonce par département, entièrement contrôlée, ne laissait rien filtrer du conflit. Les évêques, étroitement surveillés et modérément courageux, devaient réserver leurs lettres pastorales pour la célébration des victoires. Et pourtant, le texte de la bulle pontificale circule, l'excommunication lancée par Pie VII est connue du public, à la grande fureur de l'empereur. Mais elle n'émeut guère les populations catholiques, plutôt satisfaites par la relance, sur le terrain, de la politique concordataire : l'État vient, en effet, de prendre à sa charge le paiement de l'ensemble des desservants ; il laisse espérer qu'il aidera la reconstruction des églises et des presbytères. Il finance dès à présent le recrutement des futurs prêtres et des hospitalières. Il est difficile, dans ces conditions, de faire croire aux catholiques, et même au clergé, que l'Empire, c'est de nouveau la persécution révolutionnaire.

Mais il est tout aussi difficile de faire comme si rien ne se passait. La réunion à Paris d'un concile, convoqué par Napoléon pour lui donner les moyens de nommer des évêques en se passant du pape, rappelait trop les mauvais souvenirs de la Constitution civile : ce fut un fiasco, et un fiasco public. L'Église de France subit les effets de la colère impériale. Les missions de l'intérieur sont supprimées ; la Compagnie de Saint-Sulpice, écartée des grands séminaires ; les petits séminaires, menacés d'intégration dans l'Université. Les hommes aussi sont visés : Fesch est renvoyé sans ménagement dans son diocèse ; d'Astros, un ancien collaborateur de Portalis, Hamon, le supérieur des Lazaristes, Boulogne, Broglie et Hirn, trois évêques trop en vue lors du concile, se retrouvent en prison. C'est le sort aussi de suspects moins connus, prêtres de la *Petite Église* ou clergé belge réfractaire. Napoléon perdait le bénéfice de la pacification religieuse qu'il avait su imposer en 1802. Épisode sans lendemain ? Non pas. Si la guerre ouverte contre le pape cesse avec la chute de Napoléon, la question religieuse reste, après 1814, objet d'affrontements violents, comme en témoignent des manifestations populaires anticléricales sous les Cent-Jours.

La politique romaine de Napoléon III paraît reproduire, par sa trajectoire même, celle de son illustre inspirateur. En 1849, à peine élu président, Louis-Napoléon Bonaparte envoie un corps expéditionnaire à Rome pour rétablir Pie IX sur son trône ; dix ans plus tard, en soutenant Cavour, il rend irréversible une unité italienne dont l'achèvement se fait au détriment d'un État pontifical plus que millénaire. Mais Napoléon III, entre-temps, a voulu arrêter en chemin le processus qu'il avait engagé : il envoie de nouveau ses troupes pour que la ville de Rome au moins reste au pape. Ces atermoiements n'accordent à Pie IX qu'un sursis de quelques années, mais Napoléon III perd le soutien italien et l'appui catholique. Situation paradoxale : la capitulation de Sedan signe tout à la fois la fin de l'Empire et celle de la Rome pontificale.

Si l'opinion catholique s'émeut à partir de 1859, alors qu'elle était restée indifférente un demi-siècle plus tôt, il faut en chercher la cause, dans le changement général du contexte politique, dans la popularité dont jouit Pie IX, mais plus encore dans la romanisation de la culture religieuse en France durant la première moitié du XIXe siècle, et surtout après 1850, comme on le verra plus loin. Les catholiques ont deux autres raisons pour mettre en avant la défense du pape : l'importance de leurs divisions et la gravité des nouveaux défis qui émergent dans les années « soixante ». Le catholicisme français est profondément divisé, sur les principes, philosophiques ou politiques, mais tout autant dans la pratique : tout est sujet d'affrontement, qu'il s'agisse du contrôle de la presse catholique ou du rôle des classiques latins dans l'enseignement secondaire. Mais les catholiques doivent plus encore tenir compte des nouvelles doctrines socialistes, du républicanisme radicalisé, du scientisme qui triomphe avec *l'Origine des espèces* de Darwin et *la Vie de Jésus* de Renan. Libéraux ou ultramontains utilisent la crise romaine pour reconstituer une unité de surface, quitte à rejeter de ce consensus précaire les minorités – derniers gallicans ou rares partisans d'un accord négocié avec la nouvelle Italie – dont ils font taire les voix.

La mobilisation catholique ne doit cependant pas être surestimée. Les protestations épiscopales sont énergiques, mais jamais les évêques ne parviennent, sur la question romaine, à parler d'une seule voix. Le clergé est souvent plus combatif ; les légitimistes se mobilisent, mais leur action n'est efficace que dans leurs fiefs, dans l'Ouest particulièrement, comme le montre le recrutement des zouaves pontificaux. Restent les fidèles eux-mêmes.

On peut tenter de mesurer leur degré de mobilisation par leur participation au soutien financier à la papauté. Celle-ci, en plus des emprunts émis comme les autres pays aux ressources insuffisantes, fait appel directement à la générosité des fidèles. Le montant annuel du « denier de Saint Pierre », pour la décennie 1860-1870, est estimé à environ trois à quatre millions de francs par an, ce qui équivaut, pour la même période, à l'enrichissement annuel (dons, legs et acquisitions) des fabriques paroissiales, ou encore à celui des congrégations féminines reconnues ; il est légèrement supérieur aux dons pour les missions qui transitent par l'œuvre de la Propagation de la foi ; mais il ne représente que le dixième des traitements annuels du clergé paroissial. C'est une contribution importante, qui ne dépasse toutefois pas le niveau d'autres générosités plus spécifiques.

La Révolution de 1848

Mais pour importante que soit la crise romaine, elle ne marquerait pas tant le catholicisme français, si elle ne coïncidait pas avec une sensibilité accrue au péril révolutionnaire, due autant au redoublement du débat idéologique qu'à la succession des révolutions du XIXe siècle, dont on connaît les tonalités religieuses contrastées. 1830 : des évêques trop compromis avec le précédent régime sont contraints à l'exil, des prêtres souvent menacés ; à Paris, l'archevêché et Saint-Germain-l'Auxerrois sont saccagés. 1848 : contraste total, l'unanimisme de février s'étend à la religion catholique, placée de surcroît sous la protection bienveillante du « Christ des barricades » (F. Bowman) ; le clergé, en retour, bénit la nouvelle République et ses arbres de la liberté. 1871 : sombre Commune viscéralement anticléricale, ouvertement irréligieuse – « C'est fini ! nous ne croyons plus à Dieu ! La révolution de 1871 est athée » (Gustave Maroteau) –, sanglante aussi, puisque 21 prêtres et religieux se trouvent parmi les 70 otages parisiens fusillés.

En fait, l'anticléricalisme marque les révolutions du XIXe siècle, mais chacune selon des modalités différentes. Celle de Juillet est voltairienne, antijésuite plus encore : « Qui dit jésuite en France, à Paris du moins, constate, effaré, le P. Druilhet, provincial de la Compagnie, dit une bête sauvage à laquelle il faut courir sus. » Mais elle met en cause, plus que les hommes, les symboles. D'où le vif débat autour des monumentales croix de mission dont l'érection solennelle, quelques années plus tôt, avait manifesté à tous la volonté de marquer de nouveau la ville de l'empreinte catholique. Après 1830, des croix furent abattues dans quelques villes de province, d'autres, laissées en place ; le compromis souvent imposé – le déplacement de la croix à l'intérieur de l'église – fixe clairement la revendication religieuse de 1830 : laïcisation de l'espace urbain et séparation stricte entre les emblèmes de la religion et les symboles de la politique.

Tout autre est la révolution de 1848 : l'anticléricalisme est moins visible, il n'est pas absent. Les manifestations hostiles sont localisées – dans la région lyonnaise notamment – et surtout spécifiques : elles visent avant tout les « Providences » et les couvents-usines tenus par des congrégations qui utilisent des femmes et des enfants comme main-d'œuvre bon marché ; la population ouvrière en difficulté, qui ne supporte pas une concurrence jugée déloyale, attaque ces maisons, brise les machines qu'elles contiennent, puis obtient leur fermeture momentanée, ce qui met en difficulté certaines congrégations spécialisées comme le Bon-Pasteur d'Angers, disposant de maisons de « repenties » à travers la France.

En 1871, quarante ans après la révolution de Juillet, la Commune de Paris renoue avec la violence anticléricale. Mais le contexte a changé après les collusions de l'Empire autoritaire : blanquistes surtout, mais aussi libres penseurs et internationalistes ont pris la place des bourgeois voltairiens de 1830. L'anticléricalisme est devenu irréligion militante, le nouveau *Père Duchesne* veut remettre la déchristianisation à l'ordre du jour. Mais aussi les gestes symboliques ont changé : voici venu le temps de l'enterrement civil. En 1869, dans le XXe arrondissement, un enterrement sur quatre, déjà, se faisait sans le secours de l'Église. La Commune généralise la pratique, elle fait des funérailles solennelles à ses soldats sans aucune cérémonie religieuse. L'exemple est contagieux : à Belleville, dans le XXe, en 1871 et 1872, l'enterrement civil touche maintenant plus du tiers de la population.

Mais la Commune ne s'en tient pas à ce registre, elle va plus loin et rompt l'alliance de l'Église et de l'État. Au vrai, les révolutions de 1830 et 1848 avaient déjà suscité une telle remise en cause. Au lendemain de la révolution de Juillet, la demande de séparation vient de l'*Avenir* où Lamennais dénonce l'asservissement du catholicisme par l'argent de l'État : en effet, le clergé « libre par la loi, sera, quoi qu'il fasse, esclave par le traitement » ; en 1848, c'est Mgr Affre, archevêque de Paris, qui en vient à souhaiter « une liberté comparable à celle du clergé des États-Unis », soit donc la suppression du Concordat, mais le maintien du budget des Cultes, à titre d'indemnité pour la nationalisation antérieure des biens du clergé.

En 1871, la situation a considérablement évolué. Ce sont les républicains – comme en témoigne le programme de Belleville – qui, maintenant, envisagent la fin du régime concordataire. Et la Commune de Paris, le 3 avril 1871, décrète que « l'Église est séparée de l'État » (art. 1) et que « le budget des Cultes est supprimé » (art. 2). Dans le même temps, les biens des congrégations sont de nouveau nationalisés (art. 3). Cette politique de séparation se double, sur le terrain, de mesures concrètes : dans plus de 40 % des paroisses, les écoles congréganistes sont laïcisées ; environ un tiers des églises paroissiales sont totalement interdites au culte ; plusieurs autres doivent accepter la tenue simultanée de réunions politiques. Il est peut-être excessif d'affirmer que « l'insurgé de 1871 est un déchristianisateur » (J. Rougerie), mais assurément la Commune de Paris se voulut déchristianisatrice.

« Après nos révolutions, après nos grandes secousses, nos grands désastres, constatait en 1873, avec quelque ironie, le républicain Bertault, le sentiment religieux se développe et si on le laissait à sa spontanéité, il produirait des miracles, de vrais miracles. » En effet, les révolutions et, plus largement, les grandes commotions causées par les défaites et les changements de régime de 1814-1815 et de 1870 ne limitent pas leurs effets aux politiques qu'elles se proposent de mener, elles occasionnent aussi une grave perturbation du champ religieux, marquée par une recrudescence de révélations et de prophéties, un surgissement de miracles et d'apparitions, comme on le verra plus loin.

En même temps, le débat sur la Révolution s'infléchit parmi les catholiques. Entre 1830 et 1848, de divers horizons

– socialistes, libéraux, démocrates –, la Révolution a fait l'objet d'évaluations positives. Ces divers groupes se trouvent d'accord pour estimer que les idéaux de liberté, d'égalité et de fraternité, mis en avant en 1848, sont bien d'origine évangélique. Mais ils diffèrent sensiblement dans leur appréciation du processus révolutionnaire. Buchez, à qui l'on doit une monumentale *Histoire parlementaire* de la Révolution, présente la Révolution comme « la conséquence dernière et la plus avancée de la civilisation moderne » qui, elle-même, « est sortie tout entière de l'Évangile ». Mais, pour ce socialiste néo-jacobin, ce n'est pas à la Révolution libérale de 1789, mais bien à celle, égalitaire, de l'an II qu'il convient de se référer pour y découvrir « la réalisation sociale de l'Évangile ». Dix ans plus tard, le jeune abbé Dupanloup, polémiquant avec Thiers, fait plutôt sienne la version libérale de la Révolution. Il faut distinguer 1789 de 1793, mais surtout écarter les violences et les excès, retenir « les institutions libres, la liberté de conscience, la liberté politique, la liberté civile, la liberté individuelle, la liberté des familles, la liberté de l'éducation, la liberté des opinions, l'égalité devant la loi, l'égale répartition des impôts et des charges publiques ». Entre le jacobin socialiste et le libéral-mennaisien, les démocrates : Maret, le doctrinaire, qui cherche à unir les principes de la souveraineté de la nation et de la liberté spirituelle ; Ozanam, l'universitaire, qui fait siens sans réticences les « principes de 1789 », assimilés à la devise de 1848, et qui « veut la souveraineté du peuple », même s'il a pris conscience, à la veille de la révolution de Février, que ce peuple peut prendre la figure des « barbares » qui frappent aux portes de la cité comme à celles de l'Église.

Passé 1848, ces voix originales bientôt deviennent suspectes. En 1861, l'Index romain condamne la brochure de l'abbé Godard, *les Principes de 1789 et la Doctrine catholique,* dans laquelle ce théologien du séminaire de Langres estimait encore que la Déclaration des droits de l'homme était conforme à la doctrine catholique. En même temps, la tradition contre-révolutionnaire, celle de Maistre et de Barruel, retrouve un second souffle. Et surtout, la doctrine romaine, fixée en 1791, dans les bulles de Pie VI condamnant la Constitution civile, est réaffirmée, avec vigueur et éclat, dans l'encyclique *Mirari vos* de 1831 et, en 1864, dans l'encyclique *Quanta cura,* ainsi que dans le *Syllabus* qui l'accompagne.

Le *Syllabus,* malgré les tentatives de catholiques libéraux, comme Dupanloup, pour en réduire la portée, servira de révélateur pour opérer la fusion de l'ultramontanisme et de la contre-révolution, comme en témoigne la brochure de Keller intitulée justement *l'Encyclique du 8 décembre 1864 et les Principes de 1789* : « Où est la vérité, non seulement théologique, mais politique et pratique ? demande l'adversaire déclaré de Napoléon III. Est-elle dans cette infaillibilité catholique et pontificale que tant d'ennemis ont attaquée et contestée sans la décourager, et dont l'encyclique plante de nouveau sous nos yeux le drapeau séculaire ? [...] C'est entre ces deux parties, entre ces deux infaillibilités qu'il s'agit de choisir. » On voit mieux maintenant comment la papauté sera perçue par la très grande majorité des catholiques français, d'autant plus que 1870 va mettre sur cette alliance durable de la contre-révolution et de la papauté le double sceau de la croyance (infaillibilité pontificale) et du malheur (occupation de Rome). Le pape, par sa seule existence plus que par la doctrine qu'il certifie, incarne la contre-révolution tangible et vivante, au moment même où, grâce à l'effort de la nouvelle génération républicaine, la Révolution, par-delà le tragique épisode de la Commune, tend effectivement à se dématérialiser et à devenir, comme en témoignent à leur manière les nouvelles Mariannes de pierre, cette abstraction politique jusqu'alors irréalisable, mais maintenant possible, *la République.*

La naissance du conflit scolaire

Pour essentiels que soient ces conflits, ils n'occupent point à eux seuls tout le terrain politique ; ils n'expliquent pas davantage comment, de Restauration ultra en Empire autoritaire, d'Empire autoritaire en gouvernement d'ordre moral, le catholicisme noue par trois fois au cours du siècle des alliances momentanément profitables, mais, pour lui, immédiatement dommageables, avec des régimes d'ordre plus intéressés que convaincus ; comment encore, dans les mêmes années « soixante », on commence à évoquer le péril clérical, ce « cléricalisme » que Gambetta saura dénoncer avec tant de vigueur et d'efficacité.

Parmi toutes les explications que l'on peut avancer, une au moins mérite une plus large attention : le poids grandissant joué par l'école à cause de la place centrale que l'Église catholique et le pouvoir politique lui attribuent; les lois Ferry, puis les lois anticongréganistes du début du XXe siècle, préludant à la Séparation, constituent, en fait, l'aboutissement évident d'un long conflit qui se noue dès le lendemain de la Révolution.

Opposition de principes d'abord : le monopole universitaire contre la liberté de l'enseignement. Certes, l'Université, créée par Napoléon, dispose avant tout dans les faits, en dehors d'un enseignement supérieur somnolent, du monopole de la collation des grades. Mais son existence même, qui confirmait la prétention de l'État à prendre le contrôle de l'enseignement, et à le faire par l'intermédiaire d'une corporation laïque regroupant pour l'essentiel les professeurs des lycées et des collèges communaux, ne pouvait que susciter l'inquiétude d'une Église catholique qui, par son clergé et surtout par ses congrégations enseignantes, avait fourni au XVIIIe siècle, même après la suppression des jésuites, l'essentiel du corps professoral. A cet antagonisme de fond, s'ajoutent deux griefs immédiatement mis en avant : l'un concerne le corps enseignant, composé pour partie d'anciens prêtres et de religieux sécularisés pendant la Révolution; l'autre, les élèves des lycées qui, sous l'Empire et plus encore la Restauration, font preuve d'une impiété notoire malgré l'encadrement religieux strict qui leur est imposé. En réalité, dans le miroir à peine déformant de l'Université, l'Église catholique se refuse de prendre acte de deux phénomènes majeurs, perceptibles avant la Révolution, mais accentués par celle-ci : la laïcisation du corps enseignant et l'éloignement religieux des élites sociales.

Faute de pouvoir contrôler l'Université, qui pourtant sous l'Empire et plus encore sous la Restauration comptera nombre de prêtres à des fonctions d'enseignement, de direction, voire d'administration, faute d'avoir pu la supprimer, l'Église catholique va, après la crise de 1828, demander l'abolition du monopole universitaire et faire campagne pour la liberté de l'enseignement. Le résultat, si l'on en juge l'aboutissement législatif, est impressionnant : 1833, liberté de l'enseignement primaire ; 1850, liberté de l'enseignement secondaire ; 1875, liberté de l'enseignement supérieur. En fait, cette mise en perspective fausse un peu la réalité : l'intérêt principal de la loi Guizot, même pour l'Église, est ailleurs ; et la loi de 1875, en permettant la création de cinq Instituts catholiques à Paris, Lyon, Toulouse, Lille et Angers, ne favorisera guère la concurrence avec un enseignement supérieur public enfin pourvu d'étudiants, mais plutôt l'expression de la contestation à l'intérieur même du catholicisme, comme le révélera la crise moderniste. Mais, après 1875, cette suite de lois, qui ne parviendra pas à mettre en cause l'Université, aura au moins une conséquence immédiate : renforcer les républicains dans la conviction qu'il leur faut, pour consolider leurs succès politiques, prendre des mesures appropriées ; les lois Ferry seront donc, d'une certaine manière, la réplique indispensable à la campagne réussie des catholiques pour mettre en œuvre la liberté de l'enseignement.

Mais au XIXe siècle, les hommes – et ce qu'ils représentent – comptent autant que les principes : d'où la place extraordinaire prise par les congrégations enseignantes dans le débat politique. Ce court XIXe siècle est borné de manière significative par deux décisions de police prises en l'an XII, contre les Pères de la foi, en 1880, contre les congrégations non autorisées : dans les deux cas, pour conjurer une même menace, celle des jésuites, et à travers eux, celle de la mainmise du catholicisme sur l'enseignement. Paradoxalement, du lendemain de la Révolution jusqu'en 1880, la sensibilité politique aux « congrégations » religieuses ne concerne ni les activités hospitalières ou para-hospitalières, presque exclusivement entre les mains des congrégations de femmes, dotées dès la fin de l'Empire d'un statut officiel, ni même les ordres contemplatifs et mendiants, ces « oisifs » dénoncés sans cesse un siècle plus tôt, qui se reconstituent progressivement, entre 1800 et 1860, des carmélites aux franciscains, des bénédictins aux dominicains, sans susciter, sauf exception localisée, une opposition notable.

La Restauration détermine les trois modalités par lesquelles la présence congréganiste se manifeste dans le domaine de l'enseignement. La Compagnie de Jésus, reconstituée *de facto* à partir de 1814, se voit confier rapidement, par des évêques amis, huit petits séminaires qu'elle transforme en collèges prestigieux pour les enfants de la noblesse et des notables locaux, ce qui provoque, par contrecoup, leur fermeture en 1828, sous le gouvernement libéral de Martignac. Des congrégations nouvelles de frères enseignants, à vocation régionale, créées sur le modèle des Frères des écoles chrétiennes, sont par contre, sans grande difficulté, reconnues d'utilité publique par diverses ordonnances prises entre 1820 et 1825. Et surtout, les congrégations féminines bénéficient, en 1825, d'une loi spécifique : celle-ci permet la reconnaissance légale des communautés conventuelles appartenant à d'anciennes familles religieuses qui, comme les ursulines, disposent encore à travers la France d'un solide réseau de pensionnats féminins, et surtout des nouvelles congrégations à supérieure générale, des plus prestigieuses, comme les Dames du Sacré-Cœur, aux moins connues, comme les congrégations diocésaines, qui s'occupent principalement de l'instruction des filles.

A partir de 1850, les congrégations enseignantes bénéficient de nouvelles faveurs. La loi Falloux permet aux jésuites, à quelques autres congrégations, anciennes ou nouvelles, et au clergé séculier de prendre la direction d'établissements secondaires libres ; un décret, signé en janvier 1852 par Louis-Napoléon Bonaparte, rend de nouveau possible la reconnaissance des congrégations de femmes fondées depuis 1825 ; et par ailleurs, quelques nouvelles familles de frères enseignants font également l'objet d'agréments individuels, comme durant la Restauration. Ces encouragements divers ont incontestablement favorisé le développement de l'enseignement congréganiste, à son apogée à la veille de 1880. A cette date, sur 150 000 religieux et religieuses recensés en France, 70 % environ se consacrent à l'enseignement dans des congrégations, ou spécialisées ou mixtes : ces quelque 105 000 frères, et surtout sœurs, voués à l'enseignement, représentent près de deux fois l'effectif, stabilisé à partir du Second Empire, du clergé paroissial.

Concrètement, on peut distinguer trois terrains d'affrontements qui deviennent successivement l'objet d'enjeux politiques, avant que la contre-offensive des tenants de l'Université, menée à partir des années « soixante », ne globalise le combat scolaire : l'école élémentaire, les collèges, l'enseignement féminin. D'abord, le primaire. La France connaît, de 1816 à 1836, une effervescence législative sans précédent, dont la pièce maîtresse est constituée par la loi Guizot. Les débats, au plan religieux, mettent en cause deux partenaires principaux : l'évêque (ou le curé) d'une part, le frère (ou la sœur) enseignant d'autre part. La place – relative ou prépondérante – accordée à la religion se mesure d'abord par la place faite au clergé dans les divers comités de promotion et de surveillance, qui constituent alors le support indispensable de l'institution scolaire naissante. La loi de 1824, qui veut confier de nouveau le contrôle de l'enseignement primaire au clergé, est vouée à l'échec. Celle de 1833 finalement, laissera un certain pouvoir au clergé catholique, mais introduira trois restrictions importantes : la disparition de tout contrôle épiscopal, l'introduction des ministres des autres cultes, le contrepoids surtout des notables et de l'administration de l'instruction publique.

Les frères enseignants, pour leur part, cristallisent sur leurs personnes deux débats, l'un surtout pédagogique, l'autre plutôt religieux : dans l'un et l'autre cas apparaissent des enjeux importants qui expliquent la vigueur ou la permanence de la polémique. A peine, au lendemain des Cent-Jours, a-t-on prôné en France une nouvelle méthode, efficace et économique, pour faciliter les apprentissages élémentaires de la lecture, de l'écriture et du calcul, que le débat a tourné au test comparatif : la méthode mutuelle contre la méthode simultanée, le modèle lancastérien, importé d'Angleterre, contre celui des Frères, inventé par Jean-Baptiste de La Salle. On vantait le premier comme libéral, parce que, utilisant les meilleurs élèves comme répétiteurs, il les préparait à une vie politique plus participative ; le clergé y vit un danger, pire une « hérésie », importée de la protestante Angleterre, et soutint immédiatement les nouvelles congrégations de Frères pour faire pièce aux dangereux novateurs.

Mais les Frères encore se trouvent au centre d'une autre polémique, plus technique en apparence, la « querelle des brevets » ou de la « lettre d'obédience ». Depuis 1816, l'ouverture d'une école est subordonnée à l'obtention d'un brevet individuel de capacité, délivré par l'Université. Les Frères de l'Instruction chrétienne se refusent à le solliciter : le conflit, aigu, se dénoue seulement en 1819. Il renaîtra ultérieurement, concernant surtout les sœurs. Les congrégations avancent deux justifications à leur refus : les supérieurs craignent d'abord que des enseignants « brevetés » les quittent plus facilement ; mais surtout les familles religieuses, légalement reconnues comme enseignantes, estiment qu'elles n'ont pas à faire agréer de nouveau la capacité individuelle de chacun de leurs membres et donc, que ceux-ci n'ont besoin, pour enseigner, que de la « lettre d'obédience », par laquelle le supérieur assigne à chacun le poste qui lui convient. C'était, d'une certaine manière, transporter dans le cadre scolaire la vieille querelle de l'exemption. Le débat s'enrichira, au fil des ans, d'arguments plus polémiques : l'opinion hostile verra, dans le refus d'obtenir les brevets, l'aveu d'une incapacité, et prendra la « lettre d'obédience » pour un brevet d'ignorance.

Mais finalement, la loi Guizot, fondatrice de la nouvelle institution scolaire – une école obligatoire par village – se présente comme un véritable concordat scolaire, qui apporte au catholicisme deux éléments de satisfaction : la place de la religion – en fonction de la confession des parents – parmi les matières enseignées ; et plus encore, la possibilité laissée à la commune de choisir, pour l'école municipale, l'enseignant de son choix ; les Frères se voient ainsi ouvrir largement les portes de l'école publique. Les lois Ferry porteront, comme la loi Guizot, sur les contenus et sur les personnels. Il restera alors aux catholiques, après cette double laïcisation, à utiliser l'autre modalité de la loi de 1833, déjà partiellement exploitée, l'école libre.

Second terrain d'affrontement, l'enseignement secondaire. Le conflit culmine dans les années « quarante ». Il a commencé tôt : au moment de la création de l'Université, les évêques souhaitaient multiplier les petits séminaires pour préparer le recrutement des futurs prêtres. En 1809, ceux-ci sont menacés d'intégration dans l'Université ; sous la Restauration, ils se présentent comme des établissements concurrents aux collèges et lycées. Les ordonnances de juin 1828, en fixant les besoins des évêques à 20 000 places dans les petits séminaires, vont clore en principe ce débat. En fait, il se pose différemment sur le terrain : dans les petites villes, les municipalités souhaitent, avant tout, disposer d'un établissement secondaire, et accordent peu d'importance à son statut légal, collège municipal ou petit séminaire.

Mais à partir de 1843, on assiste à la formation d'un « parti catholique », bien décidé à reprendre le combat contre l'Université et à batailler pour la liberté de l'enseignement secondaire. Cette pugnacité retrouvée a plusieurs causes : la volonté du nouveau leader, Montalembert, de s'imposer par une campagne moderne d'opinion, inspirée de l'exemple anglais ; la vigueur retrouvée du catholicisme français qui dispose d'une réelle audience auprès de la jeunesse étudiante ; l'immobilisme enfin du gouvernement Guizot qui répugne à toute réforme mettant en cause directement l'Université. Rapidement la polémique dégénère : les théologiens, comme Maret, dénoncent la philosophie éclectique de Cousin comme un nouveau panthéisme ; les pamphlétaires vilipendent l'Université, « sentine de tous les vices ». Des professeurs, surtout de philosophie, comme Zévort à Rennes, sont nommément pris à partie ; Quinet et Michelet rétorquent, de leur chaire du Collège de France, en attaquant les jésuites qui, de nouveau, font les frais de cette vive guérilla que récusent la majorité des évêques et une minorité de catholiques, plus modérés.

L'enseignement libre

Le combat demeure sans issue tant que dure la monarchie de Juillet ; après 1848, il trouve une solution. Le parti catholique accorde son appui à la candidature de Louis-Napoléon Bonaparte, contre promesse de faire aboutir la loi demandée. Par ailleurs, Thiers et ses amis, affolés par les journées de juin, cherchent, pour contenir le peuple, l'appui de la religion : ils préfèrent maintenant les Frères aux instituteurs, ces « affreux petits rhéteurs », et sont même prêts à de larges concessions sur l'enseignement secondaire. Une nouvelle loi est préparée par le comte de Falloux, catholique libéral, ami de Montalembert. Elle accorde la liberté de l'enseignement secondaire, mais non sans contrôle ; elle maintient aussi l'Université, quitte à faire entrer les évêques – et les représentants des cultes protestants et israélites – dans le conseil supérieur de l'Instruction publique et dans les conseils académiques.

Comme tout texte de compromis, la loi Falloux suscita de vives oppositions, aussi bien des catholiques intransigeants que des démocrates, tant de Veuillot que de Hugo ; les opposants, d'accord sur le diagnostic – l'antagonisme irréductible entre l'Église et la société moderne –, diffèrent évidemment dans leurs reproches : les premiers dénoncent la caution épiscopale fournie à l'Université ; les seconds, la division de la nation, conséquence de celle des écoles. Reste à en mesurer les effets. On s'est trop souvent contenté de répéter la célèbre formule de Georges Weill : « Votée dans l'esprit de Falloux ; appliquée dans l'esprit de Veuillot. » La réalité, telle notamment qu'elle ressort des statistiques scolaires, est quelque peu différente.

En effet, la liberté de l'enseignement secondaire était devenue une nécessité pour faire face à la forte croissance des effectifs (+ 75 % entre 1842 et 1865), à laquelle la structure archaïque des lycées et des collèges ne pouvait faire face. Si l'on compare les statistiques de 1842 et celles de 1854, on voit que la nouvelle loi a eu pour effet immédiat d'accélérer la régression de l'enseignement public (de 54 à 45 % des effectifs), au profit d'abord des établissements *privés,* qui se sont développés à partir des années « quarante » (35 %) et pour une moindre part, des collèges catholiques (20 %). En 1876, la situation a évolué : l'enseignement libre privé s'est effondré (– 15 %) ; les bénéficiaires en sont le public (+ 5 %) et surtout le confessionnel (+10 %). Dans les vingt ans qui suivent, la même tendance se confirme : en 1898, on retrouve face à face établissements catholiques confessionnels (41 % des effectifs) et publics (53 %). Mais, si l'on réintroduit les petits séminaires dans la comparaison, on constate alors qu'en 1895, le clergé, avec 83 000 élèves, fait jeu égal avec l'Université qui en instruit 86 000.

En fait, il faut distinguer, pour la loi Falloux, ses effets immédiats et ses conséquences plus lointaines. Elle a d'abord permis de répondre au fort accroissement de la demande d'enseignement secondaire, en facilitant la création d'un enseignement privé plus immédiatement adapté ; ensuite seulement, elle a favorisé la reconfessionnalisation de cet enseignement privé, en créant à terme un véritable dualisme scolaire : celui-ci a atteint un point d'équilibre presque parfait, d'après les effectifs instruits, à la veille des lois de 1901-1904 sur les congrégations enseignantes. Il a fallu cependant un demi-siècle pour que la loi Falloux apporte au catholicisme une victoire qui s'est fait longtemps attendre.

Le troisième terrain d'affrontement a été l'enseignement féminin. En 1836, l'ordonnance Pelet de la Lozère tentait d'étendre aux filles les bénéfices de la loi Guizot ; en 1850 surtout, la loi Falloux obligeait les communes de plus de 800 habitants à ouvrir une école de filles ; mais, faute d'un véritable réseau d'écoles normales féminines, les congrégations sont alors seules capables de faire face à cette forte demande d'institutrices, encore accrue en 1867, quand l'obligation est étendue aux communes de plus de 500 habitants. La loi Falloux, par ailleurs, en reconnaissant officiellement le privilège de la « lettre d'obédience » pour les congrégations féminines autorisées et le décret de janvier 1852, en accordant le bénéfice de la loi de 1825 à toutes les congrégations nées depuis cette date, encouragent ostensiblement l'enseignement congréganiste. Les sœurs maintenant contrôlent largement les pensionnats ; elles développent des réseaux d'écoles libres dans l'Ouest et le Sud-Ouest, mais surtout, dans la France fortement alphabétisée, au nord de la ligne Saint-Malo-Genève, elles fournissent le personnel compétent pour mettre en place un réseau serré d'écoles communales de filles qui se développe, non au détriment des institutrices laïques en place, mais en remplacement des écoles mixtes, ici très abondantes.

Dans ces conditions, il n'est pas surprenant de voir l'enseignement congréganiste féminin progresser sans cesse, jusqu'à concerner à la veille des lois Ferry près de 60 % des effectifs du primaire. Un tel succès ne peut que susciter, à partir de la fin du Second Empire, bien des oppositions. Les républicains, comme Jules Simon, dénoncent maintenant avec vivacité la concurrence déloyale que l'opulente congréganiste fait à la pauvre institutrice laïque ; mais ils ne sont pas encore en état de riposter sur ce terrain, ainsi qu'en témoigne l'échec de l'offensive de Duruy, dont les cours secondaires pour jeunes filles, ouverts en 1867, suscitèrent l'opposition très vive des évêques emmenés par Dupanloup.

Cette puissance renforcée de l'Église catholique sur le terrain scolaire devient véritablement, à partir de 1859, l'objet de la préoccupation du gouvernement impérial, obligé, à cause de sa politique italienne, de se passer de l'appui catholique : Rouland d'abord, tente de se rapprocher des instituteurs par sa grande enquête de 1861, et veut inciter les

Le déclin du catholicisme français

communes à prendre des instituteurs laïcs ; Duruy ensuite, en encourageant les communes urbaines à voter la totale gratuité scolaire, cherche à faire disparaître l'un des avantages les plus substantiels dont disposaient souvent les écoles congréganistes. Les républicains, plus sensibles encore aux conséquences politiques de l'affaire romaine et à l'esprit contre-révolutionnaire du *Syllabus,* entendent maintenant intervenir avec efficacité sur le terrain scolaire. Le combat pour la laïcité – le terme commence à être utilisé à la fin de l'Empire – suscite des initiatives ponctuelles avant 1870 ; la victoire prussienne, attribuée autant aux vertus du service militaire que de l'instruction pour tous, fournit soudain un nouvel argument de poids dans le combat pour le contrôle de l'école.

La papauté, la Révolution, l'école : trois problèmes distincts qui constituent les trois pôles principaux autour desquels s'articule la politique religieuse de ce court XIXe siècle, mais surtout qui se trouvent liés fermement entre eux dans les années « soixante », plus encore après 1870. Et c'est ce complexe original que ses adversaires vont désigner sous le terme à la fois ancien et nouveau de *cléricalisme.* Or, cet *anticléricalisme,* au sens précis du terme, n'est pas strictement phantasmatique. Il désigne un catholicisme qui, par ses œuvres, ses écoles, ses clergés, ses églises et ses couvents, offre, depuis 1789, la plus grande visibilité et dont l'emprise sur la société est sans doute à son apogée. C'est, par ailleurs, un catholicisme qui, dans la conjoncture courte des années « soixante-dix », peut apparaître, aux royalistes et aux bonapartistes sans avenir, réconciliés dans leurs communs échecs, comme un ciment idéologique face aux forces républicaines montantes.

Toutefois, la victoire acquise par les républicains ne suffit pas à certifier la véracité de leur assertion. En effet, l'Église catholique ne s'est jamais risquée directement sur le terrain politique : le système concordataire ne lui en laissait point la possibilité et, d'ailleurs l'eût-elle souhaité, la société française issue de la Révolution ne l'aurait point toléré, ainsi qu'en témoigne l'échec de la Restauration ultra. On a une nette confirmation de cette emprise limitée de la religion sur la vie politique au moment des élections décisives de 1876 et 1877 : la République est alors devenue majoritaire grâce à l'appoint décisif « des catholiques du suffrage universel », qui acceptent, à l'encontre souvent du clergé et des laïcs engagés, de séparer leurs convictions religieuses de leurs choix civiques. Ce n'est pas le moindre des paradoxes de la vie politique en France, au moment où les républicains s'installent définitivement : une évidente laïcisation de fait des pratiques politiques a précédé la laïcisation de droit de l'école.

L'émergence de la liberté de conscience et de la laïcité

Lumières et religion : vers l'idée de tolérance
par Dominique Julia

> Aujourd'hui l'irréligion est la plaie de tous les états de tous les sexes et de tous les âges : elle marche la tête levée ; elle empoisonne toutes les sciences, jusqu'à celles qui lui sont les plus étrangères. La presse infidèle trompe tous les jours la vigilance des magistrats ; et, dans ce déluge d'écrits frivoles qui, depuis quarante ans, ont inondé la république des lettres, il en est peu où la religion n'ait eu à essuyer quelque censure ou quelque mépris. Dans les conversations et dans les cercles, elle n'est plus respectée.

Ainsi s'exprime, en 1776, Antoine de Malvin de Montazet, archevêque de Lyon et primat de France, dans son *Instruction pastorale sur les sources de l'incrédulité et les fondements de la religion*. Il exprime alors une inquiétude largement partagée par l'ensemble du corps épiscopal, comme en témoignent les deux avertissements du clergé de France, assemblé à Paris, aux fidèles du royaume, lancé l'un en 1770, sur « les dangers de l'incrédulité », l'autre en 1775, « sur les avantages de la religion chrétienne et les effets pernicieux de l'incrédulité ». Dans ce constat tardif de l'omniprésence du combat philosophique dans les débats intellectuels, il n'est pas sûr que la défense soit toujours à la hauteur intellectuelle de l'attaque portée : « L'incrédulité aidée par l'ignorance, fortifiée par le préjugé, entretenue par la paresse, devenue presque incurable par le respect humain et par l'habitude, a sa première et principale raison dans les passions. » Au reste, tout comme Bossuet pouvait le dire au siècle précédent des Églises protestantes, leurs opinions elles-mêmes « n'ayant pas de base assurée, se démentent et se contredisent suivant l'inconstance et la hardiesse plus ou moins grande des esprits ». L'argument d'autorité fustige les insensés, qui « se consument en veilles pour apprendre ce qu'il y a de plus abstrait dans les sciences humaines, pour débrouiller le chaos des lois, des mœurs, des religions, des folies des anciens peuples, tandis qu'ils vivent comme étrangers au milieu du christianisme, dans lequel ils sont nés ».

La critique philologique et historique

Ce que pointe le prélat dans sa condamnation, c'est bien tout l'élargissement de la recherche « critique » telle qu'elle s'est développée depuis Richard Simon et Pierre Bayle. Or, la critique philologique a découvert que le texte biblique était corrompu, que le travail de l'exégète était de rétablir avec rigueur le meilleur texte possible, à partir des différentes versions dont il dispose selon une série de critères internes ou historiques. Du même coup, le Livre Sacré se voit installé dans l'immanence du temps, avec toutes les difficultés et les contradictions qu'il s'agit d'expliquer, d'autant plus que les recherches sur l'histoire des peuples de l'Antiquité, et particulièrement sur les Égyptiens, posent avec acuité le problème de la chronologie. Le temps n'est plus où les apologistes pouvaient s'accrocher à l'inspiration littérale et à la valeur invariable des Écritures. L'exégèse catholique du XVIIIe siècle est, en même temps, passionnément soucieuse d'établir un sens *littéral* pour éviter les dérives hétérodoxes du figurisme. Dom Augustin Calmet explique, dans l'une de ses *Dissertations qui peuvent servir de prolégomènes à l'Écriture Sainte,* publiées en 1720, qu'il s'est borné au sens littéral : « Il n'est peut-être pas fort malaisé de donner des réflexions morales et spirituelles, de chercher des sens allégoriques et figurés, les écrits des Pères et la plupart des interprètes en sont pleins, et ces sortes d'explications sont souvent arbitraires. Mais la grande difficulté consiste à donner le vrai sens du texte, la vraie signification de la lettre ; l'on peut dire que c'est ce qu'il y a de plus solide et de plus instructif dans ce genre d'étude. » Toute l'œuvre monumentale de Dom Calmet, depuis son *Commentaire littéral sur tous les livres de l'Ancien et du Nouveau Testament,* rédigé en français (26 volumes publiés en 1707 et 1716), et son *Dictionnaire historique, critique, chronologique, géographique et littéral de la Bible,* publié en 1722, jusqu'à son *Histoire de la vie et des miracles de Jésus-Christ* (1720), est régie par ce souci du sens littéral. A partir de la Vulgate et de la traduction de Sacy, le savant bénédictin fait appel à son immense érudition biblique et patristique pour expliquer le sens grammatical et historique, expose les objections rencontrées, les discussions sur les points d'histoire, la diversité des interprétations : date des textes de l'Évangile, date de constitution du Canon, hypothèses sur les différences entre les récits évangéliques, comme sur les sens proposés. Dom Calmet n'hésite pas à reconnaître – quand il n'y a pas d'enjeu théologique fondamental – l'interpolation de nombreux versets dans les livres historiques (et même quelques-uns dans le *Pentateuque*), gloses introduites par des rédacteurs. Mais si le texte hébreu se trouve d'aventure en contradiction avec la théologie qu'il vient d'extraire de la Vulgate, Dom Calmet pratique à rebours l'exégèse littérale pour rendre celui-ci conforme au texte latin... Car l'auteur reste fidèle au principe tridentin selon lequel l'Ancien Testament est prophétie littérale du Nouveau. En même temps, participant de tout un mouvement qui, à l'intérieur de l'Église, et sous les coups de la controverse protestante, tend à raréfier le miracle sans pour autant le nier, Dom Calmet n'admet plus les miracles comme le témoignage de la volonté insondable de Dieu ou de sa puissance illimitée, mais cherche à déterminer ceux qui respectent l'ordre de la nature et ceux qui l'outrepassent ; il a recours au *corpus* des textes de la mythologie antique pour aider ses démonstrations : « l'âne » du prophète Balaam a parlé, mais Xanthos, le cheval d'Achille, parle aussi au chant XIX de *l'Iliade.* Par ces parallèles légendaires hardis, Dom Calmet prenait le risque de relativiser le texte sacré, en l'inscrivant dans une mythologie comparée des peuples antiques ; en accumulant les explications, les difficultés, en soulignant les insuffisances des interprétations ou les subtilités exégétiques, il élaborait un arsenal qui allait nourrir toute la pensée antichrétienne.

A cette collection d'antiquités qui entraîne la Révélation

dans l'immanence de l'histoire, vient s'ajouter le prodigieux foisonnement de la diversité des *mœurs,* telles que les rapportent les missionnaires jésuites dans leurs relations publiées dans les *Lettres édifiantes et curieuses,* source d'information de tous les philosophes du XVIIIe siècle. C'est ici que naît l'anthropologie des Lumières, c'est-à-dire la constitution progressive d'une science générale de l'homme, qui étudie sa nature, comme la genèse et le mouvement des sociétés humaines : un ordre désacralisé du monde se fonde hors des repères historiques et géographiques du christianisme, et telle est bien l'ambition d'une œuvre comme l'*Histoire naturelle de l'Homme* de Buffon (1749). En ébranlant l'ancienne conception du monde, fondée sur la Révélation, l'élargissement des horizons substitue le couple homme civilisé-homme sauvage au rapport de la créature à son Créateur, et ouvre la voie à une histoire des progrès de l'esprit humain, telle que l'esquisse Condorcet à la fin du siècle. Le père Lafitau – qui fut missionnaire en Nouvelle-France – peut bien, dans ses *Mœurs des sauvages américains comparées aux mœurs des premiers temps* (1724), défendre la thèse qu'il n'y a jamais eu, et qu'il ne peut y avoir de peuple athée, et que toute société humaine, en enfantant des dieux et des cultes, témoigne par là de son essence divine. Importe ici, moins la thèse défendue que la méthode utilisée : en comparant terme à terme les croyances et les coutumes de peuples qui sont séparés par des siècles dans le temps, et par des barrières insurmontables dans l'espace, il fonde une science de l'homme *universel* ; en reliant entre eux des faits prélevés sur toute l'étendue du monde sauvage, il propose une nouvelle lecture de celui-ci, et par le rapport qu'il établit avec les croyances et les coutumes des premiers temps, il en réduit l'étrangeté, pour faire de l'homme sauvage un homme *primitif,* c'est-à-dire inscrit dans une histoire de la civilisation. Par son travail de classement, de parallèles et d'antithèses, le missionnaire-ethnologue a fait entrer dans le champ du savoir l'homme sauvage, figure des origines de l'humanité, aux côtés des autres peuples de l'Antiquité.

Le combat pour la liberté religieuse

La critique philosophique et historique qui ramène les Écritures dans le champ de la science historique, l'extension des horizons géographiques qui débouche sur une étude comparée des religions, mais aussi l'usage contradictoire des paraboles, et les controverses violentes qui séparent partisans et adversaires de la constitution *Unigenitus*, ont très largement servi le combat philosophique pour la tolérance. Dans la première moitié du siècle, les textes qui remettent en cause l'inspiration de l'Écriture, en dénonçant ses obscurités et ses absurdités, nient la Révélation, critiquent dogmes et rites comme une série d'inventions humaines ajoutées à l'enseignement évangélique, circulent, le plus souvent de manière clandestine, sous forme de textes manuscrits, au sein de cercles limités : tel est le cas, pour ne prendre qu'un exemple, des *Difficultés sur la religion proposées au père Malebranche*, publiées seulement en 1767 et dues vraisemblablement à Robert Challe. L'auteur, aventurier, qui a bourlingué sur toutes les mers de la planète, prétend chercher en « philosophe », en « homme sage et sans prétention », et s'appuie sur l'autorité des théologiens pour refuser toute divinité aux « Livres des juifs » : il s'agit d'un « pot-pourri où naturellement on n'entend rien, mais où l'on trouve tout suivant ses préjugés ». L'examen général des religions, pratiqué selon la raison, interdit toute persécution religieuse au nom de la vérité, et les incertitudes tout humaines de la Bible fondent le droit à la liberté religieuse : « Il est donc certain qu'en fait de religion, chaque particulier est libre, que le prince, le magistrat et la République n'ont aucun droit de commander sur cet article. » Sans doute l'auteur, à la date où il écrit, ne se fait-il aucune illusion sur la possibilité de prêcher au « stupide vulgaire, à haute voix et en termes clairs, contre ce qu'il trouve établi », et il sait le danger que représente cette mise au point de ses croyances qui, bien qu'entreprise pour lui seul, peut lui valoir un emprisonnement à la Bastille. Mais l'exégèse est ici introduite dans une critique des institutions politiques et religieuses qui écrasent l'homme, et aboutit déjà au souhait d'une religion naturelle qui serve de fondement à la morale et garantisse l'ordre de la société.

La revendication du droit à la liberté religieuse est encore plus patente chez ceux qui voient dans les Écritures des fables grossières destinées à abuser le peuple pour le maintenir dans la servitude. Pour l'auteur anonyme du *Traité des trois imposteurs* (édité dès 1719, réédité en 1721 et sept fois de 1768 à 1796), qui reprend la comparaison entre Moïse, Jésus et Mahomet, la Bible n'est que la transposition des fables du paganisme : « Il est presque constant que les auteurs de l'Écriture ont transcrit presque mot à mot les œuvres d'Hésiode et d'Homère » ; dès lors, « nul n'est donc tenu de croire à l'histoire grossière de la Bible », et « le christianisme n'est, comme toutes les autres religions, qu'une imposture grossièrement tissée ». Il faut ici faire la place au destin exceptionnel de Jean Meslier, curé d'Étrepigny et de Balaives, dans le diocèse de Reims qui, à sa mort en 1729, laisse trois copies du *Mémoire* de ses sentiments, où il exhorte à la révolte et à l'incroyance les paysans qu'il avait prêchés pendant quarante ans : le silence gardé tout au long d'une vie qui fut double débouche sur un « testament », profession de foi athée et matérialiste qui condamne toutes les religions comme « des illusions, des mensonges, des fictions et des impostures, inventés, premièrement par des fins et rusés politiques, continués par des séducteurs et des imposteurs ; ensuite reçus et crus aveuglément par des peuples ignorants et grossiers, et puis enfin maintenus par l'autorité des grands et des souverains de la terre qui ont favorisé les abus, les erreurs, les superstitions et les impostures, qui les ont même autorisés par leurs lois, afin de tenir par le commun des hommes en bride et faire d'eux tout ce qu'ils voudraient ». L'exégèse – l'auteur dénonce, parmi les illusions et les impostures, les miracles du christianisme et du paganisme, la corruption du texte des Écritures, les contradictions des Évangiles – se trouve prise à l'intérieur d'une entreprise de démystification beaucoup plus large qui nie toute Révélation, ne voit dans Jésus-Christ qu'un « fou, un insensé, un misérable fanatique et un malheureux pendard ». Comment oser affirmer la rédemption de la condition humaine dans un monde qui n'est qu'un « débordement de vices et de méchanceté, comme un déluge de maux, de maladies, d'infirmités et de calamités qui rendent la plupart des hommes misérables et malheureux sur la terre » ? Religion et politique s'entendent comme deux « coupeurs de bourses » pour maintenir les peuples abusés dans la soumission aux grands : aucun témoignage d'institution divine ne peut tenir devant cette omniprésence de l'injustice et du mal. Si Jean Meslier aime à citer Montaigne et La Bruyère, recopier des pages de *la Recherche de la Vérité* de Malebranche ou celles de *l'Espion Turc,* son commentaire solitaire ne doit rien à la tradition libertine, aristocratique ou érudite, mais bien plutôt aux traités et aux livres d'histoire qu'il a dans sa bibliothèque : l'*Histoire de l'Église* d'Eusèbe, le *Commentaire littéral* de Dom Calmet auquel il emprunte la critique de l'exégèse allégorique des Pères. Surtout, il s'est nourri d'une lecture quotidienne de l'Écriture (plus de 300 références à chacun des deux Testaments, suivies, dans les deux tiers des cas, de la citation!) qui donne à sa réflexion critique et à sa révolte leur expression : d'où sa prédilection pour les *Proverbes, Job, l'Ecclésiaste,* la partie sapientielle des *Psaumes* ou *la Sagesse.*

La figure singulière de Jean Meslier est donc tout à fait étrangère aux cercles intellectuels de la capitale. Son manuscrit y a pourtant circulé, surtout par la voie de « mémoires » abrégés et d'« extraits » établis sur l'un des originaux : le texte y est allégé (puisqu'on ne retient que cinq des huit « preuves » de l'auteur), altéré aussi, puisqu'on le purge de son athéisme militant (les attaques contre le Christ et ses prédictions sont supprimées) comme de toute contestation politique. Dans un contexte tout différent de celui de sa production, le texte édulcoré du testament de Meslier peut alors entreprendre une carrière publique, grâce à l'édition que donne, en 1762, Voltaire de l'*Extrait des sentiments de Jean Meslier.* Celui-ci se trouve enrôlé cette fois comme ministre de l'Église voltairienne dans la lutte contre l'*infâme* : ne présente-t-il pas l'image du bon curé qui, en mourant, demande pardon à Dieu d'avoir enseigné les folies de la secte chrétienne qui l'outragent, au lieu de la religion naturelle qu'il « a mise au cœur de l'homme, qui nous apprend à ne rien faire à autrui que ce que nous voudrions être fait à nous-mêmes ».

Par rapport au début du siècle, le climat intellectuel a singulièrement changé et la critique philosophique de la religion peut, depuis les années 1750, s'exprimer ouvertement.

Pour Voltaire, comme le rappelle opportunément René Pomeau, l'*infâme*, « c'est l'intolérance pratiquée par des Églises organisées et inspirées par des dogmes chrétiens. En fin de compte, c'est le christianisme ». La religion de Voltaire, qui évacue l'Incarnation et rend hommage à un Être suprême, justicier éternel, chargé de rémunérer les vertus et de punir les vices des hommes, s'est progressivement formée ; elle se fonde, à la fois sur une lecture critique de la Bible – de 1734 à 1739, Voltaire a intensément pratiqué à Cirey, de concert avec Mme du Châtelet, l'exégèse, et tous deux puisent à l'inépuisable trésor qu'est le *Commentaire littéral* de Dom Calmet –, sur la lecture des déistes anglais (Collins, Tindal, Woolston) et sur une adhésion à la métaphysique de Newton : l'ordre de l'univers, exprimé dans la loi de gravitation, manifeste la sagesse de l'Éternel géomètre ; en même temps, « les attributs infinis de l'Être suprême sont des abîmes où nos faibles lumières s'anéantissent », ce qui interdit à l'homme de se boursoufler de suffisance. Mais si Dieu règne dans le secret des cœurs, il est désormais extérieur à l'histoire. Pour l'historien de l'*Essai sur les mœurs*, l'histoire universelle, qui commence avec la Chine et l'Inde, destitue le peuple juif de ses anciens privilèges : l'Histoire sainte devient une histoire humaine fondée sur des documents justiciables d'une critique serrée (il relève ainsi l'invraisemblance d'une attribution du *Pentateuque* au seul Moïse, et pense que ce livre ne fut rédigé que tardivement). Refusant toute Incarnation, Voltaire propose des origines chrétiennes une vision qui expulse le sacré de l'histoire : c'est le fanatisme de Paul, la crédulité du petit peuple, l'attente mystique de la fin du monde qui permettent d'expliquer la force croissante de la primitive Église. Or, l'histoire critique des religions positives, ces « sectes » circonscrites dans l'espace et dans le temps, fait voir leur immense responsabilité dans les malheurs des hommes : si le sang a coulé « dans les campagnes et sur les échafauds, pour des arguments de théologie, tantôt dans un pays tantôt dans un autre, pendant cinq cents années presque sans interruption », c'est « parce qu'on a toujours négligé la morale pour le dogme ». L'étude historique fait apparaître en pleine lumière la longue suite des crimes engendrés par les conflits dogmatiques qui séparent les sectes au lieu que la religion naturelle

« enseigne la même morale à tous les peuples sans aucune exception ».

La conviction que la même histoire se poursuit explique l'engagement de Voltaire dans l'affaire Calas (1762) : c'est le fanatisme de juges catholiques qui a condamné le protestant Jean Calas à la roue, en accusant cet innocent d'avoir tué son fils. Des préjugés d'un autre âge subsistent qu'il faut extirper, et le patriarche de Ferney fait appel dans son combat à toute l'opinion éclairée européenne, tout comme dans l'affaire de Pierre-Paul Sirven, cet autre huguenot accusé d'avoir jeté dans un puits sa fille cadette, aliénée d'esprit. Il n'est pas seul dans la lutte, puisqu'il dirige tout un « petit troupeau » d'initiés – d'Alembert, Damilaville, Morellet – pour mener ensemble campagne contre l'infâme. C'est en 1762 que l'abbé Morellet publie une traduction abrégée du *Directorium inquisitorum* de Nicolas Eymerich, livre qui date de la fin du XIVe siècle. L'*Abrégé du Manuel des Inquisiteurs* vise à faire voir l'horreur des procédures inquisitoriales, « cruautés » qui « ont été applaudies pendant plusieurs siècles par des nations que nous appelons polies et qui prétendaient avoir une morale », « maximes horribles » encore regardées comme « sacrées » par plusieurs pays d'Europe. Il s'agit, comme l'explique d'ailleurs l'abbé Morellet dans ses *Mémoires,* d'arriver au principe de la tolérance *civile* qui n'est pas lié à un indifférentisme professé en matière de religion : souverain et magistrats « pouvaient être parfaitement convaincus que la religion chrétienne et catholique est la seule vraie, que, hors de l'Église, il n'y a point de salut, et cependant tolérer civilement toutes les sectes paisibles, leur laisser exercer leur culte publiquement, les admettre même aux magistratures et aux emplois ; en un mot ne mettre aucune différence entre un janséniste, un luthérien, un calviniste, un juif même et un catholique, pour tous les avantages et devoirs et charges et effets civils de la société ». La pratique des tribunaux – et tout particulièrement le supplice infligé en 1765, par le tribunal d'Abbeville, au chevalier de La Barre (poing coupé, langue arrachée, décapitation et incinération) pour des impiétés de collégien – montre à quel point le royaume du roi Très Chrétien était éloigné de l'idée de tolérance.

L'Église contre la véritable religion

Jean-Jacques Rousseau participe lui aussi au combat des Lumières contre les prêtres imposteurs et la crédulité superstitieuse. La figure de Jésus qu'il esquisse n'est pas celle du fanatique qu'évoque Meslier mais au contraire, celle d'un grand exemple éducateur de l'humanité, adressant aux hommes des paroles qui vont droit au cœur : la mort de Jésus sur la croix « expirant dans les tourments, injurié, raillé, maudit de tout un peuple » est le modèle admirable de la mort solitaire du juste calomnié, mais elle n'est pas l'acte rédempteur posé comme centre de l'histoire humaine. L'imitation de Jésus-Christ c'est la reconnaissance par chacun de la voix de la conscience comme source de la vérité, tout comme Jésus comme conscience était transparence à une vérité venue d'au-delà : « Conscience, conscience ! instinct divin, immortelle et céleste voix, guide assuré d'un être ignorant et borné, mais intelligent et libre juge, infaillible du bien et du mal, qui rend l'homme semblable à Dieu. » *(Émile, Profession de foi du vicaire savoyard.)* Mais si le Christ a prêché une morale valable pour tous les hommes, et si le véritable esprit du christianisme est bien d'être une « institution sociale universelle » réunissant « tout le genre humain dans un peuple de frères », l'accent mis sur le royaume spirituel – « la patrie du chrétien n'est pas de ce monde » – éloigne le vrai chrétien des affaires de la cité et par là même « énerve la force du ressort politique ». D'où une double conséquence : d'une part, il faut une profession de foi « purement civile dont il appartient au souverain de fixer les articles, non pas précisément comme dogmes de religion, mais comme sentiments de sociabilité sans lesquels il est impossible d'être bon citoyen ni sujet fidèle ». Les dogmes positifs de la religion civile sont peu nombreux : « L'existence de la divinité puissante, intelligente, bienfaisante, prévoyante et pourvoyante, la vie à venir, le bonheur des justes, le châtiment des méchants, la sainteté du Contrat Social et des Lois. » On sait à quel avenir était promis cette religion du lien social sous la Révolution. Quant aux dogmes négatifs, il s'agit de supprimer l'intolérance, aussi bien civile que théologique, vis-à-vis des religions qui respectent les lois et comportent la « religion essentielle ». C'est à la liberté de conscience contre tous les despotismes théologiques qu'en appelle Rousseau : « Je suis indigné comme vous, écrit-il à Voltaire le 18 août 1756, que la foi de chacun ne soit pas dans la plus parfaite liberté, et que l'homme ose contrôler l'intérieur des consciences où il ne saurait pénétrer ; comme s'il dépendait de nous de croire ou de ne pas croire dans les matières où la démonstration n'a point lieu, et qu'on pût jamais asservir la raison à l'autorité. »

D'autre part – c'est là le second corollaire tiré par Rousseau, en se constituant en particulières ou nationales, les religions ont perdu le véritable esprit du christianisme. L'empire qu'ont pris les théologiens débouche sur un despotisme presbytéral de l'interprétation scripturaire qui oublie l'essentiel, l'écoute de la parole divine et la pratique de ses commandements :

> On ne demande plus d'un chrétien s'il craint Dieu, mais s'il est orthodoxe ; on lui fait signer des formulaires sur les questions les plus inutiles et souvent inintelligibles, et quand il a signé, tout va bien ; l'on ne s'informe plus du reste… Quand la religion en est là, quel bien fait-elle à la société, de quel avantage est-elle aux hommes ? Elle ne sert qu'à exciter entre eux des dissensions, des troubles, des guerres de toute espèce, à les faire entre-égorger pour des logographes : il vaudrait mieux ne point avoir de religion que d'en avoir une si mal entendue. (Lettre à Christophe de Beaumont, archevêque de Paris.)

Parti de prémisses différentes, Jean-Jacques Rousseau aboutit donc à des conclusions voisines de celles de Voltaire sur le déroulement tumultueux de l'histoire, dû aux « doctrines abominables qui mènent au crime, au meurtre et qui font des fanatiques ». D'où la nécessité urgente de revenir au Dieu de la *Profession de foi du vicaire savoyard*, connu par la raison et la conscience, et susceptible de fonder une morale : si Dieu se révèle à nous, ce ne saurait être sur le mode historique et par le soin d'intermédiaires patentés, mais dans le spectacle du monde qui se manifeste à tous, dans la conscience morale, ce sentiment intérieur de l'être qui se laisse toucher à la lecture de l'Évangile. « Chrétien, et sincèrement chrétien selon la doctrine de l'Évangile », Jean-

Jacques l'est « non comme un disciple des prêtres, mais comme un disciple de Jésus-Christ ».

On saisit bien tout le renversement qu'opère ici Rousseau et les raisons qui ont poussé Christophe de Beaumont, archevêque de Paris, à hâter la condamnation de l'*Émile* par le parlement de Paris, en 1762. Mais on mesure aussi toutes les résonances qu'un tel texte, immédiatement combattu par les apologistes catholiques, a rencontré au sein d'une bourgeoisie à talents, voire dans les milieux les plus privilégiés de l'artisanat, comme en témoigne le cas de Manon Phlipon, future Mme Roland. Le moralisme des hommes de la Révolution s'enracine bien ici, et Rousseau se trouve au cœur des débats de la Convention.

L'utilité sociale de la religion

Il resterait à ne pas oublier l'un des legs les plus importants de la pensée des Lumières à la Révolution : celui de l'utilité sociale de la religion. Il n'est pas absent, on le sait, de l'apologétique classique et l'*Avertissement du clergé de France sur les dangers de l'incrédulité,* en 1770, souligne que « la croyance d'un Dieu vengeur du crime et rémunérateur de la vertu, l'idée sublime de la Providence, la certitude d'une vie éternelle, cette pensée d'un Dieu qui est mort pour notre rédemption ; voilà le contrepoids puissant que la religion oppose à la fougue des passions et à l'inconstance des événements ». Les auteurs visés par l'*Avertissement* sont évidemment les matérialistes comme Diderot, Helvétius ou d'Holbach qui voient dans la seule force de dissuasion des lois le fondement de la morale. S'il ne croit pas en une rédemption, Voltaire en revanche partage pleinement l'idée d'un Dieu rémunérateur et vengeur, seul frein susceptible de retenir la violence des instincts brutaux du bas peuple. L'ordre social est ici un ordre moral. Le thème est plus largement développé encore dans le livre de Necker *De l'Importance des opinions religieuses,* paru en 1788. Les lois civiles ne sauraient avoir un emploi universel sur les esprits ni suffire au maintien de l'ordre public. Parce qu'elle peut « persuader avec célérité », parce qu'elle « émeut en même temps qu'elle éclaire », « parce qu'elle parle au nom d'un

Dieu et qu'il est aisé d'inspirer du respect pour celui dont la puissance éclate de toutes parts », la morale religieuse lui est bien supérieure. C'est dans le temps de crise – et n'oublions pas que 1788 est une des pires récoltes de grains du siècle :

> dans l'irritation du malheur qu'on a surtout besoin et d'une chaîne puissante et d'une consolation journalière... dans nos anciens États de l'Europe, où l'accroissement des richesses augmente continuellement la différence des fortunes et la distance des conditions ; dans nos vieux corps politiques où nous sommes serrés les uns contre les autres, et où la misère et la magnificence se trouvent sans cesse entremêlées, il faut nécessairement une morale fortifiée par la religion pour contenir ces nombreux spectateurs de tant de biens et d'objets d'envie et qui, placés si près de tout ce qu'ils appellent le bonheur, ne peuvent jamais y prétendre.

Par les consolations qu'elle promet, comme par les espérances d'un bonheur futur qu'elle donne, la religion seule ferait ainsi accepter « des détachements et des sacrifices passagers », et affermirait les liens de la morale, cimentant le corps social autour de l'Être suprême « qui se plaît dans la conservation de l'ordre », et en aucun cas une opinion publique ne saurait s'y substituer. On sait que les souhaits du dernier contrôleur général des finances de l'Ancien Régime ne furent pas exaucés par les foules révolutionnaires de 1789. Mais qui ne voit non plus l'avenir qu'allaient avoir ses idées auprès des bourgeoisies voltairiennes de la monarchie de Juillet ?

Le triomphe de la liberté de conscience et la formation du parti laïc
par Philippe Boutry

Au lendemain de la Révolution, le catholicisme n'est plus que « la religion de la grande majorité des citoyens français », définition pour ainsi dire statistique, qui rapporte la prééminence de l'Église catholique aux consciences individuelles de fidèles, qui sont désormais des citoyens. La France vit désormais, avant même l'Angleterre (où l'émancipation des catholiques n'est acquise qu'en 1829, après celle des *dissenters* en 1828), à l'heure de la pluralité confessionnelle dans l'égalité civile.

Or, en 1814, Louis XVIII inscrit dans la Charte deux principes contradictoires : « chacun professe sa religion avec une égale liberté et obtient pour son culte la même protection » (art. 5), soit la première affirmation explicite, dans un texte constitutionnel français, de la liberté de conscience et de culte ; « la religion catholique, apostolique et romaine est la religion de l'État » (art. 6). Le roi restitue ainsi au catholicisme une prééminence de droit, qu'il appuie dans le fait de toute l'autorité de l'État, sans toutefois contrevenir gravement, à aucun moment, à la protection légale des autres cultes : le « roi Très Chrétien » fait bon ménage avec l'« hérésie ».

Mais avec l'avènement de Charles X, roi ultra, roi dévot, la Restauration franchit un nouveau pas : en 1825 – l'année du sacre –, la loi sur le sacrilège établit la peine du parricide (le poing coupé, avant l'exécution) pour les profanateurs d'hosties consacrées. Un débat passionné rend manifestes les contradictions de la réaction catholique. « Est-ce qu'on croit, par hasard, que les États ont une religion comme les personnes, s'écrie Royer-Collard, adversaire résolu de la loi, qu'ils ont une âme et une autre vie où ils seront jugés selon leur foi et leurs œuvres ? » Or, Lamennais, dans le camp adverse, tient le même langage : « L'État, écrit-il dans *De la religion,* qui accorde une protection égale aux cultes les plus opposés, n'a évidemment aucun culte ; l'État qui paie des ministres pour enseigner des doctrines contradictoires, n'a évidemment aucune foi ; l'État qui n'a aucune foi ni aucun culte, est évidemment athée. » Votée, mais inappliquée, la loi sur le sacrilège est plus que l'une des fautes politiques majeures de la Restauration : elle rend patente l'inaptitude de l'État concordataire à légiférer sur le sacré, dont l'État libéral se fera un principe de neutralité. « L'État est profondément incompétent pour autoriser les cultes », écrira Jules Simon dans *la Liberté de conscience* (1857).

La révolution libérale de juillet 1830 abolit définitivement la notion de religion d'État : le catholicisme redevient « la religion de la grande majorité des citoyens français ». La constitution républicaine de 1848 stipule que « chacun professe librement sa religion, et reçoit de l'État pour l'exercice de son culte la même protection » (art. 7). La constitution de 1852 se réfère enfin aux « grands principes proclamés en 1789 et qui sont la base du droit public des Français » (art. 1er), ainsi que, très explicitement, à « la liberté des cultes » (art. 26). A l'intérieur de l'édifice concordataire, la liberté de conscience et de culte est ainsi inscrite dans le droit français. Or, celui-ci se situe en contradiction avec l'enseignement de l'Église catholique qui ne cesse, tout au long du XIXe siècle, par la bouche de ses papes et de ses évêques, de condamner dans son principe la liberté religieuse. Dans son encyclique *Mirari vos* (15 août 1832), Grégoire XVI dénonce avec violence « cette maxime absurde et erronée, ou plutôt ce délire, qu'il faut assurer et garantir à qui que ce soit la liberté de conscience, pernicieuse erreur, fléau le plus mortel pour la société ». Le *Syllabus* de Pie IX place, en décembre 1864, au nombre des « principales erreurs de notre temps », les propositions suivantes : « Chaque homme est libre d'embrasser et de professer la religion qu'à la lumière de la raison il aura jugée la plus vraie » (15) ; « A notre époque, il n'est plus expédient de considérer la religion catholique comme l'unique religion d'un État, à l'exclusion de tous les autres cultes » (77).

Des principes aux réalités, de la théorie à la pratique, de la thèse à l'hypothèse (pour parler du *Syllabus* comme Mgr Dupanloup), il existe cependant bien des nuances, et des accommodements. L'entrée de la loi dans les mœurs, l'acceptation graduelle de la pluralité confessionnelle par la majorité des catholiques français – ces « catholiques du suffrage universel » qui soutiendront l'établissement de la République laïque des années 1880 – constitue l'un des faits fondamentaux de l'histoire religieuse de la France du XIXe siècle. Or, ce n'est pas dans les envolées parlementaires, les mandements épiscopaux ou les phrases des journaux, mais dans l'examen des tolérances et des intolérances de la société française, dans l'analyse concrète des rapports quotidiens, tantôt conflictuels, tantôt consensuels, entre croyants et incroyants de diverse nature, que peut être saisi l'avènement progressif de la liberté de conscience.

Juifs et chrétiens

La minorité juive, la plus faible en importance, la plus exposée par son histoire et par l'état des mentalités, conserve ainsi, on l'a vu, une situation défavorisée face aux confessions chrétiennes. La tradition millénaire de l'antijudaïsme chrétien est encore vivante. « Les juifs, écrit en février 1806, Louis de Bonald dans *le Mercure de France,* ne peuvent être et ne deviendront jamais, quelque effort qu'ils fassent, des citoyens d'un pays chrétien tant qu'ils ne seront pas devenus chrétiens eux-mêmes. » Il importe pourtant de relever, au tournant des XVIIIe et XIXe siècles, la singulière vigueur d'un autre courant de pensée, d'inspiration millénariste (Lacunza, l'auteur de *la Venue du Christ en majesté*; Malot et sa *Dissertation sur l'époque du rappel des juifs*) ou janséniste (Grégoire, Degola) qui, dans une visée eschatologique, annonce le prochain *retour des juifs* dans l'Église, et nourrit un renouveau d'intérêt, sinon de sympathie, pour l'histoire du peuple élu. Dans la lignée des *Pensées* de Pascal et du *Discours sur l'histoire universelle* de Bossuet – que Volney dénonce encore en 1814 comme un « roman juif » –, se diffuse un ample et pressant discours théologique sur la place d'Israël dans l'économie chrétienne du salut, à l'heure où un écrivain juif, Joseph Salvador, dans *Jésus et sa doctrine* (1838), restitue au judaïsme son antériorité sur le christianisme. C'est en 1823 que le rabbin strasbourgeois, David Drach, se fait baptiser sous le nom de Paul : nommé en

1832 bibliothécaire du collège Urbain de Rome, il publie à Paris, en 1844, *De l'harmonie entre l'Église et la Synagogue* : « L'Église, écrit-il, possède la réalité de ce dont la Synagogue n'offre que des figures. » D'autres convertis, le père Libermann, Alphonse et Théodore Ratisbonne (qui fondent en 1843 la communauté de Notre-Dame de Sion pour la conversion des Israélites), Augustin et Joseph Lémann tiennent le même langage : sans grand succès.

C'est au contraire le courant libéral, puis républicain qui, au nom de la liberté de conscience, accueille la longue quête juive de l'émancipation civile dans la fidélité religieuse. Une évolution des sensibilités et des opinions s'amorce dès les premières décennies du siècle. Des milliers de lecteurs de Walter Scott s'émeuvent au récit des souffrances du vieil Isaac et de la belle Rebecca dans *Ivanhoé* (1819). La découverte du ghetto de Rome inspire à Fromental Halévy, accueilli comme musicien à la Villa Médicis cette même année 1819, les accents romantiques de *la Juive* (1835) : ce ghetto de Rome, où « les juifs sont parqués et enfermés tous les soirs comme au XVe siècle », que dénonce en octobre 1849, à la barre de l'Assemblée, Victor Hugo, à la suite de Massimo D'Azeglio. En février 1848, pour la première fois, un Israélite, Adolphe Crémieux, accède à un ministère (la Justice) dans le gouvernement provisoire de la République. Retrouvant le même ministère dans le gouvernement de Défense nationale de septembre 1870, il fait adopter le décret qui accorde la nationalité française aux juifs d'Algérie.

Dans l'intervalle, en juin 1858 – l'été de Lourdes –, éclate l'affaire Mortara : à Bologne, Edgard Mortara, un enfant juif de six ans, est arraché à sa famille par la police pontificale sous le prétexte d'avoir été baptisé par une servante chrétienne à l'insu de ses parents ; il est conduit à Rome et placé, sur les ordres exprès de Pie IX, dans une maison de catéchumènes. L'indignation est immense en Europe. Contre *l'Univers* qui défend le droit pour l'Église de « sauver une âme », s'insurge la presse libérale : « Si les chrétiens ont le droit de baptiser les enfants juifs et de les enlever ensuite pour les faire élever dans les écoles chrétiennes, s'élève *le Journal des Débats,* pourquoi les juifs n'auraient-ils pas le droit de circoncire les enfants des chrétiens et de les enlever pour les faire élever dans la religion juive ? » Respect de la loi, de l'autorité parentale et de la liberté de conscience soudent la minorité juive dans l'attachement à l'État libéral : la République en recueillera le crédit politique, tandis que s'exaspèrent à partir des années 1860, les rancœurs catholiques : de *l'Univers* de Louis Veuillot à *la Croix* des Assomptionnistes, la thèse du complot « judéo-maçonnique » prend peu à peu consistance.

Protestants et catholiques

Les relations entre catholiques et protestants s'insèrent dans une plus brève, mais non moins intense tradition polémique : guerres, massacres, persécutions, clandestinité hantent la mémoire réformée, tandis que les catholiques conservent à l'égard de « l'hérésie » une prévention tenace. Cependant, il convient à cet égard de distinguer attentivement les régions d'implantation protestante ancienne des zones d'expansion réformée du XIX^{e}siècle. Dans les premières, la monarchie de Juillet constitue un tournant décisif : des conflits séculaires s'apaisent dans un climat plus libéral ; une forme de reconnaissance tacite s'instaure. Si évêques et curés s'efforcent de contenir « les progrès de l'hérésie », leurs propos conservent en général, envers leurs « frères séparés », mesure, sinon charité.

Au diocèse de Valence, qui compte en 1842 un huitième de réformés, tolérance et défiance, appels à la conversion et mesures d'endiguement se mêlent. « Nous pensons à vous, pauvres frères que la Réforme a retranchés de l'unité catholique », écrit le nouvel évêque, Mgr Chatrousse. En visite à Vinsobres (1000 habitants, 400 protestants), il s'efforce de leur prouver « avec bonté, qu'il est leur pasteur légitime, quoiqu'ils ne veuillent pas le reconnaître ». Les prêtres de la Drôme, note B. Delpal, lui font écho, jusque dans ses contradictions. « Le moyen le plus propre à en abaisser le nombre, estime le curé de Cobonne et Gigors (900 habitants, 565 protestants), est de toujours les considérer comme des frères » ; il faut, soutient son confrère de Suze-la-Rousse, « les ramener à la foi catholique par la bonté, la patience, la persuasion, et, par-dessus tout, s'abstenir de tout propos, de toute parole blessante ». Mais d'abord, « que les catholiques deviennent plus religieux et moins hostiles à leur propre religion, considère le curé de Savasse, et on en verra un plus grand nombre rentrer dans le sein de l'Église ». Tel autre, en revanche, de suggérer « que les propriétaires riches ne prennent pas de fermiers ou de domestiques de ce culte ».

C'est pourquoi la création de temples ou d'oratoires dans des régions ou des localités jadis « entièrement catholiques », au nom de la liberté de conscience et de culte, demeure pour le clergé catholique un scandale contre lequel ils n'ont cesse d'alerter les autorités civiles. « Pourquoi élever sans nécessité autel contre autel, proteste Mgr d'Astros, confronté depuis 1822 aux prédications du pasteur Pyt, dans une ville aussi importante que Bayonne, et honorée d'un siège épiscopal et de la résidence de l'évêque. » Et Mgr de Langalerie de s'indigner également, quarante ans plus tard, de l'autorisation du culte réformé à Bourg-en Bresse : « N'y a-t-il pas danger, écrit-il en 1862, d'installer dans une ville à peu près exclusivement catholique un centre de prosélytisme et de propagande protestante, dont le but est moins de *faire* des protestants que de *défaire* (veuillez, Monsieur le Préfet, me passer cette expression), que de défaire des catholiques ? »

C'est qu'en ces mêmes années le *Réveil* missionnaire est venu remettre en cause les fragiles équilibres concordataires. Les premières « intrusions » sont conjoncturelles. En 1825, à Sainte-Consorce (Rhône), commune privée d'église et de curé, ce sont les habitants qui viennent chercher à Lyon un pasteur : plusieurs dizaines de conversions s'ensuivent, éphémères, ainsi qu'un long conflit avec l'administration préfectorale, tandis que la mission s'élargit aux petites villes industrielles de Tarare, Villefranche et Vernaison. En 1843, à Villefavard (Haute-Vienne), autre village en révolte, l'appel au ministre protestant succède à une première conversion collective à l'Église catholique française de l'abbé Châtel : c'est le point de départ des missions du pasteur Napoléon Roussel dans l'arrondissement de Bellac et de la constitution, malgré difficultés et persécutions, d'un noyau évangélique en terre limousine. Car aux formes de « chantage » spirituel de populations démunies ou rebelles, font bientôt place de véritables entreprises de conversion en terre catholique : en Bresse louhannaise à partir de 1835 ; à Sens et dans l'Yonne en 1845 ; à la Croix-Rousse et La Guillotière, faubourgs ouvriers de Lyon, en 1850... La très vive préoccupation des autorités catholiques se traduit par l'appel à la protection de l'État. Dans le même temps s'engage entre les deux confessions chrétiennes une vive polémique, nourrie de pesants traités, d'opuscules ou d'articles de journaux. La conférence de Divonne-les-Bains, aux portes de Genève, oppose ainsi publiquement, le 2 septembre 1856, huit champions, dont, du côté catholique, le futur cardinal Gaspard Mermillod et le bouillant abbé François Martin, curé de Ferney (ex-Voltaire), et du côté protestant, les pasteurs Félix Bungener, Charles Bois et Henri Pyt. Le débat, à la vérité, ne renouvelle guère les données de la controverse théologique la plus classique, réduite à « deux principes » irréductibles, tradition et autorité de l'Église d'un côté, écriture et libre-examen de l'autre.

Quel est en définitive le sens de cet affrontement tardif des deux confessions chrétiennes ? L'expansion du protestantisme est en 1880 réelle, mais numériquement limitée : la plupart des villes possèdent désormais un ou plusieurs lieux de culte réformé – temple ou oratoire, conséquence de la dissémination et de l'urbanisation du protestantisme français. Quelques noyaux solides de conversion perdurent : ainsi des « néo-protestants » limousins de l'arrondissement de Bellac, où J. Baubérot a pu discerner, par-delà la rupture avec l'Église catholique et la fidélité, dans les persécutions, aux missionnaires évangéliques, un attachement aux structures communautaires anciennes et à certaines habitudes cultuelles rurales. La polémique interconfessionnelle s'est à nouveau durcie à partir des années 1860 : pour maint curé, l'évangéliste, impuissant à convertir, se réduit à être le ferment actif de la dissolution du lien paroissial et de l'autorité pastorale ; il est à ses yeux l'allié, inconscient ou pervers, de l'anticlérical. En 1869, l'abbé Martin publie à Paris *De l'avenir du protestantisme et du catholicisme,* somme de ses réflexions polémiques : la Réforme n'est à ses yeux que « pure négativité », le protestantisme, écrit-il, « disparaîtrait entièrement si le catholicisme pouvait périr... [Il] s'est allié à la révolution : ou le catholicisme triomphera, ou la société périra »...

L'individuation des « opinions religieuses »

Que l'évangéliste soit objectivement solidaire du combat libéral ou républicain en faveur de la liberté de conscience, on n'en saurait toutefois douter. Mais ses succès ou, le plus souvent, à moyen terme, ses échecs imposent de déplacer le cadre de l'analyse : c'est à l'intérieur du catholicisme que se sont effectuées les ruptures qui ont permis l'irruption de la mission protestante. Les mariages mixtes, la scolarisation d'enfants catholiques dans des établissements de propriété ou d'inspiration réformée, le recours indifférencié des plus pauvres aux structures d'assistance mises en place par les confessions rivales sont autant de symptômes d'un affaiblissement du sentiment d'appartenance à une communauté religieuse. L'appel au pasteur est, en campagne, on l'a dit, dès la Restauration, fonction de conflits locaux, sur la géographie paroissiale, sur la présence et le ministère du clergé, sur les sacrements surtout : baptêmes, choix des parrains et marraines, mariages, enterrements demeurent, jusque dans les années 1860, des pommes de discorde entre des populations attachées aux rituels de l'Église, mais rétives à sa discipline, et un clergé qui ne se résout ni à se transformer en prestataire docile de sacrements ni à abandonner aux fidèles l'appréciation des règles canoniques et des convenances de la vie religieuse. La politique, locale ou nationale, vient, après 1860, relayer ces conflits anciens.

A l'indifférenciation des appartenances, au relâchement des comportements dictés par les convictions viennent encore s'ajouter des modes d'appropriation individuelle des croyances et des rites. Au nom de l'autonomie morale du « père de famille », en fonction d'une laïcisation des notions d'honnêteté et de justice, des pans entiers des cohérences collectives d'Ancien Régime, reparues affaiblies au lendemain de la Révolution, peu à peu s'évanouissent. Le temps des « religions personnelles » a précédé de plusieurs décennies l'enseignement néo-kantien de l'Université républicaine. Gambetta, dans un discours très offensif contre « l'ultramontanisme » et le « jésuitisme », prononcé à Romans le 18 septembre 1878, à la veille des lois laïques, s'en réclame avec force : « Non, nous ne sommes pas les ennemis de la religion, d'aucune religion. Nous sommes, au contraire, les serviteurs de la liberté de conscience, respectueux de toutes les opinions religieuses et philosophiques. Je ne reconnais à personne le droit de choisir, au nom de l'État, entre un culte et un autre culte […]. Je ne reconnais à personne le droit de me faire ma philosophie ou mon idolâtrie : l'une ou l'autre ne relève que de ma raison ou de ma conscience. »

Dessiner l'histoire de la liberté de conscience, ce serait ainsi juxtaposer des centaines de milliers d'itinéraires religieux individuels, formés le plus souvent par dérive du catholicisme de l'enfance, vers l'indifférence, le rejet, la recherche de ces « religions de l'avenir » qui ont hanté l'imagination et l'espérance des « maîtres à penser » du XIXe siècle, et dont il sera question plus avant, ou encore cette « libre pensée », militante, explicitement athée, qui s'affirme déjà à travers les enterrements civils et protestataires des années 1870.

George Sand est ainsi, jusque dans ses contradictions, exemplaire d'un détachement progressif du christianisme par approfondissement d'une exigence d'autonomie. Élevée jusqu'à l'âge de quatorze ans par une grand-mère voltairienne, Aurore Dupin se convertit en 1819 dans l'aristocratique pension des Dames Anglaises : « Je sentis que la foi s'emparait de moi, comme je l'avais souhaité, par le cœur. J'en fus si reconnaissante, si ravie, qu'un torrent de larmes inonda mon visage. » Un mariage malheureux à dix-huit ans, la séparation, les premiers amants (Sandeau, Musset), l'aube à Paris, avec *Indiana* (1832), d'une célébrité littéraire qui ne se démentira plus, précipitent autour de 1830 détachements et interrogations : « Il y a des jours où je suis pieuse et croyante, écrit-elle en 1833, mais il y en a aussi (et de plus fréquents) où je suis impie et railleuse. » Avec l'Église de Rome, elle a déjà rompu ; et la rencontre de Lamennais, en 1836, ne la satisfait pas : « Il y a en lui beaucoup plus du prêtre que je ne croyais. » Avec Pierre Leroux, prophète de l'Humanité régénérée, la voici à la recherche d'un « Dieu de Justice », d'un « Évangile de l'Égalité ». Jésus-Christ, figure « sublime », « homme divin », n'est plus Dieu : « Je l'adore autant qu'il est permis d'adorer un homme, écrit-elle en 1842 ; mais je crois à la vie éternelle, à l'humanité éternelle, au progrès éternel. » 1848 marque une nouvelle rupture : à l'effusion des premiers jours, au Christ « grêle et chétif comme le prolétaire exténué », à l'Eucharistie « banquet de l'égalité », succède, avec les désillusions politiques et sociales, l'aversion pour l'alliance de l'Église et du parti de l'Ordre : « Si Jésus-Christ reparaissait parmi nous, il serait empoigné par la garde nationale comme factieux et anarchiste. » Celle qui est devenue « la bonne dame de Nohant » lance contre la Rome de Pie IX *La Daniella* (1857) et contre la confession *Mademoiselle La Quintinie* (1863), et cherche ailleurs ses propres voies. En 1864, elle fait appel à un certain pasteur Muston, de l'Église libre de Bourdeaux (Drôme), pour bénir à demeure le mariage de son fils, contracté au civil deux ans plus tôt : elle ne l'est allée quérir si loin que parce qu'il ne croit ni en l'existence d'un enfer ni en la divinité de Jésus. C'est pourtant le curé de sa paroisse de Vicq qui l'enterre, en 1876, dans le cimetière qui jouxte l'église de Nohant : le poids des convenances locales l'a emporté, dans son entourage, sur le sens d'un itinéraire religieux.

« Un état de choses prend fin de notre temps, écrit en 1883 Ernest Renan en guise de préface à ses *Souvenirs d'enfance et de jeunesse*, et on ne doit pas s'étonner qu'il en résulte quelque ébranlement. Il n'y a plus de masses croyantes... La religion est irrévocablement devenue une affaire de goût personnel. » Adversaire déterminé de l'Église catholique, de l'autorité de ses livres et de la validité de ses dogmes, Renan énonce un jugement lucide : l'unité religieuse de la Bretagne de son enfance, dans la France des années 1880, à l'exception, désormais minoritaire, des terres de chrétienté ou de l'isolat des « bonnes paroisses » n'est plus. Mentalités communes et unanimités collectives ne jouent plus en faveur des cohésions religieuses. La coexistence des cultes et l'individuation des croyances ont fait entrer dans les mœurs la liberté de conscience que la Révolution et l'Empire avaient inscrite dans le droit. L'établissement du suffrage universel masculin en 1848, puis la renaissance progressive, à partir de 1860, des libertés civiques et des débats idéologiques précipitent dans le même temps l'assimilation des « opinions religieuses » à des options sociales et politiques, et la constitution de partis violemment antagonistes. Les croyances ne rassemblent plus, mais divisent : l'obsolescence des logiques contraignantes du Concordat et la séparation des Églises et de l'État sont déjà inscrites au terme du processus. La liberté de conscience l'emporte : encore convient-il de saisir en quoi et pourquoi elle inclut, durant tout le XIXe siècle, une critique du christianisme et une lutte sans merci contre l'Église catholique.

La critique du christianisme

Jusqu'à la rupture entre Église et démocratie que scelle le ralliement massif de l'épiscopat au coup d'État de 1851, et parfois au-delà, un discours de légitimité s'efforce, à l'intérieur même de la culture chrétienne, contre l'Église-institution ou les partis qui s'en réclament, d'opposer l'esprit qui vivifie à la lettre qui tue, Dieu au « parti clérical », Jésus-Christ au « jésuite ». Habileté tactique ? Sans doute ; mais aussi l'exigence confuse née d'une communauté de valeurs et de sentiment qui nourrit encore, en 1850, les apostrophes enflammées de Victor Hugo : « Vous êtes, non les croyants, mais les sectaires d'une religion que vous ne comprenez pas. Vous êtes les metteurs en scène de la sainteté. Ne mêlez pas l'Église à vos affaires, à vos combinaisons, à vos stratégies, à vos doctrines, à vos am-bitions. » Mais vingt-cinq ans plus tard, le même Hugo écrit dans *Rome et Paris* : « L'homme a en lui Dieu, c'est-à-dire la conscience ; le catholicisme retire à l'homme la conscience, et lui met dans l'âme le prêtre à la place de Dieu... Le catholicisme a fait l'homme esclave, la philosophie le fait libre » ; et meurt en 1885 en laissant ces mots : « Je refuse l'oraison de toutes les Églises ; je demande une prière à toutes les âmes. Je crois en Dieu. »

Le refus du christianisme, telle qu'il s'exprime pendant la plus grande partie du XIXe siècle, diffère ainsi, par le style, l'ampleur, la profondeur, de la critique des Lumières du XVIIIe siècle. Les rejets explicites des années 1840-1880, intégrés à une confrontation d'ensemble, religieuse, philosophique, morale, sociale et politique, portent davantage, et plus sûrement, jusque parmi le peuple des villes et des campagnes. Voltaire a miné l'édifice ; Littré, Larousse ou Renan l'ont investi, ausculté, épuisé, puis abandonné et assailli.

Le déclin du catholicisme français

Les seize volumes du *Grand Dictionnaire universel du XIXe siècle* (1866-1876) de Pierre Larousse constituent, à l'heure de l'alphabétisation massive des Français et à la veille du triomphe de la République laïque, la somme militante d'un siècle de critique du christianisme. Venu de l'Yonne aux détachements précoces, instituteur autodidacte, républicain de 1848, chantre de la marche de l'Humanité vers l'Instruction, la Science et le Progrès, pédagogue de génie, Larousse situe son œuvre dans la double lignée du *Dictionnaire historique et critique* de Bayle, « intelligence lumineuse et profonde, révoltée contre les contradictions qui jaillissent constamment du contact de la raison avec le dogme religieux », et de l'*Encyclopédie* de d'Alembert et Diderot, « œuvre immortelle, monument de l'esprit humain », « prodigieux édifice », « artillerie irrésistible de la pensée ». Le ton est donné, les filiations assumées : encyclopédie de combat, le *Grand Dictionnaire* prend acte de la fin du catholicisme, sinon de la mort de Dieu. « Le peuple des villes, sauf un certain nombre de femmes, ne va plus guère à l'église que pour le baptême et la première communion des enfants, pour le mariage, pour les convois ; il ne va plus à confesse, il ne communie pas à Pâques, il travaille le dimanche, fait gras tout le carême et ne jeûne jamais, à moins qu'il y soit forcé par la misère » (article *Religion,* 1875).

La critique des conceptions chrétiennes d'un Dieu créateur et personnel constitue l'une des cohérences intellectuelles de l'œuvre. Au texte de la *Genèse,* sur les jours de la création, sur les origines de l'homme, sur le déluge, Larousse oppose les découvertes des géologues, des naturalistes et des archéologues, et consacre plus de vingt colonnes à l'exposé des thèses de Darwin, dont *l'Origine des espèces* (1859) a été traduite dès 1862, rééditée en 1866 et 1870. Mais la critique scientifique et positive importe moins, à cette date encore en France (au contraire de l'Angleterre), que la critique philosophique de l'idée de Dieu. Au premier plan des négations : l'idée de providence et de miracle. La providence, « système fataliste », fait de Dieu un « ouvrier maladroit, sans cesse occupé à diriger et à rectifier le jeu de l'appareil qu'il a créé », et de l'homme « un pantin dont une volonté étrangère manœuvre les fils : « Un pareil système ne nous paraît digne ni de Dieu ni de l'homme » (*Providence,* 1875).

Le miracle s'oppose à l'idée de loi : « Qu'un seul miracle soit possible, nous devrons jeter au feu nos livres, fermer nos observatoires et nos laboratoires, construire au hasard nos machines, nos navires, nos chemins de fer. » Et de retrouver les accents de Voltaire, ou de M. Homais : « L'ignorance et l'attrait du merveilleux, d'une part, et, de l'autre, une spéculation malhonnête, telle est la double cause des miracles... Aujourd'hui, le miracle est mort, en attendant que la police correctionnelle se charge de tirer au clair les jongleries de Lourdes et de La Salette » (*Miracle,* 1874).

La critique historique de la Bible et des Évangiles constitue, au fil des articles, le second volet d'une mise en cause de la révélation chrétienne. Avec *la Vie de Jésus* (1835) de Strauss, traduite dès 1838 par Émile Littré, la philologie allemande pénètre un débat théologique français confiné dans une polémique avec le jansénisme et les Lumières. Edgar Quinet en relève d'emblée toute la modernité : « Au lieu de débattre éternellement contre le fantôme évanoui du XVIIIe siècle, écrit-il non sans ironie, en 1838, dans *la Revue des deux mondes,* pourquoi notre théologie en France ne s'adresse-t-elle pas à ces nouveaux lutteurs ? » Strauss soumet, en effet, les Évangiles à une critique fondamentale : témoignages tardifs du premier siècle, ils sont à ses yeux revêtus de formes mythiques et alourdis d'éléments fictifs, « enveloppe soi-disant historique que certaines conceptions primordiales du christianisme ont reçue de la fiction spontanée de la légende » ; aussi les progrès de l'esprit humain imposent-ils de revenir au message primitif de l'enseignement de Jésus. Sa *Nouvelle Vie de Jésus* (1863), traduite en 1864 par Auguste Neffzer et Charles Dollfus, les fondateurs de la *Revue germanique* (1858), approfondit la rupture avec toute idée de Dieu personnel au profit d'une religion de l'Humanité. Plus radical encore dans sa critique mythico-historique des Évangiles, Feuerbach est toutefois tardivement connu en France : *l'Essence du christianisme* (1841) et *l'Essence de la Religion* (1845) sont traduits, ou plutôt résumés par Joseph Roy en 1864. « La conscience de Dieu, écrit-il dans le premier, est la conscience de soi de l'homme, la connaissance de Dieu est la connaissance de soi de l'homme » ; « la vérité, affirme-t-il dans le second, abondamment cité par Larousse, est dans l'anthropologie. »

Le déclin du catholicisme français 151

L'ouvrage capital de l'antichristianisme français du XIXe siècle est cependant *la Vie de Jésus* (1863) d'Ernest Renan. Né en pays de chrétienté, à Tréguier en 1823, destiné à la prêtrise et éduqué à Paris, à Saint-Nicolas-du-Chardonnet, sous la direction de Dupanloup, initié à l'exégèse biblique par l'abbé Le Hir au séminaire de Saint-Sulpice, c'est l'un des espoirs de la science ecclésiastique française qui, en 1845, quitte ses maîtres, rompt avec l'Église, puis accède en 1862 à la chaire d'hébreu du Collège de France. *La Vie de Jésus*, premier volet d'une vaste *Histoire des Origines du christianisme* (1863-1883), connaît, avec le réveil anticlérical des années 1860, un retentissement immense, et des dizaines d'éditions. « Un cours abrégé, à l'usage des classes populaires (*Jésus*, par Renan), a introduit l'œuvre du philosophe jusque dans les plus humbles chaumières. Il y avait longtemps qu'il ne s'était fait autant de bruit autour d'un livre », affirme Larousse. « Homme incomparable », doux séditieux, le Jésus de Renan n'est point fils de Dieu ; sa biographie, voilée par les Évangiles, mais restituée à force de critique historique et de vraisemblance narrative (dans le genre suave), est celle d'un prophète sémite, victime des puissants ; ses miracles, de pieuses illusions ; sa mort, une injustice. C'est bien ainsi qu'on le lut et qu'on l'entendit. « *La Vie de Jésus*, écrit à l'automne 1863 un correspondant bressan de Quinet, a pénétré jusque dans nos campagnes. Je parle d'exemplaires achetés par la campagne – non par le prétendu lettré qui a fait ses classes, mais par le pauvre campagnard sachant à peine lire... Que verront-ils, que pourront-ils lire dans le livre de Renan ? – Je ne sais. Mais il leur restera que Jésus n'est pas Dieu, que le curé les trompe, s'il ne se trompe pas. » Les Lumières du XIXe siècle emportent dans la même réprobation la religion et ses ministres : l'anticléricalisme n'est plus séparable d'une mise en cause, partielle ou globale, de la religion chrétienne.

Le parti laïc

En introduction de la synthèse qu'il consacre en 1925 à l'*Histoire de l'idée laïque en France au XIXe siècle*, Georges Weill distingue, pour la commodité de son exposé des faits et des doctrines, quatre principaux courants au sein de « l'idée laïque » : le premier héritier de la tradition gallicane d'une stricte délimitation des rapports de l'Église et de l'État ; le second issu ou proche du protestantisme libéral ; le troisième déiste, aspirant à la formation d'une « religion nouvelle » : le dernier libre penseur ou athée. En 1976, dans sa présentation de *l'Anticléricalisme en France,* René Rémond retrouve la même difficulté à distinguer lignées intellectuelles et regroupements politiques, à saisir au fil des circonstances et des affrontements les « idées maîtresses ». D'une hostilité populaire au prêtre, brocardière ou railleuse, ordurière parfois, aux mises en cause argumentées et cohérentes de la bourgeoisie voltairienne, ou des instituteurs de *Ligue de l'enseignement* (1866) de Jean Macé ; des combats de Montlosier contre les jésuites de la Restauration à la bataille engagée dans les années 1840 par Quinet et Michelet pour le monopole de l'Université d'État ; des dénonciations de l'Église du *Syllabus* aux luttes politico-religieuses conduites par Gambetta, dans les années 1870, contre le régime d'Ordre moral, en passant par l'explosion de la Commune, l'anticléricalisme conjugue des convictions et des passions de diverse nature : religieuse, philosophique, politique, sociale et morale. C'est retrouver l'image du « grand diocèse » de la laïcité qu'évoque Sainte-Beuve dans son retentissant discours à la tribune du Sénat impérial le 19 mai 1868 :

> Il est aussi un grand diocèse, Messieurs, […] qui comprend dans sa largeur et sa latitude des esprits émancipés à divers degrés, mais tous d'accord sur ce point qu'il est besoin avant tout d'être affranchis d'une autorité absolue et d'une domination aveugle ; un diocèse immense… qui compte par milliers des déistes, des spiritualistes et disciples de la religion dite naturelle, des panthéistes, des positivistes, des réalistes, des sceptiques et chercheurs de toute sorte, des adeptes du sens commun et des sectateurs de la science pure.

De ce grand diocèse, la franc-maçonnerie s'est voulue l'âme, sinon l'armature : n'a-t-elle pas donné, en 1848, sa devise – Liberté, Égalité, Fraternité – à la République ? Et ne regroupe-t-elle pas, durant tout le siècle, une part importante de la classe politique et du monde intellectuel, de Decazes à

Ferry, de Viennet à Littré ? L'histoire de la franc-maçonnerie française participe pourtant, jusqu'au tournant des années 1860, de toutes les ambiguïtés politiques et religieuses du temps. Anéanties par la Révolution au nom de la transparence de la vie politique et associative, les loges se « réveillent » au lendemain de la Terreur pour connaître sous l'Empire un nouvel âge d'or dans une célébration vibrante de Napoléon : « Placé par son génie au-dessus des mortels, nous devons dans nos cœurs lui dresser des autels »... Les 635 loges du Grand Orient en 1789, réduites à 18 en 1796, sont à nouveau 520 en 1806, et 905 en 1814. Malgré le légalisme des loges envers la monarchie, une première phase de régression s'ouvre avec la Restauration ; on ne compte plus que 323 loges en 1823, 278 en 1832. La monarchie de Juillet, puis la IIe République, accueillies avec de nouveaux transports, voient une légère reprise, que vient clore le coup d'État : les 330 loges du Grand Orient de 1852 ne sont plus que 169 en 1858. Le tournant de la politique impériale des années 1860 détermine la reprise d'une croissance régulière : 270 loges en 1873, près de 300 en 1880. Mais le déclin numérique et le relatif repli de la franc-maçonnerie se sont accusés : les 50 000 maçons du règne de Louis XVI ne sont plus que 10 000 en 1860, et 17 000 en 1880, dont plus du tiers résident à Paris.

Les thèses du complot maçonnique développées par l'abbé Barruel dans ses *Mémoires pour servir à l'Histoire du jacobinisme* (1797-1798), puis le discours triomphal de la maçonnerie des années 1880 ont, en sens opposé, obscurci à bien des égards les évolutions du premier XIXe siècle. Dans ses deux composantes essentielles (le Rite écossais ancien et accepté, et ses hauts grades ; le Grand Orient de France et son organisation nationale en loges et ateliers), la maçonnerie reste fidèle à ses anciens principes : « L'ordre des francs-maçons, disent encore en 1858 les constitutions du Grand Orient, a pour objet la bienfaisance, l'étude de la morale universelle et la pratique de toutes les vertus. Il a pour base l'existence de Dieu, l'immortalité de l'âme et l'amour de l'humanité. » Une tension pourtant se manifeste, du Premier Empire à la IIIe République, pour suivre l'analyse de Gérard Gayot, entre une voie initiatique, inscrite dans la sociabilité des Lumières, et une voie « substituée », entendons : engagée dans un travail d'influence, sinon dans une intervention directe sur le monde « profane ». Mûrie dans l'opposition à l'Empire et dans le combat contre l'Église, la maçonnerie engage, à partir des années 1860, sa mutation en contre-Église militante. En 1873, le Grand Orient introduit dans ses constitutions « la liberté de conscience comme un droit propre à chaque homme », tout en n'excluant « personne pour ses croyances ». Mais en septembre 1877, les ponts sont rompus avec Dieu : la mention du « Grand Architecte de l'Univers » disparaît. La « recherche de la vérité » passe désormais par le refus de la religion.

L'évolution de la maçonnerie invite à reprendre l'une des interrogations majeures de l'histoire religieuse du XIXe siècle : pourquoi l'avènement progressif de la liberté de conscience et de culte et l'affirmation consécutive de la laïcité de l'État et de l'école ont-ils conduit en France (bien davantage, par exemple, qu'en Angleterre ou qu'aux États-Unis) au renforcement de l'anticléricalisme, à de multiples ruptures avec le christianisme, et à la formation, au cœur du mouvement républicain, d'un « parti laïc » militant ? Et pourquoi ce parti l'a-t-il aussi complètement et définitivement emporté en 1880 ? La faute à la Révolution, répond Veuillot, qui a persécuté la religion et fait de l'État l'adversaire de l'Église. La faute au catholicisme, réplique Gambetta, qui a condamné les libertés modernes et rangé l'Église dans le camp des ennemis de la République. Et qui pourra les départager ?

C'est à un philosophe, Marcel Gauchet, dans un essai sur *le Désenchantement du monde,* qu'il revient d'avoir récemment proposé une hypothèse propre à renvoyer dos à dos les adversaires : que les jeux étaient faits dès l'aube du XVIIIe siècle ; et que le christianisme « aura été la religion de la sortie de la religion », aura marqué « la fin du rôle de structuration de l'espace social que le principe de dépendance a rempli dans l'ensemble des sociétés connues jusqu'à la nôtre ». C'est rendre justice aux formes de rationalité dont le christianisme nourrit sa réflexion – cette possibilité pour l'homme de connaître Dieu par la lumière naturelle de sa raison, que rappelle, en 1870, la constitution *Dei Filius* du premier concile du Vatican, si honni du camp laïc, ces conceptions du droit naturel et du bien public dont se réclament jusqu'aux adversaires les plus déterminés de l'Église. C'est reconnaître aussi combien la formulation des lois de la nature et de la physique, la critique philosophique, philologique de l'idée de Dieu et de religion, l'affirmation enfin des principes de la société civile et des droits de l'État ont pu contribuer au « désenchantement du monde ». Mais c'est mésestimer peut-être, à travers une réduction du religieux au social ou au culturel, le fondement du christianisme comme croyance : en un Dieu créateur et personnel, « sensible au cœur » et accessible à la prière ; en la divinité de Jésus-Christ ; en l'enseignement et dans les sacrements de l'Église en cette vie ; au jugement et en la vie éternelle. Le paradoxe de l'histoire du catholicisme français tient alors, en cette année 1880, en ceci : que l'intransigeance l'emporte dans l'Église à l'heure où une majorité de fidèles reconnaît dans la République démocratique et laïque le régime de son choix. Liberté de conscience et laïcité de l'État triomphent dans la sphère civile et politique : mais la croyance demeure, affaiblie mais irréductible. Et c'est peut-être parce que le dépôt de la foi paraît si menacé qu'il importe alors plus que jamais, au nom même de la liberté de conscience, de le conserver intact.

2

La « déchristianisation »

Problématique de la déchristianisation

par Claude Langlois

C'est à Lyon en 1963, lors du colloque de la Commission internationale d'Histoire ecclésiastique comparée, que les historiens décident de se saisir officiellement de la *déchristianisation,* à laquelle introduit un dense rapport de René Rémond au titre explicite : « Recherche d'une méthode d'analyse historique de la déchristianisation depuis le milieu du XIXe siècle. »

Preuve d'un intérêt réel, aveu aussi d'un intérêt tardif. Dans la perspective ouverte par *France, pays de mission?* (1943), le chanoine Boulard avait en effet publié, dès 1947, sa fameuse « Carte religieuse de la France rurale », qui démontrait, preuve à l'appui, que la déchristianisation n'était point une spécificité du monde ouvrier; et dès 1950, dans *Essor ou déclin du clergé français?*, il avait attiré l'attention sur la concordance étroite entre la désaffection des fidèles et la raréfaction des vocations sacerdotales et religieuses. A ces préoccupations d'abord pastorales succédait bientôt l'observation scientifique : de ce changement de perspective due à l'action de sociologues des religions, témoigne la synthèse, provisoire mais suggestive, que François-André Isambert publie en 1961, *Christianisme et Classe ouvrière*. Aux historiens de prendre le relais.

En fait, chez eux, cette réflexion sur la déchristianisation ne peut être séparée des premiers travaux de sociologie religieuse menés en des sites choisis : Christiane Marcilhacy et Gérard Cholvy, sur la pratique religieuse des diocèses d'Orléans (1962) et de Montpellier (1968), Paul Huot-Pleuroux, sur le recrutement sacerdotal du diocèse de Besançon (1966), et enfin Fernand Charpin, sur le délai de baptême à Marseille (1964). Ainsi s'opère la conjonction d'une inquiétude qui devient interrogation (la déchristianisation) et d'une méthode d'analyse quantitative (la sociologie religieuse) qui trouve sa réalisation dans la monographie « départementale » ou « diocésaine », cadre privilégié d'enquête pour les historiens du contemporain. Ces travaux, inspirés de la sociologie lebrasienne, reposent sur une succession d'opérations précises : repérage du niveau de la pratique à partir d'*indices* quantifiables spécifiques (communion pascale et messe dominicale, recrutement sacerdotal, délai de baptême) ; analyse de ces indices rapportés aux différents groupes sociaux ; projection spatiale des résultats ; explication des phénomènes selon un système duel de causalité : endogène (principalement l'action du clergé)/ exogène (agressions externes provenant des hommes, des institutions ou de l'environnement général).

Mais les belles certitudes des années « soixante » n'ont point duré. L'évolution même du catholicisme post-conciliaire montrait la complexité des phénomènes référés paresseusement au même vocable. L'article « déchristianisation » de l'*Encyclopædia universalis* (1973), dû à Henri Desroches, distingue ainsi cinq phénomènes distincts : « La récession de la pratique religieuse du christianisme », qui représente ce qu'on appelle communément la *déchristianisation* ; « la récession de l'emprise du clergé sur la vie et la pratique chrétienne », qualifiée de *décléricalisation* ; « la récession du contrôle confessionnel sur la vie sociale des chrétiens » ou *déconfessionnalisation* ; « la récession du sacré comme cadre de la vie profane » ou *désacralisation* ; et enfin « la récession des valeurs normatives au profit de la liberté de pensée et d'action » ou *désaxiologisation*.

L'interrogation sur la déchristianisation entre en fait dans une plus large perspective avec les débats sur la sécularisation et la laïcisation. La *déchristianisation,* qu'elle soit ouvrière ou rurale, est aussi un marqueur du social, qui domine dans la perspective historiographique des années « soixante » ; la problématique postérieure de la *sécularisation* correspond à la prépondérance accordée, après 1968, aux débats idéologiques, y compris dans l'Église ; enfin, le récent retour du politique conduit à de nouvelles interrogations sur la laïcisation, notamment à travers les combats actuels de la laïcité.

Les historiens interrogent la déchristianisation

Mais les historiens, par leurs travaux, orientent les débats dans des directions spécifiques. Leur première interrogation a immédiatement porté sur la légitimité d'élargir le champ de l'enquête. Le colloque de Lyon s'est interrogé sur un phénomène qui, lié en France à l'apparition d'une classe ouvrière détachée de l'Église, prenait naissance au milieu du XIXe siècle. Dès 1964-1965, Michel Vovelle, dans le cadre d'une enquête lancée par Marcel Reinhard, sur le clergé abdicataire, rouvre, sur ces nouvelles bases, le dossier de la déchristianisation révolutionnaire; en 1973, sa thèse, *Piété baroque et déchristianisation en Provence au XVIIIe siècle*, fait franchir à cette nouvelle problématique la frontière de la Révolution. Le processus violent de la déchristianisation révolutionnaire attirait l'attention sur les choix politiques, le rôle des hommes, leur capacité à imposer des solutions de remplacement. La possibilité d'une déchristianisation au siècle des Lumières faisait resurgir une question de fond : comment qualifier ce qui change? Mutation des modèles culturels (les pompes funèbres baroques) ou modification irréversible de l'attitude religieuse devant la mort?

L'ouvrage de synthèse de Jean Delumeau, *le Catholicisme de Luther à Voltaire,* publié en 1971, introduit à une seconde série de débats. En consacrant ses trois derniers chapitres, plus polémiques, au triptyque « la légende du Moyen Age chrétien », la « christianisation » du XVIIe siècle, la « déchristianisation » du XVIIIe, il fait d'une pierre trois coups : il fait basculer la déchristianisation du temps court de l'ère industrielle à la longue durée des époques médiévales et modernes; il souligne, après Gabriel Le Bras, la nécessité de s'interroger tout à la fois sur la christianisation et la déchristianisation; il met en cause enfin, au nom d'un « vrai » christianisme évangélique tardivement triomphant dans l'histoire, les visages défigurés d'un catholicisme passé, dont le légitime abandon ne peut en rien être considéré comme une déchristianisation.

Du coup la *déchristianisation* se trouve directement mise en cause, mais de deux manières différentes. Dans une première perspective, on admet qu'elle décrive la réalité, mais de façon unilatérale : après avoir insisté sur les stigmates du dépérissement, il faut maintenant mettre en valeur les preuves de la vitalité. Le XIXe siècle, dans cette perspective, en vient à changer tout à fait de visage. La seconde critique est plus radicale : elle conteste, en effet, la réalité même de la déchristianisation, en refusant de prendre la manière de voir des clercs du XVIIe siècle, du XIXe ou du XXe, pour argent comptant, en mettant en cause notamment la ligne de partage que ceux-ci ont toujours tenté d'imposer entre leur religion et celle des fidèles, religion cléricale d'un côté, religion « populaire » de l'autre. Le mot est lâché : avec ardeur, durant les années « soixante-dix », les historiens vont se mettre en quête d'un nouveau Graal, et plus d'un s'interrogera : la permanence de la religion populaire ne met-elle pas en cause la réalité de la déchristianisation, précédemment si bien attestée ?

Pourquoi alors revenir apparemment au point de départ, à la « déchristianisation », à ses « indices » et à ses « causes » ? Pour les XVIIIe et XIXe siècles, cette problématique n'en est pas moins demeurée centrale : elle a produit un solide cadre conceptuel, des dossiers scientifiques de qualité, des remises en cause salubres.

La pesée d'un phénomène

Des indicateurs de longue durée
par Dominique Julia

Le recrutement sacerdotal et religieux

Peut-on déduire de la courbe des vocations et de leur répartition géographique des indices sûrs d'une « vitalité » religieuse ? N'est-ce pas plaquer les schémas d'une sociologie religieuse contemporaine à une réalité historique autrement plus complexe ? Comparaison n'est pas forcément raison.

Toutes les recherches récentes ont insisté sur le fait que les flux d'entrée dans le clergé doivent être interprétés d'abord à partir de facteurs *internes*. Tout semble indiquer, par exemple, que la régression des ordinations sous la monarchie de Juillet tient moins à un « esprit » anticlérical de ce règne qu'à une saturation des emplois offerts à cette date, du fait de la très vive reprise des ordinations sous l'Empire et la Restauration.

Une chute des ordinations

Comme l'a bien montré Timothy Tackett, deux phénomènes essentiels se dégagent à la lecture des courbes d'ordinations au XVIIIe siècle. D'une part, elles connaissent une chute sensible dans la plupart des diocèses qui ont été observés, tantôt plus accusée (ainsi à Autun, à Reims et à Rouen), tantôt plus lente, mais sans aucun ressaut (par exemple au Mans, à Rennes ou à Bordeaux). La courbe cumulée des

Une chute des ordinations

Ordinations cumulées (moyenne de cinq ans)

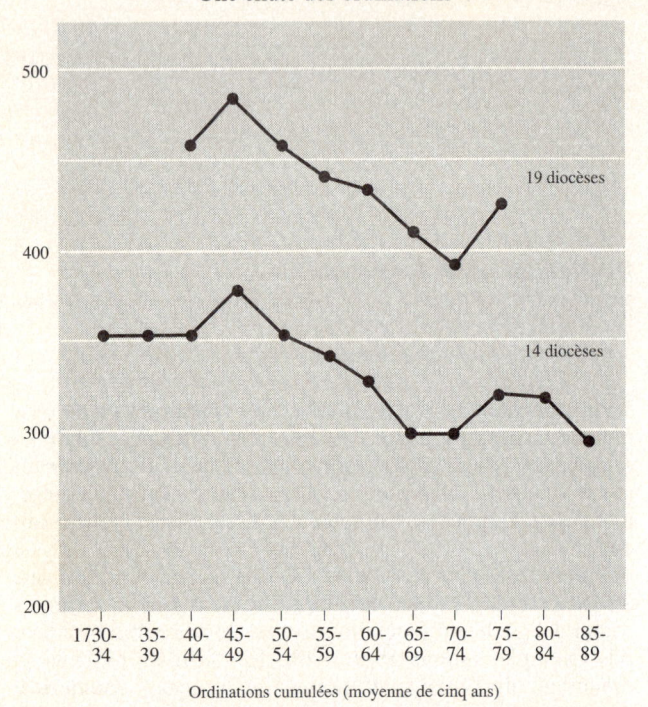

La chute des ordinations au XVIIIe siècle : sans commune comparaison avec les phénomènes contemporains, elle traduit néanmoins une première désaffection des élites formées par la Contre-Réforme catholique vis-à-vis du service de l'autel, que ne compense pas encore la montée des couches paysannes. (D'après T. Tackett, « L'Histoire sociale du clergé diocésain dans la France du XVIIIe siècle », Revue d'histoire moderne et contemporaine, 1979, p. 26.)

ordinations annuelles établie pour quatorze diocèses, entre 1730 et 1789, fait apparaître un apogée juste avant le milieu du siècle : au-delà, un déclin s'amorce, particulièrement net dans les années 1760 et atteignant son point le plus bas vers 1770. Après une brève remontée dans les années 1775-1784, la courbe reprend sa chute à la veille de la Révolution. Au cours de la dernière décennie de l'Ancien Régime, le recrutement se situe à un niveau inférieur de plus de 20 % aux sommets atteints au milieu du siècle. Sans doute, quelques diocèses échappent-ils à ce *trend* national : dans celui d'Auxerre qui, jusqu'en 1754, est dirigé par Mgr Charles de Thubières de Caylus, prélat janséniste particulièrement combatif, la chute des ordinations est continue à partir de 1718, l'évêque ne voulant admettre à la prêtrise que des clercs attachés à sa cause : les successeurs orthodoxes de Mgr de Caylus ne parviennent pas à redresser la désastreuse situation de ce diocèse, curés et vicaires jansénistes détournant les jeunes gens de l'état ecclésiastique « de peur qu'ils n'adhérassent au jugement de l'Église ».

A l'inverse, quelques diocèses ne cessent d'augmenter leurs ordinations, de 1750 à la Révolution : ainsi quelques diocèses bretons (tels Saint-Brieuc, Vannes), normands (Coutances) ou lorrains (Metz). D'autre part, l'analyse de l'évolution des origines géographiques et socio-professionnelles des ordinands fait apparaître une ruralisation du recrutement (le contingent originaire des villes enregistrant un déclin dans onze des quatorze diocèses considérés) et une proportion croissante de familles dont les activités sont liées principalement à l'agriculture (laboureurs, « marchands » ruraux); à l'inverse, les fractions de ce qu'on pourrait appeler les « élites » (noblesse, milieu d'offices et professions libérales) ne cessent de décliner, même si leur proportion à l'intérieur du clergé (entre un cinquième et la moitié selon les diocèses) est encore très largement supérieure à la représentation réelle dans l'ensemble de la société. Ces modifications à long terme ne bouleversent pas en revanche les données régionales de recrutement, qui opposent des pays « riches » à des pays « pauvres » en prêtres, châteaux d'eau et déserts, môles de « chrétienté » et pays de « mission » : au Rouergue, à la Franche-Comté jurassienne et à la basse Normandie s'opposent le Bassin parisien, la vallée de la Loire ou le Bordelais. Il s'agit ici de phénomènes de longue durée.

Insuffisance des explications locales

La convergence des courbes interdit cependant de recourir à des explications purement locales. On pourrait donc proposer le schéma suivant : tout d'abord, les maxima d'ordinations observés avant le milieu du siècle ont pu, à retardement, faire apparaître aux candidats potentiels, et surtout à leurs familles, la vanité de leurs espoirs de carrière ; ensuite, la réorganisation des collèges qui a suivi l'expulsion des jésuites (1764), et qui intervient au plus fort de la chute – les chaires de théologie sont assez souvent supprimées –, a sans doute entraîné une moindre pression sur les consciences dans le processus d'inculcation de la vocation. L'hypothèse « économique » n'est pas non plus à rejeter totalement : en cette période de hausse des prix, les postes cléricaux à revenu fixe ont peut-être semblé moins attirants aux couches sociales qui adressaient traditionnellement leurs enfants à l'Église, et les curés eux-mêmes, en particulier dans le Sud-Est, avaient largement commenté les effets de l'inflation sur leur niveau de vie. Remarquons qu'au moment où les courbes d'ordinations plongent, les immatriculations des étudiants dans les facultés de droit ne cessent d'augmenter (le maximum du siècle se situant dans la décennie 1770-1779). Dans quelle mesure n'y a-t-il pas eu, de la part des milieux juridiques (offices et professions libérales), reconversion de leurs espérances ? Notons en tout cas que c'est dans les diocèses où les vocations sont restées majoritairement urbaines (Bassin parisien, basse Provence ou Bordelais, par exemple) que le taux de recrutement clérical est le plus médiocre. A l'inverse, dans les diocèses alpins ou pyrénéens, dans le Massif central, dans le Nord-Ouest atlantique (de la Bretagne et de la basse Normandie aux diocèses de Boulogne et de Cambrai) où l'on observe une forte – voire écrasante – proportion de clercs originaires de la campagne et issus de familles dont l'occupation est liée à l'agriculture, la chute est beaucoup moins sévère, la tendance pouvant même s'inverser à la hausse (ainsi à Vannes, Saint-Brieuc, ou Coutances). Dès avant la Révolution, s'est amorcée une ruralisation de recrutement clérical qui offre à une paysannerie riche – fermiers, laboureurs, censiers, « coqs » de village – les moyens d'une ascension dans l'échelle des estimes sociales.

« Notables » du second et du troisième ordre entrés dans le clergé (évolution au XVIIIᵉ siècle)

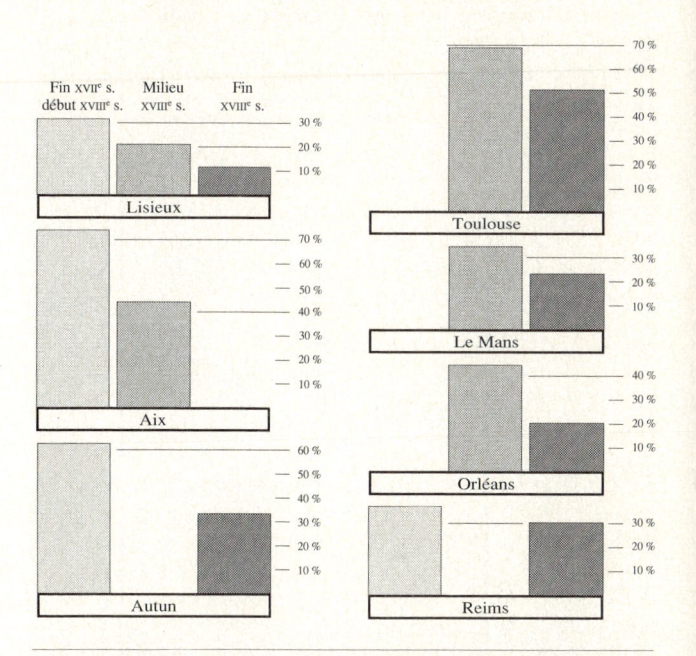

Fin XVIIᵉ s. début XVIIIᵉ s. — Milieu XVIIIᵉ s. — Fin XVIIIᵉ s.

Lisieux

Aix

Autun

Toulouse

Le Mans

Orléans

Reims

La désaffection des notables (nobles, bourgeois, officiers, professions libérales) pour le sacerdoce entre la fin du XVIIᵉ et la fin du XVIIIᵉ siècle est sensible dans nombre de diocèses même si elle ne prend pas partout la même ampleur : une fracture s'opère entre les élites et l'Église. (D'après T. Tackett, *op.cit.*)

L'hypothèse se confirme lorsqu'on se tourne vers le recrutement de religieux et de religieuses. Ceux-ci se recrutent traditionnellement dans des milieux socialement plus élevés que ceux dont se nourrit le clergé séculier, ne serait-ce qu'en raison des conditions financières mises à l'entrée dans la plupart des monastères et couvents. S'il serait tout à fait excessif et réducteur d'imaginer un XVIIIᵉ siècle uniformément orienté à la baisse des vocations – il convient ici de distinguer soigneusement suivant les familles spirituelles comme

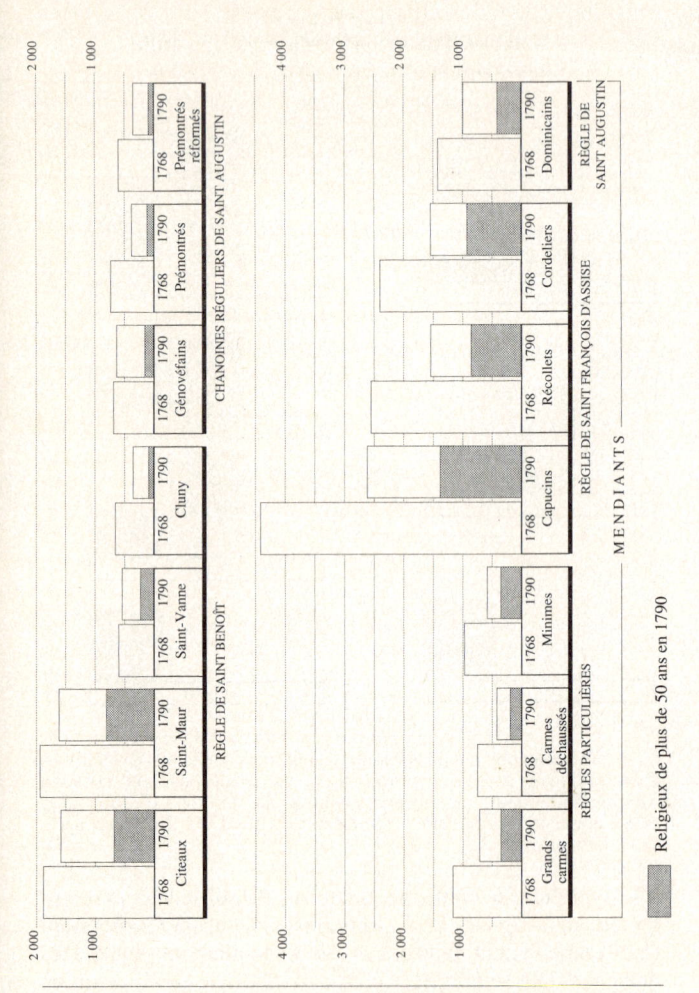

La chute des effectifs dans les ordres réguliers masculins : en vingt années, la baisse est partout visible, particulièrement chez les franciscains. Le poids des religieux âgés de plus de 50 ans en 1790 atteste un net vieillissement de la population monastique au moment où l'Assemblée constituante décrète la suppression des vœux. (D'après S. Lemaire, *La Commission des Réguliers*, 1766-1780, Paris, 1926.)

selon les régions –, ordres et congrégations religieuses semblent bien avoir connu leur apogée dans les années 1730-1740. Des études récentes, trois constats paraissent au moins se dégager. Tout d'abord sur le plan de la conjoncture, un déclin s'amorce qui, même entrecoupé de ressauts, est particulièrement net chez les réguliers. En une vingtaine d'années (1768-1790), on est passé de près de 27 000 religieux à moins de 17 000, soit une chute de plus d'un tiers. La famille franciscaine (capucins, cordeliers, ordre de Picpus, récollets) est la plus touchée, passant de 9 820 membres à 6064, soit une perte de près de 40 %. La chute est plus lente chez les cisterciens et les bénédictins de Saint-Maur ou de Saint-Vanne, puisqu'elle n'est que de 13,3 %. Sans doute peut-on lire en partie dans ces effondrements un effet des mesures prises par la Commission des réguliers créée en 1766 : élévation de l'âge à la profession religieuse (21 ans pour les hommes, 18 ans pour les femmes), rétablissement de la conventualité (9 religieux pour les monastères réunis en congrégations, 16 pour les autres), suppression d'ordres en complète décadence (célestins, chanoines réguliers de Sainte-Croix et de Saint-Ruf, brigittins, servites, grandmontains). Mais, si la situation est sans doute, elle aussi, très contrastée parmi les congrégations et ordres féminins, le déclin paraît tout aussi flagrant et parallèle à celui des religieux : la reconstitution du recrutement des religieuses du royaume dans la seconde moitié du XVIIIe siècle, proposée par Claude Langlois, à partir du registre des pensions de 1817, montre que les professions annuelles sont passées vraisemblablement d'un peu moins de 1 800 par an à un peu plus de 1 200, soit une chute de 27 %. Les études locales confirment ces données globales : dans le diocèse de Tréguier, les effectifs des monastères et couvents féminins passent ainsi de 508 en 1729 à 308 en 1790, soit une baisse de 39 %. Dans les diocèses d'Auxerre, Langres et Dijon, bénédictines, carmélites et ursulines paraissent, elles aussi, particulièrement touchées à la veille de la Révolution.

Ces chutes concordantes renvoient naturellement au statut – devenu problématique – de la vocation proprement religieuse, dans une société dont le système de références tend à s'axer désormais autour d'une utilité sociale : les mutations perceptibles dans les attitudes vis-à-vis de l'errance, de la

La laïcisation de la congrégation de l'Oratoire au XVIIIe siècle
(pyramide des âges)

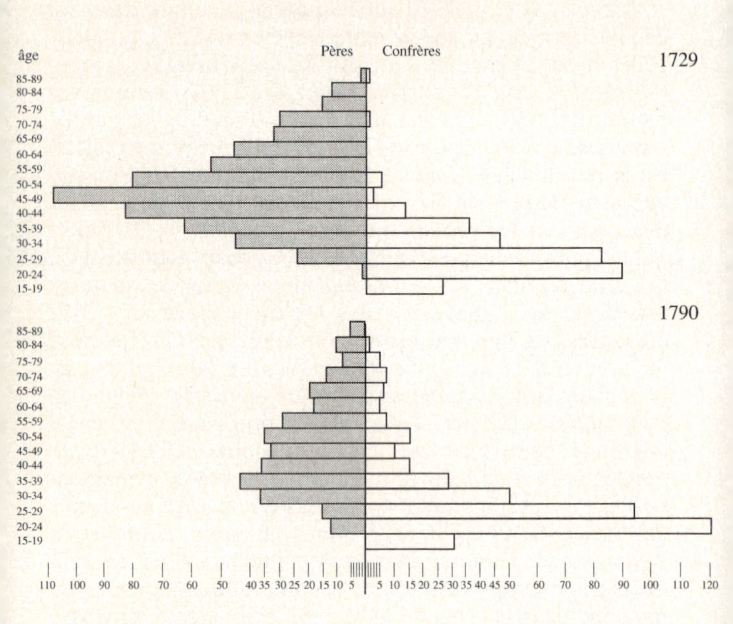

En 1729, les prêtres (pères), constituent les deux tiers du corps, les confrères ont dans leur très grande majorité moins de 40 ans : c'est, bien que déjà déformée par les conséquences de la Constitution *Unigenitus*, la figure que la congrégation devait avoir au XVIIe siècle. En 1790, les confrères laïcs dominent le corps et se répartissent désormais sur toute la pyramide des âges : de congrégation sacerdotale, l'Oratoire est devenu une corporation enseignante. (D'après W. Frijhoff et D. Julia, « Les Oratoriens de France sous l'Ancien Régime. Premiers résultats d'une enquête », *Revue d'histoire de l'Église de France*, p. 65, 1979.)

pauvreté et de la mendicité peuvent pour partie rendre compte de la nette désaffection vis-à-vis des ordres mendiants. Si l'on examine – et c'est le second constat – les milieux d'où proviennent les vocations religieuses, la chute est d'abord due à un changement de comportement des couches citadines, nobles ou bourgeoises, qui envoyaient leurs rejetons peupler couvents et monastères.

Dans les diocèses d'Auxerre, de Langres et de Dijon, la bourgeoisie des officiers et des gens de loi qui peuplait, pour moitié, monastères et couvents masculins et féminins, détourne désormais ses enfants du cloître, puisqu'elle ne représente plus qu'un tiers du recrutement à partir de 1735 (33 % chez les moines, 37 % chez les moniales). La reconstitution attentive des familles d'échevins, officiers de justice et de finances qui dominaient les villes épiscopales, a permis à Dominique Dinet de manifester la cohérence d'un milieu dévot, uni en réseaux d'alliance étroits, sa fécondité mais aussi sa tradition, perpétuée sur plusieurs générations, à engager fils et filles en religion. Or, c'est justement cette tradition qui se tarit aux alentours de 1730 ou de 1740, et si ces familles comptent encore quelques prêtres séculiers, elles ne comptent plus guère de moines et de moniales. Sur le sens à donner à cet abandon les questions restent ouvertes : mais ni la fidélité à la cause janséniste, à partir du débat autour de l'*Unigenitus,* ni non plus l'ouverture aux Lumières du siècle ne sont à écarter.

Des exceptions

Il resterait à ne pas généraliser abusivement les constats précédents. Certaines régions restent à l'écart de l'érosion ici décrite. Les diocèses d'Artois, de Flandres et de Hainaut (Arras, Boulogne, Cambrai, Saint-Omer, Tournai et Ypres), qui fournissent dans les années 1700-1729 moins de 5 % du recrutement de la congrégation de Saint-Maur, apportent le quart des profès dans les trente dernières années de l'Ancien Régime, triplant leur contingent en chiffres absolus (de 77 à 250). Ici s'est opéré, comme dans le clergé séculier, une ruralisation de recrutement dû aux fermiers et receveurs de seigneurie. En Alsace, l'ensemble des ordres mendiants fait preuve d'une vitalité qui ne se dément pas, même si l'on constate chez les capucins un léger tassement et un vieillissement entre 1760 et 1789. Par ailleurs, les congrégations séculières nées de la Réforme catholique n'ont pas forcément connu la même évolution que leurs homologues régulières.

Chez les filles, la reconstitution du recrutement des congréganistes du royaume permet de penser qu'entre 1756 et 1785 les professions annuelles passent de 200 à 240, attestant une belle vitalité : congrégations nationales comme les Filles de la Charité ou les Filles de la Sagesse, mais aussi plus locales comme les sœurs de la Providence ou celles d'Ernemont dans le diocèse de Rouen, ou celles de Saint-Charles dans celui de Nancy, connaissent un essor soutenu dans la seconde moitié du XVIIIe siècle. La courbe de recrutement des lazaristes – la congrégation de la Mission fondée par saint Vincent de Paul –, qui ont manifesté tout au long du siècle leur rigoureuse orthodoxie vis-à-vis de l'autorité romaine, se stabilise autour de vingt à vingt-cinq entrées chaque année ; mais, dans les vingt dernières années de l'Ancien Régime, se profilent ici aussi des môles de chrétienté, les diocèses du Nord (Arras, Boulogne, Cambrai et Saint-Omer) et celui de Besançon fournissant à eux seuls le tiers des arrivées. Quant aux oratoriens, si leur jansénisme militant a entraîné, dans les années 1715-1750, une chute sévère de leur recrutement – les entrées passent alors de la cinquantaine à la simple trentaine chaque année –, la seconde moitié du siècle voit une progression sans précédent de leurs effectifs (572 entrées dans la décennie 1780-1789). Mais cette progression masque une mutation capitale intervenue chez les fils spirituels du cardinal de Bérulle : d'une congrégation de prêtres (ils forment les deux tiers en 1729), elle est devenue un *corps* de laïcs non engagés dans les ordres (59 % en 1790). La sécularisation s'est ici insinuée à l'intérieur même des structures ecclésiastiques, transformant une congrégation missionnaire en corps enseignant que l'on peut quitter sans excessif problème de conscience. Il y a tout lieu de penser qu'une évolution similaire a frappé d'autres congrégations, tels les Pères de la Doctrine chrétienne. La convergence de l'ensemble de ces indices avec la transformation massive des attitudes religieuses, telle qu'elle apparaît à travers l'étude des testaments, et celle des confréries manifeste qu'un glissement assez fondamental des structures religieuses françaises s'est produit entre 1750 et la Révolution.

*Après la Révolution une situation alarmante
mais qui s'améliore rapidement*

La situation dans les années qui suivent le Concordat est alarmante pour les prélats, après une interruption des ordinations qui a duré au moins douze années, l'exil ou le départ de beaucoup, l'élimination physique des réfractaires. On comprend donc que le premier souci des évêques ait été de soutenir écoles presbytérales, petits et grands séminaires. Au reste, les collèges appartenant à l'université impériale ont pu tout simplement reprendre la fonction de petits séminaires qu'ils remplissaient déjà sous l'Ancien Régime, et l'exemple du collège de Vannes vaut sans doute pour nombre de ses homologues bretons.

Du même coup, les courbes d'ordinations se redressent ici plus rapidement, atteignant leurs premiers sommets dès la fin de l'Empire et les tout débuts de la Restauration (ainsi à Vannes et à Rennes), plus lentement ailleurs où les maxima se situent plutôt entre 1825 et 1834 (par exemple à Arras, Belley, Besançon, Montpellier, Périgueux, Rouen). Il semble bien que, pour la France entière, ces années aient constitué un apogée pour l'ensemble du XIXe siècle (2357 ordinations en 1830). Si l'on ne peut naturellement négliger l'effet des ordonnances de 1828, qui limitaient le nombre des élèves dans les petits séminaires à 20 000, et plus encore, la suppression, en 1830, des 8 000 demi-bourses de cinq cents francs que celles-ci venaient d'y créer, l'explication principale doit être cherchée ailleurs. Dans le système d'un clergé fonctionnarisé mis en place par le Concordat, le nombre des places à pourvoir est strictement défini ; dès lors que celles-ci sont toutes pourvues – et pour la plupart par des prêtres récemment ordonnés –, le taux de remplacement annuel est particulièrement faible, et les espoirs de « carrière » ecclésiastique s'évanouissent : pour les trois quarts des prêtres du diocèse de Vannes qui, ordonnés entre 1829 et 1833, accéderont ultérieurement à la direction d'une paroisse, plus de vingt ans d'attente dans un ou plusieurs vicariats sont nécessaires ; en revanche, sept sur dix de leurs confrères ordonnés entre 1810 et 1819 avaient été promus recteurs avant dix ans de prêtrise. Les évêques sont désormais conscients de la saturation des postes qu'a opérée la vive poussée des ordinations, d'autant plus qu'on ne crée aucune nouvelle succursale entre 1826 et 1837. « Je ne sais plus que faire de mes prêtres », écrit le cardinal de la Tour d'Auvergne, évêque d'Arras, en 1838, à un correspondant qui lui recommandait un candidat pour son petit séminaire. La chute des ordinations sous la monarchie de Juillet est donc d'abord due à ce blocage, et les prélats n'hésitent pas à dresser des chicanes supplémentaires pour restreindre l'accès au sanctuaire : examens d'admission au petit séminaire (Arras, dès 1831), allongement de la durée des études (ainsi à Rennes, en 1834, ou à Besançon, en 1837). La remontée que l'on observe dans la plupart des diocèses, à partir du Second Empire, et particulièrement à partir de 1860, doit d'abord être interprétée dans les termes mécaniques de la démographie cléricale : les promotions pléthoriques ordonnées à la fin de la Restauration et au début de la monarchie de Juillet disparaissent progressivement, atténuant du même coup la tension sur le marché des postes à pourvoir. Par ailleurs, l'amélioration de la situation matérielle du clergé (la rétribution annuelle d'un curé passe à 900 francs en 1859), l'érection de nouvelles succursales, et surtout, de nombreux vicariats subventionnés, le développement rapide, à la suite du vote de la loi Falloux en 1850, d'un enseignement secondaire libre – nombre de collèges communaux passent en outre sous le contrôle ecclésiastique –, contribuent à rendre attractive une carrière cléricale qui offre de nouveaux débouchés. On ne saurait enfin négliger l'action vigoureuse de prélats et de curés qui s'inquiètent de la raréfaction des vocations : c'est dès les années 1860 que naissent, dans certains diocèses, les « œuvres des vocations » ou « des petits séminaires », qui se préoccupent de développer une véritable « culture » de la vocation dès le temps du catéchisme, en s'appuyant sur le zèle des curés à tenir dans leur paroisse une école presbytérale. Les années 1860-1875, où vient s'achever ce volume, ont ainsi constitué bien souvent un second apogée de la courbe des ordinations (ainsi à Belley, Besançon, Montpellier, Orléans, Strasbourg).

Une ruralisation massive du recrutement

Dans cette évolution, deux phénomènes majeurs doivent être considérés tour à tour. Le premier, le plus évident, est une ruralisation massive du recrutement, déjà amorcée sous l'Ancien Régime, et plus particulièrement l'invasion du sanctuaire par les paysans. Encore faut-il observer une distinction significative. D'une part, certains diocèses, dès la première moitié du XIXe siècle, reflètent exactement, dans la répartition entre prêtres d'origine urbaine et prêtres d'origine rurale, la distribution même de l'ensemble de la population entre villes et campagnes : c'est le cas en Bretagne des diocèses de Rennes et de Vannes, où 82 % des prêtres ordonnés proviennent des campagnes ; c'est aussi celui du diocèse de Besançon, où ce même taux atteint 87 à 91 % ; et l'on mesure les transformations intervenues, si l'on rappelle, par exemple, que la seule ville de Rennes – qui ne représentait que le dixième de la population diocésaine – a fourni encore, dans les vingt dernières années de l'Ancien Régime, le quart des ordinations. D'autre part, dans un très grand nombre de diocèses où l'on constate aussi une ruralisation du recrutement, les villes ont continué pendant longtemps à fournir une proportion de vocations très largement supérieure à leur représentation dans la population : dans le diocèse du Mans, celles-ci (13 à 15 % de la population de la Mayenne et de la Sarthe) donnent, jusqu'à 1850, 30 à 40 % des prêtres. Dans le diocèse de La Rochelle-Saintes, entre 1812 et 1837, elles constituent la majorité (52 %) des vocations alors qu'elles ne forment que 20 % de la population. C'est donc dans la seconde moitié du XIXe siècle, au moment où l'exode rural et la croissance des villes connaissent leur plus grande intensité, que la représentation rurale tend à devenir *anormalement* prédominante : le renversement de tendance s'opère entre 1840 et 1860 pour le diocèse d'Angers, entre 1860 et 1880 à Besançon et Belley, au-delà de 1880 dans le diocèse de La Rochelle-Saintes.

La présence écrasante de prêtres paysans a développé dans l'épiscopat du XIXe siècle la conscience nostalgique d'une rupture avec l'âge d'or qu'aurait été l'Ancien Régime. Comme le rappelle, dès 1811, Mgr Le Coz, archevêque de

Besançon, « les familles les plus riches fournissaient au sanctuaire de nombreux lévites », et ces prêtres « dont l'éducation soignée, les connaissances étendues et variées, jointes aux autres avantages que leur naissance pouvait offrir, réjouissaient l'Église, édifiaient toutes les classes de citoyens et semblaient encore ajouter à la puissante influence de la religion ». Pour les prélats, qui ne pensent la société que dans une vision strictement hiérarchisée, l'obsession majeure est de pouvoir reconstituer une « élite » chrétienne qui, bien souvent, se confond avec l'élite sociale : la désertion des autels par la noblesse et la bourgeoisie à talents est perçue comme un abandon. Tout un code de bonnes manières et de civilité, que le « bon » prêtre du XVIIIe siècle, formé à l'école sulpicienne, avait su s'incorporer, se voit ébranlé, sinon bafoué, par les rustiques colosses qui viennent peupler les séminaires : le discernement « naturel » des convenances, le respect des distances nécessaires, bref, « l'urbanité » (au double sens du terme) ne sont pas leur vertu première. Et comme le rappelle Mgr Bouvier, évêque du Mans, en 1846, « ceux qui sont élevés dans la "basse classe", témoins dès leur enfance d'une foule de manières de dire et de faire réprouvées par la bonne éducation, n'ont communément ni générosité de cœur ni élévation d'âme, ni rien de ce qui constitue ce ton digne et honorable si important néanmoins dans notre saint état ».

Régionalisation du recrutement sacerdotal

Reste enfin – c'est le dernier constat – à prendre en compte la régionalisation du recrutement. Plus on avance dans le XIXe siècle, plus s'accentue la différenciation entre diocèses « riches » et diocèses « pauvres » en vocations, et, à l'intérieur d'un même diocèse, entre régions « riches » et régions « pauvres ». Ces phénomènes de concentration des vocations font fi de nouvelles frontières diocésaines : il est significatif de voir se former, à la frontière des diocèses de Nantes, Luçon, Angers et Poitiers, un château d'eau d'ordinations, qui englobe le haut Bocage, les Mauges et la Gâtine agricole, et fournit à chaque évêque ses plus forts contingents. Si la violence des affrontements révolutionnaires n'est peut-être pas totalement étrangère à cette fidélité affermie, on notera toutefois que ces régions étaient déjà les plus ferventes de l'ancien diocèse de La Rochelle. A l'intérieur du diocèse de Limoges, le contraste est vif entre les trois arrondissements de Bellac, Rochechouart et Saint-Yrieix dans la Haute-Vienne qui, à eux trois, fournissent moins de 11 % des ordinations diocésaines entre 1821 et 1865, alors que l'arrondissement d'Aubusson dans la Creuse (et particulièrement les cantons de la Combraille) en donne à lui seul 38,7 %. Dans le quasi-désert des vocations qu'est devenue la Haute-Vienne rurale se lit la rupture qui s'est produite à la Révolution entre la paysannerie et l'Église, dont on retrouve les signes dans l'attitude qu'elle manifeste à l'égard de la confession annuelle et de la communion pascale. Il ne faudrait pas pour autant négliger les conditions démographiques et économiques. Comme le note Yves-Marie Hilaire pour le diocèse d'Arras, les zones aux vocations abondantes sont, dans la seconde moitié du siècle, des contrées rurales qui ont atteint leur maximum démographique, où les horizons de travail se restreignent, alors que les ordinations se font rares dans les bassins d'immigration (bassin houiller, Calaisis industriel, villes) : la carrière ecclésiastique est un débouché pour des ruraux en quête d'emploi. Le phénomène est patent dans les cantons du haut Doubs – plateau et montagne – qui sont les plus prolifiques en futurs clercs de tout le diocèse de Besançon. A l'inverse, la Dombes n'a quasiment jamais fourni de prêtres au diocèse de Belley : ici, une société rurale sans enracinement, où domine la grande propriété et où fermiers et métayers se déplacent constamment au gré du bail d'exploitation qui leur est offert, s'avère exclusive de recrutement sacerdotal.

Production et diffusion du livre

Voici un quart de siècle, François Furet, analysant la « librairie » du royaume au XVIIIe siècle, à partir des registres de demandes de privilèges d'imprimer faites par les libraires auprès de la Chancellerie, soulignait l'évolution spectaculaire de la production imprimée qui s'en dégageait : plus d'un tiers d'ouvrages de théologie et de dévotion entre

1723 et 1727, un quart encore en 1750-1754, mais le dixième seulement en 1784-1788 ; à l'inverse, la catégorie sciences et arts progresse dans le même temps du cinquième au tiers de l'ensemble ; enfin, des catégories, apparemment plus stables, comme celles de l'histoire, changeaient de substance puisque la part de l'histoire ecclésiastique s'y réduisait du quart à 11 %. Somme toute, à travers cette inversion séculaire de la production des ouvrages de religion et de ceux des sciences et arts se lisait l'effort philosophique pour évacuer le surnaturel et laïciser le monde humain, constat encore plus net avec l'enregistrement des permissions dites « tacites » qui, par définition, privilégient l'innovation intellectuelle : dès le milieu du siècle, la part des titres religieux n'y dépasse pas 3 %.

Les réimpressions : poids de la tradition religieuse

A la vérité, ces indices doivent être soigneusement pesés, avant de tirer des conclusions définitives. La courbe des privilèges ne fournit qu'une part très minoritaire de l'ensemble de la production imprimée, face à tout ce qui y échappe légalement, aux textes publiés sur simple permission orale et à l'édition clandestine : la production parisienne y est surévaluée (trois quarts des demandes de privilèges), tandis que, par définition, réimpressions et contrefaçons provinciales, qui transgressent les règles édictées par le pouvoir, n'apparaissent pas. Or, une modification de la législation à la veille de la Révolution – l'arrêt du 30 août 1777, qui limite le privilège du libraire pour un ouvrage donné à la vie de l'auteur et garantit simplement un minimum de dix années – nous

---

Deux évolutions en sens contraire dans la distribution par catégories de la production imprimée d'après les registres de demandes de privilège : l'effondrement des ouvrages en théologie et de dévotion, la poussée des livres de sciences et arts. Se lit, ici, une mutation culturelle essentielle : une lecture encyclopédique et laïcisée du monde se substitue à l'interprétation de la Création d'après les Écritures et la Tradition. La poussée de l'histoire s'accompagne d'une proportion toujours plus forte d'histoire « profane » par rapport à l'histoire « ecclésiastique ». (D'après F. Furet, « La "librairie" du royaume de France au XVIIIe siècle », *Livre et Société dans la France du XVIIIe siècle*, Paris-La Haye, 1965.)

La « déchristianisation »

Permissions publiques

	1723-1727	1750-1754	1784-1788
Théologie	35 %	26,2 %	9,5 %
Droit	5,1 %	6,6 %	8 %
Belles-Lettres	28,5 %	29,9 %	32,1 %
Histoire		12,4 %	18,3 %
Sciences et Arts		24,8 %	32,1 %

2285 livres
49 indéterminés

2728 livres
72 indéterminés

1793 livres
12 indéterminés

Les tirages de la librairie en France de 1778 à 1789. Évolution de chaque catégorie
(permissions simples, 96 % de réimpressions provinciales)

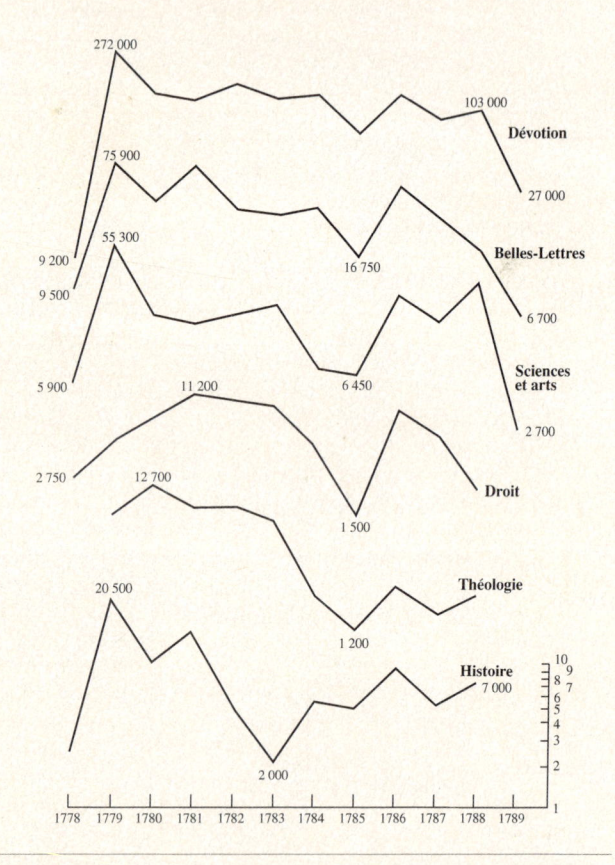

Les réimpressions provinciales à la veille de la Révolution témoignent en revanche du poids de la littérature de dévotion dans le marché du livre : c'est au XVIIIe siècle que pénètre la piété de la Réforme catholique par la masse des livres d'heures, des psautiers, des paroissiens et des vies des saints. (D'après J. Brancolini et M. Bouyssy, « La Vie provinciale du livre à la fin de l'Ancien Régime », *Livre et Société dans la France du XVIIIe siècle*, t. II, sous la direction de F. Furet, Paris-La Haye, 1970.)

vaut d'avoir une tout autre image : de nombreux ouvrages anciens sont désormais tombés dans le domaine public, et leur réédition est permise pour tous les « libraires et imprimeurs ». Le registre qui, à la suite de cet arrêt, recense les demandes de permission « simples » de réimprimer faites entre 1778 et 1789 par les libraires et imprimeurs de province (Paris ne représente ici que 4 % des demandes) auprès de la Direction de la Librairie, nous révèle tout le poids de la tradition religieuse au sein d'un public provincial. Sur un total de 2 158 400 exemplaires réédités, 1 363 700 – soit 63,1 % – sont des ouvrages religieux, alors que la catégorie sciences et arts n'en constitue que 9,5 %. Il s'agit ici de compagnons quotidiens modestes, où dominent les opuscules liturgiques ou paraliturgiques. Tout d'abord, la masse des livres portant le titre d'*Heures* (283 500 exemplaires, soit un cinquième de la réédition religieuse). Aux *Heures* nommément désignées, il faut ajouter le poids considérable des livres de cantiques et de prières (ainsi les diverses formules de la *Journée du Chrétien,* la *Journée Sainte,* la *Journée Chrétienne,* la *Journée du Chrétien sanctifiée par la prière,* 155 650 exemplaires), des paroissiens, des offices des saints : au total, 569 000 exemplaires, soit 45 % de la réédition religieuse. Enfin, les manuels de dévotion ascétique et mystique, colportés et vendus sur les marchés et dans les foires, constituent près du tiers de cet ensemble (31 % soit 416 500 exemplaires) : associant, de manière diverse, prières de toutes sortes (du matin et du soir, aux saints guérisseurs, contre les catastrophes, etc.), méditations, méthodes pour bien recevoir les sacrements, hymnes des principales fêtes, litanies, offices, ces livres se présentent comme des manuels pratiques du parfait chrétien dans l'exercice aussi bien annuel que quotidien de sa religion. Le *best-seller* de cette littérature est *l'Ange conducteur dans la dévotion chrétienne ou pratique pieuse en faveur des âmes dévotes,* dû au jésuite Jacques Coret, et publié pour la première fois en 1683 à Liège. Objet d'une demande massive et continue, l'ouvrage est réédité 51 fois de 1779 à 1789 : à partir d'une quinzaine de villes de Franche-Comté, de Lorraine et de Normandie, on peut reconstituer une diffusion de 97 700 exemplaires pour cette seule période. Face à la production des Lumières qui se focalise à cette date sur les problèmes économiques ou politiques, persiste – et avec un poids infiniment plus lourd – toute une littérature dévotieuse née de la Contre-Réforme catholique.

Une reprise vigoureuse

Après la rupture révolutionnaire, la réorganisation ecclésiastique et l'effort missionnaire, mais aussi la gigantesque acculturation que constitue la scolarisation de plus en plus massive des jeunes Français, permettent de comprendre la reprise vigoureuse de l'édition catholique. En 1815-1819, celle-ci représente environ 10,4 % de la production imprimée et une moyenne de 430 livres par an; dès la fin de la Restauration, elle passe par un premier sommet puisqu'elle constitue, dans les années 1826-1830, 14 % de l'ensemble, avec une moyenne annuelle de près de 900 ouvrages. Après une certaine stagnation sous la monarchie de Juillet, la courbe connaît son apogée sous le Second Empire, avec une progression croissante de 1850 à 1861 : dans les années 1860-1864, sur une production annuelle moyenne de 12 000 volumes, on compte près de 2 250 livres catholiques, soit à peine moins du cinquième (18,6 %). Par rapport aux premières années de la Restauration, la présence du livre religieux a presque doublé dans l'ensemble et quintuplé en volumes, alors que la production imprimée globale a tout juste triplé. Au-delà, et dès la fin du Second Empire, la courbe redescend lentement jusqu'en 1880, avec un court ressaut au temps de l'Ordre moral : au temps des lois de Jules Ferry qui laïcisent l'enseignement primaire, le livre catholique ne constitue plus que 11,4 % de l'ensemble, mais sans doute encore près de 1 500 livres par an pour une production annuelle de 13 200 ouvrages. La conjoncture ainsi décrite traduit bien, dans ses grandes lignes, les périodes d'expansion du catholicisme au XIXe siècle ; s'y lisent, en particulier, et la faveur dont jouit la religion sous les régimes autoritaires (Restauration, Empire autoritaire) et, en creux, la répercussion immédiate des événements politiques majeurs ; ce n'est sûrement pas un hasard si les années 1831-1833, 1848-1849 et 1871-1872 sont les années de la plus faible production du livre catholique : les pourcentages descendent ici de 7 à 9 %. Il faut attendre la Séparation pour retrouver des chiffres aussi bas. Au total, si la production religieuse du XIXe siècle se situe sans doute en retrait de celle du XVIIIe, en termes de pourcentages de la production globale, elle est sûrement, en revanche, très largement supérieure en volume du fait des progrès techniques qui permettent des tirages considérables.

Trois types de lecteurs

Trois types de lecteurs ont été visés par les éditeurs catholiques ; tout d'abord le clergé séculier, les ordres et congrégations religieuses d'hommes et de femmes, y compris les missionnaires ; les femmes, et la montée du livre catholique retraduit ici partiellement la féminisation du catholicisme, comme le rattrapage massif de leur alphabétisation ; les enfants, et le développement rapide des écoles « libres » à la suite de la loi Falloux a constitué un marché extrêmement porteur. N'oublions pas cependant que, dès la première moitié du XIXe siècle, le *Catéchisme historique* de Fleury, dont la première édition date de 1683, constitue le troisième *best-seller* de l'édition française, avec 228 éditions de 1811 à 1850 (dont plus des deux tiers en province) et un chiffre de tirage qui dépasse largement 600 000 exemplaires. A ne s'en tenir qu'aux titres recensés par la *Bibliographie de la France* et patiemment comptés par Claude Savart, quatre grandes rubriques se partagent la production religieuse. Celle des manuels – c'est-à-dire les recueils de prières et de cantiques, les textes liturgiques et les paroissiens, les extraits de l'Écriture, les catéchismes –, après avoir représenté 60 % des titres recensés en 1815-1817, se stabilise, aux alentours de 1840, entre le quart et le cinquième de l'ensemble (mais constitue très certainement les plus gros tirages). L'histoire passe du pourcentage assez bas de 10 à 15 %, dans les années 1815-1840, au quart des titres sous le Second Empire : encore faut-il bien reconnaître que l'histoire sainte est essentiellement à verser du côté de la catéchèse, et que le genre est largement dominé par la biographie édifiante, pour moitié destinée à de jeunes lecteurs ou lectrices, et pourrait tout aussi bien être rattaché à la littérature de piété. Une troisième catégorie regroupe les textes d'instruction religieuse comprenant non seulement les ouvrages de réflexion théologique, mais plus encore les livres destinés à diffuser la doctrine parmi les fidèles : sous le Second Empire, elle ne représente qu'un cinquième des titres, et la part des travaux originaux (8 à 10 % de cette catégorie) y est réduite, l'essentiel étant formé d'explications du catéchisme, comme des textes et des rites de la liturgie, auxquels s'ajoutent les ouvrages d'apologétique et les livres de polémique, plus étroitement liés à l'actualité. Pour ne prendre qu'un exemple, la *Vie de Jésus* de Renan, qui a connu un étonnant succès de librairie – paru en juin 1863, sous le format in-octavo, l'ouvrage en est à sa treizième édition, et compte 65 000 exemplaires en avril 1864, au moment où Michel Lévy vient de le publier à nouveau dans une version allégée des notes et remarques philosophiques, sous un format in-32 dont, au prix de un franc vingt-cinq centimes l'unité, 82 000 exemplaires sont enlevés en trois mois –, ne suscite, en 1863-1864, pas moins de 214 réponses, qui vont du pamphlet de quelques pages au lourd in-quarto de 808 pages où le texte de Renan est réfuté ligne à ligne. Ici, la hiérarchie ecclésiastique, par ses « mandements furibonds », a fait la plus efficace des publicités à l'ouvrage…

Maintien de la littérature post-tridentine

La dernière catégorie est composée des livres de spiritualité, qui constituent autour du quart de la production de l'édition catholique. De cette littérature, deux traits essentiels doivent être retenus. Tout d'abord, la spiritualité post-tridentine y occupe une place importante, puisque 41 % des titres de cette catégorie sont des textes antérieurs à 1800 et que 80 % d'entre eux s'étagent entre le mi-XVIe siècle et la fin du XVIIIe siècle, la seule exception notable étant *l'Imitation de Jésus-Christ* qui, avec 372 éditions entre 1851 et 1870, continue à nourrir des générations de fidèles. En fait, la littérature dévote du XIXe siècle plonge ses racines dans un système de références issu de la Réforme catholique : sept auteurs sur dix appartiennent à des ordres ou congrégations religieuses, et parmi eux la moitié sont jésuites. Ce système stable d'autorités, qui est hérité de l'Ancien Régime, et n'a pas connu d'innovations majeures, se désagrège en moins d'une génération, entre 1870 et la fin du siècle. Les textes des écrivains jésuites des XVIIe et XVIIIe siècles disparaissent, tout comme les recueils de prières qui avaient accompagné la piété des fidèles sur plus de deux siècles : *l'Ange conducteur* a connu, de 1815 à la fin de ce siècle, 370 éditions mais, alors qu'entre 1820 et 1860, ce sont chaque année six éditions qui voient le jour, la dernière décennie n'en compte plus au total que seize. Il s'agit là d'une transformation majeure du champ de la conscience religieuse collective, première étape du reflux d'un catholicisme issu de la Contre-Réforme.

Marie et Joseph l'emportent sur le Christ

L'autre trait caractéristique de cette littérature spirituelle est la place qu'y occupent les ouvrages consacrés à des dévotions particulières : si, de 1815 à 1851, ceux-ci représentent moins de 10 % de la production religieuse globale, de 1852 à 1893 le pourcentage est toujours supérieur à ce chiffre, atteignant même 18 % en 1855 et 17 % en 1874. C'est bien d'une invasion dévote qu'il faut parler, surtout à partir du Second Empire, et c'est la piété mariale qui y tient la première place : de 1851 à 1870, 128 titres consacrés à cette dévotion sont édités ou réédités chaque année, soit quatre fois plus qu'au cours des vingt années précédentes. Si cette vague mariologique reprend certains *best-sellers* anciens comme *l'Imitation de la Sainte Vierge* du jésuite français Alexandre-François de Rouville, ou *le Mois de Marie* du jésuite sicilien Francesco Lalomia, elle a sa propre spécificité qui consiste dans la méditation des souffrances de Marie et l'accentuation de son rôle de corédemptrice : un véritable transfert de médiation s'opère ici du Christ à Marie, qui est presque un transfert de divinité. Par rapport à ce mouvement majeur, les dévotions au Christ se situent nettement en retrait : le thème de la dévotion à la Passion recule nettement après 1870, tandis que la production consacrée au Sacré-Cœur se développe surtout après 1870. Y est omniprésent le thème de la réparation, compensation aux offenses de l'humanité vis-à-vis du Christ, et il s'accompagne d'une crainte non seulement devant la figure redoutable d'un Dieu-Père terrifiant dans sa colère contre les crimes de ceux qui le rejettent, mais même devant le Fils, victime offerte pour les péchés du monde. D'où la multiplication des intercesseurs qui se manifeste dans l'essor des livres de dévotion aux saints, comme aussi des biographies édifiantes, nombreuses après 1860. Au premier rang des saints, au-dessus d'eux, émerge la figure de Joseph qui connaît une singulière faveur, surtout entre 1860 et 1880 ; au-delà de sa chasteté et de sa vie cachée qui font de lui davantage un ermite qu'un artisan ou un père de famille, ce sont l'obéissance, l'humilité et la résignation de l'époux de Marie qui sont mises en valeur : elles l'ont détourné d'ambitions terrestres mal placées. Mais Joseph n'est pas seulement un modèle respectueux de l'ordre social déterminé par la Providence ; il devient, lui aussi, à l'instar de Marie, une sorte de père et protecteur universel, médiateur entre un Dieu trop lointain et la créature : « Allons à Jésus par Marie, et allons à Marie par notre glorieux protecteur saint Joseph. »

Les indices démographiques

Tant de facteurs, à la vérité, entrent en jeu dans les comportements démographiques qu'il est hasardeux de vouloir établir une causalité linéaire qui irait des préceptes de l'Église à leur observation ou non-observation par les fidèles. Deux indices seulement seront successivement examinés : le respect des « temps clos » prescrits par l'Église, la pénétration de ces « funestes secrets inconnus à tout autre animal que l'homme », selon l'expression du démographe Moheau, qui déplorait en 1778 « que l'on trompe la nature jusque dans les villages ».

Mouvement saisonnier des mariages

L'analyse du mouvement saisonnier des mariages fait apparaître de façon saisissante la fracture de la Révolution française. Sous l'Ancien Régime, le respect des périodes de pénitence – Avent et Carême, « temps clos » – imposées

La « déchristianisation » 187

par l'Église interdit pratiquement la célébration des mariages en mars et/ou avril, selon la date de Pâques, et en décembre : entre 1740 et 1792, l'indice mensuel, au lieu d'être à 100 si la répartition des mariages se faisait de manière régulière au cours de l'année, se situe à 24 ou 25 en mars, entre 11 (campagnes) et 22 (villes) en décembre pour l'ensemble de la France, et la capitale elle-même n'échappe pas à ce modèle. A l'inverse, février et novembre, qui anticipent ces restrictions, sont mois où les fiancés convolent en justes noces. C'est ce schéma que fait brutalement éclater la Révolution : à prendre l'échantillon national de l'enquête de l'Institut national d'études démographiques, dès la laïcisation de l'état civil (septembre 1792), l'indice de décembre de la même année monte à 44, culmine à 110 en 1793, puis se stabilise dans les années 1794-1797 à 79. Pour l'interdit de Carême, l'étude ne peut être menée que pendant les années où le mois de mars tout entier se situe en période d'abstinence : si en 1793, l'indice de mars stagne à 16, il grimpe à 61 et 76 en 1795 et 1796. Géographiquement, la rupture se répartit cependant de manière différentielle sur le territoire. Grâce aux statistiques départementales de l'an X, il est possible de suivre la distribution de l'observance de Carême à partir de l'indice du mois de germinal (tout entier en Carême puisque Pâques est, cette année-là, le 4 floréal – 18 avril 1802) : la région qui apparaît la plus respectueuse des traditions est la Bretagne, élargie ici à la Vendée, aux Charentes, au Poitou, aux pays de la Loire, à l'ouest de la Normandie : l'indice y est toujours inférieur à 50, descendant même à 12 dans les Côtes-du-Nord, à 13 en Charente-Inférieure et 14,5 en Vendée. Se dessine déjà un bloc traditionnel de l'Ouest, repérable sur d'autres indices.

Après le Concordat, il n'y aura jamais retour complet à l'ancienne répartition : l'indice de décembre est à 46,5 en 1804-1819, 56,5 en 1829-1851, et l'Église semble avoir renoncé à imposer le respect de l'Avent. Si, en revanche, on revient progressivement à l'observance de Carême (l'indice national, pour les années où le mois de mars est tout entier en Carême, est revenu à 28 entre 1804 et 1819), cette résurgence ne s'est pas faite au même rythme partout. Il faut, par exemple, attendre 1840-1842 pour que l'indice de mars soit retombé à 53,7 à Rouen. S'il est vrai que l'imposition du calendrier révolutionnaire a pu, au départ, brouiller chez les fidèles la conscience exacte des « temps clos », la durée de la fracture est en elle-même porteuse de sens.

La révolution contraceptive

Reste à examiner la révolution contraceptive. Les démographes se sont attachés, au cours des vingt dernières années, à cerner précisément l'apparition du phénomène. Pour la ville de Rouen, que nous connaissons bien grâce à l'étude de Jean-Pierre Bardet, le fait est indéniable : des trente dernières années du XVIIe siècle aux trente dernières années de l'Ancien Régime, la descendance par famille passe d'environ sept enfants (6,85) à moins de cinq (4,54), l'âge de la femme à la dernière maternité de 39 à 36 ans, les couples qui arrêtent leur descendance avant 40 ans croissent de 49 à 70 % (et avant 30 ans de 11 % à 25 %). On peut donc estimer qu'à la fin de l'Ancien Régime, la moitié des couples freinaient volontairement leur descendance ; sans doute ce refus se manifeste-t-il encore de manière différentielle selon les classes sociales : ce sont les notables, les plus précoces sur cette voie, qui vont le plus loin (moins de quatre enfants à la fin de l'Ancien Régime et même moins de trois si l'on considère seulement l'élite), mais ils sont suivis par les boutiquiers et les marchands, tandis qu'ouvriers et artisans semblent plus réticents face aux « funestes secrets » (leur indice de descendance théorique est à 4,84, en 1760-1789, contre 3,28 chez les boutiquiers et 4,27 chez les marchands). Dans d'autres villes comme Meulan ou Vic-sur-Seille, la dégringolade des descendances, sans être aussi impressionnante qu'à Rouen, dont la pente rapide est peut-être exceptionnelle, est nette dès avant la Révolution, comme la diminution de l'âge à la dernière maternité. Dans les campagnes, les études actuelles ne permettent guère de dessiner une géographie complète de la révolution contraceptive avant la Révolution. Si la Normandie connaît un pourcentage significatif de ménages malthusiens dès le mi-XVIIIe siècle – 25 % des couples du Vexin français auraient limité volontairement leur descendance dès 1730-1759 –, la plus grande partie de la France rurale ne semble pas avoir été touchée.

La « déchristianisation » 189

Les mariages en l'an X : le respect du Carême

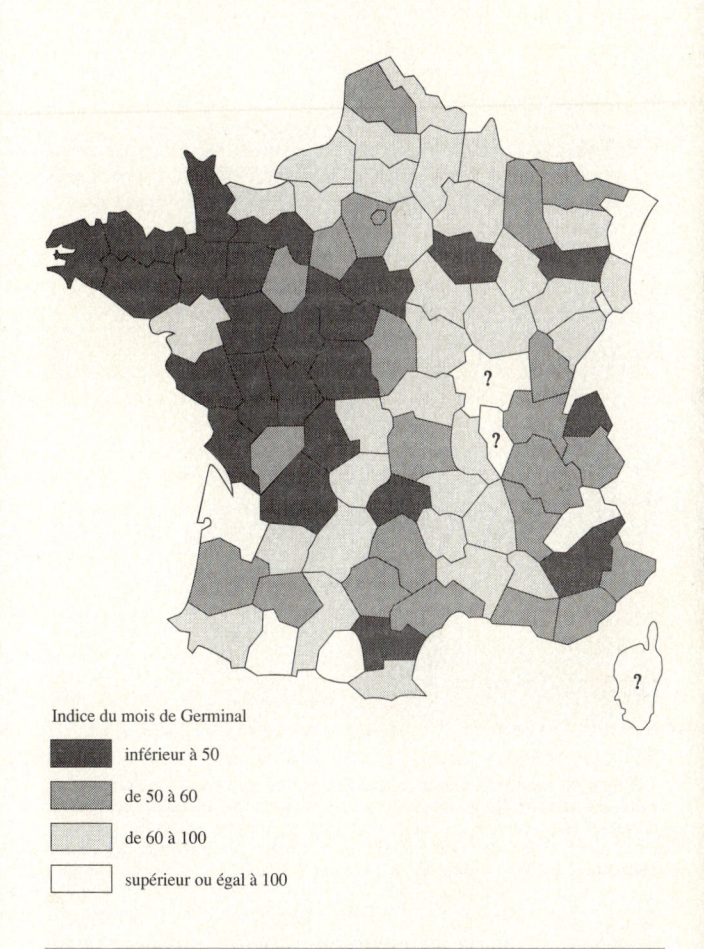

Indice du mois de Germinal

- inférieur à 50
- de 50 à 60
- de 60 à 100
- supérieur ou égal à 100

La carte du respect du Carême en 1802 – c'est-à-dire des régions où les mariés ont préféré différer la date de leurs noces plutôt que briser l'interdit des temps clos – fait surgir déjà un bloc de l'Ouest, davantage fidèle aux traditions. (D'après C. Rollet et A. Souriac, « Les Mariages de l'an X », *Voies nouvelles pour l'historien de la Révolution française*, Paris, 1978.)

Les mouvements mensuels des mariages à Rouen (1781-1842)

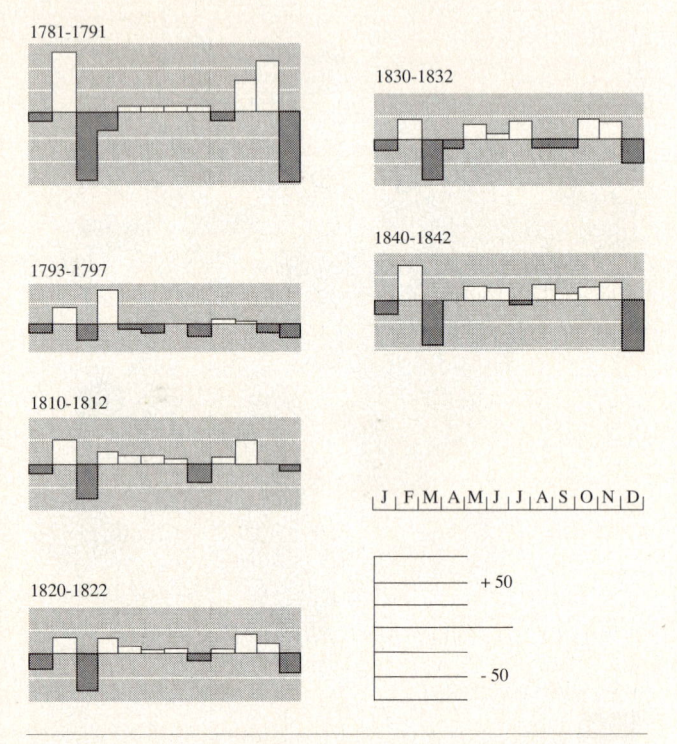

1781-1791

1793-1797

1810-1812

1820-1822

1830-1832

1840-1842

| J | F | M | A | M | J | J | A | S | O | N | D |

+ 50

- 50

A Rouen, la rupture révolutionnaire fait éclater le respect des temps clos. Il faut un demi-siècle pour revenir à une situation qui, de toute façon, n'est pas strictement identique à celle de l'Ancien Régime. (D'après J.-P. Bardet et J.-M. Gouesse, « Le Calendrier des mariages à Rouen, rupture et résurgence d'une pratique, XVIIIe-XIXe siècle », *op.cit.*)

Au XIXe siècle, la fécondité des couples français connaît un déclin précoce, rapide et régulier : elle a fléchi au total de 57 % entre 1790 et 1914. Cette fois-ci, il ne s'agit plus d'une avance de la ville, ni des classes notables ; ruraux comme urbains ont réussi à réduire sensiblement le nombre de leurs

Intensité de la contraception (1831)

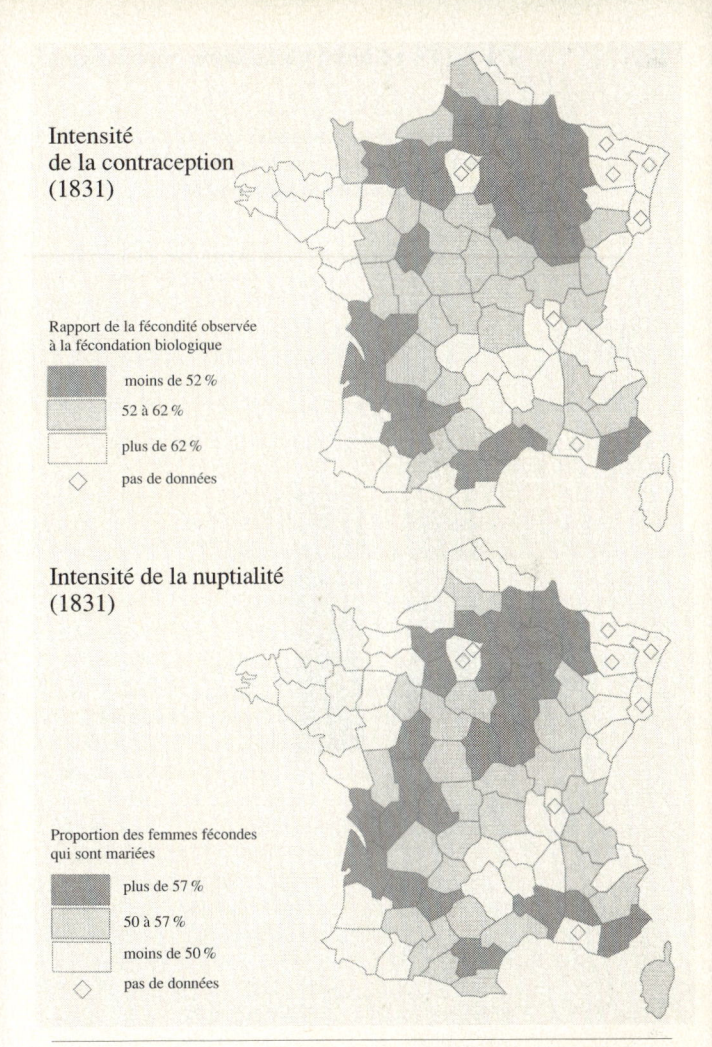

Rapport de la fécondité observée à la fécondation biologique

- ▓ moins de 52 %
- ░ 52 à 62 %
- ☐ plus de 62 %
- ◇ pas de données

Intensité de la nuptialité (1831)

Proportion des femmes fécondes qui sont mariées

- ▓ plus de 57 %
- ░ 50 à 57 %
- ☐ moins de 50 %
- ◇ pas de données

Deux cartes complémentaires font surgir des blocs régionaux antithétiques : la France du mariage tardif (Nord, Bretagne, Franche-Comté, Massif central), est en même temps la France la plus féconde, celle aussi des bastions de chrétienté. A l'inverse, dans tout le Bassin parisien, le Centre-Ouest, la vallée de la Garonne et les rives de la Méditerranée, un mariage précoce s'associe au développement de la contraception : les « funestes secrets inconnus à tout autre animal que l'homme » ont ici largement pénétré les campagnes. (D'après H. Le Bras, *Les Trois Frances*, Paris, 1986, p. 154.)

Deux modèles contrastés : du célibat à la contraception, les différents facteurs de la diminution de la natalité

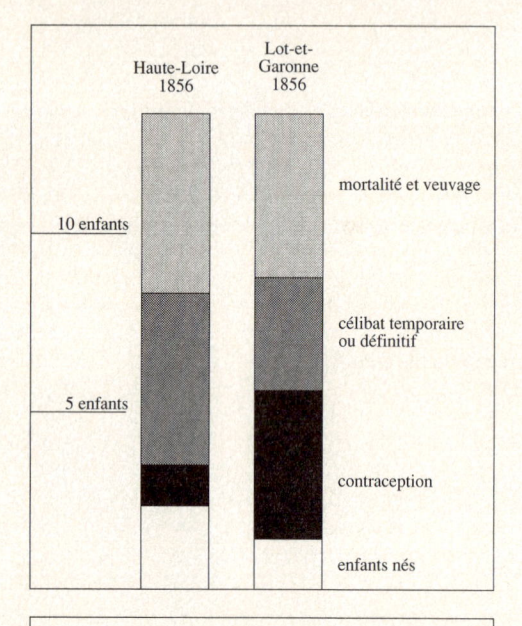

Haute-Loire 1856 — Lot-et-Garonne 1856

- mortalité et veuvage
- célibat temporaire ou définitif
- contraception
- enfants nés

	Haute-Loire 1856	Lot-et-Garonne 1856
Enfants qui ne sont pas nés à cause de :		
- Mortalité	4,86	4,36
- Célibat définitif	1,73	0,77
- Retard de l'âge au mariage	3,14	2,41
- Veuvage	0,24	0,32
- Contraception	1,01	3,98
Enfants réellement nés	2,38	1,53

enfants en décidant d'interrompre leur fécondité à un âge précoce. Dans le Vexin français, 60 % des femmes mariées entre 1820 et 1850 cessent d'avoir des enfants avant 35 ans ; cent ans plus tôt (en 1700-1729), cette même proportion était de 9 %. La nombre de ménages impliqués dans l'action contraceptive n'a cessé d'augmenter, et il est vraisemblablement devenu majoritaire avant le milieu du siècle. Sans doute peut-on expliquer en partie cette grande mutation par l'abaissement de la mortalité : dans une France encore peu touchée par l'industrie, la contraception aurait été, pour les paysans, le moyen d'éviter le risque d'émiettement de la propriété foncière, à un moment où le système « vertueux » du mariage tardif cessait d'offrir une réponse adéquate. Devant l'augmentation de l'espérance de vie, il aurait en effet fallu reculer le mariage jusqu'à l'âge de 35 ans, et augmenter la part de célibat définitif au-delà de 30 % pour arriver à un taux de reproduction net voisin de l'unité. Sans doute aussi, toutes les régions n'ont-elles pas été touchées au même titre par la révolution contraceptive. Le palier que l'on observe, entre 1860 et 1880, dans la chute générale de la fécondité est dû à la remontée de quelques régions. Or, la reprise y a été d'autant plus sensible que celles-ci étaient reculées : Bretagne, Limousin, Cantal, Rouergue, Lozère, ouest des Pyrénées, Jura, Alpes. Tout se passe comme si c'étaient les régions les plus enclavées, les dernières à résister à l'exode rural, celles qui avaient le marché matrimonial le plus étroit, qui avaient le plus contribué à redresser la pente nationale. A l'inverse, les régions où la reprise a été la plus faible, voire nulle, sont celles qui se trouvent dans

---

Voici représentée dans deux départements ruraux du Sud, distants de 220 kilomètres (en Lot-et-Garonne, 60 % de paysans, en Haute-Loire, 75 %) l'attitude de mille femmes vis-à-vis de la fécondité. En Haute-Loire, la ponction opérée par la mortalité est sévère : près de 30 % des femmes ont disparu avant 20 ans et 50 % n'arrivent pas à l'âge de 50 ans. Le célibat définitif (20 % des survivantes) et le mariage tardif (50 % des survivantes ne sont pas mariées à 25 ans), écartent de la fécondité 60 % des femmes quel que soit leur âge. La contraception ne joue qu'un rôle mineur. En Lot-et-Garonne où la mortalité est plus faible (23 % des femmes meurent avant 20 ans), le mariage est précoce et général (8 % seulement de célibataires à l'âge de 50 ans). Dès lors, aux âges de grande fécondité, près de 60 % des femmes auraient des enfants sans l'utilisation d'une efficace contraception : les « funestes secrets » concernent ici sans doute plus de deux femmes mariées sur trois. (D'après H. Le Bras, *op.cit.*)

le Bassin parisien ou le long des grands axes (vallées de la Loire, de la Garonne et du Rhône). En fait, dans cette marche générale à la voie malthusienne, les rythmes n'ont pas été identiques : vers 1830, l'efficacité du mariage tardif paraît encore supérieure à celle de la contraception, et les zones où il l'emporte largement correspondent bien aux môles catholiques (avec des nuances dues aux différences de densité de peuplement rural). A l'inverse, les régions où le mariage précoce s'est établi sont celles où la contraception s'est déjà intensifiée : Bassin parisien, vallée de la Garonne, régions méditerranéennes. La comparaison faite par Hervé Le Bras de deux départements français proches l'un de l'autre en 1856 est éclairante : dans le Lot-et-Garonne, où le mariage est précoce et général (8 % seulement des célibataires ont 50 ans), plus de deux femmes mariées sur trois pratiquaient la contraception. A l'inverse, en Haute-Loire, se conjuguent une forte mortalité (30 % des filles sont décédées avant 20 ans), un taux de célibat définitif élevé (20 % des survivantes ne se marient pas) et un retard de l'âge au mariage (la moitié d'entre elles ne sont pas mariées avant 25 ans) pour limiter les naissances : la contraception est réduite ici à un simple rôle d'appoint. Les régions « catholiques » ont donc pris un retard considérable dans la pratique de la contraception par rapport aux pays « laïcs » plus précoces.

Que la Révolution ait pu, en brisant momentanément les structures ecclésiastiques et en augmentant la mobilité de la population, jouer un rôle d'accélérateur, n'est pas niable. Mais l'antécédence du malthusianisme, qui naît de l'apparition progressive d'une nouvelle morale familiale et de l'émergence grandissante d'une sphère du privé, ne l'est pas non plus. L'originalité française réside plutôt dans sa précocité par rapport aux autres pays européens. En tous les cas, l'incompréhension que les clercs manifestent vis-à-vis du sens de cette profonde mutation culturelle, qu'il s'agisse d'un anathème ou d'une réprobation tacite, est à verser au dossier du contentieux qui s'élargit entre l'Église enseignante et ses ouailles.

Du serment constitutionnel à l'ex-voto peint : un exemple d'histoire régressive
par Michel Vovelle

Nous avons souhaité conserver à la démarche de cette enquête son caractère problématique, en la reprenant, telle qu'elle s'est imposée à nous, non point à partir du temps long – ou moyennement long – du XVIIIe siècle, mais à partir d'un constat, celui qu'autorise l'épreuve de vérité de la Révolution française, révélant non point cette « France toute chrétienne en 1789 », suivant le cliché longtemps reçu, mais un paysage contrasté, qui invite à une enquête régressive, sur les frayages ou les racines de cette réalité massive qui s'impose à nous dans le (presque) instantané de la décennie révolutionnaire.

Nous nous sommes d'abord penché sur le problème de la déchristianisation-scandale, celle de l'an II, non point le fruit d'une lente maturation spontanée, semblait-il du moins, mais tentative volontaire d'éradication des religions en place. Sans toutefois, on l'a dit précédemment, être imposée d'en haut, puisqu'elle fut presque d'entrée désavouée, elle est l'expression d'un courant d'opinion hautement politisé, suscitant cette onde de diffusion, qui en six mois couvre l'espace français tout entier. Menée d'abord à l'échelle du quart sud-est de la France, l'enquête a été ensuite élargie à l'ensemble de l'espace national, ce qui en rend les résultats encore plus lisibles et démonstratifs. C'est un instantané des réactions de la France sur le problème religieux qui s'inscrit ainsi, en l'an II, avec une particulière lisibilité. Cette épreuve de vérité n'est pas la seule : on connaissait depuis plus longtemps – en fait depuis un célèbre article de Philippe Sagnac, en 1906 – le paysage collectif révélé en 1791 par cet autre test majeur, et chronologiquement antérieur, que fut l'attitude du clergé français face au serment constitutionnel imposé. Incomplète – elle couvrait la moitié des départements français, à partir des sources parisiennes –, l'enquête de Sagnac suggérait déjà avec précision l'existence de deux

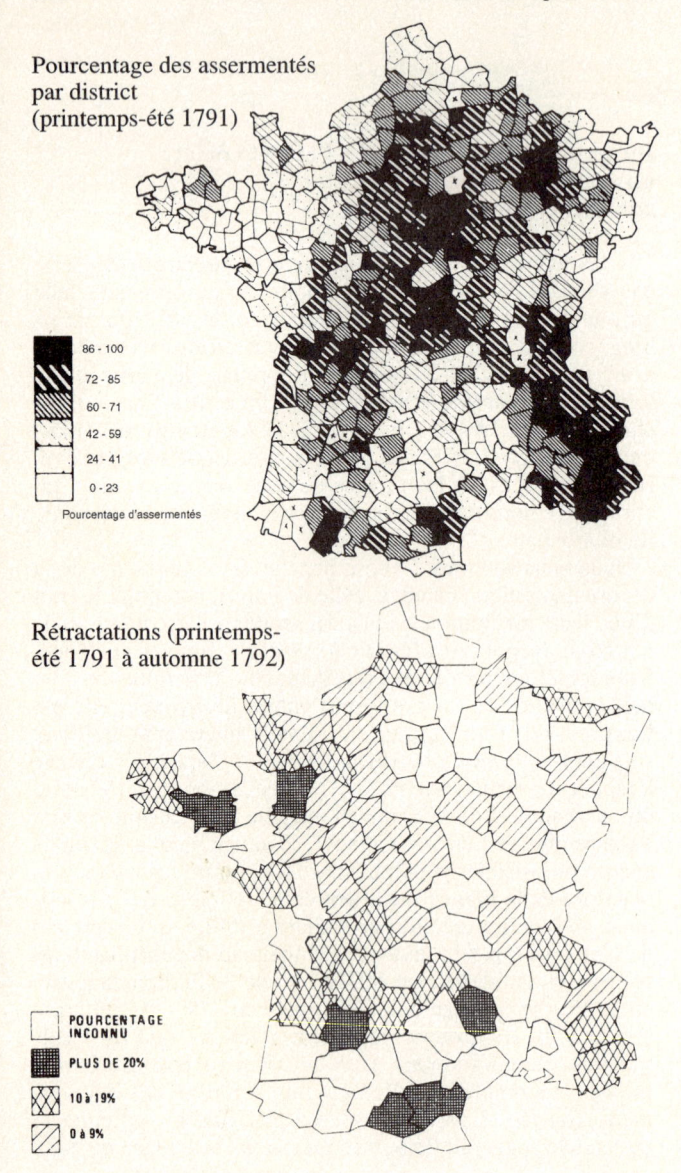

196 *Du roi Très Chrétien à la laïcité républicaine*

Pourcentage des assermentés
par district
(printemps-été 1791)

86 - 100
72 - 85
60 - 71
42 - 59
24 - 41
0 - 23

Pourcentage d'assermentés

Rétractations (printemps-
été 1791 à automne 1792)

POURCENTAGE
INCONNU

PLUS DE 20%

10 à 19%

0 à 9%

Nombre de jureurs total par catégorie (printemps-été 1791)[1]

	Jureurs	Clergé total	%
Clergé paroissial total[2]	26 542	50 876	52,2
Clergé paroissial total (à l'exclusion des départements « incertains »[3])	24 114	46 088	52,3
Par catégorie			
Curés	18 639	32 516	57,3
Vicaires	6 534	13 661	47,8
Desservants	542	997	54,4
Total	25 715	47 174	54,5
Curés réguliers (échantillon)	70	123	57
Clergé non paroissial			
Professeurs de collège			
Séculiers	243	653	37,2
Réguliers et congréganistes	391	535	73,1
(Incertains)	(204)	(337)	60,5
Total	838	1 525	55,0
Professeurs de séminaire	24	327	7,3
Professeurs d'université	8	37	22
Aumôniers	211	504	41,9

1. Les chiffres sont de l'été 1791 lorsqu'ils sont connus, sinon du printemps 1791.
2. Sont inclus les quelques départements dans lesquels les prêtres non paroissiaux tenus au serment ont été mélangés avec les curés et les vicaires (Loir-et-Cher, Nièvre, Nord, etc.).
3. Aisne, Bouches-du-Rhône, Corrèze, Corse, Gers, Jura, Lozère, Oise, Deux-Sèvres.

Timothy Tackett a non seulement complété la carte du pourcentage des prêtres assermentés, mais en donne une transcription précise au niveau des districts : on y perçoit mieux la continuité géographique d'aires continues, qui reflètent des tempéraments contrastés. Une carte simplifiée résume l'opposition des deux France, celle du refus et celle du serment majoritaire. On mesure sur celle des rétractations leur modestie relative : elles n'altèrent ni le bilan ni la physionomie d'ensemble.

Cartes et tableaux (voir aussi p. 198) extraits de : Timothy Tackett, *La Révolution, l'Église, la France*, Paris, 1986, p. 56, 70, 71.

Rétractations du clergé paroissial
(printemps 1791-été 1792)

	Jureurs	Clergé total	%	% baisse
Pour 22 départements [1]				
Printemps 1791	9 096	15 741	57,8	—
Été 1791	8 689	»	55,2	4,5
Automne 1792	8 126	»	51,6	6,5
Pour 35 départements [2]				
Printemps 1791	13 950	23 563	59,2	—
Été 1791	13 114	»	55,7	6,0
Pour 27 départements [3]				
Été 1791	9 953	17 355	57,3	—
Automne 1792	9 324	»	53,7	6,3
Pour 36 départements [4]				
Printemps 1791	12 904	23 233	55,5	—
Automne 1792	11 374	»	49,0	11,9

1. Basses-Alpes, Ariège (diocèse de Couserans), Aude, Calvados, Cantal, Charente, Drôme, Eure, Indre, Isère, Manche, Mayenne, Morbihan, Moselle, Orne, Haut-Rhin, Seine-Inférieure, Somme, Var, Vienne, Vosges, Yonne.
2. Départements de la note 1 plus : Ain, Aube, Bouches-du-Rhône, Côtes-du-Nord, Doubs, Gard, Haute-Garonne, Gironde, Marne (excepté le district de Reims), Puy-de-Dôme, Basses-Pyrénées (diocèse de Lescar), Seine-et-Marne, Seine-et-Oise.
3. Départements de la note 1 plus : Hautes-Alpes (excepté les districts d'Embrun et de Briançon), Cher, Creuse, Indre-et-Loire, Maine-et-Loire.
4. Départements de la note 1 plus : Aveyron, Côte-d'Or, Dordogne, Doubs, Eure-et-Loir, Finistère, Landes, Loir-et-Cher, Lot, Lot-et-Garonne (diocèse d'Agen), Lozère, Rhône-et-Loire (districts de Montbrison, Roanne et Saint-Étienne uniquement, Vendée, Haute-Vienne.

France, ou plutôt de plusieurs : zones de serment massivement prêté dans le Bassin parisien, dans le Centre, dans une large coulée de la Bourgogne à la Provence, en passant par les Alpes ; zones de refus : l'Ouest armoricain, le Nord, le Nord-Est, une large tache au sud-est du Massif central... Si l'historiographie conservatrice avait traditionnellement contesté ces évidences, déniant par principe toute validité aux résultats du serment constitutionnel, les plus ouverts des historiens catholiques de la Révolution, de Dansette à Latreille, n'avaient pas manqué de souligner déjà la ressemblance de cette carte avec celles des attitudes religieuses de la France contemporaine, voire avec celle de la sociologie politique du XXe siècle.

En nous attaquant, en 1976, au problème de la déchristianisation de l'an II, nous n'avions pu manquer de nous arrêter, en curiosité préalable, sur cette carte des refus ou des adhésions à la Constitution civile du clergé, complétant dans le quart sud-est la géographie proposée par Sagnac, poussant de l'échelle départementale au réseau plus fin des districts pour faire apparaître contrastes, frontières et continuités. Manquait l'épreuve en vraie grandeur, à l'échelle de la France entière. Le remarquable ouvrage de Timothy Tackett *la Révolution, l'Église, la France* comble cette lacune. Associant une lecture critique des procès-verbaux des administrations, consultés dans les archives nationales ou départementales, à l'exploitation systématique des monographies locales qui permettent de combler les lacunes, il propose désormais une spatialisation continue, fiable et précise de cet instantané historique qu'a représenté le serment de 1791. Il va plus loin, corrélant ce document de base à une série d'autres paramètres, qui font intervenir les structures institutionnelles, sociales, organisationnelles du clergé d'Ancien Régime, comme aux premiers tests d'opinion collective que l'étude systématique des cahiers de doléances, par exemple, permet d'exploiter, remontant régressivement à ce que l'on peut soupçonner de la géographie du jansénisme au XVIIIe siècle.

A partir de ces études enchaînées et complémentaires, menées depuis un quart de siècle, il est permis, avec quelque assurance, d'avancer quelques constats, et de poser du moins quelques hypothèses de travail, retrouvant ces « indicateurs » dont nous sommes partis, pour les faire parler.

Test massif dans son unicité, le serment constitutionnel. On a évoqué les conditions dans lesquelles il a été prêté, point n'est besoin d'y revenir. Que peut-on donc en attendre ? Peu de choses, diront certains : il y eut pression, manipulations par les autorités ; puis le flux des rétractations, souvent précoces, altère la fiabilité du résultat. Toutes choses indiscutables, mais que l'argumentation de T. Tackett réduit à leurs véritables limites. L'étude fouillée des rétractations du serment en situe l'ampleur de 10 à 20 % dans la plupart des cas : trop peu pour que le paysage global en soit profondément modifié. De même, les arguments traditionnellement invoqués – l'influence des évêques, bons diocèses ou mauvais –, tout ce qui réduit à l'aléatoire de circonstances locales se trouve relativisé par la lisibilité d'une carte, révélatrice de tempéraments et d'options collectives. Faussement naïve, la vraie question reste bien : sur quoi nous renseigne la carte du serment ? L'attitude du clergé, ou celle du peuple chrétien ? Les deux, incontestablement, car il n'est pas question de sous-estimer l'ampleur du drame de conscience vécu par le corps pastoral, tel qu'il se reflète directement, ou indirectement, dans les comportements différents des jeunes et des vieux, des curés et des vicaires, des prêtres urbains mieux aptes à se concerter que ceux des villages.

Drames individuels et stratégies collectives s'associent pour faire du serment un document exceptionnel sur les options du clergé français au début de la Révolution. A ce titre, il n'y a pas contradiction, mais bien complémentarité entre la démarche qui part de ce moment, fort bref et encore tout chargé de contradictions pour beaucoup, pour suivre le cheminement de ces cohortes de prêtres au fil de la Révolution, et l'autre approche que nous allons suivre, avec T. Tackett. C'est celle qui, à partir du rapport, ou de la symbiose (plus ou moins réussie) qui associe prêtres et fidèles, fait avant tout de ce document une base pour apprécier sinon la ferveur collective, du moins la place que tient la religion et son appareil dans la société globale. « Référendum » d'un terme volontairement provocateur que Tackett invoque et récuse tout à la fois ? On peut risquer l'anachronisme, s'il ne conduit pas à une lecture pauvre et caricaturale, mais bien à apprécier comment l'Église et la religion, suivant des modèles diversifiés qui renvoient à des structures ou à une histoire différente, vivent leur rapport avec les populations. Sans anticiper, là encore, sur les explications à venir, un grand Ouest, au clergé nombreux et familier, a vécu la conquête tridentine autrement que le Bassin parisien, au prêtre plus rare et distant.

L'épisode du serment constitutionnel, loin de nous présenter le simple reflet d'une situation déjà établie, et désormais stabilisée pour longtemps, est un moment, moment de déchirure, « événement structurant » pour reprendre l'expression de Tackett, à partir duquel va s'inscrire très fortement dans l'histoire de la Révolution, et au-delà, le lien entre la politique et le problème religieux.

La déchristianisation de l'an II

L'épisode déchristianisateur qui s'inscrit de l'hiver 93 au printemps 94, apporte beaucoup plus que des retouches à ce premier canevas. L'analyse en est moins simple, en fonction de la nature même de l'événement. Cette flambée explosive nous laisse des milliers de témoignages qui touchent tant les aspects négatifs ou destructeurs – attaque contre les lieux ; autodafés ou mascarades – et contre les hommes – abdications et mariages des prêtres –, que les réalisations positives – fêtes et culte de la Raison, célébration des martyrs de la Liberté, hommage à l'Être suprême... Un reflet nous est donné de cette activité multiforme par le flux des adresses parvenues durant ces six mois sur le bureau de la Convention nationale. Plus de 5 000 telles que nous les transmettent les Archives parlementaires : simple partie émergée de l'iceberg, dirons-nous, car une petite partie seulement de la réalité locale trouve un écho en haut lieu. L'hypothèse de travail fut ici d'estimer qu'il y a concordance, au moins grossière, entre le flux au départ et à l'arrivée, ou du moins proportionnalité. Le bilan des résultats obtenus semble bien cautionner cette hypothèse : des cartes de grande lisibilité s'inscrivent, restituant à la fois le mouvement, mois par mois, de la propagation de cette « onde », la densité contrastée des manifestations d'une région à l'autre, opposant aires de refus et d'activisme, la différence des formes d'engagement suivant les lieux – la géographie du culte de la Raison n'est point celle du culte de l'Être suprême, celle des prêtres mariés n'est pas tout à fait celle des abdicataires... Une France très diverse s'esquisse, mais non sans cohérence. D'autant qu'il est possible de procéder par voie d'inventaires, autant que possible exhaustifs s'agissant d'un certain nombre des manifestations les plus spectaculaires de cette campagne. Ainsi en va-t-il pour le changement des noms de lieux, substituant aux anciens toponymes « défanatisés » (noms de saints ou de lieux sacrés) de nouvelles appellations révolutionnaires. Faisant le tri dans ces milliers d'appellations nouvelles pour

Toponymie révolutionnaire

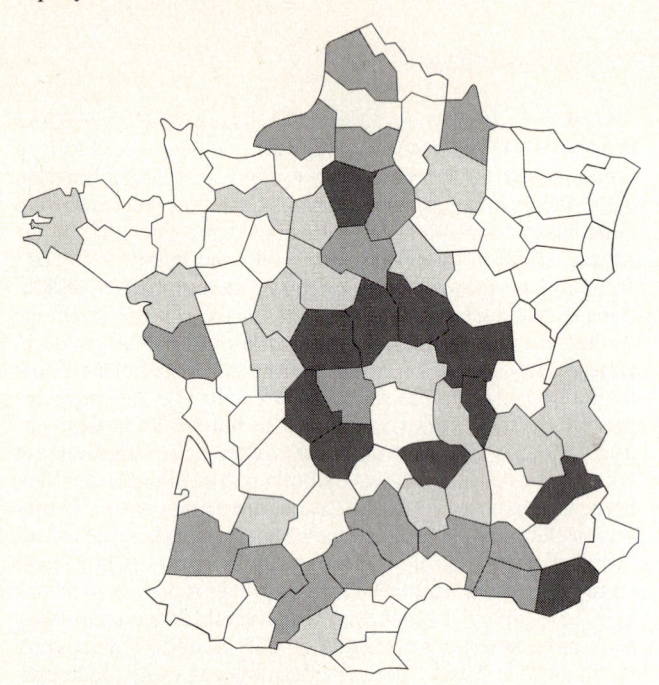

Les teintes sont ordonnées en fonction
du pourcentage de changements de nom significatifs.

Changer les noms de lieux pour les « déféodaliser » mais surtout les « défanatiser » : l'une des entreprises les plus ambitieuses de la Révolution culturelle de l'an II : au vrai un échec puisque bien peu de ces nouveaux toponymes survivront. Sur le moment, la carte du pourcentage des changements de noms significatifs (révolutionnaires, moraux, antiquisants) est très suggestive dans ses contrastes : refus dans l'Ouest et le Nord-Est, cependant que le Bassin parisien, la France du Centre surtout, et une partie du Midi sont les plus touchés. (D'après M. Vovelle, *La Révolution contre l'Église, de la Raison à l'Être suprême*, Bruxelles, 1988.)

ne retenir que les changements significatifs (moraux, antiquisants, héroïques, et républicains), une carte presque inattendue par les contrastes qu'elle révèle, dévoile l'intensité de la

Chronologie des adresses déchristianisatrices par thème :
répartition, par mois, pour cent adresses de chaque thème

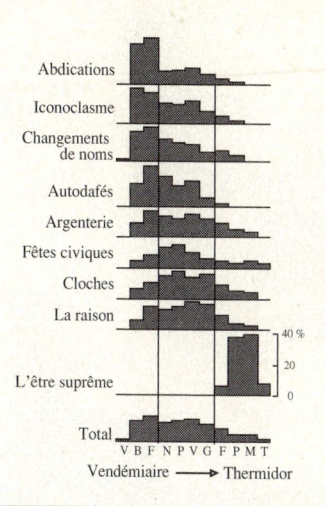

La déchristianisation de l'an II est la somme de toute une série de gestes qui s'inscrivent sur dix mois, chacun suivant son rythme propre : des abdications de prêtrise ou de l'iconoclasme et des changements de noms, particulièrement précoces, aux manifestations du nouveau culte (Raison, fêtes civiques qui culminent au printemps). La fête de l'Être suprême apparaît comme un point d'orgue… et un point final. (D'après M. Vovelle, *op. cit.*)

déchristianisation dans une France centrale qui en est l'épicentre, alors que l'Ouest, le Nord ou le Nord-Est opposent leur silence.

Abdications et mariages des prêtres, parce qu'ils ont sans doute été les manifestations les plus traumatisantes, atteintes directes au corps vivant de l'Église, ont fait l'objet d'une recension précise à l'époque même des faits, listes voire tableaux imprimés pour les abdications. Un peu plus tard, à l'époque du Concordat, le cardinal Caprara, légat du pape, eut la charge de réconcilier les prêtres, surtout les prêtres mariés qui souhaitaient rentrer dans le giron de l'Église. Plus de 3 000 prêtres mariés, sur 5 000 probables, près de 15 000 abdicataires sur un total estimable à 20 000 en extra-

204 — *Du roi Très Chrétien à la laïcité républicaine*

Taux de pratique religieuse au XXe siècle

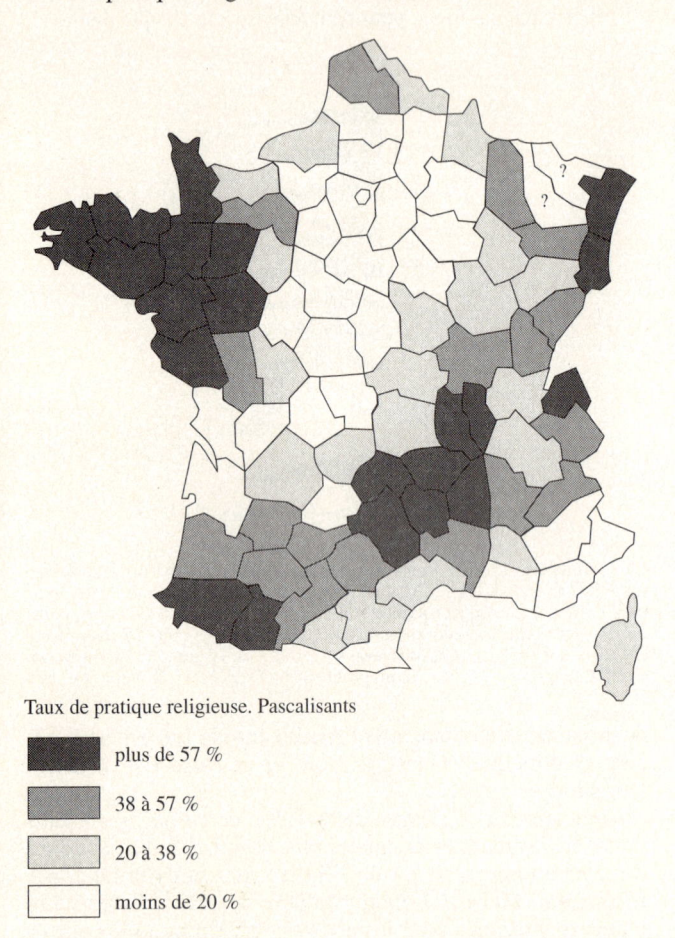

Taux de pratique religieuse. Pascalisants

- plus de 57 %
- 38 à 57 %
- 20 à 38 %
- moins de 20 %

En combinant les différents indices de la déchristianisation sur le terrain, une carte d'une grande cohérence apparaît, qui rappelle de très près celle du serment constitutionnel de 1791, à quelques nuances près (les Alpes), mais qui annonce aussi celle de la pratique religieuse du XXe siècle, telle que l'établiront vers 1950 les sociologues. (D'après M. Vovelle, *op. cit.*)

La « *déchristianisation* » 205

L'intensité de la déchristianisation

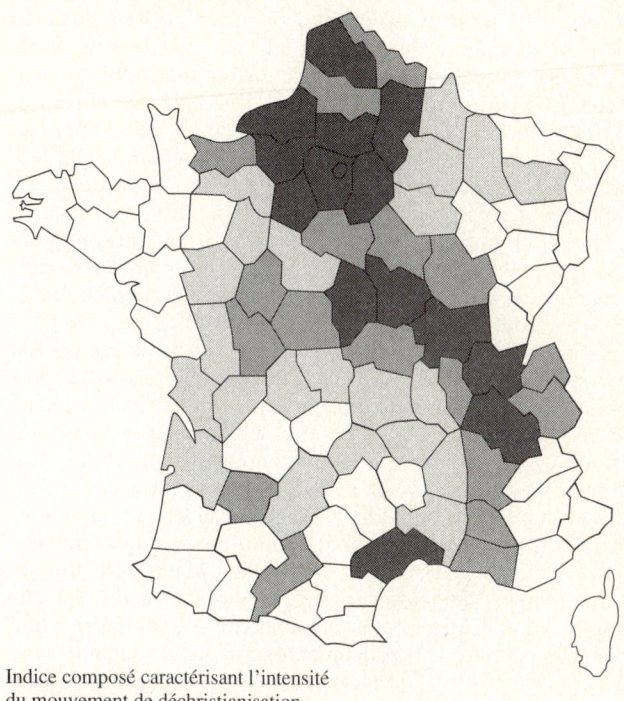

Indice composé caractérisant l'intensité
du mouvement de déchristianisation

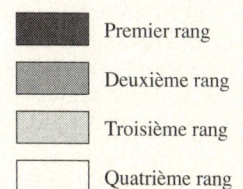

- Premier rang
- Deuxième rang
- Troisième rang
- Quatrième rang

polation prudente : impressionnant fichier des misères de l'Église, et de ce que l'abbé Godel a pu appeler « l'explosion du corps pastoral ». Reste à voir ce que ces données nous révèlent. Un tableau affligeant de la décomposition du corps pastoral, comme l'eût dit une tradition anticléricale, ou de l'ultime capitulation d'un clergé constitutionnel déjà virtuellement perdu comme, l'affirmait à l'inverse une autre tradition, conservatrice ? Ni l'un ni l'autre. Car il est évident qu'une bonne majorité des abdications de prêtrise a été imposée. On peut estimer à un dixième, à la lecture des déclarations qui nous restent, le pourcentage des enthousiastes, ou comme l'on dit, des « blasphémateurs », ce qui ne veut point dire que la totalité des autres ait opposé farouche résistance à ce que plus d'un a vécu comme un acte de conformisme civique. Toute une gradation, dans le détail de laquelle nous ne pourrons entrer, s'esquisse, de ceux qui ont abdiqué « état et fonction de prêtrise », à ceux qui n'ont prétendu renoncer qu'à l'exercice du culte, ou qui ont simplement livré leurs lettres de prêtrise, quitte à s'excuser de les avoir perdues. Humbles stratégies dans une situation vécue comme tragique. A plus forte raison découvre-t-on dans les correspondances adressées au cardinal Caprara par les prêtres mariés des confessions ou des bribes de confessions individuelles, qui n'avaient pas laissé insensible Albert Mathiez, le premier à avoir attiré l'attention sur elles, même s'il termine sur une pointe anticléricale. Sans aucunement méconnaître cette dimension vécue, cette documentation impressionnante nous servira cependant avant tout comme test de la déchristianisation *imposée*, et (avec prudence) *reçue*, apport complémentaire à ce jeu de cartes superposées, à partir desquelles on peut discerner l'intensité de la campagne déchristianisatrice. Pour être important, le test n'est ni prépondérant, ni totalement décisif, et ce serait une erreur de lire la déchristianisation à la seule lumière des abdications de prêtrise ou du mariage des prêtres.

Il n'en reste pas moins que nous voici en possession de toute une documentation diversifiée – des adresses reçues à la Convention, aux modifications de la toponymie, aux abdications et mariages de prêtres – qui permet d'enserrer dans tout un réseau d'approches croisées la complexité du phénomène déchristianisateur de l'an II. La chronologie des diverses manifestations montre qu'il y eut plusieurs ondes superposées : l'iconoclasme ou l'autodafé sont précoces, manifestations violentes de l'hiver, la livraison de l'argenterie des églises, opération plus lourde, mais qui peut être manifestation plus neutre d'engagement civique, s'étale sur toute la période, les fêtes civiques culminent à la saison du carnaval, au lendemain de la reprise de Toulon, les temples de la Raison s'ouvrent en frimaire dans la France centrale, en ventôse et encore en germinal dans les France périphériques. Le flux des abdications, tel que nous avons pu le cartographier, s'élargit en tache d'huile du Centre et du Bassin parisien, vers le Nord et le Nord-Est, puis vers le Midi, et vers la France de l'Ouest, progressivement gagnés. De même les cartes d'intensité des phénomènes sont-elles loin d'être identiques. Sans multiplier les exemples, on peut confronter celle du mariage des prêtres, on saisit une discordance explicable non seulement par la différence des deux mouvements (il y eut des mariages spontanés avant et encore après la flambée déchristianisatrice), mais par les stratégies qui ont été suivies sur le terrain par les déchristianisateurs – représentants en mission ou activistes locaux ; des régions où il y eut peu d'abdicataires, soit que la déchristianisation y ait été modeste, ou refusée, soit parce que le clergé constitutionnel y était peu nombreux, présentent proportionnellement un taux relativement élevé de prêtres mariés – que ce soit le résultat d'une politique délibérée, ou du fait que, dans ces régions en frontière de déchristianisation, une poignée de prêtres constitutionnels abdicataires étaient plus disposés à parachever leur geste par le mariage : ainsi l'Ouest, le Nord et le Nord-Est, le sud du Massif central, zones résistantes par ailleurs, offrent-ils la démonstration paradoxale d'un mouvement plus violent, en frontière de déchristianisation pourrait-on dire.

Une carte remarquablement cohérente

Plus que des nuances ; mais qui n'en laissent pas moins sur un constat global. Quelles que soient les divergences, ces cartes présentent un air de famille, des contrastes apparaissent avec une constance remarquable. Assumant tous les

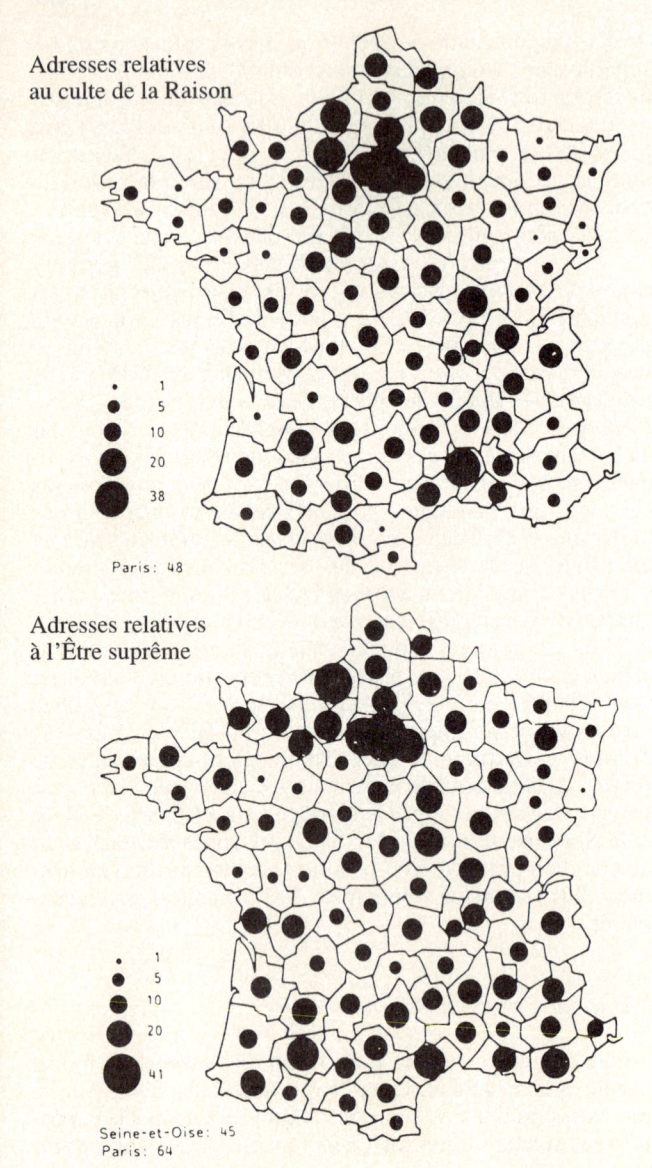

208   *Du roi Très Chrétien à la laïcité républicaine*

Adresses relatives
au culte de la Raison

1
5
10
20
38

Paris: 48

Adresses relatives
à l'Être suprême

1
5
10
20
41

Seine-et-Oise: 45
Paris: 64

Adresses relatives aux fêtes civiques

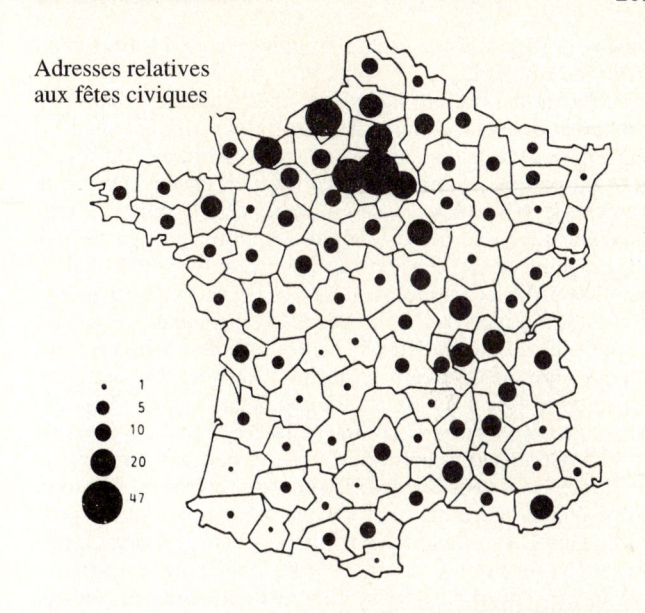

Trois cartes reflètent les succès et les échecs des nouveaux cultes et des nouvelles liturgies : fêtes civiques, et plus particulièrement culte de la Raison puis de l'Être suprême. Elles ont un air de famille (la coulée continue du Bassin parisien à la vallée du Rhône, les aires de refus à l'Ouest ou au Nord-Est), mais des différences sensibles apparaissent : l'Être suprême n'a point partout relayé la déesse Raison, même s'il a parfois été mieux accueilli. (D'après M. Vovelle, *op.cit.*)

risques que peut comporter telle procédure, nous avons tenté, en combinant le classement par rang des différents départements français au regard des indicateurs les plus significatifs retenus – abondance des adresses déchristianisatrices, vivacité du culte de la Raison, ampleur des abdications –, de proposer un indice synthétique de l'intensité de la déchristianisation – vécue, subie, reçue ? Réservons le problème. Cet instantané de la France de l'an II aux prises avec le problème religieux livre une carte d'une remarquable cohérence, dont la confrontation s'impose tant avec celle des résultats du serment constitutionnel en 1791, qu'avec les cartes de la pratique religieuse telles qu'elles ont été établies, dans les années 1950, par la sociologie religieuse de G. Le Bras et du chanoine Boulard.

La déchristianisation frappe fort, et efficacement, dans une aire qui couvre la majeure partie du Bassin parisien, mais un autre pôle se dessine dans le centre de la France, du revers nord du plateau central jusqu'au Morvan en passant par le Berry et le Nivernais. Entre Bourgogne et Lyonnais s'articule un autre axe Nord-Sud, qui englobe une partie des Alpes, pour descendre vers le Midi, en suivant la vallée du Rhône. En contrepoint, les aires du refus s'affirment : l'Ouest armoricain, le Nord-Est, de la Lorraine à la Franche-Comté, le sud-est du Massif central et une partie du Languedoc ; autour du Béarn et du Pays basque, une partie de l'Aquitaine. Mais on constate également que, des Hautes-Alpes au Var, du bas Dauphiné à la Provence, l'impact de la déchristianisation est faible. Ce qui conduit à apprécier les différences avec les deux figures de référence. Sur fond d'une convergence massive pour la majeure partie du territoire, dans la ventilation des tempéraments régionaux, introduisant à l'idée d'une permanence de longue durée, quelques évolutions significatives se manifestent, en aval, ce qui n'étonne guère à un siècle et demi de distance, mais plus encore en amont, par comparaison avec la France de 1791. La région du Nord et du Nord-Ouest, rebelle au serment constitutionnel, est fortement touchée par la déchristianisation, et l'on peut y voir le poids d'un conjoncturel, qui fait de cette région frontière un site particulièrement exposé, parcouru, soumis à des pressions diverses. Inversement, dans le Midi, un Sud-Est alpin provençal qui avait massivement prêté le serment s'affirme rebelle à la déchristianisation, révélant la fragilité d'une option initiale qui reflétait la situation spécifique du clergé alpin, plus peut-être que la ferveur des populations. L'axe Paris-Lyon-Marseille, si fermement marqué sur la carte du serment constitutionnel, semble moins évident en l'an II, sans toutefois que l'autre espace de déchristianisation, de Paris à Bordeaux, si lisible sur la carte du XXe siècle, ne s'affirme encore aussi nettement que plus tard.

La carte de l'an II, par certains aspects, nuance et corrige celle de 1791, par beaucoup d'autres en confirme les pressentiments. Sur la base de cette preuve redoublée, on peut dire qu'au cœur de la Révolution, le paysage religieux révèle des contrastes destinés à durer longuement. Derrière l'image de la France toute chrétienne en 1789, le choc révolutionnaire fait apparaître un tableau en ombres et lumières. L'a-t-il révélé ou l'a-t-il façonné, comme on peut le soupçonner, par retouches successives, dont le serment constitutionnel puis la déchristianisation violente auraient été les temps forts ? Question à reprendre : mais qui légitime le désir de s'interroger sur une autre forme de déchristianisation, non plus dans le temps court, mais dans la longue durée du siècle des Lumières, non plus imposée et violente, mais spontanément propagée.

Une déchristianisation de longue durée ?

Cette autre « déchristianisation », si tant est qu'on puisse risquer le terme, c'est par une enquête régressive, au fil du XVIIIe siècle, remontant éventuellement jusqu'au XVIIe, que l'on peut tenter d'en saisir les traits. La tâche n'est pas aisée : elle impose le choix d'une méthode, puis la rencontre de sources appropriées. Dans le cadre de la demande régressive, imposée par l'enquête, une histoire sérielle, autant que possible quantifiée, s'est imposée depuis une trentaine d'années. Elle se réfère aux voies ouvertes par Gabriel Le Bras et par les maîtres de la sociologie religieuse française, mais elle a dû faire preuve d'inventivité dans le choix des sources-supports. Tels tests, pertinents dans nos sociétés contemporaines, du partage laïc, ne l'étaient guère dans la France du catholicisme officiel d'Ancien Régime où seule une poignée de marginaux (réformés ou « nouveaux convertis » opiniâtres, juifs) pouvait échapper au conformisme des gestes saisonniers, où la pratique pascale, déjà différenciée (entre ville et campagne, ou suivant les régions), ne fait pas l'objet de décomptes systématiques. Des études, au demeurant de grande valeur, comme celle de P. Perouas sur le diocèse de La Rochelle, ne montrent que de faibles variations significatives sur fond de discipline imposée. Il fallait donc ruser : différentes pistes ont été tentées, nous en prendrons quatre exemples, à partir de sources qui se prêtent à quantification des gestes (les testaments), ou simplement à mise en série (les confréries, l'iconographie religieuse des autels, les

Demandes de messes en Provence au XVIIIᵉ siècle

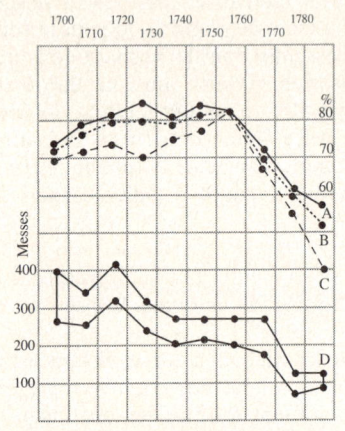

A, B , C : % des testateurs demandant des messes.
D : nombre moyen de messes demandées.

Dans les élites marseillaises, au fil du XVIIIᵉ siècle, on peut suivre par l'analyse de milliers de testaments la déstructuration du geste des demandes de messes pour le repos de l'âme du testateur. Qu'il s'agisse du geste lui-même : (A : femmes, C : hommes, B : total), ou du nombre moyen des messes demandées (D), un tournant s'inscrit annoncé dès les années 1720 pour la moyenne des messes, mais spectaculaire surtout dans la seconde moitié du siècle, principalement chez les hommes. (D'après M. Vovelle, *La Mentalité révolutionnaire*, Paris, 1985.)

---

ex-voto), moyen d'associer différents regards, pesée globale et lecture qualitative.

Richesse du testament spirituel

Les testaments, du Moyen Age à l'âge classique, ont été longtemps assez délaissés, surtout par les historiens modernistes qui, dans une visée d'histoire sociale, n'y retrouvaient pas la précision qu'ils obtenaient des contrats de mariage ou des inventaires après décès. Formé aux méthodes de l'histoire sociale prônées par Ernest Labrousse, mais sollicité par la curiosité de pousser plus loin l'indiscrétion dans le champ de l'histoire religieuse et des mentalités, nous avons souhaité faire parler la richesse du « testament spirituel » qui constitue jusqu'à la Révolution la première partie, souvent très développée, de cet acte notarial. C'était ouvrir à la recherche un immense chantier, si l'on considère la très forte représentativité de la source qui peut toucher 60 à 70 % des adultes masculins, près de moitié des femmes dans le Midi, 20 % encore dans le Lyonnais. Il est vrai aussi qu'en fonction de la diversité des coutumes successorales, certaines régions sont beaucoup plus chiches en testaments (l'Alsace... ou la Corse, pour ne prendre que deux exemples bien différents). Reste que, malgré la diversité des pratiques, testaments olographes de la France septentrionale, nuncupatifs (passés chez le notaire) dans le Midi offrent une impressionnante moisson : nous avons pu sans peine opérer en Provence sur un échantillon de 25 000 actes, en procédant par coupes décennales échelonnées. Par ailleurs, à côté de ce qui se trouve dans les minutiers notariaux, une partie des testaments d'Ancien Régime font l'objet d'un enregistrement sur les registres des insinuations judiciaires, échantillon enrichi dont nous avons tiré profit. Chaque acte pris isolément fournit une moisson remarquablement diversifiée d'indices : formules pieuses (invocation à la personne divine, à la Vierge et aux saints), élections de sépultures (à l'église paroissiale, dans un couvent, au cimetière... ou à la discrétion des héritiers), demandes de messes *de mortuis* pour le repos de l'âme (par fondation perpétuelle, mais de plus en plus, au détail, par trentaines, par centaines ou par milliers), pompes baroques du cortège et de son accompagnement, appartenances ou dons aux confréries (« luminaires » chargées de l'entretien d'une chapelle, ou pénitents), legs pieux à des œuvres, ou participation à des œuvres de miséricorde (les « 13 pauvres de Jésus-Christ », les Charités et les hôpitaux).

La Provence baroque

De la mise en séries de ces indices, l'exploitation du cas provençal a fait ressortir une série de courbes, mobiles, suggérant une respiration séculaire, et dans leur diversité même, remarquablement convergentes. Par leur massivité et donc leur représentativité, certains tests comme les demandes de messes font figure d'indicateurs privilégiés, la plupart des autres (confréries, pompes baroques) suivent le mouvement parfois contre toute attente : ainsi les formulaires notariaux, dont on eût attendu une réelle stabilité, s'allègent-ils au cours du siècle pour passer d'une profusion « baroque » à un laconisme presque total, voire au silence. Une périodisation s'esquisse, qui, dans la majorité des sites comme sur les courbes générales à l'échelle de la région, permet d'identifier plusieurs phases successives : progrès dans l'unanimité des gestes, du milieu du XVIIe siècle aux années 1680, phase étale, voire encore légèrement ascendante entre 1680 et 1720-1730, où l'on peut voir ici l'époque d'épanouissement de la reconquête catholique, et de ce que nous nous sommes permis d'appeler (plagiant le Brémond de l'« Invasion mystique ») l'invasion dévote ; un négociant marseillais ne saurait alors se tenir quitte avec le ciel, à moins de 5 à 10 000 messes, un cortège associant « gazettes » des pénitents, religieux de plusieurs couvents, recteurs des maisons charitables et orphelins de la Charité, léguant par ailleurs à quatre ou cinq hôpitaux ces largesses codifiées qui ont remplacé les traditionnelles « donnes manuelles » aux pauvres de Jésus-Christ.

Une dévotion investie sur les gestes, qui loin d'être le privilège des riches et des puissants, est devenue le modèle commun – chacun suivant ses capacités – à des couches sociales fort larges à la ville comme à la campagne. Le déclin est parfois précoce, dès les années 30, où culmine la querelle janséniste, plus souvent inauguré au milieu du siècle, vers 1750. Après 1770, la chute se précipite, en tous domaines et presque en tous lieux. Là où les notables provençaux de la fin du XVIIe siècle demandaient dans 72 % des cas des messes *de mortuis*, et plus de 80 % dans les années 1750, le pourcentage est tombé à 52 % à la veille de la Révolution. Le nombre moyen de messes demandées est tombé de 400 à moins de 150. Le modèle d'évolution que nous avons ainsi établi, et qui se présente ici sous sa forme la plus simplifiée, comporte des nuances multiples : suivant le sexe (féminisation très nette des gestes, contrepartie de l'abandon masculin), suivant les groupes sociaux (une bourgeoisie largement

La « *déchristianisation* »

taillée, puisqu'elle entraîne une partie des producteurs indépendants de l'échoppe et de la boutique, donne le ton, alors que les nobles, certains groupes populaires et la paysannerie restent en retrait), suivant les lieux aussi (antériorité de la ville, et surtout de la grande ville, comportements très différenciés de la campagne). Reste à voir ce qu'il signifie au vrai.

La Provence n'est pas la France ; l'étude qui a été menée dans cette région a déjà fait apparaître des exceptions significatives au processus évolutif généralement relevé : dans le pays niçois contigu, où le « baroquisme » reste de règle, comme dans certains sites de haute Provence (Senez) où l'épisode janséniste du début du siècle est suivi d'une reconquête massive. Dans la haute Provence alpine comme dans le bas Dauphiné voisin, des sites (Vallouise, Barcelonnette) sont caractérisés par une stabilité à un très haut niveau. Dans ce même cadre méridional, Avignon, chez le pape, allie à un respect des formes traditionnelles "à la niçoise" des procédures d'abandon très provençales.

L'espace français

Quittant délibérément le cadre méridional, nous possédons toutefois aujourd'hui, dans l'espace français, suffisamment de monographies établies à partir des sources notariales – de la haute Normandie à la Champagne, au Nivernais ou à la Bretagne – pour pouvoir, sur fond de convergence générale, affirmer la fiabilité de la méthode et la généralité d'un modèle qui n'est pas spécifiquement provençal, même s'il n'est pas possible aujourd'hui, dans un piquetage encore discontinu, de proposer une carte des aires qui bougent, et de celles qui ne changent pas. D'ores et déjà, toutefois, un site exceptionnel a fait l'objet d'une importante étude dirigée par Pierre Chaunu : les testaments parisiens ont été massivement analysés dans une longue durée qui débute au XVe siècle pour conduire à la veille de la Révolution. L'étude des formules et invocations liminaires y a été poussée plus loin qu'il ne l'avait été fait dans le cadre méridional. Le bilan global, en confirmant la fécondité de la démarche, apporte à la réflexion des éléments nouveaux : il permet non seulement, en amont, d'assister à la constitution du système – de cet ensemble

Densité des loges maçonniques en France
à la veille de la Révolution française

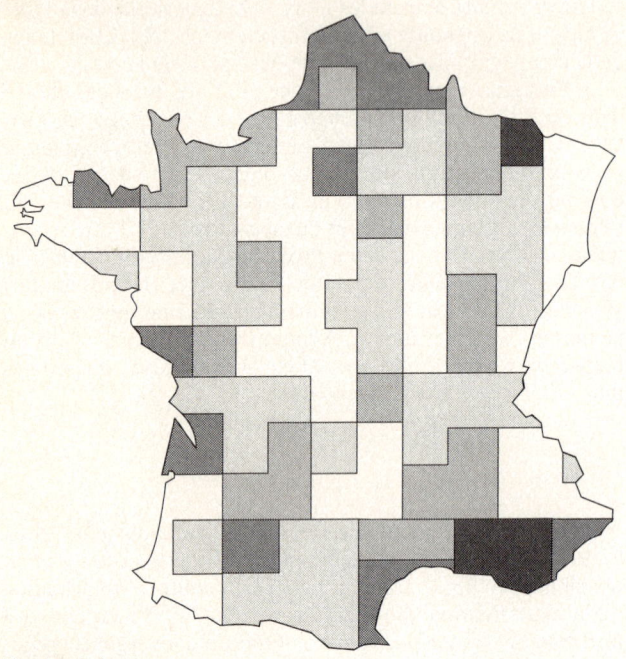

Nombre de loges
par rapport à la superficie (en km²)

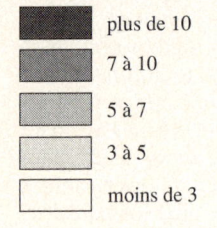

- ■ plus de 10
- ▨ 7 à 10
- ▧ 5 à 7
- ░ 3 à 5
- □ moins de 3

Des confréries de dévotion aux loges maçonniques, telles qu'on peut les décompter à la fin du XVIIIe siècle, il n'y a pas, on s'en doute, continuité ou relais mécanique, au plus frayage en termes de sociabilité masculine,

La « déchristianisation » 217

Nombre de loges maçonniques
par rapport à la population

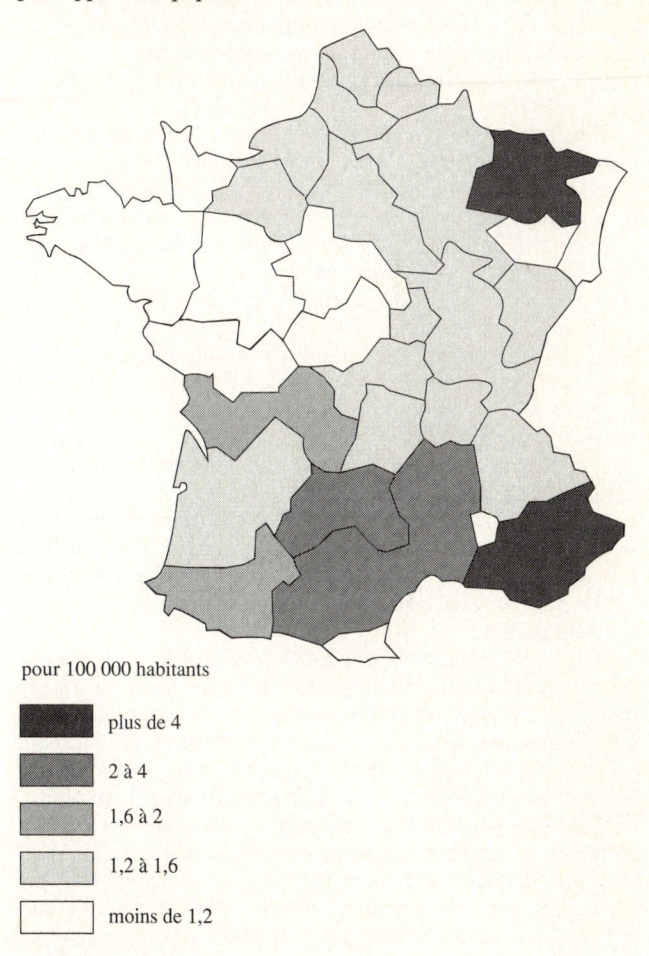

pour 100 000 habitants

- ■ plus de 4
- ▨ 2 à 4
- ▨ 1,6 à 2
- ▨ 1,2 à 1,6
- □ moins de 1,2

et transfert au niveau des élites. Mais nos cartes font apparaître nettement l'aire de la sociabilité méridionale de lointain héritage. (D'après M. Vovelle, *Idéologies et Mentalités*, Paris, 1982.)

de gestes, de pratiques et d'attitudes, comme de la spiritualité qui les prolonge dans la seconde moitié du XVIIe siècle –, mais, en aval, il révèle un décrochement beaucoup plus précoce que dans la Provence baroque : pour toute une partie des gestes et formules significatifs, le décrochement s'inscrit à Paris, dès le début du XVIIIe siècle, à la fin du règne de Louis XIV.

Antécédence de la capitale ? Si l'on ne craignait de simplifier abusivement, on serait tenté de suggérer, sur la longue durée, trois moments, correspondant à trois modèles : modèle parisien, unique encore à notre connaissance, caractérisé par la précocité du repli, modèle(s) d'une France mobile, non seulement la Provence, mais nombre des sites – de la Champagne au Nivernais – qui se conforment à ce rythme, décrochement dans le second XVIIIe siècle, à partir d'un tournant assez général des années 50 à 70, zones de fidélité, stables jusqu'à la Révolution. Sortir hors de France, comme nous y invitent tant d'études monographiques actuellement achevées, surtout dans les pays de la Méditerranée occidentale, de Séville à la Galice ou la Catalogne, de la Vénétie au Mezzogiorno, amènerait à évoquer un autre univers – dirons-nous une quatrième catholicité ? –, où le tournant que nous avons cru saisir en France quelque part vers 1750, s'inscrit un siècle plus tard, au milieu du XIXe siècle sur des testaments qui ont échappé à la césure que la Révolution a introduite en France.

Mais ce tournant, il reste encore à le qualifier : et l'on pourrait à bon droit nous faire reproche de ne formuler que maintenant ce qui peut apparaître comme une question préalable. La critique s'impose tant d'une source, que de la méthode, que des hypothèses et conclusions. Que nous apportent les testaments, que reflètent-ils ? A un premier niveau, on pourra dire qu'ils expriment la convention notariale, ou au mieux la convention sociale. C'est le notaire, on le sait bien, qui tient la plume. L'expérimentation menée a démontré en fait que les cadres formels, apparemment les plus inertes, cèdent devant la force de la pratique : l'exemple des formules testamentaires, dans leur surprenante mobilité, le prouve. Mais on pourra objecter aussi que nous n'avons répertorié qu'une série de traces, de gestes ; somme toute, la partie la plus extérieure du vécu religieux. Voire : car le dernier passage, si propre soit-il à s'entourer de gestes et de rites, reste l'une des expériences (la seule peut-être) avec lesquelles on ne triche pas. Les tests retenus défient toute lecture pauvre et réductrice, susceptibles d'une double ou même triple lecture : que signifie le silence, tel qu'il se fait dans les formules pieuses, dans l'indifférence apparente au cortège, aux pompes et à la sépulture, dans l'absence de demandes de messes ? Il y a un silence du réformé, nouveau converti de surface qui se reconnaît à d'autres gestes, un silence janséniste qui se découvre en certains sites, il y a celui du libertin, qui se démasque plus rarement, et un silence d'indifférence ou de détachement... Celui-ci n'est pas sans ambiguïté. De tous les arguments présentés dans une critique positive, celui de Philippe Ariès va le plus loin, qui voyait dans l'incontestable tournant qui s'inscrit au XVIIIe siècle non point l'indice d'une déchristianisation, mais bien le passage d'une attitude craintive, égoïste si l'on veut, à l'égard de la mort contre laquelle il faut se prémunir par tout un réseau de précautions, à une attitude d'abandon confiant, correspondant à une autre sensibilité, à un autre comportement familial. On ne dit plus ce que l'on n'a plus besoin de dire. Mais ceci n'explique pas toutefois l'impressionnante convergence des preuves. Cela n'explique pas que le ciel semble se dépeupler, que les appartenances aux confréries régressent, que le cercle des prêtres et religieux omniprésents dans la famille traditionnelle se restreigne souvent dramatiquement. Restreindre à un mouvement d'intériorisation d'une foi par ailleurs inchangée, voire débarrassée de ses scories les plus extérieures, est sans doute forcer le trait en se refusant à quelques évidences. Convient-il à l'inverse de parler en termes de déchristianisation ? Réservons le problème pour l'instant, une source unique, pas plus qu'un test isolé, n'autorise une réponse définitive.

Le test des confréries

Maurice Agulhon n'entendait pas d'entrée s'affronter au problème de la déchristianisation des Lumières, lorsqu'il a mené son étude pionnière sur les confréries provençales au XVIIIe siècle, mais à celui de la sociabilité : notion à laquelle il a donné une nouvelle vigueur, et même un contenu sensiblement gauchi par référence aux travaux des historiens du siècle dernier. La sociabilité méridionale dont il rencontrait les expressions politiques dans les « cercles » républicains foisonnant à partir de 1848, et déjà dans le dense réseau des sociétés populaires de la Révolution, il en a dans une étude régressive trouvé les racines dans le très dense réseau de confréries de tout genre dont la basse Provence de l'âge classique lui offrait le modèle, du XVIe au XVIIIe siècle. Il en a proposé une typologie, associant l'étude institutionnelle à l'analyse sociologique, dans une optique d'anthropologie historique. Ce réseau d'associations de dévotion, vivantes dès le Moyen Age, largement accru et souvent recréé par la conquête post-tridentine, pour connaître au XVIIe siècle un épanouissement qui dure jusqu'au milieu du XVIIIe, offre en Provence une palette variée : confréries institutions, ou institutionnalisées, reprises en main par les corps de ville, telles que les confréries de jeunesse qui préparent la fête votive, le « romérage », ou que les Charités ; confréries professionnelles, et surtout confréries de pure dévotion – « luminaires », chargées de l'entretien d'une chapelle, à l'église paroissiale ou au terroir, qu'il s'agisse du Saint Sacrement, du Rosaire ou d'un saint, ancien ou nouveau. Enfin, originalité méridionale, les confréries (on dit les « gazettes », en Provence) de pénitents tiennent une place essentielle, présentes dans la grande majorité des villages : pénitents blancs doublés parfois des noirs, des gris, ainsi désignés par la couleur de leur robe, surmontée de la cagoule. Associations de dévotion masculine, caritative également, assistant à la mort non seulement les frères mais les pauvres, ou les condamnés, ces confréries ont une grande autonomie, leur chapelle, leurs offices et leurs processions. Elles ont recruté jusqu'au milieu du siècle dans les élites locales, mais aussi chez les artisans et boutiquiers, une fraction de la paysannerie aisée. Ce tableau, Maurice Agulhon l'anime ; et sa découverte ou sa démonstration consiste à suivre, dans la seconde moitié du siècle principalement, un mouvement général de repli, qui s'exprime parfois quantitativement, mais plus souvent encore par l'abandon des élites qui s'en vont chercher dans les loges maçonniques une sociabilité mieux adaptée à leurs besoins. Il en résulte – bien que la double appartenance ne soit pas exceptionnelle – une « démocratisation » des confréries où prédominent désormais l'échoppe, la boutique, les cadres inférieurs et la paysannerie modeste. Cette évolution tendancielle s'accompagne d'un changement d'esprit. La hiérarchie catholique, et parfois aussi le pouvoir laïc n'avaient pas attendu ce temps pour dénoncer l'esprit d'indépendance, voire les excès des pénitents. Évolution profane, diagnostique pour sa part Maurice Agulhon, qui dresse le portrait renouvelé de cette structure de sociabilité masculine. Risquant le terme de sécularisation, il évite prudemment celui de déchristianisation. Il n'en reste pas moins que le réseau des nouvelles sociabilités – pénitents et francs-maçons – s'adapte à un nouvel air du temps, et que la densité comme la vitalité du réseau des sociétés populaires révolutionnaires dans ces régions découle de ce frayage, de cet héritage de longue durée. Bien qu'il s'en défende, Maurice Agulhon a apporté à l'histoire religieuse du siècle des Lumières une contribution essentielle. On a depuis lors travaillé à étudier l'extension et les frontières de cette sociabilité saisie par lui à l'épicentre de son implantation méridionale. D'autres sites existent dans des campagnes bien différentes, comme le Limousin, le caractère original de sociabilité essentiellement masculine est moins marqué ailleurs (ainsi dans les Alpes). Et, de la Normandie des « Charités » et des « Charitons » à la Flandre, il existe aussi une sociabilité septentrionale. Mais le modèle conserve toute sa valeur démonstrative.

Pousser plus loin l'indiscrétion ? Tenter de savoir derrière ces gestes, ces pratiques, ces rencontres, ce qu'il en est au vrai de ce que pensent les hommes de ce temps, et de leur représentation de l'au-delà ? Risquée, l'entreprise n'est pas impossible, passant de la quantification des traces, au suivi de séries continues telles que l'iconographie religieuse nous les propose. Le détour par l'expression graphique paraîtra, nous l'espérons, une ruse honnête. Elle correspond en tout cas à une démarche largement pratiquée récemment : de la Provence orientale (M.-H. Froeschlé-Chopard) à l'Alsace (L. Châtellier) ou au Maine (M. Ménard), on a prospecté l'art religieux, le mobilier des églises, avec le souci de les insérer dans l'espace sacré – celui de l'église ou celui de la paroisse tout entière. C'est à deux enquêtes de ce type que nous nous référerons, renvoyant, dans le même cadre de la

Les principaux thèmes des tableaux des autels des âmes du purgatoire dans les départements provençaux.
Évolution chronologique

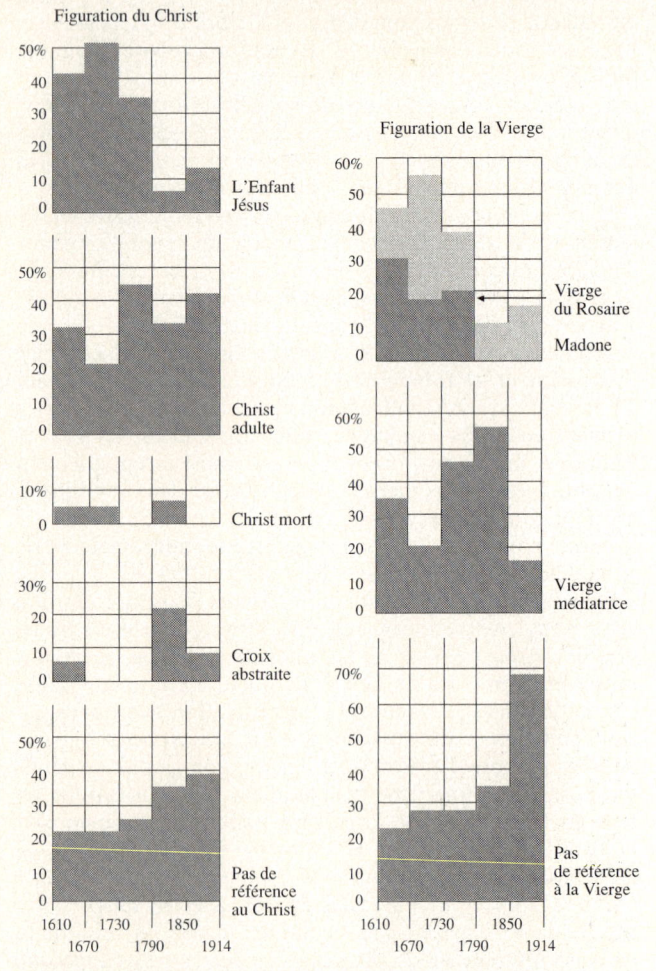

Figuration du Christ: L'Enfant Jésus ; Christ adulte ; Christ mort ; Croix abstraite ; Pas de référence au Christ.

Figuration de la Vierge : Vierge du Rosaire ; Madone ; Vierge médiatrice ; Pas de référence à la Vierge.

Note : les pourcentages renvoient au chiffre total des tableaux relevés par tranche chronologique.

La « déchristianisation »

Provence, à deux séries de sources différentes : les autels des âmes du purgatoire, les ex-voto. Nous avons mené la première en compagnie de notre épouse Gaby Vovelle, voici plus de 20 ans, ouvrant le chantier de ces curiosités nouvelles, la seconde a fait l'objet de la thèse de Bernard Cousin sur « Le miracle et le quotidien ». L'une et l'autre s'inscrivent délibérément dans la très longue durée d'une étude suivie depuis les origines médiévales jusqu'à nos jours, et tentent de percevoir, à travers les représentations figurées, l'évolution d'une sensibilité collective et des représentations dont elle est le reflet, représentations de l'au-delà dans le premier cas, de l'intervention divine miraculeuse dans le second. Dans ces aventures de longue durée de l'imaginaire collectif, le XVIIIe siècle représente-t-il une séquence spécifique, voire l'annonce d'un tournant ?

Figuration du Père éternel ou de la Trinité

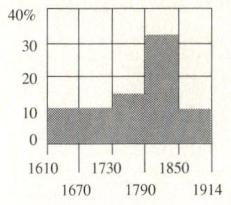

Figuration de saints intercesseurs

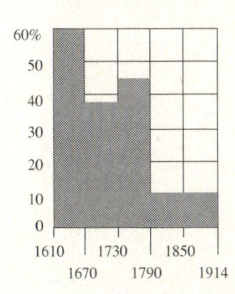

A partir des autels des âmes du purgatoire – associant la représentation peinte du tableau au décor du retable –, la riche collecte opérée en Provence (plusieurs centaines de cas au total) a permis d'assister, depuis la fin du XVe siècle, mais surtout à l'âge classique de la pastorale post-tridentine, à l'élaboration d'un modèle homogène sans être stéréotypé, associant le macabre du décor baroque – crâne et sabliers – à

Sur les tableaux des âmes du purgatoire, en Provence, le Christ garde sa place, et la Vierge demeure l'intercesseur privilégié. Mais les saints intercesseurs se font plus rares, et le ciel commence à se dépeupler. (D'après G. et M. Vovelle, « Vision de la mort et de l'au-delà en Provence », *Cahiers des Annales*, 1970, p. 59.)

Évolution décennale de quelques types de scènes humaines

(pourcentage des ex-voto de chaque type de scène
par rapport au total des ex-voto de chaque décennie)

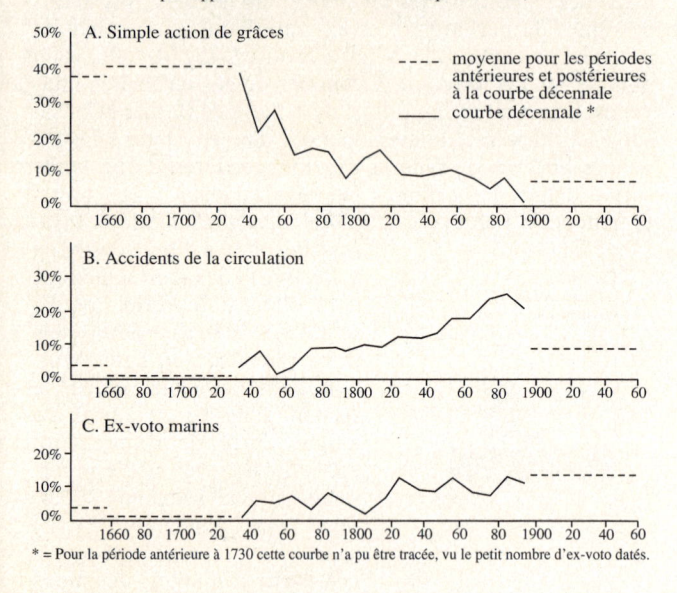

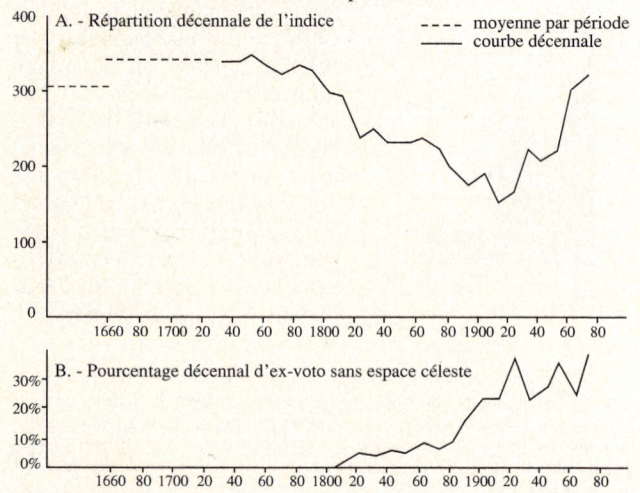

A. Simple action de grâces

---- moyenne pour les périodes antérieures et postérieures à la courbe décennale

—— courbe décennale *

B. Accidents de la circulation

C. Ex-voto marins

* = Pour la période antérieure à 1730 cette courbe n'a pu être tracée, vu le petit nombre d'ex-voto datés.

La surface de l'espace céleste

A. - Répartition décennale de l'indice

---- moyenne par période
—— courbe décennale

B. - Pourcentage décennal d'ex-voto sans espace céleste

l'image du troisième lieu : ce purgatoire pseudo-enfer où des âmes souffrantes purgent leurs peines, secourues par les anges qui les délivrent parfois, cependant que le registre supérieur évoque le monde céleste en la personne du Christ (l'Enfant Jésus dans plus de la moitié des cas à la fin du XVIIe siècle), de sa mère « notre avocate » (la Madone, souvent celle du Rosaire) et de saints intercesseurs, fort nombreux au XVIIe, un peu moins depuis la fin du siècle, encore qu'ils figurent dans 4 cas sur 10. Hiérarchie des intercessions, hiérarchie des recours.

Ce tableau a-t-il changé au XVIIIe siècle, qui s'ouvre, en 1704, sur le traité des superstitions où l'abbé Thiers dénonce les supercheries des moines romains qui tirent des fusées derrière les autels privilégiés pour faire croire à des âmes délivrées, cependant que dans la clandestinité de son presbytère ardennais, l'abbé Meslier écrit dans son sulfureux manuscrit : « Le purgatoire est le brasier qui fait bouillir la marmite du pasteur dont les ouailles fournissent le bois » ? Au niveau du comptage mené dans notre site méridional, point d'indice de recul : nous découvrons autant de tableaux et de nouveaux autels que dans la période précédente. Les comptages menés à partir des sources écrites confirment, plus précisément encore que la statistique archéologique actuelle, la très dense implantation d'autels et de chapelles qui ne sont surpassés en nombre que par ceux du Saint Sacrement et du Rosaire. Visiblement, une diffusion continue s'opère, des villes aux bourgs et villages, à l'initiative des confréries du purgatoire locales qui passent commande de tableaux. La personnalité des peintres qu'on identifie répond aux conditions nouvelles de la diffusion : moins de grands noms, les peintres provençaux de renom (il en reste, de Van Loo à Fragonard) se détachent d'une forme d'expression qui est laissée à des peintres besogneux, anonymes ou non, dont on suit le parcours d'un lieu à l'autre. Cette évolution qui

---

En Provence, le XVIIIe siècle est un grand siècle pour les ex-voto : mais dans leur composition, des infléchissements se font jour : l'espace céleste – celui de l'apparition – devient plus modeste, la prière individuelle ou collective des ex-voto de « simple action de grâce » régresse au profit de l'évocation de la scène vécue. (D'après B. Cousin, *Le Miracle et le Quotidien*, Aix-en-Provence, 1983.)

n'est pas sans évoquer celle que Maurice Agulhon a établie dans l'histoire des confréries, ne suggère donc point un repli, il s'en faut. Mais le décor, et, dirait-on, le discours de ces autels et retables commence à changer : si le Comtat ou le pays niçois, fidèles au baroque, poursuivent la mise en place de grandes structures traditionnelles, la basse Provence en voit le recul au profit souvent d'une décoration peinte, simulant un décor architectural ; avec ce type de décor, l'architecture funèbre prend son tournant néo-classique. Macabre adouci, aseptisé, introduisant plus qu'avant à une symbolique (l'urne, la branche de myrte), que ce siècle a pratiquée dans ses églises comme dans ses loges maçonniques. Sur les tableaux eux-mêmes, le climat général se modifie : l'âme souffrante ou désolée cède souvent la place à l'expression euphorique de la délivrance. Si les anges médiateurs remplissent leur office, saint Michel, l'artisan du jugement s'éclipse pour un siècle..., le repli des saints intercesseurs se confirme, panthéon appauvri où les saints de tradition tendent à disparaître, ne laissant subsister que les acteurs obligés de la dévotion au Rosaire, saint Dominique et sainte Catherine de Sienne.

Si le recours à la Vierge demeure majoritaire, la Madone à l'italienne cède le pas à une vierge médiatrice, agenouillée devant un Christ adulte qui montre ses plaies. On va parfois plus loin : les tableaux fin de siècle, dans leur facture néo-classique, font parfois assister au dépeuplement d'un ciel où toutes les présences médiatrices disparaissent : un rai de lumière, un triangle évoquent seuls la référence à une divinité qui n'est pas bien éloignée du Grand Architecte ou de l'Être suprême. En un mot, sur fond de continuité, des tendances nouvelles se dévoilent dont le XIXe siècle, dès ses débuts, verra l'affirmation renforcée, introduisant à une vision différente du troisième lieu.

En analysant dans la continuité pluriséculaire de leur production 4 000 ex-voto provençaux – ce qui subsiste aujourd'hui de cette forme d'expression dans les églises, chapelles et oratoires de pèlerinages –, Bernard Cousin pousse plus loin encore l'indiscrétion, s'il est possible : la mort évitée, qu'elle vous agresse au détour du chemin ou « gisant au lit malade », suscite ces panneaux peints d'action de grâce offerts dans son sanctuaire à l'intercesseur – la Vierge ou un saint – auquel on doit le miracle obtenu. Une scène qu'il serait imprudent de dire « naïve », illustre, suivant un codage précis, la rencontre des deux mondes : monde céleste de l'apparition au coin supérieur du tableau, scène terrestre évoquant tantôt le groupe des orants en action de grâce, et tantôt l'épisode lui-même qui a donné lieu à cette intervention. Le XVIIe siècle provençal a vu la première diffusion massive de ces expressions d'une dévotion individuelle, précieuse confession, même si elle se coule dans le cadre contraignant d'une norme générale. L'ex-voto peint, constate l'auteur, progresse en Provence à partir des années 1740, touchant de nouvelles zones. Une démocratisation de la pratique s'exprime, tant par le recul des nobles et des clercs aux rangs des donateurs que par l'affirmation des milieux populaires. Cette diffusion n'entraîne pas de modification majeure du contenu par rapport au siècle précédent : l'espace céleste réservé à l'apparition conserve une place notable, la scène humaine, toujours sommairement évoquée, met l'accent sur la prière de reconnaissance. Et pourtant, une évolution se dessine : la simple action de grâce, qui ne laissait pas de place à la figuration de l'événement, « recule dès 1740, et de manière plus nette encore après 1760 ». La maladie fait partiellement place à l'image de l'accident, ou du danger de mort violente. Les attitudes changent, celles des hommes surtout, qui abandonnent parfois les gestes conventionnels de la prière. Le « domaine profane », nous dit Bernard Cousin, pénètre sur l'image votive, amorce limitée mais sensible d'une mutation que la Révolution va accentuer.

Tableaux et retables, ex-voto, invitent à réexaminer, en conclusion, la problématique qui nous porte depuis le début de ce parcours. On sent à combien de nuances ils invitent. Point de repli ici, ou d'abandon manifeste, comme celui qu'on a cru discerner au fil des testaments, au contraire une diffusion continue, affectant une population plus large. Mais on dira aussi que ces documents, témoignages de la vie intérieure du peuple chrétien, ne touchent pas, et pour cause, le monde silencieux de ceux qui ne participent plus à cette unanimité. Il reste évident que pour ce peuple chrétien aussi, la vision du monde, ici-bas et au-delà, commence à changer. Tout un ensemble de traits qui s'affirmeront massivement, dès le début du XIXe siècle, prennent place significativement.

La Révolution : césure, révélateur ou activateur des évolutions en cours ? Les deux sans doute. Parlerons-nous de « déchristianisation » commencée ? Au risque de renforcer le scandale, nous avouerons que l'étiquette nous importe peu. L'essentiel est d'avoir commencé à comprendre ce qui change dans les visions du monde.

Indicateurs du XIXe siècle
Pratique pascale et délais de baptême
par Claude Langlois

Les publicistes du XIXe siècle sont unanimes à reconnaître dans le corps social un « déficit » nouveau et inquiétant en matière religieuse, et en même temps partagés sur la gravité du phénomène et donc sur son éventuel traitement. Le débat se prolonge à l'intérieur de l'Église. Mais en fait, davantage nourris de réminiscences historiques que de sérieuses enquêtes, les responsables du catholicisme ne sont pas immédiatement enclins à prendre la mesure exacte de l'inégal attachement des populations à leur religion.

Un premier pas dans la perception d'une géographie différentielle des pratiques est accompli en 1837, quand le vicomte d'Angeville, dans son *Essai sur la statistique de la population,* recherche une corrélation, en fait bien aléatoire, entre la criminalité et les comportements religieux, et utilise, comme marqueur de catholicisme, en plus du nombre de séminaristes parmi les recrues, la générosité des fidèles envers l'œuvre naissante de la *Propagation de la foi* durant la période 1827-1834. Le public peut alors prendre connaissance, et pour la première fois, à travers le nouveau maillage départemental, d'une France religieuse différenciée où la catholicité du Sud-Est pèse d'un poids très important : l'historien, pour sa part, y distingue l'esquisse d'antagonismes régionaux que la « carte Boulard » révélera, plus d'un siècle après.

Mais cette curiosité publique tourne court. Elle fait surtout place aux enquêtes menées individuellement par la nouvelle génération d'évêques qui a été nommée dès la fin de la Restauration et qui, poussée par la crise anticléricale qui suit la révolution de Juillet, se met à introduire, dans les classiques formulaires de visites pastorales, des questionnements nouveaux : « Combien de personnes accomplissent le devoir pascal ? » – « Combien de mariages civils ? » – « Le dimanche à la messe, combien y a-t-il d'hommes ?... de femmes ?...

d'enfants ? » – « A quel point le baptême est-il différé ? » Ainsi jusqu'à 1880, les responsables de près des deux tiers des diocèses ont souhaité connaître l'exacte pratique pascale de leurs ouailles : pour la moitié d'entre eux, la première manifestation d'un tel intérêt se situe entre 1825 et 1845, et plus précisément (15 sur 24) durant la décennie 1830-1839 ; or, dans trois cas sur quatre, durant cette période cruciale, l'enquête est effectuée dans les mois qui suivent l'entrée en fonction du nouvel évêque.

Ces informations sont destinées à lui faire mieux connaître son diocèse et, éventuellement, à lui permettre d'apporter les remèdes appropriés aux maux découverts : mais elles restent enfouies dans son secrétariat, quasiment jamais publiées, diffusées, connues même de son propre clergé. Il a fallu qu'un siècle plus tard – à partir de 1931 – Gabriel Le Bras se lance dans une longue enquête sur le passé chrétien de la France pour que l'on commence à les exhumer. Il a fallu aussi que le chanoine Boulard intéresse le clergé de nouveau à la situation des « pratiquants » pour que cette documentation éparse retrouve progressivement une signification.

La nouveauté, depuis la Révolution ? La pratique est libre pour chacun, sans contrainte autre que celle de ses convictions, de la tradition, de la pression sociale, parfois de l'incitation politique. L'État, en effet, demeure en retrait même s'il paye le clergé paroissial ; il oblige par ailleurs, depuis 1792, les familles, pour les naissances, les mariages et les décès, à se présenter d'abord devant l'officier d'état civil.

En fait, un tacite partage s'opère à l'intérieur des rites religieux. Ainsi, la messe dominicale demeure largement une pratique sociale : comme le notait dès le lendemain de la Révolution un préfet de l'Empire, « l'usage ancien, la curiosité, la vanité, le respect humain suffiraient pour réunir des hommes dans les temples, quand d'ailleurs ce ne serait pas pour eux un véritable plaisir de se réunir toutes les fois qu'ils peuvent le faire avec ordre et sans danger ». Aussi, les moins religieux, sans se dérober à l'obligation, s'y accommodent à leur manière : ils choisissent la messe matine, plus brève, et s'abstiennent des vêpres ou fréquentent la paroisse voisine ; ils traitent de leurs affaires dans l'église ou se tiennent sous le porche pendant l'office, avant de se réfugier vite au cabaret proche.

Par contre, le curé est seul juge en matière de confession et de communion pascales. Et personne ne s'avise plus de mettre en cause ses décisions. Sa curiosité, jugée indiscrète, sur les questions de politique (au lendemain de la Révolution ou après 1848) ou de morale conjugale, tient à l'écart une fraction des fidèles ; son simple rigorisme le conduit plus d'une fois à différer, d'une année sur l'autre, l'absolution. Dans une bonne paroisse, le curé confesse à Pâques tous ses paroissiens, mais il ne donne pas à tous l'absolution et donc la possibilité de faire la communion d'obligation. La preuve ? Que vienne une mission exceptionnelle, ou simplement que passe l'évêque pour la confirmation, et le nombre des communiants, surtout parmi les hommes, se gonfle sensiblement.

Mais c'est plus encore pour les rites de passage qu'un partage de fait s'opère. Le curé contrôle les communions et les enterrements. C'est lui qui décide quels enfants doivent approcher de la sainte table ; c'est lui aussi qui peut refuser le corps d'un défunt à l'église. Grave décision, qui, même si elle est canoniquement motivée, occasionne les protestations de la famille et, fréquemment, des troubles auxquels les autorités sont très sensibles. Décision sans appel, car le clergé, dans les campagnes, dispose du monopole des cérémonies publiques, au moment où les vieilles confréries mortuaires sont, sauf exception, sur le déclin.

Mais, pour le baptême et le mariage, la situation s'inverse, le curé se trouve en position de relative faiblesse. Le baptême doit être célébré le plus rapidement possible après la naissance, afin d'éviter que la mort de l'enfant ne prive celui-ci de la grâce qui le sauve du péché originel et lui ouvre le chemin du paradis. Insouciance, négligence ou plutôt moindre mortalité infantile ? Au fil des ans, les familles s'écartent du délai prescrit. Quant au mariage, le clergé se bat sur deux fronts, surtout en ville : contre le concubinage, principalement ouvrier, largement répandu, il suscite des sociétés pour régulariser la situation des contrevenants ; contre les mariages civils, nombreux par choix ou par nécessité durant la Révolution, il veille, maintenant que la vie normale est revenue, à ce que les anciens se régularisent et que des nouveaux ne se réintroduisent pas.

Ces rappels étaient nécessaires pour comprendre comment une documentation, épisodique et lacunaire, pour la communion pascale et l'assistance à la messe dominicale, sérielle mais peu exploitée, pour les délais de baptême, pouvait servir de base à la constitution d'« indicateurs » de la pratique. Mais en fait, compte tenu des sources disponibles pour le XIXe siècle, on ne peut, pour connaître la pratique, utiliser que le « thermomètre des Pâques », selon la formule de Dupanloup. On peut toutefois, à partir d'indications éparses provenant de vingt-trois diocèses localisés surtout dans la moitié nord de la France, risquer une estimation nationale qui vaut pour les années 1860-1880 : la France, dans ses limites de 1870, compterait 52 % de pascalisants, un taux sans doute légèrement sous-évalué. Un peu plus d'un Français sur deux faisait alors ses Pâques. Est-ce peu ? Est-ce beaucoup ? A chacun d'apprécier.

« Le moyen de connaître le degré d'influence de la religion [...], écrivait, dès 1805, le préfet de Rouen, Beugnot, consiste à calculer le nombre d'hommes et de femmes qui s'approchent des sacrements dans le cours ordinaire de la vie. » Et de proposer des estimations précises pour chaque arrondissement de la Seine-Inférieure : aux deux extrêmes, on trouve la ville de Rouen (« le quart des femmes et un homme sur cinquante ») et l'arrondissement d'Yvetot, le fameux pays de Caux (« les neuf-dixièmes des femmes et les deux tiers des hommes »). D'emblée, la première estimation quantifiée de la pratique pascale met en évidence les deux éléments essentiels de différenciation : le terroir et le sexe.

La variété des taux de pratique oppose avant tout diocèse à diocèse, région à région. Nous connaissons tous la fameuse « carte Boulard » de 1947. En voici comme le palimpseste fort incomplet restituant les contrastes régionaux dans le troisième quart du XIXe siècle. Au sommet (plus de 80 % de pratiquants), les fameuses terres de chrétienté de l'Ouest (Rennes, Laval), de l'Est (Strasbourg, Metz), du Massif central (Rodez) ; au plus bas, les déserts de la pratique (20 % et moins) : le Bassin parisien et une partie de la Champagne (Troyes) où la situation oscille entre le moins mauvais (Chartres, 21 %) et le pire (Versailles, 10 %), avec Paris en situation intermédiaire (16 %). Entre ces deux extrêmes, du plus au moins : de bons diocèses encore (plus de 60 % de pascalisants) telle la Vendée, moins pratiquante qu'au XXe siècle, le Bourbonnais (Moulins) et la Bourgogne (Autun), régions préservées encore pour peu de temps ; de plus moyens, comme Tours, Nancy, Perpignan ; des médiocres (autour de 40 %) comme Le Mans et Dijon, Carcassonne et Montpellier ; de moins bons encore, tels Nevers et Reims.

Étonnante diversité régionale, mais plus encore surprenant dimorphisme sexuel ! Pour une France où un peu plus de la moitié de la population fait ses Pâques, la participation masculine ne doit guère excéder 30 %, celle des femmes atteindre, voire dépasser 70 %. On sait que le XIXe siècle écrit le catholicisme au féminin, mais on demeure étonné, en alignant les chiffres disponibles, de la rigueur quasi mathématique des taux indiqués. S'ensuit une loi simple, jamais démentie : plus la pratique baisse, plus les femmes sont nombreuses en proportion. Qu'en on juge : à 60 % de pascalisants, on atteint déjà le rapport de deux femmes pour un homme ; à 45 %, trois femmes pour un homme ; quatre à 35 %, cinq à 20 %, dix pour un à 10 %. Le même phénomène vaut un siècle plus tard, mais en 1950 l'écart s'est resserré : à 40 % de pratiquants le rapport n'est que de deux pour un ; à 20 %, seulement de 2,5 à 1. De cette surprenante situation on peut tirer un constat évident : le catholicisme en ses régions déprimées, urbaines et rurales, s'identifie effectivement à son public féminin.

Mais, dans ce registre anthropologique, la différence entre sexes n'est pas la seule à souligner : celle qui sépare les âges joue aussi pleinement. Le clergé peut se plaindre, dans les régions déprimées, que le moment de la communion marque presque aussitôt celui de l'interruption de la pratique religieuse. La vérité statistique, pour autant qu'il soit possible de la percevoir à travers les rares enquêtes (Orléans, Moulins) qui distinguent les adultes de plus de 21 ans et les jeunes de 13 à 20 ans, confirme, avec des nuances, cette affirmation abrupte : la réalité est bien telle que l'affirmait crûment Dupanloup à partir de l'expérience de son diocèse, l'Église « a les femmes et les enfants ». Que le taux des pascalisants (plus de 13 ans) chute à 12 %, comme dans la Beauce en 1852, et les jeunes représentent à eux seuls plus de la moitié des fidèles ; qu'il remonte, comme en Sologne en 1869, à 32 %, et les jeunes redeviennent minoritaires (40 %) ; qu'il dépasse largement 60 %, comme dans l'Allier en 1864, et les 15-20 ans ne comptent plus que pour un cinquième du total. Faut-il encore ajouter que, là aussi, les filles l'emportent, tôt encadrées, mieux protégées, plus surveillées, mais que, là au moins, dans les quelques années qui suivent la communion, une partie des adolescents demeurent momentanément dans le giron de l'Église.

Peut-on, à partir de cette documentation, mieux faire apparaître les infléchissements qui traversent ce court XIXe siècle ? Pour qui s'en tient à l'idée d'une déchristianisation de plus en plus marquée, il ne fait pas de doute que la pratique baisse régulièrement durant le siècle ; celui qui prend en compte la reconquête effectuée à partir des années « trente », doit s'attendre à une inversion sensible à partir du milieu du siècle. L'exploitation d'une documentation éparse est délicate : elle hiérarchise, souvent de manière surprenante, les réponses que l'on peut faire.

La première, et la plus importante, conduit à nous démarquer des idées reçues : en effet, la majorité des indications statistiques met d'abord en évidence l'étonnante stabilité de la pratique pascale au XIXe siècle, à tout le moins pour la période 1830-1880. Qu'on en juge :

Nantes	1839-1863	86 %	83 %
Luçon	1845/54-1876/78	79	79
Le Mans	1830-1848/54	54	55
Nevers	1844-1886	38	39
Reims	1838-1881	36	33
Orléans	1852-1883	19	21
Versailles	1834-1880	9	10

Les sept diocèses retenus se trouvent tous dans la moitié nord de la France : les contrastes y sont très accusés, la stabilité n'en apparaît que mieux, puisqu'elle est entièrement indépendante du niveau effectif de la pratique. Il s'agit là, à n'en pas douter, d'un phénomène structurel essentiel.

Celui-ci n'exclut pas des fluctuations possibles. Mais les plus notables sont toutes orientées à la baisse, là surtout où les données de départ sont antérieures à 1830 :

Tours	1805-1858	69 %	54 %
Moulins	1805/16-1876	94	63
Luçon (partiel)	1822-1876		
Plaines et marais		66	51

La « déchristianisation »

Côte		95	68
Marais breton		95	78
Bocage		91	76
Soissons (4 cantons)	1807/10-1841	45	19
Bourges (par. Jussy-Champagne)	1802-1837	81	27
Évreux(par. Chavigny-Bailleul)	1820-1853	41	18
Versailles (Saulx-les-Chartreux et Maffliers)	1830-1834	140 pasc.	55 pasc.

Cette baisse n'est pas continue; on peut en effet déceler deux périodes sensibles : la reprise concordataire et la révolution de 1830. Au moment du rétablissement de la vie religieuse, la pratique pascale laisse apparaître une immédiate unanimité dans la Vendée militaire, le Bourbonnais, la Limagne et sans aucun doute dans plusieurs autres régions. Mais faut-il y voir la preuve que la Révolution n'a pas causé de profondes perturbations ? L'exemple du diocèse de Soissons qui compte moins de 40 % de pascalisants quelques années seulement après le Concordat, fait apparaître une situation toute différente que l'on doit retrouver ailleurs. Ne faudrait-il pas plutôt penser que le rétablissement du culte a pu provoquer une euphorie momentanée, qui souvent ne dure pas ? L'évolution de Jussy-Champagne, dans le Cher, illustre bien cette interprétation plausible : la pratique est satisfaisante en 1802 (plus de 80 %), mais moins bonne déjà en 1811 (70 %), pour devenir très médiocre sous la Restauration.

L'impact de 1830 ne fait par contre aucun doute : dans les cas où l'on peut suivre l'évolution religieuse avec précision, on voit la révolution de Juillet occasionner une baisse de la pratique. A Jussy-Champagne, elle produit un effondrement ; à Chavigny-Bailleul, dans le sud-est – plus détaché – du diocèse d'Évreux, la statistique régulière des pascalisants, de 1820 à 1853, montre bien quel fut le poids décisif de la révolution de Juillet : en 1826, la paroisse comptait 45 % de pascalisants – une reprise par rapport à 1820 –, en 1834, 27 %.

Cependant les variations observées au XIXe siècle ne sont pas toutes orientées à la baisse : on trouve aussi des reprises, en plus petit nombre, plus tardives aussi, et pour certaines, moins durables. Sans doute faut-il distinguer deux phénomènes différents : d'abord les effets, ressentis après 1840, d'un encadrement meilleur des terroirs de chrétienté, avec des curés progressivement convaincus qu'ils doivent être moins rigoristes en confession, d'où des hausses, limitées, de la pratique pascale dans le sud du Massif central et dans l'Ouest intérieur (Laval), perceptibles surtout après 1850. D'autre part, des efforts pastoraux vigoureux, conduits dans un environnement politique favorable, ont pu améliorer le niveau de la pratique dans des régions très déprimées : tel est le cas du diocèse d'Orléans sous le Second Empire, où les pascalisants augmentent de près de 40 % entre 1852 (19,4 %) et 1865 (27 %), et sans doute aussi de celui de Versailles. Mais ces gains résistent mal aux perturbations de la décennie 1870-1880. Vers 1880, Versailles voit sa pratique baisser d'un tiers par rapport à 1860 ; Troyes et Orléans, de près de 20 % par rapport à 1865 : la reprise de l'Empire est pratiquement annulée.

On connaît le paradoxe français du XIXe siècle : à ces très profondes variations de la pratique pascale – et aussi dominicale – s'oppose le quasi-unanimisme du sentiment d'appartenance : à 97 % au recensement de 1866, la population se déclare catholique et elle se montre de fait, sauf rares exceptions, prête à recourir massivement à son clergé paroissial pour sanctifier la naissance, le mariage et le décès des siens. L'antagonisme apparent entre ces deux attitudes est bien réel, pourtant l'homogénéité du comportement des catholiques devant la vie et la mort est loin d'être aussi évidente qu'on pourrait le croire.

Il existe en effet une minorité, faible mais non négligeable, qui rejette les rites de passage de l'Église catholique. Les non-baptisés sont en nombre réduit, mais se retrouvent dans les grandes cités. A Marseille, 1 % au moins au cours du XIXe siècle, peut-être 2 %, mais jamais plus avant 1880. Les couples mariés civilement, sont sans doute plus nombreux : les 2 à 4 % de mariages civils enregistrés dans le diocèse de Meaux, en 1820, peuvent encore être mis, pour partie, au débit de la Révolution ; mais c'est beaucoup moins probable pour les 4 % du diocèse de Versailles, en 1834. La vigilance constante des responsables religieux sur ce point à partir de 1830 constitue un indice probant.

Mais surtout, le respect de ces « rites de passage » s'accompagne d'un inégal engagement religieux de chaque fidèle. L'enterrement religieux représente ainsi un minimum : l'Église insiste aussi pour que le mourant se confesse une dernière fois, reçoive l'extrême-onction et communie enfin avant sa mort, et le clergé, bien aidé par les nouvelles congrégations de garde-malades, nombreuses après 1840, fait tout son possible pour convertir sur leurs lits de mort les incroyants, obscurs ou illustres. On peut, à titre d'exemple, prendre le diocèse d'Orléans dont on connaît le médiocre niveau de la pratique religieuse. En 1857, aucun curé ne fait mention d'enterrement civil ; la réception des derniers sacrements (confession, extrême-onction) est le fait du plus grand nombre, l'empressement toutefois varie (de 73 à 90 %), selon les régions, dans le même sens que l'observation du devoir pascal (de 15 à 25 %). Mais ceux qui reçoivent le saint viatique sont beaucoup moins nombreux (de 26 à 50 %). Il en va différemment dans un « bon » diocèse comme celui de Saint-Dié, où, à la même date, « on ignore complètement l'horrible refus des derniers sacrements de la part des pécheurs déclarés à l'article de la mort ».

La situation est plus complexe pour le baptême. Devant l'obligation de le faire administrer dans un délai de trois jours, les fidèles manifestent un empressement inégal, mais exactement mesurable. C'est pourquoi le « délai de baptême » est devenu un instrument apprécié pour tester l'évolution de la situation religieuse, dans les villes principalement, d'autant plus que, comme Charpin l'a montré pour Marseille, la corrélation est très forte entre pratique pascale et attitude baptismale.

Pour faciliter les comparaisons entre monographies usant de méthodologies souvent différentes, on peut conserver le critère simple d'un bref délai de rigueur, mais élargir celui-ci à la semaine : selon ce nouveau critère, la situation vers 1860 paraît bonne (+85 % de baptêmes dans la semaine qui suit la naissance) dans les deux paroisses centrales de Lyon (Saint-Pothin) et de Marseille (Saint-Joseph), à Béziers aussi, ville pourtant peu portée sur la religion, encore à Domfront et à Flers, petites villes de l'Orne, situées dans la partie plus pratiquante du diocèse ; elle est un peu plus préoccupante à Argentan (77 %) et Laigle (69 %), autres villes de l'Orne bénéficiant d'un environnement rural moins favorable, franchement inquiétante à Belleville (52 %), le nouveau cœur du Paris ouvrier. Or, vers 1880, sauf à Domfront et à Flers (88 et 94 %), la situation s'est partout dégradée. Elle est catastrophique à Belleville (17 %), mauvaise à Laigle (28 %), uniment médiocre à Lyon, Marseille, Béziers où elle est tombée à 50 %. A l'évidence, pendant les années « soixante-dix », les grands bouleversements politiques ont entraîné un éloignement des normes en vigueur dans le domaine religieux ; le changement est très net dans les grandes villes, mais aussi dans certaines régions rurales : ainsi en Creuse, avant 1870, moins de 10 % des paroisses rurales ne respectent pas majoritairement le délai de trois jours, mais en 1880, le taux est passé à 36 %.

Paris est un cas à part ; pour la capitale il faut changer d'instrument de mesure car le test du « délai de baptême » ne vaut plus à lui seul : en effet, en 1875, on y compte déjà 15 % de mariages civils, autant de naissances non suivies de baptêmes ; en 1882, on enregistre même 25 % de convois non religieux. L'enterrement grandiose de Hugo, en 1885, n'est point une exception, une amplification tout au plus. Dans le 20e arrondissement, dans le Belleville ouvrier bientôt marqué par la Commune, on peut suivre pas à pas l'ampleur du détachement ouvrier : dès 1860, date d'un premier sondage opéré, on trouve déjà 20 % d'enterrements civils ; dans les dernières années de l'Empire, on atteint 25 % ; en 1871, 35 % ; en 1877, 40 % ; en 1879, 45 %. Sont conduits directement au cimetière, sans passer par l'église, un peu plus les hommes que les femmes, beaucoup plus les enfants (pour une partie non baptisés) que les adultes, davantage – ce qui est une surprise – les filles que les garçons. Sombres et complexes hiérarchies à partir de l'expression nue d'un commun malheur ! Paris est un cas extrême, et tout autant Belleville dans Paris. Mais, on ne peut isoler la capitale, sa pratique bientôt fait tache d'huile : l'enterrement civil, dans de nombreuses villes de province, cesse d'être une infamie, il devient tout au plus une curiosité ; c'est même, pour la libre pensée, une nouvelle croisade.

Les facteurs de « déchristianisation »

Jansénisme et « déchristianisation »
par Dominique Julia

Faut-il porter au débit du jansénisme la déchristianisation de la France ? L'accusation, à la vérité, n'est pas nouvelle. En 1920, l'abbé Charrier concluait son *Histoire du jansénisme dans le diocèse de Nevers* en incriminant cette doctrine d'être « indubitablement en très grande partie responsable de la disparition presque totale de la foi dans ce pays de l'Auxerrois, autrefois si chrétien ». Reprenant le dossier du diocèse d'Auxerre soixante ans plus tard, Dominique Dinet confirme ce diagnostic.

Jansénisme ou réforme catholique ?

Pourtant, Gabriel Le Bras, invitait déjà à la prudence. D'une part, nombre de régions, dites déchristianisées, tel le Limousin, n'ont guère été touchées par le jansénisme, ce qui veut au moins dire que la « déchristianisation » est un phénomène non réductible à une causalité unique. D'autre part, il convient de s'interroger sur les modalités de diffusion et de réception d'une théologie particulière dans le corps social, avant de trancher sur son efficacité ou son inefficacité. De surcroît, il est indispensable de bien distinguer les aspects spécifiquement jansénistes d'une pastorale des traits communs à l'ensemble de la Réforme post-tridentine. Tout au long du XVIIIe siècle persistent, en effet, des éléments structurels de longue durée déjà mis en valeur dans le volume précédent : l'histoire de la réforme catholique est un mélange complexe fait tout à la fois d'une éradication des « superstitions », d'une discipline des observances et des mœurs, et de compromis entre la religion des clercs et celle des fidèles. Homme séparé, dont la retraite est signe de sa consécration, le prêtre se voit justement investi du monopole de la régulation des rites religieux, du contrôle des lieux du culte et des pratiques qui s'y déroulent, comme de la direction de l'ensemble des paroissiens. Or, les *habitus* culturels qui ont été inculqués aux clercs, lors de leur passage au séminaire où ils restent désormais plusieurs années, pas plus que leur origine sociale, plus souvent aisée et urbaine que rurale, ne les prédisposent à saisir le fonctionnement de la culture des peuples qu'ils sont appelés à conduire : émotive et emportée, soumise à des passions contradictoires, la nature paysanne est à leurs yeux « déréglée ».

Un premier lieu de conflit se situe dans la lutte inlassée contre les « abus » de la religion populaire. Ceux-ci appartiennent à deux registres différents. Tout d'abord, il s'agit d'éliminer les « insolences », les « irrévérences », en dissociant le culte et les sacrements des pratiques sociales qui les accompagnent : la frontière du sacré et du profane n'est pas la même pour les clercs et pour les populations rurales, et il s'agit de discipliner gestes et attitudes dans un comportement corporel, dont la civilité extérieure atteste la piété intérieure. D'où vient ce souci de clore les espaces (murs des cimetières, porte de l'église paroissiale et du clocher, où « les trompettes de Dieu et de l'Église » abritent parfois ébats des enfants, « galanteries » des jeunes gens, voire jeux de cartes des adultes) et de contrôler de bout en bout l'ordonnance des cérémonies en distinguant éléments liturgiques et éléments profanes. La lutte contre les divertissements festifs, et particulièrement les danses, fait partie de cette campagne qui n'est pas, on s'en doute, toujours couronnée de succès. En 1733, le curé de Combloux avoue ainsi son impuissance à obtenir la suppression des danses « que l'on fait entrer dans la réjouissance des noces comme le principal assortiment ». S'il a réussi à empêcher « la damnable coutume de faire danser l'épousée sur la place publique à l'issue de la messe où elle avait reçu la bénédiction nuptiale », on danse, « et longtemps », ce jour-là. « J'ai cru devoir tolérer » ajoute-t-il, conscient des limites de son action pastorale, « ce que je ne pouvais pas absolument empêcher, me contentant de déclamer dans mes prônes contre cette pratique toujours dangereuse, et le plus souvent criminelle. » On ne saurait mieux marquer la distance entre culture paysanne et religion des clercs.

L'autre registre des abus relève du chapitre des « superstitions ». Si tant de curés cherchent à recentrer le culte autour du maître-autel de l'église paroissiale et du mystère christique, c'est bien pour éliminer toute appropriation par les fidèles de paroles ou de gestes dans un sens non conforme à l'orthodoxie. C'est dans les dévotions particulières aux saints, les cultes thérapiques, les pèlerinages à l'extérieur de la paroisse, que les curés perçoivent un fonctionnement symbolique différent qu'ils tentent, avec plus ou moins de bonheur, soit d'extirper, soit de canaliser. L'iconoclasme qui pousse les prélats visiteurs à supprimer statues ou tableaux indécents n'est pas une bataille qui relève de la pure esthétique. L'Église enseignante n'entend en aucune manière prendre en charge l'attachement du peuple croyant pour la singularité de *telle* chapelle ou de *telle* statue, qui possèdent en elles-mêmes une puissance sacrale de protection et de guérison.

Ce que manifeste en tous les cas l'évolution du dernier siècle de l'Ancien Régime, c'est la réticence de plus en plus grande des prélats comme des prêtres à consacrer par leur médiation cette piété du recours, où le fidèle prétend trouver un contact direct avec l'au-delà par l'échange avide qu'il entretient avec un objet sacré (relique, statue) ressourçant, par sa vertu propre, son corps tout entier. En 1748, Gilbert de Montmorin de Saint-Herem, évêque de Langres, interdit par exemple la pratique en usage, lors de la Saint-Blaise, au Fayl-Billot, qui consistait à faire tremper les ossements du saint dans un vin distribué aux podagres et autres infirmes : l'absorption de ce breuvage qui faisait participer les malades à la force du saint, relève d'un irrationnel que la hiérarchie n'entend pas cautionner.

L'écart qui sépare culture chrétienne savante et monde paysan apparaît bien dans l'attitude du clergé vis-à-vis des prières et des sonneries de cloches pour écarter la grêle et le mauvais temps, lorsque la moisson est encore sur pied. Lorsqu'ils répondent, en 1783, à une enquête épiscopale qui leur demande l'usage de leur paroisse pour les orages, une trentaine de curés du diocèse de Tarbes prennent l'initiative de préconiser la suppression de la liturgie exorcistique qui les transforme, aux yeux de leur communauté, en une sorte de *chaman*, la réussite ou l'échec de celle-ci étant attribuée au pouvoir magique de l'opérateur. C'est qu'ils ne croient plus à la valeur des rites qu'ils continuent pourtant à accomplir sous la pression populaire : le curé d'Auriebat qui fait toujours « exorcismes et prières, le rituel à la main », ajoute même :

> Nous serions foudroyés nous-mêmes par les habitants, si nous voulions empêcher cette sonnerie. Je voudrais leur inspirer plus de confiance en un paratonnerre électrique que je m'occupe à faire dresser sur notre clocher très élevé, mais afin qu'il leur parût doué de quelque vertu, il faudrait qu'il fût consacré par quelque bénédiction dont les physiciens n'ont pas témoigné faire assez de cas jusqu'à présent.

Les Lumières ont pénétré jusqu'au presbytère, une rationalité scientifique se substitue ici à l'assouvissement de puissance surnaturelle exigé contre le déchaînement des éléments. L'anecdote prend valeur de symbole : à la demande d'opérer des miracles, le curé pyrénéen éclairé offre une réponse peut-être efficace (au moins pour le toit de l'église paroissiale…), dont la lecture n'est cependant pas immédiate pour ses ouailles. Lorsqu'ils accusent leurs paroissiens d'être superstitieux, pleins de préjugés, « fanatiques », les curés, dans leur souci de rendre le culte raisonnable, méconnaissent, en fait, les cohérences de la culture paysanne où inquiétude religieuse et recours magique contre le malheur sont inextricablement mêlés. Comment celle-ci n'en aurait-elle pas été blessée ?

*Circulation des hommes, circulation des idées :
le rôle des réseaux jansénistes*

L'onde janséniste, dont l'épicentre se trouve dans la capitale, s'est majoritairement répandue dans le Bassin parisien, du Vexin à la Champagne. Or, ces mêmes régions ont connu une très forte adhésion au serment constitutionnel, dès le printemps et l'été 1791, et se trouvent rangées parmi les pays « indifférents à la tradition chrétienne », sur la carte de la pratique religieuse dressée par le chanoine Boulard, en 1947. De ces similitudes géographiques, faut-il déduire immédiatement une corrélation ? Trois points au moins doivent retenir l'attention avant de trancher. Tout d'abord, le Bassin parisien est un espace intensément parcouru. En 1793, l'enregistrement des cartes de civisme délivrées dans la capitale montre que près des trois quarts des Parisiens âgés de plus de 21 ans sont nés en province, dans une France du Nord dont la frontière irait du Mont-Saint-Michel à Belfort, si l'on excepte, au sud, la Creuse et le Cantal qui fournissent maçons, porteurs d'eau ou charbonniers : il s'agit d'une migration de jeunes adultes – la plupart sont venus entre 15 et 35 ans –, au taux de célibat plus élevé que celui des Parisiens de souche. N'oublions pas non plus, au-delà de ces migrations temporaires ou définitives, toute l'importance, dans cet espace, des métiers ambulants (colporteurs et rouliers, qui diffusent les textes à bon marché des éditeurs troyens ou rouennais, marchands forains, mariniers) et des lieux de rencontre que sont l'auberge et le cabaret : par tous ces relais culturels qui associent de manière variable oralité et écriture, les nouvelles se propagent, et l'onde de choc venue de la capitale se répercute rapidement le long des routes de poste. Le séjour à la grand-ville individualise les conduites, distend les anciens liens de dépendance, qu'ils soient familiaux ou religieux. L'exemple pernicieux d'une autonomie morale vient miner l'autorité traditionnelle du pasteur, et les auteurs de sermons, tel l'abbé Régis, curé de Bonny-sur-Loire, dans la *Voix du Pasteur* (1766), ne manquent pas de tonner contre les « petits grains de peste » qui, revenant dans leur village « avec un air de hauteur et un ton de suffisance qui révoltent tout le monde », parlent « à tort et à travers sur la religion et les prêtres », se moquent « de la confession et du Carême », se tiennent « debout pendant toute la messe », posant « à peine un genou en terre au moment de l'élévation ».

Le mouvement janséniste lui-même participe à cette intense mobilité. Non seulement, nombre de prêtres issus des diocèses du Bassin parisien sont allés se former dans les séminaires et les communautés cléricales de la capitale, et ont suivi les cours de la Faculté de théologie de Paris (d'où le souci des prélats antijansénistes de contrôler ces départs), mais le déficit régulier de ces diocèses en prêtres autochtones les alimente en clercs qui, eux aussi, ont gardé des liens intellectuels et spirituels forts avec la capitale. Dans le cas du diocèse d'Auxerre, l'apport extérieur – qui devient majoritaire – fait même l'objet d'un recrutement volontaire de la part de Mgr de Caylus qui invite certains curés « sûrs », lorsqu'ils sont présents à Paris, à lui fournir de « bons ouvriers ». Du même coup, le clergé de ce diocèse vit en étroite symbiose avec la capitale, d'où beaucoup ont été chassés et où ils continuent à entretenir d'actives relations épistolaires.

René Taveneaux a bien mis en valeur le fonctionnement de ces réseaux jansénistes qui font circuler les ouvrages entre Paris, la Hollande et la Lorraine : la Champagne, et tout particulièrement le diocèse de Reims, y joue un rôle pivot, non seulement parce que la ville épiscopale est devenue l'un des grands centres de redistribution des brochures interdites, mais surtout par l'organisation à grande échelle d'une contrebande tout le long de la frontière septentrionale du royaume, par l'intermédiaire des maisons religieuses (les cisterciens d'Orval ou les bénédictins vannistes de Mouzon) et surtout des curés qui transportent et cachent dans leurs presbytères les ballots. Cette circulation d'écrits sert d'abord à l'élaboration d'une conscience cléricale commune, d'une « conformité de sentiments » qui se construit progressivement. Les « conférences ecclésiastiques » définissent une doctrine et des règles de conduite pastorale identiques qui, peu à peu, se transforment en une idéologie propre au groupe clérical. Leur activité s'ordonne autour des thèmes qui touchent directement la vie quotidienne de leur paroisse : liturgie, catéchèse, administration des sacrements. Au-delà du retard de l'âge de la première communion (qui se voit retardé jusqu'à 15, 16, voire 20 ans!), est centrale la question du délai ou du refus d'absolution. Pour les jansénistes – comme l'écrit, par exemple, l'oratorien Gaspard Terrasson, devenu curé de Treigny, et auteur du nouveau catéchisme du diocèse d'Auxerre, paru en 1734 – le délai d'absolution est ordinairement « le seul moyen d'assurer la conversion du pécheur et de la rendre stable et solide ».

Un délai d'absolution trop long

Aux yeux des curés jansénistes, la conversion intérieure ne peut exister que s'il y a chez les fidèles une *connaissance* des mystères de salut et de commandements de Dieu. D'où l'inlassable effort pédagogique destiné à christianiser ces païens que sont les paysans : « Regardons-nous », écrit en 1731 un curé appelant du diocèse de Nantes, exilé dans celui d'Auxerre, à l'un de ses confrères, « vous et moi, en ces cantons, comme si nous étions à la Chine ou en Turquie, quoique nous soyons au milieu du christianisme où l'on ne voit presque que des païens ». Mais, par quels critères pratiques les curés peuvent-ils juger du passage de l'état d'*ignorance* (qui est l'un des motifs premiers du délai d'absolution) à celui de *connaissance*, ou de celui de pécheur *endurci* à celui de *converti* ? Tout laisse à penser que les confesseurs transfèrent, dans leur pratique pastorale quotidienne, des critères pertinents à la culture *écrite* des élites urbaines : longue préparation antérieure de la confession, attitudes extérieures du corps exprimant l'humilité intérieure du pénitent pleinement conscient qu'il se présente au redoutable *tribunal* de la Pénitence. Tel n'est pas le cas ordinaire des populations rurales qui, de surcroît, essaient de se soustraire à l'exigence du concile de Latran, selon lequel la confession annuelle doit se faire auprès de son propre curé. D'une part, il s'agit pour elles d'échapper à la surveillance tatillonne d'un curé, qu'elles soupçonnent toujours de pouvoir rendre publiques leurs fautes au sein de la paroisse. D'autre part, les fidèles s'efforcent d'obtenir de leur curé, à la sévérité « outrée », des billets de confession pour aller vider leur sac de péchés auprès de tel pasteur voisin jugé plus indulgent. A cette tactique, les curés rigoristes répondent par un refus systématique et par un échange d'informations écrites qui déjouent les subterfuges employés par les libertins.

Sans doute l'intransigeance pastorale, qui enlève toute échappatoire à un pénitent qui souhaite se réconcilier aux moindres frais, a-t-elle développé un anticléricalisme virulent, et détourné pour longtemps nombre de paroissiens du chemin de l'Église. « Cela rebute », disent à leur évêque les paroissiens de Bernouil-en-Tonnerrois, qui se plaignent de la sévérité de leur curé en matière de confession, et avouent qu'« il y en a très peu qui aient fait leurs Pâques ». Mais surtout, on peut se demander si, à mesure que le jansénisme presbytéral perd du terrain et que ses bastions s'effondrent, l'exacerbation des luttes intercléricales, qui opposent jansénistes et jésuites, rigoristes et laxistes, n'a pas introduit un espace de *doute* sur les règles ecclésiales d'administration des sacrements, puis sur la validité du sacrement lui-même. L'utilisation qui est faite du sacré à des fins *partisanes* détruit l'unité de l'ancienne foi, la dissémine en opinions plurielles et effrite l'autorité du pasteur. La violence symbolique qui oppose les antagonistes débouche, en fait, sur ce qu'on pourrait appeler une « politisation » du sacrement de la pénitence. Signe de cette violence sont les missions qui se multiplient aux portes des diocèses jansénistes, encouragées par les prélats voisins, ou à l'intérieur même des diocèses infectés, dès lors que l'évêque « hérétique » est mort. En 1723, les missions des capucins qui accompagnent la tournée pastorale de Pierre de Sabathier, évêque d'Amiens farouchement antijanséniste, voient affluer des foules de pénitents et de confirmands venus du diocèse d'Arras, où siège l'austère Pierre de Langle qui s'indigne de voir ses ouailles courir « dans des diocèses étrangers pour y recevoir des sacrements ; mais avec quel scandale en revient-on ? Les ris, les danses, les chansons profanes sur toute la route ». Le succès rencontré par les missions jésuites tient sans doute, pour une bonne part, dans l'exaltation d'une sensibilité religieuse parfaitement opposée à l'esprit de Port-Royal : le faste théâtral des cérémonies qu'elles déploient, leur capacité à canaliser une demande d'intervention surnaturelle vers des pratiques dévotes plus conformes (culte des reliques, eau bénite, images et médailles), s'accordent mieux à une culture populaire où l'oral l'emporte sur l'écrit. Mais ce succès est aussi dû au libéralisme de la discipline sacramentelle qu'elles développent : le but d'une mission n'est-il pas, d'abord, une réconciliation *générale* de tous les pécheurs ?

Depuis les diocèses de Sens, de Langres et d'Autun, qui entourent celui d'Auxerre, les jésuites déclarent une guerre sans merci au dernier évêque janséniste, Mgr de Caylus, mort seulement en 1754, et à son clergé « rebelle » : au cours de leurs missions, où les cantiques sont modifiés dans un sens polémique – « Caylus en vain par ses biens et ses charmes veut m'engager à plier sous sa loi » –, ils délivrent, de manière assez expéditive, première communion et absolution des péchés aux fidèles auxerrois qui s'y ruent pour échapper aux délais qu'exigent leurs pasteurs. C'est bien une guerre de doctrine qui est livrée et qui s'amplifie sous le successeur de Caylus, Mgr deCondorcet, qui ouvre toutes grandes les portes de son diocèse infecté aux prédicateurs de la Compagnie. Mais du même coup, l'autorité *publique* du curé, son magistère au sein de la paroisse, s'en trouvent discrédités. Le conflit théologique s'est *démocratisé*; comme le remarque le chroniqueur janséniste qui relate la mission des jésuites, qui s'est déroulée à Armes, près de Clamecy, en 1752 : « Une grande partie du peuple à qui on a appris à se révolter contre son pasteur, contre son évêque, croirait faire un sacrilège de se confesser aux appelants et d'entendre même leur messe. Chacun s'y érige en théologien jusqu'à des femmelettes, jusqu'à des cardeurs de laine. »

C'est la faute à Voltaire, c'est la faute à Rousseau
par Dominique Julia

Depuis l'abbé Barruel, le procès des philosophes n'a pas vraiment le mérite de la nouveauté. Il a eu ses heures de gloire à travers l'interprétation cléricale et réactionnaire de la Révolution, tout au long du XIXe siècle. L'offensive des philosophes antichrétiens, qui se seraient emparés de l'opinion publique, aurait détruit le respect séculaire pour la religion, et provoqué une première déchristianisation. Telle quelle, une telle proposition suppose aux ouvrages philosophiques une portée peu commune sur l'ensemble d'une société, le public des lecteurs potentiels de ces ouvrages reste relativement restreint. Comme l'écrivait Voltaire, en 1766, à propos de l'édition originale de l'*Encyclopédie* : « Je voudrais bien savoir quel mal peut faire un livre qui coûte cent écus. Jamais vingt volumes in-folio ne feront de révolution ; ce sont les petits livres portatifs à trente sous qui sont à craindre. » Sans entrer ici dans l'analyse du débat philosophique lui-même, on voudrait s'interroger sur l'impact réel des Lumières : c'est dire qu'il sera plus question ici d'un public urbain et bourgeois que des populations rurales précédemment évoquées. Doit-on se laisser prendre au *topos* littéraire récurrent qui fait de la ville une sentine de tous les vices, corrompue par l'irréligion ?

Un premier indice pourrait être fourni par la disparition de certains cadres religieux. Si, après leur suppression (1762-1768), les jésuites sont bien remplacés dans la quasi-totalité de leurs collèges, les congrégations mariales, qui regroupaient les élèves les plus pieux pour des exercices réguliers de dévotion, ne sont pas relevées. Bien des témoignages laissent à penser que l'encadrement religieux des écoliers se fait alors plus léger. En 1777, François de Bonal, évêque de Clermont et président du bureau d'administration du collège de sa ville épiscopale, voudrait établir une messe dominicale obligatoire dans l'église du collège, « étant informé que le plus grand nombre des écoliers, livrés à eux-mêmes les dimanches et fêtes, n'assistaient point aux messes des paroisses ». Il lui faut recourir aux services rémunérés d'un religieux, les professeurs et régents ayant refusé la charge d'aumônier, « quelque bonne volonté qu'ils aient pour concourir au bien de leurs écoliers », en raison du fait « qu'ils étaient occupés tous les jours à faire leur classe, et que les jours de vacances n'étaient pas suffisants pour pouvoir préparer cette instruction ». En 1789, le doctrinaire Corbin se fait l'écho de cette sécularisation, dans son *Mémoire sur les principaux objets de l'éducation publique,* du métier d'enseignant : si les régents du collège sont peut-être plus compétents que jadis, ils regarderaient, en revanche, la religion comme un support « étranger à leurs fonctions d'instituteur ». A Caen, en 1778, un professeur de philosophie au collège universitaire du Bois atteste que la présence à la messe quotidienne obligatoire prévue par les statuts n'est plus qu'un lointain souvenir depuis au moins quinze ans : abandonnés à eux-mêmes, les écoliers n'ont plus « ni piété, ni religion », et, « au lieu d'assister à la messe, ils vont courir les rues, insultent les passants, jettent des pierres çà et là, cassent les vitres dans les collèges, troublent même le célébrant et les écoliers sur lesquels le mauvais exemple n'a pas encore prévalu ». En fait, il semble bien qu'aux exercices religieux multipliés, encore en vigueur au début du siècle, se soit substitué un certain libéralisme. La moindre pression exercée sur les consciences ne veut pas pour autant dire que tous les écoliers soient devenus libertins. Mais un climat éducatif a incontestablement changé. Au témoignage des mémorialistes du siècle des Lumières, les nouvelles du « monde » pénètrent largement au collège, tout comme le fruit défendu des livres prohibés n'y est pas inconnu.

C'est en même temps tout un système de références qui vacille : l'exercice le plus traditionnel, celui de la dispute du catéchisme, qui oppose école contre école, pension contre pension, quartier contre quartier, rue contre rue, dans un échange d'arguments sur les dogmes et les sacrements, n'échappe pas même à cette contagion. Pour le jeune Duveyrier, fils d'un garde du corps de Louis XV et pensionnaire à Versailles dans les années 1760, elle est à tout le moins le point de départ du doute métaphysique ; au « Il faut adorer et croire » qui lui est soufflé par le prêtre, il veut substituer des réponses raisonnables : « Je voulus expliquer ce que tous me disaient inexplicable. Je m'élançai dans l'abîme... Croire ce que je n'entendais pas me paraissait impossible ; affirmer ce que je croyais sans entendre, me semblait un mensonge honteux et ridicule. » Tout le XVIIIe siècle bourgeois est porté par cet effort vers une compréhension laïcisée du monde. Les « chrétiens philosophes », comme les appelle Massillon, raisonnent et veulent examiner avant de croire, ils « entrent en contestation avec Dieu » ; esprits éclairés et curieux, ils aiment à lire et à discuter, veulent « donner un air de raison à tout », et croient « se faire une religion plus claire, plus intelligible » en ne retenant que « le fond de la doctrine chrétienne et de l'espérance en Jésus-Christ ». Ce que livre la culture des Lumières, notamment à travers la production de ses dictionnaires, et au tout premier chef de l'*Encyclopédie*, c'est bien un inventaire rationnel de l'univers qui chasse le mystère et le merveilleux : dans ce discrédit qui affecte le prodige, nul doute d'ailleurs que l'épisode miraculaire de Saint-Médard, qui se prolonge dans des convulsions, n'ait joué un rôle considérable.

Les études récentes d'histoire provinciale nous permettent de mieux saisir désormais les milieux sociaux où a pénétré cette laïcisation de l'ordre du monde. Au total, les six éditions connues de l'*Encyclopédie* ont tout de même totalisé en quarante ans près de 25 000 exemplaires, et l'édition in-quarto de Genève-Neuchâtel – la plus diffusée avec 8 525 exemplaires – s'est distribuée sur l'entier territoire du royaume. Ce n'est certes pas le peuple qui lit les encyclopédistes mais tout un public de notables, comme le montrent les listes de souscripteurs de cette dernière édition, conservées pour la Franche-Comté : magistrats (membres du Parlement ou non) et avocats, médecins, administrateurs, militaires, chanoines et curés, bref, un monde de rentiers de la terre et de l'État, toute une noblesse et une bourgeoisie de services et de talents – beaucoup plus que de négociants. Or, c'est exactement dans ces mêmes milieux que recrutent la quarantaine d'académies provinciales étudiées par Daniel Roche, qui se sont implantées, pour les trois quarts d'entre elles, dans des villes de plus de 20 000 habitants : elles regroupent ensemble 20 % de membres du clergé (séculier ou régulier), 37 % de nobles, 43 % de roturiers, 6 000 personnes calculées sur trois ou quatre générations. Sans doute s'agit-il d'une élite, mais qui a joué un rôle de redéfinition essentiel : au sein de leurs réunions égalitaires, les académies expérimentent une intégration sociale des hommes de culture, qui substitue aux hiérarchies traditionnelles une solidarité horizontale ; elles proposent un modèle de service civique, puisque leurs travaux sont tout tournés vers une utilité sociale dont le pouvoir doit tirer profit ; par leurs séances et par leurs concours, elles diffusent une culture laïcisée, placée sous le signe de la réconciliation de l'homme et de la nature par la médiation des sciences et des arts.

Après 1770, chambres de lecture, sociétés littéraires et sociétés de pensée, musées – qui s'ouvrent plus largement au monde des négociants – relaient et amplifient le modèle élaboré par les académies. Et il ne faut pas oublier toute la sociabilité moins intellectuelle et plus mondaine – plus ouverte aussi sur la bourgeoisie de la manufacture, du négoce et de la banque (plus du tiers des membres dans les ateliers provinciaux), voire même sur les milieux plus modestes de la boutique et de l'artisanat (12 %) – de la maçonnerie.

C'est à l'intérieur du tissu social que s'est donc insinué le débat philosophique, par toute une série de relais qu'il est difficile de percer au-delà des cercles de la sociabilité bourgeoise. Faut-il exagérer l'importance des pamphlets politico-pornographiques que déversent les « Rousseau des ruisseaux », à partir des années 1770, pour désacraliser la monarchie ? Le milieu de la « canaille » littéraire s'est très certainement enflé à la fin de l'Ancien Régime, du fait d'une saturation du marché des carrières juridiques, et a multiplié les libelles scatologiques, qui propagent un système de valeurs minant loyalisme monarchique et fidélité religieuse. De *Thérèse philosophe* au *Gazetier cuirassé,* la bohème littéraire décrit un univers où la monarchie a dégénéré en despotisme, et où aristocrates de cour comme hommes d'Église associent turpitudes sexuelles et corruption politique. Ces libelles ont sans doute assez largement circulé, comme en témoignent les commandes faites par les colporteurs, rouliers et libraires, auprès de la Société typographique de Neuchâtel. Mais comme toujours, il est difficile de déduire d'une circulation d'imprimés clandestins un impact direct sur les convictions des lecteurs. De la littérature philosophique antireligieuse, on perçoit pourtant un écho indirect jusque dans le *Journal* et les écrits de Jacques-Louis Ménétra, compagnon vitrier parisien né en 1738, dont l'itinéraire, retracé récemment par Daniel Roche, n'est peut-être pas exceptionnel. Lui aussi a été déçu dans son enfance par les prêtres, qui ne lui répondent que « par monosyllabes ou pour me clore la bouche ou pour me faire taire en me disant que ce sont des mystères ». L'expérience voyageuse du Tour de France, qui lui fait rencontrer protestants et juifs, mais aussi la lecture vraisemblable des vulgarisateurs de la pensée philosophique, le détache du système traditionnel de déchiffrement du monde pour l'amener non seulement à une critique virulente de l'institution ecclésiastique, mais aussi de sa construction théologique et sacramentelle. Se réclamant de la raison, il condamne, tel un voltairien, préjugés populaires et superstitions qui jettent un peuple crédule aux mains d'un clergé avare, hypocrite et libertin. Il reprend strictement les arguments du curé Meslier, lorsque, ouvrant une controverse avec le curé de Montigny, près de Sens, il affirme que la religion chrétienne n'est que « mensonge » et que « nous adorions un morceau de pâte, que nous le mangions dans la ferme croyance que c'était un Dieu ». Hostile au fanatisme religieux qui enseigne un Dieu de terreur – « la grande chaudière ne me fait pas peur », dit-il à propos de l'enfer –, soucieux de tolérance, Jacques-Louis Ménétra pense que l'homme peut faire son salut tout seul, hors de l'Église instituée. L'ancien enfant de chœur de Saint-Germain-l'Auxerrois, blessé au plus profond de lui-même par ce qu'il a vu dans son enfance, est devenu le partisan d'une religion individuelle qui adresse un culte vrai à un Être suprême et bienfaisant.

C'est la faute à la Révolution
par Michel Vovelle

La grande coupable : c'est ainsi que toute une historiographie conservatrice, au XIXe siècle et, sous certaines plumes jusqu'à aujourd'hui, a considéré la Révolution française, au regard du déclin de la religion à l'époque contemporaine. Un discours élaboré au cœur même de l'événement, réitéré avec emphase dans les sermons de la Restauration, a trouvé peut-être son paroxysme à la fin du siècle dernier, au temps du Centenaire, quand Mgr Freppel pouvait écrire : « Ce n'est pas en 1793, mais bien en 1789, que la France a reçu la blessure profonde dont elle souffre depuis lors, et qui pourra causer sa mort si une réaction forte et vigoureuse ne parvient pas à la ramener dans les voies d'une guérison complète. C'est en 1789, qu'en renonçant à la notion de peuple chrétien pour appliquer à l'ordre social le rationalisme déiste ou athée, ses représentants ont donné au monde le lamentable spectacle d'une apostasie nationale jusqu'alors sans exemple dans les pays catholiques. C'est en 1789, qu'a été accompli dans l'ordre social un véritable déicide analogue à celui qu'avait commis sur la personne de l'homme-Dieu, dix-sept siècles auparavant, le peuple juif dont la mission historique offre plus d'un trait de ressemblance avec celle du peuple français… » Verdict sans appel frappant d'anathème le fait révolutionnaire en lui-même : ce fut longtemps la lecture officielle de l'Église. Par une contradiction qui s'explique d'ailleurs, ce discours coexistait parfois dans les mêmes milieux avec son contraire : la France, toute chrétienne en 1789, a courbé la tête sous l'orage, victime des excès d'une poignée d'énergumènes. Mais la résistance l'a emporté, les atteintes ne furent que de surface : la Révolution a échoué dans son projet déchristianisateur, une Église épurée, retrempée par le sacrifice des confesseurs de la foi, sort de la tourmente, préparant les nouvelles moissons à venir.

En contrepoint, l'historiographie favorable à la Révolution, consciente de la part d'échec d'une aventure commencée sous le signe de l'union, poursuivie sous celui du schisme et de la violence, s'interrogeait de son côté. Revendiquant sans honte les conquêtes indiscutables – la tolérance, l'émancipation définitive des minorités religieuses, voire l'amorce de la laïcisation de l'État –, elle restait perplexe vis-à-vis de la portée comme de la légitimité de la déchristianisation de l'an II : la Révolution, l'échec d'un grand projet de religion de l'humanité pour Michelet, une occasion manquée de conversion au protestantisme pour E. Quinet, seul il est vrai de cet avis ? Alphonse Aulard lui-même s'est interrogé longuement, jusqu'à la fin de sa carrière, sur cette hypothèse de travail : la déchristianisation, plus longtemps poursuivie, aurait-elle pu réussir ? Non loin de penser, en fin de compte, qu'il eût été possible d'extirper un catholicisme qui avait parfois des « racines courtes ».

Une parenthèse ?

La Révolution, une parenthèse, une bourrasque brutale voire cruelle, mais sans lendemain ? L'argument peut être soutenu lorsqu'on considère, dans la suite des innovations qu'elle a introduites dans la vie religieuse, celles qui n'ont duré qu'un temps. La Constitution civile du clergé, par laquelle la Constituante a tenté de régler durablement le nouveau statut des clercs : rêve, scandaleux pour les uns, incongru pour d'autres, d'un clergé élu par les citoyens, de l'évêque aux desservants de la paroisse. Le compromis tenté en termes de coexistence pacifique entre constitutionnels et réfractaires, à vrai dire simple expédient imposé par la réalité du schisme ? Une tentative immédiatement vouée à l'échec. L'attaque frontale, menée de l'hiver 93 au printemps 94, en termes d'éradication du culte, de fermeture des églises, d'élimination du clergé par la voie des abdications ? Épisode terrible, mais l'affaire de six mois, dix au plus. Le culte reprend dès l'an III, avec les vicissitudes que l'on sait, mais de manière irréversible. La séparation de l'Église et de l'État, esquissée en l'an III ? Tentative prématurée, inconcevable pour la plupart, et que le Concordat mettra à mal pour un siècle. La tentative héroïque du clergé constitutionnel, regroupé autour de Grégoire, de mettre sur pied une nouvelle ecclésiologie, un rapport reformulé entre l'Église et le nouveau monde né de la Révolution ? Un espoir mort-né dans les conditions mêmes où il s'inscrit à l'époque du Directoire.

Et si l'on passe de l'autre côté de la barricade, pour considérer les créations proprement révolutionnaires, qui s'expriment en dehors des Églises en place, en termes de cultes civiques ou de religiosité différente, l'impression ne peut qu'être renforcée. Que reste-t-il de la déesse Raison, de cette aventure de six mois, sinon le souvenir de la violence qui a accompagné le nouveau culte, de fêtes que les chroniqueurs du siècle à venir évoqueront comme les « impures orgies des saturnales du paganisme » ? On signale encore, en 1815, une adaptation de l'Hymne à l'Être suprême... pour orgue de Barbarie. Tardive et dérisoire réminiscence d'une fête dont les échos n'avaient pas survécu à la mort de Robespierre. Et la théophilanthropée comme les cultes décadaires ont laissé le souvenir d'un échec, faute d'avoir su toucher les masses. Les créations spontanées de la religiosité populaire, comme le culte des martyrs de la Liberté, ne sont restées que comme le témoignage de la sensibilité d'un instant, et il faut – paradoxe – plonger au fin fond du bocage de l'Ouest pour retrouver jusqu'à hier, voire aujourd'hui, les dernières traces des saintes patriotes que la mémoire ne distingue plus guère de leurs homologues de l'autre camp...

Alors, le retour à la religion, le rétablissement du culte, une « restauration bien reçue », pour reprendre l'expression de Maurice Agulhon ? Dans sa massivité, le fait est indiscutable. On a insisté, récemment, sur la continuité du culte clandestin, entretenue par les prêtres réfractaires, comme par les communautés de « chrétiens sans église », et l'on en retrouve les traces – registres clandestins, témoignages des missions menées dans les campagnes. Puis, à partir de l'an III, et au fil des années du Directoire, la réouverture des églises, la rentrée au bercail des brebis égarées – prêtres et laïcs – s'accompagnent de la reprise des gestes de la dévotion populaire, fêtes votives ou pèlerinages souvent encore paniques. Les études menées sur des sites précis, dans le cadre de la réorganisation concordataire, de la Provence à la basse Alsace ou à la Franche-Comté, insistent sur le caractère généralement positif de l'accueil à cette restauration officielle : une joie certaine au rétablissement du culte, des sacrements et des gestes saisonniers, une certaine pression pour le rétablissement des confréries, même si cela n'exclut pas une certaine ladrerie pour le paiement des desservants, des discussions où s'inscrit l'héritage du passé proche qui, dans les sites les plus déchirés, s'exprime par le phénomène des « petites églises ». Dans ses limites mêmes, et avec tout le poids d'insatisfactions qu'il comporte pour les catholiques intransigeants, le Concordat sanctionne le retour en puissance du catholicisme, religion de la majorité des Français, et du Premier consul.

Cette restauration reste cependant incomplète, et le tableau de la situation religieuse telle qu'on peut l'établir sous l'Empire fait apparaître l'importance des atteintes, les unes momentanées, les autres irréparables, qui s'inscrivent tant au niveau des institutions et des structures que de la pratique et peut-être de la foi.

Les atteintes momentanées

A un premier niveau, l'encadrement ecclésiastique est sorti exsangue de la crise révolutionnaire. On y reviendra. Dans le clergé séculier, la comptabilité des pertes peut être esquissée sur des effectifs qui n'ont pas connu de renouvellement sur une décennie : les exécutions et morts violentes, 3 à 5 000 clercs peut-être, les décès naturels – 10 % en gros –, 15 à 20 % d'abdicataires ou de prêtres mariés définitivement perdus (peu d'entre eux, même réconciliés, ont été réintégrés dans une fonction), mais au moins autant, sinon plus (25 % dans l'Isère) d'« évaporation » naturelle de prêtres, émigrés ou non, parfois simplement trop vieux, et qui n'ont pas retrouvé le chemin du sacerdoce. Tant et si bien que l'exemple analysé par l'abbé Godel de ce département alpin, où l'« explosion du corps pastoral », suivant son expression, fait passer de 1897 à 567 les effectifs cléricaux, entre 1789 et 1802, donne un aperçu assez fidèle de l'ampleur de la ponction subie dans un département, il est vrai sévèrement touché. Des ordres de grandeur ont été avancés à l'échelle de la France entière pour 1815, ils estiment à 64 curés pour 100, en 1789, le taux de remplacement, qui s'abaisse à 27 pour 100 en ce qui concerne les vicaires, 10 ou 15 pour les prêtres sans charge d'âmes. Cette saignée impressionnante dans le clergé séculier s'accompagne de la dispersion des couvents et congrégations d'hommes et de femmes, qui ne reprendront vie que très progressivement, et modestement. Surtout, cet étiage a créé une situation de longue durée, si l'on tient compte du faible mouvement des ordinations sous l'Empire : ce n'est pas avant 1830 que la situation commencera à s'améliorer. Sur le terrain, la situation ainsi créée se marque par un quadrillage relâché, la fréquence des cures en « binage »... le nombre des paroisses a diminué de 30 %, durablement. Il y a plus grave : si l'on dresse la carte des paroisses vacantes en 1815, un large espace se dessine couvrant la majeure partie du Bassin parisien, plongeant vers le Sud-Ouest jusqu'au Bordelais ; c'est pour une part celui de la déchristianisation réussie, en contrepoint des aires de fidélité de l'Ouest, du Nord et du Nord-Est, du sud du Massif central et des massifs montagneux. Une spirale semble s'établir du sous-encadrement à la déchristianisation : les régions les plus touchées sont les plus dépourvues.

Flagrante au niveau de l'encadrement clérical des fidèles, l'incomplète restauration se traduit également en tout ce qui touche les structures d'organisation du laïcat, et singulièrement les confréries disparues dans la tourmente, même si l'on découvre la survie clandestine, ou la reconstitution précoce, de plus d'une d'elles. Les évêques concordataires, guère plus que les préfets, n'aiment les pénitents : c'est pourtant pour répondre à une demande venue de la base qu'ils obtiennent, à partir des premières années de l'Empire, le rétablissement des confréries. Le bilan est loin d'être triomphal : dans l'ancien diocèse d'Aix, pour 19 confréries existantes en 1789, la statistique de 1820 nous dit que 7 se sont reconstituées, 4 nouvelles se sont créées, mais 12 ont disparu sans retour. Des études à une échelle plus large, dans un Midi largement taillé – jusqu'aux Alpes et au Massif central –, illustrent comment les réseaux plus tardifs – ainsi en Dauphiné – se sont mieux reconstitués, sur des bases différentes, plus intégrées à la discipline paroissiale que les confréries d'ancien héritage, comme en Provence, pour lesquelles un inexorable déclin se dessinera bientôt. La faiblesse du nombre des ordinations sous l'Empire, la lenteur du rétablissement des confréries, d'autres indices qui

Le clergé au lendemain de la Révolution

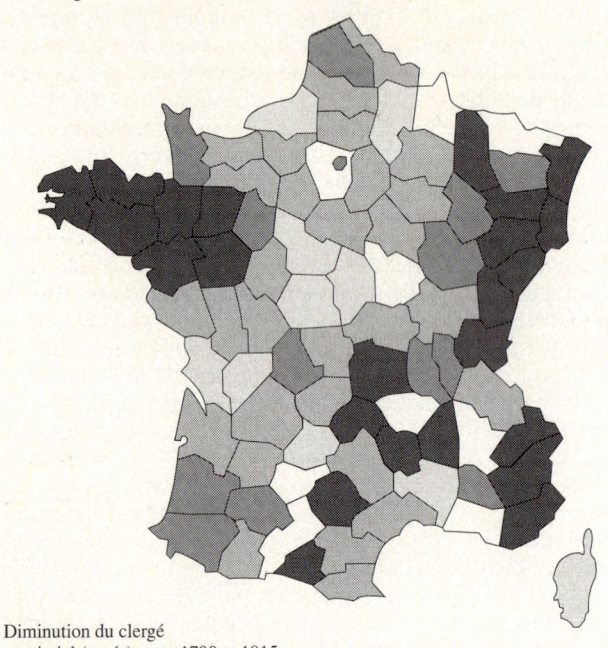

Diminution du clergé
paroissial (curés) entre 1790 et 1815

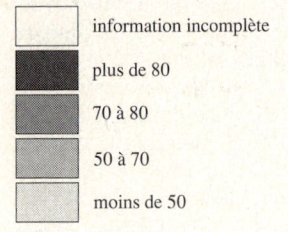

- information incomplète
- plus de 80
- 70 à 80
- 50 à 70
- moins de 50

1790 : indice 100

L'« explosion » du corps pastoral, telle qu'elle se traduit par la diminution du nombre des curés entre 1790 et 1815 a épargné les zones réfractaires au serment, et moins touchées par la déchristianisation (Bretagne, Nord-Est, Sud-Est du Massif central), mais aussi les Alpes. Elle touche surtout

La « déchristianisation »

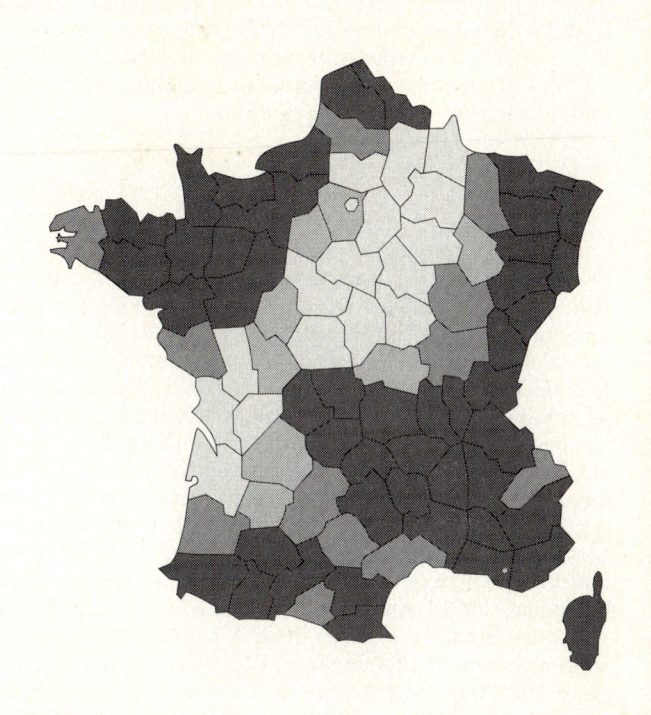

Paroisses vacantes en 1814-1815

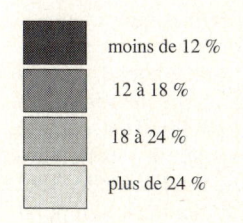

- moins de 12 %
- 12 à 18 %
- 18 à 24 %
- plus de 24 %

le Bassin parisien, prolongé vers la France du Centre et les deux Midis, Sud-Ouest et Sud-Est. Un tableau que confirme, avec des nuances, la carte des paroisses vacantes en 1814-1815. (D'après F. Lebrun, *Histoire des catholiques en France*, Toulouse, 1980.)

touchent plus directement encore la religion populaire, comme la réduction du nombre des fêtes votives (en Provence les « romérages », rétablis, mais moins nombreux au fil de l'année), témoignent de l'ampleur de l'ébranlement reçu, en profondeur, dans la pratique des fidèles.

L'irréparable

Mais ici, il convient d'aller plus loin, pour mesurer, au-delà des atteintes momentanées, l'irréparable, ce qui ne reviendra pas. L'évaluation des dommages n'est pas aussi aisée qu'il pourrait paraître au premier abord : tels outrages qui ont pu paraître aux catholiques ou aux clercs du XIXe siècle comme l'expression ultime du travail destructeur de la Révolution peuvent être évalués aujourd'hui en termes différents – comme ils ont commencé à l'être, après 1830, par le catholicisme libéral. L'Église catholique a perdu son monopole et son statut privilégié. La laïcisation de l'État, quelles qu'en soient les limites dans le statut concordataire, comme dans la pratique des gouvernements de la Restauration, est un fait accompli. La France n'est plus une chrétienté homogène, monolithique, et le partage laïc, sur lequel on ne reviendra jamais, reste sans doute l'acquis le plus irréversible et le plus fondamental de l'épisode révolutionnaire : en ce sens, Mgr Freppel a raison. L'Église a perdu ses biens – ces 10 % ou presque du terroir national qui fondaient sa richesse –, elle a perdu ses revenus, avant tout la dîme, elle a perdu ses privilèges fiscaux en même temps que les privilèges honorifiques qui en faisaient le premier ordre privilégié. Elle a perdu enfin le directoire moral officiel, qui lui permettait de régenter les consciences et même la morale privée de tous, catholiques ou non, dévots ou détachés, comme elle a perdu le magistère d'opinion qui assurait – officiellement du moins – son influence sur la vie intellectuelle. Tout ceci, est-ce un bien ou est-ce un mal ? Entendons, non point dans l'absolu, au niveau de la vérité des croyances, dans lequel l'historien n'a pas à se risquer, mais en termes d'influence, d'authentique autorité morale ? Réduite à la pauvreté évangélique, libérée du lien organique avec l'État absolutiste monarchique, quels que soient les liens qui subsistent – la dépendance d'un clergé fonctionnaire, la symbiose idéologique, apparemment rétablie par la Restauration, entre monarchie et foi –, elle reçut de la Révolution française cet immense privilège, en contrepartie de ceux qui lui furent arrachés, de pouvoir se présenter dans la pureté de son message. Mais pour qu'elle en prenne conscience, il faudra un très long cheminement. Et, sans ambiguïté, au rang des pertes indiscutables, on peut ranger les amputations de son rôle social dans l'assistance, comme dans l'enseignement : il en reste certes plus que des traces. On retrouvera très vite les religieuses dans les hôpitaux, et l'Université restera un temps, sous la Restauration, une chasse gardée. Mais la césure est faite, elle est profonde et sans retour.

Ceci vaut pour les structures et les institutions. Ce qui a été perçu d'entrée ; mais il faudra plus longtemps, malgré la rapidité de l'effort missionnaire, pour que l'on mesure l'étendue d'autres pertes, celles qui touchent un peuple que l'on ne peut plus dire désormais en état de chrétienté, et pour lequel, dans les années 1840, Mgr Dupanloup risquera le néologisme de « déchristianisation ».

Quelle est sur ce plan la responsabilité propre de l'événement révolutionnaire ? Il convient de faire la part de toute l'évolution antécédente, entr'aperçue seulement, ou inaperçue des contemporains, et qui a cheminé sourdement au fil du Siècle des Lumières, dans sa seconde moitié surtout. Qu'on parle sécularisation, évolution profane ou qu'on risque le terme de déchristianisation, à l'évidence la vue du monde avait changé dans des couches entières de la population : ces réalités ont été précédemment évoquées et nous n'y reviendrons pas. Mais il convenait de les rappeler pour mieux apprécier la place même qui revient au temps court de la décennie révolutionnaire : révélation d'un état au vrai, accélération de processus à l'œuvre, ou surgissement à chaud des réalités nouvelles ?

Une accélération, plus qu'un bouleversement

A scruter ce que nous disent ces indicateurs au lendemain de la Révolution, on reste sur une impression nuancée : oui, les choses ont changé, et de façon souvent irréversible, mais dans plus d'un cas cela ne fait que prolonger ou accentuer, en le généralisant, un mouvement déjà esquissé, comme on l'a vu, dans la seconde moitié du XVIIIe siècle. Ainsi en va-t-il pour l'illégitimité des grandes villes, déjà si fortement développée, et ascendante. Si l'on considère la contraception, l'équivoque demeure : dans son célèbre article iconoclaste, « Démographie et funestes secrets », E. Leroy Ladurie avait, à l'échelle d'une province entière, cru pouvoir désigner la période révolutionnaire et impériale comme le tournant manifeste où tout change – d'un taux de natalité de 38‰ à 31‰ ; affinant ses mesures, c'est à partir de l'an VII, et donc essentiellement aux lendemains de la Révolution, que le phénomène lui paraît manifeste. Les mises au point plus amples effectuées depuis lors permettent un bilan mesuré : il y avait depuis les années 70, au moins, à Meulan ou ailleurs, des familles contraceptives – 10 % peut-être – et la Révolution n'a rien inventé, mais elle a incontestablement contribué à élargir le mouvement, sinon à le généraliser encore, et, sur ce point, son impact est indéniable. A-t-elle déstructuré la famille, notamment par sa législation, comme l'ont dénoncé les théoriciens de la Contre-Révolution, et jusqu'à Balzac ? Là encore, il faut se garder d'amplifier un phénomène qui reste limité. La pratique du divorce, sévèrement restreinte à partir du Code civil, reste une innovation très limitée, marginale dans la société du XIXe siècle. Et l'union libre dans les milieux populaires urbains, dont la sans-culotterie avait fourni quelques exemples, demeure une pratique, destinée certes à s'élargir dans le Paris des classes laborieuses, mais sans qu'on puisse désigner nommément la Révolution comme la grande coupable.

Au niveau des attitudes vitales, devant la vie, l'amour, la mort (on pourrait, à partir de l'enquête de 1806 sur les cimetières, commencer à mesurer ce qui change et ce qui résiste dans l'image du lieu des morts), les conséquences de la Révolution s'inscrivent donc plus comme l'accélération d'une tendance que comme un bouleversement brutal. Les gestes de la pratique religieuse eux-mêmes font apparaître les limites de ce retour à la discipline de l'Église. Le respect des temps interdits au mariage, Avent et Carême, a été sévèrement ébranlé en nombre de régions, on l'a déjà signalé. En Normandie, de la Seine-Inférieure à l'Eure, on mesure à partir de la pratique pascale la profondeur de contrastes accentués : entre hommes et femmes, entre bons et mauvais pays. L'accentuation de la féminisation de la pratique, déjà sensible depuis le milieu du XVIIIe, est manifeste : elle reflète en réalité l'abandon par une partie des hommes du chemin de l'Église.

C'est en termes de géographie de la pratique que les atteintes durables s'inscrivent sans doute de la façon la plus lisible. Les cartes qui ont été présentées et commentées des bilans de la déchristianisation (après celui du serment constitutionnel) reflètent plus que le paysage d'un instant. Elles annoncent avec trop de précision celles de la pratique religieuse établies au XXe siècle, pour ne pas démontrer avec une évidence surprenante qu'un certain paysage collectif des grandes options religieuses, et plus que religieuses, est déjà constitué dans ses traits fondamentaux. Constat qui appelle quelques remarques : cette spatialisation des attitudes est-elle la révélation à l'épreuve de la Révolution, moment de vérité, d'une réalité latente, façonnée par une évolution dans la longue, ou moyennement longue durée ? La comparaison que nous avons pu faire entre la carte du serment constitutionnel et celle de la déchristianisation permet de suggérer l'importance propre du moment révolutionnaire dans certaines régions. Puis une autre remarque s'enchaîne sur la première : il y a entre ce qu'on peut deviner à l'époque révolutionnaire et le cliché définitif (?) des années 1950 des nuances importantes, dans le façonnement de cette ample zone de détachement poussé dont le Bassin parisien est le cœur, mais dont l'aire de propagation s'inscrit plutôt vers le Sud-Est, alors que l'évolution ultérieure confirmera plutôt un axe de Paris à Bordeaux, d'orientation différente. Ne sous-estimons pas les évolutions différentes du XIXe siècle à nos jours, retravaillant un espace loin d'être figé de façon définitive.

Il faut aller au-delà des gestes, des cartes, de ces constats massifs mais pauvres, pour tenter d'aller au fond des choses. L'Église ni la chrétienté restaurées ne sont les mêmes. Au sein de l'Église-institution, les conditions de la lutte, puis de la reconquête missionnaire, assurent le triomphe d'un ultramontanisme militant, figé dans un refus de tout ce qui avait pu être le renouveau des Lumières, cette *Aufklärung* catholique que Grégoire et ses amis ont eu à défendre dans des conditions impossibles. Cette Église associe pour longtemps son sort à la Restauration, au conservatisme, au refus de la Révolution. Mais, il est plus grave encore de constater que cette césure ne touche point seulement la hiérarchie religieuse. La césure s'inscrit durablement au niveau du peuple, hier chrétien, aujourd'hui divisé. Mauvais pays, bon pays : l'association du religieux et du politique définit pour longtemps des tempéraments enracinés. C'est que la Révolution fait naître aussi un anticléricalisme de longue durée, un large espace qui échappe désormais à la religion. La fête révolutionnaire n'a pas laissé de traces apparentes : le transfert de sacralité dont elle a été le lieu chemine, souterrainement, jusqu'à sa résurgence dans le culte civique de la IIIe République. Sans attendre même si longtemps, un monde du refus s'est constitué, qui trouvera dans le libéralisme du XIXe siècle, comme dans un détachement paysan évident dans les campagnes jacobines, ses lieux d'enracinement. Le monde ne sera plus jamais, comme avant, une chrétienté. Sur ce plan, Mgr Freppel, qui n'est point notre référence d'élection, avait peut-être raison.

Industrialisation et déstructuration de la société rurale
par Philippe Boutry

Campagnes sans Dieu ?

Le curé d'Ars, le saint curé de village par excellence, « aimait à dire, nous rapporte l'un de ses confrères, que le salut est facile aux personnes de la campagne ». « Je désire, avoue-t-il lui-même à la veille de sa nomination (1818), une paroisse petite que je pourrai mieux gouverner et où je pourrai mieux me sanctifier. » Mais s'il considère, dans ses sermons de la Restauration, que le village n'a pas été desservi par un curé à demeure depuis l'an II : « Laissez une paroisse vingt ans sans prêtre, s'écrie-t-il, on y adorera les bêtes. » Et quand l'essor du pèlerinage est venu apporter le mouvement et l'aisance : « Pour Ars, écrit-il en 1847 à son évêque, il est perdu. L'argent fait toute leur religion. »

Entre ces assurances, ces espérances et ces sévérités, se dessine, par-delà le destin exceptionnel de Jean-Marie Vianney, le rapport contradictoire qu'entretient l'Église du XIXe siècle avec la modernité rurale. La campagne est-elle, pour faire bref, ce *sanctuaire,* cette *oasis,* ce *bastion* de chrétienté, où croyances et rites ont été préservés, où l'autorité pastorale sur paroisse et fidèles demeure respectée, où cohésions communautaires, contraintes collectives et traditions locales concourent à maintenir intacte « la loi de nos pères » ? Ou bien est-elle en passe – et c'est à ce discours qu'on voudrait ici prêter attention – de devenir à son tour terre de rébellion, d'abandon, de désolation : autant de « friches du Seigneur » laissées en jachère par une Église impuissante et contestée ? C'est le cri de désespoir qu'exprime, en 1878, Émile Bougaud, vicaire-général d'Orléans, dans *le Grand Péril de l'Église de France au XIXe siècle* :

> Là, dans cette paroisse ravagée par l'indifférence, [le prêtre], ne trouve rien. Il a tout quitté pour les âmes, il les appelle et il ne les trouve pas. Le matin, quand il a dit la

> sainte messe, il a devant lui une immense journée, et rien à faire ! Et les jours se suivent et se ressemblent, et les semaines et les mois. En semaine [témoigne un jeune prêtre], cela va encore. Mais le dimanche, c'est affreux ! J'arrive à la messe, j'y trouve une trentaine de femmes, deux ou trois hommes : que leur dire ? J'ai plus envie de pleurer que de parler. A vêpres, personne. Je m'enferme toute la journée dans mon presbytère, mais je ne puis pas m'y tellement enfermer et enfoncer, que je n'entende pas le chant des hommes qui s'abrutissent au cabaret, et le violon des danses qui emportent les femmes et les filles. C'est navrant, Monsieur, vous n'avez jamais vécu dans les campagnes. Mais le paysan, qui n'a plus de religion, devient une brute.

Constat d'échec, que la solitude du presbytère et l'inadéquation grandissante du modèle sacerdotal tridentin rendent pour le clergé plus poignantes encore. Aux terres de chrétienté, « consolantes », de l'Ouest ou des hautes terres du Massif central, où l'effort de restauration religieuse du XIXe siècle, comme l'ont récemment souligné Gérard Cholvy et Yves-Marie Hilaire, a permis la constitution, à partir des années 1840, et pour plus d'un siècle, de véritables forteresses de cohésion religieuse, s'opposent désormais les régions de désaffection, plaines du Bassin parisien, plateaux du Limousin, où la ruralité semble générer contestation et éloignement. La longue plainte des curés du diocèse d'Orléans, recueillie en 1850 par l'enquête de Mgr Dupanloup, accumule pêle-mêle griefs, condamnations et timides tentatives d'explication. L'ivrognerie du cabaret, les débauches de danse, le « goût du luxe », l'immoralité et l'obscénité, l'orgueil et l'esprit de défiance envers le curé, tout concourt, en ces plaines désertées par la foi où Zola situera *La Terre* (1887), à la corruption des mœurs campagnardes et à l'ignorance des devoirs de la religion... Les curés de Beauce rappellent avec insistance l'impact des motivations économiques dans les processus de détachement. « Ils ne voient rien au-delà du morceau de terre ou de la pièce d'argent qu'ils peuvent acquérir », gémit le curé de Ramoulu.

Traduire les observations morales des prêtres de village du XIXe siècle en hypothèses explicatives constitue un exercice difficile : le curé est ici juge et partie, et le constat porte déjà condamnation. On pressent pourtant que ces observateurs attentifs aux comportements quotidiens et à l'état des mentalités que sont les desservants de paroisse, expriment, selon des catégories parfois sommaires, la réalité d'une mutation globale. La transformation des campagnes – de l'amendement des sols à l'expansion des fourrages, de la sélection du bétail à l'avènement de la pomme de terre ou du mûrier, de la « révolution » des chemins vicinaux à la multiplication des foires, des premières formes de mécanisation du travail agricole à la diffusion de l'industrie textile à demeure, des progrès de l'instruction au premier exode rural –, la lente expansion de la propriété paysanne et du fermage en numéraire, l'enrichissement rural du Second Empire, enfin, sont solidaires, comme l'a relevé avec acuité Ralph Gibson, d'un progressif changement des comportements collectifs et des mentalités religieuses, en terre de chrétienté comme en terre de détachement précoce. Les évolutions religieuses de la société française ne sont toutefois ni linéaires ni régies par un déterminisme étroit, qui associerait aisance rurale et détachement : le Bassin parisien des grandes fermes est, certes, tôt touché par la désaffection volontaire des églises ; mais c'est en Normandie, dans l'ensemble fidèle, que les démographes ont pu mettre en rapport la diffusion des pratiques contraceptives et celle, contemporaine, des méthodes de sélection du cheptel. Le choc de la modernité rurale n'est pas univoque, mais précipite, *hic et nunc*, des synthèses antagonistes.

La modernisation du paysage paroissial

Deux éléments spectaculaires de la transformation du village expriment en particulier l'ambivalence religieuse de la modernité rurale du XIXe siècle : la reconstruction des églises et la translation des cimetières. Jamais en effet, depuis l'apparition du « blanc manteau » des églises romanes, au lendemain de l'an mil, le paysage paroissial français n'a été aussi profondément renouvelé et remodelé. Immense chantier, dont le bilan s'avère formidable : 239 des églises paroissiales du diocèse de Rouen, 215 de celles du diocèse de Belley (47,5 %), 168 de celles du diocèse de Rennes (35 %

circa), ont été complètement ou en majeure partie rebâties ; plus du tiers sans doute des églises de France a été jeté à bas pour reconstruction. Le mouvement se concentre entre 1840 et 1880, et culmine sous le Second Empire : le seul épiscopat de Jaquemet à Nantes (1849-1869) voit naître 79 églises ou chapelles dans le diocèse, et sept encore à Nantes même ; la division des édifices diocésains à la Direction des Cultes recense 411 projets de reconstruction ou d'agrandissement en 1855, 430 en 1857, 455 en 1858. « Il faut remonter bien loin à travers les âges pour trouver une époque comparable à la nôtre au point de vue de l'édification des bâtiments religieux », écrit, triomphal, l'évêque de Nantes, en 1859. « La pieuse ardeur qui s'était emparée de nos vieux ancêtres s'est emparée de leurs derniers fils ; le souffle qui a passé sur ces vieilles générations, vient de nouveau animer la nôtre. »

Une ambition restauratrice et modernisatrice unit curés, maires, conseils municipaux et populations. A tous, il importe de réparer les ruines causées par le temps et les destructions révolutionnaires, de proportionner la taille des églises à l'accroissement démographique, d'affirmer à la face de la terre et des cieux la gloire de la localité, de posséder « la plus belle église du canton », de lancer toujours plus haut la flèche du clocher. Le clergé, principal protagoniste des reconstructions, est plus particulièrement sensible à l'occasion offerte de réunir les énergies de la paroisse dans une entreprise religieuse et communautaire, et soucieux de promouvoir un édifice neuf, adapté aux besoins du culte et aux exigences du ministère. Une mutation du goût enfin unit, dans le vif sentiment d'une renaissance chrétienne, clercs et savants : aux canons « païens » du néo-classicisme, qui s'inscrivent encore dans les « temples » de campagne à colonnes et fronton des premières décennies du siècle, succède partout en France, à partir des années 1840, l'engouement pour le « Moyen Age retrouvé » de la Commission des monuments historiques (1837) de Vitet et Mérimée, et, pour les premières réalisations architecturales, de Viollet-le-Duc ou Lassus. La célébration d'un « art chrétien », directement issu de la redécouverte d'un Moyen Age fervent et quelque peu mythique, détermine l'expansion du style « ogival » ou « gothique », appauvri à l'usage des municipalités rurales selon des plans types économiques et fonctionnels. Contributions volontaires, centimes additionnels, offrandes de notables et subventions de l'État, auxquels s'adjoint parfois, en terre de chrétienté, le concours matériel des fidèles sous la direction de leurs prêtres, donnent à l'entreprise de reconstruction néo-gothique des édifices religieux de la France rurale du XIXe siècle une exceptionnelle ampleur.

Le déplacement des cimetières constitue une mutation du paysage paroissial d'importance comparable. Dans la seconde moitié du XVIIIe siècle, les Lumières, s'appuyant sur les théories aéristes, ont dénoncé les miasmes formés par la corruption des corps, et combattu l'ensevelissement dans les églises et monastères. Leur argumentation et leur combat, qui triomphent en ville au tournant des XVIIIe et XIXe siècles, l'emportent graduellement au village : la loi du 23 prairial an XII (12 juin 1804), qui reprend les principales dispositions de l'ordonnance royale du 10 mars 1776, constitue la charte des translations : elle réitère l'interdiction de toute inhumation « dans les églises, temples, synagogues, hôpitaux, chapelles publiques » et « dans l'enceinte des villes et bourgs », ordonne le déplacement des « terrains spécialement consacrés à l'inhumation des morts », confie enfin leur administration « à l'autorité, police et surveillance des autorités municipales ». La monarchie de Juillet, par l'ordonnance du 6 décembre 1843, généralise l'application de la loi, et la fait entrer dans les mœurs. Partout, à l'instigation des autorités civiles (fortes, en règle générale, de l'assentiment du clergé), les tombes abandonnent les dalles des sanctuaires et l'enceinte attenante à l'église paroissiale pour gagner le cimetière, espace funéraire de la modernité : dans le diocèse rural de Belley, 76 % des communes écartent ainsi au cours du siècle le « champ des morts ».

L'atmosphère conflictuelle, panique qui préside aux opérations du dernier quart du XVIIIe siècle, cède alors le pas aux considérations d'hygiène publique, de convenances locales et de politique municipale. Un regard nouveau, administratif et décent, se porte sur l'inhumation des corps. Le cimetière rural, d'ordinaire établi sur un terrain communal aménagé à l'écart du bourg, est rigoureusement enceint de murs ou de haies ; sa surface aplanie ne porte plus ni pommiers en Normandie, ni mûriers dans la Drôme, mais des tombes individuelles ou des caveaux de familles strictement alignés ; la mise en place graduelle, au bénéfice des notables villageois, d'un système de concessions perpétuelles ou trentenaires, complété par l'érection de monuments funéraires et la multiplication des inscriptions, entraîne la pérennisation de la mémoire des défunts, offrant un terrain propice à l'affirmation des groupes familiaux, ou à l'expression individuelle des croyances.

L'enthousiasme manifesté, dans les années 1840-1880, par la majeure partie du clergé rural en faveur de la transformation du paysage paroissial s'atténue cependant, dans les dernières décennies du siècle, en une appréciation plus lucide, plus amère parfois, des équivoques ou des périls de la modernité. Reconstruction des églises et translation des cimetières suscitent, en effet, tensions et conflits autour de deux aspects fondamentaux de la vie religieuse des campagnes : l'office paroissial et le culte des morts. Or, dans le domaine, sensible entre tous, des relations qu'entretiennent les communautés rurales avec la sacralité inscrite dans les lieux et les rythmes de la vie quotidienne, toute modification équivaut à une rupture, et toute rupture peut entraîner un traumatisme : seule une micro-analyse des enjeux et des modalités du changement est apte à rendre compte du bouleversement qu'introduisent dans les comportements et les consciences, des mutations que l'Église ne se sent plus parfois en mesure de maîtriser.

L'église néo-gothique est souvent solidaire d'un recentrement de la paroisse au profit du « bourg neuf » et de ses intérêts sociaux ou symboliques : en région de relief, la nouvelle église est bâtie en plaine plutôt qu'en hauteur, sur la grand-route plutôt qu'au cœur historique du village. En 1846, à Allan près de Montélimar, le « parti du mouvement » milite ainsi pour rebâtir l'église à la *bégude* – le bourg de plaine où boivent et se restaurent les voyageurs, où se concentrent activités commerciales et roulage : « Considérant que cette position est très propice pour la construction des édifices communaux et que nous vivons dans un siècle de progrès », plaident les notables du conseil municipal à l'encontre des habitants pauvres du vieux village, « il est nécessaire de construire une église dans la plaine pour faciliter le transport des denrées. » En 1858, à Gex (Ain), le maire catholique, un correspondant de Louis Veuillot pourtant, ne tient pas d'autre langage pour légitimer l'abandon de l'ancien site de Gex-la-Ville (où l'église paroissiale de 1460 sera conservée comme chapelle du cimetière) au profit du bourg neuf : « La commune de Gex aura une église magnifique, bien située, spacieuse ; rendu le mouvement à un quartier digne de sollicitude ; donné de l'ouvrage à un grand nombre d'ouvriers ; elle aura conservé dans la mesure du possible les souvenirs anciens, et, en même temps, prouvé qu'elle n'est pas systématiquement hostile à toute idée nouvelle, grande et morale. » Si, à Allan, la révolution de 1848 vient empêcher le « déménagement » (B. Delpal) du cœur religieux du village en restituant à l'église du bourg ancien ses cloches et la messe dominicale, à Gex, la modernité l'emporte sans retour. Mais le clergé, dans les deux cas, s'est compromis, aux yeux des habitants « d'en haut », en faveur des notables : à Allan, la consécration de l'église de la Bégude fait figure de « trahison » ; à Gex, les femmes du village investissent pour des vêpres protestataires l'église ancienne, et le curé doit essuyer des « paroles pénibles ». Le traditionalisme des communautés rurales, l'attachement aux lieux culturels « immémoriaux » a primé sur le « progrès religieux ».

La nouvelle église, dans sa sobriété fonctionnelle, est encore l'expression d'un recentrement du culte, désormais tout entier tendu vers la célébration eucharistique, aux dépens des « saints du bout de la nef » ou des chapelles de terroir, délaissées, parfois même abattues afin que leurs matériaux soient employés à la reconstruction de l'édifice neuf. Elle est enfin étroitement liée à la médiation de l'architecte : la mise en place, en 1849, d'un corps d'architectes diocésains sous l'égide de Viollet-le-Duc et de Vaudoyer, renforce le contrôle financier de la Préfecture et les contraintes « archéologiques » des hommes de l'art sur les modes de financement et les aspirations religieuses et esthétiques (pour le meilleur, comme pour le pire...) des populations rurales. Lourde en centimes additionnels, plus cléricale aussi, l'église néogothique du Second Empire rompt en partie avec d'anciennes traditions cultuelles collectives : elle a pu, paradoxalement, contribuer à éloigner, par archaïsme ou par fidélité, plus d'un croyant.

Le transfert du cimetière a pu également, en bien des lieux

où l'emprise de l'Église s'est révélée insuffisante à prendre en charge le changement et à lui conférer (ou lui restituer) à chaque étape une signification religieuse, accentuer ce processus d'éloignement ou de rupture. Malgré les efforts de sacralisation du nouvel espace funéraire par la construction de chapelles et la mise en place de signes d'identité chrétienne – croix, emblèmes, inscriptions –, le choix et la translation du « champ des morts » sont souvent vécus douloureusement par les fidèles, et plus encore le déplacement ou l'effacement des tombes anciennes ; l'abandon de la proximité physique du sanctuaire, la disparition graduelle, de la monarchie de Juillet à l'Empire libéral, des usages discriminatoires de la mort chrétienne – le « coin des réprouvés » de l'ancienne France, et ses tombes d'enfants morts sans baptême, de suicidés, ou d'incrédules affirmés –, la confusion enfin des croyances dans l'alignement des concessions, sont autant de périls pour l'unité religieuse de la paroisse, que le clergé rural commence à entrevoir et à dénoncer, à partir des années 1860. Dans son agenda, Mgr Dupanloup note, en 1861 : « Les populations n'aiment pas ces changements de cimetières pour deux raisons : 1, cela blesse leurs sentiments religieux et de famille ; 2, cela coûte cher. Ces changements de cimetières sont généralement décidés par de petits bourgeois, par un épicier de Paris, retiré, qui ne veut pas avoir le souvenir de la mort devant les yeux. Il faut donc profiter de cette disposition des populations pour conserver le cimetière auprès des églises autant que possible... partout, et surtout loin des églises, demander des murs peu élevés, qui laissent de loin voir au moins les tombes et les croix : c'est d'ailleurs économique. » En 1876, un intransigeant lui fait écho avec une virulence accrue : *le Cimetière au XIXe siècle,* écrit Mgr Gaume, « est le dernier théâtre de la lutte acharnée du satanisme et du christianisme » ; et de percevoir, derrière les considérations d'hygiène et de décence, le noir complot des Lumières : « Blâmer l'Église ; diminuer, pour ne pas dire éteindre, la piété envers les morts ; effacer le souvenir des fins dernières ; rompre les consolants rapports qui unissent les enfants de Dieu en deçà et au-delà du tombeau : tel était, en demandant l'éloignement des cimetières, le but visible des voltairiens du dernier siècle. » Dans les dernières décennies du XIXe siècle, la modernité paroissiale semble avoir changé de camp : afin de donner sens à l'ébranlement concomitant des solidarités collectives et des traditions religieuses, le temps des anathèmes approche.

Ennemis de l'intérieur ? Bourgeoisie rurale et migrants temporaires

Le détachement d'une partie des campagnes françaises est inséparable des processus multiples (y compris religieux) qui ont conduit à l'affaiblissement des contraintes communautaires et des traditions culturelles : tout ce qu'Eugen Weber, en un essai suggestif, a décrit comme *la Fin des terroirs,* qui coïncide aussi, en un sens, avec la fin des paroisses. De l'archaïsme à la modernité pourtant (pour retrouver l'analyse attentive d'Alain Corbin sur le Limousin), le parcours n'est ni linéaire ni mécanique, mais heurté, contrasté, contradictoire parfois, selon les lieux et les temps, et selon les rapports de force existant entre les acteurs locaux. De même qu'Yves-Marie Hilaire et Gérard Cholvy ont nuancé les schémas simplificateurs d'une « déchristianisation » continue de la France au XIXe siècle, de même faut-il associer au « macro-modèle » wébérien de la modernisation globale de la chrétienté rurale, les réalités des affrontements religieux au village : la déchristianisation est d'abord un combat.

Au premier rang de ses protagonistes se situe la bourgeoisie rurale, classe exiguë mais influente de propriétaires et de rentiers du sol, de notaires, d'huissiers, d'hommes de loi, de médecins et de pharmaciens, de « capacités » plus ou moins bien employées. Ses membres forment l'armature d'un tiers état également étranger, par ses intérêts et par sa culture, aux principes aristocratiques comme à l'égalitarisme paysan. Hors des régions de grande propriété de noblesse résidente, ils dominent, par leur aisance relative, leur niveau d'instruction et les rapports quotidiens qu'ils entretiennent avec les professions agricoles, la société campagnarde, jusqu'à ce que l'exode rural, dans les dernières décennies du siècle, les fasse gagner la ville et ses commodités. Partout en France, le clergé les dénonce comme les « fils de Voltaire » et les héritiers de la Révolution : admirateurs de Béranger, lecteurs de Paul-Louis Courier, de Claude Tillier ou d'Edmond

About, abonnés du *Constitutionnel* sous la Restauration et du *Siècle* sous l'Empire, contempteurs de la religion et de ses *momeries* (pour parler comme M. Homais), ils font figure d'adversaires-nés du prêtre et de l'Église au village. « Tout ce qui porte habit battant sur le jarret et palette ne se confesse pas, écrit, en 1843, le curé de Suze-la-Rousse (Drôme) : c'est trop bas pour eux. » « La classe bourgeoise se fait honneur de mépriser la religion et ses cérémonies, gémit, en 1841, le curé de Saint-Sulpice-d'Excideuil (Dordogne) ; s'il y a quelques bourgeois dans une paroisse, ils affichent de n'entrer jamais dans l'église, de critiquer le prêtre dans ses fonctions. Tous ces sarcasmes ont achevé de détruire dans l'esprit du simple et naïf paysan tout respect pour la religion de ses pères ! »

Plus pernicieux peut-être, parce qu'il fait partie intégrante de la société paysanne, apparaît encore l'ouvrier migrant, saisonnier et surtout temporaire. L'essor de la migration temporaire ou définitive constitue l'un des phénomènes nouveaux et perturbateurs de la modernité du siècle : maçons limousins, marchands auvergnats de vin ou de charbon, limonadiers rouergats, bonnes bretonnes, nourrices morvandelles quittent désormais leur village pour une ou plusieurs années, voire jusqu'à leur vieillesse, sans cesser toutefois d'entretenir avec leurs « pays », en ville, et leurs familles, à la terre natale, des liens étroits de parenté, d'intérêts et de sensibilité. Aussi le migrant devient-il à son tour suspect : n'est-il pas celui par lequel pénètrent dans la paroisse l'air et les façons de la ville, les nouvelles et les nouveautés, les opinions et la politique ? En Limousin, une catéchèse anti-migratoire fait porter sur eux, non sans excès comme le révèlent les études conduites par Louis Pérouas, tout l'opprobre des détachements présents et à venir. « Pauvres chers émigrants, écrit en 1875, dans la *Semaine religieuse* de Limoges, Mgr Duquesnay, vous n'arrivez pas à la fin de votre première campagne que vous avez perdu tout le patrimoine de vos croyances... Vous étiez croyants : trop souvent vous revenez libres penseurs... Vous aviez du respect et de la reconnaissance pour ce vieux curé dont vous avez été l'enfant chéri... Je vous ai vus, moi votre évêque, je vous ai vus passer devant votre vieux curé, ricanant grossièrement. »

Enjeu de ce combat : le *respect humain,* c'est-à-dire, dans le vocabulaire du clergé, l'ensemble des contraintes collectives et des mécanismes d'imitation intersociale qui déterminent les comportements religieux des fidèles au sein du microcosme paroissial. « Une histoire du respect humain, relève René Rémond, ce sentiment qui tient une si grande place dans les examens de conscience de naguère comme dans le comportement de nos prédécesseurs, éclairerait notre connaissance des motivations et des cheminements de la déchristianisation. »

En 1805, deux curés du Bugey en apportent des témoignages contrastés. A Montanges, « le respect humain domine, on fait ses Pâques pour n'être pas remarqué et tel se confesse, qui peut-être regrette le temps où il pouvait omettre ce devoir sans passer pour un homme sans foi. » A Talissieu, au contraire, « ils n'approchent pas des sacrements, malgré l'envie qu'ils en auraient ; mais le respect humain, les railleries, les plaisanteries des autres les retiennent ».

La pratique religieuse est ainsi perçue comme la résultante d'un rapport de force complexe, où interviennent comportements collectifs, options individuelles et influences contradictoires des « chefs d'opinion » villageoise, pour définir la capacité d'attraction et de cohésion de l'entité paroissiale. Mais, aux facteurs de dissolution, si dérisoires – un juron, une obscénité–, si imperceptibles parfois – un haussement d'épaule, une plaisanterie –, l'Église, lorsqu'elle ne dispose pas de l'appui des autorités et des notables pour construire l'unanimité religieuse, ne sait souvent opposer en retour que le mépris, l'amertume, l'impuissance. « Qui se moque de la religion et de ses cérémonies ? » lit-on, en 1853, dans un petit ouvrage de propagande catholique, *les Soirées au village* de l'abbé Debeney. « Remarquez-le bien : c'est ordinairement un jeune blanc-bec, vrai pilier de cabaret, un sauteux, un fat, un avocat de village... Eh bien ! parce que vos bourgeois ne pratiquent pas la religion, faut-il que vous l'abandonniez aussi ? » « On peut le dire, écrit plus lucidement Dupanloup dans son *Agenda,* en 1861, le plus grand obstacle au Bien est le respect humain entretenu par la persécution de la raillerie... Ôtez la raillerie, et les retours à Dieu et les communions pascales ne tarderont pas à se multiplier. »

Au-delà des chiffres qui ont été évoqués, et qui dessinent la France différentielle de la pratique, on devine des configurations sociales et culturelles infiniment variées, de région en région, voire de village en village : bloc catholique de l'aristocratie et ses fermiers dans l'Ouest intérieur ; alliances conflictuelles des messieurs et des paysans propriétaires de l'Aquitaine ou de la Provence ; coalitions anticléricales des campagnes limousines... La conjoncture a aussi sa part, qui, au lendemain des journées de juin 1848, précipite certains éléments de la bourgeoisie désemparée dans le giron d'une Église conservatrice et autoritaire, contre les « affreux petits rhéteurs », tandis que s'éloigne une part importante des artisans et des ouvriers ; puis, à nouveau, à partir du tournant de 1859-1860, quand la vive opposition de l'épiscopat à la politique italienne de l'empereur facilite l'isolement du clergé, au nom de la fidélité à l'État et d'une laïcité fortement teintée d'anticléricalisme. La disparité des intérêts économiques, sociaux et culturels, la diffusion croissante des débats et des combats de l'heure, l'individuation, à travers le suffrage universel masculin, des opinions politiques, et bientôt religieuses, concourent à mettre en cause cohésions communautaires et cohérences mentales.

Villes à l'abandon ?

Que la ville puisse être divisée en paroisses, et que ces paroisses, trop vastes, mais non pas désertées, soient le lieu d'expression privilégié d'un catholicisme urbain, voilà qui éloigne en partie l'historien du dilemme où l'a enfermé, depuis plus de quarante ans, l'indignation généreuse d'Henri Guillemin : une Église écartelée entre bourgeoisie et prolétariat et cédant, après les journées de révolte populaire de juin 1848, à toutes les sirènes du Parti de l'Ordre, pour déboucher en 1871 sur les violences anticléricales de la Commune. Les travaux de François-André Isambert, puis une vigoureuse synthèse de G. Cholvy et Y.-M. Hilaire ont contribué à nuancer le modèle politique et polémique, peu attentif aux réalités de la vie religieuse des villes, où trahison des clercs rime avec déchristianisation des masses.

La réalité urbaine du XIXe siècle français est assurément plus complexe que l'affrontement symbolisé par les barricades de juin 1848 ou de mai 1871, où deux archevêques de

Paris, Affre et Darboy, et des dizaines de milliers d'insurgés trouvèrent la mort. L'industrialisation, dont les effets deviennent perceptibles à partir des années 1840, et sensibles sur l'ensemble de la société durant le Second Empire, n'a pas bouleversé, avant 1880, les formes artisanales du travail, ni l'échoppe et la boutique qui fournissent encore majoritairement, et les militants démocrates et socialistes, et le recrutement sacerdotal urbain. Louis Veuillot n'est-il pas le fils d'un tonnelier de Bercy ?

Comprendre le détachement religieux de la ville, c'est ainsi retrouver, derrière l'abandon – inégal et discontinu – des gestes de la pratique, l'échec d'une pastorale dans ses modalités successives. Au lendemain de la Révolution, la réalité religieuse de la ville se caractérise avant tout par un affaiblissement considérable de l'emprise ecclésiale sur les élites et sur le peuple. Les déchirements révolutionnaires, la déchristianisation violente de l'an II, où se noue l'alliance d'une bourgeoisie « philosophe » et du mouvement sans-culotte, la longue et douloureuse parenthèse du Directoire, où les alternances de tolérance et de persécution sont aussitôt répercutées par les autorités administratives urbaines, la difficile mise en place du cadre paroissial concordataire, la disparition totale des réguliers, la destruction ou la laïcisation des églises et chapelles désaffectées, des couvents et des monastères urbains, jusqu'au repli de la vie religieuse dans les cercles dévots et les associations de piété, sont autant de causes d'éloignement ou d'abandon de traditions culturelles, déjà fragilisées par l'évolution des mœurs et des mentalités dans la seconde moitié du XVIIIe siècle.

Il faut attendre la Restauration pour que s'élabore, avec le soutien et la participation des autorités civiles, une tentative concertée de reconquête religieuse de la ville, à travers la fondation, par Rauzan et Forbin-Janson, de la Société des Missions de France, établie en 1816 sur le mont Valérien, aux portes de Paris. Le programme politico-religieux des missionnaires de France, relayé à Lyon par les missionnaires des Chartreux, dans le Midi, par les oblats de Mazenod ou les missionnaires de Toulouse, suscite en retour la haine du parti libéral, jusqu'à l'explosion antireligieuse de 1830. On aurait tort pourtant de dresser un bilan strictement politique des missions urbaines de la Restauration : la redécouverte d'une pastorale d'unanimité et de ferveur, le renouvellement des processions et des plantations de croix, une prédication dramatisée sur les fins dernières, l'affirmation d'un catholicisme populaire et intransigeant, constituent une transition entre l'expression religieuse collective de l'Ancien Régime et les pèlerinages massifs des années 1870 ; ainsi de la grande mission de Besançon (hiver 1825) où, au-delà de la fête contre-révolutionnaire, il convient encore (pour retrouver l'analyse attentive de Gaston Bordet) de prendre la mesure de la persistance de rituels néo-baroques propices à l'affectivité et à l'effusion, et d'une dimension anthropologique où se nouent, au lendemain de la crise révolutionnaire, les thèmes majeurs d'une religion de l'aveu, de l'expiation et de la réconciliation.

C'est seulement après la révolution de 1830 que, dissipées les illusions restauratrices que portait en elle l'alliance du Trône et de l'Autel, s'opère une prise de conscience de l'abandon spirituel des classes ouvrières, et s'élaborent de nouvelles structures. Les mandements épiscopaux se font alors pour la première fois l'écho, en des termes souvent vigoureux, de la détresse économique, sociale, morale et religieuse du prolétariat industriel qui commence à affluer dans les villes. « L'esclavage reparaîtra parmi nous sous un autre titre, non plus au profit de maîtres barbares, mais au détriment (des) pauvres ouvriers », écrit, en 1844, l'évêque d'Évreux, Olivier. Et l'évêque d'Arras, Giraud, de s'élever, en 1845, contre « les âpres exigences de la cupidité » et « cette exploitation de l'homme par l'homme, qui spécule sur son semblable comme sur un vil bétail ou comme sur un agent et un pur instrument de production ; qui calcule froidement jusqu'à quelles limites on peut ajouter à sa tâche sans qu'il tombe écrasé sous le poids ; qui suppute goutte à goutte ce que des ruisseaux de sueur peuvent lui rapporter d'or ».

Le futur cardinal Giraud aurait-il fréquenté le jeune Marx ? On en peut douter, bien que le climat intellectuel des années 1840 ait sans doute été propice, sur fond commun d'hostilité à la monarchie de Juillet, à toutes sortes de contacts et d'influences réciproques entre catholiques, républicains et premiers cercles socialistes. C'est sur le plan des conceptions et des solutions que le discours épiscopal se révèle à la fois traditionnel et imprécis. « Le seul remède à de si grands maux serait le retour sincère à la religion », écrit benoîtement en 1848 l'archevêque de Toulouse, d'Astros, auquel fait écho l'évêque de Chartres, Clausel de Montals, en 1849 : « Ramenez la foi et la vertu, et vous aurez résolu les plus grandes difficultés que présente le problème du paupérisme. » Déjà triomphe dans le discours pastoral – et plus encore après la « grande peur » de 1848 – ce « moralisme inadéquat » que P. Droulers juge très lucidement fondé sur une « méconnaissance des réalités concrètes de l'économie en expansion ».

Critique d'inspiration religieuse, morale et charitable des rapports sociaux créés par l'industrialisation, et inadéquation des moyens de réforme proposés, sont les deux données qui permettent d'éclairer la naissance des premières initiatives sociales chrétiennes à destination des milieux ouvriers des villes, et leur caractère à la fois marginal et inefficace. « Quelle a été la place du premier catholicisme social dans l'histoire religieuse de notre pays ? », s'interroge J.-B. Duroselle, au terme d'une analyse approfondie du foisonnement d'œuvres, de cercles, d'associations, de journaux et d'idées qui se manifestent en France, de la Restauration à 1870. « D'emblée nous pouvons répondre qu'il a été le fait d'une minorité et que la masse des catholiques ne s'y est pas intéressée. L'impulsion a été donnée par quelques individus et surtout par de petits groupes actifs, généreux, convaincus, de recrutement fort divers. » La place des œuvres y est prépondérante : Société de Saint-François-Régis, créée par l'ancien magistrat Jules Gossin, en 1826, pour la régularisation des mariages dans les classes pauvres des villes ; Conférences Saint-Vincent-de-Paul, nées en 1833 sur l'impulsion du Lyonnais Frédéric Ozanam, afin de réunir pour une action charitable la jeunesse bourgeoise catholique ; Société de Saint-François-Xavier, fondée en 1840, par l'abbé Ledreuil, pour l'évangélisation des « infidèles intérieurs dans la classe ouvrière », organisant à une vaste échelle secours et réunions ; œuvres de la jeunesse et sociétés de secours mutuels d'inspiration chrétienne.

« Passons aux barbares », enjoint à la veille de février 1848, dans *le Correspondant,* Ozanam qui se rallie sans réserve à la République dans les colonnes de *l'Ère Nouvelle,* rédigée en collaboration avec Lacordaire et Maret. Et c'est à

Lacordaire qu'on doit, dans la chaire de Notre-Dame de Paris, à la veille de 1848, l'une des plus saisissantes formulations de la critique de la politique libérale du « laissez-faire » : « Entre le fort et le faible, entre le riche et le pauvre, entre le maître et le serviteur, c'est la liberté qui opprime et la loi qui affranchit. » Mais catholicisme libéral et première démocratie chrétienne ne nourrissent guère un projet social : c'est au contraire du légitimisme et du Parti de l'Ordre, et de milieux spirituels empreints d'intransigeance dogmatique et d'une piété d'orientation pénitentielle que provient l'immense majorité de ceux qu'on appellera bientôt les « catholiques sociaux », de Villeneuve-Bargemont à Armand de Melun, jusqu'à Albert de Mun et René de La Tour du Pin, fondateurs en décembre 1871 de l'Œuvre des cercles catholiques d'ouvriers ; à travers le courant de pensée et d'action qu'ils représentent, note Philippe Levillain, « le terme de contre-révolution est étendu à la critique de l'économie libérale ».

Généalogie paradoxale, qui tend à fonder sur l'alliance du Trône et de l'Autel (jusque dans l'espérance d'une restauration prochaine de Henri V) la redécouverte pastorale du monde ouvrier. Le libéralisme anticlérical n'a pas manqué, dès les années 1840, de dénoncer cette conjonction inédite du « jésuite » et des « classes dangereuses »... « Église contre bourgeoisie ? », se sont interrogés à leur tour les historiens, à la suite des travaux d'Émile Poulat. Il est indéniable que la critique des rapports sociaux induits par le capitalisme industriel a été immédiate, dans un univers étranger par sa tradition intellectuelle et les fondements de son pouvoir économique, social et politique aux réalités du travail salarié ; une culture chrétienne d'Ancien Régime, basée sur une conception statique des « devoirs d'état », une ferme condamnation de l'usure, et des comportements charitables ont conforté condamnation religieuse et morale du monde industriel, et rapports d'assistance envers les plus démunis. On ne saurait pourtant, dans le même temps, négliger l'émergence d'un christianisme porteur de valeurs bourgeoises : progrès et charité, enrichissement et moralisation, ordre et justice, ont été également objets de conjonctions désirées dans de nombreux secteurs de la bourgeoisie catholique, du Parti de l'Ordre de 1849 aux premières années de la IIIe République.

« Tel peut être intransigeant au niveau religieux, note Jean-Marie Mayeur à propos des économistes de l'École d'Angers ou de Lyon, libéral dans le domaine de l'économie, antilibéral sur le plan politique » : l'heure des synthèses, en 1880, est encore loin.

Mais c'est dans le monde ouvrier que se manifestent alors les évolutions décisives. Dans les années bouillonnantes d'idées et d'utopies de la monarchie de Juillet s'affirme, indépendamment de l'Église et de ses œuvres, une religiosité populaire autonome, nourrie d'un accès direct à l'Écriture et au livre religieux (que favorisent les sociétés bibliques et la prédication protestante), d'un attachement à l'enseignement et aux valeurs de la culture chrétienne et d'une sensibilité romantique. Le « prolétaire Jésus-Christ » de Buchez, Leroux et Cabet, exprime les souffrances et les espérances des ouvriers et des artisans urbains dans l'avènement d'une société chrétienne de Progrès et d'Harmonie, de Justice et d'Amour. « Dieu ne vous a pas fait pour être le troupeau de quelques autres hommes », écrit, en 1834, Lamennais dans les *Paroles d'un croyant* (que lisent en l'imprimant les typographes, et que condamne Grégoire XVI). « Il vous a fait pour vivre librement en société comme des frères... Dans la cité de Dieu, tous sont égaux, aucun ne domine, car la justice seule y règne avec l'amour. »

1848 en ce sens marque bien un tournant, dissipant dans le sang les illusions et les équivoques. Restent les œuvres, dont les activités et l'influence demeurent grandes dans une large part de la France industrielle : dans les bassins houillers du Nord, de l'Est ou du Massif central, la pratique sacramentale des mineurs demeure élevée ; et le Prado (1869) d'Antoine Chevrier, au faubourg de La Guillotière à Lyon, est un authentique foyer de catholicisme ouvrier. Mais dans les grandes concentrations ouvrières urbaines, dès les années 1860, sous l'influence des « classes nouvelles » de la bourgeoisie et des militants de l'Internationale, gagnent l'indifférence, sinon l'hostilité envers le prêtre. En 1871, les violences antireligieuses de la Commune de Paris signifient clairement le rejet d'une pastorale d'assistance : l'exigence de justice l'emporte sur le langage de la charité. Enterrements et baptêmes civils se multiplient brusquement dans les années 1870 à Paris ou à Lyon. Impuissante, l'Église se replie sur terres de chrétienté rurales et « bonnes paroisses » urbaines ; ou, plus rarement, s'interroge.

> Il ne faut pas se le dissimuler, écrit dès 1878, avec une rare lucidité, l'abbé Bougaud, l'ancien monde de la paroisse urbaine est, dans une foule de villes, de plus en plus stérile. Une grand'messe, où les hommes n'ont de place qu'au milieu des femmes, et, à cause de leur déshabitude des choses de Dieu, ne savent que faire ; des vêpres où les chantres seuls sont acteurs [...] Si l'on veut reconquérir la France, il faut la reprendre parties par parties, classes par classes. Il faut des exercices spéciaux pour les hommes ; d'autres pour les ouvriers, pour les jeunes gens, pour les militaires ; des prédications spéciales, des chants particuliers où ils puissent prendre part et mêler leurs voix.

Anticipation pastorale ou constat d'échec ? Si l'Église n'a peut-être pas, selon le mot prêté à Pie XI, « perdu la classe ouvrière » au XIXe siècle, celle-ci a désormais trouvé en dehors d'elle, et parfois contre elle, dans sa propre culture et selon ses propres voies, des raisons de croire, d'espérer, ou de désespérer.

Féminisation du catholicisme
par Claude Langlois

La féminisation du catholicisme trouve dans les taux de la pratique une expression aussi rigoureuse que constante. Il en est d'autres manifestations. Et tout d'abord celle des clergés. Mais le nombre ici a-t-il un sens : une sœur enseignante peut-elle être comparée à un père jésuite ? une obscure soignante à un célèbre prédicateur ? Pourtant, maints évêques tentent d'avoir à leur disposition une ou plusieurs congrégations diocésaines qui seraient comme le pendant féminin de leur clergé séculier ; et Rome, surtout à partir de 1850, en mettant en place des procédures régulières et systématiques de reconnaissance pour les nouvelles congrégations de femmes, assure incontestablement la promotion de ce clergé féminin. Reconnaissons donc quelque vertu au nombre, au moins celle d'indice.

Entre 1830 et 1880, pour une « population » cléricale – sœurs et frères, séculiers et réguliers – en pleine croissance (de 76 000 à 220 000 environ), on assiste à un renversement complet de situation : alors que les prêtres séculiers nouvellement recrutés, auxquels il faut adjoindre des frères enseignants et des réguliers encore peu nombreux, étaient majoritaires au début de la monarchie de Juillet, les femmes l'emportent nettement, cinquante ans plus tard.

« Sur les genoux de l'Église »

Cette prépondérance récente est particulièrement visible dans l'instruction primaire. On sait que le XIXe siècle est celui de l'alphabétisation massive des filles ; on sait aussi que les congrégations féminines ont investi principalement dans l'enseignement, comme en témoigne l'enquête nationale de 1861, selon laquelle deux sœurs sur trois s'y consacrent. Pourtant, on a rarement cerné avec précision le rôle exact joué par les congrégations dans ce secteur stratégique.

On ne saurait, en effet, réduire le rôle du catholicisme ni à la place originale donnée à une alphabétisation incomplète (lire seulement), ni à l'intérêt incontestable porté aux pensionnats pour les filles des milieux aisés. L'Église va bien au-delà, et vise en fait, principalement par l'intermédiaire des congrégations, le contrôle progressif de l'ensemble du secteur éducatif.

Et elle y parvient rapidement. Ainsi de 1837 à 1877, alors que le nombre de filles scolarisées a plus que doublé, la part des congrégations est devenue majoritaire : elles instruisaient quatre filles fréquentant l'école sur dix en 1837, mais six sur dix en 1876; à cette même date, à titre de comparaison, les frères enseignants touchent à peine trois garçons sur dix. Mais cette suprématie ne tient pas seulement au nombre d'enfants scolarisés, elle provient plus encore de la place stratégique que les congrégations occupent dans le nouveau système éducatif. Celles-ci ont joué un rôle aussi décisif que mal connu dans la mise en place du nouveau réseau des écoles communales de filles, à partir notamment de 1836, et plus encore de 1850. La volonté, partagée par l'Église et l'État, de promouvoir un enseignement séparé des deux sexes, a conduit en effet les communes à multiplier les écoles de filles en faisant appel au seul personnel disponible, celui des congrégations enseignantes. Et cette transformation s'est en premier lieu opérée dans la France alphabétisée au nord de la fameuse ligne Saint-Malo-Genève : là, en 1837, la moitié des filles étaient encore scolarisées dans une école mixte; en 1877, moins de une sur cinq. C'est la multiplication des écoles communales congréganistes qui a permis, pour une très large part, de l'Alsace et de la Lorraine à la Picardie et à la Normandie, cette rapide mutation. Au total, si les congrégations ont participé globalement au rattrapage féminin dans le domaine de l'instruction primaire au XIXe siècle, en fournissant un nombre sans cesse accru d'institutrices, il n'en résulte pas qu'elles se soient portées prioritairement sur les nouveaux fronts de l'alphabétisation; par contre, elles ont contribué de manière décisive au développement d'une institution scolaire spécifique pour les filles, en étendant ainsi à l'ensemble du système scolaire une pratique existant déjà dans l'enseignement des élites, avec les pensionnats et bientôt les externats. La mise en place d'un tel réseau a contribué, bien au-delà des régions fidèles ou des clientèles acquises, à étendre à un large public féminin les normes de la pratique religieuse proposée par le clergé.

On aurait une autre preuve de l'emprise congréganiste dans l'imposition du célibat féminin à l'ensemble des femmes qui se vouent à l'enseignement au XIXe siècle. Au début du siècle, le célibat féminin, démographiquement parlant, est en hausse continue : il est devenu en fait la modalité spécifique de régulation des naissances dans les régions de tradition catholique ; l'Église, par les tertiaires de l'Ouest et par les béates du Massif central, avait, dès avant l'essor des congrégations, fourni un modèle, intégré à la société rurale, d'encadrement religieux de célibataires dont l'activité était plus ou moins orientée vers l'enseignement élémentaire des filles. Les congrégations bénéficieront, pour leur recrutement, des bonnes perspectives issues de l'important célibat démographique du XIXe siècle. Mais à un autre niveau, la présence massive des sœurs dans l'enseignement va contraindre les institutrices laïques, concurrentes ou non des congréganistes, à rester fidèles au modèle du célibat, alors que les maîtres d'école se marient en plus grand nombre.

Féminisation de la piété

A la féminisation des pratiquants et à celle des « clergés », faut-il ajouter encore celle de la piété, voire celle des croyances ? L'enquête en ce domaine est plus délicate à mener, car l'accroissement du public féminin n'entraîne pas une modification instantanée du contenu des ouvrages de dévotions.

La peinture religieuse, en plein renouveau, entre 1800 et 1860, peut fournir des indices probants : encore ne faut-il pas négliger les demandes de copies, qui témoignent du goût des fidèles. On n'est pas surpris de savoir que les « Vierges » de Murillo, et notamment son *Assomption,* occupent la première place. Dans la production nouvelle des salons, de 1800 à 1860, on constate que les saintes, au fil des ans, attirent davantage les peintres : 31 % avant 1827, 48 %, après cette date, pour la monarchie de Juillet et le début du Second Empire. Catherine d'Alexandrie ou Thérèse d'Avila se trouvent, après 1827, aux premiers rangs aux côtés de Geneviève et de Jeanne d'Arc, mais la place de plus en plus envahissante prise par les « Madeleines » (plus de 40 % des tableaux consacrés à de saintes femmes) oblige à rester circonspect sur la signification de cet infléchissement dans les sujets choisis.

On ne peut toutefois manquer d'être frappé, devant cette production très variée, par la prolifération d'anges féminisés, par l'émergence d'allégories variées, nécessairement féminines – des figures éthérées du *Poème de l'âme* de Janmot aux robustes « Charités » qui se multiplient après 1840 –, et surtout par la présence, presque obsédante, de la Vierge Marie. Mais le plus significatif ne se trouve-t-il dans le contact immédiat de la femme – Marie principalement – avec le corps du Christ, comme dans la *Descente de Croix* de Chassériau où les hommes sont rejetés à l'arrière-plan, et plus encore dans la troublante *Communion mystique de Sainte Catherine* de Bénouville, et dans la représentation de la Vierge, seule, avec les attributs du Salut, comme on peut le voir dans la *Vierge à l'Hostie* de Ingres ou dans la *Mater dolorosa* de Flandrin.

Car c'est bien la figure de Marie qui domine ce siècle. Parmi les congrégations féminines nouvelles, l'invocation mariale est la plus répandue, et cette prééminence se remarque particulièrement entre 1820 et 1850. Les manifestations miraculeuses de l'au-delà sont toutes mariales à partir de 1830, de la médaille miraculeuse à Pontmain, en passant par La Salette et par Lourdes ; et les confidents de la Vierge que l'Église canonisera sont encore deux femmes, Catherine Labouré et Bernadette Soubirous.

La Vierge enfin triomphe absolument avec la proclamation par Pie IX, en 1854, du dogme de l'Immaculée Conception. La portée de l'événement dépasse la définition dogmatique. Beaucoup de catholiques, et Pie IX notamment, mettent explicitement en avant son « opportunité sociale », en brandissant l'impeccabilité mariale face aux erreurs politiques et sociales qui surgissent plus nombreuses chaque année. Plusieurs écrits contemporains laissaient par ailleurs transparaître la volonté plus trouble, en exaltant une créature préservée, de rappeler la souillure du sexe, de répéter la condamnation de la chair, de signifier la malédiction de la femme. A l'instar de l'abrupte *Notre Dame de Lorette* que Millet peint en 1851, ou de la colossale statue de Notre Dame de France au Puy, érigée au lendemain de la définition pontificale grâce aux canons russes pris à Sébastopol, le dogme, solennellement défini, donne à la Vierge une place nouvelle dans la croyance des fidèles, en introduisant un peu plus avant dans l'économie du Salut la médiation d'une femme sans tache.

La femme dans l'économie du salut

Les contemporains sont conscients que quelque chose change dans le catholicisme. Michelet, alors en pleine chasse aux jésuites avec son ami Quinet, débusque soudain un nouveau gibier. En 1845, il publie *Du prêtre, de la femme, de la famille*, ouvrage nourri de ses griefs personnels contre des prêtres trop enclins à s'occuper de son entourage féminin. La thèse est simpliste, l'argumentation, polémique : « La direction, le gouvernement des femmes, dénonce-t-il, c'est la partie vitale du pouvoir ecclésiastique, qu'on défendra jusqu'à la mort. » Le prêtre, confesseur et directeur de conscience, est devenu le confident naturel de ses dirigées. Ce célibataire par contrainte peut ainsi pénétrer, grâce à la confession, jusqu'au cœur de tous les foyers : « Que voulez-vous que devienne un pauvre homme à qui tous les jours cent femmes viennent raconter leur cœur, leur lit, et tous leurs secrets ? » La réponse est simple : « Prenez le prêtre le plus sage et la femme la plus sage : il sera bientôt le vrai mari. » Cette promiscuité trouble du confessionnal peut conduire à l'adultère quand « le Directeur s'est fait Satan ». Mais plus habituellement le prêtre devient le rival – ou le substitut – du père et du mari au sein de la famille. En un mot : « nos femmes et nos filles sont élevées, gouvernées par nos ennemis ». Et de tout ce désordre, les jésuites, inventeurs de la direction de conscience et de la morale relâchée, sont, bien sûr, les uniques coupables.

Michelet ne disait évidemment rien de l'abandon de la pratique masculine, notamment dans les milieux aisés, qui était un des facteurs explicatifs de la situation. Or, au même moment, des fondateurs de nouvelles congrégations féminines, prenant acte de la durable désaffection religieuse masculine, élaborent une stratégie de reconquête en deux temps : ils misent, pour l'avenir, sur l'éducation des filles, futures épouses et mères chrétiennes – d'où l'expansion rapide des pensionnats pour les classes moyennes et les nouvelles manifestations d'un intérêt pour la formation intellectuelle des filles –, et comptent, pour le présent, sur les nouvelles sœurs gardes-malades préposées à ramener à leur mort ceux qui s'étaient éloignés de la religion. Situation paradoxale : Michelet dénonçait une Église qui voulait dominer la société en s'assurant le contrôle des familles des notables. Les responsables religieux, davantage conscients de la faiblesse du catholicisme, tentent une reconquête, par la périphérie : les enfants et les mourants. Un seul point d'accord, le rôle stratégique des femmes, épouses ou bonnes sœurs.

Ainsi les responsables de l'Église avaient conscience de la nouvelle place qu'occupaient maintenant les femmes dans l'Église, mais ne souhaitaient pas en tirer des conséquences qui remettraient en cause leur statut de dépendance sociale et religieuse. Les ouvrages d'éducation ne cessent de rappeler à la femme qu'elle est « semblable à l'homme mais différente aussi » (Dupanloup), et donc qu'elle doit cultiver les vertus propres à son sexe, douceur, tendresse, grâce, amour. Un capucin – plus misogyne ou plus franc ? – ne renvoie-t-il pas son auditoire féminin à ses obligations spécifiques : prière, travail, silence, souffrance. Tous s'entendent au moins sur un point : la docilité, la soumission. Singulière conjonction de la morale commune et de la conception cléricale : mais aussi, au sein même du catholicisme, singulier transfert, en direction de la femme, de la docilité que le clerc demande au laïc et de celle que le supérieur exige du religieux.

Morale conjugale : de la rigueur à la compréhension

Au vrai la liaison entre dimorphisme sexuel et sexualité s'opère avant tout sur le terrain de la morale matrimoniale. Deux changements essentiels ont eu lieu au XIXe siècle par rapport aux exigences des siècles antérieurs. D'abord, la limitation des naissances, phénomène démographique majeur, perceptible en France dès le lendemain de la Révolution. A partir de la Restauration, il devient évident à tous les observateurs de la famille, confesseurs compris, qu'elle est due, pour une large part, à la diffusion dans toutes les classes de la société des pratiques contraceptives masculines (le *coïtus interruptus* que les théologiens appellent onanisme conjugal). En second lieu, la victoire du liguorisme : Rome, en béatifiant Alphonse de Liguori en 1816, en le canonisant en 1839, en le déclarant docteur de l'Église en 1871, a pesé de tout son poids pour faire triompher une morale moins rigoriste dont l'introduction en France, plus difficile qu'on ne l'a dit, s'opère principalement à partir des années « trente ».

Le mal, pourrait-on penser, et le remède ! En effet, la doctrine qui l'emporte avec Alphonse de Liguori aurait pu, par un de ses points fondamentaux – la discrétion demandée au confesseur sur la sexualité dans le mariage et la présomption de la « bonne foi » de ceux qui ont des comportements erronés –, permettre d'éviter des conflits vite envenimés entre le clergé et ses paroissiens. Mais le rigorisme dominant dans les premières décennies du XIXe siècle a accompagné la mise en place des pratiques contraceptives, et a contribué à écarter durablement les hommes de la confession ; la victoire tardive du liguorisme pouvait au moins en rendre à la femme la pratique plus aisée, en faisant prévaloir, sur le fond, la thèse que sa coopération au « crime d'Onan » ne pouvait lui être imputée si elle demeurait dans le cadre normal de l'accomplissement du devoir conjugal.

Mgr Bouvier, évêque du Mans, donne en France plein droit de cité à ce nouveau cours de la théologie morale grâce à sa *Dissertation* latine *sur le sixième commandement,* publiée en 1842. Au même moment, paraît un autre ouvrage non moins important, *Essai de théologie morale considérée dans ses rapports avec la physiologie et la médecine,* du père Debreyne, médecin et trappiste, homme par ailleurs peu enclin au laxisme ; mais conscient des enjeux immédiats : il fournit, plus clairement que Bouvier, une justification de ce nouveau cours en terme de stratégie pastorale : « Que l'on y fasse une sérieuse attention ; qu'on ne s'aliène pas la femme par d'imprudentes rigueurs ; la chose est d'une immense gravité. La génération naissante est entre les mains de la femme, l'avenir est à elle […]. Si la femme nous échappe – *le nous vise ses lecteurs prêtres –,* avec elle tout peut disparaître et s'abîmer dans le gouffre de l'athéisme, croyance, morale et toute notre civilisation, parce que dès lors il n'y aura plus de principes de morale, plus de frein religieux, que dis-je ! peut-être même plus de baptême... Et alors le mal sera consommé et sans remède. »

Or, de manière symptomatique, Debreyne, traitant de l'onanisme conjugal, examine un point délicat soulevé par les moralistes : faut-il, dans cette pratique trop habituelle, pousser la femme à rechercher un bien difficile « état d'impassibilité érotique » ? Le théologien, fort de son expérience de médecin, souligne combien il serait périlleux de s'aventurer dans une direction qui demanderait une enquête difficile et inutile. Il n'est pas aussi éloigné qu'on le croirait de Michelet. Le moine et l'écrivain, de façons différentes, étaient parvenus à une même conclusion : le prêtre ne pouvait sans risque s'introduire dans la vie privée. Sans, il est vrai, s'accorder sur les limites à ne pas franchir.

Cette lente mutation des mœurs ne doit pas faire négliger le rôle de la Révolution qui a accéléré un phénomène déjà perceptible au XVIIIe, voire au XVIIe siècle : la mobilisation des femmes dans les combats religieux ; elle a de plus entraîné un durable éclatement de l'encadrement clérical, qui a permis de donner leur chance à des initiatives décisives de fondatrices de nouvelles familles religieuses, dès le lendemain de Thermidor, et plus encore de Brumaire. Dans la tourmente, l'Église réfractaire, matrice du catholicisme du XIXe siècle, a trouvé un appui remarqué auprès d'une fraction notable des femmes. Celles-ci, tenues rapidement à l'écart des transformations politiques et culturelles de la Révolution, se sont vu assigner, dans le Code civil qui régit leur vie privée pour tout le XIXe siècle, un statut d'étroite subordination qui les maintient dans une minorité perpétuelle légale. Il y avait là pour le catholicisme une chance à saisir : il ne la laissera pas passer.

En effet, dans le sillage de la sécularisation du champ politique et social, la religion (le catholicisme, en fait) a été rejetée vers le domaine du privé, celui justement où la société entend aussi, mais d'une autre manière, confiner la femme. Et c'est sur ce terrain que se noue effectivement une « sainte alliance » appelée à durer, comme en témoignent les ex-voto provençaux du XIXe siècle qui présentent la femme à l'intérieur de sa maison comme la seule personne agenouillée, en prière, la seule susceptible aussi de communiquer avec la Vierge Marie, intercesseur céleste presque exclusif, invoquée avec confiance dans les difficultés qui assaillent sa famille. Mais le catholicisme n'enferme point la femme dans un rôle de prêtresse du foyer domestique; la religion peut offrir aux plus exigeantes, si elles peuvent trouver, comme Netty du Boÿs avec Mgr Dupanloup, un guide sûr, un chemin réel vers l'ouverture intellectuelle; à celles, plus nombreuses, qui souhaitent vivre selon une éthique rigoureuse, elle propose des voies éprouvées, des conseils judicieux, des terrains d'activité multiples.

Mais l'Église catholique ne peut se contenter de ce repli sur le privé et sur la famille. Elle est décidée à mettre en œuvre une reconquête religieuse, qui passe notamment par la mobilisation de formes anciennes ou traditionnelles de sociabilité. Or, celle qui est susceptible de plus de plasticité – la confrérie – a connu des mutations décisives: la laïcisation des activités masculines à la fin du XVIIe siècle (de la confrérie à la loge maçonnique) a conduit à une féminisation accélérée du public visé. Les confréries deviennent au XIXe siècle, sous des vocables anciens (Saint Sacrement, Sainte-Vierge) ou nouveaux (archiconfrérie de Notre-Dame-des-Victoires), le véhicule le plus approprié de la mobilisation religieuse des femmes.

Le XIXe siècle ajoute, à l'encadrement traditionnel dans les confréries, deux modèles nouveaux de sociabilité féminine dans l'Église: la « dame patronnesse » et la « bonne sœur ». Le développement du « patronage » au XIXe siècle n'est certes ni spécifiquement féminin ni particulièrement religieux; mais le clergé a su adroitement utiliser à son profit cette forme bien spécifique de coopération de classe pour mobiliser les femmes de notables, à qui il propose de fournir à ses propres œuvres la caution de son prestige social, et, à partir de là, de prendre dans celles-ci un engagement qui peut, pour certaines femmes, aller très loin.

L'importance de la bonne sœur n'est plus à démontrer: par l'ampleur des œuvres directement gérées, par le nombre des femmes concernées – 200 000 environ de 1800 à 1880 –, plus encore peut-être par le type de mobilisation offerte. Les congrégations de vie active, qui se mettent en place, offrent largement aux femmes compétentes des postes de responsabilité dans des domaines les plus variés et à des échelons les plus divers ; à toutes, elles accordent la promesse d'une sécurité d'emploi et d'une vie réglée, l'accès à une famille religieuse dans laquelle chacune trouvera considération sociale et reconnaissance religieuse. La vie consacrée a certes ses exigences – mais le célibat est-il considéré par nombre de femmes comme plus pesant que l'état de mariage ? –, la vie commune, ses contraintes – mais sont-elles plus lourdes que celles de la famille ?

Paradoxalement, on est en droit de se demander si le modèle congréganiste ne constitue pas, dans le catholicisme du XIXe siècle, pour nombre de femmes engagées dans une vie quotidienne sans grand horizon, voire soumises à des situations de détresse ou de trop grande tension, comme un ultime recours, comme une « terre promise » à portée de main. Émancipation, pour les femmes ? Sans doute, d'une certaine manière, mais à l'intérieur d'un système rigoureux. La crise de la laïcisation qui éclate en 1880, qui reprend en 1900, visera, on l'oublie trop souvent, à mettre en cause ce modèle, dont la réussite a été réelle, mais où l'intégration progressive à un catholicisme de contre-société a conduit à réduire progressivement les virtualités émancipatrices. C'est contre l'emprise congréganiste, que nombre de femmes maintenant s'insurgeront ; mais c'est en prenant à leur compte les professions nouvelles que les « bonnes sœurs » ont exercées, qu'elles traceront les voies difficiles d'une autre émancipation.

Une France duelle ?
L'espace religieux contemporain
par Claude Langlois

Permanence des antagonismes géographiques

En comparant la carte du serment de 1791 avec celle de la pratique religieuse des années « cinquante », on s'interroge immédiatement sur la surprenante similitude, à plus de cent cinquante ans de distance, de deux France également contrastées, celle des prêtres qui jurent et celle des catholiques qui ne pratiquent pas. Ce rapprochement, qui met en évidence la pérennité des antagonismes régionaux, conduit en quelque sorte à immobiliser le paysage religieux français. Mais la possibilité d'une telle comparaison suppose la légitimité, en passant de l'une à l'autre, d'un triple changement de perspective : du politique (la Constitution civile) au religieux (la pratique religieuse) ; du clérical au « laïcal » ; du conjoncturel au structurel.

D'entrée de jeu, la France du serment est terre de contraste. Plus de la moitié des départements (42 sur 80) accusent des situations extrêmes : 19 comptent moins de 35 % d'assermentés, 23 plus de 75 %. Dans la France située au nord d'une ligne Bordeaux-Genève, l'assentiment est au cœur, le refus aux extrémités, grand Ouest, Flandre et Artois, Lorraine pour partie, Alsace et Franche-Comté largement ; au sud, l'opposition se concentre sur le Massif central – Limousin mis à part – et ses bordures méridionales, l'acceptation est périphérique, guyennaise et pyrénéenne un peu, alpine et provençale surtout.

La Constitution civile a servi de révélateur, deux contre-épreuves valident l'image alors produite : l'une presque immédiate, en l'an II, l'autre plus lointaine, en 1814-1815. Il est possible d'établir, comme Michel Vovelle l'a montré, une

Les assermentés de 1791

- moins de 35 %
- 35 à 54 %
- 54 à 74 %
- plus de 74 %

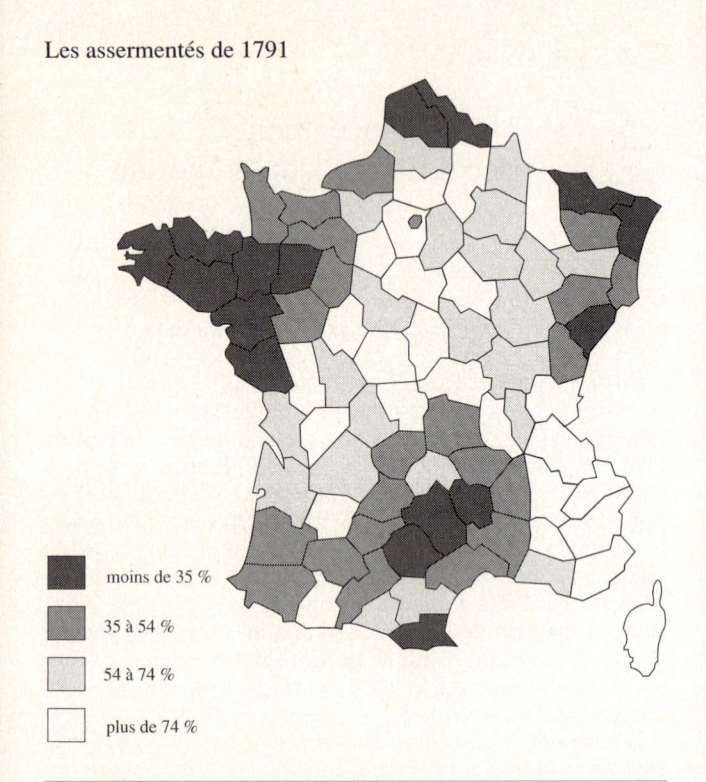

(D'après T. Tackett, *La Révolution, l'Église, la France*, Paris, 1986.)

carte synthétique de la vigueur de la déchristianisation qui, on l'a vu, se superpose, dans ses grandes masses, à celle du serment. En 1814-1815, la royauté restaurée, grâce aux services de l'administration napoléonienne des Cultes, prend connaissance, pour chaque diocèse, du nombre exact des paroisses et des prêtres disponibles ; les deux cartes qui en résultent, reproduisant la géographie des inégalités régionales devant la Révolution, montrent d'abord combien les antagonismes révélés en 1791 sont devenus en quelque sorte matriciels.

La pratique religieuse 1945-1966

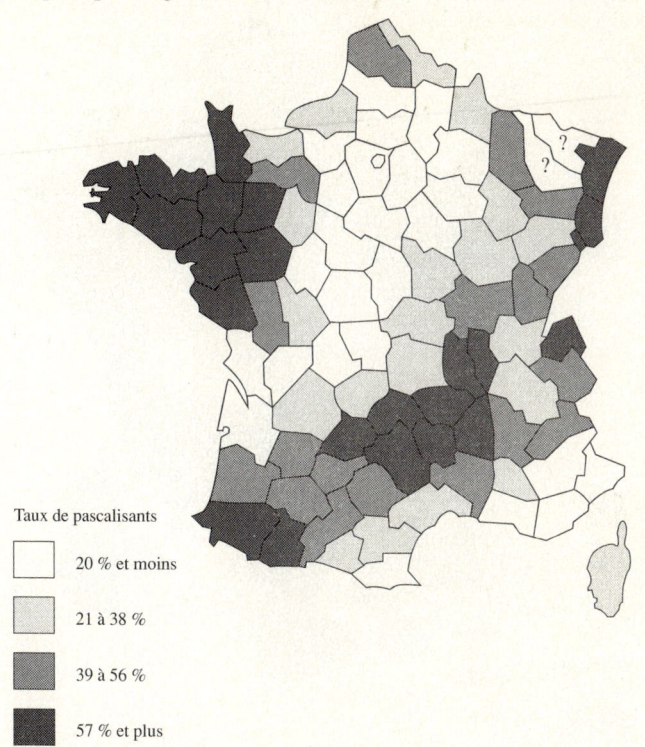

Taux de pascalisants

- 20 % et moins
- 21 à 38 %
- 39 à 56 %
- 57 % et plus

La France assermentée dispose de beaucoup moins de prêtres qu'avant la Révolution, elle pourvoit donc beaucoup moins de paroisses : la déchristianisation de l'an II et la faible réintégration des constitutionnels dans le clergé concordataire ont produit les mêmes effets. Ainsi la situation de 1815 est-elle devenue dramatique en Charente-Inférieure (par rapport à 1790, 37 % de prêtres paroissiaux, 35 % de paroisses pourvues), en Charente (37 % et 41 %) et dans l'Aisne (38 % et 39 %) ; elle n'est guère meilleure dans

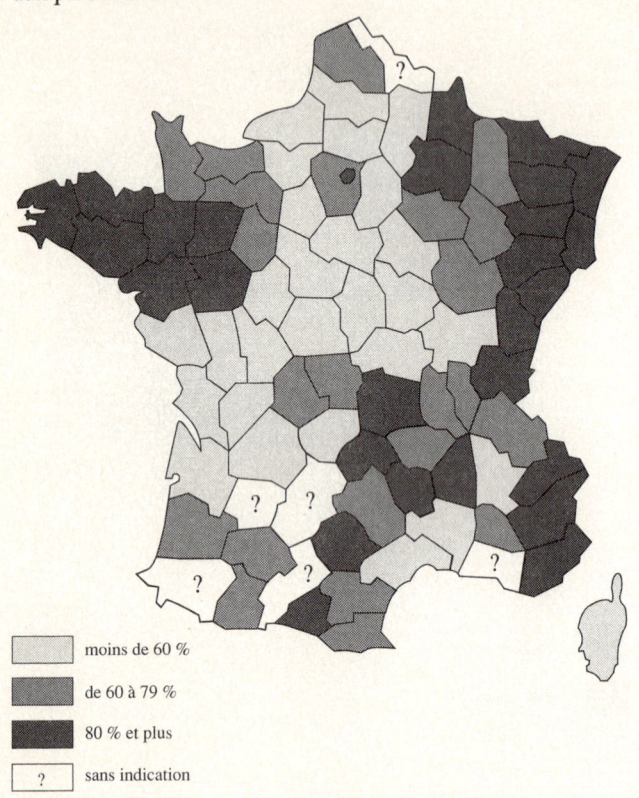

Paroisses desservies en 1815 par rapport
aux paroisses de 1790

- moins de 60 %
- de 60 à 79 %
- 80 % et plus
- ? sans indication

le Loir-et-Cher (46 % et 48 %) ou dans la Vienne (45 % et 52 %). La France insermentée, celle des réfractaires, s'en sort beaucoup mieux : à l'exception de la Vendée, marquée encore par la guerre (48 % seulement de prêtres paroissiaux), bonne situation de la Bretagne et de l'Ouest intérieur, et plus encore de la Lorraine, de l'Alsace, de la Franche-Comté et du sud du Massif central. L'Alsace et le Morbihan, excep-

La « déchristianisation »

Prêtres en activité en 1815 par rapport aux prêtres de paroisses en 1790

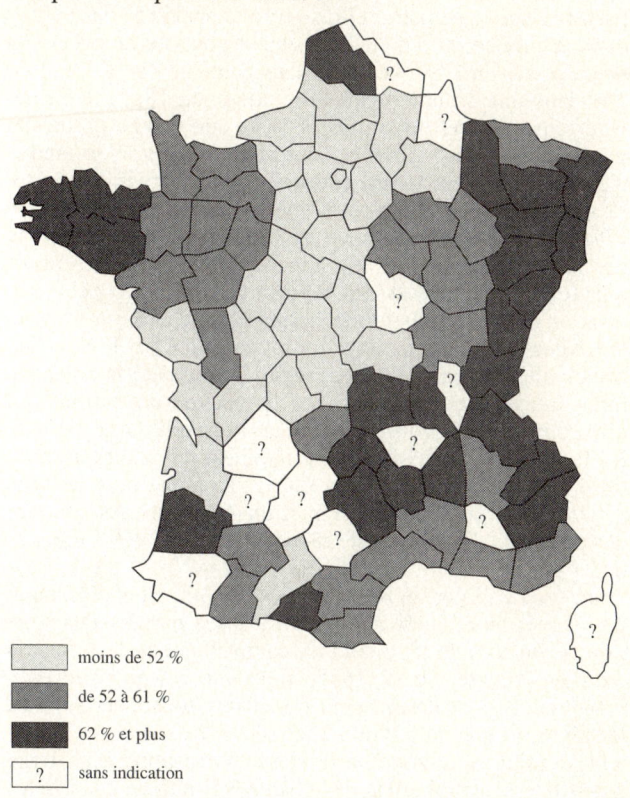

- moins de 52 %
- de 52 à 61 %
- 62 % et plus
- ? sans indication

tionnellement, disposent d'un clergé reconstitué à près de 90 %, et d'un réseau paroissial maintenu à l'identique, voire amélioré. La Franche-Comté, le Cantal ou l'Ardèche, avec des taux de 70 % de prêtres disponibles pour l'encadrement paroissial, font encore figure de régions privilégiées.

Mais là toutefois n'est peut-être pas l'essentiel. Ces cartes de 1815 – notamment celle du clergé paroissial – se révèlent plus proches de celles de la pratique du milieu du XXe siècle que de celle du serment de 1790. La différence concerne trois zones sensibles. D'abord la haute Normandie : elle était partagée sur le serment, elle se trouve en 1815 tout entière dans la France du déficit. Largement pourvue de prêtres et de paroisses en 1790, la déchristianisation de l'an II l'a plongée dans une situation catastrophique : en 1815, la Seine-Inférieure n'a retrouvé que 31 % de son clergé paroissial pour 42 % de ses paroisses. Le sort de la haute Normandie, pays de Caux mis à part, est scellé au lendemain de 1815. Deux autres rééquilibrages s'opèrent en sens contraire : la Lorraine, également partagée sur le serment, bascule du côté des diocèses préservés, elle appartiendra à la France pratiquante ; elle a été, il est vrai, moins touchée par la déchristianisation qu'une partie de son clergé, comme Grégoire, a rejetée. Mais le cas le plus frappant est constitué par le Sud-Est, principalement par les Alpes : région fortement assermentée, mais inégalement touchée par la déchristianisation, qui a retrouvé en 1815 un bon niveau d'encadrement clérical. Ici la prestation massive du serment est davantage l'aboutissement de revendications cléricales anciennes de type « syndical » que l'expression d'un commun assentiment des prêtres et des laïcs à une réduction durable de l'influence de l'Église.

Or, tout au long du XIXe siècle, ces contrastes régionaux demeurent identiques. Ainsi les vacances paroissiales : que l'on se situe en 1828, quand le renouvellement des effectifs est déjà engagé, ou en 1885, alors que certains diocèses manquent déjà de prêtres pour faire face à tous leurs besoins, les régions où le déficit du clergé séculier dépasse 10 % restent identiques, la zone de faiblesse correspond à un large quadrilatère central allant de la haute Normandie à la Champagne, des Charentes à la Bourgogne, avec un prolongement dans le Bordelais.

L'abondance du clergé après 1830 permet la multiplication des vicaires, leur inégale répartition, compte tenu du réseau paroissial, fait resurgir encore, avec une identique netteté, l'opposition entre pays de chrétienté et régions peu ferventes. Or, cette inégale répartition des vicaires existait déjà à la veille de la Révolution, et selon une géographie similaire : pour Timothy Tackett, leur présence était même l'indice d'une *cléricalisation* spécifique – à comprendre ici comme l'existence de microsociété de prêtres –, qui explique pour une large part, dans ces régions, la résistance en corps du clergé au serment. La continuité en tout cas, sur ce terrain, entre la fin du XVIIe siècle et le milieu du XIXe est saisissante.

En passant des clergés aux fidèles on ne change pas seulement d'échelle, mais aussi de fiabilité de l'information. Celle-ci en effet devient tout à la fois disparate, peu accessible et lacunaire. On a cependant tenté de pallier ces insuffisances en regroupant, pour la période 1840-1890, les données disponibles sur la pratique pascale, qui concernent une trentaine de diocèses surtout de la moitié nord de la France. Les contrastes connus se retrouvent sans peine : faiblesse flagrante de la région parisienne et de la Champagne, forte pratique pascale en Bretagne ou dans l'Ouest intérieur, en Alsace et en Lorraine, dans l'Aveyron et en Lozère. On trouvera un commode « fond de carte » du XIXe siècle dans deux transcriptions de l'inégale générosité des fidèles pour l'œuvre, créée en 1822, de la Propagation de la foi. La première, qui correspond à la phase initiale (1827-1831), fait apparaître les « bons » diocèses qui trouvent tout de suite des fidèles prêts à soutenir financièrement la nouvelle œuvre ; la seconde, pour la période de maturité (1867-1871), met au contraire en évidence les régions de faiblesse structurelle où la générosité d'un petit nombre ne pallie pas l'indifférence de la masse. Géographie sans surprise, mais non sans intérêt.

Une mobilité religieuse multiforme

La convergence des preuves met en évidence l'indéniable stabilité de la carte religieuse de la France, des débuts de la Restauration (1814-1815) aux années « soixante » du XXe siècle. Faut-il pour autant parler de pérennité, voire d'immobilisme ? Une première réponse est à chercher en deçà de la Révolution : celle-ci en effet révèle autant qu'elle structure ; bien des signes laissent apparaître l'antériorité des antagonismes régionaux, ainsi que l'ont démontré plusieurs recherches localisées en Provence, dans le Bassin parisien

Paroisses vacantes en 1828

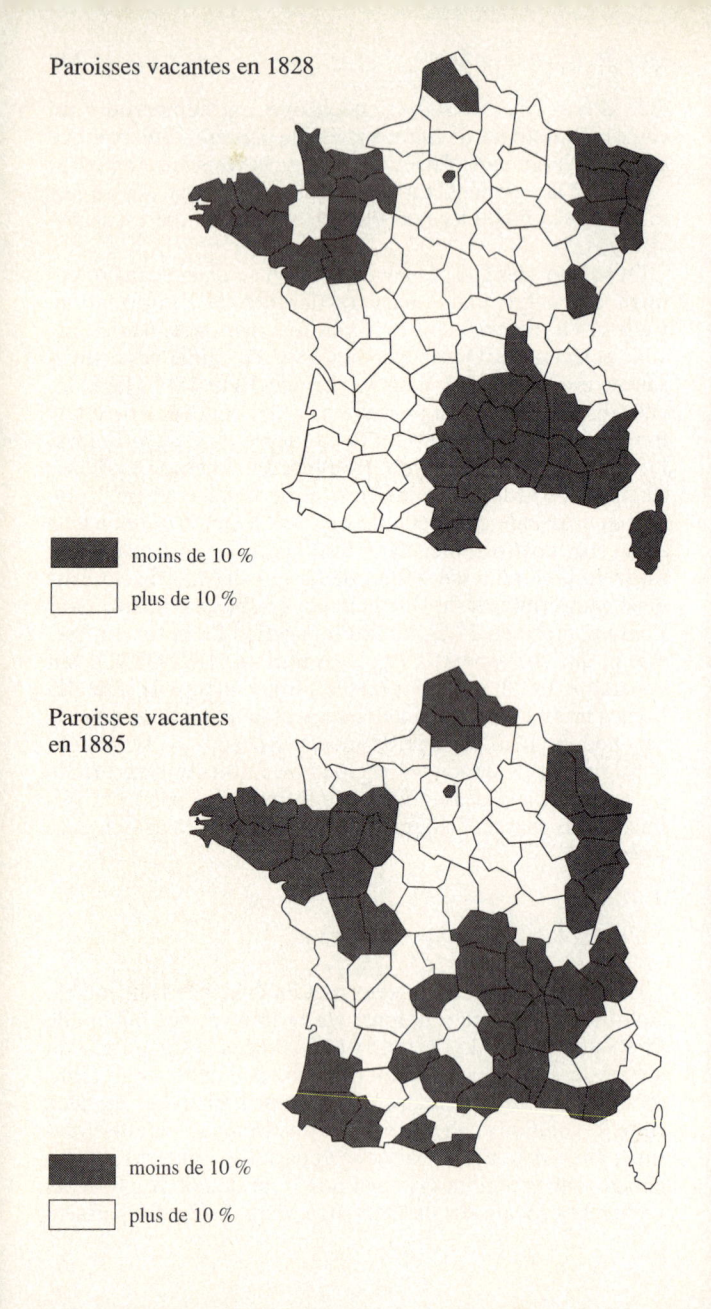

■ moins de 10 %
□ plus de 10 %

Paroisses vacantes en 1885

■ moins de 10 %
□ plus de 10 %

Versements à la Propagation de la foi

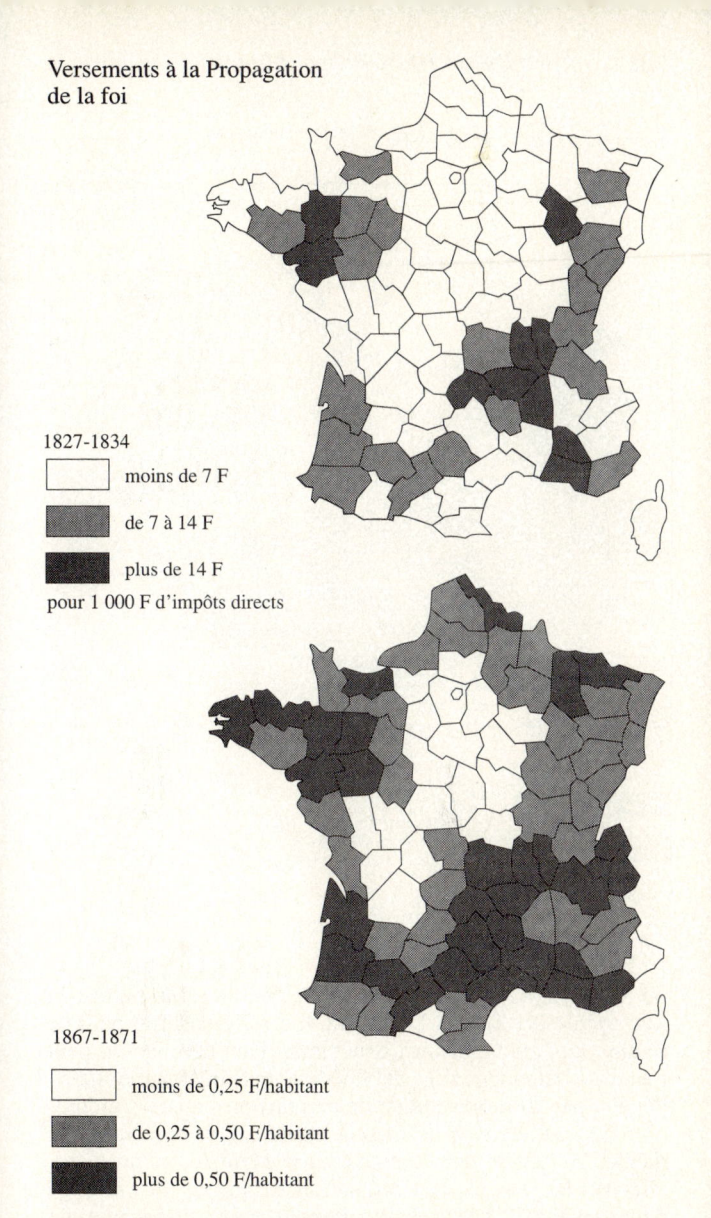

1827-1834

- moins de 7 F
- de 7 à 14 F
- plus de 14 F

pour 1 000 F d'impôts directs

1867-1871

- moins de 0,25 F/habitant
- de 0,25 à 0,50 F/habitant
- plus de 0,50 F/habitant

Cartes ci-dessus : d'après M. Lagrée, *Mentalités, Religion et Histoire en haute Bretagne au XIXe siècle*, Paris, 1977.

Pratique pascale, 1860-1910

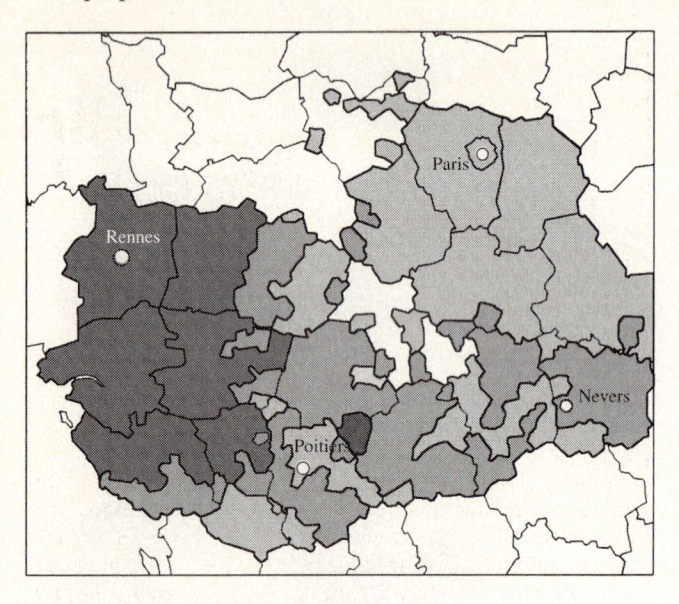

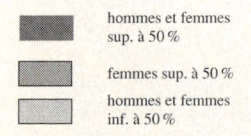

- hommes et femmes sup. à 50 %
- femmes sup. à 50 %
- hommes et femmes inf. à 50 %

ou sur l'emplacement de la future Vendée. Mais pour le XIXe siècle lui-même, la géographie religieuse ne peut se réduire aux antagonismes structuraux bien définis. On peut même se demander si la stabilisation de l'image produite ne dépend pas au moins autant de certains présupposés méthodologiques et du type de sources utilisé que de la réalité elle-même. La netteté des contrastes, par exemple, ne provient-elle pas largement de l'utilisation exclusive du maillage départemental ? L'enquête cantonale, voire paroissiale, ne

Pratique pascale en France (1840-1910)

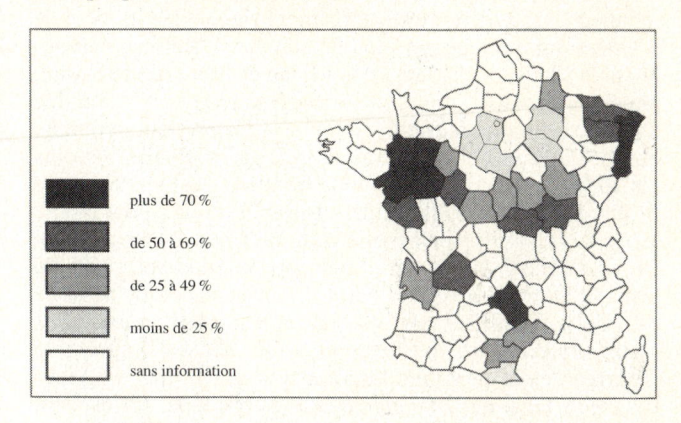

- plus de 70 %
- de 50 à 69 %
- de 25 à 49 %
- moins de 25 %
- sans information

produirait-elle pas d'autres configurations ? Quant à la stabilité des antagonismes géographiques, n'est-elle point due pour partie à la prise en compte de phénomènes similaires toujours rapportés à un cadre géographique stable, pour partie à l'absence d'attention aux plus lents déplacements frontaliers, pour partie enfin au moindre intérêt porté à d'autres éléments de la géographie religieuse : diffusion de l'innovation ou mobilité spécifique des personnes ?

Ces interrogations trouvent un début de réponse à partir de deux dossiers complémentaires : la réalité de la frontière de l'Ouest et la diversité de la géographie congréganiste féminine. La frontière religieuse de l'Ouest, mise en évidence par André Siegfried au début du XXe siècle, se présente, ainsi que l'ont montré, dans les années « soixante », Paul Bois pour la Sarthe post-révolutionnaire et Louis Pérouas pour le diocèse de La Rochelle aux XVIIe et XVIIIe siècles, comme une ligne franche de démarcation entre deux mondes contrastés : le Massif armoricain et ses plaines bordières du Bassin parisien ou du Poitou. La séparation, aussi nettement visible sur la « carte Boulard », est-elle aussi évidente dans la seconde moitié du XIXe siècle ? En fait, cela dépend des seuils statistiques choisis : majorité des hommes faisant leurs Pâques (soit une moyenne de plus de 70-75 % de pascalisants) ; majorité de femmes pratiquantes (moyenne supérieure à 30-35 %). Le premier critère détermine de manière rigoureuse un bloc de l'Ouest qui englobe, en plus des diocèses bretons, entièrement la Mayenne, largement le Maine-et-Loire (à l'exclusion du Saumurois et d'une partie du Baugeois) et la Vendée (sans la plaine et le marais poitevin). La pratique féminine minoritaire (et celle des hommes souvent réduite à moins de 10 %) – au-delà de la seconde frontière – est massivement le fait du Bassin parisien (Eure-et-Loir et Loiret), pour moitié celui de la Sarthe, pour partie celui du Cher. Entre ces deux régions contrastées, apparaît une zone intermédiaire, réduite dans la Sarthe à la moitié ouest, limitée sans doute aussi au sud de la Vendée, mais plus largement étendue entre ces deux départements, où cette situation médiane englobe la Touraine et se prolonge largement vers l'Indre. Singulier *no man's land*, où, à un même taux de pratique, correspond, dans l'ouest de la Sarthe, un vote conservateur, dans le Saumurois et la plaine vendéenne, un vote républicain.

Or, cette frontière, loin d'être immuable, connaît au contraire un réel déplacement, au moins depuis le milieu du XIXe siècle : le bloc de l'Ouest tout à la fois se réduit et se renforce. La magnifique série du diocèse du Mans, de la monarchie de Juillet au milieu du XXe siècle, montre bien comment s'opère ce glissement vers l'Ouest. Avant 1848, seul l'est du département connaissait une pratique globale inférieure à 50 % ; en 1902, neuf cantons frontaliers ou proches de la Mayenne ont encore une pratique majoritaire ; quatre seulement en 1939, trois en 1955. Ainsi s'étend la grande dépression centrale du Bassin parisien. Tout laisse à penser que la haute Normandie – et particulièrement l'Eure – a été plus tôt encore touchée. La situation est similaire dans le département voisin de l'Indre-et-Loire : entre 1860 et 1920, le diocèse de Tours a entièrement basculé, comme d'ailleurs l'Indre et le Cher. Entre ces deux dates, la pratique féminine est tombée presque partout en dessous le seuil des 50 %.

Mais ce grignotage, réalisé au détriment de zones de pratique intermédiaire, s'accompagne d'un affermissement simultané des régions de forte et faible pratiques. L'ancien diocèse du Mans est, au XXe siècle, coupé en deux : Mayenne

La « déchristianisation » 305

Pratique masculine dans l'Ouest (XIX-XXᵉ siècle)

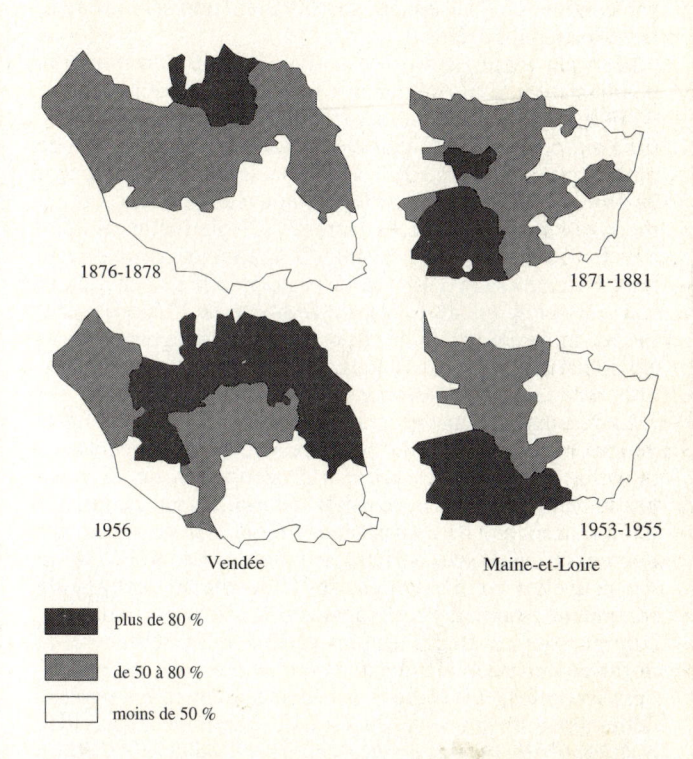

1876-1878   1871-1881

1956   1953-1955

Vendée   Maine-et-Loire

■ plus de 80 %
▨ de 50 à 80 %
□ moins de 50 %

d'un côté, Sarthe de l'autre. La pratique de la « Vendée » tend aussi à se distinguer des régions frontalières de l'est et du sud. Dans le Maine-et-Loire, de 1870 à 1953, les antagonismes se modifient peu, mais les blocs opposés – Choletais à plus de 80 % de pascalisants, Saumurois à moins de 50 % – se renforcent d'une décennie sur l'autre. La situation est encore plus nette dans le département de la Vendée : de 1876 à 1956 la Vendée catholique prend corps véritablement ; en 1876 la pratique pascale des hommes, même dans le bocage, restait – proportionnellement – faible, et de ce fait, seuls deux cantons comptaient 80 % de pascalisants ;

en 1956, ce taux est celui de plus de la moitié du bocage ; la remontée de la pratique masculine affecte tout le diocèse et, par contrecoup, la frontière des 50 % entame sérieusement la plaine républicaine.

Mais c'est dans le diocèse de Poitiers que l'on trouve la manifestation la plus étonnante du renforcement progressif du pôle vendéen (arrondissement de Bressuire) : d'un siècle sur l'autre, ce diocèse, grand de deux départements, tire de plus en plus son clergé de la seule Vendée ; l'arrondissement de Bressuire fournissait 17 % des nouveaux prêtres lors du renouvellement des effectifs après la Révolution, mais 26 % à la fin du siècle (1875-1899), 45 % pour la période faste du XXe siècle (1925-1949) et 48 %, pour celle de pénurie qui s'en est suivie (1945-1974). La frontière de l'Ouest existe, moins rigide qu'on a pu le croire, et surtout progressivement consolidée. Elle fixe aussi la limite d'un « bloc » de l'Ouest, dont il ne faut pas surestimer l'immédiate homogénéité.

La découverte d'une géographie ignorée – celle des congrégations féminines – devrait conduire à nous interroger davantage sur les modalités propres d'occupation de l'espace par le catholicisme. Diocésaines théoriquement, nationales de fait, beaucoup de congrégations féminines ne demeurent pas en fait dans ces strictes frontières. La prolifération des nouvelles familles religieuses témoigne au contraire de l'étonnante capacité congréganiste à s'inscrire dans des configurations spatiales les plus variées, qui déterminent un territoire où se déploie une double mobilité : des campagnes vers les villes, des régions excédentaires vers les régions déficitaires. Phénomènes en soi non spécifiques : les villes n'attirent point que les bonnes sœurs ; et les diocèses s'efforcent aussi de répartir équitablement leurs prêtres. Mais beaucoup de congrégations font de ces disparités géographiques le moteur même de leur fonctionnement. Au XVIIIe siècle et pendant les premières décennies du XIXe, les Filles de la Charité de Paris se développent, en recrutant dans une France du sud, qui ne dispose pas de congrégations locales équivalentes, les soignantes dont elles ont besoin pour les hôpitaux et hospices de la région parisienne et de la France du nord. L'originalité congréganiste se manifeste surtout par la création de familles religieuses de tailles plus réduites, qui parviennent à associer durablement des terroirs contigus, les un pourvoyeurs de sœurs, les autres demandeurs de fondations : Notre-Dame auxiliatrice de Montpellier puise ses gardes-malades dans le réservoir aveyronnais ; la congrégation angevine de La Salle-de-Vihiers fournit en maîtresses d'écoles le diocèse voisin et déficitaire de Poitiers. Ainsi nombre de congrégations, installées sur les frontières religieuses, opèrent des redistributions de personnel qui contribuent à atténuer les inégalités régionales. Si la pratique des hommes varie de 1 à 95, quand celle des femmes se maintient entre 1 et 5, ne faut-il point en chercher aussi la raison dans l'extrême mobilité congréganiste qui parvient souvent à réduire dans les villes comme dans la France rurale peu chrétienne, de plus abruptes disparités ?

Mais la France congréganiste évolue aussi. Au début du XIXe siècle, la région lyonnaise, avec des prolongements dans l'Ain, en Isère, dans la Loire et la Haute-Loire, en constitue le pôle le plus dynamique : situation confirmée par l'enquête de 1825 qui fait apparaître la précocité de la reprise dans le sud-est de la France, de part et d'autre de l'axe Lyon-Marseille. Mais progressivement, après 1860, les chrétientés rurales du Rouergue, et plus encore de la France de l'Ouest, passent au premier plan, d'abord en renforçant leur aide en personnel aux congrégations en difficulté, ensuite, comme le montre l'essor spectaculaire des Petites Sœurs des Pauvres en Bretagne, en développant des familles religieuses autochtones.

Polarités et unification de l'espace religieux

Or, ce passage au cours du XIXe siècle de la prééminence du Sud-Est à la prédominance de la France de l'Ouest, dépasse le seul cas congréganiste : il constitue un aspect majeur de la dynamique religieuse du catholicisme français. Dès le lendemain de la Terreur, avec les missions de Linsolas, l'importance de Lyon est manifeste. Le pôle lyonnais se renforce dans les premières décennies du XIXe siècle, comme en témoignent le succès de nouvelles familles de frères enseignants et l'implantation progressive d'instituts missionnaires, mais aussi l'influence vite nationale de personnalités aussi diverses que Pauline Jaricot, Frédéric Ozanam et Jean-Marie Vianney, le curé d'Ars. Lyon, avec le clergé franc-comtois et la librairie

308   *Du roi Très Chrétien à la laïcité républicaine*

Les Filles de la Charité

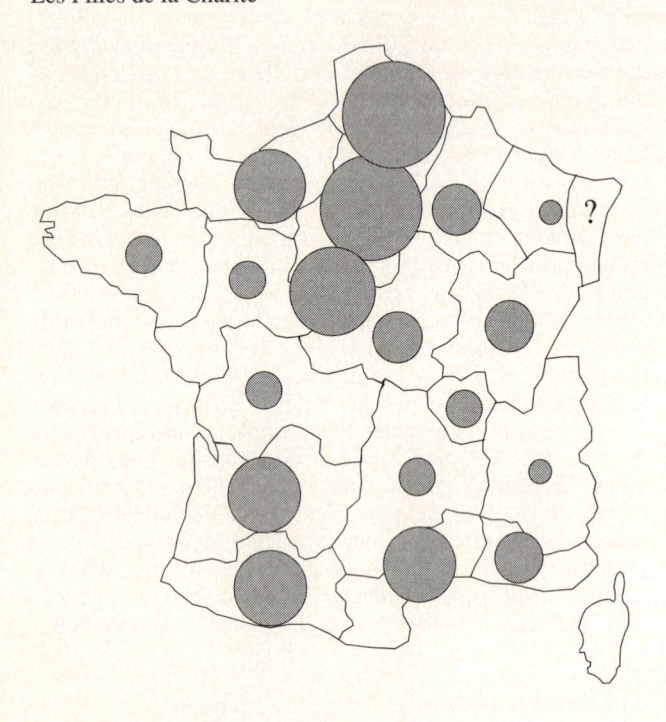

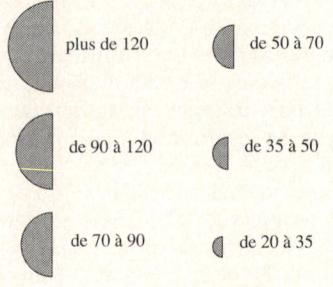

Maisons en 1880

plus de 120

de 90 à 120

de 70 à 90

de 50 à 70

de 35 à 50

de 20 à 35

La « déchristianisation » 309

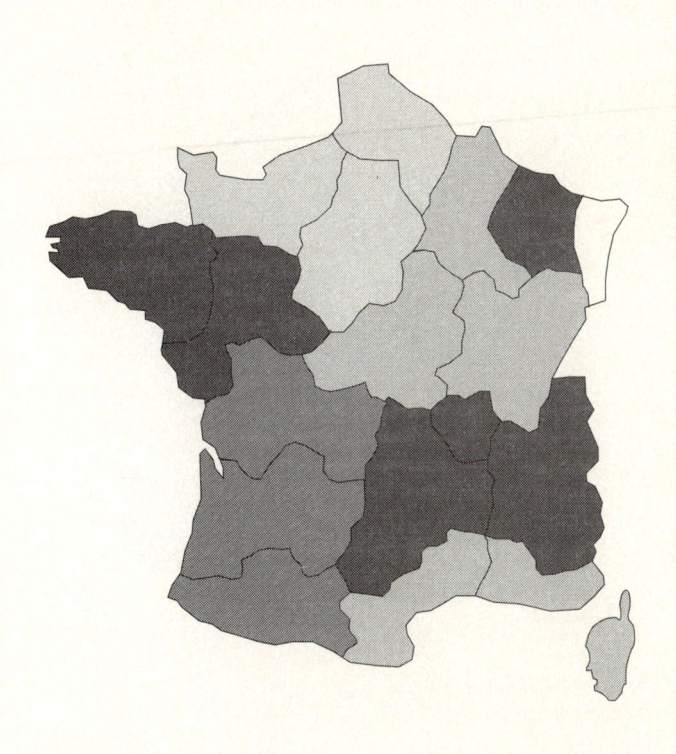

Recrutement régional en fonction
du nombre de maisons en 1878

- sans indication
- moins de 0,5 %
- 0,5 à 1 %
- 1 à 1,8 %
- plus de 1,8 %

310   *Du roi Très Chrétien à la laïcité républicaine*

Rayonnement de Notre-Dame-des-Victoires

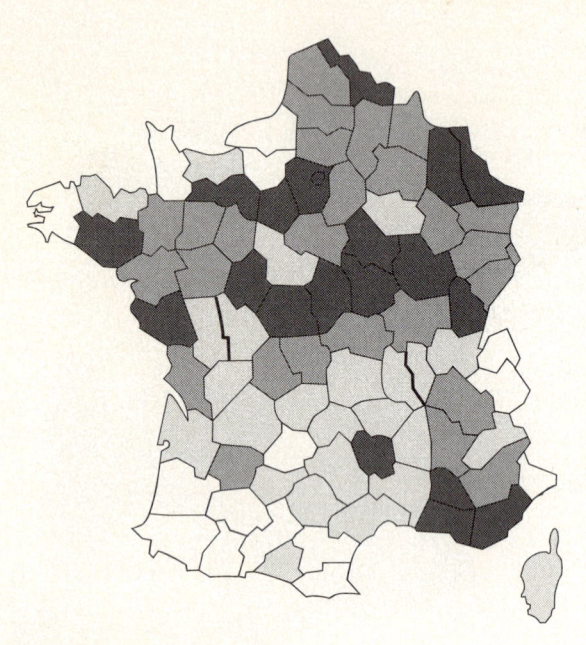

Nombre d'agrégations par diocèse
au cours des années 1838-1883

☐	0 à 11,0
▒	11,1 à 20,5
▓	20,6 à 33,5
■	sup. à 33,5

confréries pour 100 paroisses

(D'après Cl. Savart, « Pour une sociologie de la ferveur : l'archiconfrérie de N.-D.-des Victoires », *R. H. E*, 1964, p. 841.)

La « déchristianisation »

Les pèlerins de Paray-le-Monial en 1873.
Origine géographique

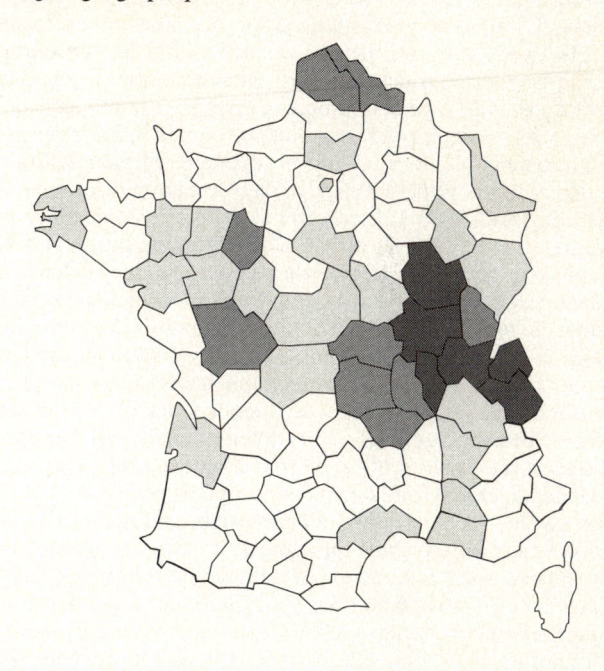

- moins de 100
- de 100 à 1000
- de 1000 à 2000
- 2000 et plus

(D'après M. Cinquin, *Deux pèlerinages au XIXe siècle. Ars et Paray-le-Monial*, Paris, 1980, p. 221.)

avignonnaise, joue de plus un rôle stratégique dans la précoce diffusion, dès la Restauration, des nouveautés romaines : indulgences, jeunes saints des catacombes ou morale liguorienne. C'est, toute proportion gardée, une situation analogue à celle que l'on trouve dans la seconde moitié du XVIe siècle, quand la réforme tridentine, ainsi que le montre la carte des visites pastorales, pénètre progressivement en terre gallicane.

Au XIXe siècle, à partir des années « trente », Paris revendique ostensiblement le rôle de capitale religieuse. Mais le déplacement principal s'opère dans une autre direction : la période 1860-1880 voit en effet s'affirmer la prééminence progressive de l'Ouest, dont l'originalité tient tout à la fois au poids de ses chrétientés rurales, au nombre de ses clercs, à l'émergence enfin de leaders nouveaux. La conjoncture politique de plus – l'avènement de la République – fait de l'Ouest le bastion du catholicisme contre-révolutionnaire ; la conjoncture culturelle – la tardive alphabétisation – renforce dans le même temps sa capacité d'emprise locale par l'école confessionnelle, nationale voire internationale, par l'exportation accrue de ses prêtres, de ses religieux et religieuses.

Un changement fondamental s'est opéré entre le XVIIe et le XIXe siècle : ce n'est plus l'antagonisme confessionnel – et les frontières mouvantes qu'il dressait entre catholiques et protestants – qui commande la géographie religieuse, mais bien l'inégale acceptation par les catholiques seuls des pratiques religieuses par lesquelles s'expriment leurs croyances.

Toutefois, cette nouvelle donnée structurelle ne rend pas compte d'un autre aspect, contradictoire seulement en apparence, l'uniformité accrue de l'espace religieux. Entendons-nous bien : le catholicisme romain, par la Contre-Réforme, a tenté d'imposer des normes communes de comportements et de croyances valables pour l'ensemble de la catholicité, qui se sont heurtées à des obstacles tant locaux que nationaux. Et à la veille de la Révolution, le poids des particularismes demeure important. Ceux-ci auraient-ils disparu au XIXe siècle ? Certains survivent difficilement, sauf à se folkloriser en se localisant : ainsi en va-t-il des confréries déjà en perte de vitesse avant la Révolution, pénitents dans le Midi, charitons en Normandie ou dans le Nord ; d'autres se maintiennent sans difficulté, après une brève interruption due à la Révolution, comme en Provence, l'usage de l'ex-voto peint. Les plus durables sont sans doute ceux qui perpétuent des antagonismes religieux anciens toujours à vif, mais maintenant étroitement circonscrits : catholiques et réformés dans le Gard ; catholiques, luthériens et juifs en Alsace.

C'est surtout à travers la diffusion de l'innovation religieuse qu'il est possible de voir la façon dont s'opère l'uniformisation de l'espace religieux au cours du XIXe siècle. Le pèlerinage est un bon observatoire, dans une France où la révolution des transports accélère la mobilité des personnes. Ars est le premier pèlerinage français du milieu du XIXe siècle : on y vient, dans les années cinquante, en chemin de fer, par bateau à vapeur et par voitures attelées. Les quelque 60 à 80 000 pèlerins annuels proviennent d'abord de la région lyonnaise, en second lieu de Paris, de la Bourgogne et de l'Auvergne, de la vallée du Rhône et du Midi provençal : la capitale et une large zone d'influence de Lyon. Les 100 000 pèlerins de Paray-le-Monial en 1873 se recrutent, en dehors de la Saône-et-Loire, selon deux axes principaux, nord-sud, la vallée de la Saône et du Rhône, mais aussi est-ouest, des Alpes à l'Ouest intérieur, amorce d'une nationalisation possible, en fait sans lendemain à cause de l'excessive politisation du sanctuaire. C'est Lourdes qui finalement bénéficiera de cet échec. Le pèlerinage pyrénéen, vite provincial dans les années qui suivent l'apparition de 1858, ne prend une dimension nationale qu'après 1870, grâce notamment au chemin de fer et à la presse assomptionniste (*le Pèlerin*).

La diffusion de nouveaux modèles associatifs pour les élites ferventes s'opère plus aisément que le déplacement des foules pérégrinantes. L'exemple de l'archiconfrérie parisienne de Notre-Dame-des-Victoires en montre toutefois bien les limites. Ici pourtant, se trouvent réunis tous les ingrédients en vue d'une diffusion nationale : initiative parisienne, moment propice, personnalité du promoteur, importance de la dévotion mariale, facilité de la formule d'agrégation. Effectivement, en cinq ans (1838-1843), l'association parisienne regroupe un nombre substantiel de paroisses dans une quarantaine de diocèses. Mais, quarante ans plus tard, son implantation s'est renforcée sans s'étendre : elle reste circonscrite à une France septentrionale qui, Sud-Est alpin mis à part, ne dépasse guère une ligne Bordeaux-Lyon, et ne parvient pas à s'implanter dans les provinces périphériques –

Normandie, Bretagne bretonnante, Alsace – où des formes de sociabilité religieuses traditionnelles prédominent encore.

L'uniformisation s'opère plus aisément quand les fidèles et les responsables religieux y ont les uns et les autres intérêt, comme c'est le cas pour la diffusion de certaines dévotions romaines ou pour l'essor des congrégations féminines. Mais dans l'un et l'autre cas, la diffusion à l'échelon national n'est qu'une étape dans la perspective d'une extension qui vise la catholicité. On ne peut toutefois qu'être frappé par le caractère rapidement national de trois « nouveautés » aussi différentes que la Propagation de la foi, la médaille miraculeuse et les conférences de Saint-Vincent-de-Paul. Rapidement, l'intérêt des catholiques pour les missions étrangères, l'attirance des fidèles pour une immédiate et efficace protection de Marie, la mobilisation religieuse et caritative des jeunes notables urbains s'étendent à toute la France. Ce n'est pas l'un des moindres paradoxes de ce renouveau religieux des années « trente » que d'être fortement marqué par les autonomies épiscopales et de s'inscrire aussi immédiatement dans un espace national en voie d'unification.

Une causalité géographique ?

Dernière interrogation : est-il possible, dans la perspective ici adoptée, de passer de la description à l'explication ? De la multiplicité des liaisons causales susceptibles d'être avancées – le granit et la pratique –, nous ne retiendrons que celles qui paraissent moins improbables et lient la religion à la politique, à la culture, à l'anthropologie.

La similarité entre vote politique et pratique religieuse constitue le soubassement méthodologique de la sociologie lebrasienne. La Révolution, on l'a vu, unit durablement option religieuse et choix politique ; et les politologues confirment, pour les IVe et Ve Républiques, que le rapprochement suggéré par Gabriel Le Bras peut s'interpréter plus précisément en terme de causalité, du religieux au politique. Toutefois, pour le XIXe siècle qui nous concerne, les premières expressions significatives du suffrage démocratique – 1849, 1876-1877 – ne font pas apparaître une corrélation aussi forte que durant la seconde moitié du XXe siècle entre attitude religieuse et positionnement politique. L'élection de 1849, où pour la première fois gauche et droite s'affrontent, révèle un parti démocrate-socialiste qui trouve ses électeurs dans la France du Centre et du Midi, dans des régions où la pratique religieuse est, selon les cas, médiocre (Indre-et-Cher), moyenne (Allier, Dordogne), ou bonne (Jura, Saône-et-Loire, Haute-Loire, Tarn) et un parti de l'ordre qui triomphe autant dans l'Ouest religieux que dans le Bassin parisien indifférent. Malgré la campagne menée, en 1877, par Gambetta sur le thème efficace et mobilisateur du danger clérical, le vote politique ne recoupe que partiellement les clivages religieux : la droite ainsi prend appui sur le bloc de l'Ouest, sur l'Artois, le Pays basque, sur le contrefort méridional du Massif central (Aveyron, Lozère, Haute-Loire), mais aussi sur le Berry, les Charentes, le Poitou, l'Oise ; la conjonction des clientèles légitimistes, orléanistes et bonapartistes brouille en effet les cartes ; il en va de même pour les républicains qui, en Lorraine, en Franche-Comté, en Savoie, voire même parfois en Bretagne, peuvent compter sur les « catholiques du suffrage universel ».

Si la géographie électorale naissante ne révèle point encore la liaison pourtant profonde entre religion et politique, faut-il en chercher les raisons dans le poids alors prépondérant d'autres déterminations, culturelles voire anthropologiques ? Le culturel ne se réduit point au scolaire, mais l'enseignement primaire est bien la grande affaire du siècle. Or, le partage culturel de la France par la ligne Saint-Malo-Genève n'est pas sans effet sur la vie religieuse, comme on peut encore le vérifier à la fin du Second Empire : au nord de cette frontière aussi ancienne que durable, la diffusion du livre religieux s'opère à partir d'un réseau de petits éditeurs, alors qu'au sud, elle bénéficie d'un colportage sur le déclin ; mais il est sans rapport avec la géographie de la pratique comme le montre, aux débuts de la IIIe République, la localisation des derniers îlots d'analphabétisme, constitués aussi bien par la fervente Bretagne que par le Limousin et le Berry peu pratiquants.

Trois cartes toutefois mettent en évidence, sur ce terrain disputé, des liaisons réelles. La première – ce qui n'a rien pour surprendre – est celle de l'école congréganiste. La disponibilité de ce personnel, malgré sa mobilité, demeure à l'évidence tributaire de la géographie du catholicisme. Mais

Femmes de plus de 20 ans
sachant lire seulement, en 1872

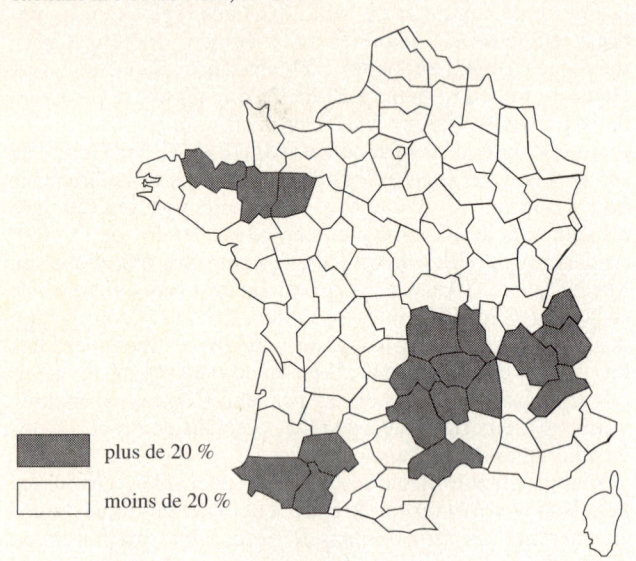

■ plus de 20 %
□ moins de 20 %

les divergences ne sont que plus remarquables. Pour les garçons, les frères enseignants n'ont réussi à s'imposer que dans la France tardivement alphabétisée, au sud de la ligne Saint-Malo-Genève : au nord, la profession d'instituteur est définitivement laïcisée. Pour les filles, la situation est presque inversée, les congrégations, au nord de cette même frontière, fournissent l'armature des écoles municipales, dans les villes d'abord, comme le montre l'enquête de 1876, mais aussi largement dans les campagnes, à l'exception de la Franche-Comté où la laïcisation s'étend aux institutrices, sans d'ailleurs mettre en cause leur fidélité à l'Église.

Sur le plan culturel, le catholicisme paraît jouer sur deux tableaux : la modernité (le personnel enseignant, l'institution scolaire), mais aussi l'archaïsme (le maintien des parlers régionaux, l'alphabétisation partielle). La France de ceux – et plus encore de celles – qui « lisent seulement » présents surtout au sud de la ligne Saint-Malo-Genève, coïncide avec

La « déchristianisation » 317

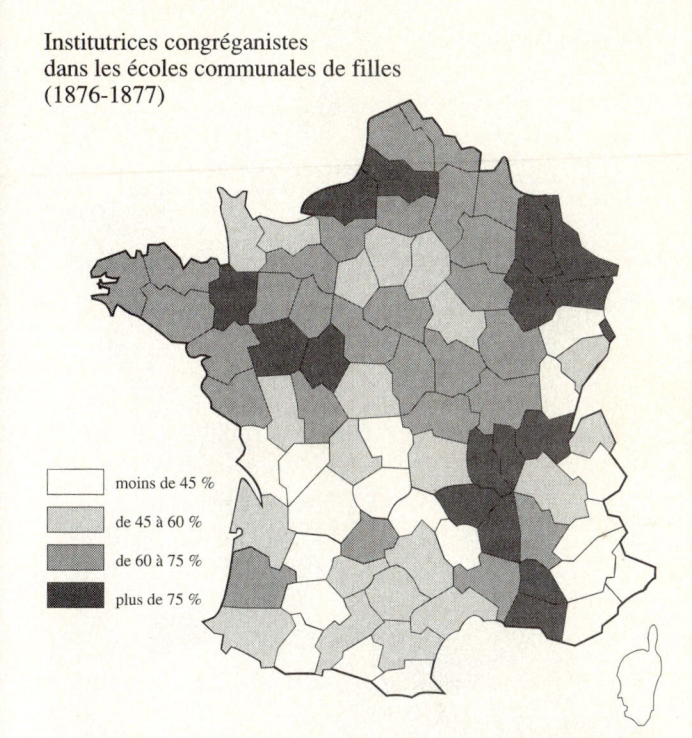

Institutrices congréganistes
dans les écoles communales de filles
(1876-1877)

- moins de 45 %
- de 45 à 60 %
- de 60 à 75 %
- plus de 75 %

celle des pratiquants ; l'explication que l'on peut fournir de cette similitude est prioritairement religieuse : l'apprentissage de la lecture est nécessaire pour une bonne connaissance du catéchisme ; secondairement anthropologique, la partition des compétences entre lecture et écriture relève aussi de la différence des fonctions sociales entre sexes.

Le catholicisme a-t-il retrouvé un surcroît de vigueur dans la vitalité encore forte au XIXe siècle des parlers régionaux ? Les patriotes étaient déjà persuadés que la contre-révolution de l'Ouest s'appuyait sur le fanatisme, et que celui-ci se nourrissait de l'ignorance du français ; ils léguèrent aisément aux républicains leur conviction que la lutte contre l'Église, la francisation forcée et l'éducation républicaine devaient marcher de pair. Dans l'autre camp, d'ailleurs, par nécessité

318   *Du roi Très Chrétien à la laïcité républicaine*

Célibat féminin en 1851

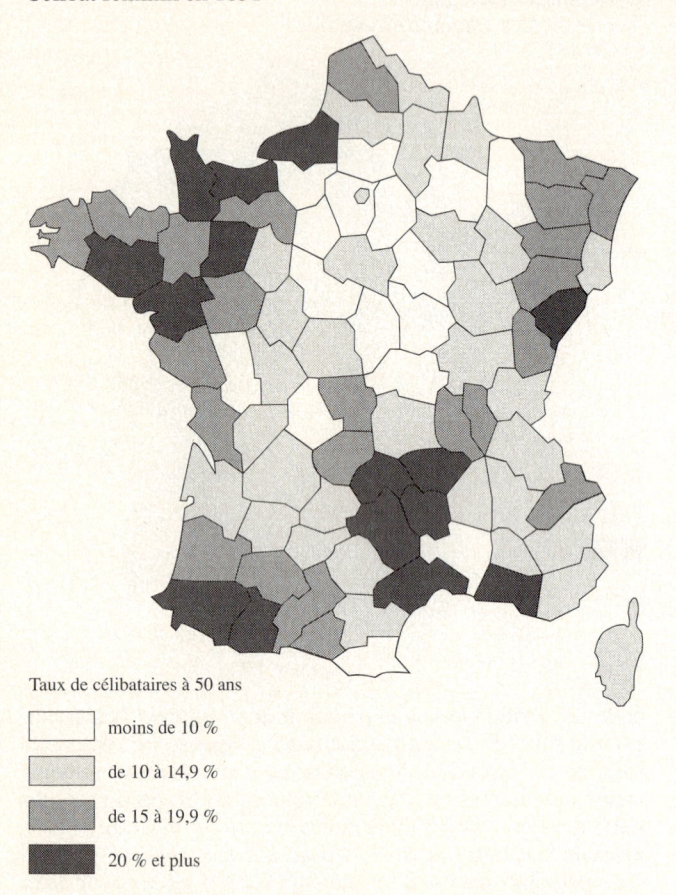

Taux de célibataires à 50 ans

- moins de 10 %
- de 10 à 14,9 %
- de 15 à 19,9 %
- 20 % et plus

ou par conviction, prêtres et notables catholiques se posèrent souvent en défenseurs des langues régionales. Qu'en était-il sur le terrain ? L'enquête de 1863 montre une francophonie encore largement bornée, au sud d'une ligne La Rochelle-Lyon, par la massivité des régions de parler occitan, et au nord, par de vigoureux isolats linguistiques périphériques, flamand, germanique et breton. Le XIXᵉ siècle voit-il pour autant se sceller l'alliance de la non-francophonie et du catholicisme ? La situation est moins simple qu'on ne le croit. L'ensemble occitan, déjà bien fissuré en 1863, regroupe des départements où la pratique est sans doute majoritaire, mais aussi d'autres où, de la Provence au Languedoc, la déchristianisation est en marche. Par ailleurs, dans les deux blocs linguistiques les plus homogènes, à l'est et à l'ouest, le rapport entre parlers locaux et catholicisme est inversé. L'Alsace et la Lorraine germanophone constituent des hauts lieux d'une pratique catholique quasi unanimiste, aiguillonnée en Alsace par la compétition interconfessionnelle ; par contre, dans le bloc de l'Ouest, en voie de constitution au XIXᵉ siècle, la partie bretonnante laisse apparaître des faiblesses, relatives certes, mais incontestables : ainsi, dans le diocèse de Vannes, du XVIIIᵉ au XXᵉ siècle, la frontière linguistique apparaît comme une ligne de partage durable, au détriment de la partie bretonnante frontalière, tout à la fois pour l'alphabétisation, le recrutement du clergé et la ferveur religieuse.

A ces liaisons encore complexes entre religion et culture, faut-il opposer un rapport enfin univoque entre données religieuses et structures anthropologiques ? Il faut se garder de succomber aux effets de mode, en substituant, comme « dernière instance », les modèles familiaux aux antagonismes économiques ; on ne peut toutefois qu'être frappé par l'étroite corrélation entre comportements démographiques et pratiques religieuses. La France catholique du XIXᵉ siècle se caractérise incontestablement par une démographie spécifique : nuptialité tardive, célibat définitif important, pour les femmes plus que pour les hommes, forte fécondité des couples, illégitimité réduite. La convergence de ces pratiques définit un modèle de régulation familiale, malthusien au sens premier du terme – le célèbre pasteur anglican ne suggérait-il pas le célibat sélectif comme remède à la surpopulation ? –, qui unit la pratique ancienne du mariage tardif pour tous à celle, plus récente, du célibat définitif pour un grand nombre. Le système repose, comme au XVIIᵉ siècle, sur un strict contrôle de la sexualité, réduite à sa fonction procréatrice. Il est accepté par la population grâce à l'emprise de la religion qui fournit une sacralisation religieuse des normes morales, mais aussi à cause de l'équitable répartition des contraintes imposées à chacun. Dans ce modèle de familles souvent nombreuses, les personnes – frères et sœurs, oncles et tantes, voués au célibat – qui se trouvent à l'écart du circuit démographique, sont aussi souvent celles qui disposent de l'autorité morale pour dicter aux autres, comme l'a montré Yves Poucher pour la Lozère, les choix décisifs sur leur avenir familial. Les chrétientés, surtout rurales, qui progressivement prennent une telle importance dans le catholicisme français, ne reposent-elles pas, avant tout sur la multiplication de ces types de familles ? Assurément, là se trouve, au XIXe siècle, l'une des clés de la géographie religieuse française.

3

Une vitalité religieuse toujours forte

Diversité des institutions ecclésiastiques

Le judaïsme religion française reconnue
par Freddy Raphaël

Elle est significative de la place éminente qu'occupe la Révolution dans la mémoire des juifs de France, cette réflexion du doyen Jacques Godechot sur la naissance de sa vocation d'historien. Alors qu'il se promenait, vers 1911, tout jeune enfant, avec sa mère sur la place des Carmes à Lunéville, sa ville natale, il aperçut une statue : « C'est l'abbé Grégoire, un homme à qui nous devons d'être ce que nous sommes », lui dit sa mère. Par la suite, il apprit que, jusqu'à l'époque de la Révolution, 180 familles juives seulement étaient autorisées à résider dans le duché de Lorraine, que les juifs étaient confinés dans des métiers vils qui leur valaient le mépris du reste de la population. « C'est la Révolution française qui leur a apporté la liberté de s'installer où bon leur semblait, de se déplacer, et d'exercer la profession de leur choix, qui leur a donné l'égalité avec les autres Français. J'en conçus pour la Révolution une vive admiration, et c'est sans doute la raison pour laquelle, dès le début de mes études supérieures, je me spécialisais dans l'histoire de cette période. » Cette référence à la Révolution, qui a restauré le juif de France dans sa dignité d'homme, a survécu dans bien des familles, malgré les vicissitudes de l'histoire et aux heures les plus sombres du génocide, comme l'affirmation d'un engagement essentiel, alors bafoué et trahi.

En conférant, le 27 septembre 1791, la citoyenneté française et tous les droits qui y sont rattachés aux juifs, la Constituante mettait fin au régime discriminatoire séculaire, auquel était soumise une minorité honnie. Cette décision hardie heurtait une grande partie de la société, qui restait marquée par l'héritage du monde seigneurial et de la pensée théocratique.

Un certain nombre de précautions méthodologiques s'imposent au chercheur, qui s'efforce de restituer une histoire dans sa complexité et sa dynamique, et entend ne pas céder à une lecture idéologique répondant à des enjeux contemporains. Certes, l'histoire récente du peuple juif, le traumatisme né de l'expérience du génocide, l'affirmation du sionisme politique, la création de l'État d'Israël, et, face à la persistance de l'antisémitisme, le déclin d'un judaïsme de condition au profit d'un judaïsme de conviction, lestent le regard de celui qui s'interroge sur la confrontation des juifs et de la modernité. Ils suscitent un autre questionnement et fournissent de nouveaux repères d'appréciation. Cependant, il importe de replacer chaque événement dans une double perspective : celle du contexte immédiat dans lequel il se situe, celle de la longue durée qui permet de le relativiser.

L'œuvre de la Révolution française, qui s'est poursuivie au prix de bien des vicissitudes un siècle durant, en un combat jamais achevé, constitue une fracture fondamentale dans l'histoire des juifs en Occident. Elle représente une rupture essentielle, à partir de laquelle s'affirmeront leur entrée progressive dans la société civile et leur confrontation créatrice à la modernité. Celles-ci réactiveront la dynamique de la tension entre l'unique et l'universel, qui anime l'histoire juive. La longue marche des juifs de France, inaugurée par la Révolution, connaîtra sa contestation radicale à l'époque de l'Affaire Dreyfus ; la fragile victoire du droit et de l'équité pourra celer, durant quelques décennies encore, la précarité de la condition juive dans l'Europe des nationalismes.

Cela s'appelle l'aurore

Les cahiers de doléances font apparaître, si on les soumet à une lecture critique, les sentiments que les différentes couches sociales entretiennent à l'égard des juifs. Ce n'est que dans les provinces de l'Est que la question juive est systématiquement évoquée ; à part quelques mentions isolées, surtout dans le Sud-Ouest, tout semble indiquer qu'il ne s'agit pas là d'un problème primordial pour les habitants du royaume.

Si l'on élabore une typologie des principales attitudes à l'égard des juifs, il convient de noter en premier lieu l'hostilité marquée du monde paysan. Il leur reproche essentiellement leur volonté de se singulariser par un mode de vie, des pratiques religieuses, une langue et une écriture spécifiques, qui les isolent de leur entourage. A cela s'ajoute que les juifs sont disqualifiés par leur refus de travailler la terre et leur existence de parasites, qu'ils s'enrichissent par la ruse, la tromperie et la pratique de taux usuraires. En conséquence de quoi, bien des cahiers demandent que leur nombre soit limité et leurs activités soumises à un contrôle rigoureux.

Les arguments religieux, qui dénoncent « ces ennemis du Christ », sont avancés par certains paysans et par des membres du clergé. Mais les griefs récurrents sont d'ordre économique : ce sont surtout l'usure et la concurrence déloyale que l'on évoque, dans les communautés rurales comme dans les corporations urbaines. Les cahiers de la Commission intermédiaire d'Alsace se distinguent par la violence de leurs propos, et par leur acharnement antijuif. Sous l'inspiration de Hell, ancien bailli du Sundgau, ils réclament « le démantèlement de l'organisation communautaire juive, la suppression des syndics et de la juridiction rabbinique, l'interdiction de tout commerce avec les chrétiens et l'aggravation de la limitation des mariages » (F. Delpech). La noblesse, quant à elle, fait preuve, parfois, d'un esprit plus libéral : si elle demande le retour aux anciennes lois restrictives et la répression contre l'usure, elle souhaite que les juifs puissent accéder aux professions utiles et honnêtes.

Ainsi, au-delà de la réaffirmation des préventions traditionnelles, se font jour, timidement certes, une volonté d'ouverture et une mise en cause de la condition qui est faite aux juifs. L'ébranlement de l'idéologie du mépris et de la relégation est en marche.

Les aspirations des juifs, à la veille de la Révolution, sont consignées dans les cahiers de doléances. Seuls les juifs « portugais », qui étaient considérés comme français, eurent droit de participer aux élections. Ceux d'Alsace et de Lorraine qui, bien que régnicoles, avaient été exclus des élections, obtinrent de choisir, en juin 1789, des délégués qui portèrent leurs cahiers de revendications à l'Assemblée nationale. Si les premiers récusaient toute loi spécifique qui les aurait singularisés par rapport aux autres citoyens, si les juifs de Paris adhéraient avec un certain enthousiasme aux idées nouvelles qui remettaient en question les privilèges, et se déclaraient prêts à renoncer, si on leur conférait les droits civils, à toute organisation particulière, le mémoire rédigé par les juifs de l'Est témoigne de la double volonté d'améliorer leur condition, tout en maintenant leur culture et leurs structures communautaires. Ils réclamaient le libre accès à tous les métiers, la faculté de s'établir où bon leur semblait et d'acquérir des terres, la suppression des taxes spéciales, mais aussi l'extension de la liberté de culte, ainsi que la confirmation du pouvoir des syndics et de la juridiction rabbinique. « Les porte-parole des juifs de l'Est ne cherchaient donc pas à obtenir le statut de citoyen et d'égalité absolue, du moins au début, note F. Delpech, mais simplement à améliorer leur sort et à sauvegarder l'organisation et les privilèges traditionnels des communautés, en hommes expérimentés qui ne se laissent pas griser par les idées nouvelles. » Lorsqu'en juillet l'autorité de l'Ancien Régime fut sérieusement ébranlée, les paysans de haute Alsace, poussés par la misère et la Grande Peur, tirant parti de la situation trouble, s'en prirent aux seigneurs, mais aussi aux juifs, dont beaucoup ne durent leur salut qu'à la fuite à l'étranger.

« Nous réunirons tous nos efforts pour préserver notre patrie de ce nouveau malheur »

On ne peut manquer d'être impressionné par le fait que, dès que la question juive devient l'objet d'un débat à la Constituante, l'enjeu de l'émancipation et les attentes contradictoires qu'elle suscite s'affirment avec acuité.

La formule du comte de Clermont-Tonnerre, qui a passé à la postérité : « Il faut tout refuser aux juifs comme nation, et tout leur accorder comme individus ; il faut qu'ils ne fassent dans l'État ni un corps politique ni un ordre ; il faut qu'ils soient individuellement citoyens », résume avec force l'optique des esprits éclairés. Ils entendent réparer une injustice séculaire et rendre leur dignité d'hommes à une minorité exclue et honnie. Mais à leur visée égalitaire s'ajoute une passion niveleuse : la « régénération » des juifs doit être le prélude de leur « assimilation ».

Jacques Godechot relève que les principes invoqués par le comte de Clermont-Tonnerre sont ceux-là mêmes qui ont inspiré les décrets du 4 août. En effet, « selon la philosophie des Lumières, tout homme en vaut un autre : il ne devient différent que lorsqu'il est incorporé dans un ordre, un corps, une province. Pendant la nuit du 4 août, les privilèges des ordres et des provinces avaient été supprimés, les ordres et les provinces n'allaient pas tarder à disparaître. Plus tard, au nom des mêmes principes, les corporations devaient être abolies. De même, tout ce qui constituait la nation juive devait disparaître si on voulait faire des juifs des citoyens égaux aux autres ». La suppression des communautés ne pouvait manquer d'entraîner la disparition des institutions spécifiques – écoles, associations caritatives, juridiction rabbinique – requises par la législation mosaïque, et, à plus longue échéance, de la singularité religieuse elle-même. Les langues juives – ces « idiomes » si vilipendés – devaient être abandonnées, et il n'est pas indifférent que l'abbé Grégoire, qui fut le promoteur de l'émancipation des juifs, fut aussi l'un des pourfendeurs les plus acharnés des « patois » locaux.

A l'opposé de ces vues, la fraction la plus conservatrice du clergé et les députés des provinces de l'Est livrent un combat acharné pour empêcher toute modification du statut des juifs. Pour mener à bien cette lutte se recrée l'union sacrée entre les élus les plus réactionnaires et les jacobins : ce sont deux députés de Colmar, un aristocrate, le prince de Broglie, et un avocat jacobin, Reubell, qui prennent la tête de l'opposition. Dès le 4 septembre, leurs collègues de Strasbourg écrivent au magistrat de cette ville : « Nous réunirons tous nos efforts pour préserver notre patrie de ce nouveau malheur. » La poursuite de troubles en haute Alsace, tolérés sinon entretenus, et la dénonciation de la rapacité tentaculaire des juifs, amenèrent l'Assemblée, en décembre 1789, à accorder la pleine citoyenneté aux protestants, aux comédiens et aux bourreaux, et à ajourner l'émancipation des juifs. Le discours de Robespierre révèle l'influence de Mirabeau :

> Comment a-t-on pu opposer aux juifs les persécutions dont ils ont été les victimes chez les différents peuples ? Ce sont au contraire des crimes nationaux que nous devons expier, en leur rendant les droits imprescriptibles de l'homme, dont aucune puissance humaine ne pouvait les dépouiller. On leur impute encore des vices et des préjugés, l'esprit de secte et l'intérêt les exagèrent, mais à qui pouvons-nous les imputer, si ce n'est à nos propres injustices ? Après les avoir exclus de tous les honneurs, même des droits à l'estime publique, nous ne leur avons laissé que les objets de spéculation lucrative ! Rendons-les au bonheur, à la patrie, à la vertu, en leur rendant la dignité d'hommes et de citoyens.

Les juifs portugais se désolidarisèrent de leurs coreligionnaires de l'Est et « de leur attachement à des traditions jugées par trop compromettantes ». Ils s'efforcèrent de convaincre l'Assemblée qu'ils étaient lésés dans leurs droits séculaires : ne jouissaient-ils pas de l'égalité depuis le XVIe siècle, comme en faisaient foi leur participation aux élections aux états généraux, et l'élection au premier degré de l'un des leurs, David Gravis ? Le 28 janvier 1790, la Constituante accorda les droits de citoyens aux juifs de Bordeaux, de Bayonne, et à ceux d'Avignon.

Les juifs de l'Est, quant à eux, essuyèrent différents échecs. Bien qu'au dire du maire de Strasbourg, « la haine des juifs était telle que personne ne voulait risquer sa vie en s'y opposant », ils ne perdirent pas courage et luttèrent encore deux ans. Malgré la menace d'une aggravation des troubles et grâce aux explications patientes, sans cesse reprises, des défenseurs de la cause juive, l'Assemblée, à la veille de se séparer, prit conscience de la nécessité d'abolir toute discrimination. Le 27 septembre 1791, à la quasi-unanimité, elle décida de « révoquer tous les ajournements, réserves et exceptions insérés dans les précédents décrets relativement aux individus juifs qui prêteront le serment civique, qui sera regardé comme une renonciation à tous les privilèges et exceptions introduits précédemment en leur faveur ». Ce vote, que l'Assemblée législative confirma le 13 novembre 1791, fit de l'ensemble des juifs français des citoyens de plein droit.

Force est de reconnaître, cependant, que l'émancipation reposait sur une équivoque redoutable : quelle était la nature exacte des « privilèges et exceptions » auxquels les juifs de France renonçaient ? Étant donné que, dans le judaïsme, la loi religieuse prend en charge non seulement la vie spirituelle des individus et de la communauté des fidèles, mais également l'organisation collective, ainsi que la juridiction rabbinique, dans quelle mesure était-il licite qu'ils s'obstinent à s'y conformer ? Ne risquait-il pas d'y avoir un hiatus entre l'attente du législateur et les concessions que les juifs étaient prêts à faire ?

Il n'en demeure pas moins que la décision prise par l'Assemblée, le 27 septembre 1791, constitue un acte unique dans l'aventure des juifs en Occident. Seuls les États-Unis, à cette époque, leur avaient accordé légalement des droits comparables ; et s'ils jouissaient en Grande-Bretagne et en Hollande d'une grande liberté et d'une réelle égalité, celles-ci leur étaient consenties de fait et non de droit. « Partout ailleurs en Europe, écrit Jacques Godechot, ou bien la présence des juifs était interdite – c'était le cas en Espagne –, ou bien les juifs étaient soumis à un statut discriminatoire, et en général vexatoire. A l'égard des juifs, la Révolution française apparaît donc comme la grande émancipatrice. On ne doit pas l'oublier. »

« La régénération guillotinière »

L'émancipation, qui fut au départ l'expression d'une volonté politique, s'est heurtée à un double obstacle, à la fois économique et culturel.

La crise économique que la France connut, dès 1792, s'accentua : à la rareté des subsistances, à l'inflation et à la hausse des prix, s'ajoutèrent la guerre étrangère, et, dans certaines régions, la guerre « franco-française ». A ces difficultés il fallait trouver des responsables. Les juifs, qui étaient coupés depuis plusieurs siècles de toute tradition du travail de la terre, et qui étaient les témoins des difficultés que connaissait ce secteur, ne se précipitèrent guère vers les « métiers utiles ». « Par leur habitude du commerce de l'argent, ils se mouvaient avec aisance dans le change des assignats et du numéraire. D'où l'accusation d'agiotage, et même, parfois, celle de fabriquer de faux assignats. » A l'accusation traditionnelle d'accaparer, par des manœuvres illicites, le patrimoine des paysans et de s'enrichir frauduleusement comme fournisseurs des armées, s'ajouta la dénonciation des juifs en tant que profiteurs de la vente des biens nationaux. En fait, bien peu d'entre eux accédèrent de cette façon à la propriété foncière. Ils servirent souvent d'hommes de paille, et, dans l'ensemble, comme l'a prouvé la thèse de Roland Marx, leurs achats furent peu importants. « Ils ne formèrent pas, contrairement à la légende, ces bandes noires qui auraient raflé à bon compte les plus belles propriétés nationales » (J. Godechot).

En fait, le poids des représentations et des préjugés réciproques constitua un obstacle plus puissant à l'émancipation des juifs que les difficultés économiques. Ils permettent de comprendre pourquoi les reproches prirent une dimension fantasmatique : les échanges des juifs de l'Est avec leurs coreligionnaires d'outre-Rhin ne pouvaient que les amener à exercer leurs talents traditionnels de traîtres et d'espions ; le « trafic d'argent » les confortait dans leur vocation de Judas serrant la bourse aux trente deniers. Le reproche majeur qui fut fait aux juifs était de ne pas se départir de leur étrangeté, et de rester attachés à leurs coutumes « fanatiques ». Ils étaient coupables de ne faire aucun effort pour s'assimiler, et de maintenir des pratiques langagières, vestimentaires et religieuses obscurantistes qui les isolaient de leur entourage. De même qu'à l'époque médiévale on les accusait d'avoir – tel l'oiseau de la nuit – renoncé à la vérité éclatante du christianisme, pour se maintenir volontairement dans les ténèbres et pour faire échouer l'entreprise de salut, de même leur reprochait-on maintenant de ne pas reconnaître l'avènement de la raison et de l'ère nouvelle.

C'est dans l'est de la France que la lutte contre « la superstition » et la spéculation prit une tournure nettement antisémite. A partir des délits et des abus commis par certains juifs, on s'en prit, en Lorraine, à l'ensemble de leurs coreligionnaires – « toujours agioteurs, toujours accapareurs, toujours isolés du reste de la République » –, tandis qu'à Strasbourg, l'agent national du district enjoignit à la municipalité de saisir et de brûler tous les livres hébreux, d'interdire aux juifs de « célébrer leurs anciennes simagrées dans une langue inconnue », et « d'avoir sans cesse les yeux fixés sur ces

Une vitalité religieuse toujours forte

êtres dangereux qui sont les sangsues dévorantes des citoyens ». Ce vocabulaire, qui assigne les juifs à une essence immuable, et qui les bestialise, participe d'une élaboration mythique et fantasmatique.

La dénonciation des juifs, qui s'obstinaient dans l'erreur et qui étaient stigmatisés comme des « vampires agioteurs », connut son apogée sous la réaction thermidorienne et le Directoire. La loi du 3 ventôse de l'an III (21 février 1795) rendit, cependant, la liberté à tous les cultes, qu'elle plaça sous la surveillance des autorités. Après le coup d'État du 18 fructidor an V (4 septembre 1797), les mesures antireligieuses – à l'encontre du Shabbat, des fêtes juives, mais aussi du dimanche et des fêtes chrétiennes – se renforcèrent. De plus, dans l'Alsace surpeuplée, aux parcelles fractionnées, les petits paysans qui avaient besoin de terres ne trouvèrent que les juifs pour leur faire crédit. Mais, s'enfonçant toujours davantage dans la misère, les débiteurs défaillants dénoncèrent à grands cris l'usure pratiquée par ces derniers qui, affirmait-on, avaient déjà accaparé la moitié de l'Alsace. S'il est vrai que le problème des créances juives était réel, les juifs n'avaient pourtant pas le monopole de l'usure, et leur part n'était même pas prépondérante. Mais ils prêtaient des sommes guère importantes à une foule de modestes paysans, peu solvables, alors que les spéculateurs chrétiens proposaient des prêts considérables à des débiteurs sûrs. Toute la colère de la masse misérable était dirigée contre les juifs.

L'une des voies envisagées pour résoudre la question juive européenne, à l'époque du Directoire, fut la renaissance de projets messianiques, dont le porteur était cette fois Bonaparte. Son expédition de Syrie, au printemps 1799, suscita une flambée d'espérance, qui accrédita une rumeur – reprise par *le Moniteur* du 3 prairial an VII – selon laquelle il aurait fait appel aux « juifs de l'Asie et de l'Afrique à venir se ranger sous ses drapeaux pour rétablir l'ancien royaume de Jérusalem ». Cette effervescence témoigne, face à la volonté assimilatrice de certains juifs, de l'existence d'un courant, très fort en Europe centrale, d'attente d'un monde autre et de retour sur la terre ancestrale.

Ainsi, comme le souligne François Delpech, dix ans après le décret émancipateur du 27 septembre 1791, l'œuvre de la Révolution restait inachevée. « Le sort de la grande majorité des juifs n'avait pas beaucoup changé, et l'opinion commençait à déplorer la lenteur, pourtant bien compréhensible, de l'assimilation. La crise intérieure des communautés et le problème alsacien allaient bientôt provoquer une nouvelle intervention du pouvoir, beaucoup moins libérale que celle des hommes de 89. »

L'œuvre de Napoléon :
pour en finir avec cette nation à part !

Napoléon ne voulait plus tergiverser. Dès 1806, avec l'esprit de décision et l'autoritarisme qui lui étaient propres, il entreprit de réorganiser le culte et de hâter « la régénération » des juifs.

En digne héritier de Voltaire, il considérait les juifs comme un peuple à part, profondément corrompu par une foi superstitieuse et par la pratique de l'usure. Mais son ambition personnelle et son sens de la cause publique, tout comme son opportunisme, l'amenèrent à passer outre à ses préjugés lorsqu'il estimait que l'intérêt de l'État était en jeu. Confronté à une recrudescence des récriminations contre l'usure et de l'agitation en Alsace, Napoléon voulut « mettre un frein à la cupidité dévorante » des juifs. La campagne contre ces derniers était menée par les députés de l'Est, qui chargèrent un avoué parisien, Poujol, de réunir en une publication toutes les accusations et tous les griefs, anciens et récents *(Quelques observations concernant les juifs et plus particulièrement ceux d'Alsace – 1806),* et par le parti catholique intransigeant, pour qui les juifs, « véritables hauts et puissants seigneurs de l'Alsace », restaient des étrangers inassimilables, aux vices incorrigibles. Selon le vicomte de Bonald, leurs malheurs étaient imputables à la « malédiction divine », et constituaient « le châtiment d'un grand crime et l'accomplissement d'un terrible anathème ». Le 7 mai, Napoléon, après avoir dénoncé cette nature « avilie, dégradée, capable de toutes les bassesses », et réduit les juifs à des bêtes malfaisantes, « des chenilles, des sauterelles qui ravagent la France », refusa, cependant, de céder à la vindicte irréfléchie et de tomber dans l'arbitraire. Par souci d'efficacité et par réalisme bien compris, il déclara vouloir s'attaquer aux racines du mal : il accorda un sursis d'un an aux débiteurs des juifs de l'Est, et convoqua à Paris une assemblée de notables, qui seraient choisis « parmi les rabbins, les propriétaires et autres juifs, les plus distingués par leur probité et leurs lumières ».

« Sa Majesté veut que vous soyez français... ce serait y renoncer que de ne pas vous en rendre dignes »

Les « notables », qui avaient été choisis avant tout selon des considérations de fortune, de réputation et de loyalisme politique, siégèrent dix mois durant (26 juillet 1806 – 6 avril 1807). Ils furent sommés de répondre à un certain nombre de questions, qui avaient pour finalité d'établir si les lois juives étaient compatibles avec le droit commun et de contraindre l'assemblée à hâter l'assimilation. François Delpech en fait le compte rendu :

> Conscients de l'importance de l'enjeu, les notables s'empressèrent de répondre que le judaïsme prescrivait de tenir « comme loi suprême la loi du prince en matière civile et politique », et qu'eux-mêmes s'étaient toujours « fait un devoir de se soumettre aux lois de l'État ». Quand vint la question de savoir si les juifs considéraient les Français comme leurs frères, et s'ils étaient prêts à défendre la Patrie, tous les députés, se levant d'un bond, s'écrièrent « jusqu'à la mort ! » L'unanimité se fit également pour condamner l'usure et pour rappeler que la permission de prêter à intérêt n'autorisait nullement les abus. La seule question vraiment embarrassante était celle des mariages mixtes, sur laquelle il n'était pas possible de céder sur toute la ligne, car Napoléon voulait les multiplier, pour hâter le « mélange de la race juive et de la race française ». Après une vive discussion, l'Assemblée fit une réponse conciliante mais habile, qui préservait l'essentiel : ces mariages n'étaient pas absolument interdits, mais « les rabbins ne seraient pas plus disposés à bénir le mariage d'une chrétienne avec un juif, ou d'une juive avec un chrétien, que les prêtres catholiques ne consentiraient à bénir de pareilles unions ».

Afin de donner à ces déclarations une sanction religieuse solennelle, l'empereur conçut le projet audacieux de convoquer, plus de dix-sept siècles après sa disparition, la plus haute instance du judaïsme, le Grand Sanhédrin. Composé de soixante et onze membres, pour deux tiers des rabbins, il verrait ses actes « placés à côté du Talmud, pour être articles de foi et principes de législation religieuse ». Par ce geste inouï, le nouveau César, alors au faîte de sa puissance, entendait mettre en scène, avec éclat et faste, sa magnanimité, et donner une résonance toute particulière aux déclarations de l'assemblée des notables, ainsi entérinées.

Cette dernière n'en poursuivit pas moins ses travaux. Alors que le Sanhédrin ne siégea qu'un mois (du 9 février au 9 mars 1807), elle se pencha sur la réorganisation du culte, et surtout dut faire face à une pression de plus en plus forte de l'empereur. Celui-ci voulait imposer des mesures radicales pour mettre fin à « l'usure juive » et pour hâter, notamment par la multiplication des mariages mixtes, l'assimilation. Comme l'assemblée tergiversait, et s'efforçait, tant bien que mal, de parvenir à des solutions de compromis, elle fut dissoute à son tour. Le gouvernement était décidé de prendre les mesures qui s'imposaient et, cette fois, d'agir seul.

La marque de l'infamie

Le 17 mars 1808 l'empereur signa trois décrets, laborieusement et conflictuellement élaborés par le ministère des Cultes et celui de l'Intérieur. Les deux premiers procédaient à la réorganisation du culte, sur un mode centralisateur, puisque la direction spirituelle et administrative était confiée à un Consistoire central et à des consistoires départementaux, formés de laïcs et de rabbins choisis par les juifs riches, avec l'agrément de l'État. Ces décrets instituaient une surveillance policière, les consistoires ayant pour charge d'enseigner et de faire appliquer la doctrine du Sanhédrin et la soumission aux lois de l'Empire, et de faire régner l'ordre et la moralité dans les communautés. Cependant, la désorganisation de ces dernières était telle que ces dispositions parurent quelque peu abusives, mais nécessaires. Les premières élections dans les sept consistoires départementaux eurent

Une vitalité religieuse toujours forte 335

lieu en 1809. Elles mirent à la tête du judaïsme français des hommes de bonne volonté, mais n'ayant ni l'étoffe ni l'envergure nécessaires pour insuffler une créativité nouvelle face aux mutations de la société moderne. Ils s'efforcèrent de réanimer les institutions traditionnelles, depuis la synagogue et l'école jusqu'aux associations pieuses et charitables, « et à rejeter les pratiques usuraires et la mendicité » :

> Surveillez avec soin la conduite de vos administrés ; et s'il se trouvait parmi eux un homme assez dépravé pour flétrir le caractère de véritable Israélite en se livrant à l'usure ou à tout autre trafic illicite, sachez que la religion vous ordonne de le signaler, sans aucun ménagement, aux autorités compétentes, pour qu'il soit livré à la rigueur des lois. Vous ne devez voir en lui qu'un être méprisable, un homme rebelle aux lois divines et humaines, un véritable ennemi d'Israël ; en le démasquant, vous acquerrez le double mérite d'extirper le vice, de garantir et de protéger la vertu. *Lettre pastorale adressée par le Consistoire central des Israélites de France aux consistoires... des départements qui viennent d'être affranchis des dispositions du décret du 17 mars 1808* (Paris 1818).
> Neher-Bernheim Rina, *Documents inédits sur l'entrée des juifs dans la société française*, t. 2, Tel-Aviv, 1977, p. 69-71.

Le troisième décret, qui avait pour but de mettre fin aux pratiques abusives des juifs en matière de crédit, réintroduisit une réglementation discriminatoire, excessive et inique : dans la mémoire juive, il prit la désignation de « décret infâme ». Tout en favorisant l'annulation des créances, il contraignait les commerçants juifs à se faire délivrer par les préfets, chaque année, une patente révocable, subordonnée à l'avis favorable des conseils municipaux et des consistoires. Ainsi, les juifs étaient placés sous la dépendance d'un entourage avec lequel ils entretenaient parfois des rapports conflictuels. Cette législation d'exception était d'autant plus importune et arbitraire, que le crédit avait été réglementé par une loi de septembre 1807, qui limitait le taux d'intérêt à cinq pour cent. L'émotion fut vive. Nombre de petits prêteurs furent ruinés dans l'Est, car les tribunaux accueillirent très favorablement toutes les récriminations à leur encontre. A cela s'ajouta qu'à la suite du décret du 20 juillet 1808, contraignant les juifs à faire enregistrer leurs noms et prénoms par les officiers communaux, certains se virent affublés de noms volontairement déformés, déplaisants ou ridicules.

L'œuvre de Napoléon en faveur de la régénération des juifs de France porte l'empreinte de sa personnalité, à la fois façonnée par l'idéologie réductrice de Voltaire, portée vers un autoritarisme inflexible, mais aussi pragmatique et capable de s'incliner devant l'intérêt supérieur de l'État. En imposant des mesures discriminatoires, il retarda en fait l'intégration et la promotion des juifs. Néanmoins, en dotant la communauté d'un cadre légal, il lui conférait une structure, certes contraignante, mais dont l'efficacité ne s'est pas démentie jusqu'à nos jours.

L'entrée dans la société bourgeoise

La période qui va de la non-reconduction du décret napoléonien contre l'usure jusqu'à l'Affaire Dreyfus marque l'entrée des juifs dans la société bourgeoise. Cette incontestable réussite sociale, ils la paieront parfois par une perte de substance, une relative déjudaïsation, et un aveuglement quant à la permanence de l'antisémitisme.

Du changement progressif, mais décisif, de la représentation du juif dans une grande partie de l'opinion française, et de l'évolution de sa condition, témoigne la suppression de deux mesures discriminatoires. En 1818, malgré une résistance acharnée des conseillers généraux d'Alsace, qui présentent les juifs comme des animaux nuisibles, des prédateurs qui se « multiplient immodérément », le décret destiné à contrôler et à limiter l'usure juive ne fut pas reconduit. La reconnaissance des juifs, enfin rétablis dans l'intégralité de leurs droits, fut profonde. Bien plus long fut le combat mené, notamment par Adolphe Crémieux, pour la suppression du serment « more judaïco », qui contraignait les juifs assignés en justice à prêter un serment particulier selon une procédure infamante. Il lutta sans répit, de 1827 à 1846, pour obtenir gain de cause, tout en faisant une carrière exceptionnelle qui l'amena, deux ans plus tard, à occuper une fonction ministérielle.

Du sentiment de sécurité qui prévaut dans la communauté

juive témoigne également son essor démographique, puisque, comme le souligne François Delpech, entre 1808 et 1870, la population doubla, passant de 46 000 à 89 000 âmes. Par la suite, l'exode de nombreux Alsaciens-Lorrains précipita « le double mouvement des migrations internes des campagnes déshéritées vers les villes en expansion, et des grands centres traditionnels vers Paris et le reste du pays ». Le fossé s'accentua entre l'urbanisation croissante des juifs du Midi et la « montée » de leurs élites vers la capitale, qui entraînèrent une « normalisation » et une assimilation grandissantes, et la relative stabilité de leurs coreligionnaires des provinces de l'Est. Si nombre de familles alsaciennes et lorraines se fixèrent dans les villes qui, jusqu'à la Révolution, leur étaient interdites, le centre de gravité de la vie juive, vers le milieu du siècle, demeura essentiellement rural. L'industrialisation croissante, le développement du chemin de fer et l'organisation du crédit rendirent parfois leur existence précaire, et contraignirent bien des jeunes gens à prendre le chemin hasardeux et risqué des Amériques.

Mais, dans son ensemble, la communauté juive de France connut un essor économique significatif durant cette période. « Libérés des contraintes traditionnelles, remarque François Delpech, surtout quand ils allaient s'établir dans les villes nouvelles, constatant au surplus le déclin inéluctable des anciens métiers juifs, les hommes de la génération de Crémieux et leurs successeurs mirent un extraordinaire acharnement à améliorer leur sort et à s'élever dans l'échelle sociale, jusqu'à une complète intégration. » Nombre de jeunes juifs déployèrent une grande énergie pour rejoindre, par leur réussite intellectuelle ou économique, les rangs de la bourgeoisie. Certains furent d'ardents saint-simoniens.

« L'invasion juive »

Les quelques banquiers juifs, qui, à l'exception des Rothschild, étaient relativement déjudaïsés, devinrent la cible des socialistes utopiques. Ceux-ci, tel le fouriériste Toussenel, les diabolisaient et les accusaient d'envahir et de corrompre la France. Ils furent utilisés pour la construction du mythe de « l'invasion juive », au mépris de la misère réelle dans laquelle se débattaient la plus grande partie des juifs de Paris et des provinces de l'Est. « Sous la monarchie censitaire... il n'y avait que neuf cent soixante-cinq électeurs consistoriaux en 1845, soit environ 1,3 % de la population juive. La quasi-totalité des juifs étaient encore de condition modeste et même, assez souvent, fort pauvres », affirme François Delpech, qui rappelle que le grand rabbin Ulmann avait dû, dans sa jeunesse, recopier à la main sa première grammaire hébraïque, faute de pouvoir l'acheter. En 1858, il y avait 13 % d'indigents juifs dans le Bas-Rhin, contre 9 % chez les catholiques et 5 % chez les luthériens. A la même époque, le Comité de bienfaisance israélite de Paris venait en aide à près de trois mille personnes, démunies ou ne trouvant pas de travail.

Mais dans la seconde partie du siècle, la révolution industrielle, ainsi que l'amélioration de la conjoncture économique, permirent à nombre de juifs, travailleurs et entreprenants, d'accéder à une certaine aisance et de s'intégrer dans les rangs de la petite et de la moyenne bourgeoisie.

Le grand combat de l'ordre et de l'innovation

Cette promotion sociale contribua à renforcer l'option de prudente assimilation à laquelle s'étaient ralliés les notables des consistoires, grands bourgeois unis par de multiples liens de famille et d'affaires. Le judaïsme français traversait une grave crise, à la fois financière et spirituelle, car les rabbins, souvent très âgés, n'étaient guère préparés à affronter un monde en mutation. Vers le milieu du siècle, la tension entre orthodoxes et libéraux prit une tournure assez vive. Les grands notables s'efforcèrent à la fois de consolider les institutions existantes, et de créer de nouvelles écoles, primaires, professionnelles et rabbiniques, tout en renforçant leur emprise sur la communauté. Une loi, promulguée le 8 février 1831, décréta que l'État prendrait à sa charge les traitements de plus de la moitié des rabbins de France et d'un dixième des ministres officiants.

Au sein des consistoires s'affrontaient le courant réformiste, représenté par des notables éclairés mais jaloux de leurs prérogatives, et la tendance orthodoxe défendue essentiellement par les responsables des communautés plus pauvres de l'Est. Celles-ci durent faire face, aussi bien en 1832 qu'en 1848, à de véritables émeutes antijuives, fruits de la misère, du désespoir et de l'enseignement du mépris. Cependant, sous le Second Empire, grâce aux progrès agricoles et industriels, et grâce à une meilleure organisation du crédit, « la vieille hostilité populaire, si tenace jusqu'alors, commença à décroître ».

A l'intérieur de ces courants qui s'affrontèrent tout au long du XIXe siècle, l'option religieuse rentrait en composition avec le statut économique, la promotion sociale et l'accès à la culture du monde environnant. La tendance « libérale » – acquise à un certain scientisme – voulait promouvoir le développement de l'instruction, améliorer la formation rabbinique et réformer la liturgie, notamment par l'introduction de prières en français et de l'orgue, et la suppression des longues litanies en hébreu. A la tête de ce courant, soutenu par les milieux les plus aisés et les plus embourgeoisés, se trouvait un petit groupe de notables éclairés. Il fut « affaibli, dès l'origine, par les débuts de la déjudaïsation et par une vague de conversions, qui frappait surtout les grandes familles, étroitement mêlées au monde chrétien alors en plein éveil ».

C'est dans les communautés plus pauvres de l'Est, très attachées au judaïsme des pères, que se recrutaient les tenants les plus décidés de la tradition. Ils étaient hostiles aux notables et refusaient toute innovation, alors que les grands rabbins s'étaient ralliés, pour la plupart, « à une politique intermédiaire de prudente conciliation ». Nombre de ces juifs orthodoxes étaient d'ardents républicains. Ils obtinrent l'abolition du régime censitaire, et, en décembre 1849, un décret accorda le droit de vote à tous les juifs âgés de plus de vingt-cinq ans. Mais en 1862, furent réintroduites des restrictions destinées à écarter les plus pauvres. Entretemps, le grand rabbinat avait accepté de timides réformes liturgiques et le transfert de l'École rabbinique de Metz, communauté qui passait pour trop traditionaliste, à Paris.

Ce sont la défaite de 1870 et la perte de l'Alsace-Lorraine, qui constituèrent l'un des facteurs décisifs de l'affaiblissement de la vie juive traditionnelle. Les juifs allemands qui prirent la place des exilés étaient souvent de tendance libérale. Par ailleurs, la réussite sociale grandissante de leurs coreligionnaires, qui avaient pu accéder à la plupart des responsabilités économiques, culturelles, voire politiques, entraîna une intégration dans une société plus ouverte. Cette promotion collective – il y avait désormais parmi eux des membres de toutes les professions libérales, des écrivains, des savants, des artistes, des hommes politiques d'obédience différente – favorisa l'assimilation.

Naissance des Israélites français

Comme le relève François Delpech, cette nouvelle génération était davantage « israélite que juive », et plus « française » qu'israélite. Ses principaux représentants français étaient souvent si fiers de leur parfaite naturalisation et de leur promotion collective qu'ils allaient jusqu'à répudier ouvertement tout particularisme. L'assimilation, l'embourgeoisement et l'arrachement de l'Alsace-Lorraine avaient beaucoup contribué à cette réussite et à la perte de substance. « Mais il faut aussi tenir compte de la séduction incomparable de la culture française, de la laïcisation progressive de la société et de l'enseignement, et d'une relative sclérose de la pensée et de la spiritualité juives à cette époque. » Certains rabbins étaient des érudits de grande valeur, mais soucieux avant tout de « prêcher une morale humanitaire, généreuse mais un peu courte, conforme aux idées du temps ». La formation que recevait les jeunes était purement française et laïque, avec quelques rudiments d'hébreu et des bribes d'une religion essentiellement moralisatrice.

L'émancipation et la réforme napoléonienne, ainsi que le libéralisme des gouvernements ultérieurs, permirent la promotion sociale d'une grande partie des juifs, ainsi que la réorganisation des structures communautaires. Cependant, les responsables du judaïsme français ne tinrent pas compte de la dilution de la vie religieuse, qui menaçait celui-ci dans son être même. Certes, les juifs jouissaient d'une liberté et de droits inégalés en Europe, mais le tissu communautaire s'effilochait progressivement, et le message religieux se vidait de toute substance. Les premiers travaux scientifiques relatifs aux études hébraïques virent le jour à l'époque de la IIIe République, et la création de la Société et de *la Revue des Études juives* leur donna, à partir de 1880, une impulsion décisive. Cependant, le judaïsme se réduisit progressivement à un « objet d'étude » et ne constitua plus une source de vie.

Une fragilité masquée

Deux affaires, celle de Damas, en 1840, et « l'Affaire Mortara », dix-huit ans plus tard, devaient faire prendre conscience aux responsables de la communauté juive de France, extrêmement attachés aux droits de l'homme, de la précarité de la condition de leurs coreligionnaires dans le monde. Elles prouvaient, d'une part, que la rumeur selon laquelle les juifs sont tenus d'égorger un enfant chrétien pour célébrer la Pâque n'avait rien perdu de sa crédibilité, et d'autre part, qu'il était licite pour le Saint-Office d'arracher à ses parents un enfant secrètement baptisé. C'est en se réclamant des « principes de 89 » et de la loi de justice qui en découle, que fut créée, en 1860, l'Alliance israélite universelle, afin de défendre tous ceux qui étaient persécutés. « Sa première initiative, symbolique de son souci de justice universelle, fut un appel au secours en faveur des chrétiens du Liban, persécutés par les Druses. » Adolphe Crémieux et Charles Netter furent, parmi d'autres, les artisans de ce combat pour la protection et l'émancipation des juifs, partout où leur existence était menacée, et pour le rayonnement de la culture française, qui avait libéré les opprimés de leur joug. La création de l'École normale orientale de Paris, en 1867, ainsi que le réseau d'écoles qui fut mis sur pied dans les lointaines communautés persécutées, y répandirent l'idéal d'une religion « éclairée », tout en s'efforçant de promouvoir leur « régénération ».

Dans le dernier tiers du XIXe siècle, l'antisémitisme, jusque-là contenu et peu virulent, reprit avec une vigueur accrue. Il propagea les thèmes de l'antijudaïsme religieux traditionnel – l'accusation du meurtre rituel était alors répandue en Allemagne, en Europe centrale et orientale –, mais se fonda davantage sur une théorie raciale.

L'antisémitisme catholique, dont les tenants étaient les milieux conservateurs disciples de Bonald et de Maistre, tira profit de la haine des Rothschild, qui s'amplifia au lendemain du krach de la grande banque catholique, l'Union générale. La « banque juive » était vilipendée à la même époque par certains socialistes.

La crise politique, notamment chez les aristocrates et les milieux cléricaux écartés du pouvoir, avivait la haine de la République, et des juifs qui en diffusaient les idéaux. Ces derniers devinrent également les boucs émissaires, à qui l'on attribuait le marasme économique, la baisse des prix et les nombreuses faillites. On leur prêtait de sombres machinations et la mise sur pied d'un complot destiné à ruiner la chrétienté.

Un homme, journaliste médiocre mais dénué de tout scrupule, saura réunir tous les thèmes antisémites, en un ouvrage volumineux qui connaît aussitôt un immense succès. C'est en 1886, qu'Édouard Drumont publie les deux volumes de *la France juive*, qui regroupe, en un assemblage lâche, les arguments les plus hétéroclites à l'encontre des juifs. Il n'innove que sur un point : la théorie raciale prend le pas sur l'antijudaïsme traditionnel. Comme le souligne François Delpech, « ce fatras indigent... venait à son heure. L'incohérence même de Drumont fit son succès : il y en avait pour tous les goûts. Son seul apport réel est d'avoir introduit, ou achevé d'introduire, en France, le mythe intégrateur de la race, qui permettait de tout expliquer d'un mot et de réconcilier tous les courants antijuifs ». Il convient d'ajouter, cependant, que la Ligue antisémite, créée trois ans plus tard par ses disciples, n'eut qu'un médiocre retentissement, et qu'au-delà de l'enthousiasme militant de l'extrême droite, la flambée antisémite parut s'apaiser dans la dernière décennie du siècle. C'est alors qu'on apprit la trahison d'un certain capitaine Dreyfus, l'antisémitisme renouait avec le mythe qui lui conféra une dynamique nouvelle.

L'aventure de l'émancipation, qui avait pour origine la rupture instauratrice de la Révolution française, avait abouti progressivement au retour du juif comme acteur dans l'histoire, à l'acquisition d'un nouveau statut social, et à une réorganisation communautaire qui perdit graduellement son caractère élitiste. Cependant, cette entrée dans la modernité se fit trop souvent au détriment d'un judaïsme, désormais affadi et réduit à la « confession mosaïque », à une morale quelque peu utilitariste, et contenu dans la sphère du privé.

En même temps, la virulence de certaines flambées anti-juives, puis antisémites, prouvèrent combien l'acquis concédé était fragile.

L'historiographie juive et non juive a tenté trop souvent d'imposer une lecture univoque de l'œuvre de la Révolution et de l'Empire. Elle a souligné tantôt le caractère libérateur et généreux d'une entreprise, qui faisait des juifs des acteurs à part entière de l'histoire nationale, tantôt son idéologie réductrice et sa volonté de liquider la culture juive. Ce faisant, les historiens ont porté sur ces événements un jugement fondé en grande partie sur des considérations actuelles, ils les ont transformés en enjeux d'affrontements présents. Cette lecture plurielle et contradictoire, parfois conflictuelle, témoigne également de la prégnance de l'expérience, changeante à travers le temps, des différentes communautés de la diaspora et d'Israël sur le questionnement des historiens juifs. Elle atteste par là même de l'influence des idéologies sur l'interprétation que ceux-ci confèrent aux événements, non point parce qu'ils renoncent à un effort d'objectivité, mais parce que le modèle interprétatif qu'ils élaborent procède nécessairement du point de vue subjectif auquel ils se sont placés.

Quelle que soit la diversité des jugements que les historiens et les penseurs juifs contemporains portent sur l'œuvre de la Révolution, force leur est de reconnaître qu'il s'agit là d'une période décisive dans les rapports du judaïsme et de l'Occident. Elle introduit une brèche dans le ghetto matériel et mental, plus ou moins étanche, qui séparait cette communauté minoritaire de son entourage, elle inaugure et précipite un bouleversement des représentations réciproques. En fait, elle constitue un moment décisif de l'entrée des juifs dans la modernité, les contraignant à affronter le mouvement de l'émancipation dans sa complexité et son ambiguïté : étape importante de l'intégration d'une communauté particulière dans une entité étatique et nationale, ou bien assimilation d'une culture minoritaire, forcée de se fondre dans la société d'accueil en renonçant à toute spécificité ? L'émancipation rompt avec la tradition de l'exclusion, qui enfermait le juif dans une singularité incapacitante.

Comme Annie Kriegel, nous récusons une double lecture de la Révolution française, celle qui instruit son procès à partir du réveil identitaire juif de la seconde partie du XXe siècle, et celle qui la célèbre en un panégyrique sans nuances.

Annie Kriegel affirme à juste titre que la Révolution fut, somme toute, « un événement heureux » dans le vécu comme dans l'imaginaire des juifs. Elle met fin à leur « grand renfermement » dans une marginalité en partie revendiquée, en partie subie à la suite de la construction de l'État chrétien et de l'affirmation d'un capitalisme d'entrepreneurs autochtones. « La Révolution française signe le retour du judaïsme à et dans l'histoire. » Cette « levée d'écrou » va contraindre celui-ci à repenser progressivement son rapport au monde, et à définir différents modes de relation à la modernité.

Dans l'imaginaire juif du XIXe siècle, au fur et à mesure que s'estompe le souvenir traumatisant des exactions de la Terreur et du « décret infâme », la Révolution s'inscrit globalement comme une étape bénéfique. L'espérance messianique, qui voit dans les bouleversements français comme les prodromes de l'enfantement d'une ère nouvelle, secoue les masses juives d'Europe orientale. Annie Kriegel souligne le fait que cette remontée collective des juifs hors de « l'engloutissement » où les maintenait la société traditionnelle, pour se voir conférer progressivement un rôle actif dans la société et l'État post-révolutionnaires, scelle le lien indissoluble du judaïsme et de la modernité, « au plan du mythe comme au plan du réel ». Elle voit à juste titre, dans la part éminente que certains juifs prirent à l'entreprise saint-simonienne et au projet socialiste universel du XIXe siècle, « l'expression concrète de cette coïncidence » entre les mutations de la société et le retour du judaïsme à l'histoire.

L'œuvre de la Révolution, qui confère à une minorité vilipendée un statut politique plénier, résulte du triomphe des idées-forces de la philosophie des Lumières, en même temps qu'elle définit le « cadre institutionnel décisif de l'émancipation globale ultérieure des juifs ». Annie Kriegel souligne le fait qu'elle constitue le préalable à partir duquel le judaïsme élabora deux projets divergents : d'une part l'intégration individuelle au sein de la société libérale ou socialiste, d'autre part le réveil national, conçu « sur le mode collectif de l'affirmation du droit des peuples à disposer d'eux-mêmes ». Ces deux voies sont présentes, dès l'origine, dans la philosophie des Lumières.

Il nous faut réfléchir sur le relatif échec de l'entreprise des promoteurs de l'assimilation. Ils ont tenté de « concilier une existence religieuse juive avec une existence nationale au sein d'États de plus en plus semblables à des communautés spirituelles, à des associations d'individus libres, incarnant des idées ». Mais en fait, les concessions des juifs au monde ambiant et le mimétisme servile dont ils ont fait preuve, les ont entraînés jusqu'à l'abdication. L'assimilation s'est achevée en dissolution : la revendication du droit au bonheur individuel les a amenés à se détacher de leur communauté d'origine et à dénier à celle-ci toute vocation historique.

La réintégration officielle des réformes
par Philippe Joutard

A la différence du catholicisme et du judaïsme, la Révolution n'a pas d'influence décisive sur le protestantisme français, les continuités l'emportent sur les ruptures. Certes, la Constituante proclame l'admissibilité des non-catholiques à tous les emplois publics, principe qui ne sera plus jamais remis en cause, et les premières années de la Révolution voient se multiplier les lieux de culte ; mais c'est le prolongement normal des tendances antérieures à 1789. En 1793-1794, les Églises réformées sont entraînées dans la tourmente déchristianisatrice, mais elles retrouvent une situation de clandestinité à laquelle elles étaient habituées, et l'épisode est bien court : tout au plus semblent-elles résister moins bien qu'au temps du Désert. En quelques mois, un bon tiers des pasteurs ont disparu, si on compare les chiffres avec 1789 et les trois septièmes par rapport à 1792. Permanence encore dans le maintien du bastion huguenot cévenol qui, comme au siècle précédent, voit les déperditions les plus faibles. Les conflits politiques eux-mêmes, comme les graves incidents de Nîmes, en juin 1790, semblent prolonger au-delà du XVIIe siècle, les conflits plus anciens des guerres de Religion.

Une reconnaissance officielle, mais une soumission étroite à l'État

Le cadre institutionnel dans lequel s'inscrit le protestantisme, après la double épreuve de la clandestinité du XVIIIe siècle et de la déchristianisation révolutionnaire, est fixé par la loi de germinal an X (avril 1802). Celle-ci accorde aux Églises réformées, (calvinistes) comme à la Confession d'Augsbourg (luthériens) un statut officiel, leurs représentants figurant dans les cérémonies publiques. Par la loi de 1804, d'ailleurs, les pasteurs deviennent des « fonctionnaires » salariés par l'État; en contrepartie, ils doivent être confirmés par l'autorité politique et prêtent serment de fidélité.

L'organisation imposée par le Premier consul méconnaît gravement les principes du système presbytéro-synodal des Églises réformées. Les églises locales sont d'abord regroupées artificiellement en consistoires de 6 000 fidèles, seule institution reconnue. Certes les paroisses, centres de la vie religieuse réelle, conservent leur conseil, mais elles n'ont plus la possibilité de recruter leur pasteur, ce qui est du ressort du Consistoire. La pyramide des synodes de l'ancienne discipline n'existe plus; tout au plus, des synodes régionaux, formés de cinq consistoriales, pourront se réunir, mais sur convocation du gouvernement. Cet article de la loi sera appliqué une seule fois en 1848! Bonaparte ne veut pas des synodes pour éviter d'avoir à accorder aux catholiques des « assemblées du clergé » ou des conférences épiscopales. Mais les conséquences de ce refus de la tradition réformée vont se révéler rapidement graves : qui tranchera, en effet, en matière de dogme ou de confession de foi?

L'entorse aux traditions est moins forte pour les Églises de la Confession d'Augsbourg, puisqu'elles dépendaient déjà de l'autorité politique, prince ou conseil municipal. Néanmoins la centralisation et le contrôle de l'État (le magistrat pour employer l'expression traditionnelle) sont considérablement renforcés. Les consistoriales sont regroupées en inspections, sous l'autorité d'un inspecteur assisté d'un conseil d'inspection. A la tête de l'Église, la loi prévoit un consistoire général composé d'un président laïc, et de deux ecclésiastiques inspecteurs, tous trois nommés par le Premier consul, ainsi qu'un représentant de chaque inspection; celui-ci se réunit tous les cinq ans. Dans l'intervalle, l'autorité est exercée par un directoire de cinq membres, « composé du président du consistoire général, du plus âgé des deux ecclésiastiques inspecteurs et de trois laïcs, dont un sera nommé par le Premier consul, les deux autres seront choisis par le consistoire général ».

Les deux confessions ne pourront pas modifier leur discipline, ni publier une décision doctrinale ou dogmatique sans l'autorisation du gouvernement. Dans les deux cas aussi, les consistoires sont composés, à côté des pasteurs, d'anciens

« notables laïcs choisis parmi les plus imposés au rôle des contributions directes ». Certes, les consistoires d'avant la Révocation n'avaient pas un recrutement très « démocratique », mais il n'y avait officiellement aucune exclusion due à un niveau social, et l'illégalité avait conduit beaucoup de modestes artisans ou paysans à prendre des responsabilités dans la conduite des « églises sous la croix ». Aucun statut ne fut accordé aux petites confessions comme les mennonites de l'Est, les premiers méthodistes ou, plus tard, les adeptes de diverses sectes : ils sont tolérés, pourvu qu'ils ne troublent pas l'ordre public.

Les inconvénients de ce système, poids des notables et absence de structure fédérative, apparurent progressivement, si bien que l'œuvre napoléonienne a souvent été sévèrement jugée. Mais dans l'immédiat, elle fut très bien accueillie par l'immense majorité des protestants : joie chez les luthériens, d'après des correspondances privées ; satisfaction profonde chez les réformés, enfin reconnus et réintégrés dans la nation française avec un statut officiel, presque à égalité avec l'Église catholique.

Une mise en place facile

De 1803 à 1805, la mise en place des nouvelles structures ecclésiastiques se fit assez facilement. Les cas de villes où les protestants dépassaient largement 6 000 âmes furent réglés différemment selon les confessions : les luthériens de Strasbourg préférèrent quatre consistoriales, les réformés de Paris choisirent le consistoire unique, les pasteurs étant considérés comme égaux sous la présidence administrative du plus ancien. Pour les régions à protestantisme disséminé, il fut décidé que les communautés locales conserveraient leur administration laïque avec des diacres, et auraient au consistoire un nombre d'anciens proportionnel à leur importance. Dans les départements qui n'atteignaient pas le chiffre de 6 000, le gouvernement accepta de créer des églises oratoriales. Au total pour les réformés, 81 consistoires furent établis et 19 églises oratoriales, tandis qu'étaient accordés de 241 à 243 postes de pasteurs. Les élections aux consistoires donnèrent satisfaction au pouvoir : partout le niveau social s'éleva, et dans les villes, la haute bourgeoisie remplaça la moyenne et petite bourgeoisie qui jusqu'alors administrait les églises. Mais s'agit-il de la conséquence de la loi ou d'un mouvement de société plus profond, que la loi a simplement accéléré ? Un peu partout après les bouleversements révolutionnaires, les notables gagnent des positions.

L'élargissement du corps pastoral fut plus lent que prévu, et à la fin de l'Empire, tous les postes offerts n'étaient pas encore pourvus : 214 pasteurs seulement avaient reçu leur confirmation du gouvernement, 90 exerçaient déjà avant la Terreur, 35 venaient de l'étranger, la plupart de Suisse (surtout du pays vaudois), et 100 étaient formés depuis 1794, d'abord au séminaire de Lausanne, quelques-uns à Genève et, dans les dernières années de l'Empire, à Montauban. N'ayant pas réussi à envoyer les étudiants de théologie à Genève, comme il en avait initialement l'intention, à la suite de l'opposition de la « vénérable compagnie » des pasteurs genevois, Napoléon accorda, en effet, aux réformés une faculté à Montauban, en 1808. Les futurs ministres de la Confession d'Augsbourg fréquentaient normalement la faculté de Strasbourg. La majorité des nouveaux pasteurs sont encore originaires de la campagne (55 % fils de propriétaires et cultivateurs) et d'extraction modeste : « Corps rural, peu intellectuel et en grande majorité pauvre », conclut D. Robert.

Les réformés reçurent environ 75 édifices pour célébrer leurs cultes : ils complétèrent par des achats, des prêts ou des locations, et commencèrent à bâtir environ 90 temples. Mais, là où les assemblées du Désert avaient été les plus anciennes et les plus précoces, ils préférèrent continuer à célébrer le culte en plein air. Les consistoriales du Gard se signalent par le petit nombre de temples bâtis pendant l'Empire, deux fois moins que dans les autres consistoriales. Ce ne fut pas le seul héritage laissé par la longue période du Désert, si l'on en juge par les efforts longtemps infructueux des consistoires contre des pratiques qu'ils estimaient mauvaises, comme les baptêmes et les mariages célébrés dans la famille, et même pour la dernière cérémonie, la nuit. Une coutume va survivre jusqu'à nos jours, tolérée par les autorités, l'enterrement en plein champ, dans la propriété.

Des propositions pour pallier l'absence de synodes se multiplièrent, surtout au début, lorsque les réformés espéraient encore faire changer d'avis le gouvernement et son représentant, Portalis : tenue exceptionnelle d'un synode national, transposition aux Églises réformées des institutions de la Confession d'Augsbourg (consistoire général et inspecteurs), quelques-uns parlant même d'un épiscopat ; aucune ne fut acceptée. Dans la pratique, l'inexistence d'institutions supérieures aux consistoires renforça le poids du protestantisme urbain encore très minoritaire numériquement, en particulier des consistoires de Paris et de Nîmes. Dans un synode national, les zones rurales auraient pu mieux faire entendre leur voix.

Officiellement, les Églises protestantes ne devaient pas redouter le changement de régime, puisque la Charte de 1814 garantissait la liberté des cultes et le traitement des pasteurs, tout en rétablissant cependant le catholicisme comme religion d'État. Mais une fois de plus, les anciens clivages dans le Midi rejouèrent et, quelques semaines, on put craindre de voir se rallumer une guerre de religion.

La réintégration un moment compromise :
la Terreur blanche

Dès les premiers mois de 1815, circulent parmi les protestants des rumeurs d'une « Saint-Barthélemy » imminente, rumeurs qui ne sont fondées sur aucun incident précis, sinon dans le Gard des chansons circulant depuis juin 1814, et promettant aux protestants de les envoyer à nouveau au Désert, ou pire, de faire du boudin avec leur sang : ce qui prouve la force de l'hostilité du petit peuple catholique. L'affaire devient plus sérieuse avec la seconde Restauration, toujours dans le même espace, le Gard, les motifs politiques et sociaux étant inextricablement mêlés aux oppositions confessionnelles : pour leurs adversaires, les protestants sont à la fois des bonapartistes et des notables occupant les positions économiques les plus élevées. La Terreur blanche commence à la mi-juillet et s'étend jusqu'en novembre, la période la plus violente durant jusqu'au 20 août : attaques contre les temples, pillages et extorsions de fonds des maisons de riches protestants, humiliation des femmes et même meurtres, d'après les écrivains royalistes, de 70 à 80. L'autorité, complètement débordée, préfère au début taire l'ampleur de l'agitation populaire catholique dans le Gard, jusqu'à ce que le 12 novembre 1815, des émeutiers interrompent à Nîmes un culte, et pillent le temple : le commandant militaire est gravement blessé en tentant de rétablir l'ordre. Alors le gouvernement publie une ordonnance sévère : tout est rentré dans l'ordre à Noël.

L'épisode eut une dimension internationale ; à peine la paix rétablie, les relations entre réformés français et britanniques se sont multipliées : aussi les incidents du Gard suscitent une intense émotion, surtout chez les *non-conformistes*, on croit les événements plus graves et plus étendus. Deux lettres sont envoyées aux protestants français qu'ils accueillent avec joie, tandis que les autorités sont au contraire très méfiantes, et en profitent pour révoquer quelques pasteurs trop enthousiastes de cet appui.

L'affaire sur le plan des faits est donc restée heureusement limitée dans l'espace et le temps, sans que l'on puisse en rendre responsable le régime, sinon pour sa passivité originelle, mais ses répercussions symboliques et sa trace dans la mémoire collective protestante sont beaucoup plus fortes. Elle prouvait aux réformés que leur réintégration restait fragile : elle renforçait leur attachement à la Révolution et leur méfiance vis-à-vis du légitimisme. L'appui qui leur fut donné par les Anglais développait leur sentiment internationaliste, tandis que, de l'autre côté, elle nourrissait la vieille accusation du caractère non français de la Réforme.

L'épanouissement des Églises réformées

Après les débuts parfois difficiles et l'alerte de 1815, les Églises réformées surent profiter des libertés nouvelles qui leur étaient données. Le nombre de postes de pasteurs créés et pourvus s'élève de façon régulière. En 1830, par rapport à 1814, les postes ont augmenté d'un tiers, et celui des pasteurs de 45 %, soit 324 postes officiels et 317 pourvus. Pasteurs plus nombreux, plus jeunes et mieux formés : 220 pendant la Restauration ont suivi, pour les deux tiers, la faculté de Montauban, les autres se répartissant entre Genève et Strasbourg. Les ruraux sont moins nombreux (40 % au lieu de 55), et le niveau social s'est élevé (30 % issus de milieux aisés contre 24 % à la fin de l'Empire). A partir de 1818, les protestants reçoivent des subventions gouvernementales pour édifier des temples : ceux-ci se multiplient dans la décennie 1820, dans de modestes paroisses rurales comme La Pervenche à Saint-Julien-du-Gua (1821), et dans de puissantes communautés par le nombre comme à Anduze (1823), ou par la notabilité comme à Marseille (1825); au total, plus de 200 bâtiments construits, deux fois plus que sous l'Empire.

La monarchie de Juillet voit se poursuivre l'évolution dans le même sens : forte augmentation du nombre de pasteurs officiellement en fonction (plus de 50 %, soit 487), de moins en moins ruraux (36 %), et commençant à venir des professions libérales et intellectuelles. Même ardeur à édifier des temples. Le phénomène nouveau est le développement de l'enseignement primaire protestant, sous l'influence de la Société pour l'encouragement de l'instruction primaire parmi les protestants, créée en 1829, ce qui rejoint l'action menée au plan général par Guizot. La réussite de ce grand ministre protestant, le premier depuis Sully à occuper des fonctions importantes dans le gouvernement de la France, est pour beaucoup de réformés le symbole de la complète réintégration de leur confession dans la communauté nationale et d'un apogée : bien d'autres signes attestent du dynamisme protestant, sans parler de la richesse des spiritualités évoquée plus loin ; de nombreux journaux de toutes tendances se créent, tandis que les réformés connaissent une progression numérique sensible.

Le problème du synode

Le développement des Églises réformées met de plus en plus en valeur la lacune du système : l'absence d'une organisation de régulation, de coordination et de direction. Comment arbitrer les discussions théologiques, et comment résoudre les conflits disciplinaires, sans synodes qui remplissaient autrefois ces fonctions ? L'État a seul pouvoir d'intervention, mais hommes politiques ou hauts fonctionnaires, d'origine catholique pour la très grande majorité, sont peu armés pour le faire. Certes, à Nîmes et à Paris, des pasteurs prennent l'habitude de réunir des conférences pastorales qui regroupent des responsables de divers consistoires : ces assemblées régulières permettent une certaine concertation, mais elles n'ont pas de pouvoir officiel, et chacune d'entre elles rassemble des gens de même sensibilité théologique. Aussi l'aspiration à une modification de la loi de germinal est de plus en plus forte. Certains préféreraient même une indépendance vis-à-vis de l'État. A l'été 1847, des personnalités cherchent à réunir une assemblée générale des Églises réformées. La révolution de 1848 va leur permettre de mener à bien ce projet.

L'ensemble du protestantisme français n'échappe pas au bouillonnement intellectuel qui a saisi tout le pays, favorisé par la toute neuve liberté de réunion. Les luthériens sont les premiers à en profiter : dès le mois de mars, le directoire de Strasbourg doit donner sa démission, et une commission directoriale est chargée de préparer une révision de la loi de germinal, tandis que des luthériens de Colmar parlent même de fusion entre les deux confessions protestantes. Une première assemblée réformée se tient à Paris en mai, mais elle débat surtout de l'éventualité d'une séparation des Églises et de l'État. A l'intérieur du gouvernement, Lamartine y est favorable, et certains protestants fervents voient dans l'indépendance des Églises, une chance de dynamisme supplémentaire. Mais la grande majorité reste attachée à l'union, et décide la convocation d'une assemblée générale plus représentative, c'est-à-dire élue au suffrage universel, sans tenir compte des conditions de fortune, comme dans la loi de germinal.

Les deux confessions réunissent des assemblées en septembre, qui proposent des modifications de la loi dans un sens plus démocratique, les conditions de fortune pour la participation à la gestion des églises devant être supprimées, et la communauté locale pleinement reconnue. Du côté luthérien, le consistoire général de Strasbourg, plus nombreux et réuni régulièrement, verrait ses pouvoirs augmenter, le directoire n'étant qu'un exécutif étroitement contrôlé ; les réformés suggéraient le rétablissement de synodes régionaux convoqués annuellement et d'un synode national tous les trois ans. Malheureusement ces propositions, issues d'une assemblée élue en dehors de la structure des consistoires, et donc sans autorité légale, restèrent lettre morte :

les notables laïcs qui dominaient les consistoires étaient hostiles au suffrage universel, et le gouvernement n'osait pas reprendre les propositions d'une instance non légale. C'est le prince-président qui, le 26 mars 1852, utilisant les pouvoirs législatifs qu'il s'était fait accorder par le plébiscite de décembre 1851, modifie la loi de 1802 : il accorde bien aux communautés locales, luthériennes ou calvinistes, un conseil presbytéral, et supprime les conditions de cens, mais refuse aux réformés les synodes régionaux et nationaux ; comme son oncle, Louis-Napoléon se méfiait d'assemblées élues qu'il pensait lui être hostiles, les notables réformés étant considérés comme orléanistes, et les milieux populaires comme républicains ; à la place, il institue un Conseil central des Églises réformées, dont les membres sont tous nommés par le gouvernement, ce qui lui enlève toute valeur aux yeux de la plupart des fidèles. Les luthériens furent une fois de plus mieux traités : le consistoire devenu « supérieur » est élargi ; il se réunit plus régulièrement et partage mieux le pouvoir avec le directoire.

Le décret du 25 mars 1852, qui restreignait la liberté de réunion, décret dirigé contre les opposants politiques, fut cependant utilisé pendant l'Empire autoritaire contre le prosélytisme protestant, par des subordonnés zélés qui soupçonnaient des agissements politiques derrière la propagande religieuse. Les dissidents et les groupes non reconnus furent les premiers visés, mais les Églises concordataires elles-mêmes eurent des difficultés pour obtenir l'ouverture de nouveaux lieux de culte ; quelques prédicateurs ambulants furent arrêtés, des procès engagés, des temples et des écoles fermés. Le gouvernement britannique dut intervenir au moment de la guerre de Crimée. Après 1860, le conflit avec les catholiques conduisit le régime à se montrer beaucoup plus favorable aux protestants, qui crurent revenu l'âge d'or de la monarchie de Juillet. La revendication d'un véritable synode réapparaît à partir de 1863, sous l'impulsion du consistoire de Paris et du courant évangélique ou orthodoxe ; le pouvoir persiste un moment dans ses réticences, encouragé par le courant libéral, mais finalement, quelques semaines avant d'être emporté dans la débâcle impériale, Émile Ollivier promet la convocation de cette assemblée.

C'est la IIIe République et Thiers, poussé par Guizot, qui honorent cette promesse, en novembre 1871. Las, ce qui devait marquer le couronnement institutionnel entraîne une cassure de plus d'un demi-siècle entre les deux tendances principales des réformés, conséquence paradoxale d'un dynamisme et d'une intégration réussie dans la société française. Les luthériens directement éprouvés par la défaite de 1870, puisqu'ils perdirent leur espace principal d'implantation et ne furent plus que 80 000 personnes, malgré le renfort de nombreux exilés, furent au moins épargnés par la scission; ils tinrent aussi un synode qui réorganisa la direction des Églises de la Confession d'Augsbourg : deux synodes régionaux, à Paris et Montbéliard, étaient prévus, avec deux sessions par an, ainsi qu'un synode général tous les trois ans, au moins.

L'administration épiscopale du XVIIIe siècle : de l'inspection des âmes au service public
par Dominique Julia

Dans la conclusion du volume précédent, François Lebrun soulignait, à juste titre, l'exactitude des prélats à remplir l'ensemble des tâches qui leur incombent dans l'administration diocésaine. La période 1670-1730 constitue une sorte d'apogée de la visite pastorale, à la fois dans sa fréquence et dans la densité de l'enquête. Après 1730, cette activité visiteuse se poursuit sur sa lancée. Toutefois, l'analyse statistique des documents conservés semble bien montrer un léger fléchissement du zèle à visiter, au cours de la période 1730-1790, et la diminution de la proportion des paroisses qui ont reçu la visite d'un évêque, d'un archidiacre ou d'un doyen n'est pas due aux seuls aléas de la conservation. Faut-il incriminer la non-résidence des évêques ? Il est vrai que certains d'entre eux – deux députés par province ecclésiastique – doivent se rendre à Paris pour assister aux assemblées du clergé qui se tiennent ordinairement tous les cinq ans. Mais un comptage minutieux établi sur le temps de résidence des évêques de Rennes montre que, de 1700 à 1758, ceux-ci passent en moyenne seulement la moitié de l'année dans leur diocèse ; le dernier évêque, François Bareau de Girac, entre 1770 et 1790, n'y réside même que quatre mois et demi par année ; seul l'évêque Henri Louis-René Desnos paraît avoir effectivement résidé toute l'année à partir de 1764, et jusqu'à sa nomination à l'évêché de Verdun. Est-ce un hasard si l'on ne compte ici que quinze tournées annuelles de visite entre 1701 et 1790 ? François Bareau de Girac, en deux tournées de visite, qui durent au total moins de trois mois, aura visité le tiers de son diocèse en vingt années d'épiscopat ! En 1764, une feuille de police relève qu'une trentaine d'évêques – soit un quart de l'ensemble – sont alors dans la capitale, invoquant des raisons de maladie ou de procès à défendre. La capitale offre, en effet, un double attrait : elle est le lieu proche de la cour où se règlent les affaires importantes et, au tout premier chef, celles du clergé ; elle présente les charmes de la sociabilité mondaine et intellectuelle. La monarchie est donc amenée plusieurs fois à rappeler le devoir de résidence aux prélats. Au début de 1767, il s'agit de casser la tentative de réunion d'une assemblée du clergé, qui veut protester contre les arrêts des parlements qui décrètent de prise de corps les ecclésiastiques pour refus de sacrements : « Vous venez trop souvent et en trop grand nombre ; mon intention est que vous vous rendiez dans vos diocèses, conformément aux canons et que vous ne veniez à Paris que lorsque je vous y aurai autorisés. » En octobre 1784, le baron de Breteuil, au nom du roi, réitère cette exigence d'autorisation préalable de déplacement, par une lettre très ferme, les « bons exemples » et les soins journaliers des prélats devant s'exercer dans leurs diocèses respectifs : le roi « désire que vous résidiez beaucoup et que vous ne sortiez jamais de votre diocèse sans avoir obtenu de permission », et les évêques devront indiquer dans leurs demandes les motifs et la durée de leur déplacement.

Une logique administrative

L'arbre ne doit pas cacher la forêt : la non-résidence n'est le fait que d'une minorité. Il reste que le *style* de la visite semble bien avoir progressivement évolué. On n'en retiendra ici que trois aspects. Tout d'abord, le recours de plus en plus systématique au questionnaire imprimé renforce le caractère administratif de la visite, celle-ci étant souvent précédée par un mémoire ou formulaire, lui aussi imprimé, rédigé par le curé et adressé à l'évêché. Que penser par exemple de ces procès-verbaux de visite d'Alexandre-Angélique de Talleyrand-Périgord, archevêque coadjuteur de Reims en 1776, grands cahiers aux questions imprimées, entièrement remplis à partir des états rédigés par les curés, au début de 1774, soit deux ans auparavant, et qui portent parfois, au lieu et place de l'ordonnance qui doit normalement clore le procès-verbal, cette mention « on n'y est point allé » ? N'est-ce pas l'aveu que le procès-verbal a été entièrement rédigé par le secrétariat de l'évêché *avant* la visite et que le visiteur se contentait de corriger, si d'aventure la réalité se trouvait en contradiction avec l'information déjà ancienne recueillie dans les dossiers centralisés au palais ? En second lieu, il semble bien qu'une pratique de silence ou de secret se soit développée, dès lors qu'il s'agit des questions concernant les mœurs des paroissiens ou du curé. D'une part, les plaintes des paroissiens vis-à-vis de leur pasteur ne sont plus forcément formulées en public devant la communauté assemblée, mais dans la sacristie ou au presbytère pour éviter les remous. Et l'unanimité de façade qui accueille le prélat visiteur peut être tout autant le signe de la distance culturelle qui sépare curé et paroissiens, réunis face à la présence d'un grand seigneur dans leurs murs. D'autre part, les informations des curés sur les mœurs des paroissiens laissent moins de traces écrites dans les procès-verbaux, soit que les curés se contentent de les transmettre oralement, soit qu'ils les couchent sur des mémoires annexes secrets, réunis en cours de visite et probablement détruits ultérieurement. Sans doute peut-on lire là une méfiance accrue vis-à-vis d'une population qui, sachant lire, serait susceptible de prendre connaissance de jugements qui la concernent. Enfin, l'aspect de chevauchée nobiliaire que représente la visite a pu être, ici ou là, renforcé : tel est le cas des prélats qui s'arrêtent systématiquement dans de confortables palais abbatiaux ou des châteaux, faisant venir les paroisses environnantes pour la confirmation et se contentant de déléguer tel vicaire général ou tel curé pour dresser un état précis des lieux. La visite peut même prendre un tour profane de voyage d'agrément : « Je suis en visite pour trois semaines, écrit, en 1777, Jean-Raymond de Boisgelin, archevêque d'Aix, et je les fais fort à mon aise. Je mène ma maison dans des châteaux qui n'ont point de maîtres, je n'ai de cérémonies que le matin ; le reste du jour est libre. Je suis avec les jeunes grands vicaires, je me promène à la campagne, j'ai mes livres et mes lettres. » Du même coup, la distance sociale et culturelle qui sépare haut et bas clergé n'en est que plus vivement ressentie de part et d'autre. « Je visite à présent, poursuit le même prélat, ces pères, ces tuteurs, ces arbitres du peuple, à qui j'ai fait tant de compliments, il est bon de parler comme Fénelon, mais en vérité, ces gens à qui l'on peut dire de si belles choses ne peuvent guère les entendre. Ils sont grossiers, malpropres, ignorants et il faut bien aimer l'odeur empestée de l'ail pour se plaire dans la société des médiateurs du ciel et de la terre. » Le premier et le second ordre du clergé n'appartiennent pas au même monde.

L'évolution du style des visites vers un document de plus en plus administratif renvoie à un aspect grandissant de la fonction épiscopale. Le gouvernement d'un diocèse participe de plus en plus à la logique administrative qui accompagne le développement d'un État moderne. Tout comme les administrations étatiques, les chancelleries diocésaines se sont dotées des instruments de contrôle qui leur assurent une meilleure efficacité. On sait d'ailleurs que l'Agence générale du clergé, au niveau central, constitue un modèle d'organisation, banc d'essai où se forment de jeunes « épiscopables » talentueux. La qualité des documents administratifs établis par les chancelleries diocésaines manifeste cette même efficacité. Les registres d'insinuations ecclésiastiques consignent très précisément toute une série d'actes essentiels : dispenses de bans et de consanguinité, titres patrimoniaux des clercs, lettres de grades universitaires, ordinations, permutations et résignations *in favorem,* collations et démissions de bénéfice. Des dossiers rassemblés par matières traitées (ainsi les enquêtes faites pour les dispenses de consanguinité, les titres patrimoniaux originaux, etc.) ou par paroisses (chaque paroisse a ainsi un dossier propre, à Agen ou à Reims), à l'intérieur de chaque doyenné, permettent aux vicaires généraux de traiter immédiatement la question en suspens, puisqu'une archive précise et bien classée est constituée au siège épiscopal. Des enquêtes générales sur formulaire imprimé se multiplient à partir des années 1770, offrant au pasteur une véritable « photographie » de tous les aspects de la vie paroissiale : ainsi à Bordeaux en 1772, à Reims en 1774, à Tarbes en 1783. Gilbert de Montmorin de Saint-Herem, évêque de Langres, réunit tous les mercredis dans son palais épiscopal un bureau « pour le gouvernement du diocèse », où siègent ses vicaires généraux et parfois d'autres dignitaires de l'évêché ; y remontent toutes les affaires importantes relatives à la gestion du diocèse : réparation des sanctuaires à la suite d'une plainte du curé et d'une visite des bâtiments faite par un délégué, répression du jansénisme presbytéral, plaintes et enquêtes faites à propos de l'immoralité ou du manque de zèle pastoral des curés, développement des petites écoles et surveillance des maîtres, « abus » de la religion populaire qu'il convient soit d'éradiquer (ainsi les sanctuaires à répit où les enfants mort-nés ressuscitaient, juste le temps de pouvoir administrer le baptême), soit de canaliser vers des pratiques plus conformes, érections de confréries. Même si l'évêque de Langres est un prélat visiteur, le diocèse est bien trop grand – 476 paroisses et 264 succursales ou annexes – pour qu'il puisse espérer assurer une surveillance régulière par ses seuls déplacements. Une rationalité gestionnaire centralise donc toute l'information au siège épiscopal, identique à celle qui fait remonter dans les bureaux de l'intendant les affaires des communautés. Outre le fait que cette prolifération du rapport écrit, en modifiant le caractère de l'échange, a pu accentuer la distance qui sépare la curie épiscopale du bas clergé, des glissements et des parentés se font jour entre administration civile et administration ecclésiastique.

Cette évolution est d'autant plus sensible que les évêques du XVIIIe siècle manifestent un goût évident pour l'administration des affaires publiques. Affirmation d'autonomie d'une noblesse provinciale vis-à-vis de l'emprise du pouvoir royal, ou justification de la fonction épiscopale en termes d'utilité sociale ? Les deux ont dû jouer. Quoi qu'il en soit, les prélats exercent, au sein des États provinciaux, un rôle d'impulsion prépondérant : le clergé se fait le promoteur de l'innovation économique. Ouvrir des routes ou des canaux, introduire de nouvelles cultures ou de nouveaux élevages, favoriser l'implantation de manufactures, telle semble être l'activité favorite d'un Dillon à Narbonne (il préside pendant trente années les États du Languedoc), d'un Bernis à Albi, d'un Boisgelin à Aix-en-Provence, d'un abbé de la Fare, élu général du clergé de Bourgogne. Mais cet engouement pour l'économie politique dépasse très largement les seuls pays d'États : de plus en plus, l'administrateur ecclésiastique participe aux pratiques de pouvoir, selon une raison que la religion ne définit plus.

Rationalisations de la charité

Symptomatique de cette transformation nous paraît être la rationalisation de la charité, dont on donnera seulement deux exemples. D'une part, dans nombre de diocèses – ainsi à Langres, Châlons-sur-Marne, Troyes, Soissons, Toul, Nancy –, des bureaux diocésains d'incendies se substituent à la quête que les habitants d'une paroisse incendiée obtenaient traditionnellement l'autorisation de faire dans tout le diocèse. De ponctuelle et encore liée à un incendie précis, l'organisation devient rapidement un système généralisé d'assurance préalable ; à Langres, en 1771, Mgr de La Luzerne en explique le mécanisme : la quête a lieu deux ou trois fois par an dans chaque paroisse du diocèse, de préférence en présence du curé ; les sommes versées, dûment enregistrées, sont transmises par les curés aux doyens, puis par ces derniers à un trésorier général, chanoine de la ville épiscopale ; en cas d'incendie, les curés appellent des experts pour estimer précisément l'ampleur du dommage, et le trésorier général délivre alors les sommes nécessaires pour indemniser les incendies. A une solidarité horizontale et directe, liée à l'événement même, s'est substitué un système hiérarchique et clérical, plus efficace sans doute, mais plus abstrait parce que préalable. D'autre part, l'attitude des évêques vis-à-vis de la pauvreté est dominée par une logique économique, qui voit une solution du paupérisme dans une réduction de la cherté des grains et la mise au travail, beaucoup plus que dans l'enfermement. D'où la séduction qu'ont pu exercer sur certains d'entre eux les théories physiocratiques et l'expérience de Turgot, tant dans son intendance du Limousin qu'au contrôle général. Il est significatif que la première enquête du nouvel évêque de Rodez, Jérôme-Marie Champion de Cicé, imprimée, envoyée à tous les curés, le 15 octobre 1771, soit consacrée, pour l'essentiel, à l'état des récoltes, des pâturages pour les bestiaux, au nombre de paires de bœufs, à l'introduction de filatures de coton et de laine, au type de commerce, à l'administration des hôpitaux, au nombre des pauvres valides et invalides, et aux mendiants, une seule question étant réservée à l'état spirituel : l'assiduité aux offices. En 1774, non seulement les évêques répondent à la circulaire de Turgot qui, leur annonçant la généralisation de l'expérience des ateliers de charité, les invite à lui adresser leurs réflexions « sur l'état de la mendicité et les remèdes qu'il convient d'y apporter », mais certains d'entre eux prolongent le vœu du ministre en lançant eux-mêmes une enquête auprès de leurs recteurs : ainsi Dominique de La Rochefoucauld à Rouen, ou Jean-François de La Marche, évêque de Léon. Dans son questionnaire, ce dernier insiste sur les sources économiques de la mendicité : cherté des grains, manque de travail ou de matières premières, « révolutions dans le commerce de la denrée à manufacturer », manque de terres ou de bétail. Attentifs à l'expérience des ateliers de charité (qu'ils peuvent aisément renouveler dans les pays d'États, ainsi à Castres ou à Montauban), les prélats développent des bureaux diocésains de charité, relayés au niveau local par des bureaux particuliers dans les paroisses, destinés à aider les pauvres à domicile par des secours en nature, et surtout à fournir du travail. Il s'agit, comme l'écrit par exemple Mgr de Bourdeilles, qui organise le bureau de charité du diocèse de Soissons, en 1786, « d'interdire pour toujours la mendicité à toute espèce de pauvres valides ou non valides, et renfermer sans miséricorde ceux qui auront enfreint les ordres de la police et les règlements faits à cet égard ». La charité est bien ici un problème d'ordre public.

On conçoit que cette dérive gestionnaire ait pu susciter à l'intérieur de l'épiscopat lui-même un certain nombre d'inquiétudes. Lefranc de Pompignan, archevêque de Vienne, dénonce cette évolution qui tend à « travestir l'épiscopat en magistrature séculière, *l'administration,* ce terme devenu si commun ne signifie plus, dans l'usage qu'on en fait, que l'administration politique ». Mais ces fonctions administratives tant recherchées « masquent et déguisent l'évêque ». Or celui-ci « n'est pas l'homme du roi ni de la République ! Il est l'homme de Dieu » et doit en tout « être et se montrer évêque ».

Du séminaire à la cure : prêtres et paroissiens

La polémique qui se développe sur la sécularisation de la fonction épiscopale force le trait. Par contraste, les séminaires semblent avoir atteint au XVIIIe siècle leur extension maximale, et par là même, formé un clergé désormais respectueux des devoirs de son état. En 1789, une dizaine seulement de diocèses s'en trouvent dépourvus, pour la plupart modestes en taille : Lectoure, Lodève, Mirepoix, Rieux, Saint-Claude, Saint-Papoul, Saint-Paul-Trois-Châteaux, Sagone, Toulon et Vabres. Encore faut-il bien reconnaître que, sous la désignation de séminaires, coexistent des modèles fort dissemblables. Un premier cas de figure est le séminaire de simple préparation aux fonctions cléricales, particulièrement bien représenté dans la France de l'Ouest (Normandie et Bretagne). Le futur ordinand s'y rend, après avoir fait ses études de théologie, et y demeure un laps de temps donné exigé par l'évêque avant la réception de chaque ordre, pour y apprendre les fonctions de son futur état : liturgie, administration des sacrements, prédication, catéchisme.

Un deuxième type est constitué par le séminaire qui sert d'internat aux jeunes gens *pendant* leurs études de philosophie ou de théologie, celles-ci se déroulant à l'*extérieur* du séminaire, soit dans le collège, soit à l'université de la même ville. Les formules peuvent être ici tout à fait variables : le séminaire peut être un simple prolongement du collège, la congrégation qui le dirige s'étant chargée en même temps du séminaire, soit dès la fondation, soit plus tardivement : c'est le cas à Lavaur, à Mende, à Orange, à Gimont (qui sert de séminaire au diocèse de Lombez), tenus par les Pères de la Doctrine chrétienne ; c'est le cas aussi des séminaires confiés, à la fin du XVIIe siècle, aux jésuites jusqu'à leur expulsion, ainsi à Albi, Auch, Perpignan, Rodez, Toulouse. A Paris, en revanche, les séminaristes se rendent deux fois par jour aux cours de théologie donnés, soit à la maison de Sorbonne, soit au collège de Navarre, avant de rentrer dans leurs communautés respectives tenues par des congrégations sacerdotales (sulpiciens, prêtres de la communauté Saint-Nicolas-du-Chardonnet, oratoriens, lazaristes).

Un troisième type se développe au XVIIIe siècle, sous la pression du conflit janséniste. Les évêques, qui ont la police exclusive des séminaires, entendent substituer à des congrégations « qui ne leur sont pas absolument et entièrement soumises, ayant des supérieurs généraux », soit des prêtres diocésains qui leur sont directement subordonnés, soit des corps dont ils ne peuvent mettre en doute l'orthodoxie religieuse. L'ampleur de la progression des lazaristes et des jésuites dans la direction des séminaires, au cours du dernier quart du XVIIe siècle, a manifesté la confiance doctrinale dont ils bénéficient auprès du corps épiscopal. A l'inverse, les oratoriens, du fait de leurs attaches jansénistes, deviennent de plus en plus suspects : entre 1709 et 1743, ils se voient ainsi retirer neuf établissements. Cette suspicion peut, pour partie, rendre compte de l'évolution qui va transformer progressivement les séminaires de simples internats en véritables lieux d'enseignement de la philosophie et de la théologie. Dès le début du XVIIIe siècle, les évêques d'Angers et de Nantes ont ainsi créé des chaires internes de philosophie dans leurs séminaires. Peu à peu la préparation au sacerdoce s'inscrit donc dans une forme scolaire « totale ». Si, dans certains cas, le séminaire a pu jouer pour les rejetons de l'élite locale un rôle de suppléance (le collège local ne comprenant pas les matières qu'il enseigne), il s'agit, à l'évidence, pour l'autorité épiscopale, de s'assurer un contrôle rigoureux de l'entière formation des clercs. Il est notable que les chaires de philosophie, fondées après 1720, se créent pour la plupart dans les séminaires et non dans les collèges. Symptomatique de cette évolution est d'ailleurs l'offensive menée par les évêques, dans les années 1740, pour faire reconnaître le caractère « académique » des études menées à l'intérieur des séminaires, par une « agrégation » des établissements diocésains aux universités les plus proches : les résultats restent cependant limités du fait de la très vive résistance des universités, et tout particulièrement de celle de Paris, à une banalisation de la délivrance des grades en dehors des enceintes universitaires. Après l'expulsion des jésuites, en 1762, si les évêques n'obtiennent pas, comme ils le souhaitent, la police exclusive de leurs collèges sécularisés, et doivent donc accepter la constitution de bureaux d'administration décrétés par le roi, ils reçoivent, en revanche, le droit de nommer directement les titulaires des chaires de théologie, ce qui est à leurs yeux assurance d'une orthodoxie de l'enseignement dispensé.

La tendance va à une homogénéisation de la formation cléricale. Tout d'abord, l'existence de congrégations spécialisées dans cet enseignement y contribue largement : en 1789, les lazaristes dirigent à eux seuls une cinquantaine de grands séminaires et une dizaine de petits ; les sulpiciens sont présents dans quatorze villes, et sont à la tête de quatre communautés dans la capitale ; les eudistes, présents essentiellement dans l'Ouest normand et breton, tiennent une dizaine d'établissements. En second lieu, bien qu'il soit très difficile d'établir une chronologie précise des durées de séjour avant chaque ordre, il semble bien qu'au cours de la première moitié du XVIIIe siècle, la durée du séminaire passe assez généralement à quinze mois ou même deux ans, de moins en moins entrecoupés. Dans le plan d'études qu'il rédige, entre 1713 et 1717, « pour un jeune régent de Saint-Lazare », M. Bonnet, supérieur de la congrégation de la Mission, considère qu'un séjour de deux ans est « l'espace de temps le plus convenable pour mettre » les séminaristes « en état de travailler pour tout le diocèse », et articule le choix et l'ordre des matières à enseigner en fonction de cette durée, qui est d'ailleurs déjà adoptée par plusieurs séminaires lazaristes. Même si les variations régionales restent fortes, un esprit commun, lisible dans les règlements, parcourt les établissements : chaque séminaire forme d'abord les jeunes gens à s'abstraire des « égarements » du monde. Modestie et gravité ecclésiastiques sont l'extérieur d'un état *intérieur* : l'adhésion à l'état sublime du Christ prêtre et victime, parfait adorateur de Dieu, suivant la spiritualité définie par Jean-Jacques Olier dans le *Traité des Saints Ordres*. L'attachement au règlement et à son observance a pour but de provoquer, par un emploi du temps rigoureux qui enveloppe du matin au soir chaque individu, cette intériorisation du sacerdoce christique par l'apprentissage méthodique de l'oraison. D'où la clôture vis-à-vis du monde – les trajets en ville, lorsqu'ils sont obligés, sont ponctués d'exercices qui détournent les promeneurs de toute distraction –, l'impérieuse règle du silence qui marque une rupture avec les bruits de la ville et de la rue, le contrôle strict des lectures, la solitude de la cellule individuelle. Les *examens particuliers* auxquels les séminaristes se livrent chaque jour, sur le modèle de ceux rédigés par M. Tronson, comportent toute une série de méditations sur l'observation de règlement, tant dans son ensemble que dans chaque action de la journée ; au surplus, chaque séminariste, sous la conduite de son directeur de conscience, dresse un règlement particulier à son usage personnel pour les actions qu'il accomplit seul dans sa chambre. Toutes ces contraintes visent par la solitude à l'égard du monde, la restriction des échanges entre séminaristes, la communauté de vie, à créer toutes les conditions favorables à l'intériorisation durable de pratiques qui doivent permettre au futur prêtre de respecter, une fois ordonné, l'éminente dignité dont il est revêtu, et de garder vis-à-vis du peuple dont il est chargé la rigoureuse séparation qui la manifeste.

Ce modèle ne s'est certes pas imposé en un jour, et la réforme du clergé a connu des décalages chronologiques importants. Dans les années 1700-1730, les prêtres du Trégor sont encore de rudes gaillards, dont la ressemblance avec l'idéal défini au concile de Trente est assez lointaine : d'après l'étude de Georges Minois, sur un effectif d'environ 530 prêtres, près d'un tiers (147) sont des ivrognes avérés, 41 (soit près de 8 %) couchent avec leurs servantes ou leurs paroissiennes, 5 % se livrent régulièrement à des violences peu compatibles avec l'exercice de leur ministère, sans compter jurements, blasphèmes et autres fautes. Dans celui de Strasbourg, les registres de l'officialité enregistrent une chute régulière des délits sexuels, des rixes et des injures incompatibles avec l'état sacerdotal : alors que dans les années 1701-1720, 41 curés sont déférés pour ces raisons devant le tribunal – le diocèse compte seulement 209 paroisses –, ils ne sont plus que 10 en 1741-1760, c'est-à-dire l'exception. Dans le diocèse de La Rochelle, les procès-verbaux des visites effectuées par les évêques, entre 1713 et 1728, n'adressent des remarques défavorables qu'à 21 prêtres sur près de 500, soit à peine plus de 4 %. Dans le diocèse de Rodez, la lecture des procès-verbaux de la première visite de Jean d'Yse de Saléon, entre 1737 et 1741, est éclairante : la majorité des reproches d'incontinence, intempérance ou manques graves au devoir d'état (administration des sacrements, service cultuel) – adressés à 75 curés dans un diocèse qui comporte un peu plus de 450 paroisses, soit environ un sixième – touche des prêtres âgés de plus de 50 ans, donc ordonnés au temps de Louis XIV. Globalement, les indices convergent pour laisser à penser qu'à partir de 1750, le clergé s'est très largement conformé à l'idéal spirituel et au modèle pastoral qui lui avaient été inculqués. Le « bon prêtre » n'est pas seulement le héros d'un genre littéraire : c'est à ce modèle incarné qu'Ernest Renan rend un hommage appuyé, lorsqu'il évoque les « dignes » prêtres bretons qui furent ses premiers précepteurs spirituels : « J'ai passé treize ans de ma vie entre les mains des prêtres, je n'ai pas vu l'ombre d'un scandale ; je n'ai connu que des bons prêtres. »

En même temps, le niveau intellectuel du clergé s'est amélioré. L'examen d'entrée au séminaire s'est généralisé et, parallèlement à cette sélection initiale, les examens avant les différents ordres ne cessent de croître en importance : les ordinations étant à des dates fixes, ils tendent à se tenir à des dates régulières, et se déroulent en présence de l'évêque, des grands vicaires et des directeurs du séminaire. La plupart des échecs semblent dus à des connaissances insuffisantes des candidats, même s'il est vrai que certains vicaires généraux utilisent l'examen pour écarter tel ou tel clerc, sur lequel ils ont obtenu des renseignements annonçant des mœurs douteuses ou relâchées. Dans le diocèse de Saint-Malo, il n'est pas rare de voir des candidats subir pour la quatrième, cinquième ou sixième fois, le même examen ; tel sous-diacre de 27 ans qui aspire au diaconat, interrogé sur le livre de la Genèse, fait de pitoyables réponses et invoque la défaillance de sa mémoire, « qui ne lui pourrait rien fournir davantage, quand il serait six ans à l'apprendre » : le jury n'en a cure qui lui rétorque « qu'il serait plus de douze ans dans l'état de sous-diacre s'il ne faisait d'autres efforts ». Dans les diocèses où les registres d'examens ont été analysés, deux phénomènes peuvent être notés : d'une part, la sévérité des examinateurs est plus forte dans les premiers examens (tonsure et ordres mineurs) que lors des examens ultérieurs (du sous-diaconat à la prêtrise), afin d'éviter les admissions *ad duritiam cordis* ; d'autre part, les exigences semblent s'accroître au fur et à mesure que le siècle s'avance. Mgr de Jouffroy-Gonssans, évêque du Mans à partir de 1778, interdit dans le règlement qu'il édicte pour la réception aux ordres, aux candidats « qui auront été refusés deux fois à l'examen pour le sous-diaconat » de se représenter, et décrète qu'« ils ne seront admis sans aucun prétexte ». Cette sévérité est d'ailleurs perceptible dans les taux de persévérance entre tonsure et prêtrise qui chutent considérablement (75,7 % des tonsurés, en 1724-1725, deviennent prêtres, contre 58,4 % en 1767-1768).

Des prêtres plus instruits

Les prêtres du XVIIIe siècle ont donc été sélectionnés suivant un bagage intellectuel nettement supérieur à celui de leurs prédécesseurs. S'il y a loin d'un séminaire universitaire parisien à celui de Gimont ou de Manosque, les clercs ont cependant reçu, au-delà des exercices de formation à la pratique du ministère, un enseignement de théologie dogmatique et morale à travers une série de manuels abrégés qui leur sont spécifiquement destinés : ainsi la théologie dite de Poitiers, parue pour la première fois en 1708, les abrégés des traités d'Honoré Tournély, professeur en Sorbonne, ou la théologie de Pierre Collet, lazariste. Grâce à ces *compendia*, une vulgate gallicane, rigoriste et antijanséniste se diffuse, sous l'autorité des évêques qui choisissent, de concert avec les directeurs de séminaires, les auteurs appropriés. Surtout, les clercs ont été exercés à travailler dans les « conférences » à partir des livres qui leur sont recommandés, et celles-ci se prolongent ensuite, une fois qu'ils sont en poste, par les « conférences ecclésiastiques », réunissant régulièrement (une fois par mois ou tous les deux mois), autour du doyen ou du vicaire forain, les curés de sa circonscription : il s'agit de discuter de questions théologiques dont le programme, fixé par l'évêque, est annoncé et distribué un an à l'avance, et parfois accompagné d'une copieuse bibliographie de références à la Bible, aux Pères de l'Église et aux théologiens autorisés pour aider les prêtres dans leur travail. Même si l'institution est fragile – lente à se propager, elle peut disparaître brusquement, et certains prélats de diocèses « infectés » par l'hérésie ont pu être tentés d'y voir un foyer de jansénisme presbytérien –, ces « sociétés savantes » ont sans nul doute forgé une forte conscience de groupe clérical qui y fabrique son discours propre. Le témoignage des bibliothèques cléricales, quasi toutes uniquement « professionnelles », vient à l'appui de ce constat. D'une part, elles ne cessent d'augmenter en taille : elles dépassent, dans les villes de l'Ouest, cent volumes chez 60 % des clercs dès 1755-1760, chez les trois quarts en 1790, et les curés de campagne, légèrement en retrait, possèdent en général au moins une cinquantaine de volumes. D'autre part, les manuels de pastorale où figurent justement en bonne place les recueils imprimés des *Conférences ecclésiastiques* des diocèses d'Angers ou de Paris, mais aussi catéchismes, recueils de sermons, dictionnaires de cas de conscience, guides pour l'administration des sacrements, y tiennent une place prépondérante. Hommes de l'écriture – ce qui les distance de la culture populaire –, les prêtres produisent progressivement un discours uniforme, qui renvoie à l'autorité épiscopale citations érudites, « cas » abstraits et réponses attendues, mais se réfère de moins en moins à une expérience : ils deviennent les « fonctionnaires d'une idéologie religieuse » (Michel de Certeau).

Cette évolution se retranscrit dans le rapport que le curé entretient avec ses paroissiens : homme « séparé » par son sacerdoce, différent par le règlement de vie qu'il s'impose, il l'est aussi par sa culture, par la « modestie » ecclésiastique acquise au séminaire, qui doit « composer » tout son personnage depuis le maintien de la tête jusqu'aux postures du corps – l'apprentissage de la « civilité », de « l'honnêteté de la conduite » et des « manières de traiter avec le prochain », est un article essentiel, rappelé régulièrement aux séminaristes lors des lectures aux repas et aux récréations –, par tout son mode de vie. Le presbytère – depuis l'édit d'avril 1689, les habitants doivent un logement à leur curé – semble avoir été très largement construit ou reconstruit au XVIIIe siècle, ce qui donne lieu à bien des conflits : par sa taille (c'est en général une maison à un étage), par sa couverture en tuile ou en ardoise plus qu'en chaume, par la multiplication de ses espaces intérieurs – salle de réception et cuisine au rez-de-chaussée, chambres (généralement à cheminée) et cabinet d'études au premier étage –, il s'apparente davantage à la maison de maître du laboureur aisé, ou à l'habitation bourgeoise, qu'à l'habitat paysan, tout en s'accompagnant de dépendances agricoles (écuries, granges, cellier, grenier où viennent s'entasser les fruits des terres de la cure et de la dîme, quand celle-ci n'est pas amodiée). Tels que les révèlent les inventaires après décès, les intérieurs presbytéraux sont relativement cossus, des meubles en chêne et en noyer à l'abondante batterie de cuisine, de la vaisselle de faïence aux boîtes de toilette et aux « cabinets de commodités », des courtepointes du lit et des rideaux au linge de maison et de corps. Bref, l'existence d'un curé est celle d'un notable de village au confort douillet, si on la compare à celle de ses paroissiens.

N'allons surtout pas conclure qu'il est un étranger ; restant le plus souvent toute sa vie dans un même bénéfice, le curé tisse avec ses ouailles toute une série de liens qui ne sont pas seulement religieux : depuis le prélèvement de la dîme, qui est la rémunération de sa fonction, jusqu'au crédit agricole, à l'achat de terres, et même au trafic de bétail, il existe encore quelques curés, comme en Franche-Comté, qui sont de francs maquignons. Le curé est en même temps un relais de l'administration royale, répondant aux enquêtes démographiques (telle celle de l'abbé Expilly) ou économiques qui lui sont adressées par le subdélégué, se faisant l'auxiliaire de la politique sanitaire du gouvernement, lorsqu'il distribue gratuitement les remèdes venus de l'intendance. C'est souvent à lui qu'aiment à recourir les paroissiens lorsqu'il s'agit d'arbitrer des conflits mineurs, avant de les faire sortir de la communauté villageoise et de les porter à une justice royale lointaine et coûteuse ; par son autorité impartiale, la voix du pasteur peut plus simplement ramener le retour à l'ordre en obtenant réparation pour la victime de l'agression, de l'injure ou du vol subis, sans faire perdre la face au coupable : en Languedoc, les curés sont ainsi pris comme des arbitres dans un tiers des cas litigieux. Mais en même temps, par son ministère comme par son magistère, le curé est fatalement impliqué dans les rivalités de parti qui divisent les communautés : il intervient dans 7 % du contentieux rural porté en appel devant le parlement de Toulouse et jugé au petit criminel, et, dans six cas sur dix, c'est au titre d'accusateur. Deux griefs essentiels mettent en cause la conception qu'il a de son ministère et son interventionnisme parfois despotique. D'une part, dans la gestion temporelle de la paroisse, il entend imposer ses vues à l'« œuvre », ou fabrique, que les marguilliers, représentants des paroissiens, veulent contrôler, et les conflits peuvent dégénérer ; en même temps, l'entretien de l'église et du presbytère, dont les dépenses incombent aux communautés villageoises, ne sont pas toujours enjeux pacifiques. D'autre part, la police des mœurs est le terrain le plus propice aux affrontements : certains curés n'hésitent pas à signaler à la justice les adultères ; surtout, ils dénoncent avec un bel entrain le rituel festif (hautbois et tambours, tirs de mousqueterie dans les processions, rires et tumultes dans l'église, rites carnavalesques), parce qu'ils ne tolèrent plus l'intrication entre sacré et profane, repos dominical associé à la danse et au cabaret. La grille de lecture qui leur a été donnée ne leur permet guère de prendre en compte coutumes rurales et culture paysanne. La figure du curé de campagne est donc loin de susciter partout l'unanimité : son autorité est d'autant plus reconnue qu'il accomplit ses fonctions cultuelles et sacramentelles à la satisfaction de ses ouailles (d'où les critiques vis-à-vis des « délais » ou des « refus » d'absolution), et qu'il ne cherche pas à empiéter dans le domaine temporel sur les attributions dévolues aux laïcs (qu'il s'agisse de la fabrique, des confréries ou des autorités de la communauté).

Institutions et modèles
par Claude Langlois

Crise et résurrection de la paroisse

Au lendemain de la signature du Concordat, les articles organiques, s'inspirant de la Constitution civile, distinguent le curé, au chef-lieu de canton, et le desservant pour les autres paroisses appelées succursales : cette hiérarchie nouvelle, qui était au départ un artifice comptable, dura sans peine car elle satisfaisait le ministère des Cultes qui contrôlait la nomination des curés, et surtout les évêques qui pouvaient à leur gré déplacer les desservants qui n'étaient plus, comme les curés, inamovibles. Mais pour l'heure, les fidèles avaient un autre souci, conserver leurs paroisses.

En 1803-1804, la France concordataire – dans les limites de 1791 – comprend un peu plus de 27 000 paroisses. C'est notoirement insuffisant et beaucoup de diocèses en créent de nouvelles ; en 1807, à un moment où chaque évêque a effectué les ajustements souhaités, on en compte 29 000. Or, selon la *France ecclésiastique*, l'annuaire officiel du clergé de France, les évêchés d'Ancien Régime – auxquels on a adjoint ceux d'Avignon – comptabilisaient un peu plus de 36 000 paroisses et 5 400 annexes. Si l'on fait les comptes en 1815, on constate que 7 000 paroisses au moins ont disparu, sans doute plus en réalité : une sur cinq, peut-être une sur quatre. Le fait est grave. D'abord, à cause de la localisation géographique du phénomène : une dizaine des 80 diocèses de la Restauration ont vu disparaître plus de 40 % de leurs paroisses : l'inégale répartition de ces déficits accélère la constitution d'une France religieuse duelle. Ensuite, à cause du durable traumatisme ainsi causé : les communautés abandonnées voudront à tout prix retrouver leur autonomie ; certaines chercheront même cette « reconnaissance » en marge de l'orthodoxie catholique par le passage au protestantisme ou à des dissidences sectaires momentanées. On comprend mieux que, à partir de 1837, les évêques et le gouvernement s'entendent pour créer de nouvelles paroisses : mais alors la légitime satisfaction de ces intérêts lésés – essentiellement en milieu rural – tiendra lieu, pour longtemps, de pastorale, au détriment des besoins suscités par une croissance urbaine, trop tardivement prise en considération.

En 1790, le clergé paroissial peut être évalué à 55 000 curés et vicaires ; en 1815, on recense 30 000 curés, desservants et vicaires. Une chute de 45 % ! La situation est d'autant plus sombre que ce clergé compte dans ses rangs, en 1820, 44 % de sexagénaires. Or, cette situation dramatique va se retourner brusquement en moins de vingt ans. Un signe d'abord qui ne trompe pas : à partir de 1820 – et jusqu'à la Séparation –, les décès dans le clergé sont très nettement inférieurs aux ordinations. La relève de l'ancien clergé est assurée par l'ordination, entre 1802 et 1840, de quelque 49 000 prêtres : or, 71 % d'entre eux accèdent au sacerdoce après 1820, et 40 %, dans la seule décennie 1826-1835. L'évolution du recrutement est simple : jusqu'en 1810, les ordinations annuelles sont restées inférieures à 500 ; dans la première décennie de la Restauration, elles progressent et se tiennent entre 1 000 et 1 500 ; à partir de 1825, la hausse est continue : entre 1828 et 1832, le maximum absolu des XIXe et XXe siècles est atteint avec plus de 2 000 nouveaux prêtres chaque année ; le reflux était inévitable, il est rapide dans les premières années de la monarchie de Juillet : en 1839 de nouveau – et pour vingt-cinq ans –, on redescend nettement au-dessous des 1 500 ordinations annuelles. Ces contingents de nouveaux prêtres ont essentiellement servi à la relève de l'ancienne génération. En 1839, la France compte 36 500 curés, desservants et vicaires : 6 500 seulement de mieux qu'en 1820. Mais les moins de soixante ans ne sont plus que 11 % et surtout le taux de vacance pour les succursales est tombé à 5 %.

On a cherché à mettre ce redressement spectaculaire, tardif et rapide tout à la fois, tantôt au crédit d'une volonté politique, celle de la Restauration, tantôt à celui d'un sursaut religieux, prêtres et fidèles ensemble mobilisés. Ces deux causes ne sont pas exclusives. Dès la fin de l'Empire, la création de bourses et les exemptions à la conscription agissent avec efficacité. La Restauration amplifie le courant, notamment en laissant les petits séminaires se multiplier et en rendant à la carrière cléricale une partie de ses attraits sociaux et financiers. La volonté des évêques et du clergé concordataire n'en est pas moins indéniable ; dès l'Empire, les réseaux de formation fonctionnent de nouveau : réouverture progressive des grands séminaires, mobilisation des collèges municipaux, création d'écoles presbytérales et de petits séminaires.

La rigidité même du système concordataire peut tromper : elle donne l'illusion d'une rapide restauration religieuse qui est conduite à son terme dès le moment où la pénurie fait place, à la fin des années « trente », au plein emploi, non à l'abondance. Ainsi, dans certains diocèses bretons, à Vannes notamment, où le nouveau clergé a été largement recruté dès l'Empire et où prédominent des grosses paroisses, la saturation – toute relative – des effectifs, compte tenu des postes budgétaires disponibles, est perceptible dès 1825. Dix ans plus tard, le phénomène atteint le niveau national. Vers 1840, il s'étend à presque tous les diocèses. Depuis 1820, les évêques sont annuellement consultés sur l'évaluation de leurs besoins en fonction de leurs effectifs : sous la Restauration, ils estimaient leur déficit en personnel à plus de 40 %, sous la monarchie de Juillet, à plus de 25 % encore, mais en 1855, pour la première fois, ils le fixent à 12 %, ce qui équivaut à une quasi-satisfaction. Et d'ailleurs à cette date, les deux indicateurs cléricaux confirment l'embellie : le taux des sexagénaires frôle la barre des 5 %, celui des succursales vacantes est inférieur à 3 %.

Un réseau paroissial inégalement reconstitué

Cette brutale relève de générations – dont les contemporains retiendront souvent les aspects négatifs, telle la formation hâtive des nouveaux prêtres – joue un rôle déterminant, comme on le verra plus loin, dans le renouveau religieux à son apogée dans les années « quarante ». Mais elle a aussi des effets immédiats à la base : la reconstitution d'un réseau paroissial, contrôlé par des jeunes prêtres disponibles, va de fait coïncider avec la longue période – 1831-1866 – où la France dispose de la plus forte population rurale qu'elle ait jamais connue sur son sol, avec celle aussi où l'équipement local, des écoles communales aux chemins vicinaux, connaît un progrès décisif. Aussi n'est-il pas surprenant de voir s'épanouir alors, comme Philippe Boutry l'a montré pour le diocèse de Belley, une véritable modernité paroissiale, qui se traduit de la manière la plus spectaculaire par une fièvre étonnante de construction d'églises : c'est le plus souvent par centaines que l'on compte, dans les diocèses, les églises remaniées, et plus encore, entièrement reconstruites à l'instigation des curés et des paroissiens qui plébiscitent véritablement le néo-gothique, moins peut-être à cause de l'idéal de chrétienté qu'il transcrit dans l'espace, que pour le bon marché des coûts de construction et pour la possibilité qu'il offre de loger de grandes assistances pour d'imposantes liturgies.

A partir de 1835-1839, les prêtres, maintenant trop nombreux en proportion, doivent chercher d'autres débouchés, soit dans le clergé séculier non paroissial (il passe de 12 à 22 % entre 1840 et 1880), soit surtout dans le clergé régulier tardivement reconstitué. Mais cette abondance, au moins relative, bénéficie d'abord aux fidèles. Entre 1815 à 1837, les paroisses ont disposé de 5 400 prêtres supplémentaires ; ils en accueillent 9000 de plus entre 1837 et 1872, ce qui représente une croissance annuelle continue d'environ 250 prêtres par an. Mais, jusqu'en 1837, les gains annuels servaient à 90 % à combler progressivement les vacances, à 10 % seulement à créer de nouveaux postes : les diocèses qui disposaient alors d'excédents de prêtres se trouvaient ainsi incités à favoriser une mobilité au bénéfice des régions défavorisées. Après 1837, la situation se modifie sensiblement : pour plus de 80 %, les progrès sont dus à des créations budgétaires annuelles de nouvelles succursales (4 400) ou de nouveaux vicariats (3 100), pour moins de 20 % à l'ouverture d'annexes, et surtout à l'érection de vicariats dont la rémunération est à la charge des fabriques ou des municipalités urbaines.

Tentons un bilan : à territoire quasi constant – on peut considérer que les acquisitions de 1861 et les pertes de 1871 s'équilibrent – on crée – ou souvent on recrée –, entre 1815 et 1872, près de 5 600 paroisses. C'est moins qu'il n'en était disparu du fait de la Révolution, mais, à 5 % près, on pourrait se croire revenu au niveau de 1789.

Mais en fait, à la veille de la Révolution, la France disposait d'un prêtre paroissial pour 500 habitants, sans compter les prêtres habitués ; en 1815, d'un seulement pour mille. La continuelle augmentation des effectifs de 1820 à 1870 entraîne, certes, une réelle amélioration au niveau national (un prêtre pour 840 habitants en 1880), mais elle ne fait pas disparaître la rupture introduite par la Révolution ; elle crée de plus des différences supplémentaires entre les régions où le rattrapage a été total (Ouest intérieur, Bretagne), celle même où le gain est perceptible (Est, sud du Massif central) et celles qui ont subi des pertes substantielles (Sud-Ouest et Centre), voire sévères (Normandie et Picardie).

Ainsi la création de nouvelles paroisses permet de faire face globalement à la croissance démographique du XIXe siècle. Se bénéficie-t-elle pour autant aux villes en pleine croissance ? Dans les diocèses de Nantes et de Montpellier, les responsables religieux paraissent davantage soucieux de donner satisfaction aux villageois en mal de desservants que d'équiper villes et banlieues de paroisses nouvelles. Dans les très grandes villes, la situation est mauvaise, bien qu'inégalement. De 1803 à 1881, le nombre de paroisses triple à Marseille – de 10 à 30 –, mais leur taille moyenne ne cesse d'augmenter, lentement il est vrai – de 9 000 à 12 000 habitants ; à Paris, de 1802 à 1836, la croissance urbaine s'opère sans aménagement paroissial : aussi leur taille moyenne passe-t-elle de 14 000 à 24 000 habitants. En 1877, la situation peut paraître momentanément maîtrisée, avec 25 000 personnes par lieu de culte, si on prend en compte les chapelles de secours récemment ouvertes, mais dans certains quartiers populaires, on trouve des paroisses de plus de 50 000 habitants. L'éloignement des populations ouvrières a des causes multiples, l'incapacité à adapter la paroisse à la ville n'y est pas étrangère.

L'encadrement paroissial, dans les années « soixante-dix », paraît au total assez contrasté. Les responsables sont conscients des nouvelles difficultés de recrutement qui affectent le clergé paroissial, comme en témoigne l'ouvrage de l'abbé Bougaud paru en 1877, le *Grand Péril de l'Église de France,* qui annonce l'imminence d'une nouvelle crise des vocations. Certains signes effectivement peuvent inquiéter, ainsi, après 1870, les effectifs du clergé séculier, stabilisés à 56 000 prêtres, ne s'accroissent plus ; par ailleurs, deux indicateurs se mettent à clignoter : le clergé vieillit (23 % de sexagénaires en 1872) ; le clergé localement est déficitaire pour remplir tous les postes (en 1880, 16 % de vacances pour les vicaires, 6 % pour les desservants).

Situation paradoxale, car, par ailleurs, les signes de bonne santé ne manquent pas : depuis 1863 par exemple, les évêques ordonnent chaque année 1 500 à 1 600 prêtres, soit une hausse de 20 % environ sur la période précédente. En fait, le malaise s'explique, en dehors de la dégradation du climat politique, par la conjonction de plusieurs phénomènes dont les effets se font sentir en même temps. D'abord, il faut assurer la relève de la génération recrutée, quarante ans plus tôt, durant la décennie miraculeuse de 1826-1835 ; elle s'opère entre 1865 et 1875, sans qu'il soit possible d'atteindre le niveau de la fin de la Restauration car le contexte est beaucoup moins favorable : le clergé doit stimuler les vocations à un moment où les milieux populaires où il recrute – artisanat en perte de vitesse, moyenne paysannerie – peut orienter ses enfants vers de nouveaux emplois, plus prestigieux, dans l'administration, l'enseignement ou le tertiaire. D'autre part, comme le montre la géographie des vacances de postes et celle du recrutement, réapparaissent avec netteté des différences régionales qui sont maintenant moins faciles à combler, dans la mesure où les diocèses riches en vocations ont pris l'habitude de diriger leurs séminaristes excédentaires vers les congrégations religieuses, qui les envoient en mission ou leur confient d'autres tâches en France même. Il faut enfin faire la part de l'indéniable rigidité engendrée par la budgétisation de plus de 95 % du clergé paroissial, vicaires compris : ces derniers, en effet, sont affectés obligatoirement à une paroisse précise, alors que les évêques, pour aider un curé malade ou pour faire face à des besoins d'une paroisse surpeuplée, souhaitent les utiliser davantage à leur gré. Ils le font d'ailleurs pour les cas urgents, ce qui explique, pour partie, le nombre croissant de postes budgétaires de vicaires non pourvus.

Le tardif retour des évêques

Si, parmi les incidences religieuses de la Révolution, on a eu tendance à négliger la déstructuration partielle du réseau paroissial, on a souvent aussi porté une trop faible attention à la longue éclipse du pouvoir épiscopal, qui a duré trente, voire quarante ans, et qui est due à la politisation de la fonction, à la modification du cadre diocésain, au bouleversement des personnels.

La politisation ne date pas de 1789 : l'évêque d'Ancien Régime est profondément lié à la monarchie absolue. Mais la Révolution l'accentue nettement : elle touche, dès sa création, l'Église constitutionnelle dont les évêques sont choisis par les électeurs, souvent davantage en fonction de leur patriotisme que de leurs aptitudes pastorales ; quand, de plus, ils sont élus députés à la Législative ou à la Convention, ils se trouvent mêlés aux combats de l'heure ainsi qu'en témoigne le sort de leurs trois principaux leaders, Fauchet et Lamourette, exécutés avec les Girondins, Grégoire, sorti indemne de la tourmente, mais montré du doigt jusqu'à sa mort à cause de son jacobinisme militant. La situation des évêques d'Ancien Régime n'est pas meilleure : en 1801, 40 % d'entre eux, par fidélité royaliste autant que par gallicanisme, refusent la démission que Pie VII leur demande pour faciliter la paix religieuse ; en 1814, ces anticoncordataires, enfin au pouvoir, engagent Louis XVIII dans une politique qui tourne court, quand le Concordat de 1817, arraché à Pie VII pour effacer celui de 1801 signé avec l'usurpateur, n'obtient pas l'accord des Chambres. Il faudra attendre 1823-1824, pour que cesse enfin une paralysie de près de dix ans, dont ils sont largement responsables.

Une seconde raison de la diminution du pouvoir épiscopal tient à l'incessant remaniement de la carte des diocèses. En 1789, la France compte 136 évêchés, en incluant la Corse mais non Avignon ; la Constitution civile en crée 83, autant que les départements. Mais le Concordat napoléonien réduit la France – dans les limites de 1789 – à 50 diocèses ; celui de 1817 envisage 92 diocèses ; son rejet se solde par le maintien des 50 diocèses de 1801 et la création en 1822 de 30 nouveaux. Incessantes modifications qui ne facilitent guère la reconstruction religieuse, possible seulement dans un cadre géographique stabilisé.

L'ultime remaniement de 1822 entérine paradoxalement la prééminence de la nouvelle géographie administrative. Certes, les sièges épiscopaux ne changent pas : aucune création nouvelle – la première aura lieu en 1855 avec l'évêché de Laval –, mais, au contraire, maintien sans difficulté de 20 évêchés localisés en dehors des chefs-lieux de département, souvent dans des petites villes assoupies. Mais les limites départementales s'imposent aux nouveaux diocèses. Le principe vaut pour 69 diocèses sur 80 ; restent une dizaine d'exceptions qui s'expliquent par le maintien de sept grands diocèses, ramenés toutefois à deux départements, et par la présence de deux évêchés dans chacun des deux départements de la Marne (Reims et Châlons-sur-Marne) et des Bouches-du-Rhône (Aix et Marseille) pour des raisons principalement politiques : restauration du siège royal de Reims, satisfaction dans le Midi des clientèles légitimistes.

Dans ce cadre diocésain sans cesse remanié, les hommes enfin connaissent bien des vicissitudes. Sait-on que la nouvelle Église concordataire laisse inemployés quatre évêques sur cinq de l'un et l'autre camp, si bien qu'entre 1810 et 1822, l'Église de France tout à la fois manque d'évêques et en a trop à sa disposition : la pénurie est la conséquence du conflit entre Napoléon et Pie VII, puis des négociations avortées entre Louis XVIII et le même Pie VII ; la surabondance provient de la présence, sur un « marché » tardivement élargi après 1815, de trois épiscopats concurrents, les évêques concordataires, les survivants de l'Ancien Régime et 35 nouveaux venus, pressentis dès 1817 dans la perspective d'une France de 92 diocèses, mais pendant quatre à six ans, en quête d'une consécration et d'un poste. La régularisation ne s'opère en effet qu'à partir de 1819, pour les évêchés concordataires vacants, et de 1822, pour les 30 autres, finalement créés. Il faut attendre 1824 pour que chaque diocèse dispose enfin, sur place, de son évêque. Trente-cinq ans après 1789 !

Ce tardif retour à la normale ne doit cependant pas conduire à ignorer le rôle essentiel du premier épiscopat concordataire, dont on évoquera plus loin l'activité pastorale. L'évêque selon Napoléon est, pour partie, l'évêque selon le concile de Trente. Moralement irréprochable, il réside dans son diocèse ; administrateur compétent, il pourvoit à tous les emplois. Si de 1802 à 1804, les préfets et le ministre des Cultes l'ont contraint à de savants dosages en vue surtout de laisser une place aux constitutionnels – un tiers des postes en principe –, il retrouve vite sa liberté et ne s'en prive pas pour modifier les premières nominations. Sa préoccupation immédiate est de remplacer un clergé vieilli, diminué par les départs ou la surmortalité : il lui faut ouvrir le plus tôt possible un grand – et si possible un petit – séminaire, et encourager la création d'écoles presbytérales. Pour y parvenir, il se met en quête de locaux, de professeurs qu'il doit prendre dans son propre clergé, tant que les sulpiciens et les lazaristes n'ont pas reconstitué leurs effectifs.

Les évêques de l'Empire vont même tirer bénéfice de la tutelle, politiquement pesante, du ministre des Cultes. Certes, ils doivent subir l'inspection tatillonne de leurs mandements, surtout quand ceux-ci leur sont imposés pour célébrer les victoires de l'Empire. Mais en contrepartie, ils obtiennent la restitution de l'ensemble des activités religieuses dans leurs diocèses et la possibilité d'intervenir directement quand un de leurs prêtres est mis en cause. Portalis, le premier ministre des Cultes, fait en effet savoir aux juges, aux généraux et aux préfets que les questions religieuses ne sont plus de leur ressort, mais sont l'affaire de l'évêque et de son ministre de tutelle. A l'évêque, donc, de défendre ou de sanctionner un curé dont les propos en chaire ont déplu ; à lui encore, de faire respecter la législation de l'Église en matière de baptême et de mariage (refus du divorce), de définir les conditions d'accès des enfants à la communion, « sorte de grade pour une agrégation dans l'Église ne pouvant être obtenu, rappelle Portalis, sans un examen dont le clergé est juge ». Tout n'est pas, tant s'en faut, devenu idyllique ; de nouvelles tensions apparaissent : Portalis impose le catéchisme impérial, surveille les refus d'enterrement, fait pression sur le clergé pour qu'il favorise la conscription... En fait la conception bonapartiste de l'évêque, « préfet violet », après l'excessive politisation de la religion pendant la décennie révolutionnaire, permet au chef du diocèse de récupérer, contre toutes les administrations qui avaient pris l'habitude d'intervenir à leur gré, la gestion directe des activités religieuses des fidèles et le contrôle immédiat de son clergé. Ce n'est pas une mince victoire, même s'ils doivent la payer d'une soumission bien visible aux volontés du nouveau pouvoir.

Mais il faut toutefois attendre la décennie qui suit la tardive stabilisation de la Restauration pour voir les évêques bénéficier, dans leurs diocèses, d'une capacité d'action sans précédent. Ils disposent enfin de temps. Deux nouvelles générations vont avoir une action décisive : les premiers, et les plus nombreux, comme d'Astros (1820-1851) à Bayonne puis Toulouse, Quelen (1821-1839) à Paris, Devie (1823-1852) à Belley, Clausel de Montals (1824-1854) à Chartres, nommés sous la Restauration à cinquante ans environ, ont devant eux vingt à trente ans pour remettre de l'ordre dans leur diocèse ; ceux qui sont choisis dix ou quinze ans plus tard, tels Bouvier au Mans (1834-1854), Mathieu à Besançon (1834-1875), Parisis (1835-1866) à Langres et Arras, Donnet à Bordeaux (1837-1882), Angebault à Angers (1842-1869) appartiennent le plus souvent à la nouvelle génération des prêtres formés après 1801 ; ils vont influencer durablement l'Église de France, au moins jusqu'en 1860.

Le nouvel épiscopat tire même bénéfice des perturbations qui, de 1828 à 1834, secouent l'Église de France. Certes, la révolution de 1830 contraint Forbin-Janson, évêque de Nancy, légitimiste trop marqué, à l'exil. Mais les évêques, dans leur diocèse, bénéficient, une fois passée la vague anticléricale, du retrait qui est imposé à l'Église gallicane : après 1830, disparaissent en effet les grands « appareils » politico-religieux parisiens à large influence nationale, comme la Congrégation ou la Société des Missions de France de Rauzan, mais aussi l'espèce de conseil informel des évêques présents à Paris, réuni autour de la Grande aumônerie, qui s'était constitué pour tenter de trouver une solution concertée aux crises religieuses. De nouveau, la pratique administrative l'emporte sur l'engagement politique : les évêques redeviennent les interlocuteurs privilégiés des « bureaux » des Cultes qui ont, eux aussi, retrouvé leur pouvoir. D'autant plus que, dans l'Église même, le courant ultramontain connaît un coup d'arrêt provisoire : une des ordonnances de 1828, en écartant les jésuites des petits séminaires, laisse aux évêques le total contrôle d'un enseignement qui concerne, de fait, autant de futurs laïcs que de futurs clercs ; mais surtout, la condamnation pontificale de Lamennais satisfait nombre d'évêques qui supportaient aussi mal son anti-épiscopalisme virulent que sa dérive libérale et démocratique ; elle apporte, pour eux, la fin de l'agitation dans leurs séminaires, la disparition aussi d'un *leadership* moral de ses disciples, mal toléré par l'Église de France.

Les évêques manifestent leur nouveau pouvoir d'abord en exerçant un contrôle renforcé sur « leurs » clergés. Le pluriel maintenant s'impose : tous en effet, conscients de la vigueur du courant congréganiste féminin, souhaitent en bénéficier directement en dotant leur diocèse de congrégations propres. Mais, alors que les premiers prélats concordataires se contentaient de favoriser l'initiative d'un curé zélé ou d'une sage fondatrice, la nouvelle génération épiscopale, davantage consciente de l'aide précieuse qu'offrent les congrégations de femmes, agit plus directement. Mgr Devie, en 1824, montre l'exemple : la création de nouveaux diocèses entraînait normalement la partition du clergé séculier ; l'évêque de Belley obtient pareil partage pour les sœurs de la congrégation, dynamique mais encore mal structurée, de Saint-Joseph de Lyon, et fait immédiatement, des Sœurs de Saint-Joseph de Bourg, la congrégation modèle au service d'un seul diocèse.

Une telle réussite intéresse ses collègues : après 1830, des congrégations sans solide direction, mais pourvues de sœurs et implantées dans plusieurs diocèses, deviennent des proies faciles. Le cas le plus patent est celui de la Providence de Portieux : entre 1832 et 1838, l'éclatement de cette importante congrégation lorraine (la troisième pour le personnel) permet la création de cinq congrégations nouvelles, une en Belgique et quatre dans les diocèses de Dijon, Troyes, Metz et Gap. Les évêques usent aussi de procédés moins brutaux : à partir des années « quarante », ils favorisent dans l'Ouest le regroupement d'institutrices agrégées dans des tiers-ordres qu'ils transforment en congrégations autonomes, ou dans le Nord celui de communautés religieuses en difficulté (augustines, franciscaines) qui deviennent de solides congrégations hospitalières. La nouvelle législation de 1852 facilite une ultime vague de fondations, si bien qu'en 1861, quatre diocèses seulement ne disposent pas de congrégations propres.

Les conflits entre évêques et familles religieuses sont rarement portés sur la place publique, sauf quand ils concernent de grandes congrégations internationales comme les Dames du Sacré-Cœur, le Bon-Pasteur d'Angers ou Saint-Joseph de Cluny que les Ordinaires voudraient également contrôler ; il en va différemment de celui qui oppose les prêtres diocésains à leurs évêques. En 1839, alors que *la Presse* publie en feuilleton *le Curé de Village* de Balzac, roman qui réactualise le thème déjà ancien du « bon prêtre », les frères Allignol entendent faire connaître à toute la France la situation réelle du curé de campagne dans un réquisitoire intitulé *De l'état actuel du clergé en France et en particulier des clergés ruraux appelés desservants*. Ces pasteurs de l'Ardèche ouvrent une polémique qui rebondit au moins pendant une dizaine d'années, en rencontrant un large écho dans le clergé du « second ordre » alerté par une presse cléricale qui radicalise les revendications des desservants, comme *le Bien social*, puis *le Rappel* de l'abbé Clavel, ou *la Voix de la Vérité* de l'abbé Migne.

Les desservants demandent de bénéficier de nouveau de l'inamovibilité, privilège canonique attaché à la fonction curiale. Le Concordat, en réservant le titre de curé à ceux-là seuls qui résidaient dans les chefs-lieux de canton, avait mis neuf chefs de paroisse sur dix à l'entière disposition des évêques. Tant que ceux-ci manquaient de prêtres et contrôlaient mal leur diocèse, cet excessif pouvoir était resté théorique. Mais après 1830-1835, la situation évolue. Les nouveaux évêques, désireux de prendre en main leur diocèse, peuvent, grâce au recrutement pléthorique de la décennie 1826-1835, procéder à un large remaniement de personnel et à un rajeunissement sans précédent des cadres, notamment des curés. Mais bientôt les postes disponibles manquent, d'autant plus que l'assemblée, de 1830 à 1836, refuse toute création nouvelle, et que les ordinations annuelles, même en baisse régulière après 1834, restent à un niveau élevé. Ce « blocage des carrières », comme l'a bien vu J.-P. Gonnot pour le diocèse de Belley, est à son maximum entre 1840 et 1850 ; en conséquence les jeunes prêtres, ordonnés à partir de 1835, devront rester beaucoup plus longtemps vicaires ou enseignants avant d'obtenir une succursale.

La revendication de l'inamovibilité est la conséquence

d'une situation maintenant figée. Mais céder sur ce point aux desservants, c'est geler pour trente ans plus des trois quarts des postes, et paralyser l'épiscopat en le privant d'un moyen essentiel de gouvernement ; refuser, c'est donner la possibilité à l'évêque « de faire manœuvrer son clergé comme un colonel son régiment » – et certains, comme Dupanloup à Orléans, ne s'en priveront pas –, c'est ouvrir la porte au « despotisme épiscopal » dénoncé avec vigueur par un clergé qui ne dispose d'aucune garantie de carrière, c'est aussi inciter les meilleurs à regarder ailleurs, vers un clergé régulier qui commence à se reconstituer : bénédictins, en 1837, dominicains, en 1841.

Mais le conflit a aussi des implications sociales et ecclésiologiques. Evêques et curés se disputent la responsabilité de la pastorale : celle-ci, pour les frères Allignol, doit revenir au curé à qui « tout le gouvernement spirituel appartient » ; non, réplique Mgr Guibert, son supérieur, c'est l'évêque qui a le « droit de gouverner la société spirituelle », et donc celui de disposer des desservants pour parvenir à ce but. Le débat ne s'arrête pas là : l'évêque de Viviers voit encore dans la volonté de porter sur la place publique de telles revendications une manière fâcheuse de « démocratiser l'Église », c'est-à-dire d'« y proclamer la liberté et l'égalité, [d']y établir au nom des droits de tous, la participation de tous au gouvernement ».

Le conflit éclaire aussi l'arrière-fond social sur lequel se déploie l'activité de la nouvelle génération cléricale. Le clergé, après 1830, a constaté que son image dans l'opinion s'est durablement dégradée : « Les classes élevées, expliquent encore les frères Allignol, abaissent à peine sur lui leurs regards ; la simple bourgeoisie le dédaigne [...], le laborieux artisan et le cultivateur cessent d'avoir foi en son ministère, affichent déjà pour lui le dédain des classes supérieures. » Pire encore : « Le peuple a perdu l'idée sublime qu'il avait de la religion. Elle ne lui est plus apparue comme la fille du ciel et la reine des intelligences, mais comme une simple opinion qu'il faut admettre ou rejeter sans conséquence. » Plaintes souvent reprises dans les années suivantes. Pour des desservants profondément perturbés par la désaffection d'une partie de la population, l'inamovibilité est perçue comme un retour au passé qui, en restituant au curé son prestige, rendra aussi le sien à la religion.

Les limites du pouvoir épiscopal

L'évêque n'est point seulement le chef, parfois contesté, de son diocèse ; il est aussi pasteur, comme ses prédécesseurs, il confirme, visite son diocèse, multiplie les enquêtes pastorales aux questionnaires de plus en plus détaillés ; il est encore docteur, c'est à lui de rédiger – au moins d'approuver – le catéchisme de son diocèse. Napoléon disparu, presque tout l'épiscopat a décidé de remettre en vigueur celui qui existait localement avant la Révolution. Mais bientôt, entre 1815 et 1880, de nouveaux manuels voient le jour dans près des trois quarts des diocèses. Cette volonté de rénovation se remarque surtout durant trois périodes qui correspondent à la reprise en main des diocèses (1820-1829), à l'apogée du pouvoir épiscopal restauré (1840-1849) et aux combats ultramontains du Second Empire (1855-1864). La modernité de ces nouveaux catéchismes se manifeste par un plan simple, didactique : les vérités que nous devons croire, les devoirs que nous devons pratiquer, les moyens que nous devons prendre. La présentation y gagne en clarté ; le contenu aussi s'infléchit : l'accent est mis plus sur la formation morale des individus, moins sur la catéchèse de l'histoire du salut. Ce nouveau cours gagne du terrain tout au long du siècle : il est adopté par 13 diocèses en 1822, par 42 en 1870 et par 61 en 1900, soit à cette dernière date, par trois évêques sur quatre.

Mais ceux-ci ne se contentent pas de contrôler de près la rédaction de leurs catéchismes, ils entendent intervenir plus fréquemment dans la vie de leurs diocésains par un enseignement mieux adapté aux situations du jour. C'est ainsi qu'en vingt ans, de 1830 à 1850, Mgr d'Astros a fait parvenir à son clergé toulousain près de trois cents mandements et circulaires pour lui faire connaître ses intentions pastorales, et le prier de répercuter auprès des fidèles ses décisions et ses instructions. D'Astros intervient pour défendre la foi, menacée à l'intérieur et à l'extérieur de l'Église, ou pour attirer l'attention sur la déchristianisation ouvrière à laquelle il entend porter remède par la création d'œuvres appropriées ; mais ces prises de positions, importantes, voire novatrices à nos yeux, ne constituent qu'un aspect d'une pastorale plus éclectique. L'archevêque de Toulouse est tout aussi attentif à répondre à la sollicitation des événements, proches ou lointains, météorologiques ou politiques, qui peuvent concerner les fidèles : aussi les informe-t-il de la situation des missions lointaines et des conséquences religieuses des événements espagnols, et accorde-t-il une attention particulière aux perturbations climatiques, pluie ou sécheresse, qui menacent fréquemment les récoltes, en ordonnant les prières propitiatoires attendues des populations.

Progressivement, parmi les publications épiscopales, les mandements de carême vont prendre au XIXe siècle une place privilégiée. Après 1830, plusieurs évêques utilisent cette opportunité pour développer une prédication spécifique, nouvelle chaque année ; en 1861, cette pratique, majoritaire, est le fait de plus de trois prélats sur quatre. Les thèmes développés dans ces mandements, entre 1861 et 1870, révèlent trois principaux centres d'intérêt. Deux sont traditionnels : le Carême est d'abord l'occasion d'inciter le chrétien à la pratique de sa religion, la pénitence, la prière, le devoir pascal et la messe dominicale, l'adoration du Saint Sacrement ; mais aussi de rappeler les vérités fondamentales, Dieu créateur et providence, la Vierge et les saints, et, par-dessus tout, Jésus sauveur. L'insistance sur la christologie est pour partie commandée par l'actualité : il s'agit de répondre à l'émoi profond causé par *la Vie de Jésus* de Renan. L'aspect le plus neuf de ce nouveau type de prédication est constitué par l'insistance sur l'ecclésiologie : l'actualité, plus encore, commande que l'on évoque les épreuves qui affligent l'Église ou que l'on parle plus précisément du pape, figure de plus en plus centrale de la catholicité. Il faudra, par contre, attendre les décennies suivantes pour que les évêques prennent position sur les grands problèmes de la société, ici à peine évoqués, à travers des prédications sur la famille, l'ordre moral, la paix.

Pour important que soit cet effort de communication, rendu plus urgent par une nouvelle mise en cause des vérités révélées, il emprunte encore un canal traditionnel, puisque la lettre de l'évêque est lue en chaire aux fidèles par le curé ou le desservant. Le prélat ne pourrait-il pas, par la presse, toucher directement les fidèles ? L'idée fait lentement son chemin. Sous la Restauration, les évêques dénoncent surtout, comme les mauvais livres, la presse antireligieuse ; durant la monarchie de Juillet, ils prennent conscience que des prêtres contestataires ou un journaliste de talent comme Veuillot, dans *l'Univers*, peuvent publier des journaux en dehors de leur contrôle. Durant le Second Empire, suivant l'exemple des diocèses de Paris (1853) et surtout de Toulouse (1861), les responsables diocésains se dotent bientôt d'une presse spécifique, les *Semaines religieuses*. En 1870, la formule a déjà été expérimentée dans les trois quarts des diocèses où, dans 60 % des cas, il en est immédiatement résulté une publication destinée à durer. Le succès, indéniable, reste pourtant limité. En effet, les *Semaines religieuses* ne deviendront jamais des publications populaires – il faudra attendre pour cela, après 1870, la « Bonne presse » assomptionniste – ni même, malgré leur prise de contrôle progressive par les évêques, des organes de communication directe avec les fidèles : elles se transforment plutôt en journaux d'information religieuse et de formation professionnelle à l'usage privilégié du clergé.

Finalement, le temps où les évêques disposent d'un réel pouvoir sera de courte durée, une trentaine d'années au mieux, entre 1830 et 1860. Au-delà de cette date, la crise romaine emporte tout : ceux-ci se trouvent bientôt pris en tenaille entre les leaders laïcs, qui bénéficient du retour du débat démocratique pour faire connaître publiquement leurs positions politiques, et une papauté qui profite de ses malheurs pour augmenter son influence spirituelle. Aussi, l'épiscopat, traditionnellement déchiré – Mgr Pie, l'ultramontain, contre Dupanloup, le libéral –, se voit obligé d'acquiescer à son propre déclin, en entérinant au concile de Vatican l'infaillibilité pontificale qui fonde en doctrine l'éclipse de son autorité.

Mais si les évêques abandonnent aussi rapidement le terrain, c'est aussi parce que leur pouvoir se révèle, malgré les apparences, artificiel, archaïque et inadapté. Artificiel, car il a été reconstitué à l'intérieur d'un système concordataire qui ne fait nulle place aux laïcs organisés et aux réguliers, les uns et les autres de retour sous la monarchie de Juillet ; archaïque, car il suppose une pratique administrative du culte qui s'accommodait d'une atrophie durable du débat idéologique et du combat politique : or, l'irruption de la démocratie politique en 1848, et de la crise romaine en 1858, rendent caducs ces présupposés ; inadapté enfin, car si le pouvoir autonomisé des évêques s'inscrit bien dans la France des terroirs, il correspond mal à une France désenclavée et à un catholicisme qui vit de plus en plus à un son national voire international.

Renouveau et innovations spirituelles

Les ferveurs catholiques du XVIIIe siècle
par Dominique Julia

Le XVIIIe siècle est-il uniquement celui d'un déclin religieux ? S'il n'est plus le temps de la « conquête » des âmes, il peut en revanche être défini comme un temps d'appropriation populaire des modèles post-tridentins, grâce à l'action conjuguée des ordres nés de la Contre-Réforme et du clergé séculier. L'attestent, par exemple, les succès rencontrés par les missions paroissiales menées par Louis-Marie Grignion de Montfort et ses disciples dans l'Ouest, par les jésuites en Alsace et en Lorraine, par les missionnaires diocésains de Beaupré en Franche-Comté, par les missionnaires de Saint-Garde d'Avignon en haute Provence et dans le Vivarais, par les doctrinaires en pays castrais, en Gascogne, en Comminges et en Bigorre. Mouvement qui part de la ville pour aller dans les paroisses rurales, les missions s'articulent désormais étroitement avec l'action des curés, désormais bien formés dans les séminaires ; ceux-ci font régulièrement appel aux missionnaires et prolongent, au long de l'année, l'impact de leur pastorale extraordinaire : la mission a moins pour but d'assurer un enseignement élémentaire que de susciter, en frappant l'imagination, retour et réconciliation pour rentrer « dans la voie du ciel d'où l'on s'était égaré ». Pour ce faire, elle développe des cérémonies grandioses, inculque des pratiques de dévotion, fonde des associations pieuses ou fait resurgir des confréries qui somnolaient.

Les « spectacles de religion »

Au-delà des exercices et rites inséparables de la mission, conférences pour des publics socialement différenciés, confession générale, communion générale distribuée par sexe, la mission offre au peuple des « spectacles de religion » particulièrement émouvants. Dans la première moitié du XVIIIe siècle, les « mulotins » ont coutume de faire une procession où l'on joue la Passion du Christ avec force détails colorés, et Louis-Marie Grignion de Montfort a écrit lui-même la représentation de « l'âme abandonnée et délivrée du Purgatoire », sorte de mystère médiéval dialogué entre vingt acteurs qu'il donna en plusieurs paroisses. Les mêmes montfortains pratiquent trois autres grandes cérémonies paraliturgiques. La première est une amende honorable à Jésus-Christ de « toutes les irrévérences et de tous les sacrilèges » commis par les assistants contre le Saint Sacrement, qui se fait à l'issue d'une procession solennelle de celui-ci : il n'est pas rare, selon les rapporteurs, de voir l'assemblée fondre en larmes avant de se prosterner en terre. Une seconde cérémonie est la rénovation des promesses du baptême ; Louis-Marie Grignion de Montfort l'a sans doute empruntée du rituel de la première communion en usage dans les paroisses parisiennes, notamment à Saint-Sulpice, mais il en fait l'un des temps forts de la mission : des formulaires imprimés de ce renouvellement des vœux sont remis aux fidèles pour les aider à mieux se souvenir des engagements qu'ils ont pris, et tous ceux qui savent écrire doivent signer ce *contrat d'alliance avec Dieu,* comme ils le feraient d'un contrat notarié. Enfin, il n'est pas de mission sans plantation de la croix sur le calvaire édifié par les paroissiens eux-mêmes. Si tous n'ont pas la magnificence de celui que, grâce à la participation fervente de tout un peuple, Louis-Marie Grignion de Montfort avait fait élever à Pontchâteau, en 1709-1710, avec sa ceinture de grottes, de chapelles et de jardins, beaucoup sont, au dire de Pierre-François Hacquet qui relate les missions des montfortains dans l'Ouest, entre 1740 et 1779, « superbes », « magnifiques », « très bien travaillés » et « bien situés ».

Avec ces liturgies frappantes, il s'agit d'enraciner durablement des pratiques de dévotion régulières : pratiques de pénitence associées au culte de la Croix de Jésus souffrant, culte du Saint Sacrement centré autour de son exposition, piété mariale avec la récitation du Rosaire et la pratique du chapelet, dévotion au Sacré-Cœur. Dans leurs pérégrinations, les missionnaires distribuent eux-mêmes tout un matériel dévot nécessaire au bon déroulement de leur prédication, et sont souvent accompagnés par des marchands de chapelets, d'images, de cantiques et d'autres livres de piété qui les répandent à profusion. *L'Elsässisches Mission-Buch,* publié pour la première fois en 1723, s'adresse à « l'âme convertie » qui vient de participer à la mission, et lui fournit des règles de piété quotidienne (prières du matin et du soir), hebdomadaire (dévotion particulière pour chaque jour de la semaine, le jeudi étant réservé au Saint Sacrement, le vendredi à la Passion et à la mort du Christ, le samedi à la Mère de Dieu), mensuelle (confession et communion) et même annuelle (temps destiné à la retraite au moment de l'anniversaire de la mission) : l'œuvre de renouvellement de tout un village que viennent d'opérer les missionnaires jésuites doit être le point de départ d'une vie autre, qui aura pour support le livret distribué. Dans plusieurs paroisses des Mauges, la pratique quotidienne et collective du chapelet est encore attestée dans la seconde moitié du XVIIIe siècle, signe de la ferveur soutenue qu'a su susciter l'apostolat de Louis-Marie Grignion de Montfort et de ses disciples. Quant à l'appropriation populaire des cantiques, un indice indirect nous en est fourni par les titres de la bibliothèque bleue : non seulement les innombrables éditions de *la Grande Bible des Noëls tant vieils que nouveaux* (la première éditions troyenne remonte à 1679), mais aussi celles des *Cantiques spirituels.*

Le développement des confréries

En même temps, les missionnaires favorisent, lors de leur passage, l'éclosion ou la renaissance de confréries destinées à prolonger les fruits de la mission sous la tutelle du clergé paroissial. En Dauphiné, les capucins relancent les confréries de pénitents dont la ferveur à la Croix correspond à leurs enseignements, mais aussi le goût pour les dévotions indulgenciées. Mais en même temps, ce renouvellement des confréries n'est pas restauration à l'identique : les capucins favorisent l'inscription des femmes, unissent des confréries diverses, accroissent l'autorité du curé sur les associations ; il leur importe moins de défendre la particularité d'un groupe que d'en faire un modèle chargé de vivifier l'ensemble de la communauté paroissiale. Dans l'Ouest, Louis-Marie Grignion de Montfort établit des associations des « amis de la Croix », qui sont autant de « soldats crucifiés pour combattre le monde » et se livrent dans les larmes aux pratiques de pénitence et de mortification : « Unissez-vous pour souffrir » ; il fonde aussi des confréries de « pénitents blancs » pour les hommes (dans une région où ceux-ci n'étaient guère connus) et des « compagnies de vierges ». Leur but est d'abord préventif puisqu'il s'agit d'arracher les hommes au cabaret et de préserver les jeunes filles « de la corruption du siècle », entendez danses et veillées : les règlements donnés associent un programme individuel de piété (récitation régulière du Rosaire ou quotidienne du chapelet, mortification corporelle, vœu de chasteté renouvelé annuellement pour les filles) à quelques réunions collectives (quatre par an, aux grandes fêtes de la Vierge pour les filles).

En Lorraine comme en Alsace, intensément parcourues par les jésuites, le temps de l'apogée des confréries rurales se situe au XVIIIe siècle. La multiplication des congrégations mariales dans le diocèse de Toul peut aisément être reliée à l'Œuvre des Missions royales, fondée et financée par Stanislas Leszczynski en 1738 : ici la mission s'achève régulièrement par la fondation d'une sodalité (à l'instar de celles qui existent sous l'égide des collèges urbains), mise ici sous l'autorité du curé « directeur perpétuel », et bénéficiant souvent d'indulgences romaines. En Alsace, deux mouvements de sens contraire sont aisément repérables. D'une part, dans les centres missionnaires que sont les petites villes de Haguenau, Sélestat, Ottersweier (et sans doute aussi Molsheim où les archives ont disparu) – toutes villes où résident les jésuites –, les confréries de l'Agonie du Christ (dites de la Bonne Mort) connaissent un étonnant accroissement de leurs effectifs : à Haguenau, on compte 1 557 entrées entre 1701 et 1720, mais 2 836, soit près du double, entre 1741 et 1760 ; à Sélestat 3 504 entrées en 1701-1720, mais 4 914 en 1741-

1760 ! La majorité des inscriptions est le fait d'adolescents de moins de vingt ans, et le scripteur porte souvent la mention de *juvenis* ou de *puella* comme si l'entrée dans la confrérie était le signe d'un passage à l'âge adulte, et les villageois des paroisses environnantes viennent de plus en plus massivement s'inscrire à la confrérie du chef-lieu, constituant même à Sélestat 56 % des entrées dans la période 1741-1760. D'autre part, dans un mouvement inverse, les confréries se développent dans les paroisses rurales : plus de la moitié de celles qui sont recensées dans le diocèse de Strasbourg, à la veille de la Révolution française, ont été créées au XVIIIe siècle (100 sur 176), et les deux tiers d'entre elles l'ont été après 1750. S'y lit l'importance prise, au cours de cette dernière période, par le patronage du Saint Sacrement (15), de l'Agonie de Notre-Seigneur Jésus-Christ (20) mais aussi du Sacré-Cœur (5). Marquant une belle fidélité à l'égard des dévotions introduites ou revivifiées par les missionnaires jésuites, ces confréries attestent que la paroisse devient progressivement le lieu central où converge désormais la piété des fidèles : nulle condition n'est mise à l'entrée (ouverte aux deux sexes) hormis la réception des sacrements (confession générale et communion) le jour de l'admission. Les pratiques elles-mêmes se font moins contraignantes pour s'ouvrir au plus grand nombre : il s'agit ici surtout d'enraciner des habitudes chrétiennes, de souligner l'importance du salut de l'âme par la méditation régulière de la Passion et de la mort du Christ tous les vendredis, l'insistance sur les stations devant la Croix et les prières pour les âmes du Purgatoire.

En ville, les congrégations mariales, où les jésuites réunissaient dans leurs collèges les différents groupes sociaux pour des exercices de dévotion, connaissent, elles aussi, des modifications importantes. Tout d'abord, à travers les chiffres des *sodales* qui nous ont été conservés pour la province jésuite de Champagne se dessine une géographie suggestive : à une Champagne et une Bourgogne, où les congrégations enregistrent un déclin continu, s'opposent violemment Lorraine et Alsace dont les effectifs ne cessent de croître, aussi bien à Nancy et Metz qu'à Épinal et Strasbourg. Dans cette dernière ville, la confrérie des « bourgeois » allemands (c'est-à-dire de ceux qui ont obtenu la reconnaissance officielle de leur appartenance à la ville) avait 500 membres en 1746, elle en a plus de 1 000 vingt ans plus tard, en 1765, et, à cette dernière date, l'effectif total des congrégations mariales dépasse 1 500 membres, ce qui est loin d'être négligeable dans une ville qui compte 22 ou 23 000 habitants. Ces données confirment la constitution d'une frontière de « catholicité » qui sépare un Bassin parisien fortement marqué par l'empreinte janséniste, à la Lorraine ou à l'Alsace, où la présence luthérienne paraît susciter un dynamisme des congrégations que la suppression des jésuites ne brise d'ailleurs en aucune manière : c'est, en effet, dans des villes à forte densité (voire à majorité) luthérienne, comme Colmar ou Strasbourg, que les congrégations connaissent la plus forte progression. Cette augmentation des effectifs correspond à une véritable démocratisation de leur recrutement qui s'opère à deux niveaux. D'une part, dans les congrégations académiques s'exerce le rôle prépondérant d'une élite que l'on peut qualifier de « moyenne », comme le montre l'exemple de la congrégation académique de Molsheim bien étudiée par Louis Châtellier : à la fin du XVIIIe siècle (1790), les clercs (qui représentent les deux tiers de l'effectif) sont, pour plus de la moitié d'entre eux, de simples curés de campagne et même, pour plusieurs, de pauvres « curés royaux » vivant d'une pension dans une paroisse majoritairement luthérienne. Quant aux laïcs, ils sont pour l'essentiel des greffiers de village, des notaires, des receveurs de seigneurie, des économes de couvents ou de collégiales. Ce sont ces élites qui reçoivent, chaque année, un livre d'« étrennes » publié par la congrégation même, guides spirituels, écrits en latin, destinés à aider le curé dans sa tâche pastorale dans un pays de religion mixte : traités de spiritualité et de morale, explication des textes de l'Écriture sainte, livres d'histoire religieuse, vies de saints. La congrégation est ici formation continuée des pasteurs et d'une élite de services catholique ; il n'est guère surprenant que nombre de membres de cette association, liée à l'Église comme institution temporelle et spirituelle par l'office et le bénéfice, n'aient pas apprécié la législation révolutionnaire, dès lors que celle-ci attaque l'ordre social auquel ils appartiennent.

D'autre part, l'analyse sociologique des congrégations de « bourgeois », composées pour plus des deux tiers d'artisans, manifeste la fonction essentielle d'intégration que celles-ci ont joué pour des métiers souvent itinérants comme les maçons et les charpentiers. A Strasbourg, la congrégation des bourgeois allemands constitue un centre d'accueil pour les immigrés récents, souvent analphabètes ou mal alphabétisés (près de la moitié), qui viennent à la ville chercher du travail et y trouvent ultérieurement épouse, tandis que les marchands et négociants sont beaucoup moins nombreux. A Épinal, vers 1770, la correspondance entre la structure socio-professionnelle de la ville et celle de la congrégation mariale est beaucoup plus étroite : près de la moitié des hommes de métier répertoriés dans la ville sont des *sodales*. La congrégation exerce donc une puissante fonction d'acculturation à la ville, permettant aux nouveaux venus de s'insérer rapidement dans les corporations ou « tribus » et d'obtenir le droit de bourgeoisie, fournissant ainsi aux jeunes artisans l'espoir d'une promotion sociale. Mieux, la reconstitution des familles spinaliennes montre combien les réseaux de parenté effective et spirituelle (parrainage) sont étroits dans les congrégations mariales : les fils y suivent leurs pères, cependant que les filles épousent des *sodales*. Les structures familiales révèlent ici une natalité particulièrement élevée puisqu'un quart des associés a eu 10 enfants ou plus. Le modèle démographique de la famille nombreuse s'associe à la ferveur chrétienne.

Tous ces signes attestent, en plein siècle des Lumières et en des sites qui dessinent déjà les terres de « chrétienté », une belle vigueur du catholicisme comme une intériorisation, et une individualisation de la vie religieuse. En témoignent d'ailleurs les retraites annuelles des congréganistes où sont pratiqués les exercices spirituels, et où la série des images morales en forme de cœur a connu une si grande diffusion : l'atteste aussi cette pratique du pèlerinage individuel à Rome qui ne semble pas avoir été si rare parmi les congréganistes artisans, compagnons habitués au voyage. Au sein d'une Église qui se dit gallicane, la ferveur ultramontaine est bien déjà présente, même si ses terres d'élection sont surtout périphériques, Franche-Comté, Lorraine, Alsace, Artois et Flandres : n'est-ce pas justement du diocèse de Boulogne qu'est issu le saint pèlerin du XVIIIe siècle, Benoît Labre, mort à Rome en 1783, insolite figure de la dévote errance dans une société qui pourchasse désormais l'instabilité et enferme les mendiants ?

Le renouveau religieux au lendemain de la Révolution
par Claude Langlois

Sans clergé, sans églises – pendant quelques mois ou pendant plusieurs années, selon les cas –, le catholicisme a survécu. Dans les villes, et particulièrement à Paris, la vie religieuse s'est repliée à l'intérieur des maisons dans le sein des familles. Dès 1792, l'ancien curé parisien de Saint-Sulpice, dans l'incapacité, comme réfractaire, de prêcher le carême, fait imprimer son prône pour ses paroissiens et leur suggère de suppléer les exercices du culte interdits par des lectures spirituelles et des dévotions privées. Mais surtout, il rappelle à chacun ses responsabilités : « Les pères et mères, les maîtres et maîtresses sont, surtout dans ce temps de persécution, comme les évêques et les pasteurs de leur maison. » Ainsi, dans une population urbaine largement alphabétisée, la circulation des écrits, la solidité des réseaux, le poids des solidarités de famille, voire de quartier, ont constitué autant d'éléments, souvent sous-évalués, qui ont contribué à maintenir la vie religieuse.

En milieu rural, une autre pratique s'est imposée fréquemment, le culte laïcal, c'est-à-dire la réunion, chaque dimanche, dans l'église paroissiale ou dans une chapelle disponible, de fidèles qui, en l'absence de prêtres, chantent et prient en commun. Ces « messes blanches » sont aussi appelées « messes de maîtres d'écoles », parce que ces derniers, sacristains et chantres autant qu'instituteurs, en sont les plus habituels officiants. Certains évêques, informés de ces cultes de remplacement, acquiescent, comme Mgr Marbœuf à Lyon qui tente seulement de les intégrer dans son organisation missionnaire ; mais les curés en exil sont plus réticents : ils craignent une ultérieure concurrence de « ces laïcs jaloux de présider », et plus encore, l'accoutumance du peuple « à ces simulacres de culte ». Une telle pratique, dans certains départements longtemps démunis de prêtres comme l'Yonne, continuera bien après le Concordat.

Plus généralement, les tensions révolutionnaires et la rup-

Une vitalité religieuse toujours forte

ture du cadre paroissial favorisent le retour d'une religion populaire longtemps tenue en lisière, voire contestée. Or, dans l'Ouest surtout, celle-ci retrouve vigueur dès les premières tensions de la Révolution, parfois avec l'assentiment du clergé : ainsi le curé Marchais autorise, dès 1791, dans sa petite paroisse de Vendée des pèlerinages qu'auparavant il interdisait. Ultérieurement, la quasi-disparition des curés et l'indisponibilité des églises paroissiales redonneront une importance momentanée aux chapelles frairiales périphériques, voire aux chapelles de pèlerinage desservies par quelques prêtres habitués, demeurés sur place dans leur famille, voire aussi, ici et là, au théâtre breton qui se substitue, lors des grandes fêtes, aux liturgies interdites.

Mais la Révolution plus encore a suscité de vigoureuses expériences spirituelles et pastorales, individuelles ou collectives. Et d'abord la mort, souvent exemplaire, de victimes, guillotinées ou massacrées pour des motifs principalement religieux, et qui, ultérieurement, furent l'objet d'une canonisation spontanée par la population ou d'une béatification plus officielle quand Rome, un siècle plus tard, fit aboutir les procès des prêtres, religieux et religieuses « martyrs » de la Révolution.

La Révolution ne contraignit point tous les catholiques à ces choix dramatiques ; elle occasionna par contre, surtout parmi les exilés, nombre de conversions. Il en fut de spectaculaires, comme celle de l'académicien La Harpe, reniant l'héritage des Lumières pour célébrer la religion romaine, et plus encore celle du vicomte de Chateaubriand, découvrant la religion de ses pères après son séjour en Amérique, et convainquant à son retour ses compatriotes du véritable *Génie du Christianisme*. Les prêtres en exil et les milieux contre-révolutionnaires, notamment la noblesse, furent davantage touchés par ce mouvement ; les uns et les autres, de ce fait, deviendront très sensibles à l'interprétation providentialiste de la Révolution, et feront un vif accueil aux *Considérations sur la France* de Joseph de Maistre.

A côté d'itinéraires individuels variés, nombre d'expériences collectives ont vu le jour, notamment en exil. Il en est de dramatiques, comme celle des *Solitaires* du père Receveur, communauté composée de prêtres, de femmes et d'enfants, venus de la Franche-Comté et se retrouvant sur le

Danube, en 1796, fuyant devant les armées françaises. De leur côté, trappistes et trappistines, entraînés par Dom Augustin de Lestrange, vivent l'exaltation d'une fondation à la Valsainte en Valais, continuée comme un pèlerinage entrecoupé de courtes haltes, de 1791 à 1815, à travers l'Europe, de l'Allemagne à la Russie, de l'Autriche à la Grande-Bretagne. Les nouveaux disciples de saint Ignace, prêtres du Sacré-Cœur, fondés en 1794, et Pères de la Foi, nés en 1797, sillonnent aussi l'Europe : les premiers œuvrent de 1794 à 1797 en Autriche, les seconds commencent leur activité en 1797 à Rome ; les Pères de la Foi d'origine française reprennent leur autonomie pour rentrer dans leur patrie après le Concordat, mais dans le même temps, quelques prêtres, résolus d'entrer dans la nouvelle Compagnie de Jésus, partent exercer leurs talents en Angleterre, en Pologne, en Russie ou en Suisse.

Parmi ces formations religieuses issues du bouleversement révolutionnaire, il faut faire une place particulière aux « sociétés pour les temps de la fin » (Jean Séguy), qui envisagent, devant l'*apocalypse* révolutionnaire, en vue de la reconquête religieuse, la mobilisation d'hommes et de femmes, de clercs et de laïcs. Pour Pierre de Clorivière, l'ère des grandes tribulations a commencé avec la suppression de la Compagnie de Jésus : aussi, dès 1790, met-il sur pied à Saint-Malo une « société d'hommes apostoliques », qui comprend deux branches, le Cœur de Jésus pour les prêtres, le Cœur de Marie, pour les femmes, et propose-t-il à tous la pratique des vœux de religion, mais selon des modalités adaptées aux temps nouveaux : chacun conserve ses activités antérieures et les engagements religieux demeurent secrets. Pas très différente est la tentative de Bernard Dariès, jeune homme d'une brillante intelligence, réfugié après 1792 en Espagne, où il veut fonder une *Société de Marie* qui réunirait des contemplatifs, des enseignants et des prédicateurs. L'expérience tourne court, mais sa perspective d'eschatologie mariale trouve en France, par divers relais, un large écho au début du XIXe siècle : elle inspira notamment la Société de Marie de Chaminade à Bordeaux, et celle des Fils de Marie immaculée de Baudouin en Vendée.

Pastorale et Révolution

Les Églises aussi réagissent. Les initiatives de l'Église constitutionnelle sont originales, surtout en matière d'ecclésiologie et de pastorale. Les « évêques réunis » au lendemain de l'an II tentent d'associer laïcs et prêtres à la vie de leur Église : ici les fidèles sont appelés à élire directement évêques ou archiprêtres, là à gérer le temporel des lieux de culte urbains ; des curés, formant un *prebyterium,* sont associés à la direction des diocèses, voire remplacent l'évêque défaillant ; laïcs et prêtres participent activement aux nombreux synodes diocésains, prêtres délégués et évêques, aux deux conciles nationaux de 1797 et de 1801. Les constitutionnels manifestent une volonté sincère – même si la nécessité tactique les y pousse – de promouvoir la réunion des catholiques et, au-delà, des églises chrétiennes ; ils envisagent aussi, même s'ils ne sont pas unanimes sur ce point, l'introduction du français dans la liturgie dominicale et dans l'administration des sacrements.

L'Église « catholique » romaine se trouve en meilleure situation. Dans la capitale, son clergé a décidé majoritairement de prêter le serment de 1795, afin de pouvoir ouvrir des lieux de culte et reprendre les cérémonies publiques ; la présence à Paris de quatre évêques d'Ancien Régime permet de plus d'administrer la confirmation en 1797, et surtout de reprendre, plus discrètement, les ordinations au profit de tous les diocèses de France, et plus spécialement de ceux de l'Ouest, normands et bretons.

Mais l'hostilité systématique au catholicisme, après le coup d'État de fructidor, frappe de plein fouet les modérés parisiens et réduit la portée de leurs initiatives ; elle rend en contrepartie la pratique lyonnaise, fort différente, mieux adaptée aux nouvelles circonstances. L'archevêque de Lyon et son collaborateur Linsolas ont mis en place une organisation de missionnaires destinée à quadriller le diocèse. Ce système repose sur le principe que le culte, dans les circonstances présentes, doit rester clandestin, et sur le fait que seul un petit nombre de prêtres est vraiment disponible. Ces missionnaires se voient assigner des secteurs géographiques précis où ils circulent de maison en maison pour y prêcher, célébrer les offices, administrer les sacrements. Ils requièrent, notamment comme chefs de paroisse, l'aide des laïcs, et utilisent souvent des femmes, moins surveillées ; ils diffusent aussi une importante littérature, polémique et catéchétique, destinée à remplacer l'enseignement religieux traditionnel. Un tel modèle, même s'il fut contesté par ceux qui souhaitaient avant tout retrouver l'ancien cadre paroissial, fut largement imité, dans de nombreux autres diocèses.

Initiatives adaptées à des temps de troubles, mais devenues caduques après le Concordat ? Seuls les plus intransigeants des catholiques romains s'enfoncent dans la clandestinité après que le culte public est rétabli, et suscitent le nouveau schisme dit de la *Petite Église* dont les points d'appui se trouvent justement dans l'Ouest – surtout en Vendée – et dans la région lyonnaise. Les initiatives antérieures ne disparaissent pas, mais elles sont triées : celles qui se maintiennent, voire se développent, proviennent avant tout des « catholiques romains », non plus des constitutionnels, marginalisés après 1801. Elles sont aussi canalisées : les missions reprennent dans plusieurs diocèses dès 1804, mais selon des modalités plus traditionnelles.

La vie religieuse après le Concordat s'inscrit en priorité dans le cadre paroissial : plus de concurrence des réguliers, absents ; plus d'autonomie des confréries, pénitents ou charitons, disparus ou contrôlés. Le nouveau curé concordataire n'a pas abandonné ses prétentions caritatives et sociales tel le « bon prêtre » du siècle précédent, comme le montre l'aide qu'il prête à la diffusion de la vaccine, mais il met maintenant au premier plan la vie religieuse de sa paroisse : il se sent davantage comptable devant Dieu des âmes de ses ouailles, pour le passé, en les aidant à faire disparaître les traces des perturbations révolutionnaires ; pour le présent, en leur prêchant toute la rigueur du Salut ; pour l'avenir, en préparant, dans les écoles presbytérales, la relève nécessaire. Ainsi Jean-Marie Vianney, le curé d'Ars mettra sous la Restauration en application ce que lui a appris l'abbé Balley, curé d'Écully depuis 1803, un maître qui l'a longuement formé et qui lui a servi de modèle. Chaque diocèse dispose de curés de ce type, voués avec rigueur à la régénération de leurs paroissiens, prédicateurs et missionnaires occasionnels, éventuels directeurs de collège ou fondateurs de congrégation féminine, qui ont servi de relais indispensables pour une génération formée à la hâte dans les séminaires.

Les évêques et les curés ne sont pas seuls. L'Église concordataire peut compter sur des élites urbaines, souvent reconstituées, dès la Révolution, autour d'un homme ou d'une institution. Toulouse et Paris offrent deux situations contrastées, mais également exemplaires. A Toulouse, l'Aa, congrégation jésuite, regroupait au XVIIIe siècle séminaristes et prêtres : cette association discrète, toujours vigoureuse en 1790, constitue le fer de lance de l'opposition à la Constitution civile du clergé ; vingt ans plus tard, elle joue un rôle certain dans la résistance à l'empereur. Mais ses activités religieuses, au lendemain du Concordat, sont plus impressionnantes encore : les membres de l'Aa sont présents dans la *Congrégation de la Sainte-Épine* qui regroupe prêtres, séminaristes, religieuses et laïcs ; mais surtout, ceux-ci contrôlent petit et grand séminaires, la nouvelle Faculté de théologie et, surtout, les écoles privées, les nouveaux collèges, et même le lycée. A Paris, le père Delpuits reprend la pratique des collèges jésuites : sa Congrégation, dès ses débuts en 1801 et 1802, réunit des étudiants, principalement de médecine, mais aussi provenant des « grandes écoles » et du droit. A « cette jeunesse qui marche aujourd'hui à l'aveugle et que l'on égare tous les jours davantage », il veut faire « connaître des vérités [...] importantes à son bonheur ». Sa réussite sera réelle : la congrégation parisienne fit d'abord œuvre d'éducation religieuse de la jeunesse étudiante avant de devenir, dès la fin de l'Empire et durant la Restauration, un paravent religieux à de hautes et discrètes ambitions politiques.

Le renouveau passe enfin de plus en plus par les femmes qui jouent maintenant un rôle de premier plan. Elles appuient l'action des évêques réformateurs ; elles sont surtout présentes aux côtés de fondateurs – Mlle de Cicé, auprès de Clorivière, Mlle de Lamourous avec Chaminade – ou de curés de paroisse zélés. Issues souvent de la noblesse, mais aussi de la petite bourgeoisie, voire de la paysannerie aisée, elles sont animées d'une commune ambition : devenir fondatrice. La Révolution leur a largement dégagé la voie, laissant une France un instant sans curés et sans religieuses. Un cas parmi tant d'autres : Anne-Marie Rivier s'était vu, à cause de sa petite taille, refuser l'entrée dans une communauté religieuse avant 1789 ; après le départ des réfractaires, dans un village perdu du Vivarais, cette femme énergique et volontaire « fait le curé », puis elle forme des institutrices, ouvre des écoles ; sa famille religieuse, la Présentation de Marie, est devenue à la fin de l'Empire la première des congrégations enseignantes du Sud-Est. L'histoire se répète en Franche-Comté où Jeanne-Antide Thouret fonde la Charité de Besançon, qui essaime bientôt à Naples, puis à Rome ; à Paris, puis Amiens, où Madeleine-Sophie Barat ouvre les premiers pensionnats des Dames du Sacré-Cœur, première congrégation du XIXe siècle vouée à l'éducation des « demoiselles ».

Toutes ces fondations qui voient le jour avant 1810 compteront souvent parmi les plus importantes du siècle : elles serviront plus encore de modèles à des fondatrices qui, pendant plus de soixante-dix ans, suivront leur exemple avec persévérance et efficacité. Paradoxal lendemain de Révolution : place nette a été faite pour le clergé séculier, victoire est revenue aux prêtres « catholiques romains », mais ce ne sont pas eux, mais des femmes, des laïques, vite devenues fondatrices, qui fournissent l'élément moteur du renouveau. L'Église catholique ne s'y est point trompée en béatifiant et canonisant ces « talents » révélés par la Révolution : Marie-Madeleine Postel, Jeanne-Antide Thouret, Sophie Barat, Anne-Marie Rivier, et quelques autres encore…

Le mouvement vers Rome et le renouveau missionnaire
par Philippe Boutry

« Rome, l'unique objet de mon ressentiment » ?

Plus sûrement que ne le fera Pie IX, la Révolution a dissous l'unité gallicane. La rupture intervenue entre la France et Rome doit être cependant appréciée dans toute sa violence. Pendant plus de vingt années, l'État français, sa classe politique, son administration et son armée manifestent un véritable acharnement contre la papauté. Conflit tout ensemble national, politique et religieux qui se nourrit à toutes les sources de l'ancien gallicanisme, du ressentiment janséniste, de la philosophie des Lumières et de la logique étatique. Avignon et le comtat Venaissin, possessions territoriales des papes depuis le XIIIe siècle, sont annexés en septembre 1791. Pie VI, qui condamne, dès mars 1790, la Déclaration des droits de l'homme, qui réprouve l'émancipation des protestants et des juifs, et dénonce la liberté des opinions, qui laisse impunis, en janvier 1793, les assassins du diplomate Hugou de Bassville, exalte le « martyre » de Louis XVI, et encourage les puissances alliées contre la République, fait figure d'ennemi irréductible de la Révolution. A la condamnation de la Constitution civile, le pape est brûlé en effigie au Palais-Royal, et d'innombrables caricatures font de ses brefs autant de torche-culs. Le nonce Dugnani quitte Paris en mai 1791 : une nonciature permanente ne sera rétablie qu'en 1819. La guerre d'Italie est en partie conçue par le Directoire comme une expédition punitive. Bonaparte envahit l'État pontifical en 1796, et lui ôte Avignon et les Légations au traité de Tolentino (17 février 1797). Berthier proclame une République à Rome en février 1798. Pie VI est arraché à sa capitale, conduit à Florence, puis, par une décision proprement criminelle au regard du grand âge et de l'état de santé du prisonnier, transporté par-delà les Alpes : il meurt d'épuisement à Valence le 28 août 1799. « Rome, l'unique objet de mon ressentiment »…

Les prêtres français dans l'État pontifical
(1792-1800). Origine par diocèse.

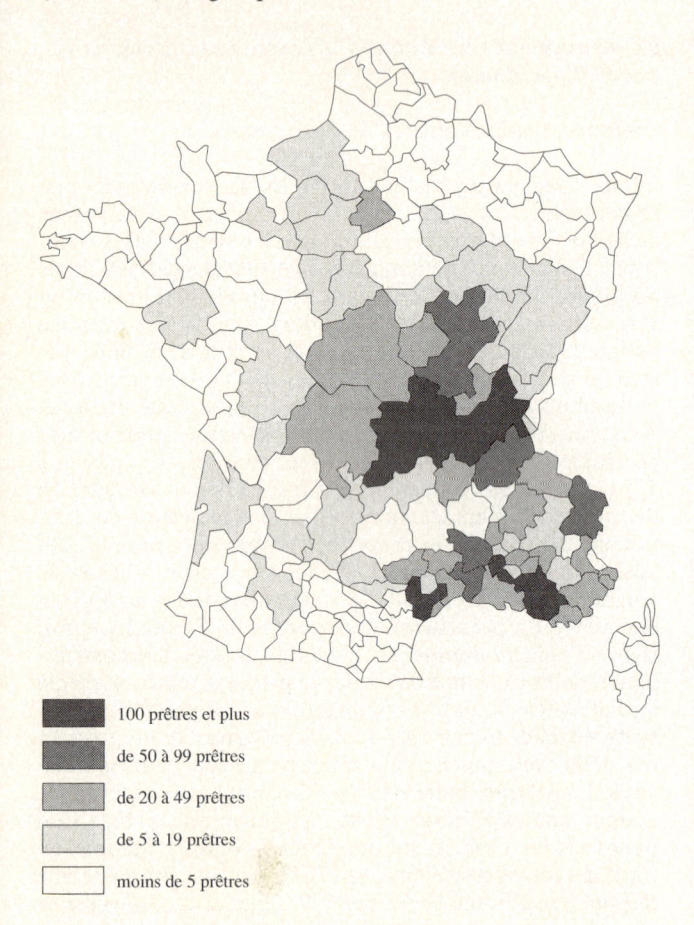

- ■ 100 prêtres et plus
- de 50 à 99 prêtres
- de 20 à 49 prêtres
- de 5 à 19 prêtres
- moins de 5 prêtres

Un revirement pourtant, dès ces années, se fait jour. L'accueil d'environ 3 000 prêtres ou religieux dans l'État pontifical, à partir de l'automne 1792, constitue un événement de première importance dans la mutation de l'image de Rome parmi le clergé français. Malgré l'exiguïté de ses ressources financières et la suspicion persistante qui entoure les réfugiés en leur triple qualité de Français, de gallicans et, pire peut-être, de jansénistes, Pie VI assume son rôle de « pasteur universel ». Une Œuvre pie de l'Hospitalité aux Français (*De Caritate Sanctae Sedis erga Gallos*) se met aussitôt en place sous la direction de Mgr Lorenzo Caleppi ; les prêtres émigrés sont répartis auprès des communautés religieuses et des établissements diocésains à l'intérieur de cinq circonscriptions (Rome, Pérouse, Viterbe, Bologne et Ferrare), et placés sous la responsabilité des évêques, la ville même de Rome demeurant pour la plupart interdite – elle n'en comptera jamais plus de 300, à la demande de Pie VI. Ils sont 200 prêtres réfugiés avant septembre 1792 : ils seront 2 200 au terme des mois tragiques d'octobre et de novembre 1792, et 2 973 en décembre 1794, d'après l'étude de R. Picheloup. L'immense majorité est originaire des diocèses frontaliers du quart Sud-Est de la France, Provence, Dauphiné, région lyonnaise et Auvergne en premier lieu. Peu d'évêques cependant – 14 tout au plus sur près de 130 (dont la haute figure de Mgr d'Aviau du Bois de Sanzay, archevêque de Vienne, futur archevêque concordataire de Bordeaux), indice certain d'une tiédeur romaine de l'épiscopat gallican : mais l'habile abbé Maury, porte-parole du clergé royaliste à l'Assemblée, est fait évêque de Montefiascone en mai 1792, puis cardinal en 1794. Un lent retour, en deux phases (printemps 1795, printemps-été 1797), ramènera en France des prêtres, sinon « ultramontains », du moins « romains » de cœur.

Les voyages, contraints ou volontaires, des pontifes en France contribuent également à modifier l'image de la papauté parmi les fidèles et à resserrer les liens affectifs et sensibles de l'Église de France avec Rome. Lors de l'ultime et douloureux itinéraire de Pie VI en Dauphiné, dans l'été 1799, à Briançon, à Gap, à Valence, les populations se pressent au passage du « pape martyr » : « En vérité, je n'ai pas trouvé une foi si grande en Israël », dit le pape à Briançon, retrouvant au pays de la Révolution le mot du Christ au centurion romain de Capharnaüm (Luc 8,9). Le long séjour de près de six mois (novembre 1804-avril 1805) de Pie VII en France, à l'occasion du couronnement de Bonaparte, est un triomphe, à Chalon où il célèbre la Semaine Sainte, puis à Lyon où il consacre Notre-Dame de Fourvière en présence du cardinal Fesch. Il ne sera pourtant pas davantage épargné par l'Empire que ne l'a été son prédécesseur par la République. Miollis entre à Rome en février 1808, l'État pontifical est annexé en mai 1809. Radet s'empare de sa personne, et il est retenu prisonnier pendant cinq années (1809-1814), à Savone, puis à Fontainebleau, soumis à l'isolement et à toutes sortes de pressions, avant d'être libéré à contrecœur en janvier 1814. Si le voyage forcé du pape de Savone à Fontainebleau (9-19 juin 1812) est un véritable enlèvement de police, son retour de Fontainebleau vers Savone et la liberté (23 janvier-16février 1814), par Limoges, Toulouse, Montpellier, Aix et Nice, voit affluer dans le Sud-Ouest et le Sud-Est (on avait voulu éviter l'axe rhodanien) des foules inquiètes et émues, conduites par leur clergé. Le « Père commun des fidèles » a retrouvé le chemin des cœurs.

La décomposition du gallicanisme

Seule la monarchie restaurée en 1814 était en mesure de réunir dans leur totalité les composantes gallicanes : une dynastie, des lois, un épiscopat, une tradition. La race royale tente de ressaisir une sacralité évanouie. Louis XVI, le « roi martyr », est vénéré chaque 21 janvier à l'égal d'un saint. Le 10 décembre 1818, Louis XVIII annonce son intention de renouer avec « la solennité nationale où la religion consacre l'union intime du peuple avec son roi » : « En recevant l'onction royale au milieu de vous, déclare-t-il devant les deux Chambres, je prendrai à témoin le Dieu par qui règnent les rois, le Dieu de Clovis, de Charlemagne, de Saint Louis ; je renouvellerai, sur les autels, le serment d'affirmer les institutions fondées par cette Charte que je chéris davantage depuis que les Français, par un sentiment unanime, s'y sont franchement ralliés. » En 1825, le sacre de Charles X à Reims est la répétition solennelle mais désuète des rites de la monarchie : la sacralité royale n'est plus, et la Sainte ampoule n'a-t-elle pas été définitivement brisée à Reims par le conventionnel Philippe Rühl, le 7 octobre 1793, en présence du peuple assemblé, aux cris de Vive la République ? En 1830, la dynastie légitime s'éloigne à jamais, tandis que Pie VIII, sur le conseil du très politique cardinal Albani, engage le clergé à prier pour le nouveau roi, et rappelle le trop légitimiste nonce Lambruschini : ni les Orléans, ni les Bonaparte ne recueilleront l'héritage sacral des Bourbons.

La Restauration n'a pas davantage réussi à obtenir de Rome le rétablissement pur et simple du concordat de 1516, qui seul paraît pouvoir effacer les « scandales » du traité de 1801 et restaurer l'antique Église gallicane dans ses « libertés » et sa splendeur. Car Louis XVIII (qui ne pardonnera jamais à Pie VII le sacre de « l'usurpateur ») est entouré des reliques de l'épiscopat de 1789, qui ont refusé en 1801 leur démission au pape pour rester fidèles à leur roi, et ne dissimulent envers Rome ni leur dédain ni leur ressentiment. « Le pape s'arrogea le droit d'effacer par un acte de son propre mouvement une Église tout entière qui était en possession, depuis quinze cents ans, de ses droits, de sa législation et de sa discipline », proteste en 1815, dans son *Précis sur les affaires actuelles de l'Église de France,* Mgr de Talleyrand-Périgord, Grand aumônier de Louis XVIII. « Il la créa au même instant sous une nouvelle forme et changea à son gré la circonscription de tous les diocèses ; il prononça la suppression de tous les titres ecclésiastiques ; aucune forme canonique, aucune procédure régulière ne fut suivie ; aucune loi du royaume ne fut consultée. » L'échec de Louis XVIII, de ses évêques et de ses ministres à opérer la restauration de l'Église gallicane d'Ancien Régime ne rend que plus patentes la profondeur de la rupture intervenue et la solidité des positions acquises par le Saint-Siège. Six années d'interminables négociations (1814-1822) seront nécessaires pour que la monarchie s'en convainque.

Le gallicanisme royal se mue dès lors en un gallicanisme réglementaire fondé sur l'héritage des articles organiques, que ses fonctionnaires n'ont cesse de justifier et de commenter. En 1844, au plus vif de la querelle sur le monopole de l'Université, l'illustre Dupin aîné, avocat de la famille d'Orléans, procureur général près la Cour de cassation, futur président de l'Assemblée législative de 1849 et sénateur de l'Empire, réédite son *Manuel de droit ecclésiastique* : « C'est l'ouvrage d'un catholique, écrit-il en guise d'avertissement, mais d'un catholique gallican, d'un homme qui aime la religion, qui honore le clergé, qui révère dans le souverain pontife le chef de l'Église universelle et le père commun des fidèles ; mais c'est aussi l'œuvre d'un jurisconsulte qui veut que les lois soient gardées et observées par tous les ordres de citoyens ; d'un homme public qui tient pour maxime que l'Église est dans l'État et non l'État dans l'Église. » Ses adversaires ont beau jeu de dénoncer la caricature, ou l'imposture, quand la protection du roi s'est faite tutelle de l'État, quand l'administration courtelinesque du ministère des Cultes s'est substituée au Parlement, quand les « libertés gallicanes » servent d'argument à maires et préfets pour batailler contre le clergé. L'isolement intellectuel du courant gallican se fait, après 1860, toujours plus grand, malgré la renaissance d'un gallicanisme modéré, favorisé par les choix épiscopaux du Second Empire : combat perdu, quand le conflit des intérêts de l'Église et de l'État, autour de l'unité italienne et de la politique intérieure, se fait plus violent, et les « ultramontains », plus pressants et plus polémiques. Il n'est pas jusqu'à l'ombre du jansénisme qui ne desserve la cause gallicane aux yeux des catholiques : la référence aux *Provinciales* de Pascal contre la Compagnie de Jésus est à leurs yeux le signe d'une collusion avec le libéralisme, et ce n'est pas pour eux l'effet du hasard que l'historien de *Port-Royal* (1840-1859) soit l'incrédule Sainte-Beuve. La défaite du gallicanisme est en ce sens la faillite de l'État moderne comme « évêque du dehors ».

Seul, jusque dans les années 1860 – c'est-à-dire très avant dans le siècle – le gallicanisme épiscopal demeure puissant, et défend avec vigueur et obstination la tradition disciplinaire, ecclésiale et cultuelle de l'ancienne Église, dont Saint-Sulpice continue à diffuser l'enseignement. Clausel de Montals à Chartres, d'Astros à Toulouse, La Tour d'Auvergne à Arras, Quelen puis Affre à Paris, durant la monarchie de Juillet ; Dupanloup à Orléans, Mathieu à Besançon, Morlot puis Darboy à Paris, Ginoulhiac à Grenoble sous l'Empire, sont, selon diverses nuances, les derniers gallicans ; ils formeront (avec Maret) le noyau de la minorité opposée, lors du premier concile du Vatican, à la proclamation de l'infaillibilité pontificale. Le poids de leur éducation ecclésiastique, l'attachement aux traditions de leurs diocèses, la défense de leur autorité vis-à-vis non seulement de Rome, mais encore de leurs prêtres, ou du journalisme catholique que symbolise *l'Univers* de Louis Veuillot, la préoccupation d'une entente avec l'autorité civile, une tenace prévention enfin – nationale autant qu'ecclésiale – à l'encontre des formes plus affectives de la « piété italienne », fondent et légitiment la longue résistance des évêques face à l'irrésistible mouvement qui emporte le catholicisme français vers Rome, auxquels ils participent tous néanmoins. Car le gallicanisme, en 1860, et plus encore en 1880, a changé de sens : moins Église que sentiment de particularité nationale et ecclésiale, et regret d'un temps où l'État marchait avec l'Église *en concordat*.

« Omnia in Christo instaurare »

« Le trait caractéristique de cette époque », s'écrie en 1849 le nouvel évêque d'Amiens, Salinis, ancien compagnon de Lamennais, ami et protecteur de Gerbet, « c'est le mouvement vers Rome… L'époque actuelle est une époque de transition et de régénération, c'est la veille d'une ère nouvelle. Rome est le centre des espérances de la catholicité ; c'est donc de Rome que doit partir le mouvement régénérateur des sociétés humaines ».

Ce beau mouvement d'éloquence épiscopale résume la ferveur romaine d'une génération (Gousset, Mazenod, Parisis, Gerbet, Lacordaire, Montalembert, Gaume, Pie, Guéranger), née pendant la Révolution, grandie dans la fièvre mennaisienne, parvenue aux responsabilités au milieu du siècle, et qui fera et verra aboutir le complet ralliement de l'Église de France autour de Pie IX. On les a dits, on les dit encore *ultramontains*. Le mot, hérité des luttes du XVIIe siècle et popularisé dans les débats du XIXe siècle, rapporte à la géographie (l'outre-mont, c'est-à-dire l'Italie, c'est-à-dire Rome) un ensemble de doctrines, de valeurs, d'opinions et de sensibilités qui se rattachent à une conception de l'Église et de la vie religieuse. Le terme est essentiellement polémique : il s'alimente d'une ancienne prévention gallicane contre la papauté, et se renforce de préjugés nationaux envers une Italie dont l'image s'est considérablement dégradée ; depuis le XVIIIe siècle, la péninsule n'est plus guère qu'un admirable musée d'antiques; la modernité politique, économique et culturelle s'est, en termes de modèles, notamment dans le courant libéral, déplacée vers le nord, l'Angleterre, bientôt les États-Unis ou l'Allemagne. Aussi le qualificatif est-il récusé par ceux qui voient dans le mouvement vers Rome l'occasion d'une régénération du catholicisme français : aspiration vers l'unité à l'heure où s'accumulent les menaces des « temps mauvais »; espérance dans une Église qui a reçu les « promesses du temps »; utopie religieuse, en un siècle qui en connut tant, et dont il convient de prendre toute la mesure, intellectuelle, morale, liturgique, sacrale, affective.

A l'origine de l'élaboration d'une nouvelle image de la papauté se situent deux courants intellectuels : l'un, spécifiquement romain, s'est affirmé dans la réaction antijanséniste du second XVIIIe siècle; l'autre, français et européen, s'ancre dans le traditionalisme philosophique et politique du premier XIXe siècle.

On mésestime parfois l'importance, pour l'histoire religieuse de la France, de l'école romaine de théologie et d'apologétique dont les premières manifestations datent, comme l'a noté D. Menozzi, du tournant (1758) que marque dans l'histoire de l'Église la mort de Benoît XIV, le pape de l'*Aufklärung* catholique. Avec son successeur, Clément XIII, s'opère une réaction « intégraliste » avant la lettre, où plongera ses plus profondes racines le catholicisme intransigeant du XIXe siècle. Une politique de fermeté envers la prétention de l'État moderne à réformer ou gouverner l'Église, le refus du jansénisme et des Lumières, vont de pair avec la réaffirmation rigide de l'autorité pontificale et de la tradition hiérarchique de l'Église; s'instaure également, dès ces années, un sensible déplacement d'accent vers des formes anciennes (reliques, indulgences) ou renouvelées (culte du Sacré-Cœur, chemins de croix, missions) de la ferveur religieuse du « peuple fidèle ». La suppression de la Compagnie de Jésus suscite dans le même temps l'essor des sociétés secrètes catholiques (Amitiés, congrégations), et alimente un inquiet mouvement millénariste et apocalyptique, que la Révolution confortera.

L'apologétique intransigeante des « curialistes » romains (Zaccaria, Cuccagni, Marchetti, Anfossi) est à l'origine d'un réveil ecclésiologique du modèle tridentin. C'est en août 1794, au cœur de la Révolution, que Pie VI promulgue la bulle *Auctorem Fidei*, portant condamnation des actes du concile réformateur de Pistoie (1786), qui sera la charte du combat antijanséniste du XIXe siècle; c'est en 1799, à l'heure la plus noire de l'histoire de la papauté, qu'un obscur moine camaldule, Mauro Capellari, qui deviendra en 1831 le pape Grégoire XVI, publie *le Triomphe du Saint-Siège et de l'Église contre les assauts des novateurs*. Quand le *monde*, le siècle, le prince semblent abandonner l'Église de Jésus-Christ, le déchiffrement des « signes des temps » se fonde en espérance, le malheur se mue en expiation régénératrice, la tradition se fait autorité, la fidélité à l'Évangile, crispation ou réaction ecclésiale. C'est à la lecture des ouvrages de Marchetti, futur traducteur italien de Lamennais, que Maistre ou le jeune Guéranger connaissent leurs premières ferveurs romaines; c'est Anfossi qui est à Rome le premier censeur, favorable, de l'*Essai sur l'indifférence*. Le court pontificat de Léon XII (1823-1829), pape *zelante*, adversaire résolu des compromis de l'âge de Consalvi, promoteur de l'année sainte 1825, s'ouvre, par l'encyclique *Ubi primum* (3 mai 1824), sur le mot d'ordre de tous les intégralismes catholiques à venir (que reprendra le futur cardinal Pie en 1849, puis le pape Pie X en 1903 encore): *omnia in Christo instaurare*, « restaurer toute chose en Jésus-Christ ».

Le courant traditionaliste européen du premier XIXe siècle (Bonald, Maistre, Haller, Ballanche, Lamennais, Ventura) ne pouvait pas ne pas rencontrer la nouvelle apologétique romaine; mais la *tradition* philosophique et politique des premiers ne coïncidera pas toujours avec la *tradition* scripturaire et ecclésiale des seconds. En 1819, à Lyon, Joseph de Maistre publie *Du Pape* : « Les papes furent les instituteurs, les tuteurs, les sauveurs et les véritables génies constituants de l'Europe »... En réaction contre la pensée des Lumières qui a enfanté la Révolution abhorrée, le traditionalisme pourfend raison individuelle, critique philosophique et contrat social au nom d'une mystique de l'autorité, de l'ordre et de l'unité. C'est à travers ses thèses que s'élabore en France, à partir des années 1820, la réévaluation philosophique, politique et sociale de l'Église de Rome : sens commun et raison générale, instinct et tradition convergent vers la papauté et lui confèrent le consentement des siècles et des nations.

Un homme, en ces années confuses et prophétiques de réaction et de restauration, incarne cet élan : Félicité de Lamennais (1782-1854). Parce qu'il possède « l'impatience de l'universel » (J. Lebrun) et l'amour de la liberté, parce qu'il est sans nostalgie du passé, détaché des intérêts du présent, tout entier tendu vers l'avenir, parce qu'il s'est fait prêtre enfin, à Vannes en 1816, non sans scrupule ni violence intérieure, il sait unir l'intelligence de la tradition à la passion de la foi, et conduire avec feu le combat contre les prudences, les étroitesses et les équivoques de la restauration gallicane de 1814.

Les années mennaisiennes sont pour le catholicisme français un creuset d'idées, un foyer de débats, un berceau d'espérances. Le premier volume de l'*Essai sur l'indifférence en matière de religion* (1817) lui apporte la célébrité ; un « travail d'influence », poursuivi avec détermination comme écrivain, journaliste et éducateur, le conduit à dénoncer toujours plus amèrement les articles gallicans de 1682, les limites et les compromissions inscrites dans le Concordat, à vomir avec violence l'Université étatisée. Publié au retour d'un premier voyage à Rome, où il est reçu avec égards par Léon XII, *De la Religion* marque en 1825-1826 un premier tournant : les « libertés gallicanes » tant vantées ne sont que « maximes de schisme », l'Église de France est une « Église nationale » ; la religion n'est « aux yeux de la loi qu'une chose qu'on administre » ; or, « l'État est athée ». Seule, « divine par son institution, indépendante par sa nature, l'Église catholique subsiste par elle-même : avec sa hiérarchie, ses lois, sa souveraineté inaliénable, elle est la plus forte des sociétés... Elle a reçu pour mission de conduire et les rois et les peuples dans les voies où Dieu même leur commande de marcher ». L'année même du sacre de Charles X, Lamennais sépare la cause de la religion de celle de la monarchie : « Le roi est un souvenir vénérable du passé, l'inscription d'un temple ancien, qu'on a placé sur le fronton d'un autre édifice tout moderne. » En 1829, un nouvel ouvrage, *Des Progrès de la Révolution et de la guerre contre l'Église,* par ses appels passionnés à l'unité et à la liberté de l'Église, contre toute forme de transaction avec la monarchie et le gallicanisme, approfondit la rupture avec l'État au nom de la tradition de l'Église.

La révolution de 1830, la chute définitive de la dynastie légitime, la fondation (avec Gerbet, Rohrbacher, d'Eckstein, de Coux, Lacordaire, Montalembert) du journal *l'Avenir* (16 octobre 1830-15 novembre 1831) précipitent l'évolution politique et religieuse de Lamennais : « Dieu et la Liberté », porte fièrement en exergue le nouveau journal, que dénoncent à Rome, d'un même élan, l'épiscopat gallican, la nonciature et Metternich. La référence à Rome, jadis libératrice, devient ambiguë, illusoire : dans le même temps, Grégoire XVI, le pape camaldule élu en février 1831, s'emploie à réduire avec l'aide de l'Autriche ses sujets révoltés à l'obéissance, et exhorte les évêques de la Pologne insurgée, puis écrasée, à prêcher l'amour de l'autorité... La condamnation des doctrines de *l'Avenir* dans l'encyclique *Mirari vos* (15 août 1832), la condamnation de Lamennais lui-même et de ses *Paroles d'un croyant* par l'encyclique *Singulari nos* (7 juillet 1834), marquent le terme douloureux d'une aventure intellectuelle de vingt années : dans les *Affaires de Rome* (1836), Lamennais ne verra plus, dans la capitale de l'unité catholique, que la « cité de la mort ».

Ses disciples, prêtres ou laïcs, au contraire se soumettent et regagnent l'Église. Lamennais, abandonné, leur lègue, avec l'élan qui l'a porté vers Rome, et ce ton d'amertume et de violence qui lui est propre, et qui ne quittera pas ses héritiers, l'amour de l'Église comprise comme unité, hiérarchie et autorité, le sens de l'histoire entendue comme tradition et régénération dans le passé chrétien, l'espérance conçue comme intransigeance pour le présent et prophétie pour l'avenir. Mais peu de science, et moins encore de cohérence politique : ses projets de « haute éducation ecclésiastique » ont échoué, et l'apologétique tient lieu d'érudition ; les doctrines de liberté de *l'Avenir* ont été brisées par l'État et par l'Église, et c'est en vain que Lacordaire et Maret tenteront à nouveau, en 1848, de les faire revivre ; en 1851, Veuillot, Salinis, Gerbet, Guéranger, Montalembert lui-même auront, au nom de l'ordre chrétien, toutes les indulgences pour l'auteur du coup d'État, main de la Providence, homme de la droite du Seigneur... avant de l'accuser de toutes les trahisons. Le mouvement vers Rome des années 1835-1875 consolide ainsi les espérances des années mennaisiennes, en recomposant ses éléments en une synthèse unitaire et autoritaire.

Réconciliation et effusion

L'élan qui entraîne irrésistiblement l'Église de France vers Rome procède, cependant, plus que des mutations de « l'esprit du temps », des raisons du cœur : un « ultramontanisme affectif », un ébranlement de la piété et du sentiment religieux ont été, dans les années 1835-1875, la voie et le moteur d'un ralliement au lointain siège de Pierre.

Le mouvement vers Rome s'ancre d'abord dans une intense aspiration pénitentielle, contemporaine des missions expiatoires de la Restauration et du ralliement des confesseurs à la morale liguorienne. L'essor de la demande française d'indulgences, étayée par le *Traité* (1826) de Mgr Bouvier, est fondée, dans la culture commune des fidèles, sur la croyance en un Purgatoire où souffrent les âmes des défunts dans l'attente, plus ou moins longue, de la délivrance et de la félicité éternelle. L'indulgence manifeste la complémentarité de la vie terrestre et céleste, et la solidarité des vivants et des morts : communion des saints, à travers laquelle les prières de l'Église consentent d'éteindre la peine temporelle des pécheurs et d'abréger les tourments de l'au-delà. Évêques, prêtres et laïcs multiplient les suppliques en Cour de Rome : 3 000 durant la Restauration, 10 000 sous la monarchie de Juillet. Leur répartition périphérique (Lyon et Toulouse, l'Est et le Nord, l'Ouest et les hautes terres du Massif central) recoupe la géographie des « terres de chrétienté ». Ce sont des indulgences plénières, pour les vivants et pour les morts, destinées aux églises paroissiales à l'occasion de fêtes solennelles, ou sous la forme d'autels privilégiés pour le repos de l'âme des défunts ; elles confortent les confréries renaissantes du Rosaire ou du Sacré-Cœur, les missions réparatrices, l'érection des chemins de croix ou la distribution des chapelets.

De Rome viennent encore, au lendemain des destructions révolutionnaires, de nouvelles reliques. Les corps saints des catacombes sont extraits des cimetières souterrains depuis la seconde moitié du XVIe siècle, comme les restes des martyrs de la primitive Église, sur la base d'indices archéologiques fragiles (la palme, le « vase de sang »). A l'aube du XIXe siècle, la France catholique s'émeut à retrouver dans les catacombes la mémoire, ravivée par la Terreur, des persécutions païennes et de l'héroïsme chrétien. C'est en 1809 que Chateaubriand publie *les Martyrs* : les souffrances d'Eudore et de Cymodocée préludent à la naissance d'une littérature archéologico-apologétique où triompheront la *Fabiola* (1855) du cardinal Wiseman et le *Quo vadis* (1896) de Sienckiewicz. Inépuisable reliquaire, les catacombes distribuent à nouveau leurs richesses : des quelque 1 800 corps saints extraits à Rome dans la première moitié du siècle, près du quart prend le chemin de la France, dont quelque 300 entre 1835 et 1850. Les fêtes de la translation d'Exupère à la cathédrale de Lyon (1838), d'Artémon à celle de Rodez (1839), de Theudosie à celle d'Amiens (1853), organisées par Salinis – 27 cardinaux, évêques et archevêques sont présents, dont Pie, Gousset et Wiseman ; le couple impérial viendra l'année suivante –, marquent les principales étapes de la diffusion du culte en France, dont la géographie recoupe des terres de fidélité, ou d'engouement passager : Lyon, Paris, Marseille, l'Ouest, le Nord, les hautes terres du Massif central. La brève et éphémère expansion des corps saints en France se brise cependant, dans les années 1850, sur les développements de l'archéologie chrétienne (De Rossi, Le Blant, Martigny) et les controverses sur la preuve du martyre. A travers elle, le « goût italien », son esthétique, son affectivité font irruption dans la piété gallicane. Les ossements du martyr, munis de leurs « authentiques », ne sont plus offerts à la vénération des fidèles dans d'austères reliquaires, mais sous des figures de cire, vêtues « à l'antique » d'une robe immaculée ou d'une tunique guerrière, la palme à la main, sous une chasse de verre. Des processions immenses accompagnent les translations des reliques, qui trouvent bientôt place dans la dévotion des populations rurales, des communautés religieuses ou de la pieuse jeunesse des collèges. Les « jeunes saints » exaltent le goût du sacrifice et de la pureté ; dans la fidélité au témoignage des catacombes, l'Église de France unit la sanctification du martyre à la célébration de Rome.

Un nouveau culte s'impose alors, profondément marqué par la « poétique » du XIXe siècle catholique. Les ossements de Philomène – PAX TECUM FILUMENA, dit une inscription de terre cuite placée en désordre sur le *loculus* de sa tombe –

ont été découverts à Rome en 1802, dans la catacombe de Priscille; ce sont ceux d'une jeune fille de treize à quinze ans, présumée martyre selon les critères du temps. Ils sont confiés en 1805 à un jeune prêtre napolitain, Francesco De Lucia qui les transfère dans l'église de Mugnano del Cardinale, près de Nole. Miracles et guérisons se multiplient, dans un climat de ferveur; le récit s'en répand à partir de 1824. Les révélations d'une religieuse napolitaine confèrent à Filumena une histoire, fondée sur les modèles de la *Légende dorée* et une lecture inventive des symboles de l'inscription. En 1837, Grégoire XVI concède à Filumena une messe et un office *de communi*; en 1849, Pie IX en exil vénère la sainte à Mugnano, et lui accorde en 1855 un office propre : pour l'inconnue de la catacombe romaine, un parcours hagiographique exceptionnel est achevé en un demi-siècle. En France, l'expansion du culte est immédiate, dès les années 1834-1835. Dans l'été 1835, Pauline Jaricot se rend à Mugnano; guérie, comblée de reliques, reçue par Grégoire XVI, elle cède à son retour plusieurs parcelles du corps saint au curé d'Ars, qui popularise parmi les pèlerins le recours à la « jeune thaumaturge » : une première Philomène est baptisée à Ars le 27 octobre 1835; près de la moitié des filles de la paroisse, et des milliers d'autres partout en France, porteront le doux nom à consonance hellénique, que la *Sœur Philomène* (1861) des frères Goncourt fera entrer jusqu'en littérature naturaliste. Les sanctuaires se multiplient : à Paris, dans l'église Saint-Gervais, dès 1836; à Rossillon (Ain) et Sempigny (Oise) en 1838; à Lyon, sur la colline de Fourvière, en novembre 1839; puis, dans les années suivantes, à Neuville-sur-Seine (Aube), Saulles et Thivet (Haute-Marne), Montdidier et Tours-en-Vimeu (Somme), Herly, Liettres et Crépy (Pas-de-Calais)... selon une géographie privilégiant la région lyonnaise, le Nord et l'Est. Les initiatives dévotionnelles des prêtres ou des fidèles sont suscitées ou relayées par une abondante littérature populaire, française, allemande, bretonne (à Guingamp, dès 1840). Philomène prend ainsi place au premier rang des saints invoqués par les catholiques français.

Tradition et autorité

C'est à Rome que le catholicisme français vient ainsi pratiquer et approfondir, par une relecture active de son histoire et de sa tradition (simplifiées parfois, au gré des polémiques ou des ignorances, jusqu'à la caricature), ce que Péguy nommera un *ressourcement*. Le rétablissement de la liturgie romaine en France en participe pleinement. La diversité liturgique des diocèses français est, à l'aube du XIXe siècle, le produit d'une histoire plus que millénaire : coexistent avec le rite romain, introduit à l'époque carolingienne, puis à nouveau par la Réforme catholique du XVIe siècle, des liturgies « indigènes », viennoise ou lyonnaise, et des liturgies récentes, nées des tentatives inachevées et désordonnées de « correction » des XVIIe et XVIIIe siècles ; en 1814, des 60 diocèses français, 22 suivent le rite romain, 20 le rite parisien imposé en 1736 par Mgr de Vintimille, et 18 des rites particuliers. L'unité liturgique se fera autour de Rome encore. Au printemps 1830, un jeune abbé mennaisien de 25 ans, Prosper Guéranger, futur restaurateur de l'ordre bénédictin, fait de la liturgie l'argument d'un nouveau combat. Ses « Considérations sur la question liturgique », que publie le *Mémorial catholique,* portent condamnation des liturgies françaises comme entachées de schisme et d'hérésie. Fort d'une érudition approximative « où les textes », écrira cruellement Guérard dans la jeune *Bibliothèque de l'École des Chartes,* « n'ont pas toujours le facile mérite de la fidélité », et d'une violence verbale qui associe aux liturgies « gallicanes » impiété et infamie, il reprend la lutte dans ses *Institutions liturgiques* (1840-1841). Dans le déchaînement des passions, les premiers ralliements se font jour : Du Pont en Avignon en 1836, Donnet à Bordeaux en 1837, Mazenod à Marseille et Parisis à Langres, avec éclat, en 1839. Si Grégoire XVI, en 1842, par un bref destiné à Gousset, ralentit les plus ardents par crainte des dissentiments, Pie IX appuie avec vigueur l'achèvement du processus. En l'espace de quinze ans (1845-1860), 51 diocèses rejoignent l'unité liturgique autour de Rome, qui brise sans ménagement les résistances de clergés attachés à leurs usages. Ferment d'unité, le rétablissement de la liturgie romaine devient gage d'obéissance et preuve d'autorité. Au lendemain de la proclamation de l'infaillibilité pontificale, les diocèses dirigés par les évêques de la minorité sont les derniers à se soumettre à la loi commune, et à abandonner le bréviaire de Vintimille : Guibert, successeur de Darboy, à Paris en 1873, Mathieu à Besançon en 1874, et, *last, but not least,* Dupanloup à Orléans en 1875.

Redécouverte difficile d'une dimension essentielle de la vie chrétienne, la restauration des ordres monastiques masculins, anéantis par la Révolution, passe également par Rome. C'est dans l'église du Gesù, le 7 août 1814, dix semaines après son retour, que Pie VII rétablit la Compagnie de Jésus : les jésuites sont déjà près de 200 en France en 1820, non sans susciter à nouveau rejets et controverses. C'est à Rome, près des ruines de la basilique Saint-Paul-hors-les-murs, qu'en juillet 1837, Prosper Guéranger prononce ses vœux monastiques d'abbé de Solesmes et de supérieur général de la nouvelle congrégation des bénédictins de France. C'est à Rome encore, à Sainte-Marie de la Minerve, qu'en avril 1839, Henri Lacordaire, l'ancien compagnon de Lamennais, prend l'habit dominicain : il reparaît en février 1841 dans l'habit blanc des Frères pêcheurs, pour parler, à Notre-Dame de Paris, de « la vocation religieuse de la nation française ». La congrégation romaine des évêques et réguliers est l'interlocuteur privilégié des rénovateurs et des fondateurs d'ordres, dont elle examine avec soin, et une prudente lenteur, les constitutions, qu'elle réforme au besoin avant de promulguer brefs de louange et d'approbation. Elle acquiert ainsi en France au fil des ans, hors de la législation de l'État, un rôle juridictionnel et disciplinaire que confortent les *Collectanea* de décisions des cardinaux-préfets Sala (1836) et Bizzarri (1863). Les ordres religieux seront tous désormais, dans les nombreux conflits nationaux ou diocésains qui émaillent l'histoire de leur renaissance au XIXe siècle, *romains.*

L'épiscopat français retrouve enfin, à partir des années 1840, avec les chemins de Rome, une tradition que le concile de Trente avait inscrite dans les devoirs de sa charge : la visite *ad limina apostolorum,* aux tombeaux des apôtres Pierre et Paul, visite que Sixte Quint, par la constitution *Romanus Pontifex* du 20 décembre 1585, avait associée à la rédaction et à la remise d'un rapport quadriennal sur l'état du diocèse, confié à l'examen de la congrégation du Concile. Observée imparfaitement dans le royaume jusqu'au début du XVIIe siècle, l'obligation avait été ensuite abandonnée par l'Église gallicane : les dernières relations conservées datent de 1633 pour Arras, de 1656 pour Cambrai, de 1662 pour Soissons, de 1668 pour Strasbourg, de 1677 pour Autun, de 1705 pour Agen, de 1714 pour Besançon. A l'aube du XIXe siècle, seul l'évêque d'Ajaccio continue à adresser des rapports réguliers. Mais, en 1839, cinq relations sont reçues par la congrégation du Concile, qui exprime à Mgr de Bonald, évêque du Puy, sa « véritable satisfaction » pour une « preuve aussi certaine et manifeste de sa communion avec le chef de l'Église catholique », et ses remerciements à Mgr de Bruillard, évêque de Grenoble, pour ce « témoignage non équivoque de son attachement envers le Saint-Siège ». Le mouvement prend dès lors son essor : 5 relations annuelles dans les années 1840, 7 dans les années 1850, 10 dans les années 1860, avec des *maxima* significatifs de 12 rapports en 1847, au lendemain de l'avènement de Pie IX, 13 en 1854 à l'occasion de la proclamation du dogme de l'Immaculée Conception, 23 en 1862 après la première spoliation des États de l'Église, 31 enfin en 1867 pour la commémoration du martyre des saints Pierre et Paul.

La visite *ad limita* manifeste les liens étroits qui unissent l'Église de France au Saint-Siège. Peu significatives sur le plan disciplinaire (elles sont l'occasion, pour les évêques, d'exposer les difficultés de leur diocèse, de manifester leur activité pastorale, de réclamer dispenses canoniques et béatifications, de gémir sur les malheurs des temps ; pour la congrégation romaine, de rappeler l'utilité des synodes et des officialités), les relations autorisent l'expression d'une ferveur toujours plus vive. « Très Saint-Père », écrit en 1840, dans son premier rapport, le futur cardinal Donnet, archevêque de Bordeaux, « Rome est encore la mère des peuples, le soutien de tous les droits, le centre de toutes les lumières, le foyer de toutes les gloires. On le sait encore en France, et il ne tiendra pas à son épiscopat qu'on ne le sache encore mieux. » Et Mgr Dépery, dans une lettre pastorale rédigée à Gap à la veille de son départ, en 1854, de s'écrier : « Or voici, nos très chers Frères, que nous déposons la houlette du pasteur pour prendre le bâton du pèlerin et nous acheminer vers la Ville éternelle, vers l'Église de Rome, mère et maîtresse de toutes les Églises. C'est là, au seuil du tombeau des saints apôtres, au pied du trône du successeur de Pierre, que notre cœur, notre foi, nos serments nous appellent. »

Car la ferveur romaine se manifeste encore, à partir des années 1840, par la multiplication des voyages et des pèlerinages dans la ville sainte, qui contribuent à tisser un rapport affectif, sentimental et charnel entre le catholicisme français et la papauté. Évêques, prêtres et fidèles affluent vers Saint-Pierre, abandonnant la route terrestre et artistique de Florence et de Sienne pour la nouvelle voie maritime de Marseille et Civitavecchia, que reprendront à leur tour, en 1849, les troupes d'Oudinot, en 1860, les volontaires de Lamoricière, puis les zouaves pontificaux. Louis Veuillot entreprend ainsi à 25 ans, en 1838, le voyage de Rome pour s'y convertir, à Sainte-Marie Majeure, le jour de Pâques : « Rome, écrit-il dans *Rome et Lorette* (1841), est une prédication constante, les temps y sont rassemblés, les choses s'y accommodent pour confesser Jésus-Christ. » Le thème des deux Rome – l'antique, la païenne, la ville morte ; et la nouvelle cité, chrétienne, promise à l'éternité – est le leitmotiv d'une littérature d'édification, de l'admirable *Esquisse de Rome chrétienne* (1844-1850) de Philippe Gerbet à la *Rome chrétienne* de La Gournerie (1842), aux *Trois Rome* (1847) de Gaume, aux *Lettres d'un pèlerin* (1856) de Lafond, aux *Souvenirs de Rome* (1862) de Dupanloup, sans oublier le suave *Parfum de Rome* (1861) de Veuillot, qui fait pièce aux nauséabondes *Odeurs de Paris* (1867). Dans le même temps, un genre nouveau fait son apparition : l'adresse au pape, individuelle ou, le plus souvent, collective, que communautés religieuses, écoles, collèges, séminaires, œuvres et associations, paroisses, diocèses envoient à Pie IX, saint Père, pape martyr, en témoignage de fidélité malheureuse et d'affection expansive ; les manifestations des pèlerins français iront même, après 1870, jusqu'à aigrir les rapports de la République conservatrice avec le jeune royaume d'Italie.

Les temps ont alors changé. On pourrait symboliquement fixer au jour de la proclamation de l'Immaculée Conception de Marie (8 décembre 1854) le terme de l'élan restaurateur, novateur et, à certains égards, libérateur qui, au nom de Rome, a investi le catholicisme français du premier XIXe siècle : au-delà des unanimités triomphalistes qui célèbrent l'accomplissement dogmatique d'une tradition cultuelle, une dynamique s'épuise, l'enthousiasme se fige et l'inquiétude, déjà, sourd. La décomposition de la souveraineté temporelle des papes, la décadence de l'État ecclésiastique, l'irrésistible aspiration du peuple italien à créer une nation, les crispations croissantes de Pie IX face aux revendications nationales et libérales provoquent en retour, chez ces catholiques français qui avaient bâti sur Rome un modèle tangible de perfection temporelle et spirituelle, raidissements et réactions en chaîne. L'heure du denier de saint Pierre, des zouaves pontificaux et du *Syllabus* approche. L'inéluctable défaite de Pie IX renforce parmi eux, à l'aube des années 1870, un sentiment d'attachement panique à la papauté : face aux périls du présent, dans la rancœur de la défaite et la terreur de la Commune, dans le naufrage des illusions de restauration monarchique, Pie IX, pape martyr, semble la figure allégorique de l'Église menacée. « Sauvez Rome et la France », chantent par dizaines de milliers les pèlerins de Paray. L'épiscopat français qui, au lendemain des affrontements du premier concile du Vatican, s'est rallié sans plus protester au dogme de l'infaillibilité pontificale, garantie et rempart de la pérennité du siège de Pierre, conjugue désormais Rome avec autorité, fidélité et malheur. Le long travail de deuil du catholicisme français du second XIXe siècle face aux « temps modernes », qui sont pour Pie IX et Léon XIII autant de « temps mauvais », a commencé.

L'appel du large

Comme projetée hors d'elle-même à l'aube du XIXe siècle par le souffle de l'unité romaine, l'Église de France connaît encore dans ces mêmes années l'appel irrésistible de la mission hors d'Europe.

C'est qu'une tradition missionnaire d'Ancien Régime précède et prépare le renouveau du XIXe siècle. Les trois grandes congrégations missionnaires françaises ont été, au lendemain du Concordat et par souci politique, autorisées (sous étroite surveillance) par Napoléon ; mais la Congrégation de la

Mission (les lazaristes), la Société des Missions étrangères et la Congrégation du Saint-Esprit (les spiritains) poursuivent leurs activités bien au-delà des maigres comptoirs nationaux : au Levant, en Inde, en Indochine, en Chine (où les Missions étrangères ont relayé les jésuites), en Corée, dans l'ensemble des îles et comptoirs d'Afrique, aux États-Unis surtout, où l'épiscopat et le clergé paroissial sont majoritairement français, jusqu'à ce que les Irlandais, après 1850, prennent la relève.

Avec la chute de l'empereur, la dynamique missionnaire retrouve son autonomie et son élan. La fondation de l'Œuvre de la Propagation de la Foi à Lyon, en 1822, sur l'impulsion de l'évêque français de la Louisiane, Du Bourg, et à l'initiative d'une pieuse laïque issue de la bourgeoisie commerçante, Pauline Jaricot, répond aux préoccupations religieuses et à l'esprit d'efficacité pratique propres au catholicisme lyonnais : assise sur des quêtes populaires, fondée sur l'initiative laïque en étroite relation avec les besoins concrets de l'Église missionnaire, l'Œuvre, bientôt réorganisée sur une base nationale, réunit deux millions de francs par an dès 1840. Son organe, les *Annales de la Propagation de la Foi* (1834), renouvelle au XIXe siècle, auprès d'un public élargi, l'écho des *Lettres édifiantes* du siècle précédent : des récits émouvants de persécution et de martyre y alternent avec la description des indigènes et de leurs mœurs pittoresques ou cruelles, et les statistiques triomphales des conversions et des fondations. L'Œuvre de la Sainte-Enfance (1843) créée par Forbin-Janson « pour le rachat et le baptême des petits Chinois abandonnés » connaît une très large audience dans un cadre familial et éducatif.

Un afflux de prêtres et de religieux répond à cette ardeur retrouvée : à la mort de Pie IX, plus des trois quarts des prêtres, religieux et religieuses exerçant des activités missionnaires dans le monde sont français. Beaucoup, dans la première moitié du siècle et au-delà, sont séculiers, partis à l'appel d'un évêque d'Amérique ou des « Îles » en direction du grand large, loin des étroitesses de la vie paroissiale. Mais cette formidable mobilisation d'énergies prend surtout la forme d'une extension du champ d'action des congrégations anciennes, et de créations de congrégations nouvelles. A la Société des Missions étrangères de Paris, Grégoire XVI confie ainsi la Corée et le Japon en 1831, la Mandchourie en 1838, la Malaisie en 1841, le Tibet en 1846 ; Pie IX, les provinces chinoises du Kouang-tong, du Kouang-si et de Hai-Nan en 1848, puis la Birmanie en 1855 : ils sont 343 missionnaires en Asie en 1870. Les congrégations religieuses féminines font preuve d'une exceptionnelle vitalité. En 1812, une religieuse bourguignonne d'origine paysanne, Anne-Marie Javouhey, fonde la congrégation Saint-Joseph de Cluny : sous la protection de l'autorité royale, elle se développe dans l'île Bourbon (1817), au Sénégal et dans les autres colonies. Les Sœurs du Sacré-Cœur vont en Louisiane sous la direction de la grenobloise Philippine Duchesne (1818), les Sœurs Saint-Joseph de l'Apparition d'Émilie de Vialar en Algérie (1835), les Sœurs du Bon-Pasteur d'Angers au Canada et en Louisiane (1843-1844), les Sœurs de l'Immaculée-Conception ou sœurs bleues de Castres, au Sénégal (1847), les Missionnaires de Notre-Dame d'Afrique ou Sœurs blanches de Lavigerie, par toute l'Afrique (1869). Parmi les congrégations masculines, la Société de Marie (ou Maristes) de Jean-Claude Colin se voit confier par Grégoire XVI, en 1835, l'évangélisation de l'Océanie, aux côtés des Pères de Picpus et des missionnaires du Sacré-Cœur d'Issoudun ; les Oblats de Marie Immaculée (1816) de Mazenod essaiment bientôt de la Provence vers le Canada ; un juif converti, Libermann, fonde en 1841, pour l'évangélisation des Noirs, la Société du Sacré-Cœur de Marie, qui fusionne en 1848 avec la Société du Saint-Esprit ; la Société des Missions africaines de Lyon est créée en 1856 par Marion-Brésillac et s'installe au Sierra Leone et au Liberia, face aux missionnaires protestants ; en 1868 enfin, au terme d'un violent conflit avec l'administration militaire, le nouvel évêque d'Alger, Lavigerie, institue les Missionnaires d'Afrique, ou Pères blancs, répandus bientôt en Afrique musulmane, en Afrique noire, et à Jérusalem : la nouvelle société compte déjà 163 pères et 70 frères à la mort du fondateur (1892). Par-delà les nuances régionales du recrutement selon les congrégations (aire lyonnaise pour Maristes et Missions africaines, provençale pour les Oblats), la géographie missionnaire recoupe encore la carte des « chrétientés » du XIXe siècle : Lyon et sa région, dont l'influence est prépondérante à l'aube du siècle, puis l'Ouest intérieur et la Bretagne, les hautes terres du Massif central, le Nord.

La question de l'esclavage domine l'histoire missionnaire de la première moitié du siècle. Supprimé par la Convention par le décret du 15 pluviôse an II (3 février 1794), il est rétabli en mai 1802 par Bonaparte sur toute l'étendue des colonies françaises, sous la pression des colons et des négociants, et l'influence de la charmante Joséphine de Beauharnais, qui se souvint d'être fille de planteurs : en Martinique, en Guadeloupe, à la Réunion, plusieurs dizaines de milliers d'hommes et de femmes de couleur retrouvent alors un maître, et la servitude. L'atroce commerce du « bois d'ébène » est aboli en 1815 à l'initiative de l'Angleterre protestante : mais les gouvernements de la Restauration se refusent à autoriser les contrôles de la marine anglaise, ouvrant la voie à tous les trafics ; un droit de visite réciproque ne sera établi que par les accords franco-britanniques de 1831 et 1833. En cette même année 1833, la Grande-Bretagne décide l'affranchissement des esclaves de son vaste empire. Il faudra une seconde révolution en France pour que Schœlcher fasse décréter par le gouvernement provisoire de la République, le 3 mars 1848, l'émancipation des 262 000 esclaves des colonies françaises, transformés en travailleurs libres et salariés.

Fait social, fait politique, l'esclavage est aussi un fait religieux. Les prudences de l'Église romaine, soucieuse de ne pas embarrasser les puissances esclavagistes catholiques (France, Espagne, Portugal, Brésil), une lecture coloniale de l'épître de saint Paul aux Éphésiens – « Esclaves, obéissez à vos maîtres d'ici-bas avec crainte et tremblement, en simplicité de cœur... comme des esclaves du Christ, qui font avec âme la volonté de Dieu... Et vous, maîtres, agissez de même à leur égard ; laissez de côté les menaces, et dites-vous bien que, pour eux comme pour vous, le Maître est dans les cieux, et qu'il ne fait point acception des personnes » (6, 5-9) –, une déférence respectueuse envers les lois et les usages, quand ce ne sont pas des liens étroits avec le monde des planteurs, rendent pour le moins étroite la position des missionnaires vis-à-vis de ces « enfants de Dieu » condamnés par la couleur et la naissance à la servitude. Si Anne-Marie Javouhey, si Libermann déploient, dès les années trente et quarante du XIXe siècle, des efforts non négligeables pour sensibiliser l'opinion catholique sur le sort des Noirs des colonies, si Grégoire XVI lui-même, par sa lettre *In supremo apostolatus* du 3 décembre 1839, déplore que « des hommes honteusement aveuglés par le désir d'un gain sordide n'hésitent pas à réduire en servitude, sur des terres éloignées, d'autres hommes, leurs semblables » et condamne explicitement la traite (mais non pas l'esclavage), le discours missionnaire reste longtemps prisonnier des intérêts des planteurs et des contradictions de la société coloniale.

Aux Antilles comme à la Réunion, jusqu'à la fin des années 1830, un discours d'utilité sociale domine la prédication religieuse : « La docilité des esclaves est le critère de la christianisation », note lucidement Claude Prudhomme ; et les curés se résignent – ou se satisfont aisément – d'être les curés des colons, à défaut de pouvoir être les missionnaires des Noirs. Avec l'abolition de la traite, la perspective prochaine de l'émancipation (depuis 1835, les esclaves de l'île Maurice sont libres) et l'augmentation sensible des affranchissements, le climat change : à la structure paroissiale se substitue une mission spécifique, portée par une nouvelle génération de prêtres. Pour les siens, Libermann s'engage à Rome en 1840 à se « donner et dévouer entièrement à Notre-Seigneur Jésus-Christ pour le salut des Nègres comme étant les âmes les plus misérables, les plus éloignées du salut et les plus abandonnées de l'Église de Dieu ». « J'ai fait le mortier avec les noirs, je portais les pieux avec eux », écrit de l'île Bourbon l'abbé Monnet, lors de la construction de la chapelle de la Rivière-des-pluies (1841), bâtie à l'écart de Saint-Denis, loin des contraintes de la société esclavagiste. « Enfin, je me suis fait noir avec les noirs pour leur bâtir un temple et les gagner tous à Jésus-Christ. » Une catéchèse simplifiée, parfois sommaire, est relayée par l'usage du créole et l'utilisation des tableaux et des cantiques. Une *inculturation* s'opère, pour reprendre l'expression de Jacques Gadille, qui porte en elle la constitution d'une chrétienté autonome, protégée en un sens, avec ses rites particuliers et parfois ses équivoques en matière de croyances. L'évangélisation se heurte toutefois, jusqu'en 1848, à la résistance tantôt sourde, tantôt ouverte des colons. « Nous avons beau catéchiser, prêcher, sans émancipation, nous ne ferons rien. Nous bâtirons d'une main ; les maîtres détruiront de l'autre. » La liberté des « enfants de Dieu » n'ira pas sans l'abolition entière des chaînes de l'esclavage.

A mesure que se brisent les anciens carcans, que s'éloignent les frontières du monde connu, que des navires toujours plus rapides et plus sûrs sillonnent les mers et les océans, se libèrent forces et énergies. L'histoire du catholicisme français connaît alors, à travers la mission, un arrachement du prêtre au groupe familial qui a entouré sa vocation, au ministère paroissial, à ses bornes et à ses pesanteurs, au cadre diocésain enfin : une soif d'universel à la mesure de l'expansion de l'Europe au siècle de la vapeur. La Société de Marie constitue sans doute, à l'aube du XIXe siècle, le cas le plus éclairant de mutation provoquée par l'appel missionnaire au sein d'une chrétienté rurale. Formée en 1816 de douze jeunes prêtres issus du grand séminaire lyonnais de Saint-Irénée, qui se consacrent par vœu à Marie à la chapelle de Fourvière, la Société à peine formée voit ses membres aussitôt dispersés dans le vaste diocèse de Lyon comme curés ou vicaires. C'est au village de Cerdon (Ain) que Jean-Claude Colin, vicaire de son frère Pierre, de 1816 à 1825, rédige les premières constitutions et tente déjà, sans succès, de faire reconnaître la fondation par Rome. La formation du diocèse rural de Belley, sous l'égide de Mgr Devie, les appelle à des buts plus proches : missions rurales en 1825, direction du collège de Belley en 1829. La Société n'a encore ni véritablement trouvé sa vocation ni fait approuver ses constitutions. C'est de Rome, où un premier voyage a conduit les fondateurs en 1833, que vient la décision : le 23 décembre 1835, la congrégation romaine de la Propagande, préoccupée de l'activité des missions protestantes anglaises, confie à la Société de Marie le vicariat de l'Océanie occidentale. C'est ainsi que, le 24 décembre 1836, embarque au Havre sur la *Delphine* en direction de Valparaiso, un prêtre bressan de 33 ans, Pierre Chanel, vicaire au pays de Gex ; au terme d'un an de voyage, et une escale à Tahiti où il visite la reine Pomaré, il débarque le 8 novembre 1837 dans l'île de Futuna, où il s'emploie à convertir les indigènes au milieu des guerres incessantes qui ravagent l'île. Assassiné le 28 avril 1841, Pierre Chanel est honoré comme le premier martyr de l'Océanie.

L'élan missionnaire du catholicisme français du XIXe siècle est à l'image de ce destin exceptionnel. L'expansion de la foi passe à travers l'exil du quotidien, et l'appel du large. Si l'obstacle de l'Islam demeure invincible, au Levant, où la France protège les intérêts chrétiens, comme dans l'Algérie conquise, où la formation du diocèse d'Alger (1838) et la création de la Trappe de Staouëli (1845) n'entament pas la cohérence musulmane, les nouveaux mondes d'Asie, d'Amérique, d'Afrique et d'Océanie surtout offrent leurs espaces encore vierges et leurs populations réputées sauvages et innocentes à l'évangélisation. La mission est ainsi vécue par des centaines de prêtres et des millions de fidèles, dans les contradictions coloniales et l'ignorance de la culture de l'autre, comme transmission de la foi et affirmation de l'unité du genre humain dans le christianisme, comme témoignage et comme sacrifice, comme martyre enfin : à travers elle, l'Église de France cherche, parmi ses désillusions et ses défaites, comme une promesse présente et future d'universalité et de pérennité.

Réveil et vitalité du protestantisme français
par Philippe Joutard

Une religion naturelle

Les observateurs, et après eux les historiens, ont insisté sur l'appauvrissement intellectuel et spirituel du protestantisme français, conséquence de la longue persécution et de la coupure avec les centres actifs du protestantisme européen. Les fidèles y ont acquis une tendance légaliste et cèdent à la tentation du salut par les œuvres, les actes de résistance prenant la place des bonnes œuvres chères à la théologie catholique. Les pasteurs les plus en vue de la fin du XVIIIe siècle, Court de Gébelin ou Rabaut Saint-Étienne, professent une « religion naturelle » qui réduit le christianisme à des « vérités rationnelles » et à une morale raisonnable. L'enseignement théologique du séminaire de Lausanne, jugé assez médiocre, relève du « supranaturalisme » (la Bible ne contient rien qui ne dépasse notre raison). Les notables partagent souvent cette doctrine. Le but de la religion est de rendre les gens « vertueux », comme le prouvent les innombrables sermons sur le « Devoir », le respect pour les vieillards ou les jugements téméraires. En contraste, certains pasteurs, comme celui de la Pervenche, vivent encore dans le climat du XVIIe siècle et leurs fidèles parfois même dans celui du XVIe siècle, guettant les signes de la fin du monde.

Précurseurs du Réveil : piétisme et frères moraves

La réponse à ces tendances rationalistes est d'abord donnée par des fidèles alsaciens déçus par les Églises établies et leurs prédications trop intellectuelles. Le promoteur du piétisme, Philippe Jacques Spener, était d'ailleurs né à Ribeauvillé, même s'il fit ensuite sa carrière pastorale de l'autre côté du Rhin, à Francfort et à Dresde. Il n'est donc pas surprenant que les « conventicules », petites réunions de prières et d'édification mutuelles dont il s'est fait le défenseur, et où s'expriment le mysticisme et le sentimentalisme piétiste, connaissent un grand succès chez les luthériens dès le début du XVIIIe siècle, malgré l'opposition des autorités ecclésiastiques de Strasbourg qui n'hésitent pas à destituer les pasteurs suspects. Le piétisme est, en effet, signe de contradiction à l'intérieur des Églises. A Strasbourg, les Kirchenpfleger, représentant le magistrat, luttent avec énergie contre ce qu'ils estiment être une déviation doctrinale, mais dans le comté de Hanau, c'est le surintendant de l'Église lui-même qui introduit un recueil de cantiques d'inspiration piétiste en 1737.

Le piétisme, à partir de 1735, est renforcé par le courant morave du comte de Zinzendorf. Jean Sigismond Lorenz, devenu professeur à la faculté et pasteur titulaire de l'église de Saint-Pierre-le-Jeune, donne au mouvement un rayonnement considérable dans toute l'Alsace. « Sans Jésus, on ne peut rien, avec Jésus, on peut tout », prêche-t-il à des foules de plus en plus réceptives à ce message. Le disciple le plus célèbre de Lorenz est Jean-Frédéric Oberlin. Celui-ci dès l'âge de vingt ans décide de se « consacrer à Dieu » et arrive sept ans plus tard dans une paroisse déshéritée de la vallée de la Bruche, Waldeersbach. Il y reste jusqu'à sa mort (de 1767 à 1826). Œcuménique avant la lettre, il entretient d'excellentes relations avec le clergé catholique : sa correspondance avec l'abbé Grégoire en est le signe le plus visible. Il ne sépare pas son œuvre de réveil spirituel du progrès intellectuel et social de sa paroisse. Il instruit et éduque les enfants avec l'aide de sa femme, apprend à ses paroissiens à améliorer leur habitat, introduit la culture de la pomme de terre, relie les hameaux isolés entre eux, ouvre le pays vers l'extérieur et favorise la création d'une petite industrie de tissage de rubans à domicile.

Le piétisme, là encore renforcé après 1740 par les frères moraves, a aussi largement pénétré le pays de Montbéliard. Son représentant le plus notable est le pasteur Nardin (1687-1728), dont l'influence se prolongea grâce à son recueil de sermons, *le Prédicateur évangélique,* publié après sa mort, et qui fut réédité à plusieurs reprises aux XVIIIe et XIXe siècles. Jean-Jacques Duvernoy (1709-1805), qui fut surintendant de la communauté luthérienne de Montbéliard, représente la génération suivante influencée par les moraves. Un autre pasteur, Conrad Fries, devient évangéliste morave et prêche en Saintonge, à Nîmes et à Bordeaux. A partir de là, se constituent de petits groupes que l'on trouve déjà bien organisés sous l'Empire, à côté des Églises, mais sans avoir rompu avec elles, le plus important se trouvant aux confins du Gard et de l'Hérault; plusieurs pasteurs, sans être moraves, ont subi l'influence de cette sensibilité : ils vont souvent être les premiers adeptes du Réveil.

Le Réveil

L'expression de Réveil, créée par ses adeptes, est contemporaine du mouvement, et elle renvoie à l'idée de redécouverte de l'inspiration originelle de la Réforme, contre ceux, « infidèles », gagnés par l'esprit du monde, qui ont voulu « adapter » la religion aux idées du temps. Pour les revivalistes, l'homme, corrompu, ne peut être sauvé que par sa foi dans le Christ rédempteur; les Écritures sont la Parole de Dieu et suffisent au chrétien; chacun est appelé à se « convertir », en proclamant son lien personnel et sensible au Christ vivant; ces « convertis », professant la vraie foi, sont la véritable Église de Dieu, indépendamment de l'institution qui porte ce nom. A partir de ce fonds commun, les partisans du Réveil se divisent sur plusieurs points : l'origine du mal, la prédestination (les méthodistes sont arminiens et reconnaissent la liberté humaine), les limites de l'inspiration des Écritures, le baptême des enfants (beaucoup refusent ce baptême puisque les vrais croyants sont « des convertis »). Mais la division qui a les conséquences pratiques les plus importantes concerne l'attitude à l'égard des Églises traditionnelles de la Réforme : faut-il les quitter en formant, à côté, des Églises de « professants », ou chercher à les transformer de l'intérieur, en imposant une « confession de foi » et dans ce cas, faut-il restaurer la confession de foi du XVIe siècle ou accepter des formulations nouvelles ?

Tous se retrouvent dans les méthodes d'évangélisation et de prédication : les revivalistes prêchent partout, y compris dans la rue et à n'importe quel moment, aussi bien devant de grandes foules qu'auprès de petits groupes; ils font appel aux sentiments des auditeurs, la peur de la colère divine, la joie et l'émotion : ils sont assistés de colporteurs qui diffusent des bibles, mais aussi des journaux et des petites brochures d'édification, commentaires de textes sacrés.

Le Réveil s'est développé à partir des relations que le protestantisme français entretient traditionnellement avec les Suisses et les Britanniques. Ce sont d'abord de simples croyants comme l'avocat écossais Thomas Erskine, qui « convertit » Adolphe Monod rencontré à Naples, ou ces prisonniers de guerre britanniques pendant l'époque napoléonienne, à l'origine de la communauté revivaliste de Nonnain dans le Nord. Puis viennent des évangélistes et des pasteurs envoyés par les méthodistes ou par des associations, la *Société biblique britannique et étrangère* et la *Société continentale*. Le méthodisme est diffusé en France par l'Anglais Charles Cook qui circule de la Normandie au Languedoc, en passant par Niort et Paris, et qui occupe à plusieurs reprises des postes pastoraux. Le Genevois Amy Bost, mal vu à Genève de la compagnie des pasteurs pour ses tendances revivalistes, est envoyé par la *Société continentale* ; il parcourt l'Alsace de 1819 à 1822, tandis que son collègue Pyt, à la même époque (1819-1828), séjourne dans le Nord, puis dans la Beauce et enfin à Bayonne. Felix Neff, autre Genevois envoyé par la *Société continentale*, est l'« apôtre des Hautes-Alpes » ; mais il ne se contente pas de prêcher : ému par la misère du pays, à l'instar d'Oberlin, il crée des écoles, apprend aux habitants à établir des conduites d'eau et à cultiver la pomme de terre ; plus de cent cinquante ans après, il est encore possible de recueillir des traditions orales sur son passage.

Mais le Réveil s'est aussi appuyé sur des sociétés créées par des Français, à partir de modèles britanniques, suisses ou néerlandais : la plus ancienne est la *Société biblique protestante* fondée en 1818, puis vient en complément la *Société des traités religieux* (1821-1822), car la *Société biblique*, d'après ses statuts, n'a le droit de diffuser que les Écritures saintes ; la même année est aussi créée la *Société des Missions évangéliques parmi les peuples non chrétiens*. Au début de la monarchie de Juillet, en 1833, la *Société évangélique de France* est organisée pour faire le travail d'évangélisation jusqu'alors effectuée par des sociétés étrangères. Ces associations regroupent des protestants de diverses dénominations, y compris des étrangers. Les notables laïcs y jouent un rôle déterminant. Tous les membres ne sont pas revivalistes, mais ceux-ci y occupent une place importante dans les comités directeurs, et « convertissent » beaucoup de leurs collègues. Enfin, comme leurs sièges sont tous à Paris, le poids du protestantisme parisien est renforcé ; leurs assemblées annuelles offrent aux protestants zélés l'occasion de se retrouver, et aux revivalistes un champ d'influence auprès des protestants de toutes les régions de France ; elles tendent ainsi à pallier l'absence des synodes.

Les oppositions au Réveil

Les autorités politiques regardaient avec méfiance les missionnaires étrangers et, plus largement, ces évangélistes qui ne rentraient pas dans le cadre des institutions officielles, mais elles prirent rarement l'initiative de s'opposer à ceux-ci, sauf au début du Second Empire. En revanche, elles durent beaucoup plus souvent intervenir sur la demande des Églises reconnues. Les revivalistes, en général, s'adressent d'abord aux populations et aux régions d'origine protestante ; ils apparaissent comme des « concurrents » d'autant moins appréciés que beaucoup n'hésitent pas à critiquer violemment la tiédeur ou même l'« incrédulité » des pasteurs en exercice. Ces derniers répliquent en les accusant de vouloir exclure de l'Église tous ceux qui ne partagent pas leurs idées. C'est ainsi que le préfet interdit l'Alsace à Amy Bost, à la suite de violents conflits avec les autorités de la Confession d'Augsbourg et le consistoire réformé de Mulhouse.

Peu à peu les revivalistes réussissent à gagner des positions à l'intérieur même des Églises officielles, en particulier chez les fidèles de tradition orthodoxe, inquiets du « rationalisme » et du déisme de certains pasteurs. Leur progression suscite de nombreuses oppositions. Quelques-uns, proches de leur sensibilité, n'acceptent pas leurs méthodes et les accusent d'intolérance ; beaucoup, peu intéressés par les problèmes théologiques, leur reprochent de troubler les protestants et de diviser inutilement des Églises qui, minoritaires, doivent présenter un front uni face à la puissance du catholicisme. Il existe enfin une opposition théologique qui se dénomme elle-même libérale, car elle se veut fidèle à l'une des inspirations premières de la Réforme, la liberté d'interprétation des Écritures, qui permet de mieux adapter le message chrétien au monde moderne, fidèle aussi au protestantisme huguenot qui a su résister au pouvoir politique et religieux pendant plusieurs générations. Pour les libéraux, les revivalistes, par leur exclusivisme et leur intolérance, sont infidèles à l'esprit de la Réforme et de la tradition huguenote, et rétrogrades, en voulant nier les progrès de la recherche théologique ; enfin, ils se laissent trop influencer par le protestantisme anglo-saxon, comme le montre le remplacement des psaumes par les cantiques dans les cultes.

Une première forme de ce courant libéral s'exprime à travers la pensée du pasteur nîmois Samuel Vincent qui, pour Daniel Robert, est un aspect du Réveil, du renouvellement qui traverse les Églises protestantes françaises. Samuel Vincent est libéral, et dans la continuité de la pensée du XVIIIe siècle et des Allemands comme Schleiermacher avec son optimisme, (l'homme est reflet du divin et n'est pas esclave du péché) et son interprétation de la Bible, comme séries de témoignages à méditer et à étudier d'une façon critique. Mais il emprunte à l'esprit du Réveil le sentiment mystique de l'union au Christ, promouvant des petites réunions fraternelles et le culte familial. Pour initier ses collègues à la critique biblique et à la recherche théologique, il crée la première revue libérale, *les Mélanges de Religion, de Morale et de Critique sacrée* (1820-1824).

Le courant libéral est aussi représenté par les Coquerel, Charles, le créateur de la *Revue protestante* qui succède aux *Mélanges*, et Athanase, le brillant pasteur de Paris, polémiste féroce contre les revivalistes qualifiés tous de « méthodistes », qui, avec son frère, fonde en 1840 le grand périodique libéral, *le Lien*. A Nîmes, Fontanès, neveu de Samuel Vincent, anime une correspondance entre pasteurs libéraux. Dernière grande figure du premier protestantisme libéral, Joseph Martin, dit Martin-Paschoud (1802-1873), créateur d'une revue d'édification, *le Disciple de Jésus-Christ,* dont le titre veut prouver que les revivalistes ne sont pas les seuls à être attachés au Christ. Pourtant celui-ci est beaucoup plus avancé du point de vue théologique que les pasteurs précédents sur la voie du théisme chrétien, pour reprendre l'expression de Félix Pécaut; il annonce ainsi le libéralisme extrême qui se développe à partir des années 1850.

Après 1850, en effet, la nouvelle génération libérale tire des conséquences beaucoup plus radicales de la critique biblique. Tout commence avec le changement de position d'un brillant professeur d'exégèse de l'Oratoire de Genève, bastion du fondamentalisme biblique, Édouard Schérer. Celui-ci, revivaliste convaincu, défendait jusqu'alors l'inspiration divine « plénière » des Écritures. En juin 1849, il annonce à ses amis, qu'il a changé radicalement d'opinion sur la question. C'est le point de départ d'une évolution qui le conduit en dix ans à l'agnosticisme, évolution que connaissent d'autres jeunes pasteurs libéraux comme Colani, le fondateur de la *Revue de Strasbourg,* de 1850 à 1859, organe de cette tendance, ou Albert Réville qui rejette en 1860 la notion de miracle et de surnaturel. Quant à Félix Pécaut, le futur collaborateur de Jules Ferry, dès 1859, il dénie à la Bible son caractère divin et au Christ un rôle indispensable dans la vie religieuse. Certes, la plupart des pasteurs libéraux n'acceptent pas ces conclusions extrêmes, mais ils se refusent à les désavouer au nom du principe du libre examen, et de la religion personnelle, indépendante d'une autorité extérieure, ce qui va les affaiblir face à l'opinion protestante.

Comme le montre André Encrevé, les libéraux encore majoritaires en 1848, lors de l'Assemblée générale, ne le sont plus quelques années plus tard. Ils perdent toutes les batailles, qu'il s'agisse du remplacement de professeurs à la faculté de théologie de Montauban (élection de Charles Bois en 1859), ou de la nomination de pasteurs parisiens, le cas le plus célèbre étant l'affaire Coquerel fils en 1864. Athanase Coquerel, (appelé fils pour le distinguer de son père), l'une des grandes figures libérales parisiennes, pasteur suffragant (adjoint) de Martin-Paschoud depuis quinze ans, non seulement n'arrive pas à être titularisé, mais n'est pas renouvelé en 1864. Malgré leurs efforts, les libéraux ne réussissent pas à gagner le soutien de la majorité des consistoires, et ils ne peuvent empêcher la révocation de Martin-Paschoud. La tendance évangélique, scandalisée par les affirmations des libéraux extrémistes, est de plus en plus décidée à imposer une confession de foi minimum, même si celle-ci entraîne un schisme ; elle est suivie par la majorité de l'opinion protestante, comme on le voit au synode de 1872, où la déclaration de foi est votée par 61 voix contre 45, et rendue obligatoire pour les futurs pasteurs par 62 voix contre 39.

Les dissidences

Il ne faut pas oublier d'abord certaines dénominations beaucoup plus anciennes, qui ont réussi à survivre, même très minoritaires, comme les mennonites ou les quakers de Congénies dans le Gard.

Plusieurs revivalistes « extrêmes », partisans dès l'origine d'une Église de « confessants », n'ont pas attendu 1872 pour se mettre à l'écart des Églises officielles. Les uns se rattachent par-delà les frontières à de grandes Églises, mais d'autres constituent de petits groupes complètement indépendants.

A la première tendance, appartiennent d'abord les méthodistes de Charles Cook. Vient ensuite s'y ajouter l'Église baptiste créée en France, vers 1829, par l'ancien évangéliste de la Société continentale, Henry Pyt, qui refusait le baptême des enfants. Dès 1832, celle-ci se rattache aux baptistes américains ; longtemps uniquement implantée dans le nord de la France, elle regroupe des fidèles d'origine catholique. Dans la décennie 1840 s'implante une nouvelle dénomination, les « Frères » (de Plymouth), plus communément appelés *Darbystes* du nom de leur fondateur, l'Anglais John Darby, qui fit plusieurs voyages en France en 1841, 1844, 1847 et de 1849 à 1853. Il réussit à convaincre un revivaliste convaincu, qui dirigeait un petit groupe à Lyon, Albert Dentan, et qui se fit le propagateur du darbysme dans le haut Vivarais et le Velay. Pour Darby, toutes les Églises ont apostasié. Personne ne peut donc prétendre animer une Église, sinon le Christ lui-même, par la bouche de n'importe quel frère, qui a donc le droit de prendre la parole, s'il se sent inspiré. A la fin de notre période, l'armée du Salut, fondée vers 1860, commence à s'implanter en France.

L'Église indépendante la plus ancienne est liée aux débuts de la prédication revivaliste de Pyt, l'agent de la *Société continentale,* qui visite une petite communauté d'Eure-et-

Loir, Gaubert en 1820 ; celle-ci se constitue en Église indépendante en 1826, mais faute de ressources suffisantes, elle doit se rattacher en 1833 à la Société évangélique. Beaucoup plus durable est la Chapelle Taitbout (du nom de la rue où elle était implantée), créée dans l'hiver 1830-1831 par de grands notables protestants parisiens, qui ont les moyens d'entretenir des pasteurs. Ses promoteurs, au départ, veulent simplement créer une société d'évangélisation qui, pour attirer des gens qui ne sont pas protestants d'origine, refuse la liturgie traditionnelle et se réunit dans une salle ordinaire. Ils lancent en même temps un périodique, *le Semeur, journal religieux, politique, philosophique et littéraire*, qui combat pour la séparation des Églises et de l'État, tout en voulant intéresser un public dépassant le milieu réformé par ses articles littéraires. L'année suivante, une autre Église naît d'une scission de la consistoriale de Lyon : Adolphe Monod, président du consistoire, touché par le Réveil, considère la plupart de ses paroissiens comme morts, et ne s'intéresse qu'à un petit groupe de dissidents qui vient de rallier l'Église officielle ; il est alors accusé par les anciens et ses collègues de négliger ses devoirs ; il finit par être destitué parce qu'il refuse de donner, à la Pentecôte 1831, la Cène à tous ceux qui la demandent ; il veut la réserver aux « vrais croyants ». Il fonde alors une petite Église qui survit à la réintégration de Monod dans l'Église officielle, et comprend cinq cents communiants. Une quinzaine d'autres Églises indépendantes se constituent ensuite pendant la monarchie de Juillet, liées à un conflit avec un pasteur jugé trop libéral (à La Force, par exemple), ou au passage d'un prédicateur (cas d'Orthez, du Vigan ou de Saint-Jean-du-Gard).

En 1847, une première tentative de regroupement des Églises libres ne dure pas plus de deux ans. Beaucoup plus sérieuse est l'entreprise de Frédéric Monod (frère d'Adolphe), conséquence imprévue de l'assemblée générale des Églises réformées de 1848. A la suite du refus d'imposer une confession de foi, Frédéric Monod et Agénor de Gasparin quittent avec éclat l'assemblée et appellent les évangéliques à les rejoindre pour former une Église réformée de France libre, selon les principes traditionnels, une confession de foi et une organisation presbytéro-synodale, mais Monod rencontre peu d'échos du côté de ses anciens collègues, six seulement répondent favorablement et deux Églises libres se constituent. Aussi ils se tournent vers les Églises indépendantes déjà existantes. Certaines refusent, très jalouses de leur indépendance, mais ils réussissent à en convaincre une dizaine auxquelles se joignent des groupes de la Société d'évangélisation. Non sans problèmes, ils finissent par créer une Union des Églises évangéliques de France (août 1849), le mot union soulignant la volonté de la part de ces groupes de conserver une réelle indépendance et un certain refus du système synodal ; certes, il existe bien un synode mais à pouvoirs très restreints : l'esprit congrégationaliste reste très fort. L'union ne regroupe que dix-neuf Églises locales concentrées à Paris et dans le Sud-Ouest, représentant mille fidèles, ce qui est peu, même pour des Églises de professants. L'hétérogénéité sociale et ses conséquences intellectuelles, est une source de faiblesse : aux Églises parisiennes composées de grands bourgeois très au fait des discussions théologiques, s'opposent les Églises rurales du Sud-Ouest, fréquentées par des métayers et petits propriétaires, peu au courant des grandes controverses. Elles ne subsistent matériellement que grâce à l'aide financière des Églises étrangères, essentiellement anglo-saxonnes.

Cette dispersion du protestantisme français peut apparaître pour une mentalité catholique comme une source d'affaiblissement ; les historiens protestants y voient, au contraire, une preuve de vitalité. De fait, ces rivalités entre Églises ou à l'intérieur des Églises officielles, entre libéraux et évangéliques s'accompagnent d'un foisonnement d'institutions et d'associations : formation religieuse des enfants par les écoles du dimanche, encadrement des jeunes à travers les nouvelles Unions chrétiennes de Jeunes Gens (1859), œuvres comme les Asiles de La Force créés par John Bost, fils d'Amy, rassemblement de documents et recherches historiques grâce à la création de la Société de l'Histoire du protestantisme français (1852), qui se veut un lieu où se retrouvent toutes les nuances du protestantisme français. Les controverses contribuent même à développer la presse et la littérature protestantes : du côté évangélique, *le Semeur,* qui disparaît en 1850, est bientôt remplacé par *la Revue chrétienne* d'Edmond de Pressensé (1854), tandis que *les Archives du christianisme* subsistent jusqu'en 1868, et *l'Espérance* plus longtemps encore.

L'effort d'évangélisation se poursuit et remporte quelques succès : tantôt, il s'agit de communautés catholiques en conflit avec l'autorité ecclésiastique, et qui se rallient au protestantisme comme à Sainte-Opportune dans l'Eure, tantôt, ce sont des zones déchristianisées ou peu christianisées, sensibles à la prédication du Réveil. Les protestants ne sont pas absents outre-mer. A Tahiti même, le gouvernement français fait appel officiellement aux missions protestantes françaises, à cause des tensions entre missionnaires britanniques et religieux de Picpus.

Dernier signe de cette vitalité, l'influence du protestantisme français dépasse largement ses frontières. Périodiquement, chez beaucoup d'esprits, revient le regret que la France ne soit pas protestante. Les « compagnons de route » du protestantisme, pour reprendre l'expression de Jean Baubérot, sont très nombreux, particulièrement du côté républicain, comme le philosophe d'inspiration kantienne, Charles Renouvier, qui conseille, en 1875, aux républicains de se convertir au protestantisme, ou Jules Ferry qui, jeune, se passionne pour les discussions autour de l'édit de Tolérance, se marie à une femme d'origine protestante, et qui s'entoure de protestants pour réaliser son œuvre scolaire, Félix Pécaut ou Ferdinand Buisson, ancien pasteur libéral comme le précédent.

Religions « populaires »
et religions dissidentes

« Hors de l'Église, point de salut », dit l'adage, que répète à satiété le clergé catholique des XVIIIe et XIXe siècles. Mais qu'en est-il de la croyance, dès lors que se relâchent les liens – juridiques, disciplinaires ou ecclésiaux – qui la retenaient au port, et qu'elle dérive loin du regard des clercs et du contrôle des institutions, à travers l'océan des croyables multiples ? S'il suffit, assure Lamennais, que l'État reconnaisse et salarie trois cultes pour que religion et autorité se perdent de concert, qu'adviendra-t-il de la société si les croyances elles-mêmes se divisent ou, pis encore, se chevauchent et se troublent : si le curé doit souffrir la « bonne femme », le médecin composer avec le rebouteux ? Il en va de l'ordre, sans doute, en un siècle où l'avènement progressif de la liberté de conscience ouvre aux fidèles (et aux infidèles) une nouvelle et extraordinaire latitude de créativité ou d'expression personnalisée du croyable. Mais il en va surtout de la croyance elle-même, menacée dans son intégrité et dans sa cohérence. Au lendemain de la Révolution, l'édifice pluriséculaire élevé par la Réforme catholique contre les « superstitions », s'effrite, puis se dissout à la suite de l'affaiblissement du lien ecclésial et de l'apparition de nouveaux acteurs sociaux : le médecin positiviste, ou, plus pernicieux peut-être, l'érudit folkloriste. Le « populaire » et le « dissident » ont envahi l'espace du croyable : le ver est dans le fruit…

Les mutations des croyances
par Philippe Boutry

Pour une histoire des croyances

Saisir le lien qui unit la croyance à l'institution, c'est percevoir dans toute son acuité une tension, une rupture parfois : entre, d'un côté, l'acte de croire, dans sa dimension irréductible de liberté, de gratuité, d'altérité ou de transcendance, et, de l'autre, la nécessité de voir reconnus, accrédités et légitimés croyance et croyant, à l'intérieur d'une société donnée, dont l'Église universelle est pour le fidèle catholique du XIXe siècle le point de référence ultime et le modèle contraignant. C'est indiquer le chemin, difficile, qui conduit d'une histoire des Églises vers une histoire des croyances ; et ouvrir la voie à l'analyse historique des mutations du croyable. C'est affirmer aussi la pérennité et l'universalité de l'acte de croire, au rebours d'une histoire des « superstitions » : que la croyance énoncée soit de nature magique, religieuse, morale, scientifique ou esthétique, l'acte de croire est une dimension constitutive de la personnalité psychique : *homo credens*.

Certes, l'Église catholique, ses dogmes et ses rites, ne constituent plus à la fin du XIXe siècle, il s'en faut de beaucoup, le mode d'intelligibilité et le principe d'organisation collective dominants dans la société française ; et il convient de rendre compte, jusque dans le champ du croyable, de cet affaissement relatif de l'institution ecclésiale, qui s'est opéré au cours des XVIIIe et XIXe siècles. Mais, dans l'intervalle, d'autres croyances ont relayé son *Credo* désappris : d'autres instances d'autorité et de discernement se sont substituées à son hégémonie défunte. Ce constat, pour banal qu'il puisse paraître, ne peut être sans influer sur une analyse historique des mutations du croyable dans la France du XIXe siècle : la religion s'est perdue (pour reprendre l'expression du clergé catholique du temps) dans le temps même où la croyance a changé de statut et de sens.

Une vitalité religieuse toujours forte

Il convient dès lors de penser *ensemble*, dans sa diversité et son unité, la multiplicité que revêt, en un temps et dans un lieu donnés, le croyable. Une analyse attentive conduit ainsi à distinguer des niveaux socio-culturels, des formes rituelles, des énoncés dogmatiques ou logiques : culture magique ou folklorique, manifestations sacrales (possession, apparition, prophétie), dévotions collectives (culte des saints et des reliques, pèlerinages), culture cléricale et culture savante imposent une approche spécifique. Toutefois, nulle délimitation infranchissable, nulle distinction d'essence ou de nature à l'intérieur du champ du croyable, ne résistent à l'examen : on rencontre des curés qui lèvent les sorts, des gestes qui engagent des dogmes, des théologies qui informent des ex-voto ; des rentières aux dévotions troubles, et des bergères exactes à l'office et dociles au prêche. Culture orale et culture écrite, religion populaire et religion savante, Église enseignante et Église enseignée ne sauraient être opposées terme à terme, au risque de créer des isolats théoriques que la réalité dément, et d'ignorer les modes de transition, d'interférence ou de « contamination » qui parcourent et relaient les champs du croyable. Pas plus qu'on ne saurait admettre le procédé de la synthèse récente, et par ailleurs suggestive, de l'historien américain Eugen Weber sur *la Fin des terroirs* : l'exercice intellectuel qui consiste à ne retenir que les éléments jugés « rétrogrades » de la religion paysanne pour offrir le tableau, profondément faussé, d'une chrétienté rurale dépourvue de toute cohérence ecclésiale ou cultuelle, et dès lors vouée à dislocation sous le choc de la modernité, paraît à plus d'un titre un exercice gratuit. On récusera encore, dans l'analyse des « superstitions populaires », un antagonisme trop rigide entre cultures *dominante* et *dominée,* propre à édifier la seconde en « contre-culture » autonome et distincte. L'anthropologue Ernesto De Martino voit sans doute plus juste lorsqu'il parle, à la suite de Gramsci, et à propos de la culture magique de l'Italie méridionale, de cultures *hégémonique* et *subalterne,* expressions que la situation du catholicisme comme « religion de la grande majorité des citoyens » ne dément nullement pour la France du XIXe siècle.

C'est dans l'unité du croyable que s'insèrent également tradition et innovation. Des chronologies différentielles, des généalogies dévotionnelles distinctes rendent certes manifestes des interférences temporelles entre « modernité » et « archaïsme » cultuels : telle formule de rebouteux emprunte dans le même temps aux logiques du paganisme antique, aux énoncés du *Credo* nicéen et aux notions de l'alchimie médiévale ; tel *hapax* – l'introduction du culte de sainte Philomène en France, dans les années trente du XIXe siècle – se moule dans les modèles de l'hagiographie la plus ancienne, et *réemploie* (pour retrouver une expression de M. de Certeau) des matériaux et des pratiques – reliques, pèlerinages, neuvaines – qui l'assimilent en quelques décennies aux saints du terroir. « Rien n'est *survécu* dans une culture, note Jean-Claude Schmitt, tout est vécu ou n'est pas. Une croyance ou un rite n'est pas la combinaison de reliquats et d'innovations hétérogènes, mais une expérience n'ayant de sens que dans sa cohésion présente. »

L'analyse doit ainsi prendre en compte des modes de rationalité non contradictoire (tel prie saint Antoine pour ses bêtes, qui fait aussi appel au vétérinaire…), et mesurer des gradations dans l'intensité de la croyance elle-même : tel malade croit *un peu* à l'eau de Lourdes, et davantage au *don* de sa voisine, ou inversement ; et tous les électeurs républicains de 1849 ou de 1877 ne sont pas, il s'en faut, des « hommes sans Dieu »… Loin de donner à lire l'envers d'un *Credo*, le panorama des croyances révèle ainsi, à l'Église, son inégale maîtrise du magistère, à l'historien, la multiplicité des mutations qui, par-delà la restauration de l'institution ecclésiale, au lendemain de la persécution révolutionnaire, affectent au XIXe siècle le devenir du croyable.

Le premier relevé folklorique

> « La notion que nous avons aujourd'hui de l'histoire des hommes, écrit George Sand, en janvier 1875, en préface des *Croyances et légendes du Centre de la France* de son érudit ami berrichon Laisnel de La Salle, a fait un grand pas en avant du siècle dernier. Le combat des philosophes contre la superstition avait relégué au rang des choses finies et méprisables tout le poétique bagage des croyances populaires, sans paraître se douter qu'il y avait là un gros chapitre essentiel dans l'histoire de la pensée. Grâce à

l'école nouvelle dont MM. Littré, Renan, et d'autres éminents écrivains nous ont révélé l'esprit, nous arrivons aujourd'hui à regarder l'histoire des fictions comme l'étude de l'homme même. »

A travers ces lignes, l'auteur de *la Mare au diable* (1846) et de *la Petite Fadette* (1849) résume le sentiment de la génération romantique face à la culture folklorique. L'intellectuelle libérale et anticléricale – républicaine engagée du printemps 1848 – restitue au soir de sa vie à ses contemporains de la IIIe République naissante une double filiation critique : la filiation des Lumières, revendiquée au nom des valeurs mêmes du siècle – Science et Progrès, Instruction et Démocratie –, mais intimement répudiée pour son caractère négateur, destructeur, abrasif de toute fiction ; et la filiation du romantisme français (ce fruit tardif du grand romantisme européen, que son ralliement libéral de l'été 1830 a éloigné des sortilèges de l'irrationnel), attentive aux racines de la culture nationale, aux traditions du terroir et au fantastique légendaire, mais rétive à la fascination du sol, du mythe et des origines.

Cette double filiation a durablement marqué l'histoire de l'ethnographie française, et déterminé son projet et son ton. C'est dans cet esprit que vont s'accumuler les matériaux primitifs, aujourd'hui irremplaçables, d'une première ethnographie de la France rurale, que relaiera, à partir des années 1860, la science positive des folkloristes savants. Dans la longue marche qui conduit les « superstitions » des condamnations vigoureuses de l'âge classique aux relevés et aux études plus ou moins scientifiques des ethnographes du XIXe siècle, on serait ainsi tenté de distinguer quatre étapes majeures dans l'observation du donné folklorique, qui déterminent à leur tour des strates distinctes de témoignages et de documentation.

La Réforme catholique lègue aux prêtres ruraux du XVIIIe et du premier XIXe siècle un corps de doctrine – que résume le *Traité des Superstitions* (1679) de Jean-Baptiste Thiers, vaste inventaire des croyances et des pratiques où l'enseignement de l'Église court le péril de se perdre –, un instrument d'analyse – la notion de *superstition,* relayée par la comparaison avec le *paganisme* des auteurs antiques et les diverses formes d'*idolâtrie* décrites dans les *Lettres édifiantes* des missionnaires d'Amérique – et une pratique pastorale qui tend à se durcir au cours du XVIIIe siècle, particulièrement parmi le clergé rigoriste ou janséniste. C'est l'âge de l'*Aufklärung* catholique. Le peuple chrétien est vigoureusement sommé d'abandonner des dévotions que la Raison ignore ou réprouve, au nom des Lumières de l'Église. Un éventail étendu d'observations, de remontrances et de condamnations permet aujourd'hui encore à l'historien de dresser à rebours le tableau des pratiques hétérodoxes ou magiques des « peuples ». Ainsi, entre mille exemples, des actes du synode de Dol-de-Bretagne, en 1741 : ils interdisent aux recteurs « de dire la messe en certains lieux et en l'honneur de certains saints, pour faire vêler heureusement les vaches et autres bestiaux », ou encore « de souffrir au peuple […] de se frotter indécemment avec les images de certains saints pour être dénoué ». Que comprendre à ces quelques lignes ? Que d'antiques croyances – aux *sorts* qui *nouent* et aux pratiques qui *délivrent* – sont toujours attestées et vivantes au milieu du XVIIIe siècle ; que le culte des saints, et jusqu'à la célébration de la messe, peuvent être utilisés à des fins magiques ou vétérinaires ; et que le clergé paroissial participe d'une certaine manière à ces rites, soit qu'il les tolère, soit qu'il y consente. L'Église – et au premier rang le clergé « éclairé » – n'hésite pas à parler haut, à trancher et prohiber : son « ethnographie » implicite est un relevé normatif et dogmatique à fins épuratoires.

Dans le même temps cependant s'affirme un autre discours, tout aussi négatif, mais doublement, pour la « superstition » autant que pour les « saints mystères » : celui des Lumières de la philosophie. L'ironie, la dérision, l'indignation, le mépris, telles sont les armes de Voltaire. « Une populace grossière et superstitieuse, écrit-il à l'article *Idole* de son *Dictionnaire philosophique* (1764), qui ne raisonnait point, qui ne savait ni douter, ni nier, ni croire, qui courait aux temples par oisiveté, et parce que les petits y sont égaux aux grands, qui portait son offrande par coutume, qui parlait continuellement de miracles sans en avoir examiné aucun, et qui n'était guère au-dessus des victimes qu'elle amenait ; cette populace, dis-je, pouvait bien, à la vue de la grande Diane et de Jupiter tonnant, être frappée d'une horreur religieuse, et adorer, sans le savoir, la statue même. C'est ce qui est arrivé quelquefois dans nos temples à nos paysans grossiers. » Réductrice, négatrice, l'ethnographie des philosophes justifie en l'an II la haine des prêtres « intrigants », la fermeture des églises, l'anéantissement du « fanatisme » et de la « superstition » sous toutes leurs formes ; et détermine la vente des chapelles de terroir, la destruction des reliques et des statues de saints, l'interdiction des pèlerinages et des processions, les mascarades et les sacrilèges.

Au lendemain de la Révolution, lorsque l'Église, sous la pesante protection de l'État, peu à peu se réorganise et se raffermit, naît une ethnographie d'origine catholique dont on a parfois minimisé l'importance. Elle est portée par la redécouverte d'une « poétique » chrétienne dont Chateaubriand, dans *le Génie du Christianisme* (1802), se fait le héraut : « Ces *dévotions populaires,* écrit-il, qui consistent en de certaines croyances et de certains rites pratiqués par la foule, sans être ni avoués, ni absolument proscrits par l'Église, ne sont, en effet, que des harmonies de la religion et de la nature. Quand le peuple croit entendre la voix des morts dans les vents, quand il parle des fantômes de la nuit, quand il va en pèlerinage pour le soulagement de ses maux, il est évident que ces opinions ne sont que des relations touchantes entre quelques scènes naturelles, quelques dogmes sacrés, et la misère de nos cœurs. » La polémique avec les Lumières est d'ailleurs explicite : « Il faudrait nous plaindre, poursuit-il, si, voulant tout soumettre aux règles de la raison, nous condamnions avec rigueur ces croyances qui aident au peuple à supporter les chagrins de la vie, et qui lui enseignent une morale que les meilleures lois ne lui apprendront jamais. » Alors que l'œuvre de Herder sera lente à pénétrer en France (ce n'est qu'en 1827 que Quinet traduit ses *Idées sur la philosophie de l'histoire de l'humanité*), un renversement s'effectue dès l'aube du XIXe siècle dans l'ordre de l'affectivité, tandis que, dans l'ordre de la raison, l'ensemble de l'école traditionaliste – Bonald, Maistre, Ballanche, Lamennais – justifient, à travers l'histoire du langage, des rites et des sacrifices, ou du « sens commun » une redécouverte active des héritages religieux populaires.

La transition du rigorisme cultuel du XVIIIe siècle à la religion plus accueillante aux dévotions populaires du

XIXᵉ siècle fut cependant lente et difficile, tant les réticences du clergé paroissial à entériner des pratiques jugées suspectes, voire concurrentes, demeurèrent invincibles. Un thème la soutint, loin des austérités jansénistes de jadis, celui du *linum fumigans,* de la « mèche qui fume encore » – *Mon serviteur... ne fera point de querelles ni de cris... Le roseau froissé, il ne le brisera pas, et la mèche fumante, il ne l'éteindra pas* (Matthieu 12, 18-21). Plus solidaire des croyances du peuple demeuré fidèle dans la tourmente, plus rurale et plus paysanne dans le recrutement de son clergé, affaiblie dans son autorité et sa discipline, l'Église du XIXᵉ siècle consent plus volontiers à tolérer ce qu'elle aurait jadis frappé d'anathème, comprend ou justifie la « foi des simples ». C'est l'heure des prêtres folkloristes, tel l'abbé Mahé, chanoine janséniste de Vannes, et ses *Antiquités du Morbihan* (1825), ou l'abbé Depéry, futur évêque de Gap, et son *Essai sur les mœurs et usages singuliers du peuple du pays de Gex* (1833). C'est le moment des grandes enquêtes épiscopales, de Mgr Devie à Belley, en 1824, à Mgr Dupanloup à Orléans, en 1850, qui invitent le clergé paroissial à un recensement des pratiques cultuelles. « Je vous prie, écrit en 1845 Mgr Rendu, évêque d'Annecy, à chacun de ses prêtres, dans les vues d'un intérêt spécial, de me dire les usages locaux, religieux ou autres, qui existent dans votre paroisse, offrandes, dévotions, pèlerinages, bénédictions, noces, fêtes, jeux, repas, aumônes, coutumes, dans certaines saisons, pour certains travaux, réunions, danses, préjugés, superstitions : en un mot, tous les usages bons, mauvais, indifférents, qui caractérisent les mœurs du peuple confié à vos soins. » Connaître pour comprendre, épurer en préservant, combattre sans détruire : l'ethnographie des clercs du premier XIXᵉ siècle, proche, précise, sympathique souvent, est une exploration attentive et inquiète de croyances désormais reconnues fragiles.

La tradition philosophique des Lumières ne pouvait toutefois demeurer absente de ce nouveau terrain – de ce nouvel enjeu. Héritiers immédiats des Lumières, les idéologues de l'Institut sont à l'aube du XIXᵉ siècle à l'origine de la première association ethnologique française, l'éphémère *Société des observateurs de l'homme* (1799-1805), dont l'ambitieux programme constitue un moment décisif dans la définition

Une vitalité religieuse toujours forte 447

d'une approche scientifique des « peuples sauvages » lointains ou proches : le rapport sur « l'enfant sauvage de l'Aveyron » de Pinel, les *Considérations sur les diverses méthodes à suivre dans l'observation des peuples sauvages* de Gérando fondent une « science de l'homme », dont la « société religieuse » constitue l'un des articles. « Le sauvage regarde-t-il le culte extérieur et les cérémonies comme nécessairement liés à l'idée qu'il a d'un Être suprême et de ses devoirs envers lui », s'interroge Gérando en fructidor an VIII. « Quel est le nombre de ses prêtres ? De quelle manière sont-ils choisis ? Quelle considération, quels privilèges, quelle autorité leur accorde-t-il ? Leur suppose-t-il quelque pouvoir sur la nature, quelque faculté pour pénétrer l'avenir, ou découvrir l'inconnu ? Ces prêtres ont-ils quelque degré d'instruction particulière ? Paraissent-ils de bonne foi ?... Quelles sont les idées que ce peuple attache à [ses] idoles, à [ses] temples, si toutefois il leur en attache quelqu'une... Un peuple sauvage a-t-il des jours de fête qui soient fixés ? Quelle est l'occasion et l'esprit de ces fêtes ?... Quel est le culte qu'un peuple a pour les morts ? »

Dans sa sécheresse, ce programme d'investigation (au demeurant « participante ») manifeste la transformation du regard des Lumières de la dérision à l'observation. Trente ans plus tard, dans son *Cours de philosophie positive,* Auguste Comte fera de « l'âge théologique » dans ses manifestations successives (« fétichisme », « polythéisme », « monothéisme ») à la fois un objet d'analyse scientifique et un stade dépassé de l'évolution de l'humanité vers l'âge positif et industriel. Voici venu le temps des folkloristes, observateurs de l'homme des campagnes, collecteurs de contes et de légendes, de chansons et de formules, de rites et de traditions, de vêtements et d'objets. Leur chemin croise bien souvent celui des ecclésiastiques érudits, et les deux groupes ne sauraient être toujours opposés. Cependant, la vigueur de la polémique religieuse et politique au XIXe siècle, les disparités de convictions et d'intérêts conduisent à distinguer nettement la première ethnographie positive, sur des positions qui vont d'un « indifférentisme » de principe à un anticléricalisme de combat. Dans l'ensemble des provinces françaises sont ainsi recueillis tout au long du siècle, et non sans arrière-pensées divergentes, les matériaux folkloriques propres à fournir aux uns les données d'une action pastorale, aux autres, les prémisses d'une « science de l'homme ».

La culture magique des campagnes

En juillet 1840 (le Concordat vit encore des jours paisibles), la Commission de statistique de la préfecture de Moulins (Allier) adresse à tous les curés du département un questionnaire sur l'état des églises et le calendrier des fêtes patronales, dont le dernier article porte sur les « croyances aux devins et aux sorciers ». Question réputée indiscrète quelques décennies plus tard, mais à laquelle acceptent alors de répondre, plus au moins longuement, 175 prêtres de paroisse.

C'est l'occasion de mesurer la perception, par le clergé rural, de la culture magique des campagnes. Un tiers environ des curés nie l'existence de « superstitions » dans leur paroisse, soit par paresse administrative (« aucunes » : « à peu près comme dans tout le diocèse et département »), soit par esprit de clocher (« la paroisse de Montaigu est une de celles qui présentent le moins de croyances aux sorciers et aux devins »), soit par orgueil pastoral (« je me suis attaché d'une manière spéciale à détruire toute espèce de superstitions ou croyances aux sortilèges : cette ignorance a presque entièrement disparu » ; « les croyances de la paroisse sont la foi de la sainte Église catholique, apostolique et romaine »), soit par l'effet d'une observation motivée (« point ou presque point, excepté pour quelques anciens : la jeunesse est entièrement éclairée sur ce point » ; « elles n'existent plus guère que dans l'esprit de quelques vieillards simples ou de bonnes femmes » ; « ces sortes de croyances diminuent de plus en plus, l'instruction faisant ici des progrès sensibles » ; « cette croyance se perd » ; « on n'y croit plus guère » ; « on s'en désabuse » ; « ce n'est maintenant qu'avec une espèce de honte que les paysans manifestent leurs idées »), soit enfin par amertume (« aucunes, seulement à la terre », écrit un desservant, auquel fait écho le curé de Néris-les-Bains, « les habitants sont, au contraire, des gens fort déniaisés, aussi peu soucieux des croyances mal fondées que des croyances légitimes, et bien plus observateurs des leçons que leur importent les amateurs d'eaux chaudes, surtout leurs servants, que des préceptes de leurs pasteurs »). L'affaiblissement de la pratique religieuse, sensible dans le département, serait-il la première cause de la désaffection pour le sorcier ?

Tel n'est pas le sentiment de la majorité des prêtres, qui relèvent au contraire la fréquente diffusion, dans certaines paroisses, certains hameaux, ou certaines familles, de la croyance aux *sorts* et aux *maux*, sinon aux « devins » ou aux « sorciers » du questionnaire préfectoral. « L'on croit aux personnes qui disent savoir guérir du chancre par des paroles, ôter le feu d'une personne qui s'est brûlée, le coup d'une personne qui s'est blessée ou frappée, guérir une entorse, arrêter le sang d'une plaie. L'on croit qu'il y a des personnes qui ôtent le lait des vaches de leur voisin pour se l'approprier, que d'autres font des maléfices pour faire périr les bêtes, et même contre les personnes », précise, avec une grande justesse de ton, le curé de Viplaix.

Deux temps forts des comportements magiques apparaissent au fil des réponses : l'orage et surtout les maladies des bêtes et des hommes, conçues comme autant de *malheurs* reçus. Des croyances circonscrites à des groupes restreints, mais inébranlables dans leur conviction (« c'est difficile de leur faire entendre raison sur cette matière », constate un curé) ; une conception magique du *mal* donné et levé ; quelques rites prosaïques : dans sa concision dépourvue de pittoresque (dont se contentent mal certains folkloristes du XIXe siècle, et du nôtre, en quête d'une hypothétique survivance de cultes immémoriaux), l'inventaire du clergé bourbonnais confirme la légitimité d'une approche sociale et culturelle des croyances magiques, loin des mirages d'une histoire des religions.

Or, s'il est un domaine où l'anthropologie du présent a profondément modifié le regard porté, c'est bien l'étude de la culture magique des campagnes. Les travaux de Jeanne Favret-Saada sur la sorcellerie du Bocage mayennais des années 1970 tracent à l'historien une nouvelle approche. Que la culture magique se fonde sur un ensemble de croyances à des forces, positives ou négatives, susceptibles d'être manipulées par une parole ou un rite : une volonté ; que le *malheur,* répété ou non, qui frappe les bêtes ou les hommes puisse être imputé à la malveillance, au *sort* ou au *maléfice*; que le personnage fondamental de la relation magique soit le « désorceleur » ou « désencorceleur » (sous quelque nom qu'il se présente : *gougneur* au Bourbonnais, *endevinaïre* au Languedoc), dont le rôle consiste à énoncer ou confirmer le diagnostic du *mal* donné, à désigner l'ennemi, et à « conjurer le sort »; et que le « sorcier » enfin, à proprement parler, n'existe pas (sauf excentricité, ou escroquerie patente), mais que, dans l'univers cruel des *maux* et des *secrets,* le « désorceleur » de l'un soit le *sorcier* de l'autre : voilà qui impose à l'historien de recomposer, réarticuler et réinterpréter les maigres indices dont il dispose pour tenter de saisir les réalités et le sens des conduites magiques de la société rurale des XVIIIe et XIXe siècles.

La terreur et la haine, parfois la mort ou la folie, guettent ainsi l'existence villageoise. On craint au Berry le *courtilier* qui fait sécher les arbres et perdre les récoltes, le *caillebotier* qui tire le lait et fait périr les bêtes, le *grêleux* ou *meneux de nuées* qui attire l'orage sur le village voisin. « La hantise du Gâtinais, ce sont les sorciers », note C. Marcilhacy à partir de l'enquête de Mgr Dupanloup (1850), tandis que R. Devos et C. Joisten vérifient en Savoie, dans les réponses à l'enquête de Mgr Rendu (1845), la diffusion de la croyance au « mal donné ». « Sitôt qu'un animal est malade, on crie au sorcier, et au magicien », rapporte un curé du Chablais ; « dès qu'une personne est malade, elle se regarde comme ensorcelée », relève un curé du Gâtinais. La culture magique attise l'anxiété et la défiance, révèle les inimitiés et les peurs. « La croyance que les voisins font des remèdes pour attirer le lait des vaches engendre souvent des rancunes et de vives disputes », note le curé de Saint-Germain-des-Fossés (Allier), auquel fait écho le desservant du Bouchet, dans le Genevois : « Si le laitage ne réussit pas et qu'on ait vu passer quelque mendiant et surtout mendiante, on croit facilement que cela provient de quelque maléfice. »

Les premiers suspects sont en effet les errants et les marginaux de la société rurale, bergers de la Beauce, « vachers suisses » du Mont Salève, mendiants, bohémiens, figures misérables, inquiétantes ou menaçantes. « Sorcier si tu es, je te doute, au nom du Père, du Fils et du Saint-Esprit », dit une formule qu'on prononce en Beauce à la rencontre d'un berger. « Il passe de temps en temps de ces bohémiennes qui font profession de dire la bonne fortune », relate un curé du Genevois : « On [les] craint comme des sorcières, et l'on n'ose leur refuser ce qu'elles demandent, parce qu'un refus pourrait attirer des malheurs sur les bêtes et sur les gens » ; et certains habitants de Publier, en Chablais, « se hâtent de faire l'aumône à certains pauvres étrangers et de mauvaise mine, crainte qu'ils leur donnent du mal à eux ou à leur bétail ». Ces pauvres « de mauvaise mine » sont les victimes désignées des explosions ponctuelles de violence rustique que relève jusqu'au milieu du XIXe siècle la *Gazette des Tribunaux* : meurtre collectif d'une mendiante « sorcière » dans le Dauphiné en 1834 ; assassinat d'une autre mendiante pour le même motif à Valensole, en Provence, en 1838. Mieux protégé, le devin ou le sorcier étranger, qu'on va consulter à demeure, est une des hantises du clergé, qui dénonce, en Bourbonnais, la « sorcière de Céron », en Chablais, les « devins du Valais », comme autant d'escrocs, et de rivaux dans l'exercice de l'autorité spirituelle. Un paroxysme de tension se manifeste au contraire là où l'accusation de sorcellerie vise un voisin ou un parent. L'héritage des *secrets*, la transmission des *dons* engendrent d'âge en âge et de génération en génération, au sein des microcosmes paysans, défiances et terreurs. « Ils craignent extrêmement les sorciers, et ceux qui ont le malheur d'en avoir la réputation sont perdus, eux et leurs descendants, et trouvent difficilement à s'établir. »

Car, dans l'univers confiné et impitoyable de la culture magique, le désorceleur assume un rôle plus passif qu'il n'y paraît. L'identification du coupable (par des techniques variées de divination : miroir, baquet d'eau) est essentiellement, note J. Devlin, une reconnaissance : son client élabore avec lui une histoire qui confirme ses intuitions et ses craintes, résout ses anxiétés, satisfait ses désirs, légitime ses inimitiés et rend compte de son malheur. Soit qu'il s'emploie à exacerber les tensions locales et les querelles de personnes, soit qu'il s'efforce (le cas n'est pas rare) à la prudence, le désorceleur est, au village, un accoucheur de haines.

Comment concilier dès lors désorceleur et appartenance à l'Église ? Culture subalterne dans un univers profondément christianisé, la magie rurale, qui ne s'explicite qu'en situation de crise et sous le couvert du secret, n'en est pas moins forte d'une « explication du monde » fruste et cohérente, propre à « contaminer » pratiques et croyances prescrites ; le clerc lui-même s'y voit attribuer une place qui n'est pas médiocre. En Gâtinais, les paysans « regardent le prêtre comme revêtu d'une puissance bien supérieure à celle de tous les sorciers ». En temps d'orage, sa prière est violemment requise, et, presque partout, on lui prête la puissance d'un *meneur de nuées*. Les fidèles enfin mettent fréquemment en demeure leur curé d'user de ses *pouvoirs* : à Abondance (Chablais), elles « n'ont point de repos jusqu'à ce qu'ils aient obtenu qu'un prêtre soit allé à la maison faire une bénédiction ».

Le pèlerinage d'Ars est au milieu du XIXe siècle l'un des lieux où s'exprime le plus distinctement l'ambivalence du rapport entre culture magique et culture cléricale. M. Vianney, le « saint curé », est prié de répondre, au cours de la confession, sur des objets – maladies, malheurs intimes, incertitudes professionnelles, inquiétudes sur le sort éternel des proches vivants ou morts – qui ne relèvent pas, à proprement parler, de l'aveu pénitentiel, et qu'un anthropologue classerait dans de tout autres catégories : conjuration, divination, évocation. Or, le curé d'Ars n'est pas complètement imperméable à l'univers mental de ses pénitents, soit qu'il témoigne d'une certaine familiarité lexicale (« Mère Cinier », dit-il en refusant une messe pour un « bon numéro » à la conscription, « faites tout ce que vous voulez, votre fils *attrapera le sort* »), soit qu'il sourie de la réputation qui lui est faite : « Allons, confie-t-il, le vieux sorcier a encore bien fait marcher son commerce aujourd'hui ! »

C'est qu'une même culture de la souffrance unit en partie prêtres et fidèles. Au *sort* ou *mal donné* de la culture magique n'est pas étranger une conception vétéro-testamentaire du *malheur-punition*, que le rigorisme pastoral du XVIIIe et du premier XIXe siècle rend très présent dans la prédication et l'attitude mentale du clergé face au malheur. « Comment ! vous vous plaignez de ce que vos bêtes périssent ! », s'écriait le jeune curé d'Ars en guerre contre les veillées à l'aube de la Restauration. « Vous avez sans doute oublié tous les crimes qui se sont commis pendant cinq ou six mois pendant l'hiver dans vos écuries »... Vision d'un Dieu *terrible,* qui s'atténue dans l'Église de France, à travers l'introduction de la théologie liguorienne, à partir des années 1840, et qui s'apaise à Ars, dans le même climat spirituel, à l'heure du pèlerinage. « C'est le péché, dira plus tard M. Vianney, qui rend *malheureux*. » Synthèse ambiguë du « mal donné » et du « malheur-punition », ou espérance désespérée dans le salut de l'âme ? La rencontre inéluctable de la culture magique des campagnes avec le christianisme se noue dans la profondeur tragique du malheur vécu.

Le langage de la possession

De la culture magique à la possession, le rapport des croyances à l'Église se transforme ; si, pour la majorité des clercs, le *sort* relève de la « superstition », la possession repose à leurs yeux sur une croyance légitime – aux « esprits impurs », aux démons ou à leur personnification folklorique, le « diable »–, et se prévaut du témoignage de l'Écriture : « Il guérit beaucoup de malades atteints de divers maux, et il chassa beaucoup de démons. Et il ne laissait pas parler les démons, parce qu'ils savaient qui il était », dit l'Évangile de Marc (2, 34). Elle implique enfin un rite – l'exorcisme – dont l'Église détient (en théorie) le monopole, et que prescrivent ses livres : en premier lieu, les formules du *Rituel romain* que l'introduction de la liturgie romaine en France, dans les années 1840-1870, diffuse parmi le clergé.

Catégorie *recevable,* la possession autorise l'expression du trouble psychologique et corporel ; elle est au village l'un des cadres d'intelligibilité de la maladie mentale. Le possédé est entouré de la sollicitude de ses proches, pris en charge et conduit vers les instances propres à le « délivrer » : désorceleur, pèlerinage, prêtre. L'exorcisme « sauvage », inséré dans la culture magique, est de pratique commune : les « bonnes femmes » usent de signes de croix et de formules de prières ; la lecture du Prologue de l'Évangile de Jean demeure attestée. Chapelles de terroir et pèlerinages de localité accueillent les possédés : l'Allier possède ainsi, à Saint-Menoux, à Saint-Marien, ses « débredinoires » que la Révolution n'a pas détruits.

Mais le clergé est partagé, souvent réticent. Tel est, en

1857, le scrupule qui retient le curé d'Oyonnax (Ain) vis-à-vis d'un de ses paroissiens « atteint depuis neuf ans d'une maladie extraordinaire. Il endure les souffrances les plus affreuses. Tous les remèdes ont été employés inutilement… Il a été saisi d'une haine irrésistible contre la religion et ses ministres. Il ne pouvait en entendre parler sans proférer d'affreux blasphèmes… Il est avachi sur son lit et comme par violence (mais) conserve un grand appétit. Il pousse parfois des cris qui effraient… Il a la manie du suicide ». Natif de Chalamont, au cœur de la Dombes d'étangs, ancien sous-officier en Algérie, obsédé depuis l'enfance par les flammes de l'enfer et des « figures hideuses et diaboliques », il va, conduit par sa femme, du prêtre au médecin, et d'hôpital en pèlerinage : un chanoine de Fourvière le croit « sous le poids d'un maléfice » ; l'Hôtel-Dieu de Lyon ne l'a pas guéri ; le curé d'Ars n'a pas voulu l'exorciser ; mais un grand vicaire de Saint-Claude estime que « le démon n'est pas étranger à ses souffrances ». L'évêque de Belley autorise quinze jours d'exorcisme, « votre seul vicaire présent ».

Le curé d'Ars partage les mêmes hésitations. Or, nombreux sont les possédés à implorer de lui soulagement ou guérison. La rumeur « satanique » d'Ars, nourrie du récit des obsessions diaboliques des années 1820, de conversations familières sur le *grappin* et d'une spiritualité ancrée sur le sentiment du mal et l'horreur du péché, attire au pèlerinage les « malheureux » et leurs parents, certains d'être accueillis et compris, et suscite quelques correspondances enfiévrées. M. Vianney accueille chacun, prie, puis renvoie à l'Ordinaire, ou à sainte Philomène : « Sans se prononcer d'une manière ouverte et sans consentir, pour des raisons fondées sur la prudence et l'humilité, à pratiquer les exorcismes, rapporte son biographe, [il] les traitait au saint tribunal, comme si l'âme et le corps eussent été possédés. »

La « voie spirituelle » qu'indique le comportement de M. Vianney, si proche de la culture paysanne et si attentif à la démarche des pèlerins, tend toutefois à se dissoudre dans le climat apologético-scientifique des années 1850. Tandis que se diffusent spiritisme et magnétisme, et que Victor Hugo, à Jersey, fait tourner les tables, les possédés redeviennent, comme au Grand Siècle, les témoins privilégiés des réalités sataniques, et les acteurs, plus ou moins consentants, des triomphes de la religion sur les forces du mal. Ainsi des deux possédés d'Illfurt (Haut-Rhin), Thiébaut et Joseph Burner, âgés de neuf et sept ans, fils d'un marchand ambulant d'allumettes, qui en septembre 1855 sont reconnus « démoniaques » par fidèles et clergés : déchargés de tout travail domestique, emmurés dans un silence intermittent, ils attirent des foules nombreuses qui se pressent pour les entendre s'exprimer en langues étrangères, blasphémer Dieu, insulter son Église ; leurs démons ne dissimulent pas leurs sympathies pour les protestants, les juifs et les francs-maçons. Un exorcisme solennel les « libère » en 1869. Forme de fuite individuelle, comme le suggère J. Devlin, ou instrumentalisation du mal-être à des fins de satisfaction collective ? La possession, dans tous les cas, a changé de sens.

Les derniers exemples de possessions collectives attestées dans la France du XIXe siècle témoignent avec éclat de la vigueur des croyances populaires, et de la mutation du regard porté sur le possédé. En 1857, à Morzine (Haute-Savoie), deux filles entrent en convulsions, entraînant dans leur sillage des dizaines de femmes, et quelques hommes. Le curé est sommé, par l'exorcisme, de lever les *maléfices* : mais l'administration épiscopale, pas plus que l'administration sarde, ne savent quel parti prendre. L'annexion de la Savoie à la France précipite l'entrée en scène des aliénistes et des soldats. Au printemps 1861, l'arrivée du docteur Constans, inspecteur général des asiles, muni de pleins pouvoirs et accompagné de troupes, provoque un premier déchaînement de violences ; plusieurs « malades » sont internées de force dans les hôpitaux de la région. Après une période d'apaisement, le 1er mai 1864, à l'occasion de la visite de l'évêque d'Annecy, « l'épidémie » atteint son paroxysme : conduites par leurs proches, soixante à quatre-vingts femmes entrent en convulsions dans le cimetière, puis dans l'église, interrompent les cérémonies, insultent et bousculent Mgr Magnin qui se refuse à l'exorcisme. L'internement généralisé des « furieuses », de sévères mesures de surveillance médicale et policière préludent à l'apaisement progressif des « convulsions » : en 1873, la confirmation se déroule sans incident, tandis que le bourg se mure dans le silence.

Clergé, fonctionnaires et médecins s'affrontent pour

donner sens au *mal de Morzine*. Pour le curé du bourg, c'est la croyance au *mal donné* qui constitue l'explication fondamentale de la crise, et la pierre d'achoppement de son sacerdoce : « Ici, on voit partout un sort, écrit-il à son évêque, une personne se meurt de maladie, d'épuisement, de consomption, c'est quelque chose *qui la tient là* ; M. le Curé, si vous y pouvez quelque chose... De là, la moindre circonstance fait qu'on soupçonne celui-ci ou celui-là... Cela me paralyse pour le ministère, le vrai ministère de curé. » Or, les *maux* sont nombreux, que détaillent les rapports préfectoraux : misère, malnutrition, émigration, épizooties du bétail, analphabétisme. *Hystérodémonopathie épidémique,* diagnostiquent pourtant les aliénistes, fascinés par le déchaînement de la violence féminine, et sûrs de leur jeune savoir sur l'hystérie. Les « démons » qui parlent à travers la bouche des femmes de Morzine tiennent un tout autre langage. Ils disent la réalité du mal – « ah ! tu crois, bougre d'incrédule, que nous sommes des folles, que nous n'avons qu'un mal d'imagination ! Nous sommes des damnées, sacré nom de Dieu ! » –, se déchaînent contre les sans-Dieu (les *rouges*), les docteurs (« nous nous foutons bien de tes médecines »), les soldats (« chiens de brigadier, je te connais, tu es un incrédule, tu es à moi ») et jusqu'aux prêtres (« loup d'évêque, il n'a pas le pouvoir de guérir la fille ») ; ou réclament le rétablissement de cet organe de l'autonomie locale qu'est l'ancienne confrérie du Saint-Esprit. Ce sont là paroles de défi, de révolte d'un monde acculé au désespoir et à la dissolution. Pourtant, d'internements en compromis, l'ordre aura le dernier mot : à l'heure où les possédées se taisent, Charcot commence à hypnotiser devant Freud attentif.

Triomphe de l'aliéniste, naufrage de la possession : dans les années 1860-1890, une culture s'effondre, qui disait le trouble dans le langage du mal et donnait aux violences des possédés l'innocence de la souffrance. Dans le même temps, sous les coups conjugués des certitudes savantes et des incertitudes cléricales, une autre figure s'efface : le Malin, le diable, le *grappin,* « celui qui fut homicide dès le commencement du monde » (Jean 8, 44), rappelle en vain le pape Léon XIII, en 1880.

Le culte des saints

Le culte des saints constitue dans la France des XVIIIe et XIXe siècles une réalité religieuse, sociale et humaine si universelle que sa présentation défie l'analyse : nul lieu – ville, bourg, village, quartier, hameau ou écart – sans patron ou intercesseur céleste ; sans église ou chapelle à lui dédiée, avec son autel, ses reliques, sa statue, son tableau ou son vitrail, ses indulgences, sa confrérie, ses litanies ou ses cantiques ; sans calendrier liturgique et festif de bénédictions et de processions, de « voyages » et de pèlerinages, d'ostensions et de translations ; sans « dévotions particulières » exprimées à travers ex-voto, médailles, chapelets, scapulaires, images ou livrets. Étroitement associées aux rites agraires – rogations, bénédiction des semailles ou des troupeaux, prières pour les récoltes ou les vendanges, pour la pluie ou le beau temps – et aux rites de passage sanctifiés par l'Église – baptême, communion, mariage, extrême-onction –, les pratiques religieuses qui entourent les sanctuaires mariaux et les chapelles de terroir, de part et d'autre de la rupture révolutionnaire et jusque dans les régions les plus éloignées d'une pratique sacramentelle régulière, scandent l'espace et le temps, et rythment l'existence humaine.

« Les vents, les pluies, les soleils, les saisons, les cultures, les arts, la naissance, l'enfance, l'hymen, la vieillesse, la mort, tout avait ses saints et ses images », écrit Chateaubriand en 1802. Et Ernest Renan vit ses premières années bercées par légendes et prodiges : son père guéri d'une fièvre par un forgeron de village menaçant du fer rouge la figure « du saint qui en guérissait » – « si tu ne tires pas la fièvre à cet enfant, je vais te ferrer comme un cheval » (« le saint obéit sur-le-champ ») ; sa mère lui contant l'histoire de saint Ronan, dont le corps fut porté par quatre bœufs pour qu'il choisisse lui-même le lieu de sa sépulture ; et ses promenades d'enfant solitaire, dans les landes et les bruyères, où il contemple, « par la porte à demi enfoncée de la chapelle, les vitraux ou les statuettes en bois peint » de saints à la « physionomie étrange », « plus druides que chrétiens, sauvages, vindicatifs ». L'histoire des saints du terroir s'inscrit dans la longue durée, dans l'atemporalité des cultures, dans l'immémorial des archaïsmes : la Bretagne ici assimilée à la Laponie, la Provence à la Grèce antique, les agriculteurs de la Restauration aux paysans du Moyen Age, le culte des saints à une mythologie chrétienne, pourvue de son Panthéon de « divinités » et de « héros ».

L'historien souhaiterait au contraire mesurer des pratiques, cerner des évolutions, distinguer les attitudes, analyser les conflits qui se nouent autour des chapelles et des pèlerinages. Les lendemains de la Terreur constituent sans doute, comme l'ont souligné L. Pérouas et P. D'Hollander à propos du Limousin, le point d'observation le plus significatif pour une étude que les sources du XVIIIe siècle ne permettent guère de préciser. Dès le printemps 1795, avec le retour précaire à la liberté religieuse, s'opère en partant des villages la « réappropriation des églises et des saints ». Reliques et statues épargnées ou dissimulées retrouvent leurs autels, messes et pèlerinages reprennent aux dates traditionnelles, malgré le calendrier décadaire et les résistances des autorités : « Véritables retrouvailles » du peuple chrétien, de ses prêtres et de ses saints. A Saint-Victurnien (Haute-Vienne) en floréal an IV, « le jour de la ci-devant Ascension », ce sont, déplore le commissaire du canton, deux à trois mille personnes qui se rassemblent « sous le prétexte d'intercéder pour la guérison de tous les maux le crâne d'un soi-disant saint… ossement qui a échappé aux mesures révolutionnaires… Il aurait été de la plus grande imprudence de vouloir faire exécuter soit la loi sur les passeports, soit celle sur la police du culte » : « Quelle différence, conclut-il, entre ces frairies religieuses et nos fêtes républicaines. Celles-ci sont tout à fait désertes ! » Retrouvailles partielles, toutefois : car ces fidèles empressés à honorer leurs saints se refusent à régulariser les mariages civils opérés en l'an II, et « répugnent » à se plier à l'obligation de la confession annuelle. Le Limousin des ostensions ferventes sera bientôt celui des églises vides.

Dans quelle mesure l'exemple limousin est-il transposable à l'ensemble de la France ? La restauration du culte des saints n'a pas été partout aussi prompte et unanime. La rétractation de l'espace cultuel est sensible au lendemain de la Révolution. Des traditions séculaires ne se sont pas relevées de la disparition des statues et des reliques, de la vente ou de la destruction des lieux de culte. Le Mont-Saint-

Une vitalité religieuse toujours forte 459

Michel est une prison, la Sainte-Chapelle, une dépendance du Palais de Justice. La suppression des ordres religieux masculins – franciscains et dominicains en particulier – prive les dévotions de protagonistes essentiels. Mais la vitalité du lien charnel, familier, qui unit le saint à un lieu, à un « peuple », à un calendrier liturgique l'emporte presque partout. Dès les premières décennies du XIXe siècle, les fidèles retrouvent les chemins des fêtes votives, des *pardons,* des *roumeirages,* des *ducasses,* des *apports.* La rupture révolutionnaire semble, étrangement, effacée. Mais ces dévotions se sont *déplacées* : vers les églises paroissiales, d'une part, et dans le sens d'un contrôle clérical accru, d'autre part. « Consolés » par ce *retour* spontané, évêques et curés s'efforcent, non sans succès – par le biais de légendaires peu savants, de litanies pieuses, d'images approuvées, de processions disciplinées, de messes et de vêpres – de diriger le cours d'une pratique fervente. C'est, pour des milliers de pèlerinages locaux – à saint Antoine pour les porcs, à saint Marcel pour les chevaux, à saint Vincent pour les vendanges, à saint Fiacre pour les jardins, à saint Clair pour les aveugles –, un « été de la Saint-Martin » cultuel qui se prolongera parfois jusque dans les premières décennies du XXe siècle : et, pour les grands pèlerinages non mariaux (à Sainte-Anne d'Auray en Bretagne, à Sainte-Odile en Alsace, à saint François-Régis à La Louvesc), un second départ.

Mais trop d'indices laissent entendre aux clercs qu'ils sont ici les serviteurs autant que les maîtres de leurs ouailles. Aussi les réticences cléricales envers des dévotions retenues indécentes, superstitieuses ou magiques demeurent-elles fortes, dans la tradition tridentine, jusque dans les années 1840. Voici, à Cuisiat (Ain), en 1833, le buste de Notre-Dame de Montfort, objet de « la plus grande vénération » des fidèles qui s'y rendent de leur propre chef « pour implorer sa protection et lui adresser des prières et même des processions » ; il est placé dans une chapelle exiguë, à l'écart de la nef, sur un autel « inconvenant » et « de mauvais goût », « trop petit pour servir à l'offrande du Saint Sacrement », estime le jeune curé du lieu qui n'hésite pas, en 1833, à faire détruire l'autel, vu son « inutilité absolue », et à replacer la statue dans une simple niche. Un long conflit s'ensuit avec les fidèles, qui alertent le maire, qui pétitionnent au préfet, qui sanctionne le curé, que soutient l'évêque, auquel donne raison le ministère des Cultes... Conflits traditionnels, interlocuteurs nouveaux : l'anticléricalisme politique des années 1860-1880 se bâtira souvent sur de pareilles querelles de saints et de culte.

Or, au milieu du siècle, de nouvelles « solutions » se font jour, qui autorisent le dépassement des tensions anciennes, au risque cependant d'attiédir les ferveurs de jadis. La reconstruction des églises dans l'ordre « gothique », tout entier ordonné autour de la nef, de l'autel majeur et de la célébration eucharistique, permet à maint curé de déplacer ou de supprimer autels latéraux et statues, vénérables et vénérées, des saints de chapelles adjacentes ou rurales. L'avènement de la liturgie romaine aux dépens des anciennes liturgies gallicanes, dans les années 1840-1875, conduit à la refonte du cycle liturgique, renforçant la place des fêtes universelles et du culte marial, et réduisant la part des cultes de localité à la faveur de maintes « manipulations de calendrier » (B. Delpal) : dans le diocèse de Valence, à la faveur de la refonte du *Propre* en 1854, Clair, Valentin, Barnard, Eutrope, Andéol voient leurs solennités déplacées, ou réduites au rang de simples féries, pour cause d'occurrence avec de grands événements liturgiques ; et – signe des temps – les frères Macchabées de Vienne doivent céder le 2 août à saint Alphonse de Liguori.

Est-ce à dire que le siècle soit désormais impropre à créer, ou alimenter de nouvelles dévotions ? Ce serait faire peu de cas de la *poétique* cultuelle du XIXe siècle. Un sens concret de la sainteté demeure, que les populations expriment vivement à l'occasion des obsèques d'un prêtre ou d'un évêque vénérés. A Jean-Marie Vianney, le « saint curé » par excellence, qu'on approche de son vivant « comme une relique », pèlerins et pénitents (ils sont 60 à 80 000 chaque année à la veille de sa mort, en 1859) arrachent des lambeaux de son vêtement, des pages de son missel et jusqu'à des mèches de ses cheveux ; son corps, tel celui de Martin de Tours ou de Robert d'Arbrissel, sera âprement disputé entre les gens de Dardilly, son village natal, et ceux d'Ars, sa terre de sacerdoce. L'affirmation ou l'introduction de nouveaux cultes suscite sans peine ferveurs, et sanctuaires, martyrs romains, déjà évoqués, telle sainte Philomène, mais encore nouveaux venus du calendrier des dévotions : Germaine Cousin, la bergère de Pibrac, chère à Louis Veuillot, béatifiée en 1854, canonisée en 1867 ; Benoît Labre, le saint mendiant du XVIIIe siècle catholique, figure du combat contre les Lumières, que Pie IX béatifie en 1860 et Léon XIII canonise en 1881, et que célèbre Verlaine :

> Comme l'Église est bonne en ce siècle de haine
> D'orgueil et d'avarice et de tous les péchés
> D'exalter aujourd'hui le caché des cachés
> Le doux entre les doux à l'ignorance humaine
> Et le mortifié sans pair que la Foi mène
> Saignant de pénitence et blanc d'extase, chez
> Les peuples et les saints qui, tous sens détachés,
> Fit de la pauvreté son épouse et sa reine

Marguerite-Marie Alacoque, béatifiée en 1864, dont le culte est étroitement lié à la rapide expansion de la dévotion au Sacré-Cœur, et aux immenses pèlerinages de Paray-le-Monial des années 1873-1877 ; Jeanne d'Arc enfin, dont le procès moderne s'ouvre à Orléans en 1874, sur les instances de Mgr Dupanloup, Jeanne, bergère, guerrière et martyre, vierge prophétique, sainte nationale offerte à une France divisée et vaincue.

L'Immaculée

Quelle que soit sa ferveur retrouvée, le culte des saints ne tient toutefois, dans les croyances des fidèles, qu'une place seconde : Marie, Vierge, Mère, Madone et Reine est, au contraire, omniprésente. Le cycle français des apparitions mariales du XIXe siècle prend force et sens dans ce contexte d'effusion et de ferveur. Cycle court : vingt-cinq années séparent les trois visions sur lesquelles des évêques se prononcent : La Salette (1846), Lourdes (1858) et Pontmain (1871). « Nous jugeons, écrit Mgr de Bruillard, évêque de Grenoble, dans son mandement du 19 septembre 1851, que l'apparition de la Sainte Vierge à deux bergers, le 19 septembre 1846, sur une montagne de la chaîne des Alpes, située dans la paroisse de La Salette, de l'archiprêté de Corps, porte en elle-même tous les caractères de la vérité, et que les fidèles sont fondés à la croire indubitable et certaine. Nous croyons que ce fait acquiert un nouveau degré de certitude par le concours immense et spontané des fidèles sur le lieu de l'apparition, ainsi que par la multitude des prodiges qui ont été la suite dudit événement et dont il est impossible de révoquer en doute un très grand nombre, sans violer les règles du témoignage humain. » Mgr Laurentie, évêque de Tarbes, le 18 janvier 1862, est plus concis : « Nous jugeons que l'Immaculée Marie, Mère de Dieu, a réellement apparu à Bernadette Soubirous le 11 février 1858 et les jours suivants, au nombre de dix-huit fois, dans la grotte de Massabielle, près de la ville de Lourdes ; que cette apparition revêt tous les caractères de la vérité et que les fidèles sont fondés à la croire certaine. » Mgr Wicart, évêque de Laval, le 2 février 1872, sera plus laconique – et plus factuel – encore : « Nous jugeons que l'Immaculée Vierge Marie, Mère de Dieu, a réellement apparu le 17 janvier 1871 à Eugène Barbedette, Joseph Barbedette, Françoise Richer et Jeanne-Marie Labossé dans le hameau de Pontmain. »

Cette affirmation factuelle constitue un infléchissement sensible de la tradition post-tridentine. Au XVIIe siècle, à Notre-Dame de Gignac, Notre-Dame du Laus, Notre-Dame de l'Osier, dans un contexte influencé par la polémique antiprotestante, des apparitions mariales ont certes suscité la création de sanctuaires et de pèlerinages. Le XVIIIe siècle est plus silencieux, mais, durant la crise révolutionnaire, renaissent ici et là les prodiges : à Hoste, près de Sarreguemines, au printemps 1799, l'apparition de la Vierge de la Bonne Fontaine (*Guden Borne*) attire 4 à 6 000 pèlerins. Partout le clergé est présent, vigilant, prompt à bénir ou translater, à bâtir les chapelles et organiser les dévotions. Mais le culte est tout, l'affirmation dogmatique, tacite seulement : car ce sont là « révélations particulières ». « Il faut savoir », écrit à cet égard le pape Benoît XIV (dont le *Traité sur la béatification et la canonisation des serviteurs de Dieu* fait longtemps autorité au XIXe siècle), « que l'approbation donnée par l'Église à une révélation privée n'est pas autre chose que la permission accordée, après un examen attentif, de faire connaître cette révélation pour l'instruction et le bien des fidèles. A de telles révélations, même approuvées par l'Église, on ne doit pas et on ne peut pas accorder un sentiment de foi ; il faut seulement, selon les lois de la prudence, leur donner l'assentiment de la croyance humaine, en tant que de telles révélations sont probables et pieusement croyables... En conséquence, on peut refuser son assentiment à de telles révélations, et s'en détourner, pourvu qu'on le fasse avec la modestie convenable, pour de bonnes raisons et sans intention de mépris ».

C'est à la lumière de cet enseignement rigoureux et circonspect que l'Église de France examine, traite et promeut les prodiges mariaux du premier XIXe siècle. Ainsi des révélations de Catherine Labouré, novice des Filles de la Charité, rue du Bac à Paris, à laquelle apparaît, à l'automne 1830, la figure d'une Vierge immaculée, revêtue d'une robe blanche et d'un manteau bleu, dont les mains répandent par faisceaux des rayons éclatants, sous l'invocation : *Ô Marie, conçue sans péché, priez pour nous qui avons recours à vous.* Révélée au seul confesseur de la novice, l'abbé Aladel (qui publiera en 1834 une *Notice* à grand tirage), la vision est reproduite sur une « médaille miraculeuse » répandue par millions à partir de l'été 1832, au plus fort de l'épidémie du choléra, dans toute l'Europe catholique : mais le nom de la voyante n'est pas cité. En 1836, l'inspiration mariale de M. Dufriche-Desgenettes, curé de Notre-Dame des Victoires à Paris, ne contribue qu'à la formation d'une archiconfrérie, forte de centaines de milliers de membres par toute la France. Le 20 janvier 1842, s'opère enfin en l'église Sant'Andrea delle Fratte de Rome la retentissante conversion d'Alphonse Ratisbonne, à la suite de la vision d'une Vierge conçue sur le modèle de la médaille miraculeuse : devant l'émotion suscitée par le prodige, un décret du cardinal-vicaire Patrizi « constate le miracle insigne opéré par le Dieu très bon et très grand, à la prière de la Bienheureuse Vierge Marie, à savoir celui de la conversion parfaite et instantanée d'Alphonse-Marie Ratisbonne du judaïsme à la foi catholique » ; et, « parce qu'il est honorable de révéler et de publier les œuvres de Dieu » (Tobie 12, 7), le cardinal se borne à « permettre qu'à la plus grande gloire de Dieu et pour accroître la dévotion des fidèles envers la Bienheureuse Vierge Marie, la relation de ce miracle insigne reçoive par la voie de la presse une éclatante publicité ».

L'événement de La Salette marque ainsi, au milieu du

siècle, un infléchissement d'une portée considérable. Sitôt l'apparition révélée, Mgr de Bruillard, très tôt convaincu, tout en enjoignant « un silence absolu, quant à cet objet, dans la tribune sacrée », nomme une commission d'enquête que dirige le chanoine Rousselot, professeur de dogme au grand séminaire de Grenoble et actif promoteur du *Fait*. Les interrogatoires des deux témoins – Mélanie et Maximin – se succèdent. Un examen contradictoire, à l'automne 1847, retient douze objections. A Grenoble, à Lyon (où le cardinal de Bonald est hostile) et par toute la France se multiplient prises de position, controverses et manifestes. Mgr Villecourt, évêque de La Rochelle, l'abbé Dupanloup, Louis Veuillot se déclarent convaincus ; le concile provincial, réuni à Lyon en juillet 1850, se déchire sans conclure ; mais le curé d'Ars, consulté, a une entrevue désastreuse avec Maximin (venu à lui accompagné de deux partisans du marquis de Richemont, *alias* Louis XVII). Pour couper court, dans l'été 1851, M. Rousselot gagne Rome et tente en vain d'obtenir une déclaration de Pie IX, qui « s'en rapporte à la prudence de Mgr de Grenoble ». « Le fait, estime le cardinal Lambruschini, préfet de la congrégation des Rites, est entouré d'assez de probabilités pour qu'on y ajoute foi » et qu'on ordonne… « la construction d'une chapelle ». « La Sainte Vierge n'a pas besoin d'être canonisée », rétorque plus brutalement Mgr Frattini, promoteur de la foi, devant l'insistance de son visiteur. « Ce dont elle a besoin, c'est de voir s'étendre largement la propagation de son culte. » C'est de sa seule autorité que le vieil évêque de Grenoble se prononce enfin, en des termes inusités, sur la *réalité* du *Fait*.

On mesure ce qui sépare les prudences de la tradition tridentine et romaine, des certitudes explicites et tangibles que réclament désormais croyants et dévots. Longue (cinq ans à Grenoble, trois ans et demi à Tarbes, un an seulement à Pontmain) et rigide, la procédure canonique apparaît souvent sommaire dans ses questionnements par rapport aux perspectives ouvertes un siècle plus tôt par Benoît XIV. « Le fait est vrai ou il est faux, écrit Mgr Villecourt en 1847, c'est la seule chose qu'il s'agit d'examiner. S'il est vrai, je ne vois pas ce que l'on peut reprocher à ceux qui le racontent ; s'il est faux, que l'on prouve sa fausseté. » « Les enfants, répète inlassablement M. Rousselot, ne sont ni trompés ni trompeurs. » *Furia francese* ? La conviction personnelle et le souci pastoral des évêques l'expliquent en partie : mais bien davantage la qualité des témoins, la ferveur des fidèles, l'extraordinaire ébranlement spirituel et matériel que suscite l'événement.

Car ces témoins sont des *simples,* enfants pour la plupart, réputés innocents. Les deux bergers de La Salette – Mélanie Calvat, 15 ans, et Maximin Giraud, 11 ans – ont été loués à leurs familles indigentes ; ils sont tous deux analphabètes. Les témoins des apparitions mariales de la Drôme (La Chaudière, Pradelle, Brette, La Fare, Espeluche) en 1848-1849 – que Mgr Chatrousse, évêque de Valence, se refuse à entendre –, sont gardiens de chèvres ou de dindons, bergers, domestiques : véritable « revanche des humiliés » (B. Delpal). Bernadette Soubirous est, à 14 ans, la fille aînée d'un meunier ruiné qui subsiste de journées à Lourdes, dans un taudis ; elle « ne sait que son chapelet ». Les autres voyants de Lourdes et de la proche vallée de Batsurguère (Omex, Ossen, Ségus), au printemps et dans l'été 1858, sont de « pauvres filles » ou de jeunes bergers. Les quatre voyants de Pontmain sont les enfants de fermiers d'un hameau du bocage mayennais, âgés de 9 à 12 ans. Les voyants des apparitions non reconnues des années 1870 appartiennent au même univers des classes subalternes rurales : enfants et femmes sont bergers ou domestiques de ferme, plus rarement, de maison (Estelle Faguette, chez les La Rochefoucauld, à Pellevoisin) ; les quelques hommes sont, qui journalier (Auguste Arnaud à Saint-Bauzille-de-la-Sylve), qui garde-forestier (Georges Carlod à Veyziat).

Leurs récits sont frustes, et en paraissent d'autant plus véridiques. L'apparition survient dans le travail quotidien : garde des troupeaux, foins, pilage des ajoncs, voyage à la fontaine. *Las nouses vendrent baufas et lous rasins purirent. Si se convertissent, las peïras, lous routsas serent de mounteous de bla, las truffas serent ensemensas per las terras* (les noix deviendront mauvaises et les raisins pourriront ; mais s'ils se convertissent, les pierres et les rochers seront des monceaux de blé, et les pommes de terre seront ensemencées par les terres), dit la Dame de La Salette. Car la Vierge parle la langue du terroir, *patois* dauphinois ou pyrénéen, basque, alsacien ou lorrain : *Qué soï l'Immaculado Councepcion,* rapporte Bernadette, le 25 mars 1858. L'entourage proche – compagnons, parents, voisins, prêtres et religieuses souvent – joue un rôle fondamental dans l'expression du témoignage : le premier récit de La Salette (la « relation Pra » du 20 septembre 1846, rédigée par le patron de Mélanie, et occultée ensuite par les autorités diocésaines jusqu'à ce qu'Hippolyte Delehaye en signale l'importance décisive, pour inscrire l'événement dans la longue durée du prophétisme chrétien) est une « lettre dictée par la Sainte Vierge à deux enfants sur la montagne de La Salette-Falavaux », calquée sur le modèle des « lettres tombées du ciel », dont la circulation, à travers le colportage, est attestée par toute la France, et notamment en Dauphiné, de la Révolution au milieu du XIXe siècle. Si Bernadette, qui réside, au contraire des autres voyants, en milieu urbain, est en butte à l'hostilité des autorités civiles, tous les habitants du minuscule hameau de Pontmain entourent étroitement le groupe des voyants.

« Marie, s'indigne dans *les Mystères de La Salette* (1848) le polémiste protestant Napoléon Roussel, qui dans l'Évangile fait monter vers le ciel ce saint cantique : Ô mon âme ! exalte le Seigneur, sa miséricorde dure d'âge en âge (Luc 1, 46-50), Marie s'écrie : Il n'y aura plus de pommes de terre ! » C'est oublier ce que les versets du *Magnificat* lui-même contiennent de violence prophétique : « Le Seigneur fit pour moi des merveilles. Saint est son nom… Il a déployé la force de son bras, il a dispersé les hommes au cœur superbe. Il a renversé les potentats de leurs trônes et élevé les humbles. Il a comblé de biens les affamés et renvoyé les riches les mains vides. » La Vierge des humiliés, en des temps qui coïncident avec les principales crises du siècle – disette de 1846-1847 pour La Salette, invasion prussienne pour Pontmain, annexion à l'Allemagne pour les apparitions alsaciennes et lorraines de 1871-1873 –, exprime aussi la plainte des *simples* : contre la misère, le dur labeur, la dépendance. « Je choisis les petits et les faibles », rapporte Estelle Faguette, la voyante de Pellevoisin. Et le *secret* (tardif) de Mélanie Calvat se mue en accusation : « les prêtres sont devenus des cloaques d'impureté… Dieu va frapper d'une manière sans exemple. Malheur aux habitants de la terre !… Paris sera brûlé et Marseille englouti ».

La Salette, « Fontaine de Contradiction », écrit, avec jubilation, Léon Bloy dans *Celle qui pleure* (1908). L'apparition est riche de potentialités pour l'expression autonome des croyances. Si la reconnaissance d'une révélation privée n'engage que le développement du culte, l'argumentaire pressant et prosaïque des définitions nouvelles instaure le témoignage des voyants en acte fondateur, et les voyants eux-mêmes, en autorités. Aussi ces derniers, quand ils ne se prévalent pas d'un *secret*, n'ont-ils cesse de muer leur dire en savoir – sur Dieu, sur l'Église, sur l'avenir. Et des foules innombrables de fidèles les entourent et les pressent de questions ; de leur propre mouvement (même en zone éloignée d'une pratique régulière), dès la nouvelle d'une apparition connue, ils gravissent les montagnes, recueillent l'herbe des alpages ou l'eau des sources, plantent des croix, organisent des processions, composent des litanies ; et les prêtres de paroisse ne sont pas les derniers à propager par la parole et par l'écrit la « grande nouvelle ». Une « religion sauvage » (B. Delpal) menace ainsi d'ébranler le fragile équilibre de la discipline de l'Église, qui observe avec inquiétude des « épidémies » d'apparitions (1846-1849, 1858-1859, 1871-1876).

A l'aube des années 1870, les périls que recèlent, pour l'unité des croyances et la discipline de l'Église, les formulations factuelles des décennies précédentes, se manifestent avec éclat. L'effondrement militaire de l'Empire, la crise politique et morale que traverse la France, le déchaînement des luttes religieuses contribuent à donner un vaste écho aux prodiges et aux prophéties. L'apparition de Pontmain répond à la menace de l'invasion : *Mais priez, mes enfants, Dieu vous exaucera en peu de temps.* A Veyziat (Ain), le voyant – un homme âgé, Georges Carlod – est un isolé, que « l'internationale » ouvrière d'Oyonnax vient conspuer en 1872. Les apparitions de l'Alsace et de la Lorraine annexées (Neubois-Gereuth, Issenheim, Guising, Rimling, Hoelling, Bettwiller, Reipertswiller) en 1871-1873, sévèrement réprimées par l'occupant, manifestent au contraire un désarroi collectif. A Saint-Bauzille (Hérault), en 1873, l'apparition du journalier Auguste Arnaud insiste sur le respect du repos dominical : *Cal pas trabalhar lo Dimenge.* Mais en 1873-1874, à Saint-Jean-de-Maurienne, Théotiste Covarel, pieuse servante aux visions de laquelle le vieil évêque, Mgr Vibert, et son conseil accordent tout crédit, précipite la crise : car la voyante accuse les prêtres, « couverts de leurs péchés », dont beaucoup sont « perdus sans ressource ». Le clergé diocésain s'émeut, les fidèles s'interrogent, les anticléricaux se réjouissent : la voyante est internée sur ordre du sous-préfet en juin 1875, Mgr Vibert contraint à la démission en mai 1876.

L'épiscopat français redécouvre peu à peu la tradition tridentine, les voies de la prudence, du silence, des condamnations. Déjà, autour de La Salette et Lourdes, des dizaines de visionnaires avaient été écartés sans ménagement comme les agents de « l'invisible ennemi de tout bien » (dit l'abbé Cros dans son *Histoire de Notre-Dame de Lourdes*), en dépit des populations obstinées dans leurs croyances. En février 1875, Mgr Richard, évêque de Belley et futur archevêque de Paris, fait lire en chaire une ferme mise en garde aux dévots de Georges Carlod : « Sans doute Dieu est maître de manifester sur les lieux et dans les temps qui plaisent à sa bonté ; mais... tout se borne au témoignage d'un homme qui peut être honnête, mais que son imagination peut aussi tromper. » Et de condamner leur brochure comme « dangereuse pour la piété des fidèles qu'elle peut égarer et jeter dans des illusions funestes à la foi ; comme de nature à faire tourner en ridicule les grâces spirituelles, variées et incontestables, dont Dieu se plaît, pour la consolation des fidèles, à favoriser son Église ».

Les apparitions de Pellevoisin (Indre), en 1876, ne seront pas reconnues – mais le scapulaire prescrit, largement diffusé, une archiconfrérie établie, et la voyante, Estelle Faguette, discrètement reçue par Léon XIII en 1900. En 1876, celles de Saint-Palais à un jeune Basque, Jean Lamerenx, fils d'un charcutier (*Othoitz égin behar dik biziki Frantzia malurus izanen baita*, il faut beaucoup prier parce que la France est malheureuse), qui suscitent un mouvement de ferveur, s'achèvent sur une condamnation en justice pour « fausses nouvelles », avec l'assentiment de l'autorité ecclésiastique. Les visions ultérieures – de Joséphine Reverdy à Boulleret (Cher) à partir de 1875, d'Annette Coste à Lyon en 1882-1883, de Saint-Pierre-Eynac (Haute-Loire) en 1886, de Laugnac (Lot-et-Garonne) en 1887, de Bourg-en-Oisans (Isère) en 1887-1888, etc. –, si elles manifestent la pérennité des comportements et des croyances, ne sont plus prises en charge par l'autorité diocésaine, mais abandonnées à la piété de groupes restreints de fidèles, ou aux *Annales du Surnaturel* d'Adrien Peladan, et autres chevaliers d'industrie pieuse.

Apparition ou « grâce spirituelle », pour reprendre l'expression de Mgr Richard, qui retrouve la notion classique de « révélation particulière » ? Le partage entre l'expérience religieuse du voyant et la factualité de la manifestation mariale, telle que l'expriment les déclarations épiscopales, impose dans les années 1870 l'élaboration d'un nouvel équilibre entre les éléments – témoignage des voyants, autorité de l'Église, croyances des fidèles – que l'apparition a mis en branle. Tout l'effort des clercs tend désormais à saisir d'un même mouvement culte, voyant et révélation, et à privilégier le fait sur le dire, ou (pour parler en linguiste) l'énoncé sur l'énonciation. Les témoins sont peu à peu écartés, ou pris en charge. Si Maximin achève, jeune encore, en 1875, une existence brouillonne au pays natal, Mélanie, l'ambitieuse et entreprenante « bergère de La Salette » poursuit, en Angleterre puis en Italie méridionale, jusqu'à sa mort en 1904, sa carrière prophétique. La belle et lumineuse figure de Bernadette est, au contraire, tôt préservée du « monde » : éduquée à l'hospice que tiennent à Lourdes les sœurs de Nevers, elle le quitte à vingt-deux ans pour le couvent de Saint-Gildard de Nevers où elle meurt, à trente-cinq ans, en 1879 : elle avait écrit à Pie IX en décembre 1876, à la demande de son évêque, Mgr de Ladoue, que « du ciel la Très Sainte Vierge doit souvent jeter son regard maternel sur vous, parce que vous l'avez proclamée Immaculée (et que) quatre ans après, elle vint elle-même sur la terre dire : "Je suis l'Immaculée Conception". » Depuis Pontmain, Eugène et Joseph Barbedette seront prêtres du diocèse de Laval, Françoise Richer, servante de presbytère en Bretagne, Jeanne-Marie Lebossé (qui se rétracte en 1919 de son témoignage de 1871), religieuse de la Sainte-Famille. Le procès de béatification de Catherine Labouré s'ouvre en 1896 à Paris, sous les auspices du cardinal Richard, celui de Bernadette en 1908 à Nevers. La voyante se mue en sainte, l'apparition, en grâce sanctifiante.

L'histoire désormais se fige. Elle appartient aux clercs : Rousselot à La Salette, Lasserre et Cros à Lourdes, Richard à Pontmain établissent à l'intention des pèlerins un récit officieux. Un clergé de formation missionnaire prend en charge les sanctuaires naissants, tandis que s'élèvent les basiliques « gothiques » sur le lieu de l'apparition. Lourdes bientôt, qu'une ferveur toujours accrue accompagne et que le train favorise, devient le premier pèlerinage de la France et de l'Europe catholiques : foules immenses de malades, accourus par convois entiers, entourés de leurs proches, en quête de la guérison à la grotte de Massabielle – « triste chair à souffrances et à miracles entre les mains fraternelles des hospitaliers » que décrit, à l'âge cruel du naturalisme, Zola dans *Lourdes* (1894) ; *Foules de Lourdes* (1906) qui fascinent Huysmans, venues avec confiance vers la Vierge Immaculée, « formée d'une chair que n'entacha pas le péché d'origine... Lumière de bonté qui ne connaît pas les soirs, Havre des pleure-misère, Marie des compatissances, Mère des pitiés ». Lourdes, sans doute le legs le plus considérable du catholicisme du XIXe siècle à la France contemporaine, inscrit dans l'histoire des croyances l'irruption disciplinée de la foi des simples dans la vie de l'Église.

Le siècle prophétique

Les apparitions mariales expriment en partie, à travers la ferveur du culte de l'Immaculée, ce qui constitue peut-être le caractère essentiel de l'histoire des croyances au XIXe siècle : l'élan, la tension, la tentation prophétiques.

Le XVIIIe siècle avait été secoué, plus profondément qu'on ne l'écrit parfois, d'incessants sursauts prophétiques, du jansénisme convulsionnaire au figurisme, jusqu'aux prophéties apocalyptiques nées à la veille de la Révolution dans les milieux de la Compagnie de Jésus abolie, et que popularisent au XIXe siècle les écrits des abbés Barruel et Proyart. La Révolution elle-même est intensément vécue, par une portion importante des fidèles et du clergé, particulièrement réfractaire, comme un événement providentiel, inscrit dans le dessein du Dieu terrible sous le signe de l'expiation et de la réparation. « S'il entrait dans les desseins de Dieu de nous révéler ses plans à l'égard de la Révolution française, écrit Joseph de Maistre dans les *Considérations* (1796), nous lirions le châtiment des Français, comme l'arrêt d'un parlement... Chaque goutte du sang de Louis XVI en coûtera des torrents à la France; quatre millions de Français, peut-être, paieront de leurs têtes le grand crime national d'une insurrection antireligieuse et antisociale, couronnée par un régicide. »

Le caractère éminemment politique des prophéties françaises du XIXe siècle est inséparable de l'exécution du « Roi-Martyr », le 21 janvier 1793, sur la place de la Révolution. « Fils de Saint Louis, montez au ciel », aurait prononcé son confesseur, l'abbé Edgeworth, dont le mot est répandu par toute l'Europe monarchique. Pie VI le célèbre à Rome, le 17 juin 1793, à l'égal d'une victime sainte : « Nous avons la ferme confiance, déclare-t-il devant le Sacré Collège des cardinaux, qu'il a heureusement échangé une couronne royale toujours fragile, et des lys qui se seroient flétris bientôt, contre cet autre diadème impérissable que les Anges ont tissû de lys immortels. » Dès l'automne 1793 cependant, Rome, l'émotion passée, abandonne le propos, et se borne à évoquer le « héros chrétien » ou l'« innocente victime ». En 1820, la congrégation des Rites oppose une fin de non-recevoir aux vives instances de la duchesse d'Angoulême, Madame Royale, fille de Louis XVI, de voir s'ouvrir une cause canonique. « Comment pourra-t-on démontrer qu'il fut immolé par les impies en haine de la foi, et non pas pour des motifs temporels », s'interroge le mémoire romain, qui conclut à la négative. Il n'y aura pas, pour l'Église, de « Roi-Martyr ».

C'est sans doute pourquoi le thème de la mort du roi, sang innocent, victime sainte et propitiatoire, appartient au XIXe siècle à l'univers d'une légitimité prophétique. La tragique destinée de Louis XVII, enfant-roi, enfant martyr, hante les espérances douloureuses d'une royauté à l'abri des contaminations du siècle, et des compromis politiques de la Restauration. Nombreux sont les prétendants : Jean-Marie Hervagault, dès 1798, à Châlons-sur-Marne, Mathurin Bruneau en Normandie en décembre 1815, Charles-Guillaume Naundorff, horloger prussien, arrivé à Paris en 1833, expulsé par la justice de Louis-Philippe en 1836, mort à Delft en 1845, figure la plus notable d'une geste mystico-politique; et encore Claude Perrin, *alias* marquis de Richemont, apparu également en 1833, dans la région de Lyon. Entretenus par de riches protecteurs, entourés d'une cour d'initiés, les Louis XVII manifestent le naufrage de l'idée de légitimité dans l'univers ranci de la dévotion monarchique.

La Restauration aura même sa Jeanne d'Arc. Thomas Martin, de Gallardon près de Chartres, haricotier beauceron, a, le 15 janvier 1816 – six jours avant que l'anniversaire de la mort de Louis XVI soit célébré comme un deuil national –, la vision de l'archange Raphaël, en redingote blonde et chapeau rond, qui lui enjoint d'aller trouver le roi Louis XVIII restauré, afin de lui confier un *secret*. Sa *mission* s'accomplit, malgré l'obstacle de la police de Decazes et de la jeune psychiatrie (un séjour à Charenton sous les auspices de Pinel et Royer-Collard), grâce à la conjonction du haut clergé légitimiste et de l'ultra-royalisme dévot : le 2 mai 1816, Martin est reçu par le roi, et délivre (se délivre de) son secret, dont la substance est proche du discours *ultra* : « Il faut que le roi en use envers son peuple comme un père envers son enfant quand il mérite d'être châtié ; qu'il en punisse un petit nombre de plus coupables pour intimider les autres. » Divulgué, le « secret » est aussitôt censuré, tandis que la « Chambre introuvable » est dissoute. En 1825, après la mort du roi, Martin dicte un nouveau secret : Louis XVIII est le premier des assassins de son frère Louis XVI ; et la faute de la monarchie restaurée réside dans la survivance de Louis XVII. En 1833, le prophète se rallie au prétendant Naundorff ; il meurt, peut-être empoisonné, six mois plus tard.

De la restauration de la royauté en 1814 à l'échec du projet de « fusion » monarchique de 1873, la France traverse ainsi un ensemble de « conjonctures miraculaires » (C. Langlois), au gré de situations politico-religieuses fluctuantes. Le 1er décembre 1826, apparaît dans le ciel de Migné (Vienne) au terme d'une mission de Jubilé, en présence de deux mille personnes, une « croix lumineuse longue de 40 mètres, parfaitement régulière, immobile, horizontale ». Le miracle est canoniquement constaté, mais quel sens lui attribuer ? Exégètes et polémistes s'affrontent, en vain. Miracle « oublié, occulté », alors que s'exaspèrent les luttes politico-religieuses qui vont conduire, en 1830, à la chute définitive de la dynastie des Bourbons et au naufrage de la monarchie de droit divin. Nouveau sursaut prophétique dans les années 1830, tandis que le choléra s'abat sur la France : de « grands malheurs » sont partout annoncés « pour l'an quarante », qui ne se vérifieront pas. En 1839, à Tilly-sur-Seulles (Calvados), Eugène Vintras fonde une *Œuvre de Miséricorde* qui se répand rapidement jusque dans le clergé ; condamné en justice en 1842, il est frappé de deux brefs pontificaux, par Grégoire XVI en 1843 et Pie IX en 1851. La révolution de 1848 marque un nouveau temps de prodiges : A Saint-Saturnin-lès-Apt (Vaucluse) en 1850, Rose Tamisier, disciple de l'*Œuvre,* voit saigner le tableau d'une chapelle, représentant une descente de croix : elle est condamnée en justice avec l'assentiment de l'évêché.

Les « prophéties contemporaines » connaissent un apogée dans le climat exacerbé des années 1870 : « Les années qui suivirent la défaite de 1870 et la Commune, note J.-M. Mayeur, furent dominées par la volonté de déchiffrer les *signes du temps.* » Temps d'expiation, pour Paris-Babylone, pour l'abandon de Pie IX devant l'Italie naissante. Temps de réparation, par les pénitences publiques, par le Sacré-Cœur de Jésus et de Marie, par l'érection de la basilique de Montmartre. Temps de restauration (monarchique autant que religieuse) et de régénération : le *Grand Prophète* (Nostradamus, réédité sous l'Empire par l'abbé Torné-Chavigny) a vu juste, et l'heure du *Grand Monarque* approche... Les *Voix prophétiques* (octobre 1870) de l'abbé Curicque, la *Lettre sur les prophéties modernes et concordance de toutes les prédictions jusqu'au règne d'Henri V exclusivement* (1871) de l'abbé Chabauty sont relayées par la grande presse, de *l'Univers* enthousiaste de Louis Veuillot jusqu'au *Pèlerin,* plus circonspect, des Assomptionnistes. Mais le déferlement incontrôlé des prophéties inquiète bientôt la hiérarchie ecclésiastique. En 1874, Mgr Dupanloup publie une lettre épiscopale sur *les prophéties contemporaines* : dénonçant, à la suite de Benoît XIV, les « ébranlements de l'imagination », distinguant « vraies » et « fausses » révélations, l'évêque d'Orléans tente de préserver l'autorité de l'Église sur les croyances, ainsi que de réserver liberté et responsabilité du chrétien, également compromises dans le discours apocalyptique : « Dieu qui nous a faits raisonnables et libres ne peut pas nous commander de nous conduire comme si nous n'avions ni raison ni liberté... L'ordre surnaturel ne détruit pas l'ordre naturel, il le perfectionne » ; et de rappeler, par allusion implicite aux apparitions mariales, qu'un jugement épiscopal sur un fait surnaturel, s'il constitue une garantie nécessaire, « n'impose pas à la conscience une valeur absolue ».

On conçoit combien ces prudences et ces réserves peuvent exaspérer un Louis Veuillot, organe sonore du catholicisme intransigeant. « La scène du monde, écrit-il dans *l'Univers* du 4 avril 1874, est un combat où le mal sera vaincu par ses triomphes, et le bien victorieux par ses défaites. En cela consiste le grand miracle des temps. » Eschatologie douloureuse, reflet des angoisses, des désillusions et des incertitudes d'une notable partie des catholiques français face aux « temps nouveaux », qui ne peuvent être que des « temps mauvais ». Car ce sont d'autres croyances qui désormais triomphent : – et Veuillot de dénoncer « la foi des peuples envers les chimères de la Révolution », les « professeurs des tavernes de science » qui annoncent « un nouveau Dieu et un nouvel Évangile ».

C'est laisser entendre que les croyances et les convictions, que l'espérance prophétique elle-même n'appartiennent plus exclusivement à l'Église du Christ. Le « temps des prophètes » (P. Bénichou) est aussi celui des socialismes utopiques, de la « religion positive » d'Auguste Comte, des tables tournantes, du magnétisme et du spiritisme, de la ferveur démocratique et républicaine, des *Mariannes* qui s'élèvent face aux madones... Une mutation des croyances s'ébauche, à l'heure où les signes des temps s'obscurcissent.

Cultes révolutionnaires et religions laïques
par Michel Vovelle

L'originalité de la France, dans l'histoire religieuse des chrétientés occidentales à l'époque moderne, est bien d'avoir eu, seule, l'expérience d'une rupture brutale, sous la Révolution, non seulement en termes de luttes contre l'Église-institution – telles que le joséphisme avait pu les connaître, ou que l'Italie et l'Allemagne du *Kulturkampf* les pratiqueront à la fin du XIXe siècle, mais plus radicalement sous la forme d'une alternative opposant à l'héritage chrétien les affirmations reformulées de religions civiques, substituant aux vérités transcendantes le culte de la Patrie et des valeurs nouvellement proclamées, Liberté ou Raison. De ces expériences qui n'étaient pas inscrites d'évidence dans l'aventure révolutionnaire, mais qui ont trouvé des expressions successives, et parfois contradictoires, au sein de cette décennie – culminant dans la période paroxystique de 1793-1794 –, qu'est-il resté de durable, non seulement dans la mémoire, mais dans les attitudes et les représentations collectives ?

Nous l'avons dit plus haut, pour n'avoir pas à y revenir : rien en apparence de ce qui est, dès le Concordat, apparu comme une parenthèse incongrue, voire scandaleuse, à quelque niveau qu'on se place des innovations de la religion ou de la religiosité révolutionnaire.

Plus fugitives encore que ces créations institutionnelles ou semi-institutionnalisées, les efflorescences à chaud d'une religiosité populaire, intégrées parfois dans ce système et parfois demeurées marginales, dont le culte des martyrs de la liberté et celui des saintes patriotes avaient été l'expression la plus remarquable.

Souvenirs bannis ou exécrés des « impures orgies », souvenirs occultés ou enterrés dans la mémoire de quelques-uns – la vieille Riquelle, ci-devant déesse Raison du village de Maillane en Provence, rêvant encore, à la veille de 1848, du « retour des pommes rouges » – : une durable consigne du silence semble s'établir pour des décennies – au moins jusqu'à 1830 –, troublée uniquement par les invectives horrifiées des missionnaires de la Restauration. Ce silence est trompeur par tout ce qu'il cache. Exorcisant pour un temps toute une séquence de son histoire – à l'exception de la légende tissée d'hagiographie du soulèvement vendéen, qui prend naissance alors –, la France de la Restauration et pour une part encore de la monarchie de Juillet (pour ne point dire du Second Empire !) va connaître un cheminement original dans le façonnement de ces nouveaux imaginaires civiques, et pour bonne part laïcisés, qui caractérisent le XIXe siècle des mouvements libéraux et nationaux.

Si l'on peut reprendre le terme de cultes révolutionnaires ou de religion républicaine, ce n'est donc pas en termes d'héritage direct, ou de continuité : à vrai dire, les mots eux-mêmes sont-ils appropriés pour désigner les résurgences ou les formulations nouvelles qui verront le jour au fil du siècle, après ce hiatus significatif ? On a admis, depuis la belle étude de Mona Ozouf, l'idée du transfert de sacralité dont la Révolution française a été le lieu, la fête révolutionnaire une expression privilégiée, investissant le domaine des valeurs civiques d'un certain nombre des attributs traditionnels de la sphère du religieux. Des images, des symboles, une mémoire même ravivée, un souffle, voire une grande espérance, ne suffisent cependant pas à constituer une religion, au plus à proposer les éléments d'un culte, de cultes. Le verdict, en termes différents, a été porté par les historiens de l'époque romantique de l'échec de la Révolution à constituer durablement une nouvelle religion : qu'il s'agisse chez E. Quinet de trouver dans le protestantisme une structure d'accueil adaptée aux temps nouveaux, ou chez Michelet de donner à la Révolution même toute sa portée et sa signification profonde d'avènement d'une religion de la Patrie et de l'Humanité. Telles méditations sur un échec soulignent toutefois la persistance d'un rêve associant mystique et Révolution, dont 1848 sera sans doute, dans ses espoirs vite déçus, l'un des hauts moments de cristallisation.

Reste qu'il serait abusif de dire que la Révolution a légué les fondements d'un autre et contre-modèle religieux. Le thème d'une religion de l'Humanité, substituée aux religions établies et dont 89 aurait été l'avènement, traverse ce siècle, mais sous des formes bien différentes, dans les courants républicains, socialistes ou chrétiens qui s'affirment surtout après 1830. Il existe une forme de piété révolutionnaire, fondée sur le souvenir, transmis des libéraux des années 20 aux républicains des années 30, de la génération de Godefroy Cavaignac. Aux antipodes d'une religion chez des hommes qui chantent Béranger, et vivent dans la haine du retour des « hommes noirs », cette dévotion (risquons le terme) a ses rites, ses symboles, ses images repères, ses gestes recognitifs. De l'héritage révolutionnaire, elle retrouvera très tôt le culte des héros individuels ou collectifs : et l'on ne nous accusera pas, je pense, d'annexionnisme abusif en plaçant au premier rang des processus d'héroïsation continuée le culte de l'empereur tel qu'il subsiste, clandestin encore sous la Restauration, reconnu et semi-officialisé sous la monarchie de Juillet, à partir du Retour des cendres. Mais d'autres figures émergent progressivement, quand Buonarotti transmet à ses compagnons des prisons de Louis-Philippe la légende de Babeuf et des Égaux, quand Laponneraye interroge Charlotte Robespierre sur l'Incorruptible, quand Lamartine évoque Vergniaud, Brissot et leurs amis dans cette *Histoire des Girondins* qui fut l'un des succès majeurs à la veille de 1848. Puis viennent les héros collectifs : des soldats de l'an II aux grognards de la Grande armée évoqués par Raffet, les héros de l'épopée guerrière, et, couronnant le tout, le Peuple, cet acteur de l'histoire dont Michelet livre l'image mythique au fil des journées révolutionnaires, et qui tantôt s'élargit aux dimensions de l'humanité tout entière, et tantôt prend figure nouvelle sous les traits de l'ouvrier, « Chapeau bas devant la casquette, à genoux devant l'ouvrier... » Sur les murs de l'appartement bourgeois, mais parfois aussi de la chaumière paysanne, l'iconographie religieuse traditionnelle fait parfois place à de nouvelles figures, que d'autres relaieront plus tard, à la fin du siècle, de Gambetta à Victor Hugo : nous les retrouverons.

Mais on ne s'étonne pas, dans ces conditions, qu'aient pu survivre aussi les expressions emblématiques de l'héritage révolutionnaire, fût-ce en cheminant sourdement, un temps proscrites : la « Marianne », figuration symbolique de la Liberté ou de la République, dont la naissance s'inscrit dans l'Aude quelque part en 1792, évoquée au lendemain de 1830 par Delacroix, sous les traits de la Liberté guidant le peuple sur les barricades, resurgit en 1848 pour prendre consistance et préluder à une carrière qui s'achèvera en apothéose après 1880; l'arbre de la Liberté retrouve également en 1848 la signification symbolique qu'il avait eue sous la Révolution, cependant que les aventures de la Marseillaise proscrite, redécouverte comme chant à la fois révolutionnaire et national, scandent les avancées et les reculs de la Liberté jusqu'à l'établissement définitif de la République, qui en fera l'hymne national. L'idée républicaine s'entoure ainsi dans les soixante-dix premières années du siècle de tout un réseau de références et de symboles : elle a ses symboles, ses rites : cela suffit-il pour en faire une religion ?

Certains ont franchi le pas : et les nouveaux messianismes, qui caractérisent toute une part de ce que Marx a rangé sous l'étiquette de socialismes utopiques, se réfèrent à cette religion de l'Humanité qui plonge, de façon explicite ou non, ses racines dans l'expérience révolutionnaire. Ainsi en va-t-il de ce socialisme mystique qui, chez un Buchez, s'appuie à la fois sur le rêve d'un nouveau christianisme, et sur une référence précise et informée à la Révolution française. Par des voies plus complexes, chez un Lamennais venu de l'ultracisme intransigeant de sa jeunesse, l'itinéraire s'achève dans les *Paroles d'un croyant* sur le rêve d'une société communautaire qui réalisera l'idéal de Liberté et de Fraternité proclamé par la Révolution. Un exemple significatif peut être trouvé chez Pierre Leroux réconciliant christianisme et socialisme autour d'une philosophie du salut de l'humanité, voulu par Dieu, aux antipodes du discours répressif des Églises. « Quant à cette fausse religion, absolument contraire à toutes les prophéties, qui nous donnerait pour dogme l'éternité du mal sur la terre, la raison humaine, en accord avec l'Évangile, l'a renversée à jamais... Le paradis doit venir sur la terre, cet Évangile le dit positivement... » Certes, Pierre Leroux se laisse entraîner à rêver du retour incessant des hommes sur la terre, après leur mort, en des renaissances qui les font jouir des progrès de l'univers qu'ils ont contribué à embellir... Le Pierre Leroux des rêveries un peu folles, dont il est bon de sourire sans indulgence, ne doit pas oblitérer la présence d'un courant de cet héritage révolutionnaire chrétien, même s'il a été doublement marginalisé par la féroce résistance de l'Église en place, et l'incompréhension d'une pensée républicaine ou socialiste, qui se définissent en contrepoint de l'héritage chrétien, voire en termes d'anticléricalisme absolu, quitte à rêver d'un paradis sur la terre.

Saurait-on faire de Saint-Simon et de Fourier des héritiers en droite ligne du courant de religiosité issu de la Révolution française ? Ce serait passer sous silence la biographie même de contemporains de ces bouleversements, et les expériences qu'ils en ont retirées, comme l'originalité des voies qu'ils tracent, annonçant, le premier, le règne à venir de la science et des producteurs, le second, la révolution pacifique de l'utopie phalanstérienne. Mais pour reprendre le jugement qu'a porté sur eux Pierre Leroux, ils ont l'un et l'autre « connu le XVIIIe siècle et ne l'ont pas renié », plaçant le paradis sur la terre, répudiant « l'espoir de félicités éternelles » (Fourier), cependant que Victor Considérant dénoncera le christianisme fait « pour endormir le peuple, pour le mater... pour le persuader qu'il ne doit pas être heureux en ce monde ». Une autre filière se dessine ici dans les socialismes français, franchement anticléricale chez un communiste matérialiste comme Dezamy, nourri de Diderot et d'Helvétius, d'un athéisme militant chez Blanqui, dans sa dénonciation d'un Dieu dont l'idée « dès l'origine a tenu l'esprit humain à la chaîne ». Ces lectures démystifiantes, débouchant sur l'anticléricalisme d'un Proudhon, l'emporteront sur les utopies, telles celles d'un Cabet dont le *Voyage en Icarie,* définissant les traits de la Cité Idéale fondée sur l'Égalité et la Fraternité vécues au quotidien, ne résistera pas aux expériences réitérées du prophète, parti en 1847 pour le Texas afin d'y fonder une colonie modèle. En France, plus que dans le monde anglo-saxon, où les courants millénaristes s'étaient nourris d'une longue tradition (Robert Owen n'inscrit-il pas aux portes de la colonie qu'il fonde les initiales B. M. : *Birth of Millenium*), l'héritage de Saint-Simon l'emporte sur celui de Fourier, l'idéal positif, bientôt positiviste, sur le rêve phalanstérien. Ce n'est pas dans cette voie que de nouvelles religions pourront s'enraciner durablement.

Restent la science, le progrès, susceptibles d'introduire à cette religion de l'humanité dont Auguste Comte va proposer à ses contemporains une vision systématique, appuyée sur l'analyse dans l'histoire de la succession des trois états : théologique, métaphysique et positif, répudiant la pensée théologique, crispée sur le salut personnel, pour y substituer ce « nouveau spiritualisme » qu'il élabore. Bannis le mythe ou le surnaturel, demeure « l'immortalité subjective » qui devient pour lui une pièce maîtresse, aussi bien du culte intime que de la commémoration sociale. Les morts gardent une présence réelle, mais dans le souvenir même des vivants, « vivre pour autrui afin de survivre par et dans autrui » devient le fondement de sa morale sociale. Dieu finit par se confondre avec le « Grand Être » éternel qu'est l'humanité, dont les destinées sociologiques se développent par la somme de toutes les existences individuelles, qui « s'enrichit de tous les morts », tandis que se tisse « un lien de dévouement et de bonté des morts aux vivants »... On sait à quelles conséquences cette méditation a mené Auguste Comte pour en faire le pontife d'une nouvelle religion, avec ses temples, son calendrier, sa fête des morts et ses créatures angéliques, parmi lesquelles la femme occupe une place privilégiée... C'est cela sans doute qui a contribué à marginaliser et à discréditer cette tentative d'une religion et d'un nouveau genre, qui ne recevra point en France l'accueil qu'elle a pu trouver ailleurs – ainsi dans le lointain Brésil... N'en sous-estimons pas l'impact diffus : lorsque Auguste Comte évoque la cérémonie de l'« incorporation » des défunts au champ civique, où chacun recevra au bois sacré, selon ses mérites, une inscription, un buste ou une statue après sa mort, c'est toute une part non négligeable du nouvel imaginaire social (et religieux ?) fin de siècle qui s'esquisse sous nos yeux.

Ernest Renan, dans cet *Avenir de la Science* qui fit scandale n'est pas moins sévère que Comte vis-à-vis de « tout système de croyance entaché de supernaturalisme », mais c'est à ce titre aussi qu'il prend le contre-pied du fondateur de secte, sans cacher sa nostalgie des certitudes perdues. Si la croyance en l'immortalité lui paraît utile et d'une certaine façon « nécessaire et sacrée », il récuse l'« escroquerie » de la prêcher au peuple alors qu'on n'y croit plus soi-même. Le devoir de l'homme de science est de faire accéder les autres au degré de conscience auquel il est parvenu, de « donner place à tous au banquet de la lumière ». En termes moins triomphants qu'on ne pouvait le croire, la science devient le substitut de la religion.

Lectures élitistes ? Sans doute, mais qui ne dispensent pas

de tenter d'apprécier la diffusion réelle de ces idées-forces ou de ces clichés, en mesurant toute la difficulté à saisir ce qui ne se coule pas dans le moule de structures proprement religieuses. L'enquête n'est pas impossible cependant, à partir des études récentes qui ont renouvelé l'étude de la symbolique républicaine (M. Agulhon), et plus largement le champ des sensibilités collectives à l'époque contemporaine.

Assumant tout ce que cette simplification peut avoir d'abusif, je serais tenté d'identifier une première séquence jusqu'au tournant des années 1830, voire 1840. Si l'anticléricalisme, voire l'irréligion s'affichent dans le discours libéral, comme dans la chanson de Béranger (*le Bon Dieu, les Hommes noirs*), mais cet aspect n'est pas proprement de notre propos, il est plus difficile de détecter les aspects positifs, voire ritualisés de croyances nouvelles. Héritiers directs de la Révolution, les bourgeois varois dont on célèbre les obsèques civiles, sources de conflits évoqués par M. Agulhon, expriment plus un refus, un silence, une expression en creux que l'amorce d'une nouvelle religion. Héros solitaires du refus, tels qu'on les rencontre chez Hugo dans le dialogue de Mgr Myriel et du révolutionnaire impénitent, comme chez Balzac, ces bourgeois qui assument la transition de l'univers des Lumières, repensé et mûri au feu de l'aventure révolutionnaire, ont sans doute pâti de trouver leur illustration emblématique en forme de portrait charge chez Flaubert, à travers l'image de M. Homais confit dans ses certitudes obtuses dans la science et le progrès, ou la longue quête dérisoire de Bouvard et Pécuchet. Mais Flaubert a su également dans *l'Éducation sentimentale* évoquer avec plus de chaleur, parfois complice, l'aventure de la nouvelle génération des jeunes républicains des lendemains de 1830, qui vont porter les rêves dont se nourrira la génération de 1848. Si l'on peut parler de religions nouvelles, c'est bien dans ce tourbillon d'idées souvent confuses, associant républicanisme, socialisme et nouveau christianisme dont ces années ont vu l'éclosion. L'expression graphique en a été souvent le support et le peintre Pèlerin de *l'Éducation sentimentale*, dans ses allégories mystiques et révolutionnaires, trouve son modèle chez plus d'un peintre du temps – lyonnais ou non, Chennavard ou Janmot. Mettant un coup d'arrêt à cette efflorescence des messianismes en liberté, le Second Empire ne représente pas cependant une étape stérile, époque de réflexion, où de Comte à Renan prend forme et consistance cette philosophie de la science d'une tonalité différente, dont l'influence sera primordiale sur la fin du siècle.

Malgré les équivoques de ses premières années difficiles, la IIIe République va voir s'affirmer, entre 1871 et les années 80, le triomphe de tous les courants à l'œuvre au fil du siècle. C'est alors qu'il nous est loisible, quitte à en rappeler les étapes en un *flash-back* qui en suit la continuité, d'évoquer ces séries, ou ces « indicateurs » supports d'une nouvelle liturgie républicaine.

Voici les Mariannes, dont Maurice Agulhon a retracé l'histoire, des années de combat au triomphe fin de siècle : ou comment s'est élaborée cette figuration emblématique de la Liberté, puis de la République, redécouverte après 1830, s'imposant en 1848, retrouvée à partir de 1871, diffusée massivement après 1880 dans les mairies de la IIIe République. Symbole qui n'a rien d'inerte ou de figé, si l'on en suit les attitudes – sérénité ou mouvement – l'expression, le vêtement (la Marianne révolutionnaire au sein dénudé et généreux), la coiffe – couronne d'épis à la Cérès des Mariannes conservatrices contre bonnet phrygien des Mariannes populaires... Bustes, statues en pied, représentations animées de tableaux vivants : un monde de figures s'anime devant nous, expression d'un imaginaire en mouvement.

Mais cette figuration hautement significative s'inscrit elle-même dans une forêt d'images. Les représentations de Marianne ne sont qu'un élément privilégié de cette statuomanie du XIXe siècle dont Maurice Agulhon s'est également fait l'historien. Et ceci a également à voir avec le religieux, au sens large du terme : le mouvement, c'est l'héroïsation posthume, c'est sous les traits du grand homme, l'immortalité par la gloire, ou par les œuvres. Celle même que de Diderot aux révolutionnaires on avait rêvée. Conservateurs et intégristes du début du siècle ne s'y trompent pas, qui regardent avec défiance la nouvelle mode : mais ils seront entraînés par la force de la pratique. On peut, à la suite d'Agulhon, résumer les étapes d'une conquête séculaire : jusqu'au tournant des années 1840 prévaut le monument lié à un édifice sacré, église ou cimetière, et à la sépulture. La Révolution qui avait innové par la création du Panthéon est pour un temps désavouée. Mais du monument-tombe on va passer alors à l'invasion des places publiques, autrefois réservées aux rois. Invasion pacifique, en plusieurs étapes, tant dans la conception même du monument que le choix des sujets : l'horizon 1840 préfère encore les figurations abstraites – obélisques ou pyramides – sur les places comme dans les cimetières. Mais la représentation figurée à l'image de celui qu'on veut honorer l'emporte ensuite décisivement, dans un flux croissant qui culmine dans les années 1880.

En même temps s'opère une démocratisation, qui des héros militaires – à l'époque où la France célèbre le retour des cendres, puis l'Angleterre glorifie Wellington – fera passer à des gloires plus communes, de la science, de la politique : pour aboutir aux héros en redingote de chef-lieu de canton. Ainsi Lamastre (Ardèche) statufie-t-elle sur sa place publique un Seignobos qui n'est point l'illustre historien, mais son père, conseiller général... La pointe ultime de cette démocratisation sera, on le sait, l'érection des monuments aux morts de la guerre, au lendemain de 1871, qui trouvera en 1918 son expression plus massive encore. Culte patriotique, culte civique, culte du souvenir : l'église n'est plus au village avec le cimetière le seul lieu du sacré collectif. La ville dans sa morphologie renouvelée multiplie les « monuments-signal » (M. Agulhon) : la tour Eiffel devient le symbole phallique de la bourgeoisie qui monte, elle impose sa présence métallique et laïcisée, comme un défi au Sacré-Cœur.

La nouvelle immortalité de bronze ou d'acier, dont la statuomanie est le reflet, s'inscrit dans tout un réseau de rites qui renforcent le trait. La seconde moitié du siècle est, en France comme en Europe, le temps des grandes funérailles civiques, amples liturgies, expression d'un néo-baroque et d'une nouvelle lecture du deuil qui se détache de la tradition chrétienne : les funérailles de Victor Hugo, mélange d'ostentation et d'humilité (le corbillard des pauvres), déploient toute la pompe d'un cortège qui rappelle les cérémonies révolutionnaires. On peut pousser plus imprudemment encore le jeu des parallèles, et des comparaisons. Ce nouveau monde de la croyance au progrès et à la science a ses jubilés, les expositions universelles, ses fêtes d'obligation – le 14 juillet devenu fête nationale – comme il a sa symbolique et ses héros.

Dans cet investissement de tous les lieux de la société par un nouveau système de symboles et de rites – un nouveau sacré à défaut d'une autre religion –, il est une porte que nous ne ferons qu'entrouvrir : celle du cimetière.

Nous avons déjà évoqué le lieu des morts, parlant statues et monuments : ce que nous révèle l'étude en cours des cimetières contemporains, en France comme en Europe, à partir des grandes nécropoles nées au début du siècle, ou des cimetières plus modestes des villes et villages, est une transformation apparemment d'un autre ordre. Si le culte civique envahit les places, progressivement le cimetière devient le lieu d'un autre culte, centré de plus en plus sur la famille et sur le repli affectif. Le tombeau de famille prend, dans la ville des morts qui se bâtit de chapelles funéraires, une place envahissante. Épitaphes, statues, symboles commentent et illustrent ce nouveau « culte des morts », suivant l'expression peut-être imprudemment reçue. Même s'il n'est pas sans points communs, dans sa chronologie séculaire comme dans son esprit, avec le culte civique, ce repli familial en diffère sensiblement, renvoyant à une autre aire de sensibilité collective, dont l'importance croît tout au long du siècle. D'une autre part, ce « culte », s'il est fort loin d'être déchristianisé, comme l'abondance et la suprématie des références chrétiennes en témoignent, n'en révèle pas moins à sa manière une distance prise vis-à-vis de l'Église, l'autonomisation d'une affectivité qui se complaît dans la survie par la mémoire des vivants, et qui sécrète à son tour ses rites propres, la visite au cimetière dans l'attente des retrouvailles posthumes. Ce discours à la fois secret et souvent ostentatoire n'a rien d'officiel, mais il exprime un certain esprit du temps, même si le sculpteur Bartholomé fit encore scandale par son monument pour le Père-Lachaise, autant que par ses nudités, par l'absence de références chrétiennes, autour du couple qui pénètre dans l'univers inconnu de la mort.

C'est que ce siècle sécrète plusieurs formes de religioné, ou simplement de religiosité non chrétiennes : pour être la plus visible, la filière des cultes civiques n'est point la seule ni peut-être la plus intime à témoigner de la façon dont les visions du monde ont changé.

Conclusion

Une mutation des croyances plus qu'un progrès de l'incrédulité ?
par Philippe Joutard

Qu'il ne faille pas confondre laïcisation et déchristianisation, cet ouvrage en donne plusieurs exemples. Les premiers à préconiser la séparation des Églises et de l'État, et à en tirer les conséquences pour eux-mêmes, sont les revivalistes protestants qui fondent les Églises libres dans la décennie 1840, et ce sont les « catholiques du suffrage universel », répandus en Lorraine, Franche-Comté ou Savoie qui permettent à la République de l'emporter : de ce point de vue l'amendement du catholique Wallon qui établit la République en droit est plus qu'un hasard, un symbole. Il n'en est pas moins vrai que l'affaiblissement du lien entre pouvoir temporel et spirituel s'est accompagné d'une baisse de la pratique. Mais ici, plus que l'évolution des moyennes nationales, apparaît l'opposition géographique entre les terres de chrétienté, l'Ouest, l'Est, la bordure sud du Massif central et les déserts, le centre du Bassin parisien et la Champagne, comportements qui s'affirment de plus en plus contrastés au fur et à mesure que le XIXe siècle s'écoule, les uns de plus en plus pratiquants, les autres de plus en plus détachés. A part les remaniements aux marges des deux France – phénomènes non négligeables – ce qui l'emporte donc, c'est la stabilité, le mouvement intervenant principalement à l'intérieur de chacun des groupes : c'est ainsi que de 1820 à 1880, la prééminence et le rôle moteur dans les pays de catholicisme fervent ont glissé de la région lyonnaise à l'Ouest.

A partir de quand apparaît cette géographie ? Un premier

rapprochement avec la carte du serment de prêtres qui, en 1791, approuvent la Constitution civile du clergé, conduit à placer l'opposition aux débuts mêmes de la France contemporaine, avant le traumatisme de la déchristianisation révolutionnaire : c'est repousser l'origine du phénomène en deçà de la Révolution, comme si la décennie de 1790 n'avait pas le poids qu'on lui attribue à juste titre dans d'autres domaines. Alors en matière religieuse la Révolution serait-elle une simple parenthèse sans lendemain, au mieux la prolongation de tendances antérieures ? A voir l'échec des innovations éphémères, comme la déesse Raison, ou plus durables, comme la Constitution civile du clergé, et en sens inverse, la rapidité de la restauration religieuse, on pourrait le penser.

La comparaison avec la carte de 1815 sur le nombre de paroisses et de prêtres disponibles, plus proche encore de la situation de la fin du siècle, et même de celle du milieu du XXe siècle, nuance déjà cette réponse : les remaniements par rapport à l'état de 1791 sont loin d'être négligeables ; la haute Normandie a complètement basculé « dans la France du déficit » ; en sens inverse, la Lorraine et le Sud-Est alpin rejoignent les diocèses bien encadrés et où la pratique reste ensuite forte. Mais la Révolution ne limite pas ses effets à long terme à ces modifications géographiques. En supprimant le monopole de l'Église catholique, et en inaugurant le processus de laïcisation, elle transforme radicalement le rapport que le religieux entretient avec le politique. Phénomène souvent ignoré : son influence directe ou indirecte est tout aussi importante sur le nouveau visage du catholicisme français caractérisé par la fin du gallicanisme et la romanisation d'une part, et d'autre part, par la place des femmes dans la pratique, le clergé et la piété. Or, le premier trait découle directement de la politique révolutionnaire : en voulant assurer le triomphe définitif du gallicanisme par la Constitution civile du clergé, les constituants ont précipité, paradoxalement, une grande partie des catholiques vers Rome, et Napoléon a confirmé cette orientation avec le Concordat, malgré les articles organiques. L'influence sur la féminisation est plus indirecte : la disparition provisoire des cadres traditionnels, le développement du culte familial et la clandestinité donnent aux femmes l'occasion de prendre des responsabilités, initiant un mouvement qui s'amplifie, et qui devient politique déclarée et officielle de l'Église, quand celle-ci mesure les pertes du côté des hommes.

Cette attention portée aux femmes est une des raisons de l'inflexion de sa morale sexuelle avec le triomphe de la doctrine plus compréhensive d'Alphonse de Liguori. Plus largement, la nécessité de ne pas perdre le contact avec les milieux populaires restés fidèles conduit les clercs au sortir de la Révolution à être plus indulgents, quand ils ne les encouragent vis-à-vis de dévotions et de pratiques considérées par leurs prédécesseurs du XVIIIe siècle comme superstitions à combattre : une partie de l'héritage de la Réforme catholique est ainsi abandonnée. La ruralisation du recrutement a facilité cette évolution comme le discrédit du jansénisme, à la pointe du combat pour la rigueur et la sévérité, discrédit lié à l'échec de l'Église constitutionnelle. Mais sur ce dernier point, le jansénisme avait déjà perdu au XVIIIe siècle, non sans avoir été par sa sévérité sur la confession l'une des causes de l'éloignement masculin de la pratique, là où il était puissant. Sa lutte avec les autorités royales et ecclésiastiques est aussi un facteur de désacralisation, et insinue le doute chez beaucoup, comme d'ailleurs l'avait fait auparavant la controverse entre catholiques et protestants.

Preuve s'il en était besoin de ne pas attribuer à la seule Révolution la responsabilité des mutations de croyances, qu'il s'agisse de la « déchristianisation » ou de l'évolution interne du catholicisme. On en a vu bien d'autres exemples tout au long de cet ouvrage : Joseph Labre se rend déjà à Rome, et les confréries accueillent de plus en plus de femmes ; les Lumières posent les principes de la liberté de conscience que la Révolution met en application. Dans les testaments provençaux, le ciel se dépeuple à partir de 1750, tandis que la production de livres parisiens se laïcise. Plus largement, l'essentiel de la carte de la pratique religieuse plonge ses racines en deçà de 1789 : c'est tout le sens des travaux d'histoire régressive. Ce dernier exemple montre bien, cependant, ce qu'apporte la Révolution, même quand elle est héritage. En radicalisant les positions, en transformant en rupture ce qui n'était qu'éloignement, et en attachement passionné ce qui était simple fidélité, elle met en place des structures qui perdurent deux siècles plus tard. Elle y ajoute un lien du religieux et du politique qui fait l'originalité de la situation française : l'attachement au catholicisme s'accompagnant d'un refus de la Révolution et d'un rejet du mouvement des Lumières, tandis que se développe en sens inverse un fort courant anticlérical. Modèle opposé à celui du monde anglo-saxon où liberté, progrès de la démocratie et modernité politique n'entrent pas en conflit avec les religions établies.

Là encore, cependant, des nuances doivent être apportées : et pas seulement par la prise en compte des positions protestantes et juives. Les exceptions catholiques ne sont pas rares, mais moins visibles, parce qu'elles concernent des comportements et non des formulations théoriques : on a retenu la condamnation de *l'Avenir* et le triomphe de Louis Veuillot, sans voir les institutrices catholiques de l'enseignement public en Franche-Comté ou les électeurs républicains des Alpes qui fréquentaient leur église de village. Un fait est certain, en tout cas, l'histoire religieuse de la période ne se réduit pas au combat entre catholicisme et libéralisme, et à l'opposition entre pays de chrétienté et pays détachés, si importants soient ces phénomènes : plus qu'à un progrès de l'incrédulité, nous assistons à une mutation des croyances et des visions du monde, aussi bien à l'intérieur des institutions religieuses reconnues qu'à l'extérieur.

Bibliographie
Index
Table

Bibliographie générale

Histoires générales

Audisio G., *Les Français d'hier*, t. 2, *Des croyants XVe-XIXe siècle*, Paris, 1996.
Beck R., *L'Histoire du dimanche du XVIIIe siècle à nos jours*, Paris, 1997.
Bible de tous les temps, t. 7, sous la dir. de Y. Belaval et D. Bourel, *Le Siècle des Lumières*, Paris, 1986; t. 8, sous la dir. de Cl. Savart et J.-N. Aletti, *Le Monde contemporain*, Paris, 1985.
Cabantous A., *Le Ciel dans la mer. Christianisme et civilisation maritime*, Paris, 1990.
Cholvy G., Hilaire Y.-M., *Histoire religieuse de la France contemporaine 1800-1880*, t. I, Toulouse, 1986.
Gibson R., *A Social History of French Catholicism*, Londres-New York, 1989.
Christianisme et Science, Paris, 1989.
Hours B., *L'Église et la Vie religieuse dans la France moderne XVIe-XVIIIe siècle*, Paris, 2000.
Lagrée M., *La Bénédiction de Prométhée. Religion et technologie, XIXe-XXe siècle*, Paris, 1999.
– (éd.), *Chocs et Ruptures en histoire religieuse. Fin XVIIIe-XIXe siècle*, Rennes, 1998.
Laplanche F., *La Bible en France entre mythe et critique (XVIe-XIXe siècle)*, Paris, 1994.
– (sous la dir. de), *Les Sciences religieuses. Le XIXe siècle*, Paris, 1996.
Lassère M., *Villes et Cimetières en France. De l'Ancien Régime à nos jours. Le territoire des morts*, Paris, 1997.
Le Bras G., *Études de sociologie religieuse*, Paris, 1955-1956, 2 vol.
F. Lebrun (sous la dir. de), *Histoire des catholiques en France du XVe siècle à nos jours*, Toulouse, 1980, avec des contributions de Cl. Langlois, F. Lebrun et Th. Tackett.
Mayeur J.-M. (sous la dir. de), *L'Histoire religieuse de la France, XIXe-XXe siècle. Problèmes et méthodes*, Paris, 1975.
Mellor A., *Histoire de l'anticléricalisme français*, Paris, 1966.

Plongeron B. (sous la dir. de), *Histoire du Christianisme*, t. X, *Les Défis de la modernité (1750-1830)*, Paris, 1995.

Rémond R., *L'Anticléricalisme en France, de 1815 à nos jours*, Paris, 1976.

Venard M. (sous la dir. de) *Histoire du Christianisme*, t. IX, *L'Âge de raison (1620-1750)*, Paris, 1997.

Catholicisme

Boutry Ph., *Prêtres et Paroisses au pays du curé d'Ars*, Paris, 1986.

Boutry Ph. et Cinquin M., *Deux Pèlerinages au XIXe siècle. Ars-Paray-Le-Monial*, Paris, 1980.

Cholvy G., *Religion et Société au XIXe siècle. Le diocèse de Montpellier*, Lille, 1973.

Corbin A., *Archaïsme et Modernité en Limousin au XIXe siècle, 1848-1880*, Paris, 1975.

Cousin B., *Le Miracle et le Quotidien. Les Ex-voto provençaux images d'une société*, Aix, 1983.

Delpal B., *Entre paroisse et commune. Les catholiques de la Drôme au milieu du XIXe siècle*, Lyon-Valence, 1989.

–, *Le Silence des moines. Les trappistes au XIXe siècle. France-Algérie-Syrie*, Paris, 1998.

Delumeau J., *Le Péché et la Peur. La Culpabilisation en Occident, XIIIe XVIIIe siècle*, Paris, 1983.

– (sous la dir. de), *La Première communion. Quatre siècles d'histoire*, Paris, 1987.

Devos R., Joisten Ch., *Mœurs et Coutumes de la Savoie du Nord au XIXe siècle. L'enquête de Mgr Rendu*, Annecy-Grenoble, 1978.

Faury J., *Cléricalisme et Anticléricalisme dans le Tarn, 1848-1900*, Toulouse, 1980.

Foucart B., *Le Renouveau de la peinture religieuse en France, 1800-1860*, Paris, 1987.

Foucher L., *La Philosophie catholique au XIXe siècle*, Paris, 1955.

Germain E., *Parler du salut ? Aux origines d'une mentalité religieuse*, Paris, 1967.

Gibson R., *Les Notables de l'Église dans le diocèse de Périgueux, 1821-1905*, Lyon, 1979.

Godel J., *La Reconstruction concordataire dans le diocèse de Grenoble après la Révolution (1802-1809)*, Grenoble, 1968.

Guerber J., *Le Ralliement du clergé français à la morale liguorienne*, Rome, 1973.

Hilaire Y.-M., *Une chrétienté au XIXe siècle ? La vie religieuse des populations du diocèse d'Arras, 1840-1914*, Lille, 1977.

Laffay A.-H., *Dom Augustin de Lestrange et l'Avenir du monachisme (1754-1827)*, Paris, 1998.

Lagrée M., *Mentalités, Religion et Histoire en Haute-Bretagne au XIXᵉ siècle. Le diocèse de Rennes, 1815-1848*, Paris, 1977.

–, *Religion et Cultures en Bretagne, 1850-1950*, Paris, 1992.

Langlois Cl., *Le Diocèse de Vannes au XIXᵉ siècle, 1800-1830*, Paris, 1974.

–, *Le Catholicisme au féminin. Les congrégations françaises à supérieure générale au XIXᵉ siècle*, Paris, 1984.

Launay M., *Le Diocèse de Nantes sous le Second Empire*, Nantes, 1982.

Lévêque P., *Une société provinciale : la Bourgogne sous la monarchie de Juillet*, Paris, 1982.

Marcilhacy Chr., *Le Diocèse d'Orléans sous l'épiscopat de Mgr Dupanloup, 1849-1878*, Paris, 1962.

–, *Le Diocèse d'Orléans au milieu du XIXᵉ siècle. Les hommes et leur mentalité*, Paris, 1964.

Muller Cl., *Dieu est catholique et alsacien. La vitalité du diocèse de Strasbourg au XIXᵉ siècle, 1802-1914*, Lille, 1987.

Neveu B., *Les Facultés de théologie catholique de l'Université de France (1808-1885)*, préface de Claude Goyard, Paris, 1998.

Pérouas L., *Refus d'une religion, religion d'un refus en Limousin rural, 1880-1940*, Paris, 1985.

–, *Les Limousins. Leurs saints, leurs prêtres, du XVᵉ au XXᵉ siècle*, Paris, 1988.

Savart Cl., *Les Catholiques en France au XIXᵉ siècle. Le témoignage du livre religieux*, Paris, 1985.

Weber E., *La Fin des terroirs*, Paris, 1983 (1976).

Protestantisme

Le *Bulletin de la Société de l'histoire du protestantisme français (BSHPF)* offre un ensemble de documents et d'études très utiles, dont la consultation est facilitée par des tables précises en sept volumes, de l'origine du bulletin (1852) jusqu'à 1965.

Actes des journées d'études sur l'édit de 1787, *Bulletin de la Société de l'histoire du protestantisme français* (en abrégé : *BSHPF*), avril-juin 1988.

Histoire des protestants en France, Toulouse, 1977 (contributions de J. Bauberot, P. Bolle, A. Encrevé, Ph. Joutard, D. Ligou et B. Vogler).

« Le protestantisme français au XVIIIᵉ siècle », n° spécial de *Dix-huitième siècle*, 1985.

« Les protestants et la Révolution française », *BSHPF*, oct.-déc. 1989.

Les Rabaut du Désert à la Révolution (colloque de Nîmes du 23 mai 1987), Montpellier, 1988.

Baubérot J. et Zuber V., *Une haine oubliée, l'antiprotestantisme avant le « pacte laïque » (1870-1905)*, Paris, 2000.

Bost H. et Lauriol C. (sous la dir. de), *Entre désert et Europe, le pasteur Antoine Court (1695-1760), actes du colloque de Nîmes*, Paris, 1998.

Boisson D., *Les Protestants de l'ancien colloque du Berry, de la Révocation de l'Édit de Nantes à la fin de l'Ancien Régime (1679-1789) ou l'intégrale résistance des minorités religieuses*, Paris, 2000.

Cadier-Rey G. (sous la dir. de), « Femmes protestantes aux XIXe et XXe siècles », *BSHPF*, janvier-mars 2000.

Cabanel P., *Les Protestants et la République*, Bruxelles 2000.

Cabanel P. et Carbonier-Burkard, *Une histoire des protestants en France*, XVIe-XXe siècle, Paris, 1998.

Cabanel P. et Robert Ph. de, *Cathares et Camisards, l'œuvre de Napoléon Peyrat (1809-1881)*, Montpellier, 1998.

Debard J. M., « Le luthéranisme au pays de Montbéliard, une Église d'État du XVIe siècle », *BSHPF*, 1984, p. 345-382.

Dubief H., « Réflexions sur quelques aspects du premier Réveil et sur le milieu où il se forma », *BSHPF*, 1968, p. 373-402.

Dubief H. et Poujol J. (sous la dir. de), *La France protestante. Histoire et lieux de mémoire*, Montpellier, 2e éd., 1996.

Encrevé A., « Une paroisse protestante de Paris, l'Oratoire, de 1850 à 1860 », *BSHPF*, 1969, p. 43-78, 207-224, 329-350.

–, *Les Protestants en France de 1800 à nos jours*, Paris, 1985.

–, *Protestants français au milieu du XIXe siècle, les réformés de 1848 à 1870*, Genève, 1986.

Encrevé A. (sous la dir. de), *Les Protestants. Dictionnaire du monde religieux dans la France contemporaine*, Paris, 1993.

Encrevé A. et Richard M. (sous la dir. de), *Les Protestants dans les débuts de la Troisième République (1871-1885)*, *BSHPF*, 1978.

Hodern F., « Les Moraves en France sous l'Empire », *BSHPF*, 1966, p. 48-70.

Hugues E., *Antoine Court et la restauration du protestantisme en France au XVIIIe siècle*, Paris, 1875, 2 vol.

Joutard Ph. (sous la dir. de), *Les Cévennes de la montagne à l'homme*, Toulouse, 1979.

– (sous la dir. de), *Historiographie de la Réforme*, Paris, Neuchâtel, Montréal, 1977.

Krumenacker Y., *Les Protestants du Poitou au XVIIIe siècle (1681-1789)*, Paris, 1997.

Lasserre Cl., *Le Séminaire de Lausanne, instrument de la restauration du protestantisme français*, Lausanne, 1997.

Léonard E.-G., *Le Protestant français*, Paris, 1953.

Leuillot P., *L'Alsace au début du XIXe siècle*, t. III : *Religions et Culture*, Paris, 1960.

Manen H. et Joutard Ph., *Une foi enracinée, la Pervenche*, Valence, 1972.
Mours S., *Un siècle d'évangélisation en France*, Belgique, 1963.
Mours S. et Robert D., *Le Protestantisme en France du XVIIIe siècle à nos jours*, Paris, 1972.
Robert D., *Les Églises réformées en France, 1800-1830*, Paris, 1961.
Sacquin M., *Entre Bossuet et Maurras. L'antiprotestantisme en France de 1814 à 1870*, Paris, 1998.
Strohl, *Le Protestantisme en Alsace*, Strasbourg, 1950.
Tucoo-Chala S. (sous la dir. de), « Le protestantisme dans les pays de l'Adour (1785-1905) », *BSHPF*, oct-déc. 1996.
Vogler B., « Le corps pastoral strasbourgeois », *BSHPF*, 1980, p. 287-295.
Wemyss A., *Histoire du Réveil de 1790 à 1849*, Paris, 1977.
Zorn J.-F., *Le Grand Siècle d'une mission protestante. La mission de Paris de 1822 à 1914*, Paris-Karthala, 1993.

Judaïsme

Amson D., *Adolphe Crémieux*, Paris, 1988.
Anchel R., *Napoléon et les Juifs*, Paris, 1928.
–, *Les Juifs de France*, Paris, 1946.
Ayoun R., *Les Juifs en France*, Paris, 1997.
Becker J.-J. et Wieviorka A. (sous la dir. de), *Les Juifs de France de la Révolution française à nos jours*, Paris, 1998.
Birnbaum P., *Destins juifs*, Paris, 1995.
– (sous la dir. de), *La France de l'affaire Dreyfus*, Paris, 1994.
– (sous la dir. de), *Histoire politique des Juifs de France*, Paris 1990.
Blumenkranz B. (sous la dir. de), *Histoire des Juifs en France* (en particulier contributions de Delpech F., Dianoux J., Godechot J., Szapiro E. et Weil G.), Toulouse, 1972.
–, « A propos des Juifs dans les Cahiers de Doléances », *Annales historiques de la Révolution française*, 1967, p. 473-480.
Blumenkranz B., Soboul A. (sous la dir. de), *Les Juifs et la Révolution française. Problèmes et aspirations*, Toulouse, 1976.
–, *Le Grand Sanhédrin et Napoléon*, Toulouse, 1979.
Byrnes R.-F., *Antisemitism in Modern France*, t. I, Brunswick, 1980.
Cohen D., *La Promotion des Juifs à l'époque du Second Empire*, Aix-en-Provence, 1980, 2 vol.
Cohen M. L., *Les Juifs ont-ils du cœur ? Discours révolutionnaire et antisémitisme*, Valderiès, 1992.
Dohm Chr.-W., *Über die bürgerliche Verbesserung der Juden*,

Berlin, 1781. *De la réforme politique des Juifs* (trad. fr. par Jean Bernouilli), Paris, 1782, rééd. Paris, 1984.

Doubnov S., *Histoire moderne du peuple juif*, Paris, 1994.

Feuerwerker D., *L'Émancipation des Juifs en France*, Paris, 1976.

–, *Les Juifs en France*, Paris, 1965.

Girard P., *Les Juifs de France de 1789 à 1860*, Paris, 1976.

Godechot J., « Les Juifs de Nancy de 1789 à 1795 », *Revue des Études juives*, 1928, p. 1-35.

Graetz H., *Geschichte der Juden*, vol. 11, Leipzig, 1870.

Graetz M., *Les Juifs en France au XIXe siècle*, Paris, 1989.

Grégoire H.-B. (abbé), E*ssai sur la régénération physique, morale et politique des Juifs*, Paris, 1789, rééd. 1988.

Hadas-Lebel M. et Oliel-Grausz E. (éd.), *Les Juifs et la Révolution française. Histoire et mentalités. Actes du colloque, Collège de France-École normale supérieure, 16-18 mai 1989*, Louvain-Paris, 1992.

Hermont-Belot R., *L'Abbé Grégoire*, Paris, 2000.

Hertzberg A., *The French Enlightment and the Jews*, New York-Londres, 1968.

Hourwitz Z., *Apologie des Juifs*, Paris, 1789, rééd. Paris, 1968.

Kahn L., *Les Juifs de Paris pendant la Révolution*, Paris, 1898.

–, *Le Comité de bienfaisance israélite de Paris*, Paris, 1886.

–, *Sociétés de secours mutuels philanthropiques et de prévoyance*, Paris, 1887.

Katz J., *Hors du ghetto*, Paris, 1984.

–, *Exclusion et Tolérance*, Paris, 1987.

Lémann J., *L'Entrée des israélites dans la société française et les États chrétiens*, Paris, 1888.

–, *La Prépondérance juive*, Paris, 1889-1896, 2 vol.

Les Juifs en France sous la Révolution et l'Empire, catalogue de l'exposition du musée de la Diaspora, Tel-Aviv, 1981.

Leven E., *Cinquante ans d'histoire. L'Alliance israélite universelle (1860-1910)*, Paris, 1912-1921, 2 vol.

Levinas E., *Difficile Liberté*, 2e éd., Paris, 1970.

Lévy I., *Isaïe ou le Travail*, Paris, 1862.

L'Huillier F., *Recherches sur l'Alsace napoléonienne*, Strasbourg, 1947.

Liber M., « Les Juifs et la convocation des états généraux », *Revue des Études juives*, t. 63, 1912, p. 185-210 ; t. 64, 1912, p. 89-108 ; t. 65, 1913, p. 89-133 ; t. 66, 1913, p. 161-212.

Lovsky F., *Antisémitisme et Mystère d'Israël*, Paris, 1955.

Lucien-Brun H., *La Condition des Juifs en France depuis 1789*, 2e éd., Paris, 1901, p. 327-330.

Malino F., *Un juif rebelle dans la Révolution*, Paris, 2000.

Marrus M.-R., *Les Juifs de France à l'époque de l'affaire Dreyfus*, Paris, 1972.

Marx R., *La Révolution et les Classes sociales en Basse-Alsace*, Paris, 1974.
–, « L'opinion publique et les Juifs en Alsace à l'époque révolutionnaire », *Saisons d'Alsace*, 1964, p. 84-90.
Mirabeau, *Sur Moses Mendelssohn et sur la réforme politique des Juifs*, Paris, 1787.
Nahon G., *Communautés judéo-portugaises du sud-ouest de la France*, Paris, 1962, thèse multigraphiée, 2 t.
Necheles R., *The Abbé Grégoire*, Westport, 1971.
Neher A., « La bourgeoisie juive d'Alsace », *La Bourgeoisie alsacienne. Études d'histoire sociale*, Strasbourg, 1954, p. 435-442.
Neher-Bernheim R., *Documents inédits sur l'entrée des Juifs dans la société française, 1750-1850*, Tel-Aviv, 1977, 2 vol.
Phyllis Cohen A., *The Modernization of French Jewry*, Hanovre, 1977.
Pierrard P., *Juifs et Catholiques français*, Paris, 1997.
Poliakov L., *Histoire de l'antisémitisme*, t. III, *De Voltaire à Wagner*, Paris, 1968.
Roederer P.-L., *Prix proposés en 1787 par la Société royale des sciences et des arts de Metz pour le concours de 1788 et 1789*, Metz, 1787.
Sagnac P., « Les Juifs et la Révolution française », *Revue d'histoire moderne et contemporaine*, 1899, p. 5-23, 209-224.
–, « Les Juifs et Napoléon », *ibid.*, 1900-1901, p. 461-484, 595-626 ; 1901, p. 461-492.
Sarfati G.-E., *Discours ordinaires et Identités juives*, Paris, 1999.
Scheid E., *Histoire des Juifs d'Alsace*, Paris, 1887.
Schwarzfuchs S., *Les Juifs de France*, Paris, 1975.
Sorlin P., *La Croix et les Juifs*, Paris, 1967.
Szajkowski Z., *Poverty and Social Welfare Among French Jews, 1800-1880*, New York, 1954.
–, *The Economic Status of the Jews in Alsace, Metz and Lorraine, 1648-1789*, New York, 1954.
–, *Jews and the French Revolutions of 1789, 1830 and 1848*, New York, 1970.
Talmon J.-L., *Destin d'Israël*, Paris, 1967.
Thiery Cl.-A. (avocat au parlement de Nancy), *Est-il des moyens de rendre les Juifs plus heureux et plus utiles en France* ? Paris, 1780, rééd. Paris, 1988.
Verdes-Leroux J., *Scandale financier et antisémitisme catholique : le krach de l'Union générale*, Paris, 1969.

Le déclin institutionnel et politique du catholicisme français

Le catholicisme religion du royaume

Antoine M., *Louis XV*, Paris, 1989.
Bachelier A., *Le Jansénisme à Nantes*, Paris, 1934.
Brye B. de, *Un évêque d'Ancien Régime à l'épreuve de la Révolution. Le cardinal A. L. H. de La Fare (1752-1829)*, Paris, 1985.
Certeau M. de, « La formalité des pratiques. Du système religieux à l'éthique des Lumières XVIIe-XVIIIe siècle », *L'Écriture de l'histoire*, Paris, 1975, p. 153-212.
Ceyssens L. et Tans J. A. G., *Autour de l'*Unigenitus. *Recherches sur la genèse de la Constitution*, Louvain, 1987.
Chevallier P., *Loménie de Brienne et l'ordre monastique (1766-1789)*, Paris, 1959, 2 vol.
Dainville F. de, « La carte du jansénisme à Paris en 1739 d'après les papiers de la nonciature », *Bulletin de la Société de l'histoire de Paris et de l'Ile-de-France*, 1969, p. 113-124.
Dedieu J., « L'agonie du jansénisme 1715-1790. Essai de bio-bibliographie », *Revue d'histoire de l'Église de France*, 1928, p. 161-214.
–, « Le désarroi janséniste pendant la période du quesnellisme », *Revue d'histoire de l'Église de France*, 1934, p. 433-470.
Dinet D., « Le jansénisme et les origines de la déchristianisation au XVIIIe siècle. L'exemple des pays de l'Yonne », *Du jansénisme à la laïcité. Le jansénisme et les origines de la déchristianisation* (sous la dir. de L. Hamon), les entretiens d'Auxerre, t. I, Paris, 1987, p. 1-34.
Dinet D. et M.-C., « Les appelants contre la bulle *Unigenitus* d'après G.-N. Nivelle », *Histoire, Économie et Société*, 1990.
Durand V., *Le Jansénisme au XVIIIe siècle et J. Colbert évêque de Montpellier, 1696-1738*, Toulouse, 1907.
Farge A., *Dire et mal dire. L'opinion publique au XVIIIe siècle*, Paris, 1992.
Fleury G., *Le Cardinal de Fleury et le Mouvement janséniste*, Paris, 1925.
Greenbaum L.-S., *Talleyrand Statesman Priest. The Agent General of the Clergy and the Church of France at the End of the Old Regime*, Washington, 1970.
« Jansénisme et Révolution »,*Chroniques de Port-Royal. Actes du colloque organisé à Versailles les 13 et 14 octobre 1989 par la Société des amis de Port-Royal*, 1990.
Julia D., « Les deux puissances : chronique d'une séparation de corps », *The French Revolution and the Creation of Modern Poli-*

tical Culture, vol. 1, *The Political Culture of the Old Regime* (sous la dir. de K. M. Baker), Oxford-New York, 1987, p. 293-310.

Kreiser B. Robert, *Miracles, Convulsions and Ecclesiastical Politics Early Eighteenth-Century Paris*, Princeton, 1978.

Landrin C., *Un prélat gallican, P. de Langle, évêque de Boulogne, 1644-1724*, Calais, 1905.

Lemaire S., *La Commission des réguliers,1766-1780*, Paris, 1926.

Le Roy A., *La France et Rome de 1700 à 1715. Histoire diplomatique de la bulle* Unigenitus *jusqu'à la mort de Louis XIV d'après des documents inédits*, Paris, 1892.

Maire C.-L., *Les Convulsionnaires de Saint-Médard. Miracles, convulsions et prophéties à Paris au XVIIIe siècle*, Paris, 1985.

–, *De la cause de Dieu à la cause de la Nation. Le jansénisme au XVIIIe siècle*, Paris, 1998.

Michel M.-J., *Jansénisme et Paris, 1640-1730*, Paris, 2000.

Noël L., « Une semonce du cardinal de Fleury à Mgr de Caylus », *L'Abbé Lebeuf, le jansénisme*, XXXIe congrès de l'Association bourguignonne des sociétés savantes, Auxerre, 1961, p. 261-269.

Peronnet M.-C., *Les Évêques de l'ancienne France*, Lille, 1977, 2 vol.

Preclin E., *Les Jansénistes du XVIIIe siècle et la Constitution civile du clergé. Le développement du richérisme. Sa propagation dans le bas-clergé, 1713-1791*, Paris, 1929.

Retat P. (sous la dir. de), *L'Attentat de Damiens. Discours sur l'événement au XVIIIe siècle*, Paris-Lyon, 1979.

Sareil J., *Les Tencin. Histoire d'une famille au XVIIIe siècle d'après de nombreux documents inédits*, Genève, 1969.

Sicard (abbé), *L'Ancien Clergé de France*, t. I, *Les Évêques avant la Révolution*, t. II, *Les Évêques pendant la Révolution*, Paris, 1893-1894.

Taveneaux R., *Le Jansénisme en Lorraine, 1640-1789*, Paris, 1960. *Jansénisme et Politique*, Paris, 1965.

Van Kley D., *The Jansenists and the Expulsion of the Jesuits from France 1757-1765*, New Haven et Londres, 1975.

–, *The Damiens Affair and the Unraveling of the Ancien Regime*, Princeton, 1984.

–, « The Jansenist Constitutional Legacy in the French Revolution, 1750-1789 », *Historical Reflections/Réflexions historiques*, vol. 13, 1986, p. 395-453.

Vidal D., *Miracles et Convulsions jansénistes au XVIIIe siècle. Le mal et sa connaissance*, Paris, 1987.

Religion et Révolution

Annales historiques de la Révolution française, numéro d'octobre-décembre 2000 sur les prénoms révolutionnaires.
Aulard A., *Le Christianisme et la Révolution française*, Paris, 1925.
Becu J.-L. J., *Le Clergé jurassien face à la Révolution française, 1789-1799*, Langres, 1989, 2 vol.
Bernardin E., *Strasbourg et l'institution de l'état civil laïc au début de la Révolution française*, Colmar, 1986.
Biron M.-P., *Les Messes clandestines pendant la Révolution*, Paris, 1989.
Blomme Y., *Les Prêtres déportés sur les pontons de Rochefort*, Saint-Jean-d'Angély, 1994.
Bouet R., *Dictionnaire biographique des prêtres du département de la Dordogne sous la Révolution française*. I- A-J, Piégut-Plouviers, 1993. II - L-V, Saint-Estèphe, 1994.
Bourdin Ph., *Le Noir et le Rouge. Itinéraire social, culturel et politique d'un prêtre patriote (1736-1799)*, Clermont-Ferrand, 2000.
Cousin B., Cubells M., Moulinas R., *La Pique et la Croix, histoire religieuse de la Révolution française*, Paris, 1989.
Christophe P., *1789, les prêtres dans la Révolution*, Paris, 1986.
Dainville-Barbiche S. de, *Le Clergé paroissial de Paris de 1789 à janvier 1791. Répertoire biographique*, Paris, 1992.
Dupuy R., *De la Révolution à la chouannerie*, Paris, 1988.
« L'Église et la Révolution française », *Bulletin de littérature ecclésiastique*, XC, juil.-sept. 1989.
Fenster K. R., *Dechristianizers and Dechristianization in the Gironde during the Year II*, Milwaukee, 1993.
Flament P., *Deux Mille Prêtres normands face à la Révolution française, 1789-1801*, Paris, 1989.
Hermon-Belot R., *L'Abbé Grégoire, la Politique et la Vérité*, Paris, 2000.
Kervingant M.-T., *Des moniales face à la Révolution française. Aux origines des cisterciennes-trappistines*, Paris, 1989.
Krumenacker Y. (éd.), *Religieux et Religieuses pendant la Révolution française, 1770-1820*, Lyon, 1995, 2 vol.
« Les massacres de septembre 1792 », dans *Revue de l'Institut catholique de Paris*, 44, 1992/4, p. 1-175.
Langlois Cl., *Les Sept Morts du roi*, Paris, 1993.
Langlois Cl., Tackett T., Vovelle M. et Bonin M. et S. (sous la dir. de), *Atlas de la Révolution française*, t. IX, *Religion*, Paris, 1996.
Latreille A., *L'Église catholique et la Révolution française*, Paris, 1946-1950, 2 vol.
Lebrun F., *Parole de Dieu et Révolution. Les sermons d'un curé angevin avant et pendant la guerre de Vendée*, Paris, 1988.

Ledré, C., *Le Culte caché sous la Révolution : les missions de l'abbé Linsolas*, Paris, 1969.
Leflon J., *La Crise révolutionnaire, 1789-1846*, Paris, 1949.
Martin J.-Cl. (éd.), *Religion et Révolution. Colloque de Saint-Florent-le-Vieil, 13-14-15 mai 1993*, Paris, 1994.
Mathiez A., *La Question religieuse sous la Révolution française*, Paris, 1929.
« Mentalité religieuse et Révolution française », *Mélanges de science religieuse*, 48, 1-2, janv.-juin 1991.
Meyer J.-C., *La Vie religieuse en Haute-Garonne sous la Révolution*, Toulouse, 1982.
Morlot F., *Pierre de Clorivière, 1735-1820*, Paris, 1990.
Pérouas L. et d'Hollander P., *La Révolution française, une rupture dans le christianisme ? Le cas du Limousin*, Le Loubanel-Treignac, 1988.
Plongeron B., *Conscience religieuse en Révolution*, Paris, 1969.
–, *Théologie et Politique au siècle des Lumières, 1770-1820*, Genève, 1973.
Plongeron B. (sous la dir. de), *Pratiques religieuses, Mentalités et Spiritualités dans l'Europe révolutionnaire, 1770-1820*, Turnhout (Belgique), 1988.
Quéniart J., *Le Clergé déchiré. Fidèle ou rebelle ?* Rennes, 1988.
Riquet M., *Augustin de Barruel, un jésuite face aux jacobins francs-maçons*, Paris, 1989.
Tackett T., *La Révolution, l'Église, la France*, Paris, 1986.
Van Kley D., *The Religious Origins of the French Revolution from Calvin to the Civil Constitution*, New Haven et Londres, 1996.
Vovelle M., *Religion et Révolution*, Paris, 1976.
–, *La Révolution contre l'Église, La déchristianisation de l'an II*, Bruxelles, 1988.
–, *La Mentalité révolutionnaire*, Paris, 1986.
Viguerie J. de, *Christianisme et Révolution*, Paris, 1986.

Les vicissitudes du système concordataire. Religion et politique

Basdevant-Gaudemet B., *Le Jeu concordataire dans la France du XIXe siècle*, Paris, 1988.
Bertier de Sauvigny G. de, *Le Comte Ferdinand de Bertier et l'Énigme de la congrégation*, Paris, 1948.
Bowman F.-P., *Le Christ des barricades, 1789-1848*, Paris, 1987.
Bressolette C., *L'Abbé Maret. Le combat d'un théologien pour une démocratie chrétienne, 1830-1851*, Paris, 1977.
Les Catholiques libéraux au XIXe siècle, Grenoble, 1974.
Delacroix S., *La Réorganisation de l'Église de France après la Révolution, 1801-1809*, Paris, 1962, t. I.

Gadille J., *La Pensée et l'Action politiques des évêques français au début de la IIIe République, 1870-1883*, Paris, 1967, 2 vol.
Lafon J., *Les Prêtres, les Fidèles et l'État. Le ménage à trois du XIXe siècle*, Paris, 1987.
Langlois C., « Philosophe sans impiété et religieux sans fanatisme. Portalis et l'idéologie du système concordataire », *Ricerche di storia sociale e religiosa*, 16-16, 1979, p. 37-57.
Leflon J., *Étienne-Alexandre Bernier, évêque d'Orléans, 1762-1806*, Paris, 1938, 2 vol.
Leniaud J.-M., *L'Administration des cultes pendant la période concordataire*, Paris, 1988.
Maurain J., *La Politique ecclésiastique du Second Empire, de 1852 à 1869*, Paris, 1930.
Nora P., *Les Lieux de mémoire*, t. I, Paris, 1984 ; t. II, 3 vol., 1986.
Pierrard P., *L'Église et la Révolution, 1789-1809*, Paris, 1988.
Prost A., *Histoire de l'enseignement en France. 1800-1967*, Paris, 1968.
Singer B., *Village Notables in Nineteenth Century France. Priests, Mayors, Schoolmasters*, Albany, 1983.
Zeldin T., *Conflict in French Society. Anticlericalism, Education and Morals in the Nineteenth Century*, Londres, 1970.
Zind P., *L'Enseignement religieux dans l'instruction publique en France, 1850-1873*, Lyon, 1971.

Lumières et religion

Cotoni M.-H., *L'Exégèse du Nouveau Testament dans la philosophie française du XVIIIe siècle*, Oxford, 1984.
Cottret M., *Jansénismes et Lumières. Pour un autre XVIIIe siècle*, Paris, 1998.
Domenech J., *L'Éthique des Lumières. Les fondements de la morale dans la philosophie française du XVIIIe siècle*, Paris, 1989.
Duchet, *Anthropologie et histoire au siècle des Lumières*, Paris, 1971.
Masseau D., *Les Ennemis des philosophes. L'antiphilosophie au temps des Lumières*, Paris, 2000.
Menozzi D., *Les Interprétations politiques de Jésus de l'Ancien Régime à la Révolution*, Paris, 1983.
Meslier J., *Œuvres complètes*, Paris, 1970-1972, 3 vol.
Morellet (abbé), *Abrégé du Manuel des inquisiteurs*, Paris, 1989.
Pomeau R., *La Religion de Voltaire*, Paris, 1969.
Starobinski J., *Jean-Jacques Rousseau. La transparence et l'obstacle*, Paris, 1971.

Le triomphe de la liberté de conscience et de la laïcité

Bauberot J., « L'implantation du protestantisme en Limousin au XIXe siècle. Un phénomène de religion populaire », *Actes du 102e congrès national des sociétés savantes*, Limoges, 1977, t. I, p. 311-329.

Cabanis J., *Michelet, le Prêtre et la Femme*, Paris, 1978.

Casanova R., *Montlosier et le Parti-prêtre*, Paris, 1970.

Chevallier P., *Histoire de la franc-maçonnerie française*, Paris, 1975-1976, 3 vol.

Christophe P., « George Sand, l'Évangile et Jésus », *Mélanges de sciences religieuses*, 1977, p. 148-171.

Gauchet M., *Le Désenchantement du monde, une histoire politique de la religion*, Paris, 1985.

Gayot G., *La Franc-maçonnerie française. Textes et pratiques (XVIIIe-XIXe siècle)*, Paris, 1980.

Genevray P., « L'État français et la propagation du Réveil », *BSHPF*, 1946, p. 12-39.

–, « L'État et les protestants du Réveil, la réaction conservatrice et la liberté religieuse sous la République de 1848 », *BSHPF*, 1948, p. 114-144.

–, « Le gouvernement de Napoléon III et l'Évangélisation protestante sous le régime autoritaire », *BSHPF*, 1953, p. 133-170.

Lalouette J., « Les enterrements civils des premières décennies de la IIIe République », *Ethnologie française*, 1983, n° 2, p. 111-128.

–, *La Libre Pensée en France, 1848-1940*, Paris, 1997.

Leroy M., *Le Mythe jésuite. De Béranger à Michelet*, Paris, 1992.

Mayeur J.-M., « Jules Ferry et la laïcité », *Jules Ferry, fondateur de la République*, Paris, 1985, p. 147-160.

–, *La Question laïque, XIXe-XXe siècle*, Paris, 1997.

Retif A., *Pierre Larousse et son œuvre*, Paris, 1975.

Rousse-Lacordaire J., *Rome et les Francs-maçons. Histoire d'un conflit*, Paris, 1996.

Weill G., *Histoire de l'idée laïque en France au XIXe siècle*, Paris, 1929.

La déchristianisation

Recrutement sacerdotal et religieux

Brian I., *Messieurs de Sainte-Geneviève. Religieux et curés de la Contre-Réforme à la Révolution*, Paris, 2000.

Cabanel P., *Cadets de Dieu. Vocations et migrations religieuses en Gévaudan. XVIIe-XXe siècle*, Paris, 1997.

Deregnaucourt G., *De Fénelon à la Révolution. Le clergé paroissial de l'archevêché de Cambrai*, Lille, 1991.

Dinet D. « Les ordinations sacerdotales dans les diocèses d'Auxerre, Langres et Dijon (XVIIe-XVIIIe siècle) », *Revue d'histoire de l'Église de France*, t. 66, 1980, p. 211-241.

–, *Religion et société. Les Réguliers et la vie régionale dans les diocèses d'Auxerre, Langres et Dijon (fin XVIe-fin XVIIIe siècle)*, 1999, 2 vol.

Dompnier B., *Enquête au pays des frères des anges. Les Capucins de la province de Lyon aux XVIIe et XVIIIe siècles*, Saint-Étienne, 1993.

–, (sous la dir. de), *Vocations d'Ancien Régime. Les gens d'Église en Auvergne aux XVIIe et XVIIIe siècles*, Revue d'Auvergne, n° 544-545, 1997.

–, *Vocation et Fidélité. Le recrutement des Réguliers dans les diocèses d'Auxerre, Langres et Dijon (XVIIe et XVIIIe siècle)*, Paris, 1988.

Foucault P., « L'origine socio-professionnelle du clergé sarthois durant la période concordataire (1801-1905) », *Mentalités religieuses dans la France de l'Ouest aux XIXe-XXe siècles, Cahiers des Annales de Normandie*, Caen, n° 8, 1976.

Frijhoff W. et Julia D., « Les oratoriens de France sous l'Ancien Régime. Premiers résultats d'une enquête », *Revue d'histoire de l'Église de France*, t. 65, 1979, p. 225-265.

Gonnot J.-P., *Vocations et Carrières sacerdotales dans le diocèse de Belley de 1823 à 1904*, thèse de doctorat de troisième cycle, Lyon II, 1984, dactylographié.

Huot-Pleuroux P., *Le Recrutement sacerdotal dans le diocèse de Besançon de 1801 à 1960*, Besançon, 1968.

Julia D. et Donnat L., « Le recrutement d'une congrégation monastique : les bénédictins de Saint-Maur, esquisse d'histoire quantitative », *Saint-Thierry, une abbaye du VIe au XXe siècle. Actes du colloque international d'histoire monastique, Reims-Saint-Thierry, 11-14 octobre 1976*, Saint-Thierry, 1979, p. 565-594.

Julia D., « Système bénéficial et carrières ecclésiastiques dans la France d'Ancien Régime », *Historiens et Sociologues aujourd'hui. Journées d'études annuelles de la Société française de sociologie, université de Lille I, 14-15 juin 1984*, Paris, 1986, p. 79-107.

Loupes Ph., *Chapitres et Chanoines de Guyenne aux XVIIe-XVIIIe siècles*, Paris, 1985.

Meyer F., *Pauvreté et Assistance spirituelle. Les franciscains récollets de la province de Lyon aux XVIIe et XVIIIe siècles*, Saint-Étienne, 1997.

Minois G., *La Bretagne des prêtres en Trégor d'Ancien Régime*, 1987.

Muller Cl., « Les ordres mendiants en Alsace au XVIIIe siècle », *Alsatia Monastica, V*, Haguenau, 1984.

Perie J.-M., « Les vocations sacerdotales et religieuses dans le diocèse de Rodez, 1850-1914 », *Revue du Rouergue*, 1978, p. 223-233.

Tackett T., « L'histoire sociale du clergé diocésain dans la France du XVIIIe siècle », *Revue d'histoire moderne et contemporaine*, t. 27, p. 198-234.

Viguerie J. de, *Une œuvre d'éducation sous l'Ancien Régime. Les pères de la doctrine chrétienne en France et en Italie 1592-1792*, Avrillé, 1976.

Production et diffusion du livre

Bödeker H.-E., Chaix G. et Veit P., *Le Livre religieux et ses pratiques. Études sur l'histoire du livre religieux en Allemagne et en France à l'époque moderne*, Göttingen, 1991.

Brancolini J. et Bouissy M.-T., « La vie provinciale du livre à la fin de l'Ancien Régime », F. Furet (sous la dir. de), *Livre et Société dans la France du XVIIIe siècle*, t. II, Paris-La Haye, 1970, p. 3-37.

Chartier A.-M. et Hebrard J., *Discours sur la lecture, 1880-1980*, Paris,1989.

Chartier R. et Lüsebrink H.-J., *Colportage et Lecture populaire. Imprimés de large circulation en Europe (XVIe-XIXe siècle)*, Paris, 1996.

Dompnier B. et Froeschlé-Chopard M.-H., *Les Religieux et leurs livres à l'époque moderne*, Clermont-Ferrand, 2000.

L'Écrit, instrument de communication, mémoire de la Société d'histoire et d'archéologie de Bretagne (notamment articles de J.-L. Le Floc'h et Gw. Le Menn), Rennes, 1985.

Ehrard J. et Roger J., « Deux périodiques français du XVIIIe siècle : "Le Journal des savants" et "Les Mémoires de Trévoux". Essai d'une étude quantitative », *in* F. Furet (sous la dir. de), *Livre et Société dans la France du XVIIIe siècle*, Paris-La Haye, 1965, p. 33-59.

Fontaine L., *Histoire du colportage en Europe XVe-XIXe siècle*, Paris, 1993.

Furet F., « La "librairie" du royaume au XVIIIe siècle », *op. cit.,* p. 3-32.

L'Image de piété en France, 1814-1914, Paris, 1984.

Lerch D., *Imagerie et Société. L'imagerie Wentzel de Wissembourg au XIXe siècle*, Strasbourg, 1982.

Lyons M., *Le Triomphe du livre. Une histoire sociologique de la lecture dans la France du XIXe siècle*, Paris, 1987.

Marsol M., « Un oublié : Pierre Héron "marchand libraire" à Langres-en-Bassigny, 1756-1776 », *Orientations de recherche pour l'histoire du livre*, Comité des travaux historiques et scienti-

fiques, *Bulletin d'histoire moderne et contemporaine*, n° 11, 1978, p. 33-74.
Martin H.-J., *Le Livre français sous l'Ancien Régime*, Paris, 1987.
Mellot J.-D., *L'Édition rouennaise et ses marchés (v. 1600-v. 1730). Dynamisme provincial et centralisme parisien*, Paris, 1998.
Mollier J.-Y. (sous la dir. de) *Le Commerce de la librairie en France au XIXe siècle, 1789-1914*, Paris, 1997.
Negroni B. de, *Lectures interdites. Le travail des censeurs au XVIIIe siècle*, Paris, 1995.
Quéniart J., *L'Imprimerie et la Librairie à Rouen au XVIIIe siècle*, Paris, 1969.
Savart Cl., *Les Catholiques en France au XIXe siècle. Le témoignage du livre religieux*, Paris, 1985.
Vernus M., « La diffusion du petit livre de piété et de la bimbeloterie religieuse dans le Jura au XVIIIe siècle », *Actes du 105e congrès national des sociétés savantes,* Caen, 1980, Section d'histoire moderne et contemporaine, t. I, *La Diffusion du savoir de 1610 à nos jours. Questions diverses,* Paris, 1983, p. 127-141.
–, « Un best-seller de la littérature religieuse, l'ange conducteur (du XVIIIe au XIXe siècle) », *Actes du 109e congrès national des sociétés savantes,* Dijon,1984, Section d'histoire moderne et contemporaine, *Transmettre la foi. XVIe-XXe siècle,* t. I, *Pastorale et Prédication en France*, Paris, 1984 p. 231-243.

Indices démographiques

Bardet J.-P., *Rouen aux XVIIe et XVIIIe siècles. Les mutations d'un espace social*, Paris, 1983.
Bardet J.-P. et Gouesse J.-M., « Le calendrier des mariages à Rouen. Rupture et résurgence d'une pratique (XVIIIe-XIXe siècle) », *Voies nouvelles pour l'histoire de la Révolution française, Colloque Albert Mathiez-Georges Lefebvre (30 nov.-1er déc. 1974)*, Paris, 1978, p. 63-78.
Bourdelais P. et Raulot J.-Y., « Mariage et révolution au village : deux exemples, Blayais et Vexin », *Voies nouvelles pour l'histoire de la Révolution française, op. cit.*, p. 79-93.
Dupaquier J. (sous la dir. de), *Histoire de la population française*, t. II, *De la Renaissance à 1789*, et t. III, *De 1789 à 1914*, Paris, 1988.
Dupaquier J. et Lachiver M. « Sur les débuts de la contraception en France ou les deux malthusianismes », *Annales ESC*, 1969, p. 1391-1406.
Flandrin J.-L., *Familles. Parenté, maison, sexualité dans l'ancienne France*, Paris, 1976.
Frey M., « Du mariage et du concubinage dans les classes populaires à Paris en 1846-1847 », *Annales ESC*, 1978, p. 803-829.

Rollet C. et Souriac A., « Les mariages de l'an X », *Voies nouvelles pour l'histoire de la Révolution française, op. cit.*, p. 59-62.

Les indicateurs spécifiques du XVIIIe et du XIXe siècle

Chaunu P., *La Mort à Paris,* Paris, 1978.
Ménard M., *Une histoire des mentalités religieuses : mille retables de l'ancien diocèse du Mans*, Paris, 1980.
Vovelle M., *Vision de la mort et de l'au-delà en Provence du XVe au XXe siècle, d'après les autels des âmes du Purgatoire* (en collab. avec G. Vovelle), Paris, 1970.
–, *Piété baroque et Déchristianisation. Les attitudes devant la mort en Provence au XVIIIe siècle*, 1973 ; (version abrégée : *Piété baroque et Déchristianisation en Provence au XVIIIe siècle*, Paris, 1978).

Boulard F. et Hilaire Y.-M., *Matériaux pour l'histoire religieuse du peuple français, XIXe-XXe siècle*, Paris, 1982 et 1987.
Charpin F.-L., *Pratique religieuse et Formation d'une grande ville. Le geste du baptême et sa signification en sociologie religieuse (Marseille 1806-1958)*, Paris, 1964.
Jacquemet G., « Déchristianisation, structures familiales et anticléricalisme : Belleville au XIXe siècle », *Archives de sciences sociales des religions*, 1964, p. 69-82.
Répertoire des visites pastorales de la France, 2e série, *Diocèses concordataires et post-concordataires*, 2 vol., Paris, 1978 et 1980.

Jansénisme, philosophes et déchristianisation

Charrier (abbé), *Histoire du jansénisme dans le diocèse de Nevers*, Paris, 1920.
Devos R., « Pratiques et mentalités religieuses dans la Savoie du XVIIIe siècle : la paroisse de Combloux », *Religion populaire, le monde alpin et rhodanien*, 1977, p. 105-143.
Dinet D., « Administration épiscopale et vie religieuse au milieu du XVIIIe siècle. Le bureau pour le gouvernement du diocèse de Langres de Gilbert de Montmorin », *Revue d'histoire ecclésiastique*, 1983, p. 721-774.
–, « La déchristianisation des pays du sud-est du Bassin parisien au XVIIIe siècle », *Christianisation et Déchristianisation,* Angers, 1986, p. 121-136.
Julia D., « La réforme post-tridentine en France d'après les procès-verbaux de visites pastorales : ordre et résistance », *La Società religiosa nell'età moderna, Atti del Convegno degli studi di Storia*

sociale e religiosa, Capaccio-Paestum, 1972, Naples, 1973, p. 311-415.
–, « Discipline ecclésiastique et culture paysanne aux XVIIe et XVIIIe siècles », *La Religion populaire*, Paris, 1979, p. 199-209.
–, « Déchristianisation ou mutation culturelle ? L'exemple du Bassin parisien au XVIIIe siècle », *Croyances, Pouvoirs et Société. Des Limousins aux Français, études offertes à Louis Pérouas*, par M. Cassan, J. Boutier, N. Lemaitre, Treignac, 1988, p. 185-239.

Agulhon M., *Pénitents et Francs-maçons de l'ancienne Provence*, Paris, 1968.
Darnton R., *L'Aventure de l'Encyclopédie. Un best-seller au siècle des Lumières*, Paris, 1982.
–, *Bohème littéraire et Révolution. Le monde des livres au XVIIIe siècle*, Paris, 1983.
Martin H.-J. et Chartier R. (sous la dir. de), *Histoire de l'édition française*, t. II, *Le Livre triomphant, 1680-1830*, Paris, 1984.
Mornet D., *Les Origines intellectuelles de la Révolution française 1715-1787*, Paris, 1933.
Quéniart J., *Les Hommes, l'Église et Dieu dans la France du XVIIIe siècle*, Paris, 1978.
Roche D., *Le Siècle des Lumières en province. Académies et académiciens provinciaux, 1680-1789*, Paris-La-Haye, 1978, 2 vol.
–, *Journal de ma vie. Jacques Louis Ménétra, compagnon vitrier du XVIIIe siècle*, Paris, 1982.

Mutations économiques et déchristianisation

Bordet G., *Fête contre-révolutionnaire, néo-baroque ou ordinaire ? La grande mission de Besançon, janvier-février 1825*, Besançon, 1981.
Boulard F., « La "déchristianisation" de Paris. L'évolution historique du non-conformisme », *Archives de sociologie des religions*, 1971, p. 69-98.
Bruschi Chr., « L'œuvre de la jeunesse de Marseille. Un prêtre marseillais devant la jeunesse bourgeoise du XIXe siècle », *Provence historique*, 1979, p. 275-296.
Cholvy G., « Société, genres de vie et mentalités dans les campagnes françaises de 1815 à 1880 », *L'Information historique*, 1974, p. 155-166.
Corbin A., « Migrations temporaires et société rurale au XIXe siècle : le cas du Limousin », *Revue historique*, 1971, p. 293-334.
–, *Le Village des cannibales*, Paris, 1990.
Daniel Y., *L'Équipement paroissial d'un diocèse urbain, Paris (1802-1956)*, Paris, 1957.

Droulers P., « L'épiscopat devant la question ouvrière en France sous la monarchie de Juillet », *Revue historique*, 1963, p. 335-362.

Duroselle J.-B., *Les Débuts du catholicisme social en France, 1822-1870*, Paris, 1951.

Faury J., « Les curés et la danse dans le Tarn au XIXe siècle », *102e congrès national des sociétés savantes*, Limoges, 1977, t. I, p. 331-349.

Gibson R., « Reconstruction religieuse et anticléricalisme rural en Dordogne au lendemain de la Révolution : l'abbé Vienne, curé de Saint-Vincent-de-Cosse », *Société historique et archéologique du Périgord*, 1983, p. 319-337.

Hilaire Y.-M., « La pratique religieuse en France de 1815 à 1878 », *L'Information historique*, 1963, p. 57-69.

Horvath-Peterson S., « Abbé Georges Darboy's. Statistique religieuse du diocèse de Paris (1856) », *Catholic Historical Review*, 1982, p. 401-450.

Isambert F.-A., *Christianisme et classe ouvrière*, Tournai, 1961.

Levillain Ph., *Albert de Mun, catholicisme français et catholicisme romain du Syllabus au Ralliement*, Rome, 1983.

Marcilhacy Chr., « L'anticléricalisme dans l'Orléanais pendant la première moitié du XIXe siècle », *Archives de sociologie des religions*, 1958, p. 91-103.

Mayeur J.-M., *Catholicisme social et Démocratie chrétienne. Principes romains, expériences françaises*, Paris, 1986.

Pierrard P., *L'Église et les Ouvriers, 1840-1940*, Paris, Hachette, 1984.

Poulat E., *Église contre bourgeoisie*, Tournai, 1977.

–, « La découverte de la ville par le catholicisme contemporain », *Annales ESC*, 1960, p. 1168-1179.

Seguy J., « Les sectes d'origine protestante et le monde ouvrier français au XIXe siècle », *Archives de sociologie des religions*, 1956, p. 119-126.

Sevrin E., *Les Missions religieuses en France sous la Restauration (1815-1830)*, Paris, 1948-1959, 2 vol.

Vincienne M. et Coutois H., « Notes sur la situation religieuse de la France en 1848 d'après l'enquête cantonale ordonnée par le Comité du travail », *Archives de sociologie des religions*, 1958, p. 104-118.

Le catholicisme au féminin

Arnold O., *Le Corps et l'Ame. La vie des religieuses au XIXe siècle*, Paris, 1984.

Langlois C. et Wagret P., *Structure religieuse et Célibat féminin au XIXe siècle*, Lyon, 1972.

Langlois C., « Je suis Jeanne Jugan. Dépendance sociale, condition

féminine et fondation religieuse », *Archives de sciences sociales des religions*, 1981, 52-1, p. 21-35.
Mayeur F., *L'Éducation des filles en France au XIXᵉ siècle*, Paris, 1979.
Smith B.-G., *Ladies of the Leisure Class : the Bourgeoisies of Northern France in the Nineteenth Century*, Princeton, 1981.
Stengers J., « Les pratiques anticonceptionnelles dans le mariage au XIXᵉ siècle, problèmes humains et attitudes religieuses », *Revue belge de philologie et d'histoire*, 1971, t. 2 et 4, p. 403-481 et 1119-1174.
Turin Y., *Femmes et Religieuses au XIXᵉ siècle. Le féminisme en religion*, Paris, 1989.

Une France duelle

Furet F. et Ozouf J., *Lire et Écrire. L'alphabétisation des Français de Calvin à Jules Ferry*, 2 vol., Paris, 1977.
Isambert F.-A. et Terrenoire J.-P., *Atlas de la pratique religieuse des catholiques en France*, Paris, 1960.
Lagrée M., « La dîme des missions », *Populations et Cultures, Mélanges François Lebrun*, Rennes, 1989, p. 341-348.
Le Bras H., *Les Trois France*, Paris, 1986.
Pourcher Y., « Les vocations sacerdotales et religieuses en Lozère aux XIXᵉ et XXᵉ siècles », *Le Monde alpin et rhodanien*, t. 2/3, 1985, p. 55-82.
Savart C., « Pour une sociologie de la ferveur religieuse : l'archiconfrérie de N-D. des Victoires, *Revue d'histoire ecclésiastique*, 1964, t. 3 et 4, p. 823-844.

Une vitalité religieuse toujours forte

L'administration épiscopale au XVIIIᵉ siècle

Berthelot du Chesnay Ch., *Les Prêtres séculiers en Haute-Bretagne au XVIIIᵉ siècle*, *Revues,* Rennes-II, 1984.
Bertrand R., « Mgr Soanen en visite pastorale ou le diocèse de Senez dans tous ses états », *Provence historique*, 1986, p. 413-430.
Castan N., *Les Criminels du Languedoc. Les exigences d'ordre et les voies de ressentiment dans une société prérévolutionnaire (1750-1790)*, Toulouse, 1980.
« Clercs et changement matériel. Travail et cadre de vie, XVᵉ-XXᵉ siècle », Colloque du Centre d'histoire religieuse, *Annales de Bretagne et des pays de l'Ouest*, t. 95, 1987.
Darricau R., *La Formation des professeurs de séminaire au début du*

XVIIIᵉ siècle, d'après un Directoire de M. Jean Bonnet, 1664-1735, supérieur général de la congrégation de la Mission, Piacenza, 1966.

Degert (abbé), *Histoire des séminaires français jusqu'à la Révolution*, Paris, 1912, 2 vol.

Delumeau J., *Rassurer et Protéger. Le sentiment de sécurité dans l'Occident d'autrefois*, Paris, 1989.

Dupront A., *Du sacré. Croisades et pèlerinages. Images et langages*, Paris, 1987.

Froeschlé-Chopard M. H., *La Religion populaire en Provence orientale au XVIIIᵉ siècle*, Paris, 1980.

Froeschlé-Chopard M. H. et M., *Atlas de la réforme pastorale en France de 1550 à 1790*, Paris, 1986.

Goujard Ph., *Un catholicisme bien tempéré. La vie religieuse dans les paroisses rurales de Normandie, 1680-1789*, Paris, 1996.

Huet J. B., *Les Presbytères de l'élection de Bayeux. Contribution à l'étude de la maison rurale dans la France traditionnelle*, Caen, 1972.

Julia D., « Le clergé paroissial du diocèse de Reims à la fin du XVIIIᵉ siècle. 1° : De la sociologie aux mentalités ; 2° : Le vocabulaire des curés : essai d'analyse », *Études ardennaises,* n° 49, 1967, p. 19-35 et n° 55, 1968, p. 41-66.

–, « L'éducation des ecclésiastiques en France aux XVIIᵉ et XVIIIᵉ siècles », *Problèmes d'histoire de l'éducation. Actes des séminaires organisés par l'École française de Rome et l'Università di Roma La Sapienza, 1985*, Rome, 1988, p. 141-205.

–, « Le Mémoire de Monsieur Legrand, directeur au séminaire Saint-Sulpice sur les séminaires en France (1758) », *Annali di storia dell'educazione e delle istituzioni scolastiche*, n° 7, 2000, p. 201-262.

Julia D. et Mc Kee D., « Les confrères de Jean Meslier. Culture et spiritualité du clergé champenois au XVIIᵉ siècle », *Revue d'histoire de l'Église de France*, 1983, p. 61-86.

Lavaquery (abbé), *Le Cardinal de Boisgelin, 1732-1804*, Paris, 1920, 2 vol.

Quéniart J., *Culture et Société urbaines dans la France de l'Ouest au XVIIIᵉ siècle*, Paris, 1978.

Roudaut F., Collet D., Le Floc'h J.-L., *1774 : les recteurs léonards parlent de la misère*, Quimper, 1988.

Tackett T., *Priest and Parish in Eighteenth Century France. A Social and Political Study of the Curés in a Diocese of Dauphiné. 1750-1791*, Princeton, 1977.

Vernus M., *Le Presbytère et la Chaumière. Curés et villageois dans l'ancienne France (XVIIᵉ et XVIIIᵉ siècle)*, Rioz, 1986.

Vigier F., *Les Curés du Poitou au siècle des Lumières. Ascension et affirmation d'un groupe social : le clergé paroissial du diocèse de Poitiers de 1681 à 1792*, La Crèche, 1999.

La remise en place des paroisses et des évêques

Beaudouin Y., *Le Grand Séminaire de Marseille sous la direction des oblats de Marie-Immaculée, 1827-1862*, Ottawa, 1966.
Bédouelle G., *Lacordaire, son pays, ses amis et la liberté des ordres religieux en France*, Paris, 1991.
Blot T., *Reconstruire l'Église après la Révolution. Le diocèse de Bayeux sous l'épiscopat de Mgr Charles Brault (1802-1823)*, Paris, 1997.
Bonvin B., *Lacordaire-Jandel*, Paris, 1989.
Bordet G., *La Grande Mission de Besançon, janvier-février 1825. Une fête contre-révolutionnaire, néo-baroque ou ordinaire?*, Paris, 1998.
Boudon J.-O., *L'Épiscopat français à l'époque concordataire, 1802-1805*, t. III, *Origine, formation, nomination*, Paris, 1996.
Boulard F., *Essor ou Déclin du clergé français?*, Paris, 1950.
Chaline N.-J. et Fouré A., *Hier une chrétienté? Les archevêques de Rouen visitent leurs diocèses*, Rouen, 1978.
Chotard J.-R., *Séminaristes... une espèce disparue. Histoire et structure d'un petit séminaire. Guérande, 1822-1966*, Sherbrooke, 1977.
Droulers P., *Action pastorale et Problèmes sociaux sous la monarchie de Juillet chez Mgr d'Astros*, Paris, 1954.
Dumoulin C., *Un séminaire français au XIXe siècle. Le recrutement, la formation, la vie des clercs à Bourges*, Paris, 1978.

Langdon J.-W., « Jesuit Schools in French Society. 1851-1908 », *Indiana Social Studies Quarterly*, XXXVII, winter 1984.
Langlois C., « Le temps des séminaristes. La formation cléricale en France aux XIXe et XXe siècles », *Problèmes d'histoire de l'éducation*, Rome, 1988, p. 229-255.
–, « Le difficile rétablissement de la Compagnie de Jésus en France », *Politique et Mystique chez les jésuites*, Paris, 1990, p. 21-35.
Launay M., *Le Bon Prêtre. Le clergé rural au XIXe siècle*, Paris, 1987.
Muller C., *L'Administration temporelle des paroisses Saint-Georges et Saint-Nicolas de Hagueneau (1810-1870)*, Strasbourg, 1981.
Pierrard P., *La Vie quotidienne du prêtre français au XIXe siècle. 1801-1905*, Paris, 1986.
Rémond R. et Poulat E. (sous la dir. de), *Emmanuel d'Alzon dans la société et l'Église du XIXe siècle*, Paris, 1982.
Secondy L., *Les Établissements secondaires libres et les petits séminaires de l'académie de Montpellier de 1854 à 1924*, Montpellier, 1974.

Sevrin E., *Les Missions catholiques en France sous la Restauration*, 2 vol., t. I, Saint-Mandé, 1948 ; t. II. Paris, 1959.
Zind P., *Les Nouvelles Congrégations de frères enseignants en France de 1800 à 1830*, Saint-Genis-Laval, 1969.

Les ferveurs catholiques au XVIIIe siècle

Blain J.-B., *Abrégé de la vie de Louis-Marie Grignon de Montfort*, texte établi, présenté et annoté par L. Pérouas, Rome, 1973.
Boutry Ph., Fabre P.-A. et Julia D. (sous la dir. de), *Rendre ses vœux. Identités pèlerines dans l'Europe moderne*, Paris, 2000.
Boutry Ph. et Julia D. (sous la dir. de), *Pèlerins et Pèlerinages dans l'Europe moderne*, Rome, 2000.
Châtellier L., *Tradition chrétienne et Renouveau catholique dans le cadre de l'ancien diocèse de Strasbourg, 1650-1770*, Paris, 1981.
–, *Les Confréries, l'Église et la Cité, cartographie des confréries du Sud-Est. Actes du colloque de Marseille, 1985*, Grenoble, 1988.
– (sous la dir. de), *Religions en transition dans la seconde moitié du XVIIIe siècle*, Oxford, 2000.
Debouté E., *L'Union chrétienne à Fontenay-le-Comte*, Paris, 1989.
Dompnier B., « Les missionnaires, les pénitents, la vie religieuse aux XVIIe et XVIIIe siècles (à partir d'exemples des diocèses de Grenoble, Valence et Die) », *Les Confréries de pénitents. Dauphiné-Provence. Actes du colloque de Buis-les-Baronnies, 1982*, Valence, 1988.
Froeschlé-Chopard M.-H., *Espace et Sacré en Provence (XVIe-XXe siècle). Cultes, Images, Confréries*, Paris, 1994.
Garnier N., *L'Imagerie populaire française*, t. I, *Gravures en taille douce et en taille d'épargne*, Paris, 1990.
Grignion de Montfort L.-M., *Œuvres complètes*, Paris, 1966.
Hacquet P.-Fr., « Mémoire des missions des Montfortains dans l'Ouest, 1740-1749. Contribution à la sociologie religieuse historique », *Cahiers de la Revue du Bas-Poitou et des Provinces de l'Ouest*, Fontenay-le-Comte, 1964.
Houves B., *Madame Louise princesse au carmel*, Paris, 1987.
Martin Ph., *Les Chemins du Sacré*, Nancy, 1995.
–, *Pèlerins de Lorraine*, Nancy, 1997.
Morin A., *Catalogue descriptif de la bibliothèque bleue de Troyes (Almanachs exclus)*, Genève, 1974.
Pérouas L., *Grignion de Montfort. Les œuvres et les missions*, Paris, 1966.
–, « Prédication et Théologie populaire au temps de Grignion de Montfort », *Annales de Bretagne et des Pays de l'Ouest*, 1974, p. 475-640.

Sauvy A., *Le Miroir du cœur. Quatre siècles d'images savantes et populaires*, Paris, 1989.
Viguerie J. de, « Les missions des Montfortains dans l'Ouest au XVIIIe siècle. Quelques informations nouvelles », *Enquêtes et Documents*, t. V, Nantes, 1980, p. 81-92.
–, « Quelques aspects de catholicisme des Français au XVIIIe siècle », *Revue historique*, 1981, p. 335-370.

Le mouvement vers Rome et le renouveau missionnaire

Aubert R., *Le Pontificat de Pie IX*, Paris, 1952.
Bartoccini F., *Roma nell'Ottocento*, Bologne, 1985.
Boutry Ph., « Les saints des catacombes. Itinéraires français d'une piété ultramontaine », *Mélanges de l'École française de Rome, Moyen-Age et Temps modernes*, 1979, p. 875-930.
–, « Le bel automne de l'indulgence. 50 000 suppliques à l'âge de la Restauration (1814-1846) », *Provence historique*, 1989, p. 337-353.
Cholvy G., « Les sources de l'histoire religieuse du Midi au XIXe siècle : les archives du Vatican », *Annales du Midi*, 1969, p. 216-229.
Delisle Ph., *Catholicisme et Société esclavagiste. Le cas de la Martinique (1815-1848)*, Paris, 1997.
Derre J.-R., *Le Renouvellement de la pensée religieuse en France de 1824 à 1834. Essai sur les origines et la signification du mennaisianisme*, Paris, 1962.
Duprat C., *Usage et Pratiques de la philanthropie. Pauvreté, action sociale et lien social, à Paris, au cours du premier XIXe siècle*, Paris, 1996-1997, 2 vol.
Epp R., *Le Mouvement ultramontain dans l'Église catholique d'Alsace au XIXe siècle, 1802-1870*, Lille, 1975.
Gadille J., *La Pensée et l'Action politique des évêques français au début de la IIIe République, 1870-1883*, Paris, 1967.
–, « L'ultramontanisme français au XIXe siècle », *Les Ultramontains canadiens-français*, Montréal, 1985.
Gough A., *Paris and Rome. The Gallican Church and the Ultramontane Campaign, 1848-1853*, Oxford, 1986. Traduction française de Michel Lagrée, *Paris et Rome. L'Église gallicane et la campagne ultramontaine, 1848-1853*, Paris, 1996.
Guenel J., *La Dernière Guerre du pape. Les Zouaves pontificaux au secours du Saint-Siège, 1860-1870*, préface de Yves-Marie Bercé, Rennes, 1998.
Hilaire Y.-M., « Les évêques mennaisiens au XIXe siècle », *L'Évêque dans l'histoire de l'Église*, Angers, 1985.

Horaist B., *La Dévotion au pape et les Catholiques français sous le pontificat de Pie IX (1846-1878), d'après les archives de la Bibliothèque apostolique vaticane*, Rome, 1995.

Langlois Cl. et Laplanche F. (sous la dir. de), *La Science catholique. L'Encyclopédie théologique de Migne (1844-1873) entre apologétique et vulgarisation*, Paris, 1992.

Lebrun J., *Lamennais ou l'Inquiétude de la liberté*, Paris, 1981.

Leflon J., *La Crise révolutionnaire, 1789-1846*, Paris, 1951.

Le Guillou L., *L'Évolution de la pensée religieuse de Félicité Lamennais*, Paris, 1966.

Le Guillou M.-J. et L., *La Condamnation de Lamennais*, Paris, 1982.

Marchasson Y., *La Diplomatie romaine et la République française à la recherche d'une conciliation, 1879-1880*, Paris, 1974.

Martin J.-P., *La Nonciature de Paris et les Affaires ecclésiastiques de France sous le règne de Louis-Philippe, 1830-1848*, Paris, 1949.

Martina G., *Pie IX*, Rome, 1974-1990, 3 vol.

Menichelli G.-C., *Viaggiatori francesi reali o immaginari nell'Italia dell'Ottocento*, Rome, 1962.

Milbach S., *Prêtres historiens et Pèlerinages du diocèse de Dijon (1860-1914)*, préface de Pierre Lévêque, Dijon, 2000.

Michel J., *Les Missionnaires bretons aux XIXe et XXe siècles*, Rennes, 1997.

Montclos X. de, *Lavigerie, le Saint-Siège et l'Église de l'avènement de Pie IX à l'avènement de Léon XIII, 1846-1878*, Paris, 1965.

Moulinet D., *Les Classiques païens dans les collèges catholiques ? Le combat de Monseigneur Gaume (1802-1879)*, Paris, 1995.

Neveu B., « Pour une histoire du gallicanisme administratif de l'an IX à nos jours », *Administration et Église du Concordat à la séparation de l'Église et de l'État*, Genève, 1987, p. 57-107.

Paul H.-W.,« In Quest of Kerygma. Catholic Intellectual Life in Nineteenth-Century France », *American Historical Review*, 1969, p. 387-423.

Picheloup R., *Les Ecclésiastiques français émigrés ou déportés dans l'État pontifical, 1792-1800*, Toulouse, 1972.

Pierrard P., *Louis Veuillot*, Paris, 1998.

Poupard P., *Journal romain de l'abbé Louis Bautain (1838)*, Rome, 1964.
Correspondance inédite entre Mgr Antonio Garibaldi internonce à Paris et Mgr Césaire Mathieu, archevêque de Besançon.
Contribution à l'histoire de l'administration ecclésiastique sous la monarchie de Juillet, Rome, 1961.

Riccardi A., « La formazione giovanile di Henri Maret », *Rivista di storia e di letteratura religiosa*, 1975, p. 423-452.

Rogard V., *Les Catholiques et la Question sociale. Morlaix, 1840-1914, l'avènement des militants*, Rennes, 1997.
Triomphe R., *Joseph de Maistre, étude sur la vie et la doctrine d'un matérialiste mystique*, Genève, 1968.

Sacrae congregationis de propaganda fide memoria rerum. 350 anni a servizio delle missioni, 1622-1976, Rome, 1971-1976, 5 vol.
Brasseur P., « Catéchèse et spiritains à la Côte d'Afrique, de Mgr Truffet à Mgr Carrie (1847-1898) », *109ᵉ congrès national des sociétés savantes*, Dijon, 1984, t. I, p. 141-156.
Coulon P. et Brasseur P. (sous la dir. de), *Libermann (1802-1852). Une pensée et une mystique missionnaires*, Paris, 1988.
Delacroix S., *Histoire universelle des missions catholiques*, Paris, 1956-1959, 4 vol.
Prudhomme Cl., « Les premières missions des Noirs aux Antilles françaises et aux Mascareignes (milieu du XIXᵉ siècle) », *109ᵉ congrès national des sociétés savantes*, Dijon, 1984, t. I, p. 109-128.
Histoire religieuse de la Réunion, Paris, 1984.

Religions populaires, religions dissidentes

Agulhon M., *Marianne au combat, l'imagerie et la symbolique républicaines de 1789 à 1880*, Paris, 1979.
Bassette L., *Le Fait de La Salette*, Paris, 1955.
Bayle P., *Les Apparitions de Vallesanges*, Paris, 1978.
Benichou P., *Le Sacre de l'écrivain, 1750-1830. Essai sur l'avènement d'un pouvoir spirituel laïque dans la France moderne*, Paris, 1973.
Billet B. et *alii*, *Notre-Dame du dimanche. Les apparitions de Saint-Bauzille-de-la-Sylve*, Paris, 1973.
Bouflet J. et Boutry Ph., *Un signe dans le ciel. Les apparitions de la Vierge*, Paris, 1997.
Boutry Ph. et Nassif J., *Martin l'archange*, Paris, 1985.
Boutry Ph., « Le mal, le malin, le malheur. Le curé d'Ars face à la souffrance », *Le Monde alpin et rhodanien*. 1986, p. 59-81.
–, « Le roi martyr. La cause de Louis XVI devant la cour de Rome ». *Revue d'histoire de l'Église de France*, 1990, p. 57-71.
Bozon M., *Les Conscrits*, Paris, 1981.
Carroy-Thirard J., *Le Mal de Morzine, de la possession à l'hystérie*, Paris, 1981.
Certeau M. de, *La Possession de Loudun*, Paris, 1970.
–, « L'institution du croire », *Recherches de sciences religieuses*, 1983, p. 61-80.
Copans J., Jamin J., *Aux origines de l'anthropologie française. Les*

mémoires de la Société des observateurs de l'homme en l'an VIII, Paris, 1978.
Dompnier P., « Polémiques sur de prétendues apparitions en Maurienne »,*Vie religieuse en Savoie. Mentalités, associations*, Annecy, 1988, p. 149-159.
Devlin J., *The Superstitious Mind. French Peasants and the Supernatural in the Nineteenth Century*, New Haven et Londres, 1987.
Favret-Saada J., *Les Mots, la Mort, les Sorts*, Paris, 1977.
Favret-Saada J., Contreras J., *Corps pour corps. Enquête sur la sorcellerie dans le Bocage*, Paris, 1981.
Gallini C., *La Sonnambula meravigliosa*, Milan, 1983.
Garçon M., *Vintras hérésiarque et prophète*, Paris, 1928.
Hilaire Y.-M. (sous la dir. de), *Benoît Labre. Errance et sainteté. Histoire d'un culte, 1783-1983*, Paris, 1985.
Joutard Ph., « Protestantisme populaire en Cévennes et univers magique », *Le Monde alpin et rhodanien*, 1977, p. 145-171.
Kselman T.-A., *Miracles and Prophecies in Nineteenth-Century France*, Rutgers, New-Jersey, 1983.
Lagrée M. et Roche J., *Tombes de mémoire. La dévotion populaire aux victimes de la Révolution dans l'Ouest*, Rennes, 1993.
Langlois Cl., « La conjoncture miraculaire à la fin de la Restauration. Migné, miracle oublié », *Revue d'histoire de la spiritualité* 49, 1973/2, p. 227-242.
Laurentin R. et Billet B., *Lourdes. Dossier des documents authentiques*, Paris, 1957-1959, 6 vol.
Laurentin R. et Durand A., *Pontmain. Histoire authentique*, Paris, 1970, 3 vol.
Laurentin R. et Roche P., *Catherine Labouré et la Médaille miraculeuse*, Paris, 1976.
Laurentin R., *Vie authentique de Catherine Labouré*, Paris, 1980, 2 vol.
Maire C., *Les Possédées de Morzine*, Lyon, 1981.
Mayeur J.-M., « Mgr Dupanloup et Louis Veuillot devant les prophéties contemporaines en 1874 », *Revue d'histoire de la spiritualité*, 1972, p. 193-204.
Moret J.-J., *Devins et Sorciers dans les départements de l'Allier, 1840-1909*, Moulins, 1909.
Pinard L., *Les Mentalités religieuses du Morvan au XIXe siècle (1830-1914)*, Dijon, 1997.
Pirotte J., *Images des vivants et des morts. La vision du monde propagée par l'imagerie de dévotion dans le Namurois, 1840-1965*, Louvain-Bruxelles, 1987.
Provost G., *La Fête et le Sacré. Pardons et pèlerinages en Bretagne aux XVIIIe et XIXe siècles*, Paris, 1998.
Rosenbaum-Dondaine C., *L'Image de piété en France, 1814-1914*, Paris, 1984.

Stern J., *La Salette. Documents authentiques*, Paris, 1980-1984, 2 vol. parus.
Vircondelet A., *Le Monde merveilleux des images pieuses*, Paris, 1988.

Index des noms propres

About, Edmond, 274.
Affre, Mgr, archevêque de Paris, 112, 277, 408.
Agulhon, Maurice, 219-221, 226, 255, 481-483.
Alacoque, Marguerite-Marie, 461.
Aladel, abbé, 463.
Albani, cardinal, 407.
Albitte, 88.
Alembert, d', 133, 149.
Alexandre VII, 18.
Allignol, les frères, 382, 383.
Alphonse de Liguori, saint, 289, 460, 487.
Andéol, saint, 460.
Anfossi, 410, 411.
Angebault, évêque du Mans, 381.
Angeville, vicomte d', 229.
Angoulême, duchesse, d', dite madame Royale, fille de Louis XVI, 471.
Antoine, saint, 442, 459.
Arbrissel, Robert d', 460.
Argenson, marquis d', 28.
Ariès, Philippe, 219.
Arnaud, Auguste, 465, 467.
Arnaud, Étienne, 46.
Artémon, saint, 415.
Astros, Mgr d', évêque de Bayonne, puis archevêque de Toulouse, 108, 143, 279, 381, 385, 408.
Aulard, Alphonse, 89, 256.

Aviau du Bois de Sanzay, Mgr d', archevêque de Vienne, 405.
Azeglio, Massimo d', 141.

Babeuf, Gracchus, 477.
Balaam, prophète, 127.
Ballanche, 411, 445.
Balley, abbé, curé d'Écully, 400.
Balzac, Honoré de, 262, 383, 481.
Bara, 89.
Barat, Madeleine-Sophie, 402.
Barbedette, Eugène, 462, 469 ; – Joseph, 462, 469.
Barbier, avocat, 28, 31.
Bardet, Jean-Pierre, 188, 190.
Bareau de Girac, François, évêque de Reims, 356.
Barnard, saint, 460.
Barnave, 73.
Barruel, abbé, 113, 153, 248, 470.
Bartholomé, 484.
Bassville, Hugou de, diplomate, 403.
Baubérot, Jean, 438.
Baudouin, 398.
Bayle, Pierre, 126, 149.
Beauharnais, Joséphine de, 424.
Beaumont, Christophe, archevêque de Paris, 31, 43, 135, 136.
Bénichou, P., 474.
Benoît XIV, pape, 35, 36, 462, 473, 410.

Bénouville, 286.
Béranger, 273, 477, 481.
Bernier, 98.
Bernis, évêque d'Albi, 360.
Bernoulli, mathématicien, 62.
Berr, Berr Isaac, 57.
Bertault, 112.
Berthier, 403.
Bérulle, cardinal de, 172.
Beugnot, préfet de Rouen, 232.
Bidal d'Asfeld, Jacques-Vincent, abbé, 30.
Bigot de Préameneu, 101.
Bizzarri, cardinal, 418.
Blanqui, Auguste, 479.
Blossac, intendant, 47.
Bloy, Léon, 467.
Bois, Charles, pasteur, 434.
Bois, Paul, 303.
Boisgelin, ou Cubersac, Jean-Raymond de, archevêque d'Aix-en-Provence, 68, 72, 76, 78, 358, 360.
Boissy d'Anglas, 91.
Bonal, François de, évêque de Clermont, 76, 248.
Bonald, Louis de, évêque du Puy, 140, 332, 419, 464.
Bonald, vicomte de, 341, 411, 445.
Bonaparte, 94-99, 107, 331, 347, 403, 405, 424 ; –, famille, 407 ; –, Louis-Napoléon, 108, 117, 120, 354.
Bonnet, M., 365.
Bordet, Gaston, 278.
Bossuet, 13, 44, 59, 125, 140.
Bost, Amy, 431, 437 ; –, John, 437.
Bougaud, Émile, abbé, vicaire général d'Orléans, 265, 282, 376.
Boulard, chanoine, 159, 210, 229, 230, 232, 243, 303.

Boulogne, évêque, 108.
Bourbon, duc de, 46.
Bourbons, les, 97, 407, 472.
Bourdeilles, Mgr de, évêque de Soissons, 362.
Boutry, Philippe, 138, 265, 375, 403, 440.
Bouvier, Mgr, évêque du Mans, 176, 289, 381, 414.
Bowman, F., 110.
Boÿs, Netty du, 291.
Brancas, duc de, 57.
Brémond, 214.
Breteuil, baron de, 357.
Brissot, 477.
Broglie, prince de, évêque, 108, 327.
Bruillard, Mgr de, évêque de Grenoble, 419, 461, 464.
Bruneau, Mathurin, 471.
Brunel, F., 91.
Buchez, 113, 281, 478.
Buffon, 128.
Buisson, Ferdinand, 438.
Bungener, Felix, 144.
Buonarotti, 477.
Burner, Joseph, 455 ; –, Thiébaut, 455.
Busembaum, Hermann, père jésuite, 36.
Buzot, 75.

Cabet, 280, 281, 479.
Calas, Jean, 133.
Caleppi, Mgr, Lorenzo, 405.
Calmet, Dom Augustin, 126, 127, 131, 132.
Calvat, Mélanie, 464-466, 469.
Cambacérès, 98.
Cambon, 91.
Camus, 77.
Caprara, nonce pontifical à Paris, 98, 203.
Carlod, Georges, 465, 467, 468.
Carré de Montgeron, Louis-

Index des noms propres

Basile, conseiller au Parlement de Paris, 30, 31.
Catherine d'Alexandrie, sainte, 285.
Catherine de Sienne, sainte, 226.
Cavaignac, Godefroy, 477.
Cavour, 109.
Caylus, Mgr Charles de, évêque d'Auxerre, 17, 18, 20, 23, 165, 244, 247.
Cérès, 482.
Cerf-Berr, 62, 63.
Certeau, Michel de, 369, 442.
Chabauty, abbé, 473.
Chalier, 89.
Challe, Robert, 129.
Chaminade, Marie de, 398, 401.
Champion de Cicé, Jérôme-Marie, évêque de Rodez, 72, 79, 361.
Chanel, Pierre, 426.
Chantauneuf-Randon, 88.
Charcot, 456.
Charlemagne, 406.
Charles X, 138, 406, 412.
Charmusy, pasteur de Meaux, 47.
Charpin, Fernand, 159.
Charrier, abbé, 239.
Chassériau, 286.
Chateaubriand, 397, 415, 445, 457.
Châtel, abbé, 143.
Châtelet, Mme du, 132.
Châtellier, Louis, 221, 394.
Chatrousse, Mgr, évêque de Valence, 142, 465.
Chaumette, 87.
Chaunu, Pierre, 215.
Chauvelin, abbé, 37.
Chénier, Marie-Joseph, 94.
Chennavard, 481.
Chevrier, Antoine, 281.
Choiseul, duc de, 36.
Cholvy, Gérard, 159, 266, 273, 276.
Cicé, Mlle de, 401.
Cinquin, M., 311.
Clair, saint, 459, 460.
Clausel de Montals, évêque de Chartres, 279, 381, 408.
Clavel, abbé, 383.
Clément XI, 11-13, 17
Clément XIII, 410.
Clermont-Tonnerre, comte de, 327.
Cloots, 87.
Clorivière, Pierre de, 398, 401.
Clovis, 406.
Coffin, recteur de l'Université, 31.
Colani, 434.
Colbert, Charles-Joachim, évêque de Montpellier, 17, 18, 20, 24.
Colin, Jean-Claude, 423, 426.
Collet, Pierre, 368.
Collin, Pierre, 426.
Collins, 132.
Comte, Auguste, 447, 474, 479, 480, 482.
Condorcet, Mgr de, 128, 247.
Consalvi, 410.
Considérant, Victor, 479.
Constans, 455.
Cook, Charles, 431, 435.
Coquerel, Athanase, fils, 433, 434 ; –, Charles, 433.
Corbin, Alain, doctrinaire, 249, 273.
Coret, Jacques, 181.
Corteiz de Vialas, Pierre, 46.
Coste, Annette, 468.
Courier, Paul-Louis, 273.
Court, Antoine, 46, 48, 51, 52
Cousin, Bernard, 223, 225, 226.
Cousin, Germaine, 461.
Coux, de, 413.

Covarel, Théotiste, 467.
Crémieux, Adolphe, 141, 336, 341.
Cros, abbé, 468, 469.
Cuccagni, 410.
Cymodocée, 415.

Damiens, 36.
Damilaville, 133.
Dansette, 198.
Danton, 87.
Darboy, archevêque de Paris, 277, 408, 418.
Darby, John, 435.
Dariès, Bernard, 398.
Darwin, 149.
David, 68, 88.
Debeney, abbé, 275.
Debreyne, 290.
Decazes, 152, 472.
Degola, 140.
Delacroix, Eugène, 477.
Delehaye, Hippolyte, 466.
Delpal, B., 142, 271, 460, 465, 467.
Delpech, François, 59, 60, 325, 326, 331, 333, 337, 338, 340, 342.
Delpuits, père, 401.
De Lucia, Francesco, 416.
Delumeau, Jean, 161.
De Martino, Ernesto, 441.
Dentan, Albert, 435.
Depéry, abbé, puis Mgr, évêque de Gap, 419, 446.
De Rossi, 415.
Desnos, Henri Louis-René, évêque de Rennes, 356.
Desroches, Henri, 160.
Devie, Mgr, évêque de Belley, 382, 426, 446.
Devlin, J., 451, 455.
Devos, 450.
Dezamy, 479.
D'Hollander, P., 458.

Diane, 444.
Diderot, 136, 149, 479, 482.
Dillon, évêque de Narbonne, 78, 360.
Dinet, Dominique, 20, 171, 239 ; –, Marie-Claude, 20.
Dohm, Christian Wilhelm, 61, 62.
Dollfus, Charles, 150.
Dominique, saint, 226.
Donnet, archevêque de Bordeaux, 381, 417, 419.
Drach, David, 140.
Dreyfus, Affaire, 324, 336 ; –, capitaine, 342.
Droulers, P., 279.
Druilhet, P., provincial des jésuites, 110.
Drumont, Édouard, 342.
Du Bourg, évêque de la Louisiane, 422.
Duchesne, Philippine, 423.
Dufriche-Desgenettes, M., 463.
Dugnani, nonce, 403.
Duguet, abbé, 13, 25.
Dupanloup, Mgr, évêque d'Orléans, 113, 114, 122, 139, 151, 232, 233, 261, 266, 272, 275, 288, 291, 384, 387, 408, 418, 420, 446, 450, 461, 464, 473.
Dupin, avocat, 407.
Dupin, Aurore, 146.
Duplan, Benjamin, 51.
Du Pont, 417.
Dupont de Nemours, 76.
Duquesnay, Mgr, 274.
Durand, Pierre, 46.
Duroselle, J.-B., 279.
Duruy, Victor, 122, 123.
Duvernoy, Jean-Jacques, 429.
Duveyrier, 251.

Eckstein, d', 413.
Edgeworth, abbé, 471.

Index des noms propres

Émery, abbé, 98.
Encrevé, André, 434.
Erceville, Rolland d', président du Parlement de Paris, 42.
Erskine, Thomas, 431.
Étemare, abbé d', 13, 15
Eudore, 415.
Eusèbe, 131.
Eutrope, saint, 460.
Expilly, abbé, évêque de Quimper, 81, 370.
Exupère, saint, 415.
Eymar, abbé d', 74.
Eymerich, Nicolas, 133.
Eymery, abbé, 85, 92.

Fabre d'Églantine, 89.
Faguette, Estelle, 465, 466, 468.
Falloux, comte de, 117, 120-122, 174, 183.
Fauchet, évêque de Caen, 70, 86, 378.
Favret-Saadet, Jeanne, 449.
Fénelon, 358.
Ferry, Jules, 115, 116, 119, 122, 152, 182, 434, 438.
Fesch, cardinal, 98, 108, 406.
Feuerbach, 150.
Fiacre, saint, 459.
Flandrin, 286.
Flaubert, Gustave, 481.
Fleury, cardinal de, 16, 17, 23, 24, 32, 33, 59, 183.
Fontanès, 433.
Forbin-Janson, évêque de Nancy, 277, 381, 422.
Fossé, Thomas du, 38.
Fouché, 87.
Fourier, 479.
Fragonard, 225.
Frattini, Mgr, 464.
Frayssinous, Mgr, 101.
Freppel, Mgr, 253, 260, 264.
Freud, Sigmund, 456.
Fries, Conrad, pasteur, 430.
Frijhoff, W., 170.
Froeschlé-Chopard, M.-H., 221.
Furet, François, 177, 178, 180.

Gadille, Jacques, 425.
Gallois, 83.
Galpin, Léopold, 102.
Gambetta, 95, 114, 145, 152, 154, 315, 477.
Gasparin, Agénor de, 436.
Gauchet, Marcel, 154.
Gaume, Mgr, 272, 409, 420.
Gaut, Marie-Anne, sœur de la Croix, 29.
Gayot, Gérard, 153.
Gébelin, Court de, 428.
Geneviève, sainte, 286.
Gensonné, 83.
Gérando, 447.
Gerbet, Philippe, 409, 413, 420.
Gerle, Dom, 68, 71, 74.
Gibson, Ralph, 269.
Ginoulhiac, évêque de Grenoble, 408.
Giraud, évêque d'Arras, 278.
Giraud, Maximin, 464, 465, 469.
Gobel, 79, 87.
Godard, abbé, 113.
Godechot, Jacques, 323, 327, 329, 330.
Godel, abbé, 206, 256.
Goncourt, frères, 416.
Gonnot, J.-P., 383.
Gossin, Jules, 279.
Gouesse, J.-M., 190.
Gousset, 409, 415.
Goy, Jean-Baptiste, abbé, 24.
Gramsci, 441.
Gravis, David, 328.
Greer, Donald, 86.
Grégoire XVI, 139, 281, 411, 413, 416, 417, 422, 423, 425, 473.
Grégoire, abbé, curé d'Emberménil, 62, 63, 68,

80, 81, 91, 93, 140, 254, 264, 323, 327, 377, 429.
Grignion de Montfort, Louis-Marie de, 389-392.
Guéranger, Prosper, 409, 411, 413, 417, 418.
Guérard, 417.
Guibert, Mgr, archevêque de Paris, 384, 418.
Guillemin, Henri, 276.
Guizot, 116, 118-120, 122, 352, 355.

Hacquet, Pierre-François, 390.
Halévy, Fromental, 141.
Haller, 410.
Hamon, supérieur des lazaristes, 108.
Hell, ancien bailli du Sundgau, 325.
Helvétius, 136, 479.
Henri V, roi de France, 280.
Hérault, lieutenant de police de Paris, 17, 22, 23.
Herder, 445.
Hervagault, Jean-Marie, 471.
Hésiode, 130.
Hilaire, Yves-Marie, 177, 266, 273, 276.
Hirn, évêque, 108.
Hoche, 92.
Holbach, 136.
Homais, M., 150, 274, 481.
Homère, 130.
Hourwitz, Zalkind, 62, 63.
Huc, 52.
Hugo, Victor, 120, 141, 148, 238, 454, 477, 481, 483.
Huot-Pleuroux, Paul, 159.
Huysmans, 470.

Ignace, saint, 398.
Ingres, peintre, 286.
Isambert, François-André, 159, 276.

Jacquemet, évêque de Nantes, 268.
Jacquemont, 77.
Jallet, curé, 68.
Janmot, 286, 481.
Jarente, 81.
Jaricot, Pauline, 307, 416, 422.
Javouhey, Anne-Marie, 423, 424.
Jean, saint, 453, 456.
Jeanne d'Arc, sainte, 286, 461, 472.
Jésus-Christ, 15, 18, 31, 44, 130, 131, 134, 136, 146-148, 184, 186, 214, 226, 250, 281, 286, 325, 386, 390, 391, 405, 420, 425, 433, 435.
Joisten, C., 450.
Jordan, Camille, dit Jordan les Cloches, 93.
Joseph, 186.
Joseph II, empereur, 62.
Jouffroy-Gonssans, Mgr de, évêque du Mans, évêque du Mans, 367.
Joutard, Philippe, 46, 346, 428, 485.
Judas, 330.
Juigné, Mgr de, archevêque de Paris, 69, 70.
Julia, Dominique, 11, 125, 163, 170, 239, 248, 356, 389.
Jupiter, 444.

Keller, 114.
Kirchenpfleger, 429.
Kriegel, Annie, 343, 344.

La Barre, chevalier de, 133.
La Borde, Vivien de, 14.
Labossé, Jeanne-Marie, 462.
Labouré, Catherine, 286, 463, 469.
Labre, Benoît, 395, 461 ;
–, Joseph, 487.
Labrousse, Élisabeth, 50.

Index des noms propres

Labrousse, Ernest, 211.
La Bruyère, 131.
Lacordaire, 279, 280, 409, 413, 418.
Lacoste, marquis de, 75.
Lacunza, 140.
Ladoue, Mgr de, 469.
La Fare, Mgr de, 73, 74, 360.
Lafitau, 128.
Lafon, Jacques, 106.
Lafond, 420.
Lafont de Savine, 81.
Lafosse, Anne, 24.
La Gournerie, 420.
La Harpe, 397.
Lair, abbé, 25.
Laisnel de La Salle, 442.
Lalomia, Francesco, 185.
La Luzerne, Mgr de, évêque de Langres, 357.
La Marche, Jean-François de, évêque de Léon, 362.
Lamartine, 353, 477.
Lambruschini, cardinal, nonce, 407, 464.
Lamennais, 112, 138, 146, 281, 409, 411-413, 418, 439, 445, 478.
Lamerenx, Jean, 468.
Lamoignon, chancelier, 38.
Lamoricière, 420.
Lamourette, évêque de Lyon, 91, 86, 378.
Lamourous, Mlle de, 401.
Langalerie, Mgr Pierre de, évêque de Boulogne, 143.
Langle, Pierre de, 16, 17, 246.
Langlois, Claude, 8, 95, 159, 169, 229, 283, 293, 372, 396, 472.
Languet de Gercy, évêque de Sens, 31.
Laplanche, 87.
Laponneraye, 477.
La Révellière-Lépeaux, 94.
La Rochefoucauld, cardinal de, 68.
La Rochefoucauld, Dominique de, évêque de Rouen, 362.
Larousse, Pierre, 148-151.
La Salle, Jean-Baptiste de, 118.
Lasserre, 469.
Lassus, 268.
La Tour d'Auvergne, cardinal de, évêque d'Arras, 174, 408.
La Tour du Pin, René de, 280.
Latreille, 198.
Laurentie, Mgr, évêque de Tarbes, 462.
La Valette, père, 36.
Lavigerie, évêque d'Alger, 423.
Le Blant, 415.
Lebossé, Jeanne-Marie, 469.
Le Bras, Gabriel, 161, 210, 211, 230, 239, 314 ;
–, Hervé, 191, 194.
Lebrun, François, 258, 356.
Lebrun, J., 412.
Le Coz, Mgr, archevêque de Besançon, 81, 93, 175.
Ledreuil, abbé, 279.
Lefebvre, Georges, 70.
Lefranc de Pompignan, Jean-Georges, évêque du Puy, archevêque de Vienne, 35, 44, 68, 79, 362.
Le Franc, Anne, 25, 26.
Le Gros, Nicolas, 14.
Le Hir, abbé, 151.
Le Maire, Ignace, oratorien, 31.
Lemaire, S., 168.
Lémann, Augustin, 141 ;
–, Joseph, 141.
Léon XII, 411, 413.
Léon XIII, 421, 456, 461, 468.
Le Paige, Louis-Adrien, 38.
Lepeletier, 89.
Lequinio, 87.
Lercari, Nicolo Maria, 23.

Leroux, Pierre, 146, 281, 478, 479.
Le Roy Ladurie, Emmanuel, 262.
Lestrange, Dom Augustin de, 398.
Leszczynski, Stanislas, 392.
Levillain, Philippe, 280.
Lévy, Michel, 184.
Libermann, 141, 423, 424, 425.
Linsolas, abbé, 307, 399.
Littré, Émile, 148, 150, 152, 443.
Loménie de Brienne, 43, 44, 81.
Lopin, Louise, 30.
Lorenz, Jean Sigismond, 429.
Louis XIV, 11, 12, 16, 52, 366.
Louis XV, 18, 28, 34, 38, 46, 48, 249.
Louis XVI, 63, 79, 82, 153, 406, 471, 472.
Louis XVII, 464, 471, 472.
Louis XVIII, 138, 378, 379, 403, 406, 407, 472.
Louis-Philippe, 471, 477.
Lubersac, évêque de Chartres, 68, 69.
Luc, évangéliste, 405, 466.

Macchabées de Vienne, frères, 460.
Macé, Jean, 152.
Magnin, Mgr, 455.
Mahé, abbé, chanoine de Vannes, 446.
Mahomet, 130.
Mailly, Mme de, 34.
Maire, Catherine, 26, 28.
Maistre, Joseph de, 113, 341, 397, 411, 445, 470.
Majal, Mathieu, *dit* Désubat, 49.
Malebranche, 131.
Malesherbes, 42, 63.
Mallet du Pan, 53.
Malot, 140.
Malvin de Montazet, Antoine de, archevêque de Lyon, 125.
Marat, 89, 90.
Marbœuf, Mgr, évêque de Lyon, 394.
Marc, évangéliste, 453.
Marcel, saint, 459.
Marchais, curé, 397.
Marchetti, 410, 411.
Marcilhacy, Christiane, 159, 450.
Maret, théologien, 113, 120, 279, 408, 413.
Mariannes, les, 482.
« Marianne », 477, 482.
Marie Vierge, 185, 186, 213, 226, 287, 291, 314, 386, 391, 462-466, 470, 473.
Marion-Brésillac, 423.
Marolles, évêque d'Amiens, 81.
Maroteau, Gustave, 110.
Martignac, 117.
Martigny, 415.
Martin de Tours, saint, 460.
Martin, François, abbé, 144.
Martin, Joseph, dit Martin-Paschoud, 433, 434.
Martin, Thomas, 472.
Martin-Paschoud, *voir* Martin, Joseph.
Martineau, 76, 77.
Marx, Karl, 278, 478.
Marx, Roland, 330.
Massillon, 250.
Mathieu, évêque de Besançon, 381, 408, 418.
Mathiez, Albert, 79, 206.
Matthieu, 446.
Maupeou, 42.
Maurepas, ministre, 44.
Maury, abbé, 76, 80, 405.
Mayeur, Jean-Marie, 281, 473.

Index des noms propres

Mazenod, évêque de Marseille, 279, 409, 417, 423.
Melun, Armand de, 280.
Ménard, M., 220.
Mendelssohn, Moses, philosophe, 61.
Ménétra, Jacques-Louis, 252.
Menozzi, D., 410.
Mérimée, 268.
Mermillod, Gaspard, cardinal, 144.
Meslier, Jean, abbé d'Étrepagny et de Balaives, 130, 131, 134, 225, 252.
Metternich, 413.
Michel, saint, 226.
Michelet, Jules, 120, 152, 254, 287, 288, 290, 476, 477.
Migne, abbé, 383.
Millet, 287.
Minois, Georges, 366.
Miollis, 406.
Mirabeau, comte de, 61, 62, 68, 72, 76, 327.
Moheau, 186.
Moïse, 130, 132.
Monnet, abbé, 425.
Monod, Adolphe, 431, 436 ;
–, Frédéric, 436.
Montaigne, 131.
Montalembert, 120, 407, 413.
Montlosier, 152.
Montmorin de Saint-Herem, Gilbert de, évêque de Langres, 241, 359, 360.
Mordant, pasteur, 48.
Morellet, 133.
Morlot, archevêque de Paris, 408.
Mortara, affaire, 141, 341 ;
–, Edgard, 141.
Mun, Albert de, 280.
Murillo, 285.
Musset, Alfred de, 146.
Muston, pasteur, 147.
Myriel, Mgr, 481.

Napoléon Ier, 95, 107, 108, 115, 153, 332, 333, 336, 349, 379, 385, 421.
Napoléon III, 107, 108, 109, 114.
Nardin, pasteur, 429.
Naundorff, Charles-Guillaume, 471, 472.
Necker, 136.
Neff, Felix, 431.
Neffzer, Auguste, 150.
Neher-Bernheim, Rina, 335.
Netter, Charles, 341.
Neufchâteau, François de, 94.
Newton, 132.
Nivelle, Gabriel-Nicolas, 20.
Noailles, Louis-Antoine de, archevêque de Paris, 12, 17-19, 21, 23, 24, 26.
Nostradamus, 473.

Oberlin, Jean-Frédéric, 429, 431.
Olier, Jean-Jacques, 365.
Olivier, évêque d'Évreux, 278.
Ollivier, Émile, 354.
Onan, 289.
Orléans, famille d', 407.
Oudinot, 420.
Owen, Robert, 479.
Ozanam, Frédéric, 113, 279, 307.
Ozouf, Mona, 476.

Pancemont, 98.
Pâris, François de, 24-26, 29, 30
Parisis, évêque de Langres et Arras, 381, 409, 417.
Pascal, 140, 408.
Patrizi, cardinal, 463.
Paul, apôtre, 132, 418, 419, 424.
Pécaut, Félix, 434, 438.
Péguy, Charles, 417.
Peladan, Adrien, 469.

Index des noms propres

Pelet de la Lozère, 122.
Pérouas, Louis, 274, 303, 458.
Perouas, P., 210.
Perrin, Claude, *alias* marquis de Richemont *alias* Louis XVII, 464, 471, 472.
Peyrat, 95.
Philomène (baptisée à Ars), 416.
Philomène, sainte, 415, 442, 454, 460.
Phlipon, Manon, *voir* Mme Roland, 136.
Picheloup, R., 84, 405.
Pie, 407, 415.
Pie IV, pape, 403.
Pie VI, pape, 66, 79, 94, 113, 411, 471.
Pie VII, pape, 95-97, 107, 108, 378, 379, 405, 407, 418.
Pie VIII, pape, 407.
Pie IX, pape, 108, 109, 139, 141, 286, 403, 409, 416, 417, 419-421, 423, 461, 463, 469, 473.
Pie X, pape, 411.
Pie XI, pape, 282.
Pie, Mgr, 387.
Pierre, apôtre, 416, 417, 421.
Pinel, 447, 472.
Pomaré, reine, 426.
Pomeau, René, 132.
Portalis, conseiller d'État, 92, 98, 100, 101, 108, 350, 380.
Postel, Marie-Madeleine, 402.
Poucher, Yves, 320.
Poujol, avoué parisien, 332.
Poulat, Émile, 280.
Pressensé, Edmond de, 437.
Proudhon, 479.
Proyart, abbé, 470.
Prudhomme, Claude, 425.
Pyt, Henry, pasteur, 143, 431, 435.

Quelen, archevêque de Paris, 381, 408.
Quesnel, Pasquier, 12, 13, 19.
Quinet, Edgar, 120, 150-152, 254, 287, 476.

Rabaut Saint-Étienne, Paul, 52, 53, 72, 48, 428.
Radet, 406.
Raffet, 477.
Raphaël, archange, 472.
Raphaël, Freddy, 323.
Ratisbonne, Alphonse-Marie, 141, 463 ; –, Théodore, 141.
Rauzan, 277, 381.
Réguis, abbé, curé de Bonny-sur-Loire, 243.
Reinhard, Marcel, 161.
Rémond, René, 152, 159, 275.
Renan, Ernest, 109, 147, 148, 151, 184, 367, 386, 443, 457, 480, 482.
Rendu, Mgr, évêque d'Annecy, 446, 450, 455.
Renouvier, Charles, 438.
Reubell, avocat jacobin, 327.
Reverdy, Joséphine, 468.
Réville, Albert, 434.
Richard, Mgr, évêque de Bellay, puis archevêque de Paris, 468, 469.
Richer, Françoise, 462, 469.
Riquelle, 475.
Rivier, Anne-Marie, 401, 402.
Robert, Daniel, 349, 433.
Robespierre, 77, 87, 88, 90, 255 ; –, Charlotte, 477.
Roche, Daniel, 250, 252.
Roederer, conseiller, 63.
Roger, Jacques, pasteur, 46, 48.
Rohan, Mgr de, 24.
Rohrbacher, 413.
Roland, Mme, 136.
Rollet, C., 189.
Ronan, saint, 457.
Rothschild, 337, 341.
Rougerie, J., 112.

Index des noms propres

Rouland, 122.
Rousse, Gérard, 24.
Rousseau, Jean-Jacques, 60, 134-136, 248, 251.
Roussel, Napoléon, pasteur, 143, 466.
Rousselot, chanoine, 464, 469.
Rouville, Alexandre-François de, 185.
Roux, Jacques, évêque de Marseille, 83, 86.
Roy, Joseph, 150.
Royer-Collard, 138, 472.
Rühl, Philippe, 406.

Sabathier, Pierre de, évêque d'Amiens, 246.
Sacy, 127.
Sagnac, Philippe, 195, 199.
Saint Louis, 406.
Saint-Priest, intendant du Languedoc, 48.
Saint-Simon, 46, 479.
Sainte-Beuve, 152, 408.
Sala, cardinal, 418.
Salgas, baron de, 46.
Salinis, évêque d'Amiens, 409, 413, 415.
Salvador, Joseph, 140.
Sand, George, 146, 147, 442.
Sandeau, Jules, 146.
Sanhédrin, le Grand, 334.
Savart, Claude, 183, 310.
Saxe, maréchal de, 54.
Schérer, Édouard, 434.
Schleiermacher, 433.
Schmitt, Jean-Claude, 442.
Schœlcher, 424.
Scott, Walter, 141.
Séguy, Jean, 398.
Seignobos, 483.
Sermet, 81.
Siegfried, André, 303.
Sienckiewicz, 415.
Sieyès, abbé, 67, 69, 76, 82.

Simon, Jules, 122, 139.
Simon, Richard, 126.
Sirven, Pierre-Paul, 133.
Sixte Quint, pape, 418.
Soanen, Jean, évêque de Senez, 17, 18, 20, 21.
Soubirous, Bernadette, 286, 462, 465, 466, 469.
Souriac, A., 189.
Spener, Philippe Jacques, 428.
Strauss, 150.
Sully, 352.

Tackett, Timothy, 71, 80, 163, 164, 167, 197, 199, 200, 294, 298.
Talleyrand-Périgord, Alexandre-Angélique de, archevêque coadjuteur de Reims, 75, 76, 79, 82, 357, 407.
Tamisier, Rose, 473.
Taveneaux, René, 244.
Terrasson, Gaspard, 244.
Thérèse d'Avila, sainte, 285.
Theudosie, saint, 415.
Thiers, 113, 120, 355.
Thiers, A., abbé, 221.
Thiers, Jean-Baptiste, 443.
Thiery, avocat, 62, 63.
Thouret, Jeanne-Antide, 402.
Tillier, Claude, 273.
Tindal, 132.
Tobie, saint, 463.
Torné-Chavigny, 473.
Tournély, Honoré, 368.
Toussenel, 337.
Treilhard, 73, 77, 82.
Tronson, M., 365.
Turgot, 361, 362.

Ulmann, grand rabbin, 338.

Valentin, saint, 460.
Van Loo, 225.

Index des noms propres

Vaudoyer, 271.
Veill, Georges, 121.
Ventura, 411.
Vergniaud, 477.
Veri, abbé de, 41.
Verlaine, Paul, 469.
Vesson, 52.
Veuillot, Louis, 120, 121, 142, 154, 271, 277, 387, 409, 413, 420, 461, 464, 473, 474, 488.
Viala, 89.
Vialar, Émilie de, 423.
Viallart, Félix, évêque de Châlons-sur-Marne, 12.
Vianney, Jean-Marie, curé d'Ars, 265, 307, 400, 416, 452-454, 460, 464.
Vibert, Mgr, 467, 468.
Viennet, 152.
Villecourt, Mgr, évêque de La Rochelle, 464.
Villeneuve-Bargemont, 280.
Vincent de Paul, saint, 172, 459.
Vincent, Samuel, 433.
Vintimille du Luc, Charles-Guillaume de, évêque de Paris, 23, 26, 30, 417.
Vintras, Eugène, 473.
Viollet-le-Duc, 268, 271.
Vitet, 268.

Vivien, conseiller d'État, 102.
Voidel, 79.
Volney, 140.
Voltaire, 60, 82, 131-133, 135, 148, 150, 248, 273, 332, 336, 444.
Vove de Tourouvre, Armand de la, évêque de Rodez, 18.
Vovelle, Gaby, 223 ;
–, Michel, 65, 84, 161, 195, 202-204, 209, 212, 217, 223, 253, 293, 475.

Wallon, 485.
Weber, Eugen, 273, 441.
Weill, Georges, 151.
Wellington, 483.
Wicart, Mgr, évêque de Laval, 462.
Wiseman, cardinal, 415.
Woolston, 132.

Xanthos, le cheval d'Achille, 127.

Yse de Saléon, Jean d', évêque de Rodez, 366.

Zaccaria, 410.
Zévort, 120.
Zinzendorf, comte de, 429.
Zola, 266, 470.

Index des lieux

Abbeville, 133.
Abondance, Chablais, 452.
Afrique, 331, 422, 423 ;
 –, musulmane, 423 ; –, noire, 423.
Agen, 359, 419.
Ain, 270, 307, 426, 454, 459, 467.
Aisne, 197, 297.
Aix-en-Provence, 358, 360, 379, 406.
Aix-la-Chapelle, paix d', 48, 68.
Ajaccio, 419.
Albi, 360, 363.
Alger, 427.
Algérie, 423, 427, 454.
Allan, près de Montélimar, 270.
Allemagne, 57, 61, 341, 398, 410, 475.
Allier, 87, 315, 448, 450, 453.
Alpes, 84, 88, 193, 198, 204, 210, 257, 258, 298, 313, 403, 488 ; –, chaîne des, 461 ; – Hautes-, 431 ;
 –, -Maritimes, 88.
Alsace, 20, 55-58, 62, 171, 213, 221, 255, 284, 292, 296, 299, 307, 313, 319, 325, 327, 331, 332, 336, 389, 392-395, 429, 431, 432, 459, 467 ; –, haute, 55, 326.
Alsace-Lorraine, 104, 339, 340.
Amérique, 397, 422, 427.

Amériques, 337.
Amiens, 81, 246, 402, 409, 415 ; –, traité d', 98.
Amsterdam, 50.
Anduze, 352.
Angers, 20, 175, 176, 281, 364, 369, 381, 383, 423 ; –, École d', 281 ; –, Bon-Pasteur, 111, 116.
Angleterre, 85, 96, 118, 149, 154, 398, 410, 424, 469, 483.
Anjou, 20.
Annecy, 446, 455.
Antilles, 425.
Aquitaine, 210, 276.
Ardèche, 299, 383, 483.
Argentan, 238.
Ariège, 88.
Arles, 78.
Armes, près de Clamecy, 247.
Arras, 171-174, 177, 246, 278, 381, 408, 419.
Ars, 265, 307, 311, 313, 400, 452-454, 460, 464.
Artois, 171, 292, 315, 395.
Asie, 331, 423.
Aubusson, 177.
Auch, 363.
Aude, 477.
Augsbourg, Confession d', 346, 347, 349, 350, 355, 432.
Auriebat, 242.
Autriche, 62, 96, 398, 413.

Autun, 76, 163, 232, 246, 419.
Auvergne, 18, 87, 313, 405.
Auxerre, 17, 18, 20, 165, 169, 171, 244, 246.
Avenay, 24.
Aveyron, 299, 315, 447.
Avignon, 56, 58, 78, 79, 215, 328, 378, 389, 403, 417.

Babylone, Paris-, 473.
Barcelonnette, 215.
Bassin parisien, 20, 165, 166, 191, 198, 202, 207, 209, 210, 232, 242, 243, 258, 263, 266, 267, 299, 303, 304, 306, 313, 315, 326, 394, 485.
Batsurguère, vallée de, 465.
Baugeois, 304.
Bayonne, 56, 143, 328, 381, 431.
Béarn, 210.
Beauce, 266, 431, 450.
Beaupré, 389.
Beauvaisis, 20.
Belfort, 243.
Belgique, 382.
Bellac, 143, 144, 177.
Belley, 173-175, 177, 267, 269, 375, 381-383, 426, 446, 454, 468.
Bercy, 277.
Berlin, 61.
Berne, 55.
Bernouil-en-Tonnerrois, 245.
Berry, 20, 207, 315, 450.
Besançon, 98, 159, 173-177, 278, 381, 402, 408, 418, 419.
Bettwiller, 467.
Béziers, 237, 238.
Bigorre, 389.
Birmanie, 423.
Bischwiller, 54.
Blois, 81.

Bocage, 176, 235 ; –, manchois, 87 ; –, mayennais, 449.
Bologne, 141, 405.
Bordeaux, 56-58, 163, 210, 263, 328, 359, 381, 398, 417, 419, 430 ; –, Parlement de, 38.
Bordeaux-Genève, ligne, 292.
Bordeaux-Lyon, ligne, 313.
Bordelais, 165, 166, 257, 298.
Bouches-du-Rhône, 197, 379.
Bouchet, Genevois, 450.
Boulleret, Cher, 468.
Boulogne, 16, 17, 19, 166, 171, 172, 395.
Bourbon, île, 423, 425 ; –, chapelle de la Rivière-des-pluies, 425.
Bourbonnais, 232, 235, 450, 451.
Bourdeaux, Drôme, 147.
Bourg, Congrégation des Sœurs de Saint-Joseph, 382.
Bourg-en-Bresse, 143.
Bourg-en-Oisans, 468.
Bourges, 235.
Bourgogne, 87, 198, 210, 232, 298, 313, 360, 393.
Brésil, 424, 480.
Bresse, 144.
Bressuire, 306.
Bretagne, 20, 96, 147, 166, 175, 187, 191, 215, 258, 296, 299, 307, 314, 315, 363, 376, 399, 424, 458, 459, 469.
Brette, Drôme, 465.
Briançon, 405.
Brie, 51.
Bugey, 275.

Caen, 86, 249.
Calaisis, 177.
Calvados, 473.
Cambrai, 166, 171, 172, 419.

Index des lieux 533

Cambrésis, 69.
Canada, 423.
Cantal, 193, 243, 297.
Capharnaüm, 405.
Carcassonne, 233.
Castellane, 72.
Castres, 362, 423.
Catalogne, 218.
Caux, pays de, 232, 298.
Cerdon, Ain, 426.
Cévennes, 46, 47, 51, 53.
Chablais, 450-452.
Chalamont, 454.
Chalon, 406.
Châlons-sur-Marne, 12, 20, 361, 379, 471.
Champagne, 20, 24, 215, 218, 232, 242, 244, 298, 299, 393, 485.
Charente, 187, 297;
 –, Maritime, 87;
 –, -Inférieure, 187, 297.
Charentes, 187, 300, 316.
Charenton, 472.
Chartres, 68, 69, 232, 279, 408, 472.
Chavigny-Bailleul, Évreux, 235.
Cher, 87, 235, 304, 468.
Choletais, 305.
Chine, 132, 245, 422.
Cirey, 132.
Civitavecchia, 420.
Cluny, 383; –, abbaye de, 73;
 –, Congrégation de Saint-Joseph de Cluny, 383.
Cobonne, 142.
Colmar, 327, 394.
Combloux, 240.
Combraille, 177.
Comminges, 389.
Comtat, 226.
Corée, 423.
Corps, 461.
Corse, 197, 213, 378.
Côtes-du-Nord, 187.

Coutances, 165, 166.
Crépy, Pas-de-Calais, 416.
Creuse, 177, 238, 243.
Crimée, guerre de, 354.
Cuisiat, Ain, 459.

Damas, 341.
Danube, 398.
Dardilly, 460.
Dauphiné, 46, 51, 210, 215, 391, 405, 451, 466;
 –, bas-, 210, 215.
Delft, 471.
Dijon, 169, 171, 233, 382.
Divonne-les-Bains, 144.
Dol-de-Bretagne, 444.
Dombes, 177, 454.
Domfront, 237, 238.
Dordogne, 274, 315.
Dordrecht, 55.
Doubs, haut, 177.
Dresde, 428.
Drôme, 142, 269, 274, 465.

Embrun, 17-19.
Épinal, 393, 395.
Ernemont, 172.
Espagne, 85, 329, 398, 424.
Espeluche, Drôme, 465.
États pontificaux, 57, 85, 96, 107, 109, 403, 404, 406.
États-Unis, 154, 329, 410, 422.
Eure, 262.
Eure-et-Loir, 304, 435, 438.
Europe, 56, 107, 133, 329, 398, 411, 426, 463, 483, 484;
 –, centrale, 331, 341;
 –, orientale, 341, 344.
Évreux, 235, 278.

Fayl-Billot, 241.
Ferney, 144.
Ferrare, 405.
Finistère, 88.
Flandre, 96, 221, 292.

Flandres, 171, 395.
Flers, 237, 238.
Florence, 403, 420.
Fontainebleau, 406 ;
– , Édit de, 47, 54.
France, 79, 81, 88, 92, 96, 97, 107, 109, 117, 118, 124, 125, 147, 149, 187, 195, 199, 203, 210, 211, 215, 218, 233, 256, 268, 272, 273, 275, 277, 281, 288, 289, 295, 298, 306, 307, 314-316, 319, 323, 329, 332, 336, 337, 405, 411, 415, 416, 418, 424, 427, 431, 432, 435, 437, 442, 445, 453, 455, 457, 463, 464, 466-468, 471, 472-486 ; du Centre, 86, 87, 198, 202, 207, 258, 315, 376, 442 ; – du Centre-Ouest, 87, 191 ; – de l'Est, 20, 57, 58, 63, 232, 281, 324, 326-328, 330, 332, 333, 335, 348, 376, 414, 485 ; –, Ile-de-France, 37 ; – de l'Ouest armoricain, 198, 210 ; –, de l'Ouest, 122, 51, 82, 87, 92, 98, 122, 187, 189, 203, 207, 209, 232, 236, 257, 276, 285, 292, 296, 299, 303, 304, 306-312, 314, 315, 317, 363, 365, 368, 374, 376, 377, 379, 382, 389, 390, 392, 397-399, 414, 415, 485 ; – du Midi, 56, 71, 78, 202, 207, 210, 213, 257, 258, 277, 312, 315, 337, 379 ; – du Nord, 47, 53, 56, 87, 172, 191, 197, 198, 203, 207, 210, 257, 281, 312, 382, 414, 415, 431 ;
– du Nord-Est, 198, 203, 207, 209, 210, 257, 258 ;
–, Nord-Ouest atlantique, 166 ; – du Sud-Est, 51, 87, 88, 166, 195, 210, 229, 258, 263, 298, 307, 402, 405, 406 ; – du Sud-Est alpin, 313, 486 ; – du Sud-Ouest, 51, 57, 58, 87, 122, 257, 258, 324, 376, 406, 437 ;
– septentrionale, 213, 313.
Francfort, 428.
Franche-Comté, 20, 88, 165, 181, 191, 210, 250, 255, 292, 296, 297, 315, 316, 370, 389, 395, 397, 402, 485, 488.
Futuna, île de, 426.

Galice, 215.
Gallardon, près de Chartres, 472.
Gap, 382, 405, 419, 446.
Gard, 313, 349-351, 430, 435.
Garonne, 88, 191.
Gascogne, 389.
Gâtinais, 450, 452.
Gâtine, 176.
Gaubert, Eure-et-Loir, 436.
Genève, 50, 144, 250, 349, 351, 432, 434.
Gex, Ain, 270, 271, 426, 446.
Gigors, 142.
Gimont, 363, 368.
Grande-Bretagne, 56, 96, 329, 398, 424.
Grèce, 458.
Grenoble, 408, 419, 461, 464.
Guadeloupe, 424.
Guingamp, 416.
Guising, 467.
Guyane, 93.

Haguenau, 392.
Hai-Nan, 423.
Hainaut, 171.
Hanau, comté de, 429.
Hérault, 430.
Herly, Pas-de-Calais, 416.
Hoelling, 467.

Index des lieux

Hollande, 244, 329.
Hoste, près de Sarreguemines, 462.

Illfurt, Haut-Rhin, 455.
Inde, 132, 422.
Indochine, 422.
Indre, 304, 468 ; –, -et-Cher, 315 ; –, -et-Loire, 304.
Isère, 256, 307, 468.
Israël, 59, 140, 324, 335, 343, 405.
Issenheim, 467.
Issoudun, 423.
Italie, 473, 475 ; – méridionale, 469 ; –, guerre d', 403, 409.

Japon, 423.
Jersey, 454.
Jérusalem, 423 ; –, royaume de, 331.
Jura, 193, 197, 315.
Jussy-Champagne, 235.

Kouang-si, 423.
Kouang-tong, 423.

La Chaise-Dieu, 18, 19.
La Chaudière, Drôme, 465.
La Fare, Drôme, 465.
La Force, 436.
Laigle, 238.
La Jaunaye, 92.
La Louvesc, 459.
Lamastre, Ardèche, 483.
Langres, 113, 169, 171, 241, 246, 359-361, 381, 417.
Languedoc, 53, 88, 207, 319, 431, 450 ; –, bas, 51 ; –, États du, 360, 370 ; –, haut, 51.
Laon, 20.
La Pervenche, 352, 428.
Laponie, 458.
La Rochelle, 51, 177, 211, 303, 366, 464.

La Rochelle-Lyon, ligne, 318.
La Rochelle-Saintes, diocèse, 175.
La Salette, 150, 286, 461, 463, 465, 466, 468, 469 ;
 –, -Falavaux, montagne, 466.
La Salle-de-Vihiers, 307.
Latran, concile de, 245.
Laugnac, Lot-et-Garonne, 468.
Lausanne, 51, 349, 428.
Laval, 232, 236, 379, 462, 469.
Lavaur, 363.
Lectoure, 363.
Le Havre, 427.
Le Mans, 175, 176, 233, 234, 289, 304, 367, 381.
Levant, 422, 427.
Le Vigan, 436.
Liberia, 423.
Liège, 181.
Liettres, Pas-de-Calais, 416.
Lille, 116.
Limagne, 235.
Limoges, 98, 177, 274, 406.
Limousin, 87, 193, 266, 273, 274, 293, 315, 361, 458.
Lodève, 363.
Loir-et-Cher, 197, 296.
Loire, 194, 307 ; –, Haute-, 194, 307, 315, 468 ; –, Pays de, 187 ; –, vallée de la, 165, 194.
Loiret, 304.
Lombez, 363.
Londres, 50.
Lorraine, 55-58, 62, 181, 210, 244, 284, 292, 296, 299, 315, 319, 325, 330, 389, 392-395, 467, 485, 486 ;
 –, duché de, 57, 323.
Lot-et-Garonne, 193, 194, 468.
Louisiane, 422.
Lourdes, 141, 150, 286, 313, 442, 461, 462, 465, 468-470.
Lozère, 83, 193, 197, 299, 315, 320.

Luçon, 176, 234.
Lunéville, 57.
Lunéville, place des Carmes, 323.
Lyon, 81, 86, 98, 116, 125, 144, 159, 237, 238, 277, 281, 307, 313, 382, 396, 399, 406, 411, 414, 415, 422, 423, 435, 436, 464, 468, 471 ; –, chapelle de Fourvière, 426 ; –, colline de Fourvière, 416, 454 ; –, colloque, 161 ; –, Croix-Rousse, 144 ; –, grand séminaire de Saint-Irénée, 426 ; –, Hôtel-Dieu, 454 ; –, La Guillotière, 144, 281 ; –, Saint-Pothin, 237.
Lyon-Marseille, axe, 307.
Lyonnais, 210, 213.

Maffliers, 235.
Maillane, en Provence, 475.
Maine, 221 ; –, -et-Loire, 304, 305.
Malaisie, 423.
Mandchourie, 423.
Manosque, 368.
Marne, 379.
Marseille, 50, 86, 159, 236-238, 352, 376, 379, 415, 417, 420, 466.
Martinique, 36, 424.
Massabielle, grotte de, 462, 470.
Massif armoricain, 303.
Massif central, 90, 166, 191, 198, 207, 210, 232, 236, 257, 258, 266, 281, 285, 292, 296, 315, 376, 414, 415, 424, 485.
Mauges, 176, 391.
Maurice, île, 425.
Mauvezin, 50.
Mayenne, 175, 304.
Meaux, 47, 236.

Méditerranée, 191, 218.
Mende, 363.
Mennecy, 87.
Metz, 57, 62, 98, 165, 232, 339, 382, 393 ; –, École rabbinique de, 339 ; –, parlement de, 39 ; –, Société royale des Sciences de, 62.
Meulan, 188.
Mezzogiorno, 218.
Midi languedocien, 74 ; –, provençal, 313.
Migné, Vienne, 472.
Mirepoix, 19, 361.
Molsheim, 392, 394.
Mont-Saint-Michel, 243, 459.
Montaigu, 448.
Montanges, 275.
Montauban, 71, 78, 349, 351, 362, 434.
Montbéliard, 355 ; –, comté de, 55 ; –, pays de, 429.
Montdidier, Somme, 416.
Montélimar, 270.
Montigny, près de Sens, 252.
Montpellier, 17-20, 24, 88, 159, 173, 174, 233, 307, 376, 406.
Morbihan, 103, 296.
Morvan, 210.
Morzine, Haute-Savoie, 455, 456.
Moulins, 232, 234, 448.
Mouzon, 244.
Mulhouse, 54, 432.

Nancy, 57, 172, 233, 361, 381, 393.
Nantes, 176, 234, 245, 268, 364, 376 ; –, Faculté de théologie, 20.
Naples, 402, 431.
Narbonne, 360.
Néris-les-Bains, 448.

Index des lieux

Neubois-Gereuth, 467.
Neuchâtel, 251.
Neuville-sur-Seine, Aube, 416.
Nevers, saint Gildard de, 233, 234, 239, 469.
Nice, 406.
Nièvre, 87, 197.
Nîmes, 71, 78, 350, 351, 353, 430, 433.
Niort, 431.
Nivernais, 210, 215, 218.
Nohant, 147.
Nole, Mugnano del Cardinale, 416.
Nonnain, 431.
Nord-Sud, axe, 207.
Normandie, 20, 47, 51, 83, 87, 165, 181, 187, 188, 221, 262, 267, 269, 284, 298, 304, 312, 314, 363, 376, 399, 431, 471 ; –, basse, 166 ; –, haute, 215, 486.
Notre-Dame de Gignac, 462.
Notre-Dame de Laus, 462.
Notre-Dame de l' Osier, 462.
Nouvelle-France, 128.

Occident, 329.
Océanie, 423, 427 ; – occidentale, 426.
Oise, 197, 315.
Oléron, île de, 93.
Omex, 465.
Orange, 363.
Orléans, 159, 174, 234, 236, 237, 265, 266, 384, 408, 446, 461, 473.
Orthez, 436.
Orval, 244.
Ossen, 465.
Ottersweier, 392.
Oyonnax, 454.

Paray-le-Monial, 311, 313, 421, 461.

Paris, 17, 20, 21, 56-58, 82, 86-88, 98, 108, 111, 112, 116, 125, 181, 187, 209, 218, 232, 238, 244, 263, 277, 281, 332, 333, 337, 339, 348, 350, 353-355, 357, 363, 369, 376, 381, 396, 399, 401, 402, 408, 415, 418, 422, 431, 432, 433, 437, 466, 468 ; –, archevêché, 110 ; –, basilique de Montmartre, 473 ;
–, Bastille, 26, 28, 70 ;
–, Belleville, 111, 112, 238 ;
–, Bibliothèque royale, 62 ;
–, Collège de France, 151 ;
–, collège de Navarre, 363 ;
–, École normale, 341 ;
–, église Saint-Gervais, 416 ;
–, Faubourg Saint-Antoine, 24 ; –, Jeu de Paume, 68 ;
–, Père-Lachaise, 484 ;
–, Filles de la Charité de la rue du Bac, 463 ; –, Notre-Dame de Paris, 70, 87, 95, 280, 418 ; –, Notre-Dame des Victoires, 463 ; –, Palais de Justice, 459 ; –, Palais-Royal, 81, 403 ; –, Panthéon, 82 ; –, Parlement de, 24, 34-38 ; –, Pont-Neuf, 31 ;
–, Port-Royal, 246 ; –, Sacré-Cœur, 483 ; –, Saint-Barthélemy, 25 ; –, Saint-Étienne-du-Mont, 23, 31 ;
–, Saint-Germain-l'Auxerrois, 110, 252 ;
–, Saint-Marcel (faubourg) , 27 ; –, Saint-Médard, 16, 23, 25-29, 250 ; – Saint-Médard, cimetière, 30 ; –, Saint-Nicolas-du-Chardonnet, 151, 363 ; –, Saint-Sulpice, 390, 396, 408 ; –, Sainte-Chapelle, 459 ; –, séminaire

de Saint-Sulpice, 151 ;
–, Sorbonne, 363, 368 ;
–, tour Eiffel, 483 ;
–, Villette, La, 23.
Paris-Lyon, axe, 87.
Paris-Lyon-Marseille, axe, 210.
Pays basque, 210, 315.
Pays castrais, 389.
Pays vaudois, 349.
Pays-Bas ou Provinces-Unies, 21, 56.
Pellevoisin, Indre, 465, 468.
Périgueux, 173.
Pérouse, 405.
Perpignan, 233, 363.
Pibrac, 461.
Picardie, 47, 51, 284, 376.
Pistoie, 411.
Plymouth, 435.
Poitiers, 176, 306, 307.
Poitou, 20, 47, 49, 51, 87, 187, 303, 315.
Pologne, 58, 398, 413.
Pontchâteau, 390.
Pontmain, 286, 461, 462, 465-467, 469.
Portieux, 382.
Portugal, 57, 424.
Pradelle, Drôme, 465.
Priscille, catacombe de, 416.
Provence, 57, 83, 88, 198, 210, 213, 215, 218, 223, 227, 255, 257, 276, 299, 312, 319, 405, 423, 451, 458 ;
–, basse, 166, 226 ; –, haute, 215, 389.
Publier en Chablais, 451.
Puy, Le, 35, 287, 419.
Pyrénées, 88, 90, 193 ;
–, -Orientales, 88.

Région lyonnaise, 84, 307, 313, 405.
Région parisienne, 86, 87, 299.

Reims, 14, 24, 130, 163, 233, 234, 244, 357, 359, 379, 406 ; –, faculté, 20.
Reipertswiller, 467.
Rennes, 81, 120, 163, 173-175, 232, 267, 356 ; –, Parlement, 38.
Réunion, 424, 425 ; –, Saint-Denis de la, 425.
Rhénanie, 96.
Rhin, 96, 428 ; –, Bas-, 338 ;
–, Haut-, 455 ; –, outre-, 54, 330.
Rhône, 194 ; –, vallée du, 210, 313.
Ribeauvillé, 428.
Rieux, 363.
Rimling, 467.
Ris, 86.
Rochechouart, 177.
Rodez, 18, 232, 361, 363, 366, 415.
Romans, 145.
Rome, 15, 16, 94, 96, 97, 99, 108, 109, 114, 141, 147, 283, 289, 395, 397, 398, 402, 403, 405, 407, 409-411, 413-415, 417-421, 425, 426, 464, 471, 487 ; –, basilique Saint-Paul-hors-les-murs, 418 ;
–, catacombe de Priscille, 416 ; –, église du Gesù, 418 ;
–, ghetto de, 141 ; –, Sainte-Marie Majeure, 420 ;
–, Sant'Andrea delle Fratte, 463 ; –, Villa Médicis, 141.
Rossillon, Ain, 416.
Rouen, 39, 51, 98, 163, 172, 173, 187, 188, 190, 232, 267, 362 ; –, Parlement de, 38.
Rouergue, 165, 193, 308.
Roussillon, Conseil souverain du, 39.
Russie, 96, 398.

Index des lieux

Sagone, 363.
Saint-Bauzille-de-la-Sylve, Hérault, 465, 467.
Saint-Brieuc, 165, 166.
Saint-Claude, 363, 454.
Saint-Cloud, 82.
Saint-Dié, 237.
Saint-Germain-des-Fossés, 450.
Saint-Jean-de-Maurienne, 467.
Saint-Jean-du-Gard, 436.
Saint-Julien-du-Gua, 352.
Saint-Magloire, 13, 14, 25.
Saint-Malo, 315, 316, 367, 398.
Saint-Malo-Genève, ligne, 122, 284, 315, 316.
Saint-Mansuy-lès-Toul, 22.
Saint-Marien, 453.
Saint-Maur, Congrégation de, 21, 22, 169, 171.
Saint-Menoux, 453.
Saint-Omer, 171, 172.
Saint-Palais, 468.
Saint-Papoul, 363.
Saint-Paul-Trois-Châteaux, 363.
Saint-Pierre-Eynac, Haute-Loire, 468.
Saint-Ruf, chanoines réguliers de, 169.
Saint-Saturnin-lès-Apt, Vaucluse, 473.
Saint-Sulpice-d'Excideuil, Dordogne, 274.
Saint-Vanne, Congrégation de, 21, 22, 169.
Saint-Victurnien, Haute-Vienne, 458.
Saint-Yrieix, 177.
Sainte-Anne d'Auray, Bretagne, 459.
Sainte-Consorce, Rhône, 143.
Sainte-Croix, chanoines réguliers de, 44, 169.
Sainte-Geneviève, 21, 22.
Sainte-Marie-aux-Mines, 54.
Sainte-Odile, Alsace, 459.
Sainte-Opportune, 438.
Saintes, 175.
Saintonge, 430.
Salève, mont, 450.
Saône-et-Loire, 313, 315.
Sarreguemines, 462.
Sarthe, 175, 304, 305.
Saulles, Haute-Marne, 416.
Saumur, 20.
Saumurois, 304, 305.
Savasse, 143.
Savoie, 85, 315, 450, 455, 485.
Savone, 107, 406.
Sébastopol, 287.
Sedan, 109.
Ségus, 465.
Seine-Inférieure, 232, 262, 298.
Sélestat, 392, 393.
Sempigny, Oise, 416.
Sénégal, 423.
Senez, 17-19, 215.
Sens, 31, 144, 246, 252.
Séville, 218.
Sienne, 420.
Sierra Leone, 423.
Sisteron, 69.
Soissons, 235, 361, 419.
Solesmes, 418.
Strasbourg, 54, 174, 232, 327, 328, 330, 348, 352, 353, 366, 393-395, 419, 429, 434 ; –, église Saint-Pierre-le-Jeune, 429 ; –, université, 348, 349, 429 ; –, église Saint-Thomas, 54.
Suisse, 85, 349, 398.
Suze-la-Rousse, Drôme, 142, 274.
Syrie, 331.

Tahiti, 426, 438.
Talissieu, 275.
Tarare, 143.
Tarbes, 242, 462, 464.

Tarn, 315.
Texas, 479.
Thivet, Haute-Marne, 416.
Tibet, 423.
Tilly-sur-Seulles, Calvados, 473.
Tolentino, 403.
Toul, 57, 361, 392.
Toulon, 89, 207, 363.
Toulouse, 36, 57, 81, 116, 277, 279, 363, 370, 381, 385, 401, 406, 408, 414.
Touraine, 304.
Tournai, 171.
Tours, 20, 233, 234, 304, 460.
Tours-en-Vimeu, Somme, 416.
Trappe de Staouëli, la, 427.
Trégor, 366.
Tréguier, 151, 169.
Treigny, 244.
Trente, Concile de, 366, 380.
Troyes, 232, 236, 361, 382.
Turquie, 245.

Utrecht, 30.

Vabres, 363.
Valais, 398, 451.
Valence, 94, 142, 403, 405, 460, 465.
Valensole, Provence, 451.
Vallouise, 215.
Valparaiso, 426.
Valsainte, la, en Valais, 398.
Vannes, 165, 166, 173, 175, 319, 412, 446.
Var, 210.

Varennes, 82, 84.
Vatican, 387, 408, 421.
Velay, 435.
Venaissin, comtat, 56, 58, 403.
Vendée, 83, 96, 187, 232, 235, 296, 299, 302, 304, 397, 398, 400.
Vénétie, 218.
Verdun, 57, 356.
Vernaison, 143.
Versailles, 232, 234-236, 249.
Vexin, 20, 188, 193, 242.
Veyziat, 465, 467.
Vic-sur-Seille, 188.
Vicq, 147.
Vienne, 44, 68, 362, 405, 460.
Vienne (département), 296, 472.
Vienne, Haute-, 458.
Villefavard, Haute-Vienne, 143.
Villefranche, 143.
Villeneuve-Bargemont, 280.
Vinsobres, 142.
Viplaix, 449.
Viterbe, 405.
Vivarais, 51, 389, 402 ; –, haut, 435.
Viviers, 384.

Waldeersbach, vallée de la Bruche, 429.

Yonne, 144, 149, 396.
Ypres, 171.
Yvetot, 232.

Zurich, 46.

Table

Introduction 7
par Philippe Joutard

1. Le déclin institutionnel et politique du catholicisme français 9

Le catholicisme, religion du royaume (1715-1789) 11
    L'affaiblissement de l'Église gallicane 11
    par Dominique Julia
    Pour les protestants, gérer la longue durée
    de la clandestinité 46
    par Philippe Joutard
    Les juifs de l'Ancien Régime 56
    par Freddy Raphaël

La fin de l'alliance du trône et de l'autel (1789-1880) 65
    La politique religieuse de la Révolution française 65
    par Michel Vovelle
    Politique et religion 95
    par Claude Langlois

L'émergence de la liberté de conscience et de la laïcité 125
    Lumières et religion : vers l'idée de tolérance 125
    par Dominique Julia
    Le triomphe de la liberté de conscience
    et la formation du parti laïc 138
    par Philippe Boutry

2. La « déchristianisation » 157

Problématique de la déchristianisation 159
par Claude Langlois

La pesée d'un phénomène	163
Des indicateurs de longue durée	163
par Dominique Julia	
Du serment constitutionnel à l'ex-voto peint :	
un exemple d'histoire régressive	195
par Michel Vovelle	
Indicateurs du XIXe siècle.	
Pratique pascale et délais de baptême	229
par Claude Langlois	
Les facteurs de « déchristianisation »	239
Jansénisme et « déchristianisation »	239
par Dominique Julia	
C'est la faute à Voltaire, c'est la faute à Rousseau	248
par Dominique Julia	
C'est la faute à la Révolution	253
par Michel Vovelle	
Industrialisation et déstructuration	
de la société rurale	265
par Philippe Boutry	
Féminisation du catholicisme	283
par Claude Langlois	
Une France duelle ? L'espace religieux contemporain	293
par Claude Langlois	

3. Une vitalité religieuse toujours forte   321

Diversité des institutions ecclésiastiques	323
Le judaïsme religion française reconnue	323
par Freddy Raphaël	
La réintégration officielle des réformes	346
par Philippe Joutard	
L'administration épiscopale du XVIIIe siècle :	
de l'inspection des âmes au service public	356
par Dominique Julia	
Institutions et modèles	372
par Claude Langlois	
Renouveau et innovations spirituelles	389
Les ferveurs catholiques du XVIIIe siècle	389
par Dominique Julia	
Le renouveau religieux au lendemain de la Révolution	396
par Claude Langlois	

Le mouvement vers Rome et le renouveau missionnaire *par Philippe Boutry*	403
Réveil et vitalité du protestantisme français *par Philippe Joutard*	428
Religions « populaires » et religions dissidentes	439
Les mutations des croyances *par Philippe Boutry*	440
Cultes révolutionnaires et religions laïques *par Michel Vovelle*	475

Conclusion
Une mutation des croyances plus qu'un progrès
de l'incrédulité ?   485
par Philippe Joutard

Bibliographie générale   491
Index des noms propres   519
Index des lieux   531

RÉALISATION : PAO ÉDITIONS DU SEUIL
IMPRESSION : NORMANDIE ROTO IMPRESSION S.A. À LONRAI
DÉPÔT LÉGAL : SEPTEMBRE 2001. N° 51040 (01-1789)